Joan Collins
Das schöne Biest

Joan Collins

Das schöne Biest

Roman

Deutsch von Judith Barkfelt
und Wiebke Schmaltz

ECON Verlag
Düsseldorf · Wien · New York

Titel der amerikanischen Originalausgabe:
Prime Time
Original-Verlag: Simon & Schuster, New York
Übersetzt von Judith Barkfelt und Wiebke Schmaltz

CIP-Titelaufnahme der Deutschen Bibliothek

Collins, Joan:
Das schöne Biest: Roman/Joan Collins. Dt. von Judith Barkfelt u. Wiebke Schmaltz.
Düsseldorf; Wien; New York: ECON Verl., 1988
Einheitssacht.– Primetime ‹dt.›
ISBN 3-430-11905-7

Gesetzt aus der Palatino der Berthold AG
Satz: Dörlemann-Satz, Lemförde
Papier: Papierfabrik Schleipen GmbH, Bad Dürkheim
Druck und Bindearbeiten: Ebner Ulm
Printed in Germany
ISBN 3-430-11905-7

Für jede Schauspielerin,
die jemals *die Pfeil' und Schleudern*
des wütenden Geschicks erduldet hat,
die so sehr Bestandteil unserer aller Leben sind ...

und für Papa,
der eine große Rolle in meinem Leben gespielt hat.

Danksagung

Ich möchte mich bedanken bei –

Michael Korda und Nancy Nicholas, meinen Lektoren,
für ihre Ermutigung und äußerst konstruktive Kritik ...

Irving Lazar, weil er mich für fähig hielt ...

Cindy Franke, die unermüdlich meine komplizierte Kurzschrift
mit Präzision und Eifer entzifferte ...

Und Judy Bryer für ihre liebevolle Unterstützung.

Erster Teil

1

Chloe Carriere ging mit schnellen Schritten durch die Abflughalle des Heathrow Airports, doch sie konnte den Objektiven der Kameras nicht entkommen. Neugierig umschwärmte sie ein ganzes Rudel Journalisten. Die Fotografen und Reporter drängten sich um sie, und mehrere Geschäftsleute ließen ihre Zeitungen sinken, um der berühmtesten und attraktivsten vierzigjährigen Sängerin Großbritanniens nachzublicken. »Wie lange werden Sie in Hollywood bleiben?« fragte der pickelige Reporter der *Sun*.

Chloe lächelte und ging rasch weiter. Ihr mit Zobel besetzter Trenchcoat fiel elegant um ihre wieder schlanken Hüften. Sie hatte eine zermürbende Woche auf einer Schönheitsfarm in Wales hinter sich, wo sie versucht hatte, die für ihre Figur verheerenden Folgen des letzten halben Jahres rückgängig zu machen. Ihr Verhältnis mit Josh, die anstrengende, sechsmonatige Tournee durch die Provinz und ihre erste Rolle als Schauspielerin in einem Dokumentarfilm der BBC über inhaftierte Frauen waren nicht spurlos an ihr vorübergegangen. Doch jetzt hatte sie wieder ihr Normalgewicht und sah besser aus und fühlte sich wohler als in den letzten Jahren.

»Was ist es diesmal für eine Rolle?« fragte der Reporter mit den gelben Zähnen vom *Mirror*. »In einer neuen Fernsehserie?«

»Ich weiß noch nichts Genaues«, sagte sie vorsichtig. »Ich weiß eigentlich nur, daß das Ganze auf dem Bestseller *Saga* basiert.«

»Ist Ihnen diese Rolle wichtig?« fragte einer von Reuters. Der Mann hatte offenbar Polypen. Chloe betrachtete seinen hervorstehenden Adamsapfel.

Und ob sie die Rolle wollte! Was für eine Frage. Natürlich wollte sie die verdammte Rolle! Nach mehr als zwanzig Jahren, in denen sie in Großbritannien, Europa und Amerika als Sängerin aufgetreten war, riß sie sich um die Rolle. Sie antwortete zurückhaltend: Wenn sie das Glück haben sollte, Miranda Hamilton spielen zu dürfen, dann könnte das ihre Karriere fördern. Vielleicht

würde sie dann wirklich ein Superstar werden. Aber sie wollte diese Jungs hier, und vor allem den großen Bossen, die in Hollywood auf sie warteten, auf keinen Fall verraten, wieviel ihr an dieser Rolle lag, und außerdem war sie nur eine von vier oder fünf Schauspielerinnen, die hinter der Rolle her waren.
Sie mußte das Schaulaufen vor den Produzenten durchstehen! Es war erniedrigend, so taxiert zu werden, aber was blieb ihr anderes übrig? Sie wußte sehr gut: Das Showbusiness war kein faires Geschäft. Chloe hatte genug Höhen und Tiefen erlebt. Ihre Laufbahn war eine richtige Achterbahnfahrt gewesen. Sieben Schallplattenhits in zweieinhalb Jahrzehnten. Erst dauernd in den Topten, dann kam sie nicht einmal mehr unter die ersten Hundert. Fünfundzwanzig Jahre harte Arbeit, aber es mußte irgendwie weitergehen. Sie lächelte in die Kameras und winkte den Reportern freundlich zu, als sie am Check-in stand. Die Pressefritzen schossen noch ein paar Fotos. Sie hoffte, morgen in den Journalen gut wegzukommen.
Chloe entspannte sich in einem breiten Sessel der ersten Klasse und nahm von dem lächelnden Steward der British Airways einen Buck's Fizz entgegen. Doch dann überlegte sie es sich schnell anders, weil ihre Beurteilung und Taxierung durch die Filmmagnaten unmittelbar bevorstand, und bat um ein Evian-Wasser. Sie lehnte die Cashewnüsse und den Kaviar ab und behielt nur die *Herald Tribune* und den *Daily Express*. Vorsichtig schlüpfte sie aus ihren beigefarbenen Ziegenlederstiefeln, legte den Ziegenledergürtel ab, lehnte sich in den zurückgestellten Sitz und dachte über diese phantastische Rolle nach.
Miranda Hamilton in *Saga*. Ein Roman voller Intrigen, Verrat, Korruption, Ehrgeiz und Begierde, der vor dem Hintergrund eleganter Villen und Bürowolkenkratzer im kalifornischen Newport Beach spielte. Eine Geschichte um Männer und Frauen, die maßlos liebten und maßlos haßten. Das Buch hatte ein halbes Jahr auf der Bestsellerliste der *New York Times* gestanden, und jetzt wurden die Rollen für die Fernsehverfilmung besetzt. Jasper Swanson, Chloes amerikanischer Agent, hatte ihr erzählt, daß

bereits mehrere TV-Stars für verschiedene Rollen ausgewählt worden seien, aber die Rolle der göttlich-dämonischen Schurkin Miranda war noch frei. Sie wollten ein bezauberndes, ihre Mitmenschen manipulierendes ›Biest‹, ein durch und durch herzloses Flittchen, eine teuflisch ehrgeizige und doch elegante und attraktive Frau von Welt, die so niederträchtig und hinreißend war, daß jeder Mann sofort mit ihr schlafen oder sie mit ihren eigenen Waffen schlagen wollte und jede Frau sie entweder zu verachten oder zu kopieren begann. Die Schauspielerin, die diese Rolle spielen würde, konnte über Nacht zu Fernsehruhm gelangen und Millionen kassieren.
Die alltägliche Hollywood-Blondine kam dafür natürlich nicht in Frage. Miranda Hamilton sollte mindestens vierzig sein, besser sogar schon auf die Fünfundvierzig zugehen. Sie hatte drei oder vier Ehen und drei oder vier Dutzend Affären hinter sich, hatte drei oder vier Kinder geboren, hatte drei oder vier Landsitze, auf dem Globus verstreut, besaß Schmuck im Wert von drei oder vier Millionen und, nicht zu vergessen, zwei- oder dreihundert Millionen Dollar auf der Bank. Die Schauspielerin, mit der diese großartige Rolle besetzt werden würde, mußte jedenfalls viel mit Miranda gemeinsam haben, um überzeugend auf die Zuschauer zu wirken. Sie mußten sie hassen, und sie mußten sie lieben. Es war nicht gerade leicht für eine Schauspielerin, das zu erreichen. Sie mußte niederträchtig und zugleich verwundbar sein. Sie sollte aufreizen, aber auch Wärme ausstrahlen. Sie mußte dominant sein, aber die Männer sollten auch das Gefühl haben, sie beherrschen zu können. Und die Produzenten, der dynamische Abby Arafat und seine Partnerin, die gleichfalls sehr dynamische Gertrude Greenbloom, hatten den Einfall gehabt, zu testen, ob Chloe die Richtige für diesen Job war.
Chloe hatte erst kürzlich auf einer Cocktailparty bei Lady Sarah am Cranleigh Eaton Square Abby Arafats Aufmerksamkeit erregt. Sie war gerade von ihrer Skandinavientournee zurückgekehrt, und weil sie sich nicht dazu entschließen konnte, sich mit ihrem Ehemann Josh in Los Angeles zu versöhnen, hatte sie in

London ein paar Tage angehängt, denn hier lebte der andere Mensch, der ihr am nächsten war.
Chloe hatte wenig Hoffnung, ihre Ehe mit Josh kitten zu können. Sie war ihm wirklich eine liebende und treue Ehefrau gewesen. Doch was hatte sie davon gehabt? Ihr Mann lebte seine sexuellen Gelüste bei anderen Frauen hemmungslos aus, aber ihr gegenüber hielt er sich sehr zurück. Er beklagte sich, wenn sie nicht da war, und nörgelte an ihr herum und stritt mit ihr, wenn sie bei ihm war. Sein unbeständiger Charakter hatte seine Karriere nahezu vollständig ruiniert. Viele Plattenfirmen kündigten die Verträge mit ihm und kürzten die Ausgaben für seine Tourneen. Dann schmollte er tagelang, sprach kein Wort mit Chloe, schloß sich in seinem supermodernen Aufnahmestudio ein und arbeitete stundenlang am Mischpult an seiner eigenen Platte, oft sogar tage- oder wochenlang.
Bevor sie ihn verlassen hatte, war sie zufällig an seinem Badezimmer vorbeigekommen und hatte gesehen, wie er über einem Pornoheft masturbierte. Ihr war bei dem Anblick übel geworden, aber sie erzählte ihm nicht, daß sie ihn dabei beobachtet hatte. Wenn ihn ein Foto in einer so widerlichen Zeitschrift erregte, wieso konnte er sie dann nicht mehr richtig lieben? Aber sie war Optimistin und hatte gedacht, daß diese letzte Trennung die Situation ändern würde. Doch sie hatte sich offensichtlich getäuscht.
Chloe seufzte. Allmählich nahm sie ihre Umgebung wieder wahr. Sie klemmte sich ihre beige Morabito-Reisetasche aus Krokodilleder unter den Arm und ging zu der engen Toilette am Ende der Business-Class. Sie fragte sich, warum bei diesem Luxus an Bord die Toiletten nicht so groß waren, daß man sich die Haare kämmen konnte, ohne sich dabei den Ellbogen aufzuschlagen. Sie zog ihre cremefarbene Gianni-Versace-Seidenbluse und den dazu passenden Rock aus und schlüpfte in einen blauen Velours-Jogginganzug. Dann kämmte sie ihr volles, schwarzes, lockiges Haar und schminkte sich ab, damit ihre Haut atmen konnte. Sie trug reichlich Feuchtigkeitscreme auf – kein Zweifel: Die

vielen Flüge ruinierten ihren Teint. Dann ging sie zurück an ihren Platz.

Sie bemerkte, daß mehrere weibliche Fluggäste ihre Verwandlung registriert hatten und jetzt in ihrem Gesicht nach Falten suchten, aber das machte Chloe nichts aus. Sie war nicht sonderlich eitel, was ihr Aussehen betraf, und sie war der Meinung, daß sie auch ohne Make-up und in einem legeren Dreß gut aussah. Es war nicht ihr Stil, ihr wirkliches Aussehen immer vor ihren Fans zu verbergen, wie das viele andere weibliche Stars taten. Sie lächelte in sich hinein, als ihr die Schauspielerin einfiel, die in dem gerade beendeten BBC-Fernsehfilm die zweite Hauptrolle gehabt hatte. Pandora King war eine vielbeschäftigte amerikanische Schauspielerin. In den letzten zehn Jahren hatte sie immer wieder Nebenrollen in Serien und den Filmen der Woche gespielt. Die Zuschauer kannten ihren Namen meistens nicht, aber sie erkannten Pandora immer an ihrem schönen, kastanienbraunen Haar und dem attraktiven Gesicht. Pandora King war jeden Morgen um sechs in voller Kriegsbemalung erschienen, sogar mit künstlichen Wimpern und einer ihrer vielen Kanekolan-Perücken. Sie hatte Perücken in mehreren Farben. Außerdem war Pandora immer in den Nerz des Tages gehüllt. Sie besaß sogar Nerzmäntel in verschiedenen Farben. Dann war sie sofort im Schminkraum verschwunden und hatte sich drei Stunden lang zurechtgemacht. Ihre Make-up-Tasche hatte das Format eines mittleren Reisekoffers und enthielt ein komplettes Kosmetiksortiment von Plastikfingernägeln bis zur Scheidencreme. Aber nur der liebe Gott und ihr Maskenbildner wußten, was sie in diesem Raum tat, denn wenn sie wiederauftauchte, sah sie kaum anders aus als zuvor.

Die beiden Frauen hatten eines Tages in ihrer Mittagspause miteinander geplaudert und waren dabei auch auf Pandoras »Werkzeugkiste« gekommen, wie sie ihren Kosmetikkoffer nannte. Es war an einem jener seltenen Tage, an denen Pandoras kühle Haltung der Welt und besonders anderen Schauspielerinnen gegenüber etwas weniger kühl war. Chloe erinnerte sich gern an diese Stunden.

Sie fragte sich, was eine bestimmte Frage eines Reporters zu bedeuten hatte. Bemühte sich auch Pandora um die Rolle der Miranda? Wenn ja, dann wäre Pandora der letzte Mensch, der dies Chloe gegenüber zugeben würde. Sie behielt alles für sich, besonders sämtliche Informationen, die ihre Karriere betrafen.

Zehn Stunden später landete sie auf dem Airport von Los Angeles. Chloe wurde schon erwartet, und in einem Straßenkreuzer ging es auf der vorzüglich ausgebauten Autobahn nach Los Angeles.
Sie verzog das Gesicht, als ihr Blick über die düsteren, wenig einladenden Vorstädte und Industriegebiete schweifte. Smog hing in einer Dunstglocke über der Stadt; die Schwefelgase brannten in Augen und Hals, obwohl die Fenster des Cadillacs geschlossen waren und die Klimaanlage auf vollen Touren lief.
Sie hatte in den letzten zwei Jahrzehnten viel Zeit in dieser Stadt verbracht, aber sie gefiel ihr noch immer nicht. Los Angeles war häßlich, manche Stadtteile waren völlig verdreckt, und anscheinend lebten hier nur Menschen, die sich von Hamburgern, Krapfen, Pommes frites und kalorienarmen Getränken ernährten. Die unzähligen Schnellrestaurants und Buden an den Einfallstraßen, wo dieses Zeug verkauft wurde, deuteten jedenfalls darauf hin. Neue Gesundheitsfarmen, Sporthallen und Fitness-Clubs öffneten täglich ihre Pforten. Sie hatte mindestens sechzehn gezählt. Die Bewohner von L. A. brauchten sie wohl, um bei ihren greulichen Eßgewohnheiten einigermaßen in Form zu bleiben.
An den meisten Gebäuden blätterte die Farbe ab, doch die beleuchteten Schilder verhießen die Wonnen eines ›Joghurt-Landes‹, eines ›Popcorn-Palastes‹, priesen ›Chucks Bohnen mit Chili‹ an. Chloe seufzte. Das einzige, was sich während ihrer halbjährigen Abwesenheit hier verändert hatte, war, daß es jetzt noch mehr Schilder gab als zuvor.
Sie kuschelte sich tiefer in ihren Zobel-Trenchcoat und zitterte, obwohl es über zwanzig Grad hatte. Sie ließen das Autobahnkreuz hinter sich und zweigten rechts auf den geraden Pacific

Coast Highway ab. Chloe entspannte sich, machte ihren Mantel auf und rollte das Fenster herunter, um die kühle Meeresbrise im Gesicht fühlen zu können. Sie liebte das Meer, seine Rätselhaftigkeit und Kraft.

Sie wurde es nie müde, am Strand zu sitzen und zu beobachten, wie sich das grünlich graue Wasser des Pazifiks in große, weiße Wellen verwandelte. Als sie ihr Haus in dem abgeschiedenen Teil des Trancas Beach, hinter Malibu, gekauft hatten, waren sie und Josh frühmorgens und oft auch abends im karamelfarbenen Sand am Meer entlang spazierengegangen. Dabei unterhielten sie sich über Gott und die Welt, lachten über junge Schnepfenvögel, atmeten die klare, salzige Luft tief ein, die so anders war als der sogenannte Sauerstoff im Smog von Los Angeles. Sie waren so glücklich gewesen, daß Chloe immer meinte, kein anderes Ehepaar könnte sich jemals so leidenschaftlich zugetan sein wie sie. Aber das war damals gewesen, und heute . . . heute mußte sie herausfinden, ob er jetzt nach einem halben Jahr der Trennung einen anderen Ton anschlagen würde. Sie war wieder in Los Angeles, war zurückgekommen und würde sich auch wieder mit Josh auseinandersetzen müssen. War ihre Ehe noch zu retten?

Er war daheim und hockte vor dem Fernseher, wie immer. Er trug verbeulte, dunkelblaue Kordhosen und einen Kaschmirpullover mit V-Ausschnitt. Er war nicht gekämmt, und sein schwarzes Haar hatte graue Strähnen bekommen. Obwohl er gewußt hatte, daß sie heimkommen würde, hatte er sich nicht rasiert. Die Bartstoppeln kratzten ihre zarte Wange. »Ich habe dir von Fortnum's einen besonderen Honig mitgebracht. Er ist frisch aus Devon – man hat mir gesagt, er sei sehr gut.« Er ignorierte sie, und sein Körper blieb locker und unbeteiligt, als sie ihn fest umarmte. Zögernd küßten sie sich. Sie waren abwesend, wie Liebhaber, die kein Verlangen mehr füreinander hatten. War es zu spät für sie? fragte sie sich, während sie sein schönes Gesicht, das sie jahrelang bewundert hatte, zwischen ihren Händen hielt und ihn noch einmal auf die Lippen küßte. Obwohl sie wußte, daß sein Interesse an ihr und anderen Frauen immer mehr nachließ, konnte sie einfach nicht fassen, was mit ihrer Liebe geschah. Warum ließ er sie abblitzen? Wieso machte er nach sechsmonatiger Trennung nicht einmal einen Versuch, zärtlich zu werden? Er tat nicht einmal so, als ob er sich über ihre Rückkehr freute. Was hatte sie ihm getan, daß er so gleichgültig geworden war? Schon bevor sie gegangen war, hatte sie ihm im Bett manchmal schmeicheln und ihn reizen müssen, um ihn zur Liebe zu bewegen, und gerade im Bett hatten sie sich früher immer gut verstanden. Sie kam sich wie eine Hure vor. Waren das die Auswirkungen von zehn Jahren Ehe auf die Libido des Mannes? fragte sie sich bitter. Sie preßte sich verführerisch an seinen Körper, aber sie spürte keinerlei Reaktion von seiner Seite, keine Schwellung, keine Regung, nicht einmal ein Zucken. Und das bei einem Mann, der weltweit den Ruf eines guten Liebhabers genoß. Vielleicht immer noch, aber nicht bei ihr.

Sie wandte sich ab und tat so, als ob sie mit der Post beschäftigt sei. Heiße Tränen brannten in ihren Augen, und ihr Hals zog sich zusammen. Wie lange sollte das noch so gehen? Es war eine Farce, aber es gab in dieser Farce nichts zu lachen.

»Dein Agent hat angerufen«, sagte er kühl und stellte den Fernsehapparat etwas lauter. Sein Blick hing an John Wayne. »Er hat gemeint, es sei wichtig.« Josh sprach das Wort fast höhnisch aus.

Chloe ignorierte den Ton und lächelte ein wenig zu breit. Sie ging zur Bar und nahm sich gegen alle guten Vorsätze einen Wodka mit Eis. Auf der Gesundheitsfarm hatten ihr die Ärzte Alkohol strikt verboten. Die Kerle konnten ihr gestohlen bleiben.

Sie rief ihren Agenten vom Schlafzimmer aus an, damit Josh bei dem Gespräch nicht zuhören konnte. Die geringste Kleinigkeit machte ihn wütend. Sie wollte versuchen, den Frieden zu wahren.

»Meine Liebe, ich bin froh, daß du anrufst«, sagte Jasper. »Es sieht gut aus mit *Saga*, wirklich gut.«

»Wunderbar«, sagte Chloe und lächelte. Der Wodka begann zu wirken.

»Wahrscheinlich drehen sie sechs oder sieben Tage im Monat in Newport Beach«, sagte Jasper. »Die übrige Zeit werden die Aufnahmen im Studio gemacht. Vielleicht bei Metro oder Fox.«
»Fabelhaft! Newport ist wirklich schön. Drehen wir auch auf einem Boot? Ich segle so gerne ...«
»Aber ja, meine Liebe.« Er wurde manchmal rasch ungeduldig. »Also, paß auf, Chloe. Am fünfundzwanzigsten wirst du in die Gesellschaft eingeführt. Abby und Maud Arafat veranstalten eines ihrer kleinen, informellen Dinners. Nur zwanzig bis dreißig der wichtigsten Leute von Los Angeles. Und sie wollen dich dabeihaben, mein Schatz. Putz dich raus. Zeig dich von deiner besten Seite. Gala, verstehst du – am besten steigst du in deinen neuen Bob Mackie. Du hast zwölf Tage Zeit, dich vorzubereiten! – Ich hoffe, du hast deine überflüssigen Pfunde auf der Farm gelassen, Teuerste.«
»Ja, Jasper, und zwar jedes überflüssige Gramm«, sagte sie unterwürfig. »Ich werde dich nicht blamieren, ich versprech's dir.«
Sie wußte, was ein kleines, informelles Dinner für zwanzig oder dreißig Leute bedeutete. Es gab keine kleinen, informellen Dinners mehr in Hollywood. Jede Zusammenkunft hier war rein geschäftlich. Stets ging es um enorme Summen für potentielle Abschlüsse, die mehr oder weniger offen unter dem Deckmantel gesellschaftlicher Anlässe verhandelt wurden – selbst beim einfachsten Lunch. Die Versammlung von zwanzig oder dreißig der wichtigsten Leute der Stadt im Hause eines wichtigen Produzenten hatte für das Filmgeschäft oft die Bedeutung wie ein Gipfeltreffen in Washington.
Chloe kannte Abby und seine Partnerin, Gertrude Greenbloom. Die beiden würden ohne Zweifel anwesend sein. Und sie konnte sich ausrechnen, daß die drei oder vier anderen Kandidatinnen für die Rolle der Miranda auch erscheinen würden. Außerdem war sie sich im klaren darüber, daß sie nur aufgrund dieser zufälligen Begegnung in London eingeladen worden war.

Der Schlitz in Chloes schwarzem Valentino-Seidenrock war gerade hoch genug, um gelegentlich einen Blick auf ihren eleganten, festen Oberschenkel zu erlauben. Ihre feinen Züge ließen ihr Gesicht distinguiert und gedankenverloren wirken, ihr Haar war zu einer Krone schwarzer Locken aufgetürmt, und ihre Figur war schlank, aber sinnlich. Abby hatte schon zwei Martini getrunken, als er sie ansprach. Diplomatisches Vorgehen war noch nie seine Stärke gewesen. »Sie sind wohl sehr scharf darauf, die Miranda zu spielen? Ich habe gehört, Sie suchen einen Job, und ich habe den Eindruck, Sie besitzen alle erforderlichen Eigenschaften für die Rolle.«

Chloe lachte. »Abby, Sie wissen, ich bin nur eine Barsängerin.« Sie wußte genau, daß die Suche nach der Besetzung der Hauptrolle in *Saga* in ganz Hollywood *das* Thema im Showbusiness war. Doch sie kannte das Geschäft zu gut, um sich sofort auf den Köder zu stürzen, den ihr Abby mit seiner Frage hingeworfen hatte. Warum aber eigentlich nicht? Das Singen befriedigte sie schon eine ganze Weile nicht mehr. Die Stevie Nickes und Pat Benitars gefielen dem Publikum besser als eine Frau über vierzig, und, weiß Gott, die Tourneen wurden auch von Mal zu Mal aufreibender. Und vielleicht würde ein Umzug nach Kalifornien ihr Josh wieder näherbringen.

»Die Streisand sagte das, die Garland sagte das, nicht zuletzt auch Liza Minelli«, fügte Abby hinzu, während er sie taxierte. Sie sah wirklich gut aus, war etwa ein Meter fünfundsiebzig groß und konnte ihm auf den sieben Zentimeter hohen Absätzen ihrer Maud-Frizon-Sandalen direkt in die Augen schauen.

»Ich bin keine Schauspielerin, Abby. Ich habe in einem Stück für Beeb mitgespielt, und das ist auch schon alles.« Sie nahm einen Schluck Kir royal, während sie ihn durch ihre dichten, echten Wimpern beobachtete. »Ich habe wohl gute Kritiken bekommen, aber wahrscheinlich haben Sie sie ja gelesen.« Dabei lächelte sie wie eine Katze.

Er wurde allmählich weich. Abby war eines jener seltenen Hollywood-Phänomene – ein Hollywood-Produzent, der Frauen wirklich mochte und bewunderte. Er paffte an seiner Pfeife und taxierte sie weiter. Sie hatte Klasse, das stand fest, und Sex-Appeal. Und sie sah gut aus.

»Wen kümmern schon schauspielerische Fähigkeiten? Was zählt, sind Auftreten, Ausstrahlung, Anziehungskraft – das ist es, was wir für die Miranda brauchen. Die meisten alten Filmstars waren alles mögliche, bloß keine Schauspieler. Denken Sie an die Hayworth, die Grable, die Bardot, die Gardner. Keine von ihnen hatte eine echte Begabung, aber sie alle hatten das gewisse Etwas. Und ich bin der Meinung, Sie haben es auch. Also, versuchen wir es doch mal. Kommen Sie nach Kalifornien, und wir testen Sie.«

»Geben Sie mir etwas Bedenkzeit, Abby – wirklich, ich will es mir durch den Kopf gehen lassen.« Chloe hatte den Verdacht, daß sich Abby den anderen Schauspielerinnen gegenüber wahrscheinlich genauso verhalten hatte. »Miranda ist doch am Anfang der Serie zwanzig und wird dann sehr alt! Ich glaube, das Altwerden könnte ich vielleicht noch hinkriegen«, spottete sie.

»Na, klar doch«, meinte Abby spontan. »Das wird in dem vierstündigen Wochenfilm erledigt, den wir vor Beginn der Serie drehen werden. Wenn wir Miranda das erste Mal begegnen, ist sie etwa achtzehn und noch Jungfrau.«

»O nein!« Chloe prustete vor Lachen.

»Natürlich könnten Sie das spielen«, behauptete er entschieden. »Unser Beleuchter ist Lazlo Dominick. Er könnte sogar Bette Davis so ausleuchten, daß sie wie eine Zwanzigjährige aussieht. Sie haben die Ausstrahlung, das Aussehen und den Sex-Appeal. Ich glaube, Sie haben auch das Talent dazu. Kommen Sie zu den Probeaufnahmen, bitte. Sie werden es nicht bereuen.«

»Also gut, Abby«, sagte Chloe schließlich. »Also gut, ich komme zu Ihnen und lasse mich testen.«

»Wunderbar«, stieß Abby hervor. »Sie werden von mir hören, meine Liebe.«

Und er hielt, was er versprochen hatte.

Am nächsten Tag rief sie von zu Hause Jasper an.
»Wer probt denn noch?« fragte sie ihn etwas zu beiläufig.
Jasper kicherte. »Einige Vorschläge sind verrückt, einfach total verrückt. Ich weiß, es ist eine Traumrolle, meine Liebe, aber rate mal, wer noch Probeaufnahmen macht?«
»Wer denn?« Chloe wußte, daß ihre Stimme jetzt nicht mehr gleichgültig klang. Sie brauchte die Information.
»Sissy Sharp – sie hat schon seit Jahren keinen Hit mehr gehabt und braucht die Rolle dringend. Wundervolle Schauspielerin. Kein Sex-Appeal – aber sie bekam sogar mal einen Oscar.«
»Ich weiß, ich weiß«, sagte Chloe fast weinerlich. »Ich war dabei, Jasper, erinnerst du dich nicht? Ich habe das Lied, das den Oscar gewann, gesungen. Ich habe wohl keine Ahnung mehr, welches Lied das war.«
»Wer weiß das noch?« sagte Jasper gereizt. »Wen interessiert das schon? Wir wissen doch, daß keiner mehr weiß, wie der Gewinner des letzten Jahres hieß, und schon gar nicht, wer es vor fünfzehn Jahren war. Sissy will diese Rolle – unbedingt. Auf jeden Fall ist sie so wild darauf, daß sie die Probeaufnahmen über sich ergehen läßt. Gleichzeitig tut sie aber so, als ob sie nicht am Fernsehen interessiert sei. Sie giert nach der Leinwand im Kino, und das ist heutzutage witzlos. Aber ich habe eine gute Nachricht für dich: Weder Abby noch Gertrude halten sie für geeignet.«
»Sie sieht nicht sonderlich gut aus in letzter Zeit, nicht wahr?« fragte Chloe. »Ich will ja nicht fies sein, aber ich habe sie letzte Woche in ›Lifestyles‹ gesehen – und da wirkte sie ziemlich mitgenommen.«
»Sie macht pausenlos irgendwelche Diäten, wie ein magersüchtiger Teenager«, sagte Jasper grob. »Sie ist verrückt. Alle diese blödsinnigen Diäten machen sie auch nicht jünger – von den kosmetischen Operationen gar nicht zu reden. Sie hat sich Gesicht und Busen in den letzten fünf Jahren mindestens schon dreimal liften lassen.«
Grauenvoll, dachte Chloe erschauernd. Die Vorstellung, wie ein

Skalpell in ihre Gesichtshaut schnitt, ließ sie in Schweiß ausbrechen.
»Dann ist da noch Emerald«, fuhr Jasper fort. »Die ist eine echte Konkurrentin, Chloe. Die darfst du nicht unterschätzen.«
Emerald Barrymore. Nie war jemand berühmter gewesen, weder Marlon Brando noch Grace Kelly, ja nicht einmal die Monroe. Und niemand war tiefer gesunken als sie: Drogen, Alkohol, Sexaffären und Skandale.
»Sie ist öfter auf den Titelseiten, als du warm zu Abend ißt, meine Liebe«, fuhr Jasper fort. »Aber sie schafft es immer wieder. Sie ist einmalig.«
»Und immer noch ein großer Star.« Chloe hörte den Ton der Bewunderung in ihrer eigenen Stimme. Sie hatte ihn in vielen Stimmen gehört, wenn von Emerald die Rede gewesen war.
»Das ist Kim Novak aber auch, meine Liebe«, meinte Jasper höhnisch. »Und auch sie kriegt zur Zeit keinen Job. Was Emerald betrifft: Sie braucht dringend Geld, weil ihr letzter Liebhaber sie gründlich geschröpft hat. Sie will die Rolle unbedingt.«
»Wer noch?«
»Rozalinde Lamaze.«
»Rozalinde Lamaze?«
»Lamaze ist weiter nichts als eine kleine Hure, wie wir ja alle wissen«, säuselte Jasper in seinem weichsten und vornehmsten britischen Tonfall. »Aber das Publikum bewundert sie – besonders die Männer. Sie würden alle am liebsten mit ihr bis zum Umfallen vögeln. Sie ist vielleicht etwas zu spanisch für Miranda, aber sie hat einen riesigen Fanclub, trotz ihrer letzten drei Filme, die nicht einmal die Produktionskosten wieder reingeholt haben.«
Chloe nahm einen Schluck Wodka. Sie hatte in der Tat starke Konkurrenz. Warum sie überhaupt neben diesen Größen antreten durfte, war ihr unerklärlich. Sie wußte nur, daß die Medien immer auf der Suche nach neuen Gesichtern waren – vielleicht war das der Grund. Sie war in Amerika im Moment so gut wie unbekannt, konnte also immer noch irgendwo als neues Gesicht gelten!

»Hilfe!« Chloe kippte den Rest des Wodkas hinunter. »Jasper, ich bin ja wohl das letzte Weib, das die Produzenten bei dieser Konkurrenz auswählen werden.«
»Blödsinn«, sagte der Alte schnell. »Du hast genaugenommen die meisten Attribute, die für die Rolle gebraucht werden. Abby will noch einige andere Schauspielerinnen testen, aber ich versichere dir, daß Meryl Streep, Jackie Bisset und Sabrina Jones nicht interessiert sind, obwohl bestimmt viel Lärm um ihre Chancen für die Rolle gemacht werden wird. Jetzt entspann dich, meine Liebe. Mach dir keine Sorgen, und vergiß nie: Sei optimistisch.«
Er legte auf, und Chloe versuchte es mit ›positivem Denken‹, aber sie hielt ihre Chancen dennoch für ziemlich gering. Josh saß noch immer im Wohnzimmer und starrte wie gebannt auf den Fernseher. Sie schenkte sich noch einen Wodka ein. Einige seiner Freunde spielten bei *Hollywood Squares* mit, und er machte wütend »Schscht«, als sie ihm von ihrem Gespräch mit Jasper erzählen wollte. Sie wünschte sich, er würde sie aufheitern, Spaß mit ihr machen wie früher, aber er war kalt wie ein Stein. Tränen schossen ihr in die Augen, und sie ging ins Badezimmer und ließ Wasser in den großen marmornen Jacuzzi-Whirlpool ein. Er war für sie beide gebaut worden, aber Chloe lag jetzt allein darin und fühlte die Bläschen um ihren Körper perlen, während sie sich fragte, ob es mit Josh jemals wieder werden würde. Wie viele zusätzliche Trennungen und Versöhnungen würden wohl noch notwendig sein, bevor sie endgültig aufgab? Chloe hatte sich gerade zum dritten Mal in drei Jahren von Josh getrennt. Sie erinnerte sich noch an ihre vorige Trennung: Zwei Jahre lag sie erst zurück . . .

2

Acht Jahre lang hatten sie als eines der glücklichsten und erfolgreichsten Paare des Showgeschäfts gegolten. Aber Joshs Verhalten war schließlich so unerträglich geworden, daß sie wieder einmal hatte gehen müssen.

An den Scheiben des Erste-Klasse-Abteils, in dem sie nach Schottland gefahren war, glitten die Regentropfen entlang.

Ein grauer Januartag. Graupelschauer trommelten auf die Dächer der mausgrauen Häuser, als Chloes Zug sich den Vororten von Edinburgh näherte. Alles war grau und trüb, und so fühlte sie sich auch. Die Schafe standen nahe beieinander, um sich zu wärmen, und die nassen Wiesen schienen Chloes Unglück widerzuspiegeln.

Während sie den Rest des billigen Weißweins in das dicke Glas der Eisenbahngesellschaft schüttete und der Wein sie allmählich erwärmte, wurden ihre Schuldgefühle rasch durch ein Gefühl der Geborgenheit verdrängt.

Sie bewegte sich von allem fort. Von ihm, Josh, von seinen Versprechen und Lügen, seinem Alkoholismus, seinen Drogen und seinen Weibergeschichten.

Aber auch weg von ihrer Stieftochter, von Sally, einer eigensinnigen Beverly-Hills-Göre, die ihren Vater glühend liebte und ihre Stiefmutter abgrundtief verachtete.

Chloe hatte nie verstanden, weshalb Sally sie so sehr haßte. Sie hatte weiß Gott alles versucht, um Sally eine gute Stiefmutter zu sein. Sie hatte sehr gut verstanden, wie schlimm es für das kleine Mädchen gewesen war, als sie zusehen mußte, wie ihre Mutter langsam an Krebs starb. Aber trotz all ihrer Bemühungen schien Sally sie nur immer mehr zu hassen.

Sally war fast acht gewesen, als Josh und Chloe 1972 heirateten. Ein mageres, verdrossen aussehendes kleines Ding, mit unscheinbaren Zöpfchen und großen, traubengrünen Augen in einem kleinen, seltsam erwachsen wirkenden Gesicht. Wie ein Gespenst war sie immer dann aufgetaucht, wenn Josh und Chloe sich vor dem Fernseher aneinanderschmiegten, wenn sie sich gegenseitig mit kleinen Häppchen von dunklem, krustenlosem, mit Honig bestrichenem Brot fütterten oder wenn sie sich besonders nahe waren. Stumm hatte das Kind dagestanden – von den Liebenden unbemerkt – und die beiden in ihrer Flitterwochenstimmung angestarrt. Josh war Sally nie ein besonders zärtlicher Vater gewesen, und deshalb nahm Chloe ihr nichts weg. Aber Sally sah in Chloe die Rivalin um die Liebe des Vaters. Ihre Eifersucht der Stiefmutter gegenüber verwandelte sich im Laufe der Jahre in reinen Haß. Sally bemerkte auch bald, daß ihr Vater ihr um so mehr Aufmerksamkeit schenkte, je unhöflicher und patziger sie sich Chloe gegenüber benahm.

Roberto, der Hausmann, hatte Chloe in der Woche nach der Hochzeit als ›Mrs. Brown‹ angesprochen, als sie den Speiseplan besprachen. Sally war allem Anschein nach in ein Comic-Heft vertieft gewesen, doch plötzlich schrie sie den Filipino an: »Nenn sie nicht Mrs. Brown! Es gibt nur eine Mrs. Brown, und das ist meine Mutter!«

Roberto war entsetzt zusammengefahren, und Sally war schluchzend in ihr Zimmer gerannt und hatte die Tür abgeschlossen. Sie hatte sie trotz allen Bittens und Flehens erst wieder geöffnet, nachdem Chloe Josh aus dem Aufnahmestudio geholt hatte. Er hatte das hysterische Kind mit Umarmungen und Liebkosungen wieder beruhigt, so gut er eben konnte.

Gleich nachdem Josh Chloe geheiratet hatte, gelang es ihm einige Zeit, Sally zu besänftigen. Er versuchte, sie für seine Musik zu begeistern. Sie war hingerissen. Mit acht nahm sie Gitarre-, mit neun Trompetenstunden. Klavier spielte sie bereits, und schon mit fünf hatte sie den ersten Gesangsunterricht bekommen. Josh diskutierte mit ihr über viele Aspekte seiner Musik. Sie war eine ernste und kluge, wenn auch harte Kritikerin, aber er hielt etwas von ihrer Meinung, und sie betete ihn an.

Sally und Josh hatten in den acht Jahren, die Chloe und Josh jetzt verheiratet waren, oft miteinander gebalgt und geschmust. Sally tat das, um ihren Vater von Chloe abzulenken – sie tat alles, was sie nur konnte, um Chloe gegen sich aufzubringen, und oft gelang es ihr auch.

Chloe hatte von Anfang an ein Kind mit Josh haben wollen. Sie war der Meinung, daß ein gemeinsames Kind ihr Leben miteinander verschönern würde. Aber sosehr sie sich auch bemühten, sie war nicht schwanger geworden. Chloe hatte Gynäkologen rund um die Welt konsultiert. Anscheinend gab es keinen physischen Grund, weshalb sie nicht schwanger werden konnte. Also hatten ihr alle Ärzte geraten, sie sollten sich nicht entmutigen lassen und es weiterhin versuchen.

Damals war sie überzeugt gewesen, daß alles anders geworden wäre, wenn sie Josh ein Kind geboren hätte, aber sie wußte, warum sie nicht schwanger geworden war. Obwohl ihr die Ärzte bescheinigt hatten, daß bei ihr alles in Ordnung war, wußte sie, daß bei Annabels Geburt etwas schiefgelaufen war. Chloe hatte zwölf Stunden lang in den Wehen gelegen. Sie war vor Schmerzen fast bewußtlos geworden, und die Versorgung in dem Krankenhaus war mangelhaft gewesen.

Chloe hatte Josh nie von Annabel erzählt. Zuerst hatte sie gedacht, er würde es mißbilligen, daß sie ihr Baby zu Pflegeeltern gegeben hatte. Doch mit der Zeit hielt sie es für besser, ihn nicht einzuweihen, weil sie ahnte, daß mit Annabels schwieriger Geburt ihre Unfruchtbarkeit zu erklären gewesen wäre.

Sie war damals einundzwanzig gewesen und hatte sich mit der Kraft der Jugend schnell von der Tortur erholt. Aber die Narben dieser schwierigen Entbindung waren geblieben, und die Qual, ihr Baby hergeben zu müssen – ihre liebe kleine Annabel, die fast gleichaltrig mit Sally war –, hatte sie nie gänzlich überwunden. Jetzt war es zu spät. Chloe hatte das Baby zu ihrem Bruder gebracht. Er lebte mit seiner Familie in einem engen, roten Bungalow in Barnes. Und niemand hatte es je erfahren, niemand. Weder die aalglatten Klatschkolumnisten der Fleet Street noch das Krankenhauspersonal. Annabel selbst wußte es auch nicht, dachte

Chloe traurig und zündete sich eine Zigarette an, ohne sich um das Nichtraucherschild zu kümmern. Niemand wußte von ihrem Kind, von ihrer Liebe zu ihm.

Ihr war nicht entgangen, welche Rolle Annabel in ihrem Leben spielte – und das hatte auch Sally bemerkt. Chloe errötete jedesmal, wenn Sally höhnte: » Schon wieder ein Geschenk für deine Nichte! Man könnte glauben, sie sei deine Tochter!«

Als Sally zum Teenager heranwuchs und erkannte, daß sich Chloe ein Baby wünschte, spielte sie oft darauf an. »Du bist unfruchtbar, nicht wahr?« hatte sie eines Tages boshaft bemerkt, als sie zusammen am Pool lagen und versuchten, sich trotz des dichten Smogs über der Stadt zu bräunen. Sally studierte gerade die Geschichte des Elisabethanischen England. »Genau wie Mary, die Tochter Heinrichs des Achten. Unfruchtbar!« Sie gluckste schadenfroh und sprang ins Wasser. Das Buch, in dem Chloe gerade las, wurde ziemlich naß dabei.

Irgendwann hatte Chloe dann keine Lust mehr gehabt, so zu tun, als ob sie Sally möge, und zwischen ihnen war der offene Kampf ausgebrochen.

Einmal waren Chloe und Sally zusammen in Paris gewesen, als Josh im ausverkauften Olympia aufgetreten war. Chloe war in die Galeries Lafayette gegangen, um einzukaufen. Sally hatte instinktiv angenommen, hier biete sich die Gelegenheit, Chloe zu peinigen, und hatte sie überredet, sie mitzunehmen. In der Kinderabteilung suchte Chloe für ihre Neffen farblich zusammenpassende Hemden und Pullover aus, und für Annabel wählte sie einen burgunderfarbenen Mantel mit Samtkragen von Christian Dior. Dazu gehörte ein entsprechender Samthut. Dann fand sie noch ein dazu passendes Kleid. Sie hatte vor, ihren Bruder in London zu besuchen, und war überglücklich, daß sie ihre Tochter wiedersehen würde. Sally entwickelte damals schon weibliche Formen, aber sie trug eine Kollektion von modischen Lumpen – der letzte Schrei an den Privatschulen von Beverly Hills. Prompt fing sie an, über Chloes Kleiderauswahl zu spotten. »O Gott, wie bieder – was für ein Dummchen muß das Mädchen sein.« Sie hatte einen

Stapel neonfarbener Socken inspiziert und mehrere Paare in ihre riesigen Taschen gestopft, als niemand hingesehen hatte. Obwohl ihr Vater ihr eine Lkw-Ladung Socken hätte kaufen können, tat Sally aus Protest meist das, was verboten war.

Annabel war ein typisches englisches Schulmädchen, wohlerzogen, ganz das Gegenteil der verwöhnten Sally. Sie war von den Kleidern begeistert. Annabel war schüchtern, aber bezaubernd, eine wahre Freude. Als Chloe und sie nach dem Mittagessen spazierengegangen waren, hatte sie ihrer ›Tante‹ anvertraut, daß sie auch Sängerin werden wolle und daß sie bereits Gitarrenstunden nehme.

»Aber du bist ja noch so jung«, hatte Chloe eingewandt. Sie wollte etwas Besseres für ihre Tochter als das harte Leben, das sie gewählt hatte.

»O Tante Chloe, ich liebe aber Gitarrespielen und Singen mehr als alles andere.« Das kleine Mädchen war ganz aufgeregt gewesen, und ihre tiefgrünen Augen hatten gefunkelt.

»Ich spiele immer deine Platten, Tante Chloe. Ich liebe deine Stimme. Ich habe dir das nie gesagt . . .« Sie war errötet und hatte sich abgewandt.

»Was denn, mein Liebling? Was?« Chloe spürte, wie ihr die Tränen in die Augen stiegen, und sie fühlte ein Würgen im Hals. Dieses liebe Mädchen, dieses entzückende Kind war das einzige, was sie hatte. Wenn sie nur bei ihr sein könnte. Aber das ging nicht. Hör auf, Cloe, sagte sie sich, sag nichts. Es würde nur das Leben aller Beteiligten durcheinanderbringen und das von Annabel am meisten.

Sie hatte aufmerksam zugehört, während das Mädchen ihr atemlos gestanden hatte, wie sehr sie ihre ›Tante‹ bewunderte.

»Wenn ich groß bin, Tante Chloe, will ich werden wie du«, hatte das Kind voller Begeisterung erklärt.

»O Annabel, mein Liebling.« Chloe hatte die Tränen nicht zurückhalten können. Sie hatte sich niedergekniet und ihre Tochter ganz fest in die Arme genommen.

»Liebste Annabel, ich will tun, was ich nur kann, um dir zu helfen. Das verspreche ich dir.«
»Ich bin so stolz, daß du meine Tante bist«, hatte Annabel lächelnd gesagt, obwohl sie ganz verwundert gewesen war, daß ihre sonst so beherrschte Tante ihr kleines Gesicht mit Tränen benetzte. Es war ihr fast ein wenig peinlich, aber Erwachsene benahmen sich ja öfters sehr seltsam.

Chloe hatte bei dieser Erinnerung tief geseufzt und ihre dunkle Brille weggelegt. Sie hatte sie nicht davor geschützt, von den Kellnern und einigen Fahrgästen erkannt zu werden. Furchtbar sah sie aus. Zwei Flaschen Wein jeden Abend, danach schlaflose Nächte, trotz Seconal, auf dieser besonders anstrengenden Tournee, die ihrem Teint auch nicht gerade gutgetan hatte. Eine Woche auf der Gesundheitsfarm sollte Abhilfe schaffen. Die Farm war ihre Rettung. Mit etwas Glück würde sie wieder fünf Jahre jünger aussehen. Ihre Backenknochen würden wieder sichtbar werden, wenn sich ihre aufgedunsenen Wangen strafften, ihre türkisfarbenen Augen würden wieder glänzen, ohne von zuviel Wodka gerötet zu sein, und ihre Kleider würden wieder bequem sitzen.
Sie hatte einen Schluck Wein getrunken und sich fest vorgenommen, nicht bitter zu werden. Sally würde sich sicher sehr freuen: Sie würde ihren Vater ganz für sich haben. Vielleicht würden sie einen Joint zusammen rauchen und seinen letzten Hit anhören und ihn so laut spielen, daß der Labrador sich winselnd in den Weinkeller verziehen würde. Oh, sie glichen einander wie ein Ei dem anderen, Vater und Tochter. Beide hatten das Sternzeichen des Skorpions, eigensüchtig, voller Selbstgerechtigkeit, arrogant und gut aussehend. Er war vierzig, sie sechzehn, und sie verstanden sich. Sallys Verhältnis zu Josh vertiefte Chloes Sehnsucht nach ihrer Tochter nur noch.

3

Wenn Chloe 1964 ein uneheliches Kind zur Welt gebracht hätte, wäre ihre Karriere zerstört gewesen. Damals begann gerade ihr Aufstieg als Sängerin. In kaum fünf Jahren war sie mit neu arrangierten Cole-Porter-Songs, vorgetragen in Pubs und Clubs, in die ›Top of the Pops‹ aufgestiegen. Fünf Jahre wild entschlossener, zielstrebiger Arbeit an ihrer Stimme, beim Studieren der Artikulationen Ella Fitzgeralds, der Nuancierungen Sinatras und des heiseren, sinnlichen Untertons einer Peggy Lee. Es gelang ihr, Erotik und tiefere Bedeutung selbst in die schlichtesten Texte einfließen zu lassen.

Schon als Teenager, als sie noch in Clubs bediente und dort ab und zu ein Lied vortragen durfte, hatte sie jede Nacht, gleichgültig, wie erschöpft sie war, vor dem Einschlafen den Liedern ihrer drei Lieblingsstars gelauscht. Danach versank sie immer in einen traumlosen, achtstündigen Schlaf. Gleichzeitig arbeitete sie an ihrem zweiten Trumpf, an ihrem Gesicht. Stundenlang übte sie mit Lippenstiften, Lidschatten und Brauenformern – analysierte und verwandelte mit Hilfe kosmetischer Zauberkraft die schönen, offenen, unschuldigen Augen, die Stupsnase, die schrägen Wangenknochen und die vollen Lippen in ein verführerisches, exotisches Gesicht, das sich in jeder Modezeitschrift sehen lassen konnte.

Sie hatte jedes Angebot zu einem Auftritt in ganz England angenommen und beobachtete, lernte, imitierte, verbesserte ihre Techniken, verwarf unbrauchbare. Sie wurde schließlich durch ihr Talent und ihren brennenden Ehrgeiz eine ganz passable und populäre Sängerin, die für ihre Sinnlichkeit und Eleganz berühmt war.

Für Männer hatte sie keine Zeit. Natürlich waren die Männer in Leeds, Glasgow oder Birmingham auch reichlich täppisch, so daß es ihr nicht schwerfiel, ihre Annäherungsversuche abzuwehren. Aber gelegentlich machte sie mit Schlagersängern eine Tournee. Meist waren sie verheiratet und auf dem absteigenden Ast, wäh-

rend Chloe – und sie wußte das sehr wohl – im Kommen war. Ab und zu ließ sie sich mit einem jungen Schlagzeuger der Band, mit dem Saxophonisten oder Klarinettisten ein, einmal sogar mit dem Bandleader. Aber alles in allem genügte keiner ihren Ansprüchen – sie alle blieben weit hinter Chloes Idealvorstellung zurück.
Sie hatte zugesehen, wie Susan, ihre beste Freundin aus ihrer Schulzeit, jetzt in ihrer Ehe mit Chloes Bruder Richard nur noch mit Einkäufen, Kochen und Reinemachen beschäftigt war und das Hausmädchen für Richard und ihren Sohn, Simon, spielen durfte, obwohl sie schon wieder schwanger war. Susan sah bald nicht mehr strahlend jung aus, und gerade ihrer Lebhaftigkeit wegen waren sie und Chloe die beliebtesten Mädchen ihrer Schule gewesen. Kein Mann, kein Kind waren diese Mühen, Strapazen und Leiden wert, hatte Chloe damals gedacht. Auch für sie gab es keinen Mann, der der Mühe wert war – bis sie Matthew Sullivan traf.
Matt war bei der Presse, Showbusiness-Journalist beim *Daily Chronicle.* Er interviewte ehemalige amerikanische Stars, die nach London pilgerten, um dort in der blühenden britischen Filmindustrie der frühen sechziger Jahre mit ihrem angejahrten Ruhm Geld zu verdienen. Er trank Whisky, flirtete mit jedem Minirock und erzählte unglaubliche Witze. Er war ein Spaßvogel, halb Ire, halb Jude, sehr charmant, trank viel, und es war ihm völlig gleichgültig, mit wem er sich amüsierte. Sehr oft stand er an der Bar irgendeines Fleet-Street-Lokals und unterhielt seine Kumpel mit Anekdoten – mindestens so oft, wie er zu Hause in Shepherd's Bush bei seiner unscheinbaren Frau und den Zwillingen war. Er hatte überall den Ruf eines unermüdlichen Schürzenjägers, Tunichtguts, Alleinunterhalters und Geschichtenerzählers, nur Chloe hatte davon keine Ahnung.
Sie dachte nur an Ruhm und Erfolg. Männer waren ihr nicht wichtig. So trat sie mit einundzwanzig, großäugig und voller Leben, in ›The Cavern‹ auf, einer heruntergekommenen, aber sehr beliebten Diskothek in Liverpool. Der Schuppen war kurz zuvor

sehr berühmt geworden, weil dort vier junge Burschen der Stadt ihren Aufstieg zum Weltruhm begonnen hatten – die Beatles.
Sie hatte Matt schon einige Male zuvor in anderen Clubs in den unwirtlichen Gegenden Nordenglands getroffen. Er schrieb über die New-Rock-Szene, denn seine Leser interessierten sich für viele der neuen Gruppen: die Beatles, die Stones, die Animals, Herman's Hermits. Chloe hatte sein Interesse an ihr sofort gespürt, obwohl bei diesen Zusammentreffen seine Frau anwesend war. Sie waren alle miteinander in einen Nachtclub gegangen, wo nach der Sperrstunde noch Alkohol ausgeschenkt wurde. Chloe kam mit Rick, dem Klarinettisten ihrer Band. Aber ihr Interesse an ihm ließ nach. Rick wußte das und sah sich bereits anderweitig um.
Matt brachte Chloe mit pikantem Klatsch und verrückten Witzen zum Lachen. Wenn sie aufhörte zu lachen, sah sie jedesmal, daß er sie anstarrte. Sie sahen einander tief in die Augen, und seine Botschaft war eindeutig. Sie errötete, und da forderte er sie zum Tanzen auf.
Vic Damone sang ein frivoles, einlullendes Lied. Der Club war rauchverhangen, die Atmosphäre knisterte vor Erotik. Leiber rieben sich im Tanz eng aneinander, warm, verschwitzt, feucht. Matt hielt sie selbstsicher in seinen Armen. Er ist also keiner von diesen blöden Fummlern, dachte Chloe dankbar. Seine Arme umschlossen sie besitzergreifend. Er strahlte ein enormes Selbstbewußtsein aus, weil er wußte, daß er attraktiv und begehrenswert war und wahrscheinlich jede Frau, die er wollte, auch bekommen konnte.
Seine Arme umschlangen sie fester, als die Musik langsamer wurde. Ihre Körper verschmolzen immer mehr. Sie spürte jetzt seine Erregung, und sie fühlte, daß auch sie erregt war. Ein ungewöhnliches Gefühl für Chloe, einen Mann zu begehren, ihn richtig zu wollen. Sie zitterte, als sie wieder in seine schwarzen Augen sah. Es gab keinen Zweifel, was er wollte. Sie spürte, wie sie dahinschmolz, und das war so neu, daß es sie ängstigte. Wie verzaubert starrte sie in seine Augen und hielt ihn fester, bis seine

Frau ihm auf die Schulter klopfte, um ihn daran zu erinnern, daß der Babysitter nur bis halb eins bleiben würde und sie gehen müßten.
Matt rief sie drei Tage später an. Er war wieder in Liverpool, diesmal ohne Ehefrau. Ob sie mit ihm in der ›Cavern‹ nach der Show einen Drink nehmen wollte?
Chloe zögerte nicht. Sie hatte zu oft an sein Gesicht, seinen festen Körper, sein schwarzes Haar, seine schwarzen Augen unter den schweren Lidern und seinen aggressiv geformten Mund denken müssen. Good bye, Rick.
Matt war unterhaltsam und freundlich im Club, aber sie tauschten keine bedeutungsvollen Blicke. Chloe fragte sich schon, ob sie sich nur eingebildet hatte, daß er sie haben wollte.
Als sie vor ihrer Bude ankamen, bat sie ihn, sich beim Hochgehen auf der wackeligen Treppe so leise wie möglich zu bewegen. Ihre Vermieterin gestattete keine nächtlichen Männerbesuche, was Chloe schon oft als willkommene Ausrede anderen, unerwünschten Verehrern gegenüber benutzt hatte. Dieses Mal brauchte und wollte sie diese Ausrede nicht. Sie begehrte Matt.

Als Chloe am nächsten Morgen erwachte, war Matt verschwunden. Sie fühlte sich unglaublich gut. Die Welt erschien ihr plötzlich wunderbar. Sie hatte in der Nacht neue, unbeschreibliche Gefühle kennengelernt. Er war bis zum Morgengrauen geblieben, und in jeder Minute, die er bei ihr war, hatte sich Chloe mehr in ihn verliebt.
Zumindest glaubte sie, daß es Liebe war. Sie grübelte darüber nach und ließ die Hand über ihren Körper gleiten, über die Stellen, wo sie noch seine Liebkosungen spürte. Sie erschauerte lustvoll. Waren sechs oder sieben Stunden voll himmlischer Zärtlichkeiten Liebe? Wenn nicht, dann war dies besser als alles, was Cole Porter je darüber getextet hatte. In diesem Moment jedenfalls konnte und wollte sie nur noch an Matt denken. Sie fühlte sich voller Leben, sie war erfüllt. Mit einundzwanzig fühlte sie sich zum ersten Mal als Frau.

Annabel wurde an einem schönen Bankfeiertag im Frühling in London gezeugt, als Matts Frau und die Zwillinge die Schwiegermutter in Bogner besuchten. Matt mußte einen wichtigen Artikel über die Beatles schreiben. Er fragte Chloe, ob sie das Wochenende bei ihm verbringen wollte. Sie konnte nicht widerstehen, sie war völlig in die unwiderstehliche Verkörperung von irischem Charme und jüdischem Esprit verliebt und wollte nicht die Gelegenheit versäumen, sich ein ganzes Wochenende in seinen Armen zu räkeln.
Chloe atmete die frische Mailuft tief ein und klingelte an der schäbigen Tür in Shepherd's Bush. Sie riß sich zusammen, so gut es ging, aber sie hielt trotzdem die Luft an, als er die Tür öffnete. Er war achtzehn Jahre älter als sie, sah aber immer noch sehr gut aus. Sein schwarzes Haar war von grauen Strähnen durchzogen, und sein Gesicht war von Locken umrahmt. Seine schwarzen Augen verschlangen sie, und dann nahm er sie in die Arme.
»O Matt, du hast mir so gefehlt, so sehr gefehlt.« Sie atmete schwer und drückte ihn fest an sich.
»Es war doch nur eine Woche. Du hast doch gar keine Zeit gehabt, mich zu vermissen auf deiner Wahnsinnstournee. Komm rein, komm – die Nachbarn könnten uns sehen.«
In dem kleinen vorderen Wohnzimmer schenkte er zwei große Whiskys ein. Er deutete auf die abgenutzte Couch mit dem Baumwollsamtbezug, und Chloe setzte sich. Vor dem einen Fenster saß ein gelber Kanarienvogel in seinem Käfig. Das Papier auf dem Käfigboden war von seinen Exkrementen völlig verkrustet. Aschenbecher quollen von Zigarettenstummeln über, auf dem Boden lagen dutzendweise Zeitungen und Zeitschriften, und eine Pizza schimmelte langsam auf dem Tisch neben einer uralten Schreibmaschine vor sich hin. Überall standen halbleere Becher mit abgestandenem Kaffee herum. Dann entdeckte sie auf dem Klavier ein großes Farbfoto von Matts Frau und den Zwillingen. Chloe fühlte einen Stich, aber sie tat, als habe sie es nicht bemerkt.
»O Matt! Matt! Es ist so schön, dich wiederzusehen.« Sie war

wahnsinnig aufgeregt. Sie ließ kein Auge von ihm. Sie konnte nicht aufhören, ihn zu berühren.
»Du siehst gut aus, Süße, wirklich gut.« Er drückte übermütig ihren Arm und streichelte ihren Nacken. Ihr lief ein Schauer über den Rücken. Sie begehrte ihn jetzt – sie wollte ihn sofort.
»Zigarette?« fragte er, zündete zwei Luckies an und gab ihr eine.
»Ich ziehe an deiner«, flüsterte sie und dachte dabei an das letzte Mal, als sie zusammengewesen waren.
Er nahm einen Zug, inhalierte leicht und beugte sich zu ihr. Sie küßten sich, die Lippen leicht geöffnet, ihre weich und feucht, seine kühl, aber sinnlich – sein Kuß war sanft wie Schmetterlingsflügel. Sie fühlte den beißenden Rauch in ihrem Mund, sie fühlte und kostete seine Lippen, seine Zunge. Er roch sehr männlich, nach Zigaretten, Whisky, etwas Schweiß, aber sein Atem schmeckte süß. Sie spürte sein Verlangen. Seine glühenden schwarzen Augen sahen in ihre, seine Zunge streichelte ihre Lippen. Sie sah, wie sich seine Pupillen vor Verlangen vergrößerten. Seine Hände glitten sanft über ihre Bluse und tasteten nach ihren vollen Brüsten. Er sah sie die ganze Zeit an, hypnotisierte sie fast, während das Feuer in seinen Augen so hell brannte wie die Begierde in ihnen.
»O Liebling, Liebling«, flüsterte sie, »ich will dich jetzt, jetzt gleich.«
»Noch nicht, Liebes, noch nicht.« Er war erfahren genug, um sich Zeit zu lassen. Sie jedoch war ungeduldig, fast noch ein Kind – trotz ihrer sinnlichen Lieder. Sie keuchte, so sehr wollte sie ihn in sich spüren. Aber er konnte warten. Und er wußte: Je länger er sie warten ließ, desto schöner würde es für sie beide werden.
Er spielte auf ihr wie ein Virtuose auf einer Stradivari. Ganz langsam und geduldig knöpfte er ihr die Bluse auf, streichelte mit den Fingerspitzen leicht ihre Brustwarzen, um sie dann wieder und wieder zu küssen.
Dann zog er sie ganz langsam aus und legte sie vorsichtig auf die Couch. Er glitt mit der Zunge über ihren ganzen Körper, und sie geriet in Ekstase. Sie fühlte durch seine Cordhosen, wie erregt er war, und versuchte, ihn zu befreien, aber er ließ es nicht zu.

Chloe war außer sich vor Verzückung, aber er ließ sie nur seinen Mund berühren. Er kitzelte ihre Klitoris, bis sie überfloß. Ihr ganzer Körper brannte mit einer Intensität, wie sie es noch nie erlebt hatte. Sie hatte bisher keinen Mann gekannt, der sich so viel Zeit ließ, der ihr mit seiner Zunge, seinen Lippen und Fingerspitzen so viel Genuß bereitete.
Er streichelte weiter ihre Klitoris, und sie hatte wieder einen Orgasmus. Sie glaubte, sie würde den Verstand verlieren, wenn er jetzt nicht in sie eindrang. Sie flehte ihn an, sie schrie und flehte wieder: »O bitte, Liebling, Matt, nimm mich, komm jetzt! Ich will dich! Bitte!« Dann erst riß er sich die Kleider vom Leib, und ihre beiden Körper verschmolzen miteinander.
Solch eine Nacht hatte Chloe zuvor noch nie erlebt. Die Männer, die sie gekannt hatte, meist Musiker und Sänger, hatten immer nur ein Ziel: so schnell wie möglich aus den Hosen zu kommen, sofort in sie einzudringen, ein paar Minuten lang wie verrückt zu pumpen und dann abzuschlaffen. Es war niemals wirklich aufregend gewesen. Nie hatte sie solche Höhen der Erregung verspürt wie bei Matt.
Stunden danach trug er sie hoch in das kleine Schlafzimmer. Sie war schlaff, erfüllt von ihm und sehnte sich doch immer noch nach ihm. Dort oben im Dunklen hielt er sie ganz fest in den Armen. Er flüsterte zärtlich und voll Verlangen mit ihr und liebte sie die ganze Nacht. Sie klammerte sich an ihn und stammelte voller Leidenschaft, wie sehr sie ihn bewunderte, ihn brauchte, ihn begehrte.
Leider begehrte und brauchte er sie nicht mehr, als sie ihm sechs Wochen später erklärte, daß sie schwanger sei.

Chloe wollte kein Kind, aber ihre Liebe zu Matt war in den letzten beiden Monaten so groß geworden, daß sie die Leidenschaft fast verzehrte. Sie mußte ständig an seine schwarzen Augen denken, an seine Lippen, die sie so erregten, an seine Hände auf ihrer Haut – an ihre beiden Körper, wie sie eins wurden.
Sie kannte seine Fehler. Fehler! Matt hatte wenig gute Eigenschaf-

ten, seine Fähigkeiten als Liebhaber ausgenommen. Er war ein notorischer Lügner – er belog seine Frau so, wie er auch sie belog. Es fiel ihm leichter zu lügen, als die Wahrheit zu sagen. Er hatte scheinbar zu viel Zeit in der Fleet Street verbracht. Aber sie verzieh ihm immer, sobald er in ihrem Bett lag. Sie konnte nicht genug von ihm bekommen, aber sie sah ihn nur selten. Fünfmal insgesamt, einschließlich des unvergeßlichen Wochenendes. Fünf wunderbare Nächte, nach denen sie vollkommen befriedigt eingeschlafen war und nach denen sie am nächsten Tag noch mehr nach ihm verlangt hatte.

Aber sie konnte ihn nicht haben. Das machte er ihr unmißverständlich klar. Er liebte sie nicht. Da wenigstens war er ganz ehrlich. Er begehrte sie sexuell, er genoß es, sie zu lieben, aber er kannte sich selbst zu gut. Er war vierzig und hatte nicht die Absicht, sich scheiden zu lassen. Wenn Chloe ihm den Rücken kehrte, dann gab es genug andere attraktive Frauen, mit denen er sich vergnügen konnte.

Chloe konnte sich in ihrer Naivität nicht vorstellen, daß er sie so leidenschaftlich begehren konnte, ohne sich in sie zu verlieben. Sie konnte seine Gefühllosigkeit nicht begreifen. Jeden Abend weinte sie sich in den Schlaf.

Sie hielt es für ein Verbrechen, ihr Kind der Liebe abzutreiben. Die Frau in ihr befahl ihr, das Kind zu gebären. Obwohl er sie zurückgestoßen hatte, trug sie das Baby aus. Im Krankenhaus in Plymouth gab sie einen falschen Namen an. Im Januar 1964 gebar sie ein Mädchen und nannte es, nach ihrer Großmutter, Annabel.

Sie hatte eine schwierige Entscheidung getroffen, und jetzt stand ihr eine weitere bevor. Chloe wußte, daß sie das Baby nicht behalten konnte. Sie mußte ihren Lebensunterhalt verdienen, und das konnte sie nur durch ihre Musik. Das Tourneeleben war nichts für ein Baby.

Chloes Bruder und dessen Frau Susan willigten ein, Annabel mit ihren beiden Kindern aufzuziehen. Den Nachbarn erklärten sie, Annabel sei die Tochter von Susans Cousine, die bei einem Autounfall in Australien ums Leben gekommen sei. Die Nachbarn stellten keine Fragen, und Chloe stürzte sich bald wieder wie eine Besessene in die Arbeit. Sie verdiente ihren Lebensunterhalt in ganz England, in Irland, Schottland und Wales. Und nach sieben Jahren war sie an der Spitze der Hitparaden angelangt. Sie war eine mitreißende Sängerin, brachte beliebte Songs, aber sie bot ihren Zuhörern stets mehr als das, wofür sie bezahlt hatten. Ihr unbestrittenes Talent, gepaart mit ihrem faszinierenden Sex-Appeal, begeisterte sowohl Zuhörer als auch Kritiker. Sie war in England auf dem Gipfel des Erfolgs, und dann streckte auch Amerika vorsichtig die Fühler nach ihr aus. Sie wollte gerade ein Angebot in Las Vegas annehmen, als sie Josh das erste Mal sah.

4

Chloe hatte den Auftritt nicht sehen wollen. Sie hatte gerade ihre Tour durch vierzig Städte abgeschlossen, war erschöpft, und das sah man ihr an. Sie mußte sich eingestehen, daß sie neunundzwanzig und nicht mehr neunzehn war. Sie brauchte jetzt jede Nacht acht Stunden Schlaf, oder sie würde immer mehr Falten bekommen. In der warmen Dunkelheit des Theaters öffnete sie ihre Puderdose, überprüfte schnell ihren beinahe makellosen Teint und schaute dann wieder zu Josh auf die Bühne. Obwohl sie nicht wollte, mußte sie lächeln. Er sah schon verdammt gut aus!

Chloe fühlte sich sofort zu Josh hingezogen. Sie spürte eine sexuelle Erregung wie damals bei Matt.

Joshua Brown war der König des Showbusiness in diesem ›Swinging London‹. Er war dreißig, brillant, talentiert, er war der Größte, aber er war auch das Enfant terrible. Das West End lag ihm wegen seines guten Aussehens und seines extravaganten Stils zu Füßen, und Chloe machte keine Ausnahme.

Tausende von Männern, die ihr beim Singen zuhörten, hatten sie begehrt, und jetzt empfand sie selbst so, jetzt begehrte sie den Sänger auf der Bühne. Warum ausgerechnet Joshua Brown? Diese körperliche Erregung, die sie seit Jahren nicht mehr gespürt hatte – da war sie wieder. Sie genoß es, sie gab sich ihm hin. Chloe lehnte sich zurück und verschlang Josh mit den Augen. Ihre riesigen, türkisfarbenen Augen wurden immer größer, während sie seine Leistung bewunderte. Er spielte einen Stummfilmstar der zwanziger Jahre, einen Douglas-Fairbanks-Typ. Fast drei Stunden lang sprang und tanzte er auf der Bühne umher und ins Publikum hinein, wartete mit so meisterhaften und wagemutigen Sprüngen auf, daß die Zuschauer ihm immer wieder stehend applaudierten.

Drei Tage später sah sich Chloe die Show zum zweiten Mal an. Diesmal hatte sie absichtlich einen Platz vorne in der Mitte gewählt, nicht mehr hinten in der siebten Reihe. Sie war auch absichtlich alleine hingegangen.

Diesen Mann werde ich heiraten, dachte sie und ließ sein gutaussehendes, dunkles Gesicht und seinen muskulösen Körper keine Sekunde aus den Augen. Als der Vorhang fiel, trat er vor die anderen Mitglieder des Ensembles, um sich einen Sonderapplaus zu holen, und sie klatschte sich die Hände wund und zwang ihn, ihren Blick zu erwidern.

Er verbeugte sich und badete im Applaus. Offensichtlich liebte er sein Publikum. Das schwarze Haar fiel ihm in die braungebrannte Stirn. Josh war ein Meter achtzig groß, hatte ein unwiderstehliches Gesicht – und er hatte Sex-Appeal, war sehr männlich, sehr charmant und humorvoll. Er war und hatte alles, was man sich nur wünschen konnte. Sein weißes Kambrikhemd war offen bis zum Gürtel. Sie konnte seine prächtigen Brustmuskeln sehen, und durch die engen schwarzen Hosen zeichneten sich die Konturen seiner Männlichkeit ab. Die Rüschen an den Ärmeln fielen über seine braunen Hände. Kraftvolle Hände, die sie auf ihrem Körper spüren wollte. Ihr fielen die Gerüchte ein, die sie über ihn gehört hatte. Angeblich war er nicht nur sehr schwierig, sondern auch Londons größter Casanova. Nun ja, in diesem Geschäft zerrissen sich alle andauernd das Maul, wenn man nicht gerade Julie Andrews hieß. Vielleicht stimmte es, vielleicht aber auch nicht. Im Moment war ihr das egal. Er zog sie nur unglaublich stark an – in jeder Hinsicht.

Ihre Blicke trafen sich, blieben auf den jeweils anderen gerichtet. Beide waren sie eindeutig interessiert. Als er ihr kaum merklich zunickte, stand sie auf und schlängelte sich aufgeregt durch die Menge zu seiner Garderobe hinter der Bühne. Wie eine Vierzehnjährige, verknallt in Elvis.

Perry, Joshs Mädchen für alles, bot ihr einen Drink an, während sie gespannt in dem schäbigen Vorzimmer wartete und abwesend die vergilbten Fotos von Edmund Keane und Henry Irving an den sich abblätternden gelben Wänden betrachtete. Sie hörte ihn eine Arie summen – war es Verdi? Aida? Hatte das Matinee-Idol, dieser Komödiensänger und Komponist, dieser Charmeur und Schürzenjäger ernsthafte Ambitionen? Wollte er etwa zur Oper? Bevor sie sich die Frage beantworten konnte, wurde der dreckige, grüne Samtvorhang zurückgeworfen – und da stand er. Sie wußte sofort, daß er der Richtige für sie war. Für immer, sagte ihr eine innere Stimme. *Für immer.* Seine körperliche Nähe überwältigte sie.

Er begann ihr sofort zu schmeicheln. »Ich liebe alle Ihre Platten«, sagte er. »Und ganz besonders *I've Got a Crush on You.* Wir spielen sie dauernd. Stimmt's, Perry?«

Sie spürte die Kraft, die von ihm ausging, fast körperlich.

Der junge Mann lächelte Chloe bewundernd an und führte sie zu einem Stapel LPs. »Sinatra, Ella – und Sie, Miss Carriere. Die drei waren schon immer seine Lieblingssänger.«

»Danke«, murmelte Chloe völlig überwältigt. Sie versuchte, cool und distanziert zu wirken. Warum mußte sie sich vor ihm so schwach, so feminin fühlen, so, na ja, geil? Ja, sie war ganz einfach geil auf ihn. Zwei Jahre Enthaltsamkeit in deinem Alter sind wohl ein bißchen lange, oder? Hol ihn dir, Mädchen!

»Sie haben nicht zufällig Zeit, mit mir noch eine Kleinigkeit zu

essen?« fragte Josh schüchtern. Die Antwort darauf war ihnen beiden klar.
Sie aßen in einem schicken Restaurant in Soho und lachten und scherzten miteinander. Es stand außer Frage, wie der Abend enden würde. Er hatte eine kleine Wohnung in Fulham, sie eine in Chelsea. Sie warfen eine Münze, und er gewann.
Chloe hatte gedacht, daß wohl niemand Matt je im Bett übertreffen könnte. Sie hatte in den letzten sechs Jahren ein paar halbherzige Affären gehabt, aber nach einer Weile beschlossen, daß es die Sache nicht wert war. Sie lag lieber mit einem Buch im Bett oder spielte mit Freunden Karten, als mit einem Fremden unter der Bettdecke zu liegen und Lust zu heucheln. Also hatte sie sich nicht mehr um Männer bemüht. Nach und nach war ihr der Gedanke gekommen, sie könnte vielleicht nach Annabels Geburt frigide geworden sein. Aber sie hatte sich getäuscht ...
Josh erregte sie, bevor er sie überhaupt berührte. Sein geschwungener, sinnlicher Mund streifte ihre Lippen, als sie im Aufzug zu seiner Wohnung hinauffuhren. Ein erfahrener, zärtlicher Kuß – und ein Mann, der die Frauen kannte. Seine Lippen und seine Hände in ihren Locken bewiesen es eindeutig. Zärtlich fuhr seine Zunge an ihren Lippen entlang. Sie spürte, daß seine Erregung wuchs. Dann hielt der uralte Aufzug mit einem Ruck an, und ihre Lippen lösten sich langsam voneinander.
Außer den Möbeln in seinem Schlafzimmer, sehr dunkle Möbel und ein sehr großes Himmelbett, entdeckte sie nur ein ungewöhnliches Accessoire – einen großen Spiegel über dem Bett. Er war oben an den vier verchromten und verspiegelten Pfosten befestigt. Auf dem Bett lag eine blaue Chenilledecke.
»Ein Geschenk des Hotels Empire in Las Vegas«, erklärte er lachend, als sie das Bett fragend betrachtete. »Letztes Jahr habe ich ihren Hausrekord gebrochen, und da fragten sie mich, ob ich eine diamantbesetzte Rolex wollte. Ich habe ihnen erzählt, mir gefiele das Bett besser – also schickten sie es per Schiff herüber. Es ist toll.«
Hausrekord, dachte Chloe. Das glaube ich aufs Wort.

Fünf Stunden später, als sie in die enge, unaufgeräumte Küche humpelte, wußte sie, wie toll das Bett war. Sie hatte ein Gefühl in den Beinen, als habe sie drei Stunden intensiv Sport getrieben. Er war wirklich ein wunderbarer und aufregender Liebhaber, aber es hatte auch sehr viel Spaß gemacht, sich mit ihm zu unterhalten. Zwischendurch – und bei der Liebe war er mindestens so gut wie Matt – hatten sie erzählt, gelacht und miteinander gescherzt. Sie waren beide völlig ungezwungen und locker gewesen. Nachdem sie stundenlang ihre Körper mit Lippen, Zunge und Fingern erfühlt hatten, hatte sie ihn angefleht: »Nimm mich, Josh, nimm mich, bitte.« Er hatte sie geküßt und erregt, bis sie so in Ekstase geraten war, daß sie geglaubt hatte, sie müsse sterben, wenn er nicht sofort in sie eindrang. Sie hatte ihn so sehr begehrt, daß sie gemeint hatte, ihr Körper bestünde aus einer Million Nervenenden, die durch seinen Körper in hellen Aufruhr versetzt würden.
Als er endlich in sie kam, war die Empfindung so überwältigend, daß sie sich beide nicht zurückhalten konnten. In wenigen Sekunden wurde ihre Leidenschaft so groß, daß Chloe beinahe ohnmächtig wurde. Er drückte sie dann fest an seine warme, muskulöse Brust und strich über ihre schwarzen Locken, die jetzt vom Schweiß ihrer beider Körper feucht waren. Sie wußte, daß er der Mann war, von dem sie insgeheim geträumt hatte. Und sie hatte gewußt, daß sie ihn eines Tages treffen würde. Den Mann für immer.
Sie war überzeugt, daß dies der Anfang von etwas Großem war. Und das war es auch. Sie waren wie füreinander geschaffen. Das ideale Paar. Sie hatten unzählige Gemeinsamkeiten. Ihr Werben war kurz, ihre Hochzeit drei Monate später ein Freudenfest. Sie waren beide sehr beliebt und feierten deshalb eine riesige, prunkvolle Hochzeit in Dorchester, zu der alle Stars kamen, von Peter Sellers bis Sir Lew Grade. Ihre Flitterwochen verbrachten sie auf Capri, wo sie, wenn sie nicht gerade schwammen oder in der Sonne lagen, die meiste Zeit im Bett verbrachten.
Von Anfang an bestand Josh darauf, Chloe gegenüber absolut ehrlich zu sein. Er hatte ihr von seinen vielen Frauen erzählt und

ihr auch gestanden, daß er es nie geschafft hatte, länger als ein paar Monate einer Frau treu zu sein, aber bei Chloe wollte er sich mit allen Kräften darum bemühen. Josh war jetzt dreißig. Es war Zeit, endlich erwachsen zu werden. Er hatte auch die geringen Mengen weißen Puders erwähnt, die er manchmal schnupfen mußte, um seine strapaziöse Show durchzustehen. Es war ihr gleichgültig. Sie liebte ihn, und ihre Liebe würde alles bezwingen. Ihre Ehe würde Bestand haben. Sie waren überglücklich miteinander, trotz seiner frühreifen Tochter, die bei ihnen lebte. Obwohl mit der Zeit die physische Beziehung nicht mehr ganz so wichtig war, blieben Kameradschaftlichkeit und ein inniges Verständnis füreinander. Sie lachten, sie liebten sich, sie stritten und arbeiteten miteinander. Das perfekte Paar, sagte jeder. Chloe hielt ihre Verbindung für unzerstörbar, und sie arbeitete an der Ehe, an ihrer Liebe zueinander – sie blühte auf.

Beide litten darunter, wenn sie sich trennen mußten. Sie brauchten ihre gegenseitige Hilfe und Nähe. Bei Partys waren die Gastgeberinnen oft verärgert, weil Josh und Chloe, die Tag und Nacht miteinander verbrachten, zusammen auf einer Couch saßen und lachten, Händchen hielten, ganz auf sich konzentriert waren und die übrigen Gäste kaum beachteten. Sie verstanden sich vollkommen, und sie waren ganz füreinander da. Nur sein Kokainkonsum bereitete ihr manchmal Sorgen. Es gab Phasen, da rührte er das Zeug monatelang nicht an. Doch wenn der Streß bei seiner Arbeit zu groß wurde, dann war das Schnupfen an der Tagesordnung.

»Ich mache das schon, seit ich achtzehn bin, Himmel noch mal«, sagte er dann immer wütend. »Geschadet hat es mir noch nie.«

»Koks ist tödlich, Josh.« Chloe regte sich immer auf und wurde wütend, wenn sie ihn beim Schnupfen ertappte. Sie hatte auf vielen Touren gesehen, wie verheerend Kokain, Heroin und Speed auf einen Musiker wirken konnten. Chloe haßte Drogen, Drogen, die Leben zerstören.

Josh versprach ihr immerhin, weniger zu schnupfen. Chloe verstand, daß das fürs erste genügen mußte. Schließlich hatte er ja

auch die anderen Frauen aufgegeben. Niemand war perfekt, und sie schon gar nicht. Außerdem führten sie eine gute Ehe, eine wundervolle Ehe, acht Jahre lang. Sie hatte Glück.
Und dann kam sie eines Tages nach Hause und wurde Zeugin seiner Untreue.

Sie hatte ihm gesagt, sie würde in der Polo Lounge mit einer Freundin zu Mittag essen und dann auf dem Rodeo Drive einkaufen gehen. Damals hatten sie schon ein wunderschönes, helles Strandhaus in Malibu und ein Schmuckstück von einem Reihenhaus in London. Es gelang ihnen relativ problemlos, das Leben auf zwei Kontinenten miteinander zu vereinbaren. Sie genossen einfach das Beste, was Amerika und Europa zu bieten hatten.
Nach dem Mittagessen war sie in den Vorhof des Beverly-Hills-Hotels getreten, um in ihren Mercedes zu steigen. Doch es war sehr heiß, und sie beschloß, nicht mehr in den Rodeo Drive zu fahren. Außerdem wartete sie schon seit fünf Tagen auf ihre Periode – vielleicht hatte es ja diesmal geklappt, und sie und Josh würden endlich ihr Baby bekommen. Mit ihren siebenunddreißig war es höchste Zeit. Sie beschloß heimzufahren.
Chloe ging leise in das sonnendurchflutete Haus. In Joshs Studio war es still. Meistens hörte sie selbst durch die schalldichten Türen die gedämpften Geräusche seines Tonbandgerätes, wenn er pausenlos am Mischpult arbeitete. Josh hoffte, einen neuen Hit zu landen. Sally war in der Schule und die Haushälterin auf dem Markt.
Sie schlüpfte aus den Schuhen und ging über den weichen, blauen Teppich in ihr kühles Schlafzimmer. Was sie dort sah, ließ sie erstarren.
Josh hatte darauf bestanden, das bespiegelte Himmelbett aus Las Vegas zu behalten, und es aus London nach Kalifornien bringen lassen. Auf diesem Bett, unter dem Spiegel, lag ein sehr junges, blondes Mädchen. Seine Beine waren weit gespreizt, das lange, blonde Haar lag auf Chloes blauen Satinlaken. Ihre Augen waren aufgerissen, während sie fasziniert in den Spiegel über sich starrte.

Josh kniete vor ihr. Sein dunkler Lockenkopf war zwischen ihren Beinen. Das Mädchen wand sich verzückt, während sie sich im Spiegel betrachtete. Seine kräftigen, muskulösen Hände streichelten die Brüste des Mädchens, seine Daumen strichen über ihre Brustwarzen. Chloe kannte die Bewegungen seines Körpers und sein tiefes Stöhnen und wußte, daß er die Sache sehr genoß.
Das Mädchen war jung, sechzehn oder siebzehn, und unerfahren. Chloe registrierte, daß ihre Hände zwar Joshs mächtigen Penis hielten, ihn aber nicht stimulierten, wie er es gerne hatte. Wie festgebannt betrachtete sie das Bild. Die beiden waren so vertieft, daß sie Chloe nicht bemerkten. Entsetzt sah Chloe, daß das Mädchen kam, daß der Kopf ihres Ehemannes schneller und schneller zwischen den Beinen des Mädchens auf und ab fuhr, während es sich aufbäumte und vor Genuß stöhnte.
Chloe konnte den Schrei, der aus ihrem Innersten hervorbrach, nicht unterdrücken. Das Mädchen schrie auf, und Josh drehte sich um – schockiert und entsetzt starrte er sie an. Chloe stand bewegungslos da. Wie in einem Traum sah sie das Mädchen wimmernd in das Badezimmer rennen und Josh seinen Frotteemantel aufheben, den er dann etwas zu nachlässig überzog. Das Mädchen hatte Bluejeans und ein T-Shirt angezogen und stürzte weinend aus dem Schlafzimmer.
Chloe lief ins Badezimmer und brach in Tränen aus.
Später an jenem Abend flehte Josh sie an, ihm zu verzeihen. »Ich knie vor dir, Chloe«, weinte er.
»Vor ihr hast du heute mittag auch auf den Knien gelegen, du Schwein.« Chloe war ganz heiser, so hatte sie ihn angeschrien. Ihre Augen waren vom Weinen fast zugeschwollen. »In meinem Bett, du Scheißkerl. Du ekelhaftes, perverses Schwein! Unser Bett! Ausgerechnet? Warum hast du das getan? Was habe ich falsch gemacht?« Sie konnte nicht aufhören zu weinen, konnte seinen Verrat, seine Untreue nicht ertragen.
»Nichts, Chloe, nichts. Ich weiß nicht, warum, Chloe. Ich war mit den Jungs unten in der Bar – du weißt doch, wie es ist, Chloe.«
»Ja, ich weiß, ich weiß.« Sie konnte nicht verhindern, daß ihre

Stimme überschnappte, während sie Schubläden herauszog und Schränke aufriß und wahllos Kleider in einen Koffer stopfte. »Die Jungs, die Jungs – du hast schon immer einer von den Jungs sein müssen, nicht wahr, du Schwein!« Sie versuchte, den Koffer zuzuschlagen.

Chloe mußte weg – weg von ihm. Sie ertrug seine Nähe nicht.

Sally war gerade von der Schule heimgekommen. Sie hörte den Lärm und kam ins Schlafzimmer, um zu sehen, was da ablief. Das hier war besser als jede TV-Serie.

»Verzieh dich«, schrie ihr Vater. Das war eines der wenigen Male, daß er ihr gegenüber die Stimme erhob. Chloe wußte auch, warum, und das stieß sie noch mehr ab – es war krankhaft, pervers. Sie hatte das blonde Mädchen erkannt: Es war eine Schulkameradin von Sally. Seine Tochter hatte das ganze Ding eingefädelt. Sie wußte, daß ihr Vater ›junges Fleisch‹ mochte, daß sich er und seine Musikerfreunde darüber und über Teile der weiblichen Anatomie ausließen, wenn keine Frauen in der Nähe waren. Das Mädchen war wahrscheinlich in Josh verknallt. Es war für Sally bestimmt kein Kunststück gewesen, das Ganze zu inszenieren. Sie kannte ihren Vater sehr gut – und sie kannte auch seine Schwächen. Er war ja doch auch nur ein Mann. Und Männer waren schwach – das wußte Sally bereits.

Josh versuchte weiter, Chloe davon abzuhalten, ihre Koffer zu packen, aber alles, was er sagte, machte Chloe nur noch wütender. »Du kannst mich mal! Wirklich, Josh, du kannst mich mal!« schrie sie, als es ihr endlich gelungen war, ihren Vuitton-Koffer zu schließen. »Du ekelst mich an! Ich kann nicht mehr mit dir zusammen sein – nie mehr!« Sie wollte aufhören zu weinen, aber sie kam nicht dagegen an.

»Baby, Baby, hör mir zu, bitte! Ich konnte nicht anders! Himmel noch mal, Chloe! Ich bin ein Mann, weißt du, und manchmal muß ein Mann ...«

»Muß ein Mann was?« Sie fuhr herum, und ihre türkisfarbenen Augen blitzten ihn voller Zorn und Schmerz an. »Einen Teenager im Bett haben? Ein Groupie zum Orgasmus bringen? Du bringst mich zum Kotzen, Josh, mir dreht sich der Magen um.« Sie wollte aus dem Zimmer, aber er erwischte sie am Arm und hielt sie fest. Sein Blick war sanft und traurig. Er war den Tränen nahe. Er, der nie weinte.

»Ich weiß, daß ich ein Mistkerl bin, Baby, aber ich liebe dich. Vergiß das nicht, Chloe. Ich habe dich immer geliebt. Ich will dich – du bist meine Frau, und das wirst du immer bleiben. Denk daran, wenn du alleine in einem leeren Doppelbett liegst.«

Sie setzte an, ihn zu unterbrechen, aber er fuhr ihr über den Mund. »Ich kenne dich, Chloe. Du springst nicht von einem Bett ins andere, von einem Mann zum anderen. Du findest keinen anderen Mann, der dich so liebt wie ich. Gut, ich habe einen Fehler gemacht. Einen schlimmen Fehler. Viele Männer machen Fehler. Du hast mich bei einem erwischt. Ich weiß, es ist schrecklich, Chloe . . . aber, bitte, geh nicht. Bitte, bitte, verlaß mich nicht, Liebling!«

Sie weinte hemmungslos, auch als er sie in den Arm nehmen, die Tränen von ihren Wangen küssen wollte, aber sie ließ es nicht zu, sie konnte es ihn nicht tun lassen.

Chloe riß sich von ihm los. Die Vorstellung, er habe die Arme um das junge Mädchen . . . seinen Mund, seine Zunge . . . Wie viele andere Mädchen waren es schon gewesen? Ihr war übel. Sie konnte nicht in seiner Nähe bleiben, konnte seine Hände nicht spüren, nie mehr, seinen Mund auf ihrem . . . Der Gedanke, daß er seinen Mund dem Mädchen auf . . .

Sie schleppte ihren schweren Koffer hinter sich her, stolperte aus der vorderen Haustür, kletterte in ihren silberfarbenen Mercedes und fuhr, fast blind vor Tränen, durch den Regen, der sich jetzt aus dem Himmel über Malibu ergoß, hinein in die nasse kalifornische Nacht.

Chloe hatte sofort eine sechsmonatige Tournee durch die englische Provinz angenommen, weil sie Josh vergessen wollte. Aber es war nicht einfach, den Mann zu vergessen, den sie so leidenschaftlich geliebt hatte. Nur ganz allmählich ließ der Schmerz ein

wenig nach. Josh rief dauernd an: Er flehte sie an, ihm zu vergeben, er weinte, er schmeichelte ihr, er schickte Geschenke und überhäufte sie mit Rosensträußen, er schrieb Worte ewiger Liebe. Irgendwann verzieh sie ihm. Sie verzieh ihm immer. Hätte er das auch getan, wenn sie ...?
Das war das erste Mal, daß sie ihn erwischt hatte.
Das letzte Mal lag nun ein Jahr zurück. Als sie zum zweiten Mal Zeugin seiner Untreue geworden war, war sie so verletzt und durcheinander gewesen, daß sie sich betrunken hatte. Wodka half. Als sie nach einer Woche alkoholischer Exzesse wieder zu sich gekommen war, beschloß sie, auf eine Gesundheitsfarm in Schottland zu gehen, um sich zu erholen.

Das lag jetzt alles hinter ihr. Sie mußte sich auf andere Dinge konzentrieren, mußte an ihre Karriere denken – sei optimistisch, hatte Jasper gesagt. Sie mußte diese Rolle bekommen! Miranda, Miranda Hamilton. Sie brauchte die Rolle jetzt mehr als jemals zuvor.

Zweiter Teil

5

Sissy Sharp ließ sich in die rosa Satinspitzenkissen fallen und schob ungeduldig den Kopf des jungen, blonden Adonis zwischen ihren Beinen weg.

»Wer?« schrie Sissy so aufgeregt ins Telefon, daß ihre kleinen Brüste hüpften. »Luis wer? Der ist nicht der Richtige, um meinen Mann zu spielen, verdammt noch mal. Du hast mir Pacino oder Nicholson oder den englischen Schauspieler versprochen . . . wie heißt er noch gleich? Ach, Finney oder so ähnlich – und jetzt erklärst du mir, ich soll, verdammt noch mal, neben einem unbekannten mexikanischen Stinker spielen?«

Sie schrie so wild, daß Nick, der blonde Adonis, schmollend aufstand und sich in der Ecke in einen rosafarbenen, mit einer Plastikschutzhülle abgedeckten Art-deco-Sessel warf und sie voller Wut anblitzte.

Er hatte das Miststück über eine Stunde geleckt, und zweimal wäre sie fast gekommen, aber beide Male hatte das Telefon geklingelt, und sie hatte beide Male den Hörer abgenommen. Nahm ab! Während seine Zunge auf ihrer Klitoris ein Konzert veranstaltete. Jetzt war es ihr verdammter Agent, der sich mit ihr über irgendeinen neuen Schauspieler unterhielt, mit dem sie arbeiten sollte.

Nick vögelte Sissy nicht aus Liebe – er verspürte nicht die geringste Lust dabei. Sissy war sehr dünn, war vorne nicht besonders entwickelt und nahm ständig Pillen – all das spornte ihn nicht gerade zu besonderen männlichen Leistungen an. Aber als das derzeitige TV-Idol der Teenies war er sehr daran interessiert, es im Filmgeschäft zu packen, bevor er das biblische Alter von dreißig erreichen würde. Bei Sissy Sharp – dem lieben, guten, alternden Mädchen von nebenan – im Bett zu liegen, das war Nicks Eintrittskarte in die Filmbranche. Das hoffte er zumindest.

Es war Sams Idee gewesen. Sam Sharp war seit siebzehn Jahren mit Sissy verheiratet. Während der Zeit hatten sie die amerikanische Öffentlichkeit davon überzeugt, daß sie eine der glücklichsten Ehen Hollywoods führten. Sams homosexuelle Neigungen waren im Showbusiness ebenso bekannt wie Sissys sexuelle Gier nach zwanzig Jahre jüngeren Männern, aber ganz in Einklang mit Hollywoods Tradition, seine prominentesten Bürger nicht mit Schmutz zu bewerfen, war nie auch nur ein Wort veröffentlicht worden, das die Ehe der Sharps befleckt hätte. Der Öffentlichkeit präsentierten sie ein Bild ehelichen Glücks – in Wirklichkeit jedoch konkurrierten sie um die Gunst der zahlreichen jungen Männer in Hollywood.

Sam und Nick arbeiteten im selben Studio, dort, wo Sam schon seit dreißig Jahren in Filmen auftrat. Regelmäßig sahnte er siebenhundertfünfzigtausend Dollar pro Film ab und vernaschte noch dazu viele junge, hoffnungsvolle Schauspieler.

Nick erlebte gerade seine zweite TV-Saison und lag hoch im Rennen. Als Star einer kurzweiligen TV-Unterhaltungsserie – er spielte einen Geheimagenten – erregte er alle Teenager mit seinem blonden Haar und seinem perfekten Gesicht und Körper. Er blickte von den Titelseiten der TV-Zeitschriften und der Skandalblättchen. Sein Liebesleben – ein hinreißendes Filmsternchen und Mannequin nach dem anderen – wurde genauestens mitverfolgt und festgehalten. Doch viel wichtiger war ihm seine Karriere. Der Weg vom Fernsehsexidol zum Filmstar war beschwerlich, besonders wenn die maßgeblichen Leute Nicks schauspielerische Fähigkeiten als niedrig einstuften – gemessen an seinen sonstigen Qualitäten.

Er wußte, daß Sissy sich immer darum bemühte, sich ein Mitbestimmungsrecht zu sichern, was den zweiten Hauptdarsteller und die anderen Frauenrollen betraf, damit keine sie in den Schatten stellen konnte. Sie begann ihren neuen Film in zwei Wochen. Überall munkelte man, daß alle die, die als wirkliche Stars galten, die Angebote abgelehnt hatten. Kein respektabler Hauptdarsteller wollte neben einem ›ausrangierten‹ Star wie Sissy spielen. Genau das aber konnte Nicks große Chance sein.

Er hatte Sam während einer Mittagspause in der Kantine erlaubt, sich an ihn ranzumachen, hatte sich nicht gewehrt, als er ihn nach den Dreharbeiten in sein riesiges Wohnmobil, das als Umkleide fungierte, zu einer Flasche Dom Perignon eingeladen hatte – und er hatte es zugelassen, daß Sam seinen Reißverschluß aufgemacht und ihm gekonnt einen geblasen hatte. Nick ließ sich jedoch nicht auf den Mund küssen, und er selbst berührte Sam überhaupt nicht. Er schloß die Augen und stellte sich vor, daß es ihm ein toll aussehendes Mädchen besorgte. Männer waren nichts für ihn. Aber er war ehrgeizig, denn er brauchte eine Einladung zum Abendessen im Haus der Sharps in Bel Air. Und er war eingeladen worden – vor etwa drei Monaten.

Da hatte er dann endlich Sissy getroffen. Sie sah gut aus für ihre vierundvierzig: schlank und mit Schmuck behangen, die Falten der Unzufriedenheit und des Neids wohl verborgen hinter dick aufgetragenem Make-up.

Er hatte während des Abendessens neben Sissy gesessen. Am Tisch wimmelte es von den unvermeidlichen, aufgedonnerten Dinosauriern, mit denen sich die Sharps bei gesellschaftlichen Anlässen stets umgaben. Durchschnittsalter fünfundfünfzig, schätzte Nick. Nicht eine einzige attraktive Frau war darunter. Ausgenommen vielleicht Lady Sarah Cranleigh. Sie war mindestens fünfzig und so bedeckt mit gekräuselter Spitze, Perlenketten, Rüschen und Ringellöckchen, daß nur noch ein Doppelkinn und zwei lachende Augen zu erkennen waren.

Lady Sarah war in ganz England wegen ihrer Vorliebe für junge Männer bekannt. Sie amüsierte sich königlich in Los Angeles. Dazu gehörten die täglichen Ausflüge an den Strand von Santa Monica, wo sie auf viele umwerfend aussehende, erfahrene junge Männer traf, die von einer Qualität waren, die in England – noch dazu in dieser Zahl – nicht oft geboten wurde. Ihre letzte Eroberung, knapp neunzehn, saß neben ihr, völlig verwirrt, weil er nicht wußte, welche der drei goldenen Gabeln er für die Artischocke nehmen sollte.

Nick hielt Lady Sarah für sehr amüsant, aber wenig attraktiv. Es grenzte schon an Satire, wie sie herzhaft das Essen verschlang und an dem Strandjungen herumfummelte, während sie ihr satinbedecktes Knie gegen Nicks Schenkel drückte. Sissy dagegen, die sich immer ihrer Bedeutung, ihres Alters und ihres Aussehens bewußt war, stocherte im Essen herum, langte jedoch nur allzugern zu dem venezianischen Kelch mit Champagner, den der Butler stets diskret nachschenkte.

Nick hatte seinen ganzen Charme und seine ganze Ausstrahlung auf Sissy konzentriert, denn er befürchtete, mit neunundzwanzig für ihren Geschmack schon etwas zu alt zu sein. Er beobachtete, wie sie mit Lady Sarahs Strandjungen, der ihren Vorstellungen wahrscheinlich sehr entsprach, Blicke tauschte.

Abby Arafat, einer von Hollywoods reichsten Produzenten, sprach gerade von seinem neuesten Projekt, einer Miniserie, die später zu einer regulären Serie ausgebaut werden sollte.

»Dagegen wird *Vom Winde verweht* wie ein billiger Unterhaltungsfilm wirken«, prahlte er. »Das Budget beläuft sich auf zwanzig Millionen. Wir drehen in London, Paris, in der Karibik und Newport Beach. Der Regisseur ist Deane, und mit den richtigen Schauspielern für Miranda, Sirope, Armando und Steve werden wir die Einschaltquoten wie Silvesterraketen steigen lassen. Da bin ich ganz sicher.«

»Und wie heißt das Ganze?« fragte Lady Sarah, während sie einen Rest Artischockenbutter elegant mit einem Stück französischen Weißbrots wegwischte und dem Butler winkte, er möge ihr doch noch Champagner bringen.

»Der größte Knüller seit *Taipan*«, protzte Abby aufgeregt. »Sie müssen doch schon von *Saga* gehört haben – es steht seit einem halben Jahr auf der Bestsellerliste der *New York Times*. Die Rechte haben uns zwei Millionen gekostet, aber was soll's! Alle wollen sie Miranda spielen. Dunaway, Streep, Streisand. Was für eine Rolle! Die absolut beste Frauenrolle seit Scarlett O'Hara. Miranda Beaumont Duvall Hamilton. Gott, was für eine Rolle – ein sicherer Emmy-Gewinner!«

Die Artischocken waren uninteressant geworden. Abby hatte sehr aufmerksame Zuhörer bekommen.

»Für Steve wollen wir einen Star«, sagte Abby und blickte Sam wissend an.
Sissy spitzte die Ohren. Wie ein Pferd, das Gefahr wittert, sah sie die Chance für eine Rolle.
»Ich wußte nicht, daß du die Rechte für dieses Buch gekauft hast, Abby, Liebling«, zwitscherte sie über den Tisch, und im stillen ärgerte sie sich, daß sie nicht ihn zu ihrer Linken gesetzt hatte, sondern diesen blonden TV-Star, der ganz offensichtlich nur hinter einem her war – ihrem Körper. Sissy war überzeugt, daß die meisten Männer, die sie kennenlernte, mit ihr schlafen wollten. Sie hatte einen Kreis von Schmeichlern und Jasagern um sich, der ihr ständig versicherte, daß sie hinreißend aussah und begehrenswert war, während diese Bagage sie hinter ihrem Rücken voller Schadenfreude in Stücke riß.
»Ich habe das Buch geradezu verschlungen, nicht wahr, Sam?« Sie lächelte ihren Gatten an, der ihr pflichtgemäß zustimmte. Die Sharps waren immer einer Meinung, denn ihre Karrieren waren ihnen sehr wichtig – in dieser Beziehung unterstützten sie sich hundertprozentig.
Der Augenkontakt, obwohl nur der Bruchteil einer Sekunde lang, hatte Sam genügt, um zu erkennen, wie scharf Sissy auf die Rolle war.
»Wer wird denn nun die Miranda spielen?« fragte Sam beiläufig.
»Wer? Wer? Das ist von jetzt an wohl *die* Frage.« Abby lehnte sich selbstzufrieden zurück und zündete eine Zigarre an, obwohl der erste Gang noch nicht abgeräumt war und er wußte, daß Sissy Zigarrenrauch verabscheute. Vertraulich lehnte er sich über den Tisch zu Lady Sarah, die wesentlich mehr an Nicks Knie als an diesem langweiligen Hollywoodklatsch interessiert war. Das war alles so banal, gar nicht vergleichbar mit der Konversation, wie sie in London gepflegt wurde. Nie würde dort jemand auch nur mit dem Gedanken spielen, während einer Dinnerparty über Geschäfte zu sprechen. Aber Amerikaner waren eben unfein, besonders die Kalifornier. Sie warf schnell einen Blick auf den blonden jungen Mann, der gänzlich verwirrt war, weil erwartet wurde, daß

er das kleine, aber perfekte Täubchen, das ihm gerade serviert worden war, zerlegen sollte. Sie konnte es kaum erwarten, daß das Dinner zu Ende ging und sie ihn in ihren Hotelbungalow in Beverly Hills mitnehmen konnte. Aber in der Zwischenzeit blieb ihr nichts anderes übrig, als Interesse zu heucheln und das vorzügliche Essen zu genießen – ja, es war wirklich hervorragend. Sie nahm einen großen Bissen von ihrem Täubchen, ohne zu bemerken, daß der Fleischsaft auf ihr bereits leicht fleckiges Emmanuel-Kleid tropfte. Jetzt beugte sie den Oberkörper in Abbys Richtung, wobei sie einen sehr üppigen Brustansatz offenbarte. »Wer – so sagen Sie doch – bekommt denn die weibliche Hauptrolle?« lispelte sie wißbegierig.

Abby zog genüßlich an seiner Zigarre, wohlwissend, daß er lebhaftes Interesse erweckt hatte – und das wollte er bis aufs letzte auskosten. »Streisands Agent hat heute morgen angerufen. Aber das wird nichts – egal, wie toll sie auch fotografiert wird, Barbra ist keine Schönheit und auch nicht mehr ganz jung. Und Miranda muß vor allem eins sein: hinreißend!« Er stach, wie um seine Worte zu betonen, auf sein Täubchen ein. »Diese Rolle ist einfach zu wichtig. Wir können sie der Streisand nicht geben, obwohl sie ein Star ist. Miranda ist wunderschön, atemberaubend schön – also kann sie nur von einer wirklichen Schönheit gespielt werden. Vielleicht Brooke Shields.«

»Laß die Finger von ihr, Abby. Ihre Mutter ist eine Qual«, schaltete sich Arthur Van Dyk ein, der geschäftsführende Vizepräsident von MCPC, eines der letzten bedeutenden Studios in Hollywood. »Außerdem ist sie zu jung. Die Brooke könnte nicht auf vierzig, fünfundvierzig getrimmt werden.«

Sam und Sissy wechselten einen schnellen Blick. Obwohl sie es haßte, ihr wirkliches Alter preisgeben zu müssen – für die richtige Rolle würde sie eine Sechzigjährige spielen, ja ihre eigene Großmutter umbringen.

»Wir haben eigentlich vor, die Öffentlichkeit zu bitten, für die Schauspielerin zu stimmen, die sie für die beste Miranda hält – das erzeugt höchste Spannung und heiße Diskussionen um die

erste Sendung der Serie.« Abby sagte dies mit der Sicherheit eines Mannes, der genau weiß, daß seine Fehler mit dem Geld anderer Leute beglichen werden.
»Die Öffentlichkeit wird absolut begeistert sein. Toll, hm?!« Er hoffte auf Zustimmung von Lady Sarah. Wie so viele Kalifornier hatte auch er einen ziemlichen Respekt vor der britischen Aristokratie. Waren sie nicht alle mit der Königin verwandt?
»Aber was machen Sie, wenn sich die Öffentlichkeit für Barbra Streisand oder diese Brooke – wie heißt sie noch? – entscheidet oder für sonst eine ungeeignete Schauspielerin? Was dann?« fragte Lady Sarah. Sie war zu Tode gelangweilt, aber eben sehr erfahren in der subtilen Kunst der Dinnerkonversation. Eine Hand hielt einen Täubchenschlegel, die andere lag im Schritt des Strandjungen.
»Unbekannte, wir testen Dutzende von Unbekannten«, frohlockte Abby, dem es gerade gelungen war, sein Täubchen aufzuspießen. »Und ...«, er zwinkerte ihr zu, »wir machen auch Probeaufnahmen mit etablierten Stars. Eine Wahnsinnspublicity! Können Sie sich das vorstellen: Probeaufnahmen mit Bisset, Streep, Lamaze! Was für eine Publicity!«
Sissy blieb die Luft weg. Lamaze! Sie wollten dieses mexikanische Miststück testen! Hatten sie den Verstand verloren?
Fünfzehn Jahre lang bestand jetzt schon Hollywoods populärste Fehde – die zwischen Rozalinde und Sissy. Allein der Gedanke, daß Rozalinde Lamaze überhaupt für eine solche Superrolle in Erwägung gezogen wurde, machte Sissy so wütend, daß sie sich an ihrem Champagner verschluckte. Sie mußte ihren Zorn zähmen – also konzentrierte sie sich wieder mehr auf Nicks Hand, die ihre Oberschenkel massiv bearbeitete. Aber: So richtig gelang es ihr nicht mit der Konzentration.
Sissy wollte diese Rolle. Sie war sich darüber im klaren, daß sie auf dem absteigenden Ast war, dennoch wollte sie ihre Karriere um jeden Preis retten. Alle ihre Modellkleider, der Schmuck, die Komplimente, die luxuriöse Villa in Bel Air und die allgegenwärtigen Schmeichler konnten nichts daran ändern, daß sie nicht

mehr jung, nicht mehr ›heiß‹ war. In Topfilmen tauchten jetzt meist Neunzehnjährige auf, direkt auf den Fersen des heißen Dreigestirns der Fonda, der Streisand und der Lange. Sie trank noch ein Glas Champagner und schenkte Nick ihr ehemals goldenes Lächeln, das jetzt eher dem Grinsen eines Totenschädels glich.
Eine tolle Miniserie, die dann in eine erfolgreiche wöchentliche Serie übergehen würde! Es war einfach zu schön, um wahr zu sein. Sie brauchte genau das, und sie würde alles tun, um genau das zu bekommen. Herrgott, es wurde ja auch immer schwerer, an gute Filme ranzukommen. James Bond und Superman und auch E. T. waren jetzt Kassenknüller, auch Horrorfilme mit Teenagern, auch Komikfilme, die mit wenig Geld für High-School-Schüler und College-Studenten gedreht wurden, mit unbekannten Gesichtern in den Hauptrollen, die mit einem richtigen Filmstar ungefähr soviel zu tun hatten wie Lassie. Was alles nur eines bedeutete: Die bezaubernden, romantischen Liebesgeschichten, mit denen sie in den sechziger und siebziger Jahren Karriere gemacht hatte, waren nicht mehr gefragt.

Sams Geschichte war nicht viel anders. Die Helden- und Abenteuerfilme, in denen er sich in den fünfziger, sechziger und siebziger Jahren hervorgetan hatte, waren out und nur noch bei Fernsehzuschauern beliebt. Seine letzten drei Filme waren totale Flops gewesen. Die jungen Zuschauer von heute wollten keinen Hauptdarsteller, der ein halbes Jahrhundert alt war. Das ging gerade noch bei Paul Newman, Robert Redford oder Jack Nicholson – sie waren etwas Besonderes, waren Super-Megastars. Sam war alte Schule – die alte Schule jener Schauspieler, zu denen auch Cary Grant, Robert Montgomery und William Powell gehörten. Trockener Humor, Anspielungen, Andeutungen, Glanz und Pracht, Romanze und Abenteuer. Das wollten die Jungen von heute nicht mehr sehen. Und sie waren, weiß Gott, die einzigen, an denen die Filmindustrie noch Geld verdiente. Die Älteren blieben zu Hause und saßen vor dem Fernseher. Und unter ›älter‹

verstand man ja heutzutage jeden über achtundzwanzig. Es war zu teuer, abends auszugehen. Wenn sie Kinder hatten, mußten sie den Babysitter, das Essen bezahlen, selbst wenn es nur Hamburger waren. Dann noch die Parkgebühr und die Eintrittskarten fürs Kino – all das konnte für zwei Personen um die fünfzig Dollar kosten. Also hieß es zu Hause bleiben, die neuen TV-Serien wie »Starsky and Hutch«, »Charlie's Angels« und »Dallas« anschauen und ihre Lieblingsstars aus den sechziger und siebziger Jahren, wie Sam Sharp zum Beispiel, in alten Filmen auf dem Bildschirm im Wohnzimmer sehen – Filme, die stets wiederholt wurden.

Sam war erstaunt darüber, wie hoch die Einschaltquoten bei seinen Filmen lagen. Die Sendeanstalten strahlten die Filme regelmäßig zu Haupteinschaltzeiten aus, gleichzeitig mit den heißesten TV-Rennern, und jedesmal bewiesen die Nielsen-Umfragen, wie populär Sam bei den Zuschauern doch war. Sein TV-Quotient gehörte zu den höchsten, obwohl er nie bei Filmen mitgewirkt hatte, die speziell fürs Fernsehen gedreht worden waren.

Entgegen allen Dementis von seiten der Sendeanstalten und Produzenten war der TV-Quotient ein Popularitätswettbewerb, in dem Schauspieler auf dem Bildschirm nach dem Grad ihrer Beliebtheit bei den Zuschauern eingestuft wurden. Die Zuschauer wurden mit viel Geheimnistuerei nach ihren Lieblingsschauspielern befragt, denn es wurde von der Gilde der Filmschauspieler als ›verfassungswidrig‹ erachtet, Schauspieler aufgrund eines durch die Öffentlichkeit festgelegten Popularitätsgrades einzustellen. Trotzdem wurde weiter so verfahren, und diejenigen mit dem höchsten TV-Quotienten erhielten die höchsten Gagen – und die besten Rollen.

Abby hatte Sam im geheimen ein Angebot gemacht, in *Saga* mitzuwirken. Ein schwer auszuschlagendes Angebot. Fünfzigtausend pro Episode, davon mindestens dreizehn in diesem Jahr – und wenn die Serie ein Hit würde, garantierte die Sendeanstalt dreiundzwanzig weitere Episoden. Das bedeutete jährlich eine gute Million. Sam hatte schon die ganze Zeit darüber nachgedacht, aber Sissy noch nichts davon erzählt.

Er sollte Steve Hamilton, den Patriarchen einer großen Mode- und Designerfamilie, spielen. Dieser Steve Hamilton lebte in Newport Beach, und dort würden sie auch mehrere Wochen drehen, mindestens zwei- bis dreimal pro Saison – eine Aussicht, die Sam sehr gefiel, weil er das Meer liebte und eine dreißig Meter lange Segeljacht besaß. Steve Hamilton hatte eine ergebene Frau, zwei sich in den Haaren liegende Ex-Frauen und sechs Kinder, von jeder Ex-Frau je ein Mädchen und einen Jungen und ein Mädchen und einen Jungen von seiner jetzigen Frau.
Sam würde mindestens zwei, höchstens vier Tage in der Woche arbeiten. Nicht mehr als zehn Stunden Dreharbeit pro Tag, und ihm würde eine ganze Reihe von zusätzlichen Privilegien zugestanden: ein Vetorecht bei der Besetzung, bei der Wahl des Regisseurs, bei der Redaktion der Drehbücher, bei seinem Ersatzmann, einem Double, einem eigens für ihn engagierten Diener und einem Koch im Studio, die von der Gesellschaft bezahlt würden. Außerdem sollte für seine Garderobe sein Schneider, Doug Hayward aus London, zweimal im Jahr auf Kosten der Produktionsgesellschaft herüberfliegen. Die Kleider würde er natürlich anschließend behalten können. Außerdem sollte er einen Cadillac mit getönten Scheiben nebst einem Chauffeur gestellt bekommen, der ihn ins Studio und nach Hause fahren würde. Schließlich noch einen Maskenbildner und einen Friseur, die ihm in seinem luxuriösen Wohnmobil ungestört das feste Puder-Make-up auftragen und sein kastanienbraunes Toupet richten würden.
Ein wahres Füllhorn voller Leckerbissen. Jedenfalls wesentlich besser als das, was die meisten Schauspieler heute beim Fernsehen bekamen. Er faßte es ernstlich ins Auge. Ernstlich. Nur zu schade, daß sein Vater es nicht mehr miterleben konnte, wie groß er herausgekommen war. Er war zwar kein John Wayne, aber groß war er schon.

John Wayne. »Ein richtiger Mann«, wie sein Vater ihm jeden Samstagnachmittag erklärt hatte, wenn sie in Tulsa ins Kino gegangen waren. Dort war er geboren worden und aufgewachsen. »Das ist ein Mann, mein Sohn. Schau, wie er geht und spricht. Er läßt sich von niemandem etwas gefallen. So verhält sich ein richtiger Mann, mein Sohn. Er ist der Boß, der Chef, der Brotverdiener. Jeder nimmt ihn ernst, siehst du?«

Little Sam nickte und starrte ehrfürchtig hinauf zu dem riesigen, schwarzweißen Cowboy auf der Leinwand. John Wayne war ein wuchtiger Mann, und die Leinwand ließ ihn noch größer erscheinen. Eigentlich sah er Hank, Sams Vater, sogar ein bißchen ähnlich. Ein riesiger, wie ein Cowboy aussehender Mann mit einem harten Gesichtsausdruck, der immer Tabak kaute und Tabaksaft auf den Bürgersteig spuckte und sich jede Samstagnacht mit den Jungs in der Bar betrank. Wenn er sich dann mit einem von ihnen gestritten hatte, ging er heim in sein kleines Haus, weckte Lizzie, Sams Mutter, die sich vor ihm sehr fürchtete, und warf sich ohne Vorspiel, Kuß oder Umarmung mit solchem Gestöhn und Gegrunz auf sie, daß Sams junge Ohren alles hörten. Die Schreie seiner Mutter: »Nein, Hank, o nein, nicht heute nacht. Ich habe meine Tage.« Die barschen Antworten seines Vaters, dessen Stimme vom vielen Whisky ganz belegt war: »Halt's Maul und zieh dein Nachthemd hoch, Weib. Ich will dein Dings nicht sehen, nur meinen Schwanz reinstecken.« Die unterdrückten Schreie seiner Mutter, dann die Flüche seines Vaters: »Guck dir an, was du mit mir gemacht hast! Siehst du das Blut? Du bist unrein! Der Herr wird dich für diesen Schmutz zwischen deinen Beinen bestrafen!«

Sam hörte den Schlag, hörte auch noch das Weinen seiner Mutter, als das Haus schon vom Schnarchen seines Vaters erzitterte. Dann setzte sich Sam immer zu ihr in die Küche, wo sie leise weinend ihre geschwollenen Augen mit Eis zu kühlen versuchte.

»Nicht weinen, Mama, nicht«, flehte Little Sam sie an und drückte sie fest.

»Ich weine nicht, mein Lieber.« Sie versuchte, ihre Tränen zurückzuhalten, und preßte Sam fest an ihre Brust. Das waren die zärtlichsten Momente in Sams Leben.

Als Lizzies zweite Schwangerschaft schon weit fortgeschritten war, nur noch ein, zwei Wochen bis zur Entbindung, kam Hank eines Abends betrunkener als sonst nach Hause.

Trotz der Warnungen des Doktors wollte er mit Lizzie schlafen. Es gelang ihr, sich ihn vom Leibe zu halten und ins Nachbarhaus zu flüchten. Sam lag in seinem Kinderbett und hatte Angst um seine Mutter, war aber zugleich erleichtert, daß er in dieser Nacht wenigstens kein Stöhnen und Schnaufen hören mußte. Plötzlich flog die Tür auf, und sein Vater stand unter dem Rahmen. Hanks massiger Körper zeichnete sich gegen das trübe, gelbe Licht im Flur ab.

»Wach auf, Junge«, stieß der gewaltige Mann hervor. »Wach auf, ich will dir was zeigen.«

Vor Furcht wie gelähmt, stellte Sam sich schlafend.

»Wach auf, hab' ich gesagt«, schrie sein Vater. »Wach auf, du Zwerg!«

Er riß die Bettlaken mit einem Ruck weg. Durch seine halb geöffneten Augen sah Sam, was sein Vater in der anderen Hand hielt. Mit seinen zehn Jahren witterte er die Gefahr, tat aber immer noch so, als schlafe er. Bloß nicht dieses riesige, rote Ding anschauen müssen, das sein Vater in der Hand hielt.

»Wach auf.« Hanks Whiskyatem kam näher. »Ich will dir zeigen, wie ein richtiger Mann aussieht. – Geschlafen wird später, mein Sohn. Ich werde dich jetzt mal aufklären.«

Seine riesige Hand flog nach vorn. Sam duckte sich und wich in die Ecke aus. Er wollte seinen Augen nicht trauen. Sein Vater hielt dieses massige Ding, so dick wie ein großer Schlauch, rot und angeschwollen, in der Hand und zog fest daran.

»Guck, das ist ein Schwanz, Junge. Sieh ihn dir an. Das haben John Wayne und wir richtigen Männer zwischen den Beinen. Laß uns mal sehen, was du hast.« Mit der anderen Hand griff er nach Sams Schlafanzug. »Jetzt schau dir das mal an.« Er fiel fast um vor Lachen. »Das ist kein Schwanz, Junge, das ist eher ein Fingerhut, etwas, das deine Mutter zum Nähen benutzt. Das ist ein Schwanz, Junge, und wenn ein Mann ihn nicht in eine Frau steckt, dann macht er das damit.« Sam beobachtete voller Entsetzen, wie die Hand seines Vaters schneller und schneller rauf und runter fuhr, bis der Junge dachte, das Ding müßte explodieren. Und dann geschah genau das. Starr vor Entsetzen hörte er seinen Vater wie einen Wolf aufheulen und sah ihn gegen die Wand taumeln. Eine weiße Flüssigkeit tropfte auf den Boden.

Ein paar Jahre später hatte ihn ein Junge namens Bobby nach der Schule mit auf sein Zimmer genommen und ihm stolz seinen großen Penis gezeigt. Er war wirklich groß, der Penis, obwohl Bobby erst dreizehn war. Der Junge schlug Sam vor, er solle ihn berühren und ihn kommen lassen, dann würde er dasselbe bei Sam tun. Damals lernte Sam zum ersten Mal sexuelle Erfüllung kennen. Er erlebte eine solche Erregung, daß Bobby und er sich während der nächsten zwei Jahre mindestens zweimal die Woche trafen.

Aber selbst als Sam zwanzig und erwachsen war, war sein Penis nie so groß wie der seines Vaters. Und er war kein ›richtiger‹ Mann wie John Wayne und sein Vater, denn er ›machte‹ es gerne mit Jungs. Na ja, vielleicht konnte er nach den Wertvorstellungen seines Vaters kein ›richtiger Mann‹ sein, aber ihm blieb ja noch die Chance, ein ›richtiger Star‹ zu werden.

Sam war ein guter Schauspieler, auf den sich die Filmgesellschaft stets verlassen konnte. Nicht besonders genial, manchmal ein wenig glanzlos. Immerhin hatte Sam einige der größten Persönlichkeiten der Weltgeschichte verkörpert, so zum Beispiel George Washington, Abraham Lincoln, General Eisenhower und Franklin D. Roosevelt. Durch die Bank amerikanische Helden, obendrein echte Gentlemen. Für manche Zuschauer war Sam *der* Präsident, so viele hatte er schon gespielt.

Zwischendurch hatte er auch leichtere Rollen angenommen. Einmal war er für einen Academy Award vorgeschlagen worden, hatte aber dann doch keinen erhalten. Vier in Gußharz verewigte Zertifikate von seinen Oscar-Nominierungen hingen an den Wänden in seiner Bibliothek, daneben gerahmte Fotos von ihm und

Sissy mit Nancy und Ronnie Reagan, Gerald und Betty Ford, Rosalynn und Jimmy Carter und Jack und Jackie Kennedy. Sie erinnerten an sein dauerndes ›Beinahe‹, an seinen halben Ruhm. Sein Agent hatte ihm gesagt, daß die Rolle des Steve Hamilton sehr gute Chancen berge, einen Emmy zu bekommen. Das war zwar kein Oscar, aber diesmal auch nicht bloß eine Nominierung. Dieses Mal würde er eine richtige, vergoldete Statuette bekommen, fast so gut wie die, die er seit Jahren unbedingt haben wollte. Immer und immer wieder war er im Santa Monica Auditorium gesessen, hatte gehört, wie sein Name aufgerufen wurde, und war dann mit absoluter Regelmäßigkeit hinter Jack Nicholson, Al Pacino, Ben Kingsley und Dustin Hoffman auf der Strecke geblieben und leer ausgegangen.
Er war etwas verbittert, weil er noch nie einen Oscar gewonnen hatte, vor allem, nachdem Sissy einen bekommen hatte. Ihr Oscar stand unübersehbar auf einem rotgoldenen Boulle-Tisch in ihrer marmornen Eingangshalle. Sie hatte ihn extra dorthin gestellt, weil, wie sie erklärte, das Gold der Statuette genau zu dem Gold der Tischeinlegearbeit paßte. Er kannte aber den wahren Grund: Sie stellte ihn dorthin, damit jeder, der das Haus betrat, den Oscar sehen mußte. Natürlich war er von diesem exponierten Platz schon mehrere Male gestohlen worden, aber jedesmal hatte Sissy die Academy einfach angerufen und einen neuen erhalten. Eine der Statuetten war wiedergefunden worden, aber Sissy behielt sie, anstatt sie der Academy zurückzugeben. Sie stand an einer wesentlich unauffälligeren Stelle, auf einem Regal gegenüber dem Bidet in ihrem Badezimmer. So schien es, als habe sie zwei und nicht nur einen Oscar. Mistweib. Sam legte die Stirn in Falten. Er nannte die Frau, mit der er seit siebzehn Jahren verheiratet war, nicht oft in Gedanken ein Mistweib, obwohl es viele Leute gab, die sie genau dafür hielten.
Er war ihr treu. Sie hatten ein sehr gutes Verhältnis zueinander, aber sie konnte auch völlig überspannt sein. Heute morgen hatte sie darauf bestanden, er solle bei einem Mode-Layout mitmachen, das sie für mehrere europäische Zeitschriften zusammen-

stellte. Als er ihr klarmachte, er habe um dreizehn Uhr einen Termin, schmollte sie, als seien sie das liebende Paar, das sie in den Augen der Öffentlichkeit waren.
Wenn er jetzt, wo sie das Potential von *Saga* erkannt hatte und unbedingt die Miranda spielen wollte, Abbys Angebot annahm, würde sie ihn bestimmt noch mehr peinigen.
Er stöhnte leise. Sie konnte die große Dame und Diva sein, sie alle übertreffen, aber sie war immer noch seine Frau. Er war ein treuer Ehemann. Natürlich würde er versuchen, seinen Einfluß geltend zu machen. Andernfalls würde ihm das Leben zur Hölle gemacht. Sissy brachte das fertig, vor allem bei ihm, Sam.

Sissys und Sams Party ging früh zu Ende, wie alle der besten und mißlungensten Hollywoodpartys.
Entgegen der allgemeinen Meinung, daß Hollywood ein herrlicher, unterhaltsamer, glamouröser Ort sei, mit sehr extrovertierten, wunderbar aussehenden Menschen, die sich phänomenal anzogen und sich blendend amüsieren konnten, war genau das Gegenteil der Fall. In Wahrheit war das Hollywood der achtziger Jahre langweilig. Die Glamour-Mädchen und -Jungs der dreißiger, vierziger und fünfziger Jahre gab es nicht mehr. Hollywood war zu einer Geschäftsstadt geworden.
Fotojournalisten und Reporter, die sich dieses Phänomens des entschwundenen Glanzes der einstigen Stars bewußt waren, warteten in einer Traube vor Sissys und Sams Haus, um vielleicht einen der Stars und Berühmtheiten, die jetzt das Haus verließen, abfangen zu können. Das war auch der Grund, weshalb bei einem Auftritt einer Emerald Barrymore bei einer solchen Gelegenheit ein regelrechtes Blitzlichtgewitter aufflackerte. Emerald war heute einer der wenigen echten Stars, und die Fotoreporter wußten, sie würden an so einem Abend ihr Geld verdienen.

Calvin Foster wartete abseits alleine. Sein Herz schlug wie wild, aber seine Haltung verriet nichts. Er würde *sie* heute nacht sehen. Sein Idol, seine Königin: Emerald.

Er war ein unauffälliger junger Mann mit dunkelblondem Haar und einem ganz und gar nichtssagenden Gesicht; Leute, denen er einmal vorgestellt worden war, erinnerten sich nie an ihn – nicht einmal die Fotojournalisten, mit denen er stundenlang zusammen war, wenn er seine Nikon herumtrug und so tat, als ob er einer der Ihren sei. Nur seine Augen, kalt, blaßgrau und unerforschlich, hätten Aufmerksamkeit auf sich gelenkt, wenn jemand sie genauer angesehen hätte. Er wußte das und trug deshalb meist eine Sonnenbrille.
Calvin leckte die Schweißperlchen von seiner Oberlippe.
Der Fotoreporter vom *American Informer* meckerte, weil alle Damen auf der Party anscheinend Pelze und Schals getragen hatten, so daß er bis jetzt kein anständiges Dekolleté vor das Objektiv bekommen hatte.
»Wenn Emerald herauskommt, hat sie bestimmt ein tolles Kleid an, warte nur«, bemerkte Calvin. Der Gedanke alleine erregte ihn schon.
»Ach, von wegen – sie ist doch gar nicht da. Sie ist doch irgendwo in Südamerika oder so«, entgegnete ein Reporter vom *Informer*.
»Sie ist nicht hier?« stieß Calvin hervor. Normalerweise wußte er sehr genau Bescheid.
»Nein«, sagte der Reporter. »Bei ihrem letzten Film gab es Terminprobleme. Sie kommt erst nächste Woche zurück.«
Calvin fühlte, wie sich Leere um ihn breitmachte. Er hatte Emerald jetzt zwei Monate lang nicht mehr gesehen. Es stimmte, sie war die ganze Zeit in Südamerika gewesen, bei Dreharbeiten für einen billigen Abenteuerfilm mit einem unbekannten spanischen Schauspieler.
Die Enttäuschung hatte Calvin so hart getroffen, daß er sie nicht verbergen konnte. Er schlug frustriert mit der Faust in die Luft. Einige Fotojournalisten sahen ihm verwundert nach, als er zu seinem Wagen rannte, wobei die Kamera vor seinem Bauch herumtanzte.
Keine Emerald! Verdammt, verdammt, verdammt ...
Calvin war eines Blicks auf ihre Schönheit beraubt worden, eines

Augenblicks in der Aura ihrer einmaligen sexuellen Ausstrahlung. Niemand war wie Emerald, auch vor ihr war niemand je so gewesen. Die Frau mit den smaragdgrünen Augen und den meergrünen Abendkleidern. Mit den goldenen Locken und der bebenden Oberlippe. Emerald, die heiße Liebesgeschichten mit James Dean, John Garfield und Gary Cooper und anderen hinter sich hatte. Eine gute Freundin der Monroe, Garland und Clift – eine Hollywood-Überlebenskünstlerin par excellence. Die Valium und Wodka, Aspirin und Anisette, die Nächte in den Betten der Produzenten und Regisseure und selbst der Tod nicht kleingekriegt hatten. Sie war mit alldem oft konfrontiert worden und hatte gesagt: »Du kannst mich mal.« Sie hatte zwei Autounfälle überlebt. Bei einem kam ihr Ehemann ums Leben, beim anderen ihr Verlobter. Außerdem hatte sie sechs Ehen überstanden, zwei Abtreibungen, neun Fehlgeburten, siebenundfünfzig mittelmäßige Filme, drei Academy-Award-Nominierungen, mehr als hundert Geliebte, von denen nicht alle Männer und nicht alle weiß gewesen waren, und auch mehrere Verleumdungskampagnen, die erste in der McCarthy-Ära, als sie noch ein Teenager war und keinerlei Interesse an kommunistischen Umtrieben hatte . . .
Star der Stars, oh, wie er sie liebte, wollte, brauchte! Calvin verspürte die vertraute Hitze in der Lendengegend, als er hinter das Steuer seines grünen Chevrolet stieg – grün zu Ehren Emeralds. Ihr Gesicht hing überall in seinem Zimmer. Er mußte schnell heim zu ihr.

6

Luis Mendoza knallte Rozalindes Haustür zu. Als er durch den Garten ging, schnappten ihre drei häßlichen Perserkatzen wütend nach seinen Knöcheln. Luis kickte sie weg. Er haßte Tiere und Kinder. Nur zwei Dinge zählten in Luis' Leben wirklich:

schöne Frauen zu lieben und Luis Mendoza zu lieben. In Sachen Narzißmus wirkte Rozalinde neben ihm wie Mutter Teresa. Sie war wenigstens klug genug, sich mit einer gewissen Selbstdistanz als Ware zu betrachten, Luis dagegen hielt sich einfach für den schönsten und talentiertesten Macho der Welt.

»Der männliche Bo Derek«, hatte ihm sein neuer Manager, Irving Klinger, letzten Monat versichert, als Luis seine unleserliche Unterschrift unter die umfassenden Managementverträge setzte, in denen Irving gerissen festgesetzt hatte, daß ihm vierzig Prozent von Luis' sämtlichen Einnahmen zufallen würden.

»Das Sexsymbol der achtziger Jahre!« hatte Johnny Swanson, Luis' neuer Presseagent, ausgerufen. Johnny war ein begeisterter und brillanter Talentmanipulator. Er baute Luis in den Weltmedien ein Image auf – für nur fünf Prozent von Luis' Gagen.

»Der tollste Mann der Welt!« hatte Rozalinde Suzy nach ihrer ersten Verabredung vor fünf Wochen vorgeschwärmt. Luis hatte sich Rozalinde nicht so mexikanisch vorgestellt. Sie erinnerte ihn mehr an eine seiner Schwestern. Er betete Blondinen an, aber er war nicht auf den Kopf gefallen. Eine Liaison mit Rozalinde war gut für sein Image. Als fünftes von zehn Kindern einer armen mexikanischen Familie, das seit dem Krabbelalter um jedes Stückchen Tortilla hatte kämpfen müssen, wuchs man zu einem umsichtigen und klugen Mann heran – oder gar nicht.

Luis hatte getan, was die meisten Zwölfjährigen in Tijuana taten, um zu überleben. Er wies die Autos der Touristen auf Parkplätze ein, wusch, wenn er Glück hatte, für vier, fünf Pesos ihre Fenster und verkaufte, wenn er viel Glück hatte, Streichhölzer oder Kaugummi oder Basttaschen. Es war ihm nämlich einmal gelungen, mit ein paar anderen Jungs in ein Lagerhaus einzudringen und eine ganze Ladung Basttaschen zu stehlen.

Als seine Mutter starb, hatte er heimlich tausend Pesos – etwa vierundachtzig Dollar – zusammengespart, die er in einem alten Socken hinten im Schrank versteckt hatte. Man schrieb das Jahr 1968. In den Vereinigten Staaten passierte einiges: Senator Ro-

bert Kennedy war gerade einem Attentat zum Opfer gefallen. Luis hatte es im Radio gehört. Die Who, eine Rockgruppe irgendwo aus England, eroberten Amerika in Windeseile. Eine wunderschöne Lateinamerikanerin namens Rozalinde Lamaze lächelte ihn überall in Tijuana auffordernd von Reklametafeln und aus Zeitungen an. Sie war zweiundzwanzig, zehn Jahre älter als Luis, aber seine kleine Männlichkeit wurde bei jedem Gedanken an ihre einladenden Lippen und kräftigen, runden Oberschenkel steif. Er konnte davon träumen, mit diesem Mädchen zu schlafen, nicht wie bei diesen schönen und kühlen nordamerikanischen Blondinen, die er selbst in seinen Träumen nicht haben konnte.
Er wollte einfach alles, damals schon. Er wollte in die Vereinigten Staaten und ein großer Rockstar wie die Who werden, wollte mit hinreißenden Frauen schlafen, wie Rozalinde oder der anderen, Emerald Barrymore, der klassischen Blondine.
Eines Tages würde er Erfolg, Ruhm und Geld haben und Rozalinde, Emerald und die übrigen großartigen Frauen lieben, die er in den Männerzeitschriften am Kiosk erspäht hatte. Davon war er überzeugt.
Er war Mutters Liebling gewesen. »Guapissimo mio«, murmelte sie immer, wenn sie mit ihren von harter Arbeit gezeichneten Händen über seine vielen schwarzen Locken strich. »Mein Junge.« Sie drückte Luis an ihren mageren Körper, der andauernd durch Schwangerschaften angeschwollen war, und flüsterte ihm liebe Worte zu – was unter den anderen Kindern zu Eifersüchteleien führte.
Carmelita schenkte dem hübschen Jungen die ganze Liebe, die sie einst für seinen Vater empfunden hatte – die Liebe eines schönen mexikanischen Mädchens, das Jahr für Jahr älter und häßlicher wurde, während ihr Mann keine Verwendung mehr für sie hatte, lediglich als Dienstmädchen und Objekt für sein sporadisches sexuelles Verlangen durfte sie herhalten. Jahr um Jahr wuchs die Familie, bis die schwache Mutter, die im Alter von siebenunddreißig durch die Geburt von zehn Kindern, die Armut und die Mißhandlungen ihres Ehemannes verbraucht war, eines Nachts

im Schlaf starb. Carmelita hatte Luis ihre Kraft gegeben, hatte ihn gelehrt, stolz zu sein, hatte ihm den Glauben eingepflanzt, daß er ein König, ein Gott, ein Star werden konnte. Diese Hoffnungen und Träume hatte sie dem jungen Luis während seiner ganzen Entwicklung immer zugeflüstert und ihm so innere Kraft und Ausdauer mitgegeben, die er zum Überleben brauchen würde.
Als sie drei Tage vor seinem dreizehnten Geburtstag starb, weinte Luis zum letzten Mal in seinem Leben. Jetzt mußte er dem Weg folgen, den seine Mutter ihm vorgezeichnet hatte.
Er trug eines seiner drei T-Shirts, Jeans, einen sich auflösenden Pullover und hatte seine tausend Pesos in seinen ausgetretenen Turnschuhen versteckt. So ausgerüstet, wollte er in einer kalten Februarnacht bei Tijuana die Grenze zu den USA überqueren.
Allerdings war der Zeitpunkt unglücklich gewählt. Die Verfolgung der illegal einwandernden Mexikaner war von den Immigrationsbehörden gerade verschärft worden. Er wurde von einem Wachposten gestellt und mußte die Nacht in einer Gefängniszelle verbringen, zusammen mit betrunkenen Randalierern, Zuhältern und Dieben, die ihm prompt nicht nur sein kostbares Geld, sondern auch seine Jungfräulichkeit raubten. Als lateinamerikanischer Macho-Junge von stinkenden Trunkenbolden und lüsternen Schwulen entehrt und mißhandelt zu werden, während der übrige mitinhaftierte Abschaum applaudierte, war eine solch barbarische Demütigung, daß Luis noch jahrelang Alpträume hatte. Die Gesellschaft von Männern hatte ihm nie sonderlich gefallen, und die Art, in der sein Vater seine leidende Mutter immer behandelt hatte, hatte ihn ebenfalls angewidert. Er wurde schließlich so von Männern abgestoßen, daß er zum Einzelgänger wurde und nur die Gesellschaft von Frauen suchte.
Der dreizehnjährige Luis kehrte eine Woche später zu seiner Familie zurück. Er war jetzt noch trauriger – aber er war klüger. Ein Jahr danach, an seinem vierzehnten Geburtstag, stieg er in einen Zug nach Mexico City, wieder mit einer kleinen Summe am Leib, die er sich zusammengespart hatte. Er sah seine Familie nie wieder.

Luis war groß für sein Alter, sehr stark und gewandt. Er sah so gut aus, daß er sich Frauen aus jeder Altersgruppe einfach aussuchen konnte. Seit jener Gefängnisnacht hatte er es darauf angelegt, mit so vielen Frauen und Mädchen wie nur möglich zu schlafen, aber er hatte auch eine andere, besondere Leidenschaft entwickelt: Er schlug jeden Jungen, den er im Verdacht hatte, homosexuell zu sein, brutal zusammen. Es war eine Abneigung gegen jegliche Form von Homosexualität in ihm entstanden, die fast schon psychotisch war.

Als Luis fünfzehn war, arbeitete er als Kellner in einem Nachtclub in Mexico City. Als er zwanzig war, sang er, begleitet von einer Band, lateinamerikanische Balladen und besaß so viel Sex-Appeal, daß selbst gesetzte mexikanische Matronen bei seinem Anblick und seinem Gesang in Ekstase gerieten und aufstöhnten. Als er zweiundzwanzig war, hatte er Mexiko so gründlich erobert, wie es sich nicht einmal Cortez hätte träumen lassen.

Er war der berühmteste und erfolgreichste Sänger von Canciones, jenen lyrischen Balladen, im ganzen Land. Auch in Italien und Spanien verkaufte er mehr Platten als Julio Iglesias. Sein Gesicht und sein Körper warben für alles – von der Unterwäsche bis zum Rasierwasser.

Junge Mädchen heulten los, wenn sie ihn im Fernsehen sahen. Sie warteten stundenlang vor seinem großartigen Apartment in Mexico City, um einen Blick von ihm zu erhaschen. Das Luis-Mendoza-Fieber packte ganz Lateinamerika. Mit vierundzwanzig begann er, in Filmen aufzutreten. Er wurde noch berühmter. Lateinamerika lag ihm zu Füßen. Aber die Vereinigten Staaten, die er erobern wollte, die hatten kein Interesse an ihm.

»Mexikaner haben es auf der Leinwand nur selten zu was gebracht«, sagte Abby Arafat, der Meinungsmacher in den MCPC-Studios. Das war zu Beginn des Jahres 1979 gewesen.

»Und was ist mit Valentino?« hielt Irving Klinger dagegen. »Und Ricardo Montalban kam auch groß raus.«

»Ja, aber bis *Fantasy Island* war nicht viel los mit ihm.«

»Und da wären noch Fernando Lamas, Cesar Romero, Tony Quinn«, beharrte Irving.
»Die Leute wollen nichts mit Mexikanern zu tun haben«, stieß Abby hervor, während er gelangweilt seine Fingernägel inspizierte. »Pacino und Travolta sehen vielleicht etwas mexikanisch aus, aber jeder weiß, daß sie Italiener sind. Und die sind okay. Genau wie die Franzmänner und die Tommies. Aber Mexikaner! Es hat noch keinen gegeben, der beim Film berühmt wurde, es sei denn, er war Charakterdarsteller. Die Männer hier mögen es nicht, wenn ein Mexikaner die Frau bekommt. Die denken, der sollte Autos parken oder an der Zapfsäule stehen.«
»Ich mache dir einen Vorschlag, Abby«, sagte Irving. »Ich teste den Jungen in Mexico City. Ich zahle die Probeaufnahmen aus meiner eigenen Tasche, verdammt noch mal, und ich fresse einen Besen, wenn du nicht auch zu der Einsicht kommst, daß in ihm seit Marlon Brando die größten Möglichkeiten stecken.«
Irving trat selten für einen Verlierer ein, und Luis Mendoza war einen Monat später in Hollywood. Das war an einem warmen Apriltag 1979.
Als er Mexico City verließ, in der Hoffnung, es nie mehr wiederzusehen, war er von weinenden Fans, geplagten Fotografen und Journalisten umlagert gewesen, die er mit der ihm eigenen charmanten Höflichkeit zur Seite schob. Er kam in Los Angeles an: weißer Armani-Anzug, Sonnenbrille und sonnengebräunte Haut. Reibungslos passierte er Zoll und Einwanderungsbehörde. Niemand, weder die Beamten noch andere Reisende, nahm von ihm auch nur die geringste Notiz.
Zu Hause in Mexiko war er der größte Star, aber hier schien das niemand zu wissen. Oder wenigstens scherte sich niemand darum.

Sich in Hollywood durchzusetzen war schwieriger, als Luis es sich vorgestellt hatte. Sie brüskierten ihn. Diese verdammten Hollywood-Schweine übersahen ihn einfach! Oh, er wußte wohl, weshalb. Für sie war er nichts weiter als ein Spic, ein dreckiger,

illegal in die USA eingewanderter Mexikaner. Was für eine Beleidigung! Er hatte schließlich eine ›Green card‹ und war legal hier, war hier im Einverständnis mit der amerikanischen Regierung. Warum behandelten sie ihn so geringschätzig? Selbst die Lamaze, dieses Flittchen, hatte ihn letzte Nacht beleidigt. Er hatte nur mit ihr geschlafen, weil sein Agent gemeint hatte, sie würden ein heißes Paar abgeben, was Luis wiederum Publicity und Sympathien im amerikanischen Publikum bringen könnte. Ja, ja, klar doch. Doch er hatte voller Bitterkeit feststellen müssen, daß es ihrer Karriere mehr als seiner nutzte, in den Klatschspalten zu stehen.
Es gelang seinem Agenten schließlich, ihm die Hauptrolle in einem Film zu verschaffen – genauer gesagt: Er mußte mit der alternden, absteigenden Sissy Sharp spielen. Zumindest aber war es endlich ein amerikanischer Spielfilm, wenn auch einer mit einem miserablen Drehbuch ...
Luis schaute in den Spiegel und wühlte seine Lockenpracht noch etwas mehr auf. Richard Gere, halt die Luft an! Jetzt komme ich, Luis Mendoza! Was Aussehen und Sex-Appeal betraf, steckte Luis ihn leicht in die Tasche. Jetzt kam er, und nichts konnte ihn bremsen.

Es gibt zwei Arten von Menschen auf dieser Welt, überlegte Rozalinde Lamaze, während sie im grellen Nordlicht in ihren Vergrößerungsspiegel schaute: solche, die eine Nummer schieben, und solche, die geschoben werden. Und letzte Nacht, dachte sie trübsinnig, hatte sie absolut zur zweiten Gruppe gehört.
Luis Mendoza tat nicht so, als ob er in sie verliebt sei. Nach seinem Verhalten und Können im Schlafzimmer gestern abend zu schließen, war sie nicht mehr als ein Spielzeug für seinen wohlgeformten Schwanz gewesen. Aber was war dann das Problem? Schwanden ihre Reize? Sie studierte ihr Gesicht in dem Vergrößerungsspiegel und mußte sich dicht davorsetzen, um sich mit ihren kurzsichtigen Augen genau betrachten zu können. Sie seufzte und trug entschlossen Dr. Rene Guinots Feuchtigkeits-

creme für reife Haut auf die fadenähnlichen Linien auf, die unter ihren schokoladenbraunen Augen sichtbar wurden.
Sie war eine hübsche, pummelige, kleine Frau von sechsunddreißig Jahren, die sich durch das fachkundige Auftragen unzähliger kosmetischer Mittelchen und das Anlegen exotischer Kleidungsstücke und wohlplazierter Accessoires und Perücken aus Nonnenhaaren immer wieder in die Traumfrau aller Fernfahrer und Bauarbeiter zwischen New York City und Los Angeles verwandelte.
Millionen von Männern hatten von Rozalinde Lamaze geträumt, während sie bei ihren Frauen ihre ehelichen Pflichten erfüllten. Rozalindes goldbraune Oberschenkel legten sich in Gedanken um sie und erregten sie geistig wie körperlich. Millionen von Schuljungen waren nach erotischen Träumen erwacht und hatten voller Schuldgefühle den Beweis ihrer nächtlichen Visionen von Rozalindes samtener Haut, von ihren festen Brüsten und schimmernden Lippen vorgefunden – eine kleine klebrige Stelle auf ihren Schlafanzughosen, die sie schnell unter fließendem Wasser auswuschen, bevor Mutter sie entdeckte.
Seit fünfzehn Jahren hatte Rozalinde nun schon Erfolg mit ihrem Image der kessen und lateinamerikanischen Göttin mit Sex-Appeal. Das Image hatte ihr viel Geld und viele Männer gebracht, und beides hatte sie mit ihrem lateinamerikanischen Appetit gierig verschlungen.
Aber baute sie denn jetzt ab? Sie runzelte die Stirn beim Gedanken an die letzte Nacht, riß sich aber beim Anblick der Falten im Vergrößerungsspiegel sofort wieder zusammen. Sie war eine Studie in Beige- und Brauntönen. Im Gegensatz zum dunklen Bernsteinton ihres Körpers hatte ihr Teint die Farbe von Blütenstaub, weil sie seit Jahren die Sonne mied. Sie hatte oft genug die verheerenden Auswirkungen der Sonne auf die Haut der südkalifornischer Frauen festgestellt, die wie ausgedörrte Schiffswracks kreuz und quer an Stränden und Schwimmbecken herumlagen.
Ihr Haar war tief dunkelbraun, ohne ins Schwarze zu gehen, ihre Augen mandelbraun, ihre Brustwarzen ... Sie schob das seidene

Hemdchen, das sie trug, von den Schultern bis zur Hüfte, um die Vollkommenheit ihrer makellosen, zart gebräunten Brüste mit den dicken braunen Brustwarzen zu betrachten.
Während sie sie betrachtete, fiel ihr ein, wie letzte Nacht Luis' Lippen an ihnen gesaugt hatten. Er hatte sie geleckt und war dadurch in eine fieberhafte Erregung geraten, bevor er in sie eingedrungen war. Dann nur ein, zwei Stöße, und das war schon alles. Er war von ihr heruntergerollt, hatte eine Zigarette genommen, sich umgedreht und war – eingeschlafen! Luis hatte sie wie eine Puta benutzt. Ihre Mutter war eine Puta gewesen, und manche Leute hielten auch Rozalinde für eine Hure.
Unbewußt hob sie die Hand und umfaßte die linke Brust. Sie war noch ölig von Dr. Rene Guinots Feuchtigkeitscreme. Die Berührung empfand sie als äußerst angenehm. Während sie sich streichelte, sah sie in dem Vergrößerungsspiegel, wie die braune Brustwarze anschwoll wie eine reife Knospe, die bald aufbrechen würde. Trotz ihrer Wut und sexuellen Frustration nach der vergangenen Nacht bemerkte Rozalinde, daß sie schneller zu atmen begann und zwischen den Beinen feucht wurde.
Sich zu beobachten, wie sie ihre Brüste liebkoste, hier alleine in ihrem luxuriösen, marmornen Badezimmer, war wesentlich erregender als diese Ruckzucknummer mit Luis letzte Nacht, dem es völlig gleichgültig gewesen war, ob er sie befriedigte. Sie war wütend – und streichelte ihre Brust noch sinnlicher. Was würden sie jetzt wohl denken, die Millionen von Männern, die seit Jahren nach ihr verlangten, wenn sie sie so sehen könnten?
Plötzlich unterbrach sie die Stimulierung vor dem Spiegel und ging weg von der Kommode, um, etwas wackelig, ihren wunderbaren, weißen Hermelinmantel aus dem Schrank zu holen. Sie warf ihn auf den Badezimmerboden, legte sich darauf und sah hoch an die Spiegeldecke.
Sie genoß den Anblick, bei dem die meisten Männer Amerikas einen Steifen bekommen würden. Bernsteinfarbene Haut, etwas pummelig, aber feste Arme und Beine. Gesicht und Haare waren nicht so toll, aber mit ihren kurzsichtigen Augen sah sie das nicht.

Sie ließ die Hände über ihren Körper gleiten. Sie massierte sich am ganzen Leib mit Dr. Rene Guinots Creme, die zweihundert Dollar pro Unze kostete (wirklich extravagant), so lange und so genüßlich, wie nur sie selbst es konnte, bis sie schließlich kam. Sie stöhnte und starrte in den Spiegel, als sie den Höhepunkt erreichte. Es erregte sie sehr, Luis war vergessen. Die narzißtische Freude, die sie an ihrem Körper empfand, verjagte alle anderen Gedanken. Nicht einmal das Telefon störte sie in ihrer Verzückung. Einmal, zweimal, viermal, fünfmal – welch göttliches Gefühl. Schließlich, erschöpft und zufriedener als in den ganzen letzten Wochen, rollte sie sich von dem Mantel, warf ihn über den Stuhl, nahm ihren seidenen Kimono und ging ans Telefon.

»Wie war's denn?« wollte Polly, ihre Agentin und beste Freundin, wissen.
»Katastrophal!« Rozalinde schrie fast, während sie erneut die kostbare Feuchtigkeitscreme auf die empfindliche Haut unterhalb der Augen auftrug. »Der Mistkerl kriegte kaum einen hoch, und als er endlich soweit war, war alles in zwei Minuten vorbei. Cabron! Was für ein Schlappschwanz!«
»Nein, nein, nein, du verrücktes Huhn«, sagte Polly verärgert. Dachte denn Rozalinde immer nur an Sex? »Wie war das Date mit Abby und Gertrude? Hast du einen guten Eindruck auf sie gemacht?«
»Ach das – ja, ja.« Rozalinde ließ sich in ihren cremefarbenen Satinsessel zurücksinken und bewunderte ihre linke Brust, die aus dem Kimono gerutscht war. Sie nahm eine Zigarette und versuchte, sich auf ihre Karriere zu konzentrieren, die immer erst an zweiter Stelle nach ihrem Hauptinteresse kam.
»Hast du dich mit Abby oder Gertrude über die Rolle unterhalten?« Polly sprach mit viel Nachdruck, denn sie wußte, daß die Gedanken ihrer Freundin und Klientin immer noch mehr bei der frustrierenden Nacht mit Luis waren als bei der außerordentlich wichtigen Rolle.
»O ja, doch, doch, habe ich. Ich habe einen guten Eindruck

gemacht. Gertrude findet mich wunderbar!« sagte sie vergnügt. »Ich habe ihr so gut in *Jenes Mädchen aus Acapulco* gefallen.«
Polly stöhnte auf. »Die Type, die du in dem Schinken gespielt hast, ist Miranda etwa so ähnlich wie Juliet Blanche du Bois.«
»Ach nein, habe ich ja fast vergessen. Sie hat *The Mistress* gesehen, als ich in London spielte.«
»Ah, gut, gut. Da warst du großartig, meine Liebe, einfach großartig.«
»Danke.« Rozalinde sah argwöhnisch in den Spiegel und rückte näher an ihn, weil sie schon wieder eine Falte unter ihren schokoladenbraunen Augen entdeckt hatte. Kamen denn da immer nur noch mehr?
»Hat sie den Test erwähnt, meine Gute?«
»Was?« fragte Rozalinde.
»Den Test – den für *Saga*?«
»Ja, mehr oder weniger«, sagte Rozalinde vage. Sie hatte zwei von Luis' guten mexikanischen Joints probiert, und ihre Gedanken waren noch immer etwas unklar. Doch ihr Karrierebewußtsein erwachte jetzt wieder schlagartig. »Reg dich nicht auf, Polly. Mach dir keine Sorgen. Ich habe da eine Idee, Süße. Ich bin fest entschlossen, die Rolle zu bekommen, und das werde ich auch. Ich will sie haben, und was Rozalinde will, bekommt Rozalinde auch.«
»Braves Mädchen.« Polly wußte ganz genau, daß Rozalinde nicht zu bremsen war, wenn sie erst einmal richtig motiviert war. Sie konnte zäh und stur sein wie ein Ochse, wenn sie ausnahmsweise einmal etwas anderes als Sex im Kopf hatte. Aber eigentlich war sie noch dynamischer, wenn es um Sex ging. »Also, meine Liebe, was hast du vor?«
»Wieso kannst du mir, verdammt noch mal, keinen Test besorgen?« schrie Sissy Sharp ins Telefon. Ihr Agent war am anderen Ende der Leitung.
»Wenn du nicht einmal mir einen Test organisieren kannst, Dougie, dann gehe ich ins Morris-Büro! Ich meine es ernst, Doug! Wirklich! Erst muß ich, dank dir, mit diesem, diesem verdamm-

ten Mexikaner, diesem Luis Mendoza, in diesem Scheißfilm auftreten.« Sie mußte husten, und ihr stets aufmerksamer Butler goß ihr schnell noch etwas Weißwein in ihren Plastikbecher nach.
»Dann erfahre ich, daß praktisch die ganze Stadt, das heißt jeder außer mir, für die Rolle der Miranda Probeaufnahmen macht. Du unternimmst besser schnellstens etwas, Doug. Ich will diese Rolle! Sonst laufe ich zu den Morris-Boys über.«
Sie knallte den Hörer auf und starrte in den schwarzen Onyxpool, in dem Sam seine üblichen vierzig Bahnen schwamm. Sie beobachtete das Bewegungsspiel der Muskeln seines, zugegebenermaßen wohlgeformten, fünfzigjährigen Rückens, während er im Schmetterlingsstil seine Bahnen zog. Sie wünschte sich, so fit wie er zu sein. Vielleicht wollten sie sie deswegen nicht testen. Zu alt, sie hielten sie für zu alt. Und das bin ich auch, dachte sie traurig, und hielt die Träne nicht zurück, die über ihre sonnengegerbte, lederne Haut rollte. Vierundvierzig. Mist. Obwohl ihre PR-Leute immer jedem erzählten, sie sei achtunddreißig, wußte doch ganz Hollywood Bescheid. Immer wußte jeder in dieser Stadt die Wahrheit: wie alt man war, wieviel man verdiente, wie gefragt man war. Sie wußten es alle, Nachrichten verbreiteten sich hier wie durch Buschtrommeln. Es gab keine Geheimnisse.
Die Stadt kann mich mal, dachte sie. Es mußte einen Weg geben, eine Chance für Probeaufnahmen zu bekommen! Es mußte ihn geben! Sie schenkte sich noch Wein ein und starrte auf Sams Muskeln, bis das Telefon läutete. Sam hatte gesagt, daß er sich alle Mühe geben würde, um ihr Testaufnahmen zu besorgen, aber er trat nie entschlossen genug auf. Sie mußte es selbst versuchen.
Das Telefon klingelte wieder.
»Sissy, Liebling, hast du schon gehört?« säuselte ihre beste Freundin und Vertraute, Daphne Swanson.
»Was gehört?« brummte Sissy, weil sie wußte, daß es etwas mit ihrer Rolle zu tun hatte.
»Sie testen Chloe Carriere für die Rolle – kannst du dir das vorstellen? Ausgerechnet eine Sängerin soll die Miranda spielen, noch dazu eine britische. Das ist doch einfach zu komisch!« Ihre

gepflegte englische Aussprache versank in mädchenhaftem Gelächter.
»Wer hat dir das gesagt?« brüllte Sissy. Sie war so wütend, daß sie eine Handvoll Cashewnüsse und Rosinenmix gegen alle Vernunft in den Mund steckte. Sofort sah sie ein, daß sie später dafür Buße tun mußte – sie würde sich zwingen, hundert zusätzliche Übungen zur Straffung der Bauchmuskeln zu machen. Das waren gerade mehr Kalorien gewesen, als sie sonst über den Tag verteilt zu sich nahm. Sissy war stolz darauf, fünfundvierzig Kilo zu wiegen. Viele sagten, sie sehe dadurch jünger aus. Die meisten allerdings dachten, daß sie wie eine Kreuzung zwischen einer Schwalbe und einem Habicht wirke.
»Johnny hat's mir erzählt, Liebling«, sagte Daphne. Sie aß am anderen Ende genüßlich ein Stückchen Godiva-Schokolade. Daphne hatte keine Gewichtsprobleme. Rothaarig, mollig und mit fünfundsechzig im Bett noch aktiv. Zwei ihrer alten Verehrer, Frank Tilly und Richard Hurrell, besuchten sie nachts noch regelmäßig. Sie war eine zufriedene Frau. Ihr Sohn Johnny erzählte ihr alles Gerede der Stadt. Manches erfuhr er zum Teil durch seinen Vater, den Agenten Jasper Swanson, Daphnes Ex-Mann. »Ist das noch zu fassen, Liebling?«
Sissy knirschte mit den Zähnen und nahm noch einmal von dem Rosinenmix. »Wieso sie?« jammerte sie. »Sie ist keine Schauspielerin. Sie ist bloß eine Sängerin, und sie ist Engländerin – warum sollte Abby ausgerechnet sie wollen?«
»Nicht, um mit ihr zu schlafen«, lachte Daphne. »Aber selbst du wirst zugeben müssen, daß sie schon ziemlich attraktiv ist.«
»Abby hat mir erzählt, er wolle vielleicht die Bisset, Candy Bergen, Emerald und vielleicht auch Sabrina Jones testen. Welche Namen hast du noch gehört? Wer ist noch alles dabei?«
Daphne senkte ihre Stimme und sank tiefer in die weiche, aus Irland importierte Daunendecke. Sie nahm noch ein Stückchen Schokolade. »Johnny hat mir erzählt, Rozalinde Lamaze sei sehr daran interessiert zu testen.«
»Diese mexikanische Müllhalde«, höhnte Sissy. »Sie wäre voll-

kommen unbrauchbar, absolut hoffnungslos. Sie hat überhaupt keine Klasse. Was sagt denn Abby dazu? Hast du schon mit ihm gesprochen?«

Daphne verbrachte jeden Morgen am Telefon, wo sie die neuesten Neuigkeiten, Skandale und den aktuellsten Klatsch aus Los Angeles, New York und London zusammentrug. Sie verkörperte die Augen, Ohren und den Mund Hollywoods und hatte kürzlich herausgefunden, daß sie mit diesen Informationen ein lukratives Geschäft machen konnte. Natürlich würde sie weiterhin alle ihre Freunde kostenlos mit den neuesten Informationen versorgen, doch das hielt sie nicht davon ab, das Angebot einer Filmzeitschrift zu prüfen, für die sie eine Klatschkolumne schreiben sollte.

»Natürlich habe ich mit ihm gesprochen. Aber, meine Liebe, seine Lippen sind fester verschlossen als Tutanchamuns Grab. Er hat mir gegenüber nur Jackie, Candy, Emerald und Sabrina erwähnt. Sonst nennt er mir nicht einen einzigen anderen Namen.«

»Nun, *die* haben ja schon in der Fachpresse gestanden, das ist nichts Neues. Ich dachte immer, daß Abby dir *alles* erzählt, Daphne«, sagte Sissy vorwurfsvoll.

»Tut er ja auch. Aber, Liebling«, sie senkte nochmals die Stimme, »er sagt, er brauchte einen Starnamen für Miranda, deswegen wolle er, daß die Presse es wirklich ganz hochspiele. Er spricht jeden Tag mit Liz Smith und Suzy, Liebling. Ich werde ein gutes Wort für dich einlegen, Liebes. Ich verspreche es dir. Ich werde ihn daran erinnern, daß du zwei Oscars hast«, kicherte sie.

Sissy legte auf und starrte ihren Ehemann an, der gerade aus dem Pool stieg. Mit einem Lachen brachte er – und das ärgerte sie immer wieder – ihr Haar durcheinander. »Du würdest glatt alles tun, um diese Rolle zu bekommen, stimmt's, mein Schatz?« neckte er.

»Alles«, sagte sie verbissen, »wirklich alles, Sam. Ich würde für diese Rolle sogar mit dir ins Bett gehen.« Beide lachten sie, aber ihr Lachen klang hohl.

Wenn sich Sissy etwas vorgenommen hatte und sich hundertprozentig dafür einsetzte, konnte sie – wie Rosalinde Lamaze – meist ihren Kopf durchsetzen. Das war ihre erstaunlichste Eigenschaft. Sie hatte Sam gewollt, vor vielen, vielen Jahren, und sie hatte ihn gekriegt, obwohl er selbst damals selten in ihrem Bett gelegen hatte. Sie hatte Erfolg und Ruhm gewollt, und sie hatte auch das erreicht.

Jetzt war die Rolle der Miranda ihr absolutes Hauptanliegen, und sie würde alle Register ziehen, um sie zu bekommen.

7

Sabrina Jones lag am Strand und sah mit einem faszinierenden Lächeln in die Kamera. Die Kamera liebte sie. Alle liebten Sabrina.

Sie war Amerikas ›Golden Girl‹, und sie war golden. Von einem gewitzten Leiter einer Sendeanstalt, der von Audrey Hepburn in *Sabrina Fair* begeistert war, war sie in Sabrina umgetauft worden. Als sie vor drei Jahren sein Büro betreten hatte, hatte sie sofort eine der drei Hauptrollen in einer neuen Krimiserie bekommen, hatte nicht einmal zu Probeaufnahmen erscheinen müssen. Sabrina war ein Meter siebzig groß, wog fünfzig Kilo, und ihr makelloser Körper war honigbraun. Ihr goldblondes Haar, um das sie alle Hollywood-Schauspielerinnen beneideten, war kräftig, schulterlang und gelockt – und zwar ohne Dauerwelle.

Sabrina trug ein Abendkleid, ein goldenes Netzgewebe, das sich um ihren sensationellen Körper schmiegte. So lag sie im Sand und schaute in die Kamera. Der Fotograf mußte tief Luft holen.

Niemand hatte so umwerfend ausgesehen, seit Ava Gardner die Stadt erobert hatte. Ein perfektes Geschöpf. Diese Augen! Diese Beine! Diese Brüste!

Mit *Danger – Girls Working* war Sabrina sofort zu einem TV-Superstar geworden. Aber anstatt mehr Geld und Privilegien zu verlangen, wie das die meisten neuen TV-Berühmtheiten taten, war sie es ganz zufrieden gewesen, mit den beiden anderen Mädchen in der Serie weiterzumachen und die mäßigen Gagenerhöhungen zu akzeptieren, die ihr von den halsabschneiderischen TV-Bossen zugebilligt wurden. Sie stellte nie Ansprüche, war nie schwierig. Sie liebte die Serie, liebte die Crew. Sie bewunderte Patty und Sue Ellen, die beiden anderen Hauptdarstellerinnen. Sie hatte ein wunderbares Leben. Sie gab sogar gerne Interviews und ließ sich gerne fotografieren – eine wahre Freude für jeden Presseagenten.

Sabrina war wirklich eine Seltenheit, eine richtig glückliche Schauspielerin, glücklich mit ihrem Leben und ihrer Karriere, voller Lebensfreude und Liebe. Die Geborgenheit und Liebe ihrer Familie hatten ihr das mitgegeben.

Mit dreiundzwanzig fehlte ihr nur noch eines – der absolute Mega-Ruhm. Nun, die Probeaufnahmen für *Saga* konnten das ja ändern.

Sie drehte sich um und schenkte dem Fotografen ihren verführerischsten Blick. Er mußte wieder schlucken, drückte auf den Auslöser und verewigte sie für ihre fünfzigste Titelbildaufnahme.

Sue Jacobs, ihre Agentin, wartete darauf, daß der Fotograf fertig wurde. »Zieh dich an, und laß uns irgendwo hingehen, wo wir in Ruhe etwas trinken können«, sagte Sue und schob die Männer der Crew beiseite, die Sabrina noch immer verliebt anstarrten. »Wir haben einiges zu besprechen.«

»Wie wär's mit der Polo Lounge?« fragte Sabrina. »Da gehe ich so gerne hin.«

In einem rohseidenen Jackett von Brioni, einem schwarzen Seidenhemd und schwarzen Hosen spazierte Luis in die Polo Lounge und blieb plötzlich wie vom Donner gerührt stehen, als er das schönste Mädchen entdeckte, das ihm je über den Weg gelaufen war.

Sie hatte langes, blondes Haar, makellos goldene Haut, einen lieben, unschuldigen Blick und war mit einer älteren Frau in ein Gespräch vertieft. Luis verlor keine Sekunde.

»Señorita«, sagte er, während er den Kellner wegschickte, »ich möchte mich Ihnen vorstellen. Luis Mendoza, zu Ihren Diensten, Señorita. Sie sind einfach die schönste Frau, die mir jemals begegnet ist. Ihre Schönheit überwältigt mich. Würden Sie eine Flasche Dom Perignon mit mir trinken – bitte?«
Der Annäherungsversuch war nicht originell: Er hatte ihn schon öfter benutzt, aber da er blendend aussah, ließen ihn die Frauen selten abblitzen. Außerdem: Die meisten Frauen schmolzen dahin bei dem Kompliment, die schönste Frau der Welt zu sein. Und Sabrina Jones machte da keine Ausnahme.
»Sehr gerne«, sagte sie und lächelte ihn einladend an. Sue ärgerte sich, denn sie war gerade dabei, Sabrina zu überzeugen, daß ein Vertrag über drei Filme mit den Universal Studios lohnender wäre, als für *Saga* Probeaufnahmen zu machen.
Eine halbe Stunde später trottete Sue heim und murmelte vor sich hin: »Schwänze, Schwänze, sonst denken die heute an nichts.« So wie sich die beiden angeschaut hatten, war Sue sofort klar gewesen, daß die gegenseitige Faszination zu stark gewesen war, um dagegen anzugehen. Und sie hatte recht.

Am nächsten Tag erschien Luis erschöpft im Studio. Ihm kam es vor, als hätte er bereits einen vollen Arbeitstag hinter sich. Die Crew rannte hin und her und richtete die Beleuchtungsapparate für seine große Liebesszene mit Ms. Sissy Sharp. Mit seiner südländischen Einstellung mußte er über dieses ›Ms.‹, auf dem Sissy bestand, in sich hineinlachen. Wer war sie denn schon? Eine alternde Hexe, die sich ihrer Weiblichkeit so schämte, daß sie weder Mrs. noch Miss genannt werden wollte. Ms., na ja! Ein Lächeln glitt über sein Gesicht, als er an die vergangene Nacht dachte. Sabrina. Sabrina. Was für ein Name, welch eine Frau! Er fühlte, daß sein Glied beim bloßen Gedanken an sie steif wurde. Sabrina Jones, *das* weibliche Sexsymbol der achtziger Jahre. So umwerfend, sexy und jung – der sublimierte Wunschtraum eines jeden Mannes.
O nein, nicht sein Wunschtraum – o nein. So etwas gab es

nicht für Luis Mendoza. Er hatte Sabrina, sie gehörte ihm jetzt. Sein lateinamerikanischer Stolz steigerte sich noch, als er an ihren festen, gebräunten Körper dachte. Sie hatten sich stundenlang geliebt. Ihre körperliche Anziehung war für beide so intensiv gewesen, daß der Sex zur Ekstase geworden war. Er wußte aus Erfahrung, wie er Frauen erregen konnte, aber mit Sabrina war alles so natürlich, so frei, so voller Liebe, ja: Liebe, daß er keine Tricks anwenden mußte. Vielleicht war er das erste Mal in seinem Leben verliebt.

Luis erwachte aus seinem Tagtraum, als der stellvertretende Regisseur ihn zur Probe rief. Sissy wartete. Sie sah chic aus. Kühl und chic. Wahrscheinlich würden die Frauen in ganz Amerika ihre Garderobe in dieser Szene kopieren. Sie war eine Modepuppe und so begehrenswert wie . . . Luis mußte lachen, als ihm das Bild einfiel, ebenso begehrenswert wie eine Puppe.

Sissy runzelte die Stirn. Sie war ganz professionell. Sie war seit ihrem sechzehnten Lebensjahr in diesem Geschäft und kannte es weiß Gott in- und auswendig. Sie konnte Luis nicht ausstehen, verabscheute ihn von Herzen. Natürlich sah er gut aus, und er war auch kein schlechter Schauspieler, aber sie mochte keine Ausländer. Keine Juden, keine Deutschen, Franzosen und Italiener. Die einzigen Nichtamerikaner, die sie akzeptierte, waren die Briten. Es waren mittlerweile so viele von ihnen da, daß man sie einfach – wie den Smog über der Stadt – akzeptieren mußte. Sie waren hier, ob es einem nun gefiel oder nicht.

Sie seufzte und versuchte, Luis anzulächeln. Er schlenderte großspurig heran, als ihn der Regisseur aufrief. In Gedanken weilte sie bei den Probeaufnahmen für *Saga*. Sie mußte aufpassen, ihren Text nicht zu vergessen.

Hör auf, Sissy! wies sie sich selbst zurecht. Du bist ein Star, verhalte dich dementsprechend, professionell.

Sie mußte diese verdammte Rolle kriegen. Es mußte einfach klappen!

8

Die Suche läuft auf Hochtouren!« hieß es auf der Titelseite des *American Informer.* »Die größte Talentjagd seit *Vom Winde verweht*«, verkündete *USA Today.* »Wer wird Miranda spielen?« fragte *Time.* Auf ihrer ›People‹-Seite waren Sabrina Jones, Jacqueline Bisset, Emerald Barrymore, Raquel Welch, Chloe Carriere und Rozalinde Lamaze groß abgebildet.

Sissy hatte wieder einmal einen ihrer Anfälle, schrie sich ihre aufgestaute Wut und ihre lange unterdrückten Selbstzweifel hysterisch aus dem Leib. Sie lag auf ihrer Samtdecke. Die Decke war in der Mitte mit einer aufwendigen, aus drei verschlungenen ›S‹ bestehenden Wappenstickerei nach französischer Art verziert. Sie weinte wirklich herzzerreißend.

Nein, Sissy hatte kein Herz, dachte ihr Mädchen Bonita teilnahmslos, dieses eiskalte Miststück. Bonita war vollauf damit beschäftigt, Sissy Kleenex, Aspirin und Wodka zu reichen und sie auf spanisch zu beruhigen. Inzwischen trommelte ihre Herrin weiter auf die Decke. Große schwarze Tränen – getränkt von Wimperntusche – fielen auf den lilafarbenen Samt.

Sam saß unten im Arbeitszimmer und lauschte dem Geschrei besorgt, aber auch ein wenig gleichgültig. Besorgt, weil er wußte, was die Rolle der Miranda für Sissys Karriere bedeutete, denn trotz aller Wochenfilm-Angebote der Sendeanstalten und dieses ganz kommerziell ausgerichteten Streifens mit Luis Mendoza ging es mit ihrer Karriere bergab. Und gleichgültig, weil er allmählich von den ständigen hysterischen Anfällen und ihrem brutalen Egoismus die Nase voll hatte.

Begannen bei ihr schon die Wechseljahre? Er ging mit der Fernbedienung des TVs die Kanäle durch. Sie sah ja auch in letzter Zeit furchtbar schlecht aus, dünn wie eine Bohnenstange, mit der Haut einer Dörrpflaume, dunkel und runzelig. Auf Kanal 13 bewunderte er das schelmische Aussehen und die Statur des jungen Rod Dimbleby in der bei mehreren Anstalten laufenden Wiederholung einer alten Serie. Rod bot alles, was man sich nur

wünschen konnte. Selbst in dieser fünf Jahre alten Sendung wirkte der vierundzwanzigjährige britische Schauspieler schon sehr vielversprechend. Er sah blendend aus und hatte eine große Ausstrahlungskraft. Sam mußte an ihr leidenschaftliches Zusammensein vor ein paar Tagen in seinem Wohnmobil auf dem Studiogelände denken, und er fühlte eine leichte Erregung.
Natürlich wußte er, daß Rod ihm nur einen Gefallen getan hatte, um sich seiner Protektion zu versichern. Er wollte Sams zweiten Sohn in *Saga* spielen und würde mit jedem ins Bett gehen, um die Rolle zu bekommen.
Sam war sich auch darüber im klaren, daß er einen jungen Mann wie Rod, heterosexuell und mit so viel Sex-Appeal, nicht lange fesseln konnte. Dennoch hatte Sam genug Interesse an ihm, um Dale Zimmerman, dem Regisseur, der in *Saga* die Rollen besetzte, zu erklären, daß Rod der Richtige für die Rolle sei.
»Saaam!« schrie Sissy in ihrem Boudoir und schreckte ihn aus seinem Traum auf. »Saaam! Komm her!« Ihre Stimme überschlug sich fast vor Verzweiflung. Er seufzte tief, machte den Fernseher aus und ging schnell in das ganz in lila gehaltene Heiligtum seiner Frau. Sie lag in einem malvenfarbigen Negligé ausgestreckt auf dem Bett und starrte entsetzt und fasziniert zugleich auf die sechs Fotos in der *Time*. »Schau dir das an!« schrie sie. Das toupierte blonde Haar war zerzaust. Ihr Gesicht war vom Weinen ganz verquollen. »Wieso wird dieses mexikanische Drecksweib überhaupt für *meine* Rolle getestet?« Sie warf die Zeitschrift auf den Boden und drückte auf die Fünf ihres selbstwählenden Telefons.
»Hallo?« sagte Daphne Swanson knapp.
»Hast du die *Time* gelesen?« zischte Sissy. »Hast du? Ich kann's einfach nicht glauben, daß diese mexikanische Hure wirklich getestet wird. Ist das wahr? Sag mir, daß es nicht wahr ist, Daphne, um Himmels willen!«
»Es tut mir leid, Liebling«, hauchte Daphne, die sich trotz ihrer engen Freundschaft über Sissys Unglück freute. »Es ist wahr. Ich weiß nicht, was sie mit Abby angestellt hat – aber ich habe vor zehn Minuten mit ihm gesprochen, um es mir für meine neue

Kolumne bestätigen zu lassen. Es stimmt, Liebling. Sie wird Probeaufnahmen machen. Es tut mir sooo leid.« Sie konnte nicht anders, sie mußte lächeln. Als ehemalige Schauspielerin kannte sie den grausamen Kampf, den man für Ruhm und Erfolg führen mußte, jener Kampf, der auch im Bett ausgefochten wurde. Sie war froh, daß sie sich aus diesem Geschäft zurückgezogen hatte. Niemand in der Swanson-Familie war Schauspieler, aber sie waren alle in der Insider-Clique Hollywoods.

Daphne und Jasper Swanson waren während und kurz nach dem Zweiten Weltkrieg Stars der britischen Leinwand gewesen. Als das elektrisierende Paar Ende der vierziger Jahre in die USA importiert wurde, stürzte sich die rothaarige, sorglose Daphne in eine Serie knisternder Affären, unter anderem auch, weil sie eine berüchtigte, von ihr sehr bewunderte englische Adlige kopieren wollte.

Dem gutaussehenden, aber unglücklichen Jasper hatte sie auch mit Richard Hurrell Hörner aufgesetzt. Richard war ein prominenter Anwalt, von dem es hieß, er ginge nur mit großen Stars oder den Frauen guter Freunde ins Bett. Dann war da noch Lawrence Huntington, der gefeierte schottische Shakespeare-Darsteller, der nach seiner Ankunft in Hollywood mit allen Jungen und Schönen Hollywoods schlief, so, wie es seit den großen Zeiten Errol Flynns keiner mehr geschafft hatte. Und Frank Tilley, der geistreiche Produktionsleiter von Seifenopern im Radio. Es war ein großes Kompliment für Daphne, daß zwei der drei Männer nach dreißig Jahren noch immer ihre Liebhaber waren.

Ehemann Jaspers schwelende Sinnlichkeit erweckte das Verlangen von Millionen amerikanischer Jungfrauen. Seine Kinokarriere war nicht aufzuhalten. Daphne aber auch nicht, allerdings in anderer Hinsicht. Frank, Lawrence, Richard und gelegentlich – nur sehr gelegentlich – Jasper teilten ihr eheliches Bett, bis sie irgendwann (oder war es geplant?) schwanger wurde und ihrem Sohn Johnny an einem warmen Weihnachtstag 1952 das Leben schenkte. Er schrie aus Leibeskräften, während ein überglücklicher Vater und drei ebenso überglückliche Paten bei ihm standen.

Hollywood hatte auf Frank Tilley als den Vater gesetzt, aber niemand wußte genau, wer in Wirklichkeit Johnny gezeugt hatte.
Als der Junge fünfzehn war, spielte seine Mutter gerade die Mätresse König Charles' II. in einer fidelen Restaurationskomödie bei MGM. Es sollte ihr letzter amerikanischer Film sein, obwohl sie mit fünfundvierzig noch sehr sexy war und einen Esprit an den Tag legte, der ihren Charme noch erhöhte. Aber das war 1967, und jugendliche Fünfundvierzigjährige waren noch nicht gefragt.
Johnny sah das jedoch anders, und in einer staubigen, sonnigen Mittagsstunde wurde er auf dem Metro-Studiogelände von Cathleen, dem Double seiner Mutter, entjungfert. Auch sie war fünfundvierzig und wollüstig, wenn auch nicht so erstklassig. Cathleen ›unterwies‹ ihn in unzähligen fleischlichen Vergnügungen. Sie brachte ihm bei, wie er Frauen befriedigen konnte, und zwar mit der Freiheit der reifen Frau. Wie man küßte, streichelte, zärtlich war. Sie war eine gute Lehrerin und Johnny ein ausgezeichneter Schüler. Er setzte diese ›Studien‹, ohne daß seine Mutter davon erfuhr, bis zum Ende der Schulferien fort. Er spielte mit Cathleen, und großherzig stellte sie ihm Deirdre, sechsunddreißig, Maureen, neununddreißig, und Kate, einundvierzig, vor. Sie waren schön und mehr als gewillt, diesen frühreifen, erotischen Fünfzehnjährigen, der schon jetzt wie ein Mann von dreißig ausgestattet war, zu ›unterrichten‹.
Johnny war von diesen Damen sehr verwöhnt worden, und auch als Erwachsener war Sex für ihn nur mit reifen Frauen wirklich aufregend. Viele junge Starlets und strahlende Sekretärinnen hatten dem gutaussehenden Johnny zugeblinzelt, aber es hatte nichts gefruchtet. Bei jungen Mädchen unter dreißig kriegte er nicht mal einen hoch.
Daphne hatte eigentlich nichts dagegen einzuwenden. Johnny kam pflichtgemäß zwei- bis dreimal die Woche zum Essen, entweder vor oder nach seiner jeweiligen ›Studie‹. So war die Gefahr, Großmutter zu werden, Gott sei Dank sehr gering, obwohl sie auf die Sechzig zuging.

Daphne drehte sich um und lächelte Richard Hurrel an. Er lag wie ein gestrandeter Wal auf ihren irischen Spitzen- und Leinenkissen und keuchte. Nach einer Nacht mit Daphne zweifelte er immer wieder, ob er den nächsten Tag überleben würde. Selbst nach dreißig Jahren war sie zweifellos die heißeste Nummer, die er je gehabt hatte, und er hatte einige gehabt, hatte sie jetzt noch, trotz seiner dreiundsechzig.
Daphne war aber auch toll: diese roten Locken, diese cremige irische Haut, die nie von der kalifornischen Sonne verbrannt worden war (weil sie, wie Daphne sagte, »nicht wie ein Krokodil aussehen« wollte), diese üppigen Rubens-Formen. Zudem zeigte sie eine Lebensfreude, wie sie kaum von wesentlich Jüngeren empfunden wurde. Welch eine Frau! Eine ganze Reihe treuer Liebhaber bestätigte das.
Richard freute sich über das Läuten des Telefons. Sie wollte sich gerade mit morgendlichem Schwung auf ihn stürzen, und er wußte, daß sein Herz das nicht mehr verkraften würde. Er sprang mit einem Rest Agilität aus dem Bett und ging, unter Daphnes anerkennenden Blicken, in ihr marmornes Badezimmer.
»Liebling, ich weiß, was los ist«, zischte Daphne ins Telefon. »Ich weiß, warum die Lamaze getestet wird, aber es *muß* unter uns bleiben.«
»Warum? Wieso? Wie hat sie es angestellt – den alten Kerl bestiegen? Du weißt, das ist unmöglich, Daphne. Sonst hätte ich es gemacht.«
»Ich kann jetzt nicht reden«, sagte Daphne. Richard war gerade wieder ins Zimmer gekommen. Er hatte den Rasierer geholt, den er immer in seinem Aktenkoffer bei sich trug.
»Treffen wir uns zum Mittagessen, Sissy. Hast du Zeit?«
»Ja, ja, natürlich«, antwortete Sissy und strich in Gedanken schon ihre Gymnastikstunde.
»Ein Uhr, im Ma Maison. Ich werde Plätze reservieren.«
Sissy knallte den Hörer auf und brach in Tränen aus. »Ich bin die einzige Schauspielerin in der ganzen Stadt, deren Name im Zusammenhang mit den Probeaufnahmen noch nicht gefallen

ist«, beklagte sie sich bei Sam. »Es ist so erniedrigend ... Ich könnte mich glatt umbringen«, stieß sie hervor.
Er nahm sie in seine starken Schwulenarme und flüsterte ihr beruhigend zu. »Du bekommst deine Probeaufnahmen, Liebling. Das verspreche ich dir. Ich werde mit Abby reden. Ich weiß, daß du dabeisein wirst.«

Calvins Herz klopfte zum Zerspringen. Sie hatte ihn angelächelt! Emerald Barrymore – ihn!
Sie hatte auf dem Parkplatz von Ma Maison an den eifrigen Fotografen und den hartnäckigen Fans vorbeigeschaut und ihn angelächelt. Er war ganz sicher!
Emerald war am Arm eines alten italienischen Schauspielers aus dem Ma Maison gekommen. Calvin hatte die Luft angehalten. Seine Hände hatten so sehr gezittert, daß es ihm schwergefallen war, richtig mit der Kamera umzugehen. Emerald war so sexy, so toll gebaut und schön und so frei. Als sie sich umdrehte und für den Bruchteil einer Sekunde mit ihren smaragdgrünen Augen in seine glanzlosen grauen blickte, wäre er fast in Ohnmacht gefallen. Dann kamen ihm die anderen Fotografen in die Quere und schrien: »Emerald, Emerald! Hier, Emerald! Drehen Sie sich bitte hierher! Ich liebe dich, Emerald! Nur noch ein Bild, Emerald!« Sie hatte für eine angemessene Zeit posiert und ihre goldenen Locken herumgewirbelt und die Aufmerksamkeit der Menge genossen. Dann war sie schnell in ihre Limousine gesprungen, wobei sie ein Blick auf ihr perfektes Bein und das Goldkettchen über ihrem Knöchel gestattet hatte. Er würde den Anblick nie vergessen.
Calvin dachte an das erste Mal, als er von Emerald gehört hatte. Mit sechzehn war er in ein hübsches blondes Mädchen namens Jenny verliebt gewesen. Jeder an der High-School sagte, Jenny sei das Ebenbild von Emerald Barrymore, dem großen Hollywoodstar. Calvin hatte als überzeugter John-Wayne- und Randolph-Scott-Fan nie von Emerald gehört. Seine verlegene Schüchternheit gefiel Jenny. Als er endlich den Mut besaß, sie anzusprechen

und zu bitten, mit ihm auszugehen, sagte sie ja. Sie gingen ins Kino und sahen Jennys Lieblingsstar, Emerald Barrymore, in *The Princess and the Pauper.*

Emeralds schönes Technicolor-Gesicht erschien auf der Leinwand. Calvin sah die Ähnlichkeit sofort. Er sah ihren wollüstigen Körper in der verführerischen Unterwäsche des neunzehnten Jahrhunderts – weißer Spitzenschlüpfer, enges Korsett mit aufgestickten, blauen Rosenknospen – und merkte, wie sein junger Schwanz steif wurde. Emeralds wunderschöner, weiß gepuderter Busen quoll aus dem Spitzenmieder, so nah, daß Calvin meinte, ihn berühren zu können. Er konnte sich nicht länger beherrschen. Zitternd versuchte er, Jennys Oberschenkel zu streicheln. Jenny schob ihn weg. Er versuchte es erneut. Er konnte nicht aufhören. Sie schob ihn wieder weg. Er bedrängte sie. Er hatte gehört, daß Jenny andere Jungs rangelassen hatte. Warum dann nicht auch ihn?

Schließlich reichte es Jenny. Sie stand auf. »Scheißkerl!« zischte sie und rannte aus dem Kino.

Allein im Dunkel des Kinos, sah er Emeralds zinnoberrote Lippen und spürte, wie sein Schwanz in der Hose explodierte.

Von da an schloß er sich oft und lange in seinem Zimmer ein. Sein Herz schlug dann immer wie verrückt. In der einen Hand hielt er seinen pochenden Schwanz, in der anderen ein Bild von Emerald aus irgendeiner Zeitschrift.

Seine sexuelle Hörigkeit für die Leinwandgöttin wuchs mehr und mehr. Und auch die Zahl der Bilder von Emerald. Die Wände seines Zimmers waren mittlerweile fast völlig mit Fotos von ihr bedeckt. Irgendwann nahm er seinen ganzen Mut zusammen und schrieb Emerald. Nach knapp einer Woche schickte ihm die pflichtbewußte Dame in der Fanpostabteilung ein Hochglanzposter von ihr. Emerald war in einem Spitzendekolleté abgebildet, und ihre blonde Mähne war von hinten beleuchtet. Das Autogramm lautete: »Für Calvin. Mit Liebe, Emerald.«

Calvin, der nicht wußte, daß die Sekretärin die Texte auf den Fotos verfaßte, war überwältigt. Nach drei Monaten bat er um ein

weiteres Foto. Diesmal bekam er eine Farbaufnahme – Emerald in einem langen, grünen Satinkleid, geschlitzt bis zu den Oberschenkeln, ihre Haare kurz geschoren wie in den zwanziger Jahren, eine Zigarette zwischen den karminroten Lippen, die Augen halb geschlossen. »Für Calvin. Mit meiner ganzen Liebe, Emerald« stand auf dem cremefarbenen Oberschenkel.
Danach war Calvin nie mehr derselbe.

Vorsichtig riß Calvin die ›People‹-Seite aus der *Time* heraus. »Wer wird Miranda spielen?« hieß die Überschrift. Darunter wurden die Fotos der sechs schönen Frauen analysiert.
Der Roman *Saga* war seit Monaten ein Bestseller. Miranda war eine sagenhafte Rolle. Sie konnte auf keinen Fall einem dieser fünf Verworfenen zufallen (in Calvins Augen waren alle Frauen Verworfene, außer Emerald natürlich). Eine großartige Rolle wie Miranda sollte, mußte von einer großartigen Schauspielerin gespielt werden, also von Emerald. *Sie* war die einzige Frau, die Miranda spielen konnte. Emerald Barrymore, Superstar, sein Idol, seine Liebe. Niemand durfte ihr im Weg stehen.
Calvin nahm den *Hollywood Reporter* in die Hand.
»Wer hat die beste Chance, in *Saga* Miranda Hamilton zu spielen? Nun, ganz Hollywood spricht von Rozalinde Lamaze. Dieser Kolumnist hier glaubt, sie sei die einzig Richtige für die Rolle«, schrieb Hank Grant. Calvin legte die Zeitschrift vorsichtig auf seinen Schreibtisch. Er holte ein Blatt Papier hervor und schrieb sorgfältig oben auf das Blatt: »Projekt Miranda. Erstens: Negative Faktoren eliminieren.«
Er machte immer alles nach Plan. Er würde schon dafür sorgen, daß Emerald die Rolle bekam.

9

Wenn Rozalinde nicht arbeitete, blieb sie den ganzen Tag im Haus und trug oft nur ein altes Pyjama-Oberteil ihres Ex-Mannes und einen zerrissenen, fleckigen Morgenmantel aus Seide. Beide Stücke hatten schon bessere Zeiten gesehen, aber es fiel Rozalinde sehr schwer, etwas wegzuwerfen. Der Morgenmantel hatte ihren üppigen Körper in *Latin Lovers* bedeckt. Jener Film war in den goldenen Tagen der Technicolor Ende der sechziger Jahre gedreht worden, als sie ein großer Star war – was sie wieder sein würde, wenn sie die Rolle der Miranda bekäme.

In der Nacht zuvor hatte ihre Schwester Maria ihr wieder mal eine Lektion über ihr Image erteilt. ›Die Gesellschaft‹ bedeutete für Maria wesentlich mehr als für Rozalinde.

»Sieh dir Sissy an«, hatte Maria ihr geraten, während sie auf der Veranda zwischen den Farnen Margaritas getrunken und *Entertainment Tonight* angeschaut hatten.

Auf dem Bildschirm war Sissy in der Lobby des Hilton auf dem Weg zu einer Wohltätigkeitsveranstaltung der Princess-Grace-Stiftung erschienen. Hollywoods High-Society hatte sich eingefunden: Die Familien Sinatra, Stewart, Peck, Douglas und Moore waren zahlreich vertreten. Ihr einziger Schmuck, eine gelbe Diamanthalskette aus dem Vermögen Merle Oberons, brachte ihr schwarzes Balenciaga-Kleid voll zur Geltung. Sam hing an ihrem linken Arm, während sie dem Interviewer lebhaft erzählte, wie glücklich sie war, daß sie diese Stiftung unterstützen konnte.

»Du solltest auch dort sein«, hatte Maria zu ihr gesagt, aber Rozalinde hatte eifrig Chips gegessen und nur gelacht. »Warum? Ich brauche solche Veranstaltungen nicht. Ich hasse sie sogar.«

Nein, dachte Rozalinde, wenn sie die Rolle bekäme, würde sie auch wieder ausgehen. Aber bis dahin lag sie auf dem großen, ungemachten Bett zwischen den zerdrückten Kissen, die vom Make-up der letzten Nacht verschmiert waren. Um sie herum lagen Zeitungen, Orangenschalen und ein Necessaire. Sie wollte sich maniküren, aber dann entschied sie sich für einen vielversprechenden Film, der gerade auf Kanal Z angelaufen war. Zusammengerollt wie ein Kätzchen, aß Rozalinde mit herzhaftem Appetit ihre Orange und war kaum als die göttliche Diva wiederzuerkennen, für die ganz Nord- und Lateinamerika schwärmte. Mehrmals läutete das Telefon, aber sie ignorierte es. Wozu gab es den Antwortservice?

Das Mädchen, Rosa, eine Großtante Rozalindes, klopfte höflich an. »Was willst du?« zischte Rozalinde gereizt. Sie starrte wie gebannt auf Montgomery Clift. Er hielt gerade Elizabeth Taylor in den Armen.

»Por favor, Señorita.« Obwohl sie verwandt waren, forderte Rozalinde von ihren Domestiken eine Ehrerbietung, die einer Königin alle Ehre gemacht hätte. Rosa schleppte das Geschenk eines fernöstlichen Bewunderers, ein Elfenbeintablett, herein. Sie brachte Rozalindes Brunch: Hueveos rancheros in einer scharfen Soße, sechs Oreo-Kekse und eine Diät-Cola.

»Was ist denn?« seufzte Rozalinde, während sie noch immer auf das Liebespaar starrte, dessen verzückte Gesichter der Kameramann liebevoll einfing. »Wenn ich nur so fotografiert werden könnte«, stöhnte sie. Aber da fiel ihr ein, daß sie ja gerade so abgelichtet worden war – während der Aufnahmen für die Miranda.

»Die Leute vom Antwortdienst haben angerufen«, keuchte Rosa, stellte erleichtert das schwere Tablett ab und holte tief Luft. »Sie hatten mehrere unangenehme Anrufe.«

»Na und?« fuhr Rozalinde sie an. »Ich bin ein Star. Es kann mich nicht jeder bewundern.« Ihre Augen wichen keinen Moment von den verzückten Gesichtern von Monty und Liz.

Rosa sah verängstigt aus. »Aber, Señorita, sie sagten, daß dieser Mann – Sie umbringen will.« So, jetzt war es heraus. Sie hatte der fetten Kuh gegenüber ihre Pflicht getan. Jetzt iß deine Oreos und Rancheros, du Nutte, und nimm noch mal drei Pfund zu.

Rozalinde trank aus der Colabüchse und ignorierte das Weinglas. Rosa mußte ihr immer eines bringen. Sie sah schnell vom Bild-

schirm auf die dampfenden Eier und fragte Rosa: »Wer ist der Mann?«
»Das wissen sie auch nicht. Sie wollten Sie nur warnen. Vielleicht sollten wir die Polizei anrufen. Es könnte ein Verrückter sein. Er hat sechs- oder siebenmal angerufen.«
Rozalinde zuckte die Achseln. »Das ist nichts Außergewöhnliches. Mach dir keine Gedanken.« Sie drehte sich wieder um zu Liz und Monty, aber da erschien Shelley Winters junges, bereits fülliges Gesicht auf der Bildfläche.
»Aber Miss Angelica ist nicht da, und ich gehe heute abend zu meinem Enkel. Sind Sie sicher, daß es okay ist, wenn Sie hier allein im Haus bleiben?« Nicht, daß sie sich sorgte, aber sie wollte nicht entlassen werden, weil sie sich nicht angestrengt hatte.
»Ja, ja, ja.« Rozalinde löffelte ungeduldig die Eier. »Jetzt geh, Rosa, laß mich in Ruhe. Ich möchte mich entspannen. Kann ich mich denn nie entspannen, verdammt noch mal?«
Rosa ging leise und verfluchte ihre Herrin. Was für eine Kuh! Es war ja schon schlimm genug gewesen, als sie zwei, drei Männer die Woche gehabt, den halben Tag im Bett gelegen und nur wie eine läufige Hündin gestöhnt hatte. Aber Männer waren bei ihr im Moment nicht gefragt. Jetzt gab es die liebe, kleine, unschuldige Angelica – Gott weiß, für wie lange. Jetzt lag Rozalinde länger im Bett und stöhnte nicht mehr so heftig. Sie schnurrte eher zufrieden wie eine Katze.
Rosa wußte, was die beiden taten. Eines Nachmittags hatte sie das Stöhnen und ekstatische Schreien so neugierig gemacht, daß sie die Treppe hinaufgeschlichen war und mit geübtem Auge durch das Schlüsselloch gespäht hatte. Erst war es schwierig, in dem trüben Licht auszumachen, was dort drinnen vor sich ging, aber dann erkannte sie, daß sich die beiden Frauen gegenseitig an ihren intimsten Stellen leckten und küßten – mit einer Hingabe, die Rosa nur dem feinsten Hummer zuteil werden ließ. Anscheinend blieb kein Spalt unentdeckt, und ihre vor Schweiß glänzenden Körper bäumten sich in mehreren Orgasmen auf. Rosa hatte einmal darüber in ihrer Lieblingszeitschrift, der spanischen Aus-

gabe des *Cosmopolitan,* gelesen. Sie war von dem Treiben der beiden damals so geschockt und entsetzt gewesen, daß sie fast in Ohnmacht gefallen wäre. Danach hatte sie einen großen Brandy gebraucht, bevor sie in der Lage gewesen war, das Abendessen zu richten.

Ihre Herrin war sexbesessen, da gab es keinen Zweifel. Eine sexbesessene Hure. Rosa konnte nicht verstehen, warum die Öffentlichkeit von ihr so begeistert war.

Am nächsten Tag war Rozalinde ganz außer sich vor Freude. Es war ihr gelungen! Sie würde Probeaufnahmen machen! Zusammen mit fünf oder sechs der wichtigsten Schauspielerinnen Hollywoods. Die Fotos hatten ihr dazu verholfen. Sie war ein Genie, und der Fotograf auch.

Rozalinde tanzte wie wild in ihrem Schlafzimmer herum, während sie überlegte, was sie zum Lunch im Ma Maison anziehen sollte. Das würde ein Fest. Ein Triumph der Klugheit und des Wagemuts gegenüber etablierten Stars wie Sissy Sharp. Sie stand, wie Rozalinde gehört hatte, noch nicht auf der Liste für die Probeaufnahmen, hatte die Hoffnung aber noch nicht aufgegeben.

Rozalinde bedachte die Vorzüge ihres grauen Seidenmodells von Adolfo – es hätte auch eine in Washington erfolgreiche Frau hervorragend gekleidet – gegenüber dem neuen burgunderroten Bolero von Yves Saint Laurent zusammen mit der beigefarbenen Seidenbluse und dem passenden Rock. Vielleicht waren aber Bergkristallknöpfe am Nachmittag etwas zu protzig, selbst für Südkalifornier. Sie verwarf beide Ideen und entschied sich für einen anderen Dreß. Schließlich hatte sie Millionen damit gemacht. Sie zog das weiß-orange gestreifte Baumwollbauernkleid an, legte eine mehrreihige Korallenkette um und setzte einen großen, mit Frühlingsblumen geschmückten Strohhut auf.

In der Eingangshalle steckte sie eine weiße Gardenie als Zierde in ihre dichten braunen Locken. Mit einem fröhlichen »Bis später, Rosa« sprang sie in ihr rotes Cabriolet und brauste den Benedict

Canyon hinunter Richtung Melrose ... Ein grüner Chevrolet folgte ihr.

Im Ma Maison herrschte Hochbetrieb an diesem Freitagmittag Anfang Juni. An dem runden Tisch in der Mitte der Veranda saßen ›die Jungs‹. Obwohl sich die Besetzung wöchentlich änderte, waren heute die meisten Protagonisten anwesend. Richard Hurrel hatte sich nach der heißen Liebesnacht mit Daphne wieder erholt. Er sah blendend aus in seinem braunen Blazer und seinem braun- und cremefarbenen Hemd von Cardin mit weißem Kragen und brauner Seidenkrawatte. Sie betonten die schneeweißen Haare und die tiefgebräunte Haut. Es ging ihm gut. Freuden mit Daphne hatten meist einen verjüngenden Effekt auf ihn, und so fühlte er sich auch. Frank Tilley unterhielt die Gruppe mit lustigen Geschichten über die neuesten Mätzchen des schwulen Hauptdarstellers in einer der sieben Serien seiner Seifenoper.

Johnny Swanson lauschte amüsiert und voller Bewunderung dem Mann, von dem einige behaupteten, er könne sein Vater sein.

Am Eingang, an einem Tisch für zwei, saßen Sabrina Jones und Luis Mendoza. Innerhalb kürzester Zeit hatten sie sich sehr ineinander verliebt. Sie waren ein strahlend schönes Paar. Beide hatten heute frei. Sabrina sah hinreißend aus in ihrem weißen, einfachen Baumwollhemd und dem khakifarbenen Minirock, der ihre langen, braunen Beine unbedeckt ließ. Sie trug kleine, in Gold gefaßte Diamantohrringe – ein neues Geschenk von Luis. Um ihre Taille hing ein schwerer, brauner Ledergürtel mit einer kunstvoll ziselierten Goldschnalle.

Luis trug cremefarbene Leinenhosen und ein dunkelblaues Seidenhemd. Es war nur unten zugeknöpft und zeigte seine gebräunte, muskulöse Brust. In der Nachmittagssonne glitzerten seine unterschiedlich langen und dicken Goldketten mit ihren Anhängern – lateinamerikanische Amulette der Männlichkeit.

Luis und Sabrina waren völlig mit sich beschäftigt – er sah tief in ihre jadegrünen Augen, sie in seine schwarzen.

»Die beiden kommen mir sooo verliebt vor«, seufzte Lady Sarah

Crenleigh und spießte ihre letzte Spargelstange auf, wobei geschmolzene Butter auf ihre mit Blumen verzierte Seidenbluse von Victor Edelstein tropfte.

»Blödsinn«, zischte Sissy. Auch sie beobachtete die beiden. »Glaub mir, Sarah, für Luis Mendoza gibt es nur einen Menschen auf der Welt, und das ist er selbst.« Sie dachte etwas wehmütig an die Dreharbeiten ihres Filmes und ihre zwei gemeinsamen Nächte. Sie waren nur kurz, aber dafür sehr aufregend gewesen. Luis war ein toller Liebhaber und hatte ihr für ein, zwei Stunden die sexuelle Erfüllung gegeben, nach der sie immer verlangte. Solche Lust genoß sie nur selten mit ihren gerade dem Knabenalter entwachsenen, hirnlosen Strandläufern.

Aber Sissy hatte Besseres zu tun, als Sabrinas und Luis' Liebesleben zu erörtern. Es ärgerte sie, daß Daphne ihren unbestreitbar amüsanten Hausgast, Lady Sarah, mitgebracht hatte. Es war schwierig, sich etwas auszudenken und zu planen, solange dieser herausgeputzte Fettklumpen alle erreichbaren Speisen verschlang. Lady Sarah hatte bereits – neben ihrem Spargel – zwei große französische Brötchen und vier Scheiben Knoblauchtoast verspeist und stahl jetzt flink die Croûtons aus Daphnes Spinatsalat. Sissy warf Vorsicht und Stolz über Bord und fragte ganz direkt: »Wie hat sie es angestellt, Daphne?«

»Liebling, ich hätte es nie für möglich gehalten, daß diese Schlampe so raffiniert ist«, sagte Daphne und nahm sich schnell einen Croûton, bevor die eifrige Lady Sarah wieder mit ihrer Gabel zustoßen würde.

»Nun, was jetzt? Was hat sie getan?« Sissy schrie fast. Hastig trank sie ihren Wodka mit Evian-Wasser.

»Sie war bei Hana und hat Tausende ausgegeben – wirklich Tausende –, um eine Serie von Aufnahmen von sich als Miranda machen zu lassen. Und es sind brillante Fotos. Du kennst Hanas Arbeit. Er ist mit Abstand der Beste. Es ist ihm gelungen, sie so zu fotografieren, daß sie tatsächlich wie neunzehn aussieht. Wahrscheinlich hat er eine Mohairdecke vor die Linse hängen müssen, aber er hat es wirklich geschafft.«

»Brillant«, gab Sissy mit zusammengebissenen Zähnen zu. Sie verfluchte Rozalindes klugen Schachzug. Warum war sie nicht darauf gekommen? Und wenn schon nicht sie, warum dann nicht ihre PR-Leute? Sie bekamen viertausend Dollar im Monat plus Spesen und sorgten nicht einmal dafür, daß ihr Name in dem verdammten *National Enquirer* auftauchte! Sie nahm sich vor, sie zu feuern und Rogers & Cowan anzuheuern.

»Auf einem Foto ist sie Miranda als Teenager, und ich schwöre, sie sieht darauf aus wie achtzehn.«

»Das ist doch nicht möglich!« zischte Sissy.

»Eben doch, mit Hanas Beleuchtungstalent, meine Liebe. Dann hat er sie noch als Fünfundzwanzig- und als Fünfunddreißigjährige aufgenommen, was leicht war, weil sie ja fünfunddreißig ist.«

»O ja, klar doch«, meinte Sissy höhnisch und schob ein Stückchen Knoblauchbrot in den Mund. »Die wird nicht noch mal vierzig, nie wieder, und das weißt du genau, Daph.«

»Willst du mir zuhören?« fuhr Daphne sie an. »Dann als Fünfundvierzig- und als Fünfundfünfzigjährige – und stell dir vor, für das letzte Foto des Sets wurde sie auf achtzig getrimmt. Und das hat Abby schließlich vollends überzeugt. Er war so beeindruckt von den Fotos, daß er ihrem Agenten – zufällig mein Jasper – versprochen hat, ihr einen Termin für Probeaufnahmen zu geben.«

»Und, meine Kleine«, Daphne zog einen großen Umschlag aus ihrer geräumigen Handtasche und schob ihn Sissy hin, »einem meiner Leute ist es geglückt, die Fotos an sich zu bringen. Ich dachte, du seist vielleicht an ihnen interessiert. Aber, bitte, schau sie dir nicht hier an, Liebling.«

Sissy schnappte den Umschlag, steckte ihn in ihre große Chanel-Tasche und blitzte Daphne an. Daphne lächelte breit und nickte mehreren Bekannten im Restaurant zu. Dann wandte sie sich um und sah Sissy mit fast unverhohlener Verachtung an. Was für eine unzivilisierte Frau! In England wäre sie nirgends zum Tee eingeladen worden.

Sissy war kaum im Haus, da begann sie schon, die Fotos zu

inspizieren. Widerwillig und murrend mußte sie Rozalinde bewundern. Auf den ersten Fotos sah sie strahlend jung und frisch aus, auch wenn Hana seine sämtlichen Kameratricks hatte anwenden müssen, um das zu bewerkstelligen. Der Glanz ihrer Erscheinung auf den Fotos, die sie mit fünfundvierzig darstellten, war ein Meisterstück. Der Plan war sehr clever, und für Sissy bestand kein Zweifel mehr daran, daß sich Rozalindes Aussichten auf die Rolle durch die Fotos erheblich verbessert hatten.

Es war so einfach, so professionell gewesen! Diese pfiffige Idee hatte praktisch auf der Hand gelegen! Diese verdammte mexikanische Hexe! Sissy kippte einen weiteren Wodka hinunter. Einfach brillant. Ja, das mußte sie zugeben. Sie, seit siebenundzwanzig Jahren im Geschäft, hätte wissen müssen, wie leichtgläubig die Menschen sind. Mit genügend Frechheit und Impertinenz konnte man diese Stadt mühelos beherrschen. Diese Runde ging an Rozalinde, aber Sissy gab sich noch lange nicht geschlagen ...

Eine lebensgroße Sissy lag wie Madame Récamier nackt auf einer Chaiselongue aus dem achtzehnten Jahrhundert. Das Gemälde über der grauen Velourscouch in dem kombinierten Gymnastik- und Vorführraum zog immer alle Blicke an.

Sissy machte zu der Musik Bob Dylans ihre Morgengymnastik und bewunderte dabei die weichen Kurven dieses mehr als schmeichelhaften Bildes. Vor fünfzehn Jahren hatte sie ein damals unbekannter Maler so dargestellt. Heute war der Künstler sehr gefragt. Auf dem Gemälde sah Sissy so aus, wie sie aussehen wollte. Je entschiedener sie versuchte, diese Perfektion zu erreichen, um so mehr mißlang ihr dies.

Es war bedenklich, wie ausgemergelt sie aussah. Selbst ihre besten Freunde wagten sie zu kritisieren. Ihr Gesicht, beim letzten Besuch in Rio von Dr. Pitanguy geliftet, hatte zwar keine Falte mehr, war aber schmal und hager. Sie sah eher älter als jünger aus. Zum Glück war Sissy kurzsichtig und schien es selbst nicht zu sehen. Als ihre medizinische Waage knapp achtundvierzig

Kilo anzeigte – Sissy war ein Meter fünfundsechzig groß –, klatschte sie vor Freude in die Hände. Sie mußte die Anzeige mit einer ihrer dreißig Brillen lesen. Sissy deponierte Brillen überall dort, wo sie sie eventuell brauchte.

»Sehr gut. Jetzt kann ich den Grès für die Probeaufnahmen anziehen, ohne dick zu wirken«, murmelte sie vor sich hin. Die Probeaufnahmen für Miranda würden nächste Woche stattfinden. Ihr Mann hatte es für sie arrangiert. Das war die Masche gewesen! Abby hatte nicht nein sagen können. Wie auch? Sam hatte die männliche Hauptrolle in *Saga* fest in der Tasche. Abby konnte wohl kaum Sams Frau nicht testen, wenn Sam darauf bestand. Natürlich würde sie die Rolle bekommen. Wie auch nicht? Schließlich war sie eine Oscar-Gewinnerin, Star in einigen der erfolgreichsten Filme der letzten fünfzehn Jahre, und sie war mit dem Hauptdarsteller der Serie verheiratet. Wie sollte sich Abby anders entscheiden? Die Konkurrenz war nicht so wichtig. Sie konnte alle schlagen, und das würde sie auch – es mußte ihr einfach gelingen!

Rozalinde Lamaze – nicht der Rede wert! Niemals! Eine Schlampe, ein Leichtgewicht trotz der tollen Fotos. Der Sextraum der Arbeiterklasse – eine alternde Sexbombe. Sie konnte keine ernsthafte Rivalin sein. Emerald Barrymore? Ja, sie war schon zu ihren Lebzeiten eine Legende, ein Superstar, eine Superberühmtheit, aber sie war keineswegs eine so gute Schauspielerin wie Sissy. Sie hatte wesentlich weniger Talent als Sissy, und sie war Jahre älter. Der Applaus und die Aufmerksamkeiten hatten immer ihrem Privatleben gegolten, das viel interessanter war als ihre Filme. Was die Öffentlichkeit stets an Emerald fasziniert hatte, waren ihre Männergeschichten, ihre Skandale und ihre Selbstmordversuche.

Das einzige Haar in der Suppe war diese verdammte Chloe Carriere. Ohne jeden Zweifel konnte Chloe ihr wirklich gefährlich werden. Sie mußte sich eingestehen, daß Chloe genau die Richtige für die Rolle war. Sie hatte das richtige Aussehen – diese Mischung von Unschuld und Bosheit. Die Darstellerin der Mi-

randa mußte diese Mischung verkörpern, darin waren sich alle einig. Außerdem hatte Chloe den Vorteil, obwohl sie fast vierzig war, relativ unbekannt zu sein – und in den USA waren alle ›scharf‹ auf ein neues Gesicht.
Sam hatte versucht, Sissys Angst entgegenzuwirken. Falls Abby und die Sendeanstalt auf Chloe bestünden, würde Sissy die erste Ex-Frau spielen. Sam hatte Abby wenigstens dieses Versprechen abnehmen können.
Aber Sissy wußte, daß Sirope keine Superrolle war. Die Ex-Frau Nummer eins war ein Dussel. Ein aufgequollenes Hausmütterchen, eine säuerliche Matrone. Sie wollte die Rolle der Miranda Hamilton spielen, der zweiten Frau. Und wie sie sie spielen wollte! Das gemeine Weib, die böse Frau, das Biest. Die Manipulierende, die Verführerin und Verräterin, gerissen, cool und doch begabt mit einem goldenen Herzen. Das alles lag in den Drehbuchseiten von *Saga* verborgen. Sie mußte die Rolle bekommen! Und wenn sie vielleicht noch ein Pfund abnahm?

Heute abend gaben Abby und Maud Arafat ihr intimes Dinner für die Bewerberinnen, die sich nur darüber den Kopf zerbrachen, was sie anziehen sollten. Auch Chloes Gehirn arbeitete fieberhaft. Stundenlang zerbrach sie sich den Kopf. Sie wollte heute abend umwerfend aussehen.
Die Produzenten, Abby und Gertrude, würden alle Kandidatinnen für die eine Rolle in einem Raum versammelt sehen. Sie würden sie pausenlos miteinander vergleichen. Furchtbar, dachte Chloe. Normalerweise stellte sie ihre Garderobe problemlos zusammen, aber jetzt war sie völlig unentschlossen. Zwei Tage lang hatte sie wie eine Verrückte alle Boutiquen auf dem Rodeo Drive und dem Sunset Boulevard abgeklappert. Welchen Aspekt Mirandas sollte sie wohl für diese Party verkörpern?
Das Biest? In dem Fall würde sie ihr hochgeschlossenes, schwarzes Satinkleid von Valentino und das Spitzenjäckchen mit den unzähligen kleinen, schwarzen Bernsteinen wählen, dazu die passenden schwarzen Bernsteinohrringe.

Die Verführerin? Ungaros roter Chiffon, bis zum Schlüsselbein und auf dem Rücken bis zum zehnten Wirbel geschlitzt. Wolken roten Chiffons, der verführerisch um ihre Knöchel wehte. Dazu die passenden roten Sandalen. Es war nur schwierig, mit den hohen Absätzen zu gehen. Das Ganze war sehr sexy, aber vielleicht ein wenig zu sexy?
Oder sollte sie einfach als sie selbst gehen, als Chloe Carriere? Ja, warum nicht? Sie würde als Chloe kommen. Sie nahm ihr altes Lieblingskleid hervor, das sie schon so oft getragen hatte und in dem sie sich wohl fühlte. Ein cremefarbener Seidenjersey mit Schrägstreifen, in griechischer Art über eine Schulter gebunden. Die andere blieb frei. Sie suchte ihre unechte Diamantbrosche im Stil der vierziger Jahre heraus und steckte damit den in Falten gelegten Stoff in Taillenhöhe fest. Als einzigen Schmuck zog sie die kleinen Bulgari-Diamantohrringe an. Außerdem würde sie die cremefarbene, mit Emailsteinchen und Bergkristallen besetzte Spange von Judith Leiber mitnehmen. Sie hatte die Form eines Häschens. Josh hatte sie ihr zu ihrem letzten Geburtstag geschenkt, und seither diente sie Chloe als Maskottchen. Glück – heute abend konnte sie es gebrauchen!
Geburtstage! Es überlief sie kalt, als sie sich an ihren Toilettentisch setzte und tief in die Kosmetiktöpfchen griff. Sie würde dieses Jahr vierzig werden. Vierzig! Chloe kam sich unglaublich alt vor. Sie konnte es nicht fassen, daß ihr Leben und vor allem ihre Jugend so schnell vorbei gewesen sein sollten.
»Es ist noch nicht aller Tage Abend, noch lange nicht«, wies sie sich zurecht und trug mit geübter Hand ihren Lip gloss von Dior auf. »Es steckt noch viel Leben in diesem alten Mädchen.« Chloe bürstete ihr volles, lockiges Haar und steckte es auf einer Seite mit einer Schildpattspange fest. Sie schlüpfte in die Sandalen mit den grob gerippten Seidenbändern und band sie um die von Seidenstrümpfen umschlossenen Knöchel. Danach begutachtete sie sich kritisch in ihrem dreigeteilten Spiegel. Sie sah wirklich schön aus. Strahlend! Es war alles perfekt heute abend – bis auf eines. Ihr Mann war noch nicht da.

Chloe sah auf ihre Diamantuhr von Boucheron. Josh verspätete sich wieder mal. Er machte gerade Aufnahmen. Deshalb hatte er sie schon vorgewarnt: Eventuell könnte er sich etwas verspäten. Das Mischen seines neuen Albums war an der kritischen Phase angelangt. Nachdem es bereits Terminverzögerungen gegeben hatte, mußte er das letzte Stück unbedingt fertigstellen, und er wollte eben, daß es perfekt wurde. Es war sehr wichtig, denn dieses Album war für seine Karriere von entscheidender Bedeutung. Zumindest mußte ein kleiner Hit dabeisein, sonst war er erledigt. Josh wußte das sehr wohl. In seinem Alter war die Karriere ohnehin so gut wie vorbei. Den meisten Jugendlichen, die Platten kauften, war er zu alt. Die machten sich einfach nichts aus jemandem, der ihr Vater sein konnte und noch auf Videos, im Fernsehen oder auf der Bühne herumstolzierte (Angebote von den Bühnen Londons oder New Yorks kamen auch immer seltener). Sein Abstieg vollzog sich rasch, und niemand wußte das besser als Chloe und er selbst.
Das schlimme war, daß es ihn Jahre, Jahrzehnte gekostet hatte, ein Star zu werden. Das Hochklettern war verdammt schwierig gewesen – da war der Abstieg schon ›leichter‹. Es schoß Chloe durch den Sinn, daß er sich vielleicht wieder mit einer Frau amüsierte, aber sie ließ den Gedanken schnell fallen. Sie hatte sich unmißverständlich dazu geäußert, was passierte, wenn er sich wieder mit Halbwüchsigen einließe. Dann würde Schluß sein – sie würde sich scheiden lassen.
Vergiß es. Vergiß die vielen Male, die du ihn erwischt hast. Er hat es mir doch versprochen, hm? Hat mir erklärt, daß er es jetzt, wo er auf die Vierzig zuginge, für unwürdig hielte, Backfischen nachzulaufen. Hat mir gesagt, daß ihm wirklich viel an unserer Ehe liege. Er hat es versprochen.
Die Limousine wartete. Er *war* am Mischpult. Es wurde Zeit, auf die Party zu gehen. Sie besprühte sich mit *Bal à Versailles* und verließ in guter Stimmung und in einer Duftwolke das Haus Richtung Abbys und Mauds Party.
Es handelte sich hier zweifelsohne um eine der größeren Festivitä-

ten der Lamettastadt, stellte Chloe fest, als ihr der höfliche junge Mann, auf dessen Jackett ›Chuck's Parking‹ gestickt war, die Tür aufhielt und sie einen Blick in die Eingangshalle der Arafat-Villa warf, die noch in echtem Hollywood-Glanz glitzerte.

Es waren auch nirgendwo Fotografen zu sehen – ein Zeichen wahren, hohen gesellschaftlichen Status. Nicht einmal George Christie vom *Hollywood Reporter* war eingeladen worden. Je wichtiger die Party, desto weniger Presseleute. Das war die goldene Regel Hollywoods. Bei Premieren, Publicity-Partys und Einweihungsfesten galt immer: je mehr Pressemenschen, desto besser. Aber hier glänzten sie durch Abwesenheit.

Die Eingangshalle war riesig. Die polierten grauen Marmormosaiken, Importe aus Montecatini, waren unter den Säumen der Modellkleider der Damen und den tadellos geplätteten schwarzen Hosenaufschlägen der Herren kaum noch zu sehen. Die fünfundsiebzig vornehmen Gäste tranken Crystal-Champagner oder Perrier und ignorierten die lackierten, eierschalenfarbenen Wände, an denen Kunstwerke im Wert von mehr als fünfzehn Millionen Dollar hingen. Sie hatten die Gemälde schon früher gesehen. Berufliche Themen waren weitaus interessanter.

Eine Auswahl bedeutender Gemälde – sie reichten von Renoir bis Fischl – war hervorragend an den Wänden plaziert, Wände, die ein dutzendmal abgeschliffen und dann siebenmal gestrichen worden waren, um einen makellos matten, obersten Anstrich zu gewährleisten. Die Gäste ignorierten aber auch die korinthischen Säulen aus schwarzem Onyx, die im Abstand von einem Meter zwanzig in der Halle standen. Unbezahlbare römische Marmorbüsten aus dem zweiten und dritten Jahrhundert thronten auf den Kapitellen.

Chloe konnte dies alles nicht einfach übersehen. Sie war fasziniert. Solch opulenten Prunk hatte sie noch nie gesehen. Josh und sie, obwohl sie seit Jahren zur Hollywood-Szene gehörten, waren noch nie in dieses Haus eingeladen worden. Abby und Maud Arafat steckten ihr Geld in Dinge, die ihre Freunde auch sehen konnten. Ihr Haus war eingerichtet im Stile der Villa eines millionenschweren Produzenten. Jeder mußte das zur Kenntnis nehmen. Chloe hielt die Luft an angesichts der Pracht der Einrichtung, des offensichtlichen Wertes und der Schönheit der Kunstwerke. Von einem der dreißig livrierten Butler nahm sie ein Glas Champagner und bummelte in das Wohnzimmer. Dieser Raum war mindestens fünfundzwanzig Meter lang und wurde von einem Picasso-Gemälde beherrscht, das Chloe nicht kannte. Es stammte garantiert aus seiner blauen Periode und stellte zwei große sterile Athleten an einem Strand dar. Die Fenster waren höher als fünf Meter und elegant von kobaltblauen Brokatvorhängen mit schweren Säumen und Quasten gerahmt.

Chloe spazierte hinaus auf die Terrasse. Auf dem Rasen, der wie dicker, grüner Samt aussah, standen acht der wertvollsten Skulpturen Henry Moores. Chloe verwunderte es sehr, daß sie so einfach auf dem Rasen standen.

Einige Gäste waren ins Gespräch vertieft. Es war eine warme kalifornische Nacht. Eine leichte Brise wehte vom Meer her. Chloe stellte sich den Brief vor, in dem sie Annabel die Szene hier beschreiben würde. Sie schrieb ihr mindestens einmal die Woche und schilderte ausführlich ihre Erlebnisse und die Orte, die sie besucht hatte. Für die Zeilen, die ihr Annabel schickte, war sie immer sehr dankbar. Wie immer, wenn Chloe an ihre Tochter dachte, wurde sie traurig. Sie nahm einen Schluck Champagner. Hör auf, Chloe, befahl sie sich. Du bist geschäftlich hier. Du mußt glänzen, Mädchen, glänzen.

Wer war denn alles da? Auf alle Fälle waren alle Kandidatinnen für die Rolle der Miranda schon anwesend.

Sissy Sharp hatte sich für Rot entschieden. Ein Reagan-Rot, mit der Betonung auf Reagan. Die Freundschaft zwischen Nancy und Ron und Sissy und Sam lag allerdings schon eine Weile zurück. Damals war Ronald Präsident der Filmschauspielergilde und Sam einer der Vorstandsbeamten. Sissy übertrieb, wenn sie von der Freundschaft sprach und sie ständig erwähnte. Sie und Sam waren aber tatsächlich vor kurzem zu einem Staatsdinner geladen gewesen, das für das Staatsoberhaupt von Jugoslawien gegeben worden war – nicht eine der wichtigsten Angelegenheiten Washingtons, aber es reichte für einen Einzeiler in der *USA Today.* Sie unterhielt immer jeden, der zuhören wollte, mit Geschichten über Nancy und die lustigen Bemerkungen ›Dutchs‹, wie sie den Präsidenten vertraulich nannte.

Rozalinde Lamaze, in Begleitung eines lustlosen Machos, trug ein Goldlamékleid von Lina Lee. Sie sah befriedigt aus, er müde. Rozalinde und Chloe sahen sich an und nickten kurz. Chloe hielt die Aufmachung der anderen für billig, fand aber, daß Rozalinde eine wirklich attraktive Frau war und jünger aussah, als sie war. Sie war sexy, und mit ihrem Lächeln und den auf der Seite mit einer Gardenie geschmückten dunklen Haaren sah sie keinen Tag älter als dreißig aus.

Emerald Barrymores Auftritt verursachte ein wenig Aufregung. Sie war ein Kind Hollywoods. Seit ihrem dritten Lebensjahr war sie ein großer Star, und noch immer erregte ihr Erscheinen Aufmerksamkeit. Seit zehn Jahren hatte sie keinen Filmerfolg mehr gehabt, aber die Aura eines Stars umgab sie noch immer.

Niemand liebte einen Star mehr als die, die in Hollywood lebten und arbeiteten, und sofort war Emerald von Schmeichlern und Fans umringt. Keiner unter ihnen konnte ihr jedoch einen guten Job vermitteln, höchstens einen Gastauftritt in der Episode einer Serie oder eine Nebenrolle in einer Miniserie.

Sie war spät gekommen, wie immer, denn sie hatte sich nicht entscheiden können, welche ihrer fünf sagenhaften Halsketten sie umlegen sollte. Ihr Schmuck war schon legendär, vor allem, weil viele dachten, sie hätte keines der Stücke selbst gekauft. Das stimmte nicht – sie hatte sogar die meisten selbst bezahlt. Schmuck war eines ihrer Hobbys, aber sie wollte alle Welt glauben machen, sie würde von ihren vielen Liebhabern ständig mit Geschenken überschüttet. Ihr Presseagent trug das Seine dazu bei, diesen Glauben zu stärken.

Emerald war mit ihrem neuesten Ehemann, Soloman Davidson, einem New Yorker Fabrikanten von Herrenanzügen, erschienen. Er fühlte sich hier nicht besonders wohl, bemühte sich aber, es sich nicht anmerken zu lassen. An ihrem Ringfinger trug sie einen riesigen ovalen Smaragd. Für ihren knöchellangen Zobelmantel hatte Soloman, obwohl er ihn nicht zu Einzelhandelspreisen erstanden hatte, immer noch happige hunderttausend Dollar bezahlen müssen. Der Mantel war Emerald mit ihren ein Meter fünfundfünfzig etwas zu lang, aber was ihr an Körpergröße fehlte, machte sie mit ihrem Haar wett. Es war von den Wurzeln ab toupiert und stand in blonden, gefährlich aussehenden Spitzen kreuz und quer ab. Sie war in einen silbernen Norell gehüllt und sah wie ein echter Superstar aus. Das mußte Chloe zugeben.

Die beiden Schauspielerinnen, von denen man glaubte, sie würden die Rolle der Miranda ablehnen, unterhielten sich freundschaftlich. Jacqueline Bisset und Meryl Streep, die Erfolgreichen, würden ihre Karriere nicht für eine Rolle in einer TV-Serie opfern. Man war sich in Hollywoodkreisen ziemlich einig, daß sich Abby und Gertrude Greenbloom – als Mitbesitzer eines Studios und Schöpfer vieler großartiger Filme – erniedrigten, wenn sie sich dem Fernsehfilmgeschäft widmeten. Man rümpfte dem relativ jungen Medium gegenüber immer noch die Nase – bis 1982 hatten sich nur sehr wenige Stars herabgelassen, in einer Serie mitzuwirken, und die anderen sahen auf sie verächtlich herab. Chloe war das gleichgültig. Sie war kein Snob – TV- oder Kinofilm, sie machte da keinen Unterschied. Sie brauchte einen guten Job – und das hier war ein guter Job.

Ein paar junge, hübsche Mädchen mit Namen wie Sharon, Tracey und Cindy spazierten mit jenem starren Lächeln auf den Lippen umher, das verriet, daß sie zwar nicht dazugehörten, ihre Gegenwart aber ihren Karrieren zuträglich sein könnte. Diese Starlets standen bei MCPC unter Vertrag und trugen mit Perlen verzierte Kleider aus Filmen des vergangenen Jahres.

Die alte Garde stand wie immer beisammen: Eddie und Lew Wasserman, Mary und Irving Lazar, Janet und Freddie de Cordova und Billy und Audrey Wilder. Auf wie vielen Partys waren die beiden wohl in den letzten Jahrzehnten gewesen? Wie viele Studiobosse, aufsteigende Schauspieler und tolle, junge Regisseure

hatten die beiden kommen und gehen sehen? Trotzdem vermittelten sie immer den Eindruck, als bereite ihnen alles hier ein großes Vergnügen. Die Tatsache, daß sie heute abend anwesend waren, machte die Veranstaltung zu einer Party erster Klasse.
Chloe fühlte sich selbstsicher, trotz ihres zwei Jahre alten Bruce-Oldfield-Kleides. »Besser zu einfach als aufgedonnert«, hatte ihr Lady Sarah immer gesagt. Aber Lady Sarah befolgte ihren eigenen Ratschlag nicht. Sie hatte mehrere Ketten von kichererbsengroßen Perlen umgelegt. Malvenfarbene Seidenvolants und Taftschleifen schmückten ihre roten Locken. Sie unterhielt sich gerade mit Sissy. Chloe nickte Sissy zu und erntete ein eisiges Lächeln. Sie waren noch nie befreundet gewesen und hatten nur sehr wenige Gemeinsamkeiten.
Das eigentliche Dinner rückte näher, und Chloe wurde allmählich nervös. Josh hatte ihr versprochen, heute abend mit ihr zu gehen. Sie brauchte seine moralische Unterstützung. Es war ja so schon nervenaufreibend genug, ein riesiges, formales Hollywood-Bankett durchzustehen, aber das auch noch alleine? Chloe trank hastig einen Schluck Champagner, spürte aber die Wirkung des Alkohols und stellte das Glas weg. Sie schaute noch einmal auf die Uhr. Zehn vor neun. Jeden Augenblick konnte zum Dinner gerufen werden. Sie sollte mit Josh an einem Tisch sitzen. Wie peinlich, wenn er nicht käme. Sie kreuzte die Finger, wie um ihn herbeizuzaubern.
Auf der Terrasse harrte noch eine Kandidatin für die Rolle der Miranda aus. Man hielt es jedoch allgemein für unwahrscheinlich, daß sie ausgewählt würde, weil sie noch sehr jung war.
»Es ist doch lächerlich«, sagte Sabrina Jones zu ihrem Presseagenten Johnny Swanson. »Ich weiß, daß ich diese Rolle auf keinen Fall bekomme. Ich bin zu jung.« Sie hatte nur einen Wunsch: nach Hause zu gehen.
Johnny mußte ihr recht geben. Mit dreiundzwanzig war sie viel zu jung, um ein intrigierendes Biest wie Miranda darzustellen. »Ich bin sicher, daß Abby dich eine der Töchter spielen lassen will. Er kennt alle Tricks, und da du im Moment so heiß bist, bringt dein Name noch mehr Publicity in den Kolumnen.«

»Mhm«, meinte Sabrina nur. Sie war traurig, vermißte Luis, aber Johnny hatte ihr erklärt, daß sie ihn nicht mit hierherbringen konnte. Das würde ihr Interesse am Sex, aber nicht an ihrer Karriere bekunden.

Chloe gesellte sich zu Sabrina und Johnny. Der junge Mann war freundlich, witzig und attraktiv und schien Chloe mehr Aufmerksamkeit schenken zu wollen als seiner schönen, jungen Klientin. Chloe unterhielt sich gerne mit ihm. Es gelang ihm, sie zum Lachen zu bringen, obwohl sie so nervös war.

Johnny Swanson mochte Chloe, und das schon eine Zeitlang. Heute kam sie ihm wie benommen vor. Vielleicht, weil Josh nicht da war? Sie tat ihm leid, aber gleichzeitig bewunderte er die Art, wie sie damit fertig wurde. Jetzt kam Lady Sarah auf ihn zu und bat ihn um einen Tanz. Ihre Zunge kam viel zu nahe an sein Ohr, und er wandte sich voll Abscheu ab. Welch eine mißgestaltete Masse von Fleisch und Fransen! Er fühlte sich nicht im geringsten von ihr angezogen, obwohl sie das richtige Alter hatte. »Nein, nein, meine Süße«, sagte er bestimmt. »Tanzen Sie mit diesem flotten Herrn da drüben, der Sie so genau mustert. Ich habe heute nicht meine Tanzschuhe an.« Lady Sarah zog ihre nachgestrichene, braune Augenbraue hoch. »Süße! Hm?« O ja, der flotte Herr namens Alex war nicht schlecht, gar nicht schlecht.

Johnny trat einen Schritt beiseite, um Chloe genauer in Augenschein zu nehmen. Nach dem, was er so gehört hatte, war sie nicht leicht zu kriegen. Die Jungs, die wöchentlich im Ma Maison zu Mittag aßen, wußten genau Bescheid über die sexuellen Neigungen und Präferenzen der »verfügbaren vierhundert«, wie sie sie nannten. Natürlich tauschten sie diese Informationen untereinander aus und wußten so, was jede Dame im Bett bevorzugte. Johnny hatte gehört, daß Chloe eine ziemlich gute Ehe führte, aber heute abend konnte man vielleicht etwas daran zweifeln. Sie war schließlich alleine hier. Keiner der Jungs hatte irgend etwas aufgeschnappt, wonach sie in letzter Zeit vielleicht mit irgend jemandem geschlafen hatte. Eine treue Ehefrau war eine Seltenheit in Hollywood. Noch dazu eine, die so gut aussah wie Chloe. Eine Frau, die einem Mann treu und um die Vierzig war – genau sein Typ! Sie stand jetzt gerade alleine und nahm einen Schluck Champagner. Zwischen ihren türkisfarbenen Augen stand eine Falte. Chloe sah traurig aus. Ihre Fassade begann zu bröckeln.

»Vom Champagner bekommen Sie Alpträume«, witzelte er. »Heiße Milch ist besser für Sie. Aber es kommt natürlich ganz darauf an, was Sie heute nacht noch vorhaben.«

Chloe lächelte kurz über seinen jungenhaften Charme und versuchte, mit einer ähnlich heiteren Bemerkung zu kontern. »Ich hasse heiße Milch«, sagte sie. »Die erinnert mich an meine Kindheit.«

Punkt neun Uhr kündigte der Butler das Dinner an. Die Gäste strömten aus der marmornen Eingangshalle, vom samtenen Rasen und dem im Stil Ludwigs XV. gehaltenen Salon in den Ballsaal hinein. Die Decke des Ballsaals hätte ein Werk Michelangelos sein können. Engel schwebten zwischen Wolkenfetzen an einem azurblauen Himmelsgewölbe. An den Wänden hingen Kerzenleuchter aus dem achtzehnten Jahrhundert. Hunderte von Bienenwachskerzen an den Wänden und auf den zehn symmetrisch aufgestellten Tischen erhellten, ohne jegliches elektrische Licht, den großen Saal. In der Mitte eines jeden Tisches hatte Milton Williams kunstvoll Lalique-Schüsseln mit weißen Rosen, Lilien und kleinen Feenlichtern arrangiert. Livrierte Bedienstete halfen den Gästen, ihre Tische zu finden.

Gerade als Chloe meinte, wegen Joshs Abwesenheit verzweifeln zu müssen, tauchte er neben ihr auf. »Hallo Baby«, flüsterte er, drückte ihren Arm und hauchte einen Kuß auf ihre Wange. Sie fing den Duft von Tequila und, stärker noch, von Kokain ein. »Ich habe dich nicht im Stich gelassen. Ich bin hier – verläßlich wie immer.«

»Ich bin ja so froh, daß du hier bist, Liebling. Ich habe mir schon Sorgen gemacht.« Sie lächelte und streichelte das Gesicht, das sie so liebte.

»Du weißt doch, daß du dich auf mich verlassen kannst, Chloe.«

Er schwankte ganz leicht, und sie merkte, daß er angetrunken war. Seine Aussprache war etwas undeutlich, aber niemand außer Chloe würde das bemerken. Sie allein sah sofort, wenn er getrunken oder Rauschgift genommen hatte. Er verheimlichte seine Laster wirklich sehr gut.
Sie machte ihm keine Vorwürfe. Immerhin war er ja zu der Party gekommen. Ruhig bleiben, Chloe, ganz ruhig. Er ist bei dir. Er liebt dich eben doch. Sei dankbar.

Die Gäste sahen verstohlen auf ihre Uhren. Es war halb elf. Um Viertel vor elf würde es der Anstand gebieten, langsam aufzubrechen. Zweieinhalb bis drei Stunden blieben die Gäste durchschnittlich auf einer Hollywood-Party. Dann wollten sie nach Hause gehen, einen Videofilm anschauen, ein Manuskript lesen, eine Frau anrufen oder einen Joint rauchen. Nur sehr wenige, außer den Schauspielern, die um sechs Uhr vor den Kameras stehen mußten, gingen dann auch um elf Uhr ins Bett, aber es war eine gute Zeit, sich zu verabschieden. Es gab so viele Partys – irgendwo länger als drei Stunden zu bleiben wäre reine Zeitverschwendung gewesen.
Abby klopfte mit einer Silbergabel an den Weinkelch vor ihm, und prompt wurde ihm die ungeteilte Aufmerksamkeit seiner Gäste zuteil.
»Dieser Abend ist für MCPC sehr wichtig«, sagte Abby und badete sich in der nervösen Aufmerksamkeit seiner Gäste.
»Unsere neue Show *Die Großen Verschwörer* ist sehr erfolgreich im Fernsehen.« Wissende Blicke wurden ausgetauscht. Jeder hier wußte, daß sie ein Flop war, ein regelrechter Flop, selbst um neun Uhr Dienstag abends, wo sie nur mit kaum beachteten Actionfilmen konkurrieren mußte. *Die Großen Verschwörer* war ein totaler Mißerfolg, aber Abby war ein kluger Manipulator. Er machte sofort die nächste Ankündigung und überging den Mißerfolg der Serie souverän.
»Ich freue mich sehr, Sie alle hier heute abend zu sehen, meine lieben Freunde, Partner und Mitarbeiter.« Er ließ die Augen durch

den Raum gleiten und sah nur höfliches Lächeln, oberflächliche Aufmerksamkeit und nervöse Unruhe.
»Jetzt komm zur Sache, Lieber«, murmelte Lady Sarah und ließ ihre Finger auf dem Rücken des jungen Mannes neben ihr kreisen. Sie hatte ihn am Morgen an einer Bushaltestelle am Santa Monica Boulevard aufgelesen.
»Wie Sie alle wissen, wird das TV-Geschäft immer stärker – und wir mit ihm.« Da die meisten der Gäste Kinofilme machten, reagierten sie kaum auf sein Statement. Sie nahmen das Fernsehen noch nicht ernst. Für sie war es ein Medium, um Seife zu verkaufen, ein Medium für aussteigende und allenfalls für aufsteigende Schauspieler.
»Wir«, und dabei nickte er Gertrude zu, die ihn aufmunternd anlächelte, »haben beschlossen, die aufregendste Langzeitserie innerhalb der Hauptsendezeit des Sendejahres 1982 zu machen. Eine Prime-time-Serie für die nächsten zehn Programmjahre, so erfolgreich wird sie sein. Davon sind wir überzeugt!« Einige schauten jetzt auf.
»Wir haben die Rechte zu dem besten aller Bestseller, der *Saga*, gekauft, und in drei Monaten beginnen wir mit den Dreharbeiten zu der vierstündigen Miniserie. Im Anschluß daran wird dann die eigentliche Serie anlaufen.« Abby unterbrach seinen Redefluß, erntete aber nur spärlichen Applaus. Die Gäste schauten auf die Uhren.
»Wir sind noch bei der Besetzung, aber wir können bereits einige interessante Ankündigungen machen. Die Rolle Steve Hamiltons, des Patriarchen – eines Mannes von Substanz, hundertprozentiger Integrität und voller Virilität –, wird Sam Sharp, Amerikas geliebter Held, spielen.« Applaus. Der gute Sam war beliebt, obwohl jeder seine sexuellen Neigungen kannte. Sam erhob sich und verbeugte sich fast entschuldigend. Damit hatte er seit einem Vierteljahrhundert die amerikanische Öffentlichkeit für sich eingenommen. Sissy setzte ihr dünnlippiges Lächeln auf, das ein wenig den Stolz der Ehefrau ausdrücken sollte.
»Für die Rolle der Miranda, der Scarlett O'Hara der achtziger

Jahre, haben wir diese fünf schönen Damen hier in die Endauswahl genommen. – Bitte, stehen Sie auf, Miss Sabrina Jones.« Schwacher Applaus. Kaum jemand kannte sie bislang. Das würde sich ändern, sobald ihr neuer Film anlief, denn dann würde jeder ihr Gesicht kennen. Sabrina war rot geworden. Sie war verlegen. Johnny drückte ermutigend ihre Hand. Er wünschte, sie könnte ihm gefallen, aber sie war einfach zu jung. Eine Frau unter fünfunddreißig kam für ihn überhaupt nicht in Frage.
»Miss Chloe Carriere!« Lauwarmer Applaus. Chloe verbeugte sich vor Hollywoods Crème de la crème und stellte fest, daß sie nicht von allen akzeptiert wurde. Natürlich würden sie sich ihre Show anschauen, wenn sie gerade in Las Vegas waren, aber sie hatten kein wirkliches Interesse an ihr. Sie war nur eine Sängerin, eine englische Sängerin, nicht berühmt, nicht mehr jung, nicht etabliert. Noch so eine ›Künstlerin‹.
»Miss Rozalinde Lamaze.« Der Applaus wurde etwas lebhafter. Als ihr Bein durch den Schlitz ihres Goldlamérockes sichtbar wurde, fielen ein paar bewundernde Bemerkungen. Rozalinde war in vielen Kassenschlagern zu sehen gewesen. Sie war eine heiße Nummer gewesen – und konnte es wieder sein. Also war der Applaus wärmer und beinahe aufrichtig.
»Miss Sissy Sharp.« Viel Applaus, vor allem von denen, die selbst gerne mit Präsident Reagan befreundet gewesen wären. Sissys stumpfe Augen glitzerten siegessicher. Hätte die Reaktion der Gäste auf die Wahl Einfluß gehabt, dann würde sie bestimmt die Siegerin sein! Sie genoß die Aufmerksamkeit – und wußte doch: Sie alle heuchelten nur, sie heute abend zu lieben.
»Und schließlich Miss Emerald Barrymore.« Lautstarker, begeisterter Applaus. Emerald war ungewöhnlich beliebt. Sie hatte vor kurzem gestanden, sie sei drogensüchtig gewesen, habe jedoch erfolgreich gegen die Sucht angekämpft und sei nun körperlich ganz wiederhergestellt. Diese öffentliche Beichte hatte ihr noch mehr Sympathien in der Stadt eingebracht. Was hieß es schon, seit zehn Jahren keinen amerikanischen Film mehr gemacht zu haben? Sie packte es trotzdem. Sie war ein Star, ein wirklicher

Star, und das würde sie für den Rest ihres Lebens sein, selbst wenn sie nie mehr vor die Kamera trat.
Josh drückte aufmunternd Chloes Hand. Sie erwiderte den Druck und lächelte. Seinen Pupillen sah sie an, daß er ziemlich viel Koks geschnupft haben mußte. Wie lange dieses Mal, o Gott? dachte sie. Wie lange wird es wohl dauern, bis er wieder in seine alten Gewohnheiten zurückfällt, bis er wieder umkippt und mich im Stich läßt?

10

Calvin hatte nicht studiert. Seine Eltern hätten ein Studium nicht finanzieren können, und außerdem waren seine Noten so schlecht gewesen, daß ihn keine Universität immatrikuliert hätte.
Mit achtzehn beschloß er, seine verschlafene Heimatstadt in Utah zu verlassen und nach Kalifornien zu gehen. Er hoffte, daß dort sein größter Traum wahr würde: Er wollte Emerald Barrymore, sein Idol, kennenlernen.
Calvin hatte schnell einen Job gefunden. Er war anspruchslos, und er war bereit, hart zu arbeiten. Im Thrifty Drug Store in Beverly Hills begann er als Packer, stieg aber bald auf und war danach einige Zeit für die Lagerbestände verantwortlich. Nach fünf Jahren wurde er zum einfachen Angestellten in der Fotoabteilung befördert und arbeitete nun am Ladentisch.
Hier hatte er täglich mit Bühnen- und Kinostars zu tun. Sie ließen bei Thrifty's ihre ›Schnappschüsse‹ entwickeln, und einmal hielt er sogar ein paar persönliche Aufnahmen von Emerald in der Hand. Sie war auf einem Grillfest bei der Superagentin Sue Jacobs fotografiert worden.
Er wartete ab. Eines Tages würde sie hereinkommen, und er würde sie bedienen. Sie würden Freunde werden und dann vielleicht sogar ein Liebespaar. Er mußte einfach nur warten.

Immer wenn Josh in Los Angeles Musikaufnahmen machte, nahm er ein Zimmer im Beverly Wilshire. Vom Hotelfenster aus beobachtete er dann jeden Nachmittag die Frauen auf dem Rodeo Drive. Es war wie eine Großwildjagd oder ein Glücksspiel – nur ohne die Risiken dieser Vergnügungen. Er wurde nie müde, dieses faszinierende Spiel zu treiben, und es gab seinem Ego Auftrieb, was er mehr und mehr brauchte. Deshalb würde es mit ihm und Chloe ein böses Ende nehmen, aber er konnte nicht anders. Er war fast krankhaft besessen, das wußte er selbst. In den zehn Tagen seit Arafats Party hatte er mehr Kokain geschnupft als je zuvor.

Gegen drei Uhr nachmittags war er, wie so oft, mit einem Kater aufgewacht. Perry, sein Mädchen für alles, hatte ihm das ›besondere‹ Frühstück gebracht. Das bekam er immer nur, wenn Chloe nicht da war: ein Glas Perrier mit frischem Limonensaft und drei Alka-Seltzer, ein ofenfrisches Käseblätterteighörnchen mit Butter und Blaubeermarmelade und sieben Gramm Kokain neben einem neuen, sauber gerollten Hundertdollarschein – alles auf einem silbernen Tablett angerichtet.

Das Kokain verschaffte ihm einen klaren Kopf. Er wollte heute am Text seines neuen Liedes arbeiten. Aber nach drei Stunden gab er auf – ihm fiel nichts ein.

Er stellte sein Teleskop scharf ein und beobachtete vom Fenstersims seines Penthousezimmers aus das Südende des Rodeo Drive. Die Mittagspause ging gerade zu Ende. Frauen und Mädchen aller Altersgruppen strömten aus dem Bistro, dem Luau und dem La Scala und spazierten die elegante Straße hinunter, um dem Lieblingsvergnügen der Frauen von Beverly Hills nachzugehen: einkaufen.

Josh entdeckte eine etwa fünfunddreißigjährige Chinesin und ihre Tochter. Sie warteten am Zebrastreifen, gingen dann Richtung Bonwits und sahen sich um. Nicht von hier? Aus Hongkong? Singapur? Es war ja auch egal. Er konnte die kleinen Brustwarzen des jungen Mädchens unter dem T-Shirt erkennen und bekam eine Erektion. Die Brustwarzen ihrer Mutter waren

auch nicht zu verachten. Zwei orientalische Porzellanpüppchen. Er nickte Perry zu. Perry hatte Übung im Abschleppen von Frauen. Seit Jahren lud er Frauen für Josh ein. Mittlerweile verzeichnete er eine Erfolgsrate von fünfundsiebzig Prozent. Er hatte mehrere gute Sprüche auf Lager.
»Siehst du die beiden Schlitzaugen da unten, Perry?« fragte Josh. »Bring sie her.«

An der Tür zur Boutique Saint Laurent blieb Chloe wie angewurzelt stehen. Joshs Perry ging zielstrebig auf zwei Chinesinnen zu. Sie begriff sofort, daß Josh wieder seinem alten Laster frönte. Es wurde ihr übel. Sie konnte die Worte nicht von Perrys Lippen ablesen, aber sie sah das amüsierte Lächeln auf den Gesichtern der beiden Frauen, während Perry sie taxierte.
Angewidert wandte sie sich ab und ging über die Straße zum Parkhaus. Vergiß das neue Kleid für die Party heute abend – ihr zehnter Hochzeitstag sollte gebührlich gefeiert werden. Jetzt mußte sie aber erst mal nachdenken.
Was hatte sie falsch gemacht? War Josh einfach ein durchtriebener, treuloser Mistkerl? War er das die ganze Zeit schon? War sie die ersten acht Jahre nur blind gewesen? Konnte er überhaupt treu sein? Oder brauchte sein männliches Ego nur zur Zeit Bestätigung? Tat er das, weil sein Stern sank oder weil er Angst davor hatte, alt zu werden? Oder waren es die Drogen? Wäre er ohne das furchtbare Kokain anders? Ein Vierzigjähriger mit dem sittlichen Empfinden eines siebzehnjährigen Jungen aus den Slums. Sie hatte Verständnis aufbringen und ihm vergeben wollen, aber sie konnte nicht mehr. Ja, mit ihrer Karriere ging es aufwärts, gerade jetzt, wo seine anscheinend vorbei war. Aber sie konnte nicht zulassen, daß er sie kaputtmachte. Wie kamen die Männer überhaupt darauf, daß nur sie ein Ego hätten? Wieso meinten sie, Frauen hätten kein Recht auf Bestätigung und Erfolgserlebnisse? In den ersten Monaten ihrer Ehe hatte sie ihre Karriere ganz vernachlässigt. Sie ging völlig in ihrer neu gefundenen Häuslichkeit auf: Sie kochte für ihren Mann, kaufte sein Lieblingsessen

ein, füllte seinen und ihren Schrank mit Kleidungsstücken, und sie entspannten sich gemeinsam in ihrem großen Haus in Malibu in seidenen Morgenröcken. Sie ritten leidenschaftlich gerne aus, er auf seinem arabischen Hengst, sie auf ihrer englischen Lieblingsstute. Oft waren sie nach Nächten hingebungsvoller Liebe oder ausgelassenen Partys morgens miteinander ausgeritten.
Sie sammelte Schallplatten für ihn. Er hatte eine herablassende Haltung gegenüber den musikalischen Bemühungen eines Tom Jones, Rod Stewart und Mick Jagger. Mit allen war er irgendwann einmal verglichen worden. Deshalb hielt Chloe immer Ausschau nach seltenen Aufnahmen von Billie Holiday, Fats Waller und anderen Stars vergangener Tage. Josh konnte ihnen stundenlang zuhören.
Er liebte es zu schmusen, wenn sie ihn liebkoste, ihm liebevoll verschiedene Namen gab und ihn wie ein Baby in den Armen hielt. Er machte immer die Augen zu und legte lächelnd seinen schwarzen Lockenkopf zwischen ihre Brüste. Mit den Fingerspitzen streichelte sie ihn vom Kopf bis zu den Zehenspitzen. Und oft hatten ihre geübten Finger seine weiche Unschuld in einen Schaft der Lust verwandelt.
In all den Jahren ihrer Ehe erregte es sie immer, wenn sie ihn zwischen ihren Schenkeln spürte, wenn seine Zunge ihren Mund liebkoste und seine muskulösen Hände sie befriedigten.
»Ich begehre dich so sehr, Liebling«, flüsterte er ihr dann zu. Wenn sie miteinander verschmolzen, drückte er sich nie so derb aus wie sonst. Bei Chloe wurde Josh zu einem zärtlichen und aufmerksamen Liebhaber. Niemanden erstaunte diese Verwandlung mehr als ihn selbst – Josh, dem alle Frauen seines wilden Lebens bisher immer völlig gleichgültig geblieben waren. Jetzt hatte er nur noch zärtliche Worte für Chloe. Sanfte, ernstgemeinte Worte der Liebe. Chloe liebte dieses Geflüster – und sie liebte ihn. Sie würde ihn immer lieben. Es konnte einfach nur für immer sein.
»Hör auf, Chloe«, sagte sie laut zu sich selbst, denn jetzt waren die Gedanken an ihre Nächte der Liebe zerstört von der Vorstellung, wie er mit den zwei Chinesinnen im Bett lag. Die Frauen waren

mit Perry zum Wilshire gegangen. »Hör jetzt auf damit, Mädchen. Es ist vorbei. Du weißt, was du zu tun hast. Tu es.«
Sie fuhr in ihrem silbernen Mercedes zurück nach Malibu. Ihre Augen brannten von den Tränen, die unaufhörlich über ihre Wangen liefen. Sie mußte sich auf die Party heute abend vorbereiten. Die Party an ihrem Hochzeitstag! Sie war traurig, so unendlich traurig. Weil Josh ihr das Herz gebrochen hatte?

Als Chloe nach Hause kam, war es vier Uhr. Aus der Küche drang Popmusik an ihr Ohr – ihre mexikanischen Angestellten waren mit Vorbereitungen für die Party beschäftigt. Sie ging an den Strand und sah unglücklich hinaus aufs Meer. Ihre Ehe war zerbrochen. Josh liebte sie nicht. Sie hatte ihre Karriere vernachlässigt und seine gefördert, hatte versucht, dem Image ›ihres‹ wilden Josh Frische und neues Leben zu geben, aber er hatte nicht darauf angesprochen. Er war ein notorischer Streuner, undankbar noch dazu.
Josh war ein alternder Rockstar auf dem absteigenden Ast, auch wenn er es noch so sehr abstritt. Die schwarzen Locken, die sexy Figur und sein selbstsicheres Auftreten änderten daran so wenig wie die Diäten und Abende in der Sauna, die vor jeder Tournee angesagt waren, um abzuspecken. Die Vierzehnjährigen wußten, daß er um die Vierzig war, auch wenn Experten seine Fotos retuschierten. Sie ignorierten Joshua Brown und griffen nach Michael-Jackson- und Rick-Springfield-Alben. Josh war von gestern – war Mamas Idol.
»Niemand bleibt ewig jung, Liebling«, hatte Chloe ihn getröstet, wenn er sich darüber aufgeregt hatte. Seine Unsicherheit wuchs mit dem Zurückweichen seines Haaransatzes. Chloe konnte tun, was sie wollte – ihre Liebe konnte Joshs Selbstzweifel nicht mehr überwinden. Sie genügte Josh nicht mehr. Er mußte sich an neues Wild, an andere Frauen heranpirschen. Jagen, ja, das erregte ihn! Davon konnte er nicht genug kriegen. Er war davon besessen.
Josh war dafür bekannt, daß er großen Erfolg bei Frauen hatte, aber er bemühte sich, Chloe treu zu sein. Chloe liebte und

umsorgte ihn. Sie war sexy, und sie gab ihm keinen Anlaß, in den ersten Jahren ihrer Ehe einen Seitensprung zu machen. Aber ein steifer Schwanz hat kein Gewissen, und jetzt brauchte er dauernd die Bestätigung, daß er ihn zwei-, drei-, viermal bei einer kleinen Orgie hochbekam. Wie alle Männer seines Alters hatte er panische Angst, seine sexuelle Potenz könne ihn im Stich lassen. Er mußte sich ständig das Gegenteil beweisen – nicht mehr wie früher mit den Groupies auf den Tourneen, nein, er wollte jetzt das Gefühl haben, daß andere Frauen ihn begehrten. Chloe reizte ihn weniger und weniger. Ihre verzehrende Liebe begann ihn zu beengen. Natürlich lag er gerne neben ihr und wurde gestreichelt. Er liebte es, ihr beim Singen zuzuhören. Sie sang sogar seine Hits! Er genoß es. Eine kluge Frau! Aber sie klammerte sich an ihn, sie war zu mütterlich und zu sehr Ehefrau. Sie erdrückte ihn. Und er dürstete nach neuen Mösen. Kurz, er wollte jagen.

Er hält mich für seine elende Mutter, ärgerte sich Chloe, während sie in einem fließenden Baumwollkleid von Laize Adler am Strand von Malibu entlanggging. Mit ihren lackierten Zehennägeln zerdrückte sie Seetang, der an den Strand gespült worden war. Nervös rauchte sie eine Zigarette – die erste seit Jahren.

»Ich könnte ihn umbr. . .!« dachte sie zwei Stunden später in ihrem Jacuzzi-Whirlpool aus schwarzem Marmor, wo sie sich so oft geliebt hatten. Gerade letzte Woche wieder einmal, als sie gebannt Lena Hornes »Love me or leave me« gelauscht hatten. Es war, von gelegentlichen Pflichtübungen abgesehen, das erste Mal seit Monaten gewesen, daß sie spontan und ungezwungen miteinander geschlafen hatten. Im heißen Bläschenmeer des Whirlpools hatten sie sich fast wie früher umarmt. Fast.

Das war letzte Woche gewesen. Bittere Traurigkeit überkam sie, als sie überlegte, daß sie sich früher morgens und abends geliebt hatten. Und wenn sie sich ihn jetzt mit den beiden Chinesinnen vorstellte . . . Was machte er mit ihnen? Sie ertrug es nicht, es sich auszumalen.

Die Liebe stirbt, und die Leidenschaft vergeht. Chloe stöhnte leise bei dem Gedanken an die Party heute abend. Wenn ihr Josh nur

gleichgültig wäre und sie nicht unter dieser eifersüchtigen Angst litte. Sie liebte ihn immer noch. Sie konnte nicht anders.
Hör auf, Mädchen. Reiß dich sofort zusammen. Steig aus dem Pool. Denk an die verdammten Gäste. Konnte sie die Party noch abblasen? Unmöglich, einfach unmöglich. Die meisten Gäste waren schon bei der Toilette, lackierten sich die Nägel, bemalten sich die Gesichter und ließen den Chauffeur den Silver Spirit oder den Porsche auf Hochglanz polieren. Nein, sie mußte die ›Feier‹ heute abend durchstehen. Sie würde den Gästen erklären, daß Josh im Aufnahmestudio aufgehalten worden sei. »Er ist noch dort. Sie wissen ja, wie es ist. Termine.« Sie würden alle verständnisvoll nicken. Natürlich wußten sie, wie es war, waren sie doch alle in derselben Branche. Sie wußten bestens Bescheid.

Rozalinde Lamaze und Johnny Swanson waren die ersten Gäste. Sie war leger gekleidet – enge, weiße Lederhosen und türkisfarbene Siebenhundert-Dollar-Di-Fabrizio-Cowboystiefel. Die türkisfarbene Cowboybluse aus Seide war bis zum Nabel geschlitzt. Um den Hals trug sie ein Beutestück eines längst vergessenen Navajo-Stammes. Es war eine Kette aus Kürbisblüten, geformt aus Silber, Perlmutt und Türkisen. Ein Silbergürtel betonte ihre Wespentaille. Ringe mit Türkisen schmückten ihre Finger.
Rozalinde und Johnny waren seit Jahren befreundet und begleiteten einander zu Partys, wenn weder sie noch er gerade andere ›Interessen‹ hatten. Johnny, PR-Mann in einem der angesehensten Public-Relations-Büros Hollywoods, überragte mit seinen eins achtzig seine Begleiterin erheblich: Die Sechsunddreißigjährige maß ein Meter fünfundfünfzig. Rozalinde fühlte sich sichtlich wohl an der Seite ihres neunundzwanzigjährigen Begleiters: Der schlanke und jungenhaft wirkende Johnny hatte einen beißenden Humor, der ihm besonderen Charme verlieh. Für einen Mann seines Alters konnte er mit Frauen und mit Worten bereits sehr gut umgehen. »Was sich bewegt, darfst du auch streicheln«, lautete sein Motto. Berichte über seine ›männlichen Fähigkeiten‹ eilten ihm überall voraus.

Rozalinde richtete ihre Kette und ließ den Blick durch den Raum schweifen. Einige Gäste spielten sowohl in ihrem als auch in Johnnys Leben eine Rolle. Ah, was für ein Glück – er war auch da, der alte, dicke Abby Arafat! Er hielt den Schlüssel zu ihrer Zukunft in den Händen. Sie bahnte sich einen Weg zu ihm hinüber, schwang betörend ihre Hüften und spielte dann den gelangweilten Star: »Hm, ich habe sooo viele Filmangebote, aber mir sagt keins wirklich zu. Was soll ich nur machen, Abby, Darling?« Sie wollte auf keinen Fall, daß er erfuhr, wieviel ihr an der Rolle der Miranda lag, obwohl sie sich bereit erklärt hatte, Probeaufnahmen zu machen. Die Coolste würde den ersten Preis gewinnen. Ein Spruch, der in letzter Zeit oft zu hören war.
Abby kaute auf seiner Zigarre und hörte ihr nur mit halbem Ohr zu. Er beobachtete lieber das andere Talentbündel. Auch mit ihr würde er nächste Woche Probeaufnahmen machen. Diese Chloe. Die Engländerin war schön und charismatisch. Sie trug ein enges, kurzes, weißes Kleid von Azzedine Allaia. Ihre schwarzen Locken fielen locker, und – Abby kniff die Augen noch mehr zusammen – deutlich konnte er durch die Bluse die wohlgeformte Brust sehen, gerade jetzt, wo sie den Kopf zurückwarf und mit Alex Andrews lachte. Abby fragte sich, wo ihr Mann war. Warum behielt er diese heiße Mieze nicht im Auge?
Alex Andrews war der neueste Macho Hollywoods. Er sah blendend aus, war jung, sexy, blond, männlich und intelligent – er besaß also alle Eigenschaften, um auf der Leinwand zu gefallen. Aber heutzutage reichte es nicht mehr, blendend auszusehen und jung zu sein, überlegte Abby. Das hatte mal in den dreißiger, vierziger und fünfziger Jahren genügt, um beim Film berühmt zu werden. In den sechziger Jahren gerieten diese Attribute der Karriere eines Schauspielers fast zum Nachteil. Sahen Dustin Hoffman, Michael Caine und Jack Nicholson etwa gut aus? Waren sie jung? Nein, sie waren Schauspieler, Künstler, Thespisjünger, die ihr Handwerk wirklich beherrschten. Sie hatten Charisma und Talent, waren intelligent und sahen interessant aus. Gut auszusehen, jung und sexy zu sein, das waren zweitrangige

Erfordernisse. Wichtig waren Talent, Persönlichkeit, Intelligenz und Unverwechselbarkeit.
Alex arbeitete intensiv mit seinem Schauspiellehrer, um sich in allen Bereichen zu verbessern. Aber heute abend arbeitete er nicht an sich, sondern an Rozalinde. Er kniff die braunen Augen zusammen, überzeugte sich, daß sie ihn auch sah, und drehte sich dann so, daß sie einen Blick auf sein fünfundzwanzigjähriges, in schwarzes Leder verpacktes Hinterteil werfen konnte. Alex war ein guter Junge, ein Cowboy aus Indiana, mit der dazugehörigen Portion Naivität. »Die großen, offenen Weiten der Prärie sind in seinem Hirn«, spottete Johnny. Er hatte immer ein wachsames Auge auf Neulinge, die in den auserlesenen Kreis der Insider eindringen wollten.
Johnny wurde überall in Hollywood vorbehaltlos akzeptiert: auf erstklassigen und nicht ganz erstklassigen Partys, bei Orgien und steifen Wohltätigkeitsveranstaltungen. Überall war er willkommen. Er war kein Schauspieler und stammte nicht aus guter Familie, niemand wußte genau, wer sein Vater war. Alex dagegen war ein Außenseiter. Ein Aufsteiger. Nur Locken und Schwanz. Keine feine Familie, keine Herkunft. Er hatte einen weiten Weg vor sich, auch wenn sein Agent behauptete, er habe die Rolle von Steves Sohn in *Saga* praktisch in der Tasche.
Alex plauderte angeregt mit Rozalinde. Er wollte erreichen, daß sie sich als Frau für ihn interessierte. Beide spielten sie dasselbe Spiel, das wußte er, obwohl sie ein großer Star war und er nichts weiter als ein männliches Starlet. Er spürte, daß sie Lust auf Sex hatte: Ihre runden, braunen Augen betrachteten sein hochwangiges Gesicht, ihre dicklichen, beringten Finger zitterten leicht, als sie über sein schwarzes Seidenhemd fuhren. Es war nur eine ganz zarte, flüchtige Berührung. Er hatte keine Ahnung davon, daß sie dabei gar nicht an ihn dachte. Rozalinde dachte an Angelica. Diese Leute hier durften um Gottes willen nie herausfinden, daß sie auch lesbische Beziehungen hatte. Das wäre ihr Untergang in dieser Stadt. Männer konnten es sich leisten, schwul zu sein. Es war eben eine Männerwelt. Aber eine Frau, noch dazu ein Sex-

symbol – lesbisch? Sie würde hier nie wieder einen Job bekommen.

Abby Arafat bewegte sich geschickt zwischen den Gästen und redete mit allen ein paar Worte, lächelte, nickte und gab sich ganz charmant. Er war sich heute abend seiner Macht sehr wohl bewußt. Wer war das nicht? Die Crème de la crème der Schauspielzunft lag zu seinen Füßen. Jeder einzelne von ihnen würde alles geben, eine der sechs oder sieben Traumrollen in *Saga* zu bekommen.

Abby trauerte der Zeit der wahren Filmstars nach. Den Hedy Lamars, Ava Gardners, Lana Turners und Rita Hayworths. Attraktive, zarte Pflänzchen, die mit sechzehn oder siebzehn direkt aus den High-Schools gekommen oder hinter den Theken kleiner Drogerien hervorgeholt worden waren. Ein paar Jahre lang bewunderte und betete das schmeichlerische und doch wankelmütige Publikum sie an. Dann lösten neue Gesichter sie ab. Die Zuschauer begriffen nicht, daß ›ihre‹ Stars nur die Produkte kluger Studiopropaganda waren. Viele waren wie aus Plastik, hatten kein Herz, kein Innenleben, keine Realität – Roboter, die nach Studioregeln lebten und funktionierten. Wie es sich gehörte, dachte Abby. Sie taten, was das Studio ihnen sagte. In der Branche hatten sie schon genug Weiber mit Hirn, diese Glenda Jacksons, Vanessa Redgraves und Shirley MacLaines. Sie hatten ihre eigenen Vorstellungen, wollten Produzenten und Regisseure werden, verlangten Mitspracherecht bei der Arbeit. Man konnte sie nicht manipulieren, sie beschwatzen oder ihnen mit Schmeicheleien Sand in die Augen streuen.

Keine von denen würde Miranda spielen, und Sirope auch nicht. Für Abby kamen sie überhaupt nicht in Frage. Er brauchte ein Weibsbild mit Sex-Appeal – mit all jenen Qualitäten, die in den emanzipierten Tagen des Jahres 1982 verpönt waren. Eine sensible Frau mit Sex-Appeal würde jeden Mann in seinem Innersten ansprechen. Eine Frau wie ... Chloe. Wieder ließ er den Blick über ihre Kurven in dem enganliegenden, seidenglänzenden Kleid schweifen. Dieses erotische Gesicht, das jung und doch

wissend aussah. Warum eigentlich nicht Chloe? Er kaute weiter auf der Zigarre. Ja, ja, sie war eine Barsängerin, aber wer sagte denn, daß Sängerinnen nicht auch spielen konnten? Er brauchte ja nur an die Streisand, die Minelli oder an Cher zu denken. Aber wenn er es sich genauer überlegte, dann doch lieber nicht. Die Streisand verursachte ihm immer Sodbrennen.
Er näherte sich Chloe. Angeregt unterhielt sie sich mit Johnny. Sie spürte, daß sie heute abend eine anziehende Wirkung ausübte. Ihr gefiel es, Macht über Männer zu haben. Sie sahen in ihr ein verwundbares Mädchen, aber eines, das Bescheid wußte. Mehrere Herren wetteiferten um ihre Aufmerksamkeit, während sie im Inneren über Joshs Abwesenheit kochte. Verzweifelt bemühte sie sich, es nicht zu zeigen. Sie wußte, was sie tun wollte, was sie um ihrer Selbstachtung willen tun mußte. Sie mußte ihn fallenlassen, die Ehe beenden. Good bye, Josh.
»Tolle Party, Chloe«, hörte sie plötzlich Abbys Stimme neben sich. Er roch nach Zigarre und begann zu scharwenzeln. Johnny verschwand. Ein Schwätzchen mit diesem antiken Hollywood-Relikt würde ihn nicht voranbringen. Seine Mutter Daphne erzählte gerne Anekdoten über Abby. Johnny wußte, daß seine Mutter halb Hollywood im Bett gehabt hatte, und er war klug genug, sich deshalb nicht den Kopf verwirren zu lassen. Er drehte den Spieß sogar um und machte seine Späße darüber, indem er Daphnes sexuelle Eskapaden in sein eigenes Anekdotenrepertoire aufnahm. Im Ma Maison gab er bei den Lunches am Freitag – nur für Herren – des öfteren ein paar ausgeschmückte Episoden über seine Mutter und ihre Verehrer zum besten.
Plötzlich sah Chloe ihren Mann durch die mit Aztekenschnitzereien verzierte Vordertür hereinstolpern. Er wurde auf beiden Seiten von Asiatinnen gestützt. Die Gäste empfingen ihn voller Jovialität, und dann verschwand er in Richtung Bar. Er war schon betrunken, sehr betrunken. Und wahrscheinlich auch high.
»Liebling«, säuselte Chloe und preßte ihren seidenbekleideten Körper an seinen. »Du bist etwas spät dran. Liefen die Aufnahmen gut?« Sie war besorgte Gattin und verständnisvolle Frau.

»Ja, nur nahm die Sache gar kein Ende.« Zärtlich fuhr er über ihre elfenbeinerne, parfümierte Wange. Er würde ihr natürlich nicht von seinem Nachmittag im Beverly Wilshire erzählen, denn er wußte, daß er einen Fehler gemacht hatte. Einen schlimmen Fehler. Er war nicht mit den Chinesinnen ins Bett gegangen, obwohl sie den ganzen Mittag an ihm gehangen hatten. Aber als er jetzt anfing, klarer zu denken und den Raum etwas deutlicher wahrzunehmen, begriff er erst richtig, welchen Riesenfehler er gemacht hatte. Wie hatte er die Schlitzaugen nur mit hierherbringen können? O Gott, wenn Chloe Verdacht schöpfen sollte. Sie würde vor Wut kochen! Aber sie wirkte ganz ruhig.
»Warum duschst du nicht schnell, Liebling, und machst dich frisch?« Sie sprach in ihrem süßesten Ton, denn sie war sich der vierzig Gäste bewußt, die nur darauf warteten, bei diesem Wiedersehen der Eheleute Indizien zu entdecken, über die sie klatschen konnten. Gerüchte über Joshs Seitensprünge waren bereits im Umlauf, und immerhin hatten Chloe und Josh sich schon zum dritten Mal innerhalb von weniger als zwei Jahren getrennt und wieder versöhnt. Jeder wußte, daß Josh immer auf der Pirsch war, und viele unter ihnen wunderten sich, warum Chloe ihn nicht schon lange zum Teufel geschickt hatte. »Die Katze läßt das Mausen nicht«, kommentierte Abby weise. »Nie.«

Nach Joshs Ankunft verlief die Party ohne weitere Zwischenfälle. Die ›Bäckerei für Erwachsene‹ lieferte eine mehrstöckige Mokkatorte, auf der sich als Dekoration ein Paar aus rosabraun gefärbtem Zucker sehr hingebungsvoll umarmte. Ein Trio vom ›Singenden Telegramm-Dienst‹ kam vorbei, sang zu Chloes und Joshs Festtag und strippte zum lebhaften Applaus der Gäste. Sie stießen auf das Paar an, das zehn Jahre Ehe durchgehalten hatte – in Hollywood ein Rekord. Chloe beobachtete Josh und konnte es nicht fassen, daß alles vorbei sein sollte. Das Ende der »Ehe, bis daß der Tod euch scheidet«. Die Qual noch zu verlängern würde auch nichts ändern ...
Chloe mußte zusehen, wie er mit der Zunge am Ohr der einen

Frau spielte, die er mitgebracht hatte. Sie mußte zusehen, wie die Frau ihn durch die Jeans streichelte und wie er versuchte, unter den Rock der anderen zu fassen. Sie sah es und litt jämmerlich.
Sally sah auch alles, und, von ihrer töchterlichen Verehrung einmal abgesehen: Ihr tat ihr Vater leid. Aber sie genoß es, Chloe leiden zu sehen. Sie konnte den Schmerz in ihren Augen sehen, sah die Blicke, die Chloe Josh verstohlen zuwarf, wußte genau, wie sehr es Chloe weh tun mußte, Josh mit den beiden anderen Frauen zu beobachten. Aber das war Sally egal. Im Gegenteil: Vielleicht würden sich die beiden scheiden lassen – dann müßte sie Chloe nie wiedersehen. »Unglückliche alte Kuh«, sagte sie, trank ihr Bier aus und kippte einen Tequila hinterher, wie sie es von ihrem Vater gelernt hatte.
Chloe kümmerte sich um die Gäste, lachte und unterhielt sich mit ihnen. Sie spielte ihre Rolle gut. Josh blieb am anderen Ende des hallenartigen Raumes, umgeben von seinen Freunden und den beiden Chinesinnen. Er trank und trank, wurde heiserer und aggressiver und, wie Chloe feststellte, unattraktiver. Ein alternder, ergrauender Rockstar, der versuchte, jung zu bleiben. In ihren Augen bot er ein Bild des Jammers. Er hatte Rauschgift genommen und sehr viel Tequila getrunken – er war nicht mehr bei der Sache. Müde sah er aus und nicht mehr besonders siegesgewiß, so, als lägen seine besten Jahre hinter ihm. »Er ist nichts für dich«, flüsterte Daphne, »ganz und gar nicht. Er ist ein Saukerl, ein Säufer und ein Taugenichts.« Im stillen fügte Daphne noch hinzu: Und ein Blindgänger noch obendrein.
Chloe machte die Erniedrigung kaum mehr etwas aus. Aber der peinliche Anblick ihres Mannes hier in ihrem Wohnzimmer mit den fremden Frauen und seine allzu offensichtliche Faszination für dieses chinesische Mutter-Tochter-Gespann machten sie ganz krank. Es kam ihr vor, als beobachte sie alles in Zeitlupe. Einer der Butler schenkte ihr ständig Champagner nach. Sie schwebte durch den Raum und nahm alles ganz objektiv und distanziert wahr. Ihr war alles gleichgültig. Erleichtert stellte sie fest, daß Abby gegangen war. Sie war froh, daß der Mann, der eventuell

ihr Boß werden würde, ihre Demütigung nicht miterlebte. Was die anderen Gäste dachten, war ihr egal.
»Wo ist denn die Gattin? Ja, wo ist sie denn?« rief Josh plötzlich mitten im Spiel mit der jüngeren seiner beiden Huren. Sie kraulte gerade die Haare auf seiner Brust. Er schlug ihre Hände weg. »Komm, Chloe, sing für uns«, brüllte er, nahm Chloe fest an der Hand und zog sie zum Klavier.
»Nein, Josh, nicht.« Chloe versuchte, sich aus seinem Griff zu befreien. »Kein Duett heute abend. Ich kann nicht, Josh. Bitte!«
Josh schien ihre Verzweiflung gar nicht zu bemerken. Er zuckte die Achseln und winkte das chinesische Mädchen her. Mit einem verschlagenen asiatischen Lächeln trat sie an seine Seite. Chloe wünschte sich inständig, daß alle gehen würden. Und als hätten die Gäste ihre Gedanken gelesen, brachen sie bald nacheinander auf.
Rozalinde trank ihren sechsten Bailey's aus und lächelte Alex an. »Laß uns gehen, Süßer. Es ist ja zu langweilig hier. Hast du 'nen fahrbaren Untersatz?«
»Klar doch«, sagte Alex. Er war guter Dinge. Sein Manager hatte ihm den Cadillac geliehen, denn er hatte nicht gewollt, daß sein neuester Klient bei einer so wichtigen Party mit einem klapprigen, alten Mustang vorfuhr. Alex wußte, daß es ein Triumph war, wenn er die Party zusammen mit Rozalinde Lamaze verließ. Auch wenn sie zehn Jahre älter war als er, so war sie doch ein großer Star. Er hoffte, daß den Fotoreportern vor dem Haus ein paar Schnappschüsse für den *National Enquirer* gelingen würden. Morgen mußte sein Presseagent bei Army und Hank anrufen, um ihnen – exklusiv! – Einzelheiten über dieses neue, heiße Paar mitzuteilen. Vielleicht würden Liz Smith oder Suzy die Meldung sogar in New York rausbringen. Was wohl die Leute in Indiana dazu sagen würden!

Johnny hatte heute abend keinen Erfolg verbuchen können. Es machte ihm nichts aus. Es war in dieser Stadt zu einfach, Bettgenossen zu finden. Mit neunundzwanzig hatte ein Mann normalerweise schon so viele Gespielinnen gehabt, daß ihn nur noch echte Herausforderungen erregen konnten, falls er sich nicht dem Heirats- und Scheidungsspiel widmen wollte. Chloe Carriere war zum Beispiel eine solche Herausforderung, und Johnny hielt es durchaus für angezeigt, bei ihr sein Glück zu versuchen.

Calvin sah Rozalinde zusammen mit Alex die Party verlassen. Sie war eine richtige Hure, dachte Calvin. Hing angesoffen am Arm dieses mindestens zehn Jahre jüngeren Sexprotzes und fummelte an Stellen herum, von denen Calvin genau wußte, daß sie schmutzig waren. Dreckige Hure! Abschaum!

Wo war Emerald? Warum war sie nicht auf dieser Party? Jeder nur halbwegs wichtige Mensch war doch hier! Man hatte ihm gesagt, sie würde kommen, aber vielleicht hatte Chloe sie nicht eingeladen – bestimmt aus Eifersucht. Ein eifersüchtiges, britisches Miststück. Alle waren sie auf Emerald eifersüchtig – sie war so schön und so lieb, so verletzlich und so bezaubernd. Keine mexikanische Hure und keine britische Seekuh auf dem absteigenden Ast konnten ihr das Wasser reichen. Sie waren nicht einmal gut genug, ihre kleinen, satinbeschuhten Füße zu küssen. Sie war die Königin. Die Göttin. Die Eine.

Er sah auf die Uhr. Es war halb eins. Die mexikanische Hure und der Sexprotz, ihr Spielzeug, saßen eng umschlungen vorne im Cadillac.

Calvin schaute den beiden zu und verspürte plötzlich ein ihm völlig fremdes Gefühl. Obwohl er Rozalinde verabscheute, erregte ihn die Vorstellung sehr, womöglich zu sehen, wie ihre Hände über Alex' Körper glitten. Aber Alex schob Rozalindes begierige Finger weg und fuhr aus der Einfahrt. Calvin folgte ihnen in seinem grünen Chevrolet.

Nachdem alle Gäste gegangen waren, stellte Chloe sich Josh in den Weg. »Das war ja wohl das Letzte heute abend, Josh! Ich reiche die Scheidung ein. Diesmal ist es mir vollkommen ernst. Wie konntest du es wagen, diese Frauen ins Haus zu bringen?«

»Nein, Babe, bitte nicht. Nein! Ich liebe dich. Du weißt, daß ich dich liebe. Du bist die einzige, schon immer. Für immer, das weißt du doch.«

»Hör doch auf, Josh! Das hört sich an wie eine Platte, die einen Sprung hat. Ich kann deine Eskapaden nicht mehr ertragen.« Sie wollte nicht, daß er den Schmerz in ihrer Stimme hörte. Ihr Hals war wie zugeschnürt, selbst das Schlucken tat weh. Josh hatte sie so oft, zu oft, mit seinen Seitensprüngen verletzt. Sie hatte sich selbst vormachen wollen, daß es eigentlich egal war, daß es nur schnelle, bedeutungslose Vögeleien waren – nichts von Bedeutung. Chloe hatte ihm so oft verziehen, aber jetzt konnte sie nicht mehr verzeihen. »Ich werde es nicht länger hinnehmen, Josh«, sagte sie erschöpft. »Es ist aus, vorbei. Das weißt du selbst. Wir müssen uns einfach scheiden lassen, sonst werde ich wahnsinnig.«

»Nein, Chloe, nein. Ich schaffe es nicht ohne dich.« Er war tränenüberströmt vor ihr auf die Knie gesunken und hatte sie angefleht. Er hatte alle ihm bekannten Tricks angewendet, um sie zu überreden, die Scheidung nicht einzureichen. Aber als er von vergangenen Zeiten anfing, erinnerte sie sich nur noch an frühere Demütigungen, und das machte ihr nur noch deutlicher, daß ihre Ehe gescheitert war. Die Chinesinnen hatten nur das Faß zum Überlaufen gebracht. Das hatte Chloe sich nicht mehr bieten lassen können. Ob er mit ihnen geschlafen hatte oder nicht, war letztendlich egal. Es genügte, daß er es tun wollte. Er hatte sie auf ihrer Party an ihrem Hochzeitstag vor allen Gästen schrecklich gedemütigt, hatte ihre Ehe in den Schmutz gezogen und sie beide dem Gespött preisgegeben. »Das ist keine Liebe mehr, Josh«, schrie sie plötzlich hemmungslos, »das ist Krieg . . . krankhaft . . . einfach furchtbar. Jeder einzelne hier auf der Party wird das bezeugen können.«

Chloe hatte viel Champagner getrunken. Alkohol befreite sie, und sie mußte ihren Schmerz nicht länger unterdrücken. Sie schloß sich im Schlafzimmer ein, nahm zwei Valium, riß sich die Kleider vom Leib und warf sie auf den Boden. Ohne sich abzuschminken, legte sie sich aufs Bett und fiel in einen traumlosen Schlaf.

Josh raste mit fünfundsiebzig Meilen in seinem Cadillac Cabrio den Pacific Coast Highway hinunter. Den Streifenwagen hinter sich bemerkte er gar nicht. Aus dem Stereorecorder kam auf voller Lautstärke sein neuester Song. Ab und zu nahm er aus der lederüberzogenen Taschenflasche von Gucci einen Schluck Tequila. Der Alkohol und das Rauschgift gaben ihm nach der Szene mit Chloe ein besseres Gefühl. Chloe würde schon wieder zu sich kommen. Sie mußte einfach. Er brauchte sie. Sie waren das Paar für alle Ewigkeiten, oder nicht?
Aber als der Streifenwagen ihn plötzlich mit Blaulicht und heulender Sirene überholte und vor ihm abbremste, begriff er, daß seine Schwierigkeiten wohl noch größer werden würden.

Er wachte schweißgebadet auf. Das schwarze Seidenhemd war naß, die grauen Hosen ganz feucht. Wo, zum Teufel, war er? Er war völlig durcheinander. Im Gefängnis? Aber wieso? Die sollten es mal wagen, ihn, Joshua Brown, Superstar, in den Knast zu stecken. Er schwitzte noch stärker. Er mußte unbedingt schnupfen. Er faßte in die Tasche nach dem Lederbeutel mit den nötigen Utensilien – dem braunen, würfelförmigen Behälter mit dem goldenen Löffelchen, dem Glasfläschchen, dem kleinen Taschenspiegel aus reinem Gold und dem Schnupfröhrchen aus Platin. Weg! Hektisch wühlte er die andere Tasche durch. Nichts. Er suchte auf den Knien den Boden ab. »Hei, ihr . . .!« schrie er. Sein Gesicht war rot vor lauter Aufregung. »Bringt mir meinen Stoff, ihr Dreckskerle!«
Die Klappe wurde aufgemacht, und das Gesicht eines schwarzen Wärters erschien. Seine Stimme klang gleichgültig. »Halt den Mund, Junkie, oder wir stopfen ihn dir.« Mit einem Schlag war die Klappe wieder zu.
Josh begann zu zittern. Er hatte seit . . . seit wieviel Stunden . . . keinen Stoff mehr gehabt. Wie lange wohl? Seit zwei oder drei

heute morgen. Als Chloe ins Bett gegangen war und ihn allein gelassen hatte. Und jetzt war es – er sah auf die Uhr draußen an der Wand gegenüber seiner Zelle – neun Uhr morgens.
Scheiße. Er zitterte wie Espenlaub und fühlte sich elend. Er mußte sich in den Eimer übergeben und fiel dann, schwach und verwirrt, auf die schmutzige Pritsche zurück. Er starrte an die Decke und die Wände. Sie waren ganz von dem Gekritzel der vielen bedeckt, die vor ihm hier eingesperrt gewesen waren. Er schlief ein. Als er zu träumen begann, ließen die Schmerzen im Kopf und in der Brust nach. Er war wieder ein Star, ein Superstar. Caesar's Palace in Las Vegas ... das Londoner Palladium ... das Olympia in Paris. Er sorgte überall auf der Welt für ausverkaufte Häuser. Nur noch Stehplätze waren zu haben. Josh Brown, der charismatischste englische Künstler, den die Welt je gesehen hatte. Er konnte jede Frau haben, die er wollte. Und so machte er es auch. Aber irgendwann hatte er nur noch eine gewollt – Chloe, nur noch Chloe. Und er hatte sich gewünscht, es möge immer so bleiben. Die anderen zählten doch nicht. Wieso konnte Chloe das nicht verstehen? Er liebte sie – er würde sie immer lieben. Er stöhnte im Schlaf auf.

Ein Telefongespräch vom Gefängnis aus stand ihm rechtlich zu. Er rief seinen Agenten an, und dieser fuhr in Windeseile zum zuständigen Gericht und regelte die Sache mit der Haftkaution. Josh wurde mit viel schlechter Publicity auf freien Fuß gesetzt. In den darauffolgenden Tagen versuchte er immer wieder, mit Chloe zu reden, aber sie bestand darauf, daß für sie ein für allemal Schluß war. Sie schickte ihm Perry und seine Sachen ins Beverly Wilshire nach. Dort war er schweren Herzens eingezogen. Zwei Tage später reichte Chloe die Scheidungsklage ein. Die Begründung lautete: unwiderrufliche Entfremdung.
Josh stürzte sich in die Arbeit, um sein Album fertigzustellen. Er schnupfte Unmengen Kokain, trank Unmengen Tequila und stieg mit allen möglichen Frauen ins Bett. Als die Arbeiten an dem neuen Album fast abgeschlossen waren, bekam er einen Anruf

von seinem Agenten. Er hatte einen interessanten Job für ihn: Josh könne wieder zurück zum Theater, und als Agent könne er ihm nur zuraten. Ein wichtiger englischer Theaterdirektor wünsche, daß er, Josh, die musikalische Version zu *Cyrano de Bergerac* schreibe und darin mitwirke.
Hier bot sich eine wundervolle Gelegenheit, wie Josh sie sich seit Jahren gewünscht hatte. Das Theater war schon immer seine wahre, seine erste Liebe gewesen.
Zwei Wochen nachdem Chloe und er sich getrennt hatten, packte Josh seine Sachen und flog nach London.

Dritter Teil

11

Sie saßen in der vorderen Sitzgruppe der Polo Lounge bei einer Flasche Dom Perignon und tauschten neueste Informationen aus.

Soloman Davidson, oder Sol, wie ihn seine vielen Bekannten nannten, erzählte Chloe gerade von den sich überschlagenden Ereignissen, die sich am Ende seiner erst kurz zuvor geschlossenen Ehe mit Emerald abgespielt hatten. Sol und Emerald hatten sich kurz und stürmisch geliebt. Sie verlobten sich wenig später, und die Heirat fand nicht allzulange danach statt. Doch die Ehe sollte nicht von langer Dauer sein.

»Wieso trägst du diese Farbe?« fragte er und sah dabei anklagend auf ihr jadegrünes Halston-Kleid.

»Warum? Gefällt dir Grün nicht? Sag bloß, du bist abergläubisch?« fragte Chloe leise über den Rand ihres Glases hinweg und beobachtete ihn amüsiert.

Soloman, Bonvivant und Freund vieler Stars, war seit Jahren mit Chloe befreundet. Sie hatten sich während unzähliger gesellschaftlicher Anlässe die Stunden mit Lachen und Scherzen verkürzt. Sol tat Chloe leid, weil er noch immer an Emerald hing.

Nachdem Emerald zum fünften Mal geschieden worden war, hatte sie gleich ein Auge auf Sol geworfen. Ihre meeresgrünen Augen blitzten, trotz ihrer vierzig Jahre, noch ungetrübt. Was für ein glücklicher Mann! Aber auch ein verrückter und eitler Mann! Sie hatte ihn in der Regenbogenpresse unmöglich gemacht. Er wurde als stotternder Narr dargestellt, als armer Bauer, der nicht einmal gut genug war, einen Reif über Emeralds schlankes Handgelenk zu streifen.

Armer Sol! Er gefiel sich als Vertrauter und Laufbursche der Berühmten, und jetzt hatte er sowohl seine Glaubwürdigkeit als auch seine Frau an Millionen grinsender Zeitungskäufer in Amerikas Supermärkten verloren. Aber er hatte seinen ganzen Stolz zusammengenommen, sich aufgerappelt und neu gestylt und sich wieder in die Szene von Los Angeles gewagt.

»Ich will sie zurück«, vertraute er Chloe an. »Ich liebe sie immer noch.«
Chloe fühlte mit ihm. Sie lebte seit etwas mehr als einem Monat allein und wünschte noch immer, Josh würde abends neben ihr liegen. Wie oft weinte sie sich nachts in den Schlaf!

Je länger Emerald in Army Archerds Kolumne las, desto wütender wurde sie: »Chloe Carriere, eine der Kandidatinnen für die begehrenswerte Rolle der Miranda in *Saga*, und Soloman Davidson, demnächst Emeralds Ex-Gatte, unterhielten sich letzte Woche in der Polo Lounge über mehr als nur die Hitzewelle. Leuchtete die Liebe in ihren Augen?«
Sie warf die Zeitung auf den Boden und zündete sich mit ihrem grünen Malachitfeuerzeug eine Sherman an. Mit bemerkenswert ruhiger Hand steckte sie sie in die helle, smaragdene Spitze.
Chloe war ein Emporkömmling, weiter nichts als ein Parvenü. Sie gehörte nicht dazu. Sie war erstens Britin, und sie war zweitens nicht einmal Schauspielerin. Sie war Sängerin. In den sechziger und siebziger Jahren hatte sie ein paar Hits gelandet, und dann war nichts mehr von ihr zu hören gewesen. Und jetzt tauchte sie plötzlich als eine sehr ernst zu nehmende Rivalin für ihre, Emeralds, Rolle auf!
Als Emerald das erste Mal gehört hatte, daß auch Chloe Probeaufnahmen machen würde, hatte sie das für einen schlechten Witz gehalten. Aber jetzt war aus dem Witz eine regelrechte Gefahr geworden, und zwar nicht nur, was die Rolle betraf, sondern auch in bezug auf ihren zukünftigen Ex-Mann. Zwar wollte sie Sol nicht mehr, aber sie wollte auch nicht, daß Chloe ihn bekam.
Wütend kaute Emerald mit ihren kleinen, tadellos überkronten Zähnen auf der smaragdenen Spitze. Diese Rolle war für ihre Karriere von entscheidender Bedeutung. Im Filmgeschäft hatte das Interesse an ihr bereits nachgelassen. Sie brauchte die Rolle unbedingt, und das Australien-Angebot war auch nicht gerade von Vorteil für ihre Karriere.

Emerald war ein Kind Hollywoods und wurde deshalb auch weiterhin geliebt, trotz ihrer vielen Ehen, ihres Alkoholismus und ihres Hangs, ihr sauer verdientes Geld für Freunde und Ehemänner hinauszuwerfen. Sie war in der Ära, in der sie groß geworden war, sehr erfolgreich gewesen, gehörte zur Hollywood-Aristokratie und war zur Symbolfigur der alles meisternden Frau geworden. Viele ihrer Zeitgenossen waren dem Alkohol oder den Drogen unterlegen, waren krank geworden oder hatten Selbstmord begangen, und niemand konnte mit Sicherheit wissen, wie viele Selbstmorde durch berufliche Fehlschläge verursacht worden waren.

Marilyn Monroe. Arme Norma Jean. Sie hatte nie an sich geglaubt, und das hatte sie zerbrochen. Emerald und Marilyn hatten zusammen im Actors-Studio gelernt. Milton Greene hatte sich in den frühen sechziger Jahren um ihre beiden Karrieren gekümmert – als ihr Mentor hatte er immer für sie gekämpft. Er war ein Fotograf par excellence gewesen, geschickt und draufgängerisch, und er hatte sich hervorragend ausgekannt. Die beiden Mädchen waren gute Freundinnen gewesen. Sie hatten ihre Kleider, ihre Männer und viele Erlebnisse geteilt. Emerald war über Marilyns Tod sehr traurig gewesen.

James Dean – Jimmy. Ihr erster Liebhaber. Es hatte ihr nichts ausgemacht, daß Pier Angeli, Ursula Andress und unzählige andere in diesem langen und heißen Sommer 1955 auch an seiner Angel gezappelt hatten. Sie hatte sich ihm völlig hingegeben. Die achtzehnjährige, toll aussehende, sexy Emerald Barrymore, Idol von Millionen Jugendlichen, hatte dem launischen, unberechenbaren, leidenschaftlichen James Dean erlaubt, ihr die viel diskutierte Jungfräulichkeit zu rauben.

Sie hatte ihn maßlos bewundert, bis zu seinem Tod ein paar Monate später. Nach einer kurzen Trauerphase hatte sie sich wieder verliebt. Der Neue war zuverlässiger, und als die beiden heirateten, atmeten die Studiobosse erleichtert auf. Er war ein junger, vielversprechender Schauspieler. Leider erfüllte er seine ehelichen Pflichten mit enttäuschend wenig Elan. Emerald blieb

unbefriedigt. Als sie ihn mit einem anderen Mann im Bett erwischte, mußte er gehen. Die Scheidung, weitere Tränen und traurige Tage folgten.
Dann trat Stanley O'Herlihy in ihr Leben. Oh, Stan! Bis zu welchem Ausmaß konnte sich ein Mann systematisch selbst zerstören? Irische Männer sollten ja angeblich eine gewisse Todessehnsucht haben – Stan jedenfalls perfektionierte sie. Er war klein, nicht mehr ganz jung und häßlich. Sein Verlangen nach Whisky und Frauen war unersättlich. Zum Schreiben jedoch war er immer motiviert, und so verbrachte er die meisten Stunden am Schreibtisch.
Er war fünfzig, sie zwanzig, als sie das erste Mal heirateten. Seine Liebeskünste ließen einiges zu wünschen übrig, und zwei tägliche Flaschen irischer Whisky förderten sein Verlangen auch nicht gerade. Nach ihren kurzen sexuellen Spielchen ging er immer zu Papier und Federhalter zurück und schrieb bis spät in die Nacht. Seine strahlend junge Braut lag dann allein im Bett und sehnte sich nach Erfüllung. Zu ihrem einundzwanzigsten Geburtstag schenkte er ihr ein sarkastisches Gedicht und einen Massagestab. Sie nahm ihn mit ins Studio, und ihr neuester Filmpartner zeigte ihr, was sie mit dem Stab – und mit ihm selbst – machen konnte!
Stans offensichtlich mangelndes Interesse an ihr reizte Emerald sehr. Sie wollte unbedingt, daß er sie liebte. Er hatte ihr erklärt, er habe nie in seinem Leben eine Frau wirklich geliebt, und wenn er es je tun sollte, dann sei sie garantiert nicht die Richtige – weder ihr Bildungsgrad noch ihre Intelligenz genüge dann wohl seinen Ansprüchen. Doch je mehr er sie beleidigte, desto mehr ›packte‹ sie es. Dieser Mann mußte sie lieben.
Zweimal verließ sie ihn rasend und frustriert wegen jüngerer, attraktiverer, reicherer und einfühlsamerer Männer, die sie sexuell befriedigten, ihr Komplimente machten und sie lobten und die sie sogar heiraten wollten. Aber sie genügten Emerald nie. Sie waren weiter nichts als elegante Begleitdoggen an ihrem Arm und sporadische Bettgenossen – aber sie bedeuteten ihr nichts.
Sie wollte Stan O'Herlihy. Er wußte, was er an ihr hatte, und ließ

sie widerwillig immer wieder in sein Leben ein. Sie ertrug seine Tobsuchtsanfälle im Rausch, ertrug seinen irischen Jähzorn und seine hemmungslose Schürzenjägerei auf Kellnerinnen und die billigsten Prostituierten. Diese Frauen schienen ihn alle mehr zu reizen als Emerald. Er liebte abartigen Sex: Spiele zu dritt, Orgien und Sado-Maso. Sie nahm alles hin, zehn Jahre lang, einschließlich dreier Scheidungen und erneuter Eheschließungen, bis Stan eines Tages mit seinem Porsche gegen einen Baum raste und dabei sich und die schwarze Nutte auf dem Beifahrersitz auf der Stelle tötete.

Emerald trauerte lange und lautstark. Das war 1970. Sie war auf dem Höhepunkt ihrer sexuellen Attraktivität und ihrer Schönheit, aber es gelang ihr nicht, die Filmbosse zu fesseln. In den Studios galt sie als Berühmtheit, aber nicht länger als ernst zu nehmende Schauspielerin, trotz ihrer fünfzig Filme. Nach Meinung der Filmleute war sie eher ein Ladenhüter als ein Kassenschlager.

Gesellschaftlich gesehen, gehörte sie noch immer zur Crème de la crème Hollywoods, aber für die erfolgreichen jungen Regisseure und Produzenten gehörte sie einer längst vergangenen Ära an. Sie war immerhin Mitte Dreißig, auch wenn ihre umwerfende blonde Schönheit keine der vielleicht zu erwartenden Verschleißerscheinungen zeigte.

Emerald fand sich eines Tages damit ab, daß Hollywood ihr den Rücken gekehrt hatte, und siedelte nach Italien über. Sie lernte Italienisch und spielte zehn Jahre lang in einigen billigen, aber mitreißenden italienischen und französischen Programmfüllern. Sie heiratete ein paarmal, reiste viel und gab jeden Pfennig ihrer Gagen wieder aus. Sie sehnte sich nach dem Tag, an dem sie triumphierend wieder in Hollywood einziehen würde.

Eines Tages saß sie in ihrem Hotelzimmer in Sydney und beobachtete, wie die Sonne hinter der Fassade des schönen, weißen Opernhauses versank. In einer bereits eine Woche alten *Daily Variety* las sie von Miranda und begriff, daß sie alle Register ziehen mußte, um diese Rolle zu bekommen. Und jeder, der ihr eine

Gefälligkeit schuldig war, würde ihr dabei helfen. Sie würde alles für diese Rolle tun. Alles.

Eine Woche später war sie wieder in ihrem Apartment in Hollywood. Sie lag ausgestreckt auf ihren grünen Handtüchern, und Sven bearbeitete ihre Wirbelsäule. »Ah, ganz schön steif«, sagte er und knetete sie mit seinen kräftigen skandinavischen Händen durch. Emeralds Augen funkelten in dem nicht mehr so jungen, aber immer noch schönen Gesicht. Seit gut vier Jahrzehnten war sie ein Star, und jetzt fühlte sie sich wie neugeboren. Sie hatte ein paar kosmetische Operationen in Südamerika und einen längeren Aufenthalt in einem Drogen- und Alkoholrehabilitationszentrum im Mittleren Westen der USA hinter sich. Im Laufe des vergangenen Jahres hatte sie durch strenge Diät über dreißig Pfund abgenommen: Sie hatte nur von Zucchini, Brathühnchen und Evian-Wasser gelebt. Schon immer hatte sie kräftig dem Alkohol zugesprochen, aber jetzt war ihr ganzer Organismus von dem Gift gereinigt. Sie war fest entschlossen, die neue und aufregende Welt in der TV-Hauptsendezeit als Miranda in *Saga* zu erobern.

Emerald hielt das Telefon auf dem grünen Kissen fest. »Natürlich werde ich bei den Probeaufnahmen mit von der Partie sein«, sagte sie und lachte. »Da bin ich ganz sicher, mein Lieber.« Ihr Agent, Eddie de Levigne, war ein kleiner, agiler Mann, der schon in Swansons Tagen erfolgreich gewesen war und für seine Klienten immer so große finanzielle Gewinne erzielte, daß auch seine eigenen großzügig ausfielen. Seine Karriere war schon fast legendär. Im Showbusiness war er unter dem Spitznamen ›Fast Eddie‹ bekannt. Er war zufrieden: Emerald war ein intelligentes Mädchen. Ihr bisher klügster Zug waren die kürzliche Entlassung der Morris-Boys und seine Anstellung gewesen. In dieser Stadt, wo gerade flügge werdende Schauspielerinnen schneller zu Primadonnen wurden, als man zum Aussprechen des Satzes »Wer hat letztes Jahr einen Oscar gewonnen?« brauchte, da wirkte ihre Lebenshaltung besonders erfrischend. Während ihrer Alkohol-

und Drogenzeiten und ihren Fehlern im Umgang mit Männern hatte Fast Eddie nur darauf gewartet, daß sie endlich zu sich kommen würde. Er wollte dann die Scherben schon auflesen und wieder zusammenbauen, wie nur er das konnte. Fast Eddie war ein richtiger Agent, nicht nur einer dieser unpersönlichen grauen Flanellanzüge, wie so viele Jungs in diesem Geschäft. Fast Eddie kümmerte sich ernsthaft um seine Klienten – und er hatte Erfolg damit.

Sven hatte die Rückenmassage beendet und war gegangen. Sie stöhnte, so wohl fühlte sie sich. Gänzlich unbefangen ging sie nackt an den Spiegelschrank und schaute ihre grünen Kleider durch.

Emerald trug fast ausschließlich Grün, ganz selten etwas Weißes. In den Filmen waren es natürlich auch mal andere Farben, aber privat bevorzugte sie Grün: Pistaziengrün, Grasgrün, Erbsen- und Olivgrün – jede vorstellbare Nuance des Farbtons hing in ihrem über dreißig Meter großen, begehbaren ›Schrank‹. Sie entschied sich für eine mintgrüne Ungaro-Bluse und einen passenden Gabardinehosenrock und legte ihre Kette mit dem Smaragdanhänger um den gelifteten Hals. So machte sie sich auf den Weg in Eddies Büro, um ihre Strategien zu diskutieren.

Fast Eddie nahm kein Blatt vor den Mund. Obwohl ihm Emerald im Moment sein liebster Klient war, nannte er das Kind immer beim Namen. »Für diese Carriere sieht es verdammt gut aus. Das steht fest. Ich habe heute mit Gertrude gesprochen, und sie hat keinen Zweifel daran gelassen. Abby ist begeistert von ihr, und du weißt, daß er immer das letzte Wort hat.«

»Scheiße.« Emerald richtete sich kerzengerade auf. Ihre schönen Augen funkelten. »Dieser englische Niemand. Wie können die beiden sie mir vorziehen? Ich bin ein Star. Sie ist eine Nachtclubsängerin. Was sollen wir denn nur machen, Eddie?«

»Wir tun unser Bestes, Süße, unser Bestes«, sagte der kleine Mann munter. Über seiner dicken Brille legte sich die Stirn in Falten. »Hör auf mich, Süße. Wir müssen einfach durchhalten. Ich habe ihnen klargemacht, daß du die Beste bist, der größte Star, die

Schönste und die Talentierteste. Ich gebe ihnen, was ich kann, und du, Süße, mußt mir dabei helfen.«
»Das werde ich, Eddie. Oh, das werde ich.«
»Überwältige sie bei den Probeaufnahmen. Du bist eine verdammt gute Schauspielerin, trotz deiner blöden Ehen und der Geschichten, die deine Kritiker schreiben.«
Emerald zuckte zusammen. Ja, das stimmte leider, die Kritiker mochten sie nicht, aber die Fans liebten sie. Sie beteten sie an. Regisseure und Produzenten liebten sie auch. Aber sie gaben ihr keinen Job. Die Jobs bekamen Anne Bancroft, Sally Field und Jessica Lange. *Sagas* Miranda Hamilton war der Schlüssel zu einer neuen Karriere für Emerald, und sie war fest entschlossen, ihn sich zu holen.

Die Sendeanstalt und Abby und Gertrude legten schließlich die Termine für die Probeaufnahmen mit den Kandidatinnen der engeren Wahl fest. Die Manuskripte wurden abgeschickt, die Kostümbildnerinnen wählten die Garderoben aus. Für die fünf Schauspielerinnen war es ein Muß, jeden Abend früh zu Bett zu gehen. Alle in der Stadt warteten gespannt.
Am Tag der Probeaufnahmen herrschte für Kalifornien ungewöhnliches Wetter. Es hatte die ganze Nacht geregnet, und jetzt am Morgen regnete es noch immer. Die Straßen und Boulevards von Los Angeles standen voller Pfützen. Alles sah grau und trübe aus.
Chloe war schon um fünf Uhr aufgewacht. Besorgt starrte sie auf die zwei Meter hohen Wellen, die gegen das Fundament ihres Trancas-Hauses schlugen. Sie hoffte, daß die Hügel im Malibu Canyon gehalten hatten und nicht, wie schon so oft, aufgrund des Regenwassers ins Rutschen geraten waren. Dann wären die Straßen nämlich nicht mehr passierbar, und dann? Vielleicht könnte sie es auf dem Ventura Freeway schaffen und von dort aus über die Franklin Avenue auf den Hollywood Boulevard kommen. Sie mußte ja erst um halb acht im Studio sein. Chloe zog einen alten Morgenmantel aus Chenille über, schlüpfte in ihre

großen Häschenhausschuhe und ging hinunter in die Küche. Während der Kaffee durchlief und sie am Telefon wartete, daß sich der Highway-Patrol-Dienst meldete, ging sie noch einmal den Zeitplan für die heutigen Probeaufnahmen durch.

Da waren sie alle aufgeführt, die sechs Namen der von der Sendeanstalt, von Abby und Gertrude ausgewählten Bewerberinnen.

Also war es auch Pandora gelungen, bei den Probeaufnahmen mitmachen zu dürfen. Oder hatten sie etwa vor, Pandora die andere Ex-Frau spielen zu lassen? So oder so, keine schlechte Idee. Sie hatte ein dunkles und markantes, attraktives Gesicht und das richtige Alter. Außerdem war sie eine gute Schauspielerin – was nur hieß: noch mehr Konkurrenz für die Rolle der Miranda!

Chloe trank ihren Kaffee, duschte anschließend und malte sich fortlaufend ihre Chancen gegen die anderen fünf Schauspielerinnen aus.

Sabrina Jones war keine Konkurrenz. Jeder, auch Sabrina, wußte, daß diese Rolle nichts für sie war. Sie fungierte als Ablenkungsmanöver – ein Publicity-Trick Abbys, um das Ereignis noch medienattraktiver zu gestalten und das Interesse der Öffentlichkeit noch zu steigern.

Pandora? Sie würde wahrscheinlich die Rolle von Steves erster Frau bekommen, denn sie stand für beide Rollen auf der Liste. Pandora war eine geachtete Schauspielerin, würde aber immer nur die zweite Geige spielen.

Rozalinde Lamaze? Zu mexikanisch. Es bedeutete nichts, daß die Sendeanstalten und die Regisseure es rigoros abstritten – es war sehr unwahrscheinlich, daß eine so wichtige Hauptrolle an eine Mexikanerin gehen würde. Sie paßte nicht zu der typisch angelsächsischen Atmosphäre und dem Flair. Abby und Gertrude wollten mit dieser Show Amerika und die Welt begeistern – und nicht Latinos.

Chloes Hauptrivalinnen waren Sissy und Emerald – das stand fest. Sissy war die bessere Schauspielerin und zudem mit Sam

verheiratet. Das räumte ihr gewisse Vorteile ein. Aber Emerald war immer noch ein großer Superstar. Es hatte Chloe wirklich überrascht, daß Emerald überhaupt bei einer Serie mitmachen wollte. Aber warum denn nicht? Sie waren doch alle nur Schauspielerinnen, oder? Bäcker backten, Maler malten, ja, und sie – sie spielten. Das war ihr Leben.
Na ja, die Beste möge gewinnen! Sie zog Jeans an, ein kariertes Flanellhemd von Josh und ihren Burberry-Regenmantel, den sie in der englischen Provinz an so vielen Regentagen getragen hatte. In ihrem silbernen Mercedes fuhr sie, ohne aufgehalten zu werden, durch den dichten Regen. Nur ab und zu sah sie defekte Fahrzeuge am Straßenrand stehen. Die Highway Patrol hatte Malibu Canyon für den Verkehr freihalten können, Gott sei Dank. Kräftige Männer schaufelten den Schlamm weg, der noch immer den Pacific Coast Highway zu überschwemmen drohte. Die Männer schwitzten trotz des strömenden Regens. Als Chloe den Hollywood Freeway erreicht hatte, atmete sie auf und legte ihre Trainingskassette ein. Sie lauschte der Szene, die sie auswendig gelernt hatte.
Ihr englischer Akzent und der Lawrence Dillingers, ihres Schauspiellehrers, drangen an ihr Ohr. Chloe hörte ganz objektiv zu. Würde sie Abby zu britisch finden? Außer Ricardo Montalban war im Moment kein Ausländer während der Hauptsendezeit zu sehen. Und Ricardo war ein Charakterdarsteller. Die Lieblinge der Mattscheibe waren prototypische Amerikaner und sehr jung. Charlie's Angels waren alle Twens, und die Dallas Dollies waren auch wesentlich jünger als die sechs, die sich heute im Studio 5 einfinden würden.
Suzanne Pleshette, Stefanie Powers und Angie Dickinson traten in letzter Zeit in Shows auf, die während der Hauptsendezeit liefen. Sie gingen zwar alle drei auf die Vierzig zu – wenn sie es nicht schon waren –, aber sie waren eben typische Amerikanerinnen. Chloe fragte sich zum hundertsten Mal, ob ihr englischer Akzent ihre Chancen mindern würde.
Sie fuhr bis an das Tor des Studiogeländes und kurbelte das

Fenster hinunter. Es regnete immer noch, und der Wärter trug einen durchsichtigen Plastikschutz über seiner Polizeimütze. Unfreundlich meinte er: »Name?«

»Carriere«, gab Chloe an. »Ich bin für die Probeaufnahmen für *Saga* hier.«

»Geht in Ordnung. Melden Sie sich beim Make-up, Studio fünf.« Er sah Chloe genauer an, und dabei fielen Regentropfen von seiner Schutzhülle in Chloes Genick. »Ich kenne Sie doch? Waren Sie nicht Chloe Carriere, die Sängerin?«

»Die bin ich immer noch«, sagte Chloe ruhig. Wie oft schon hatte sie in den letzten sechs oder sieben Jahren solche Gespräche mit Fremden über sich ergehen lassen müssen.

»Donnerwetter«, sagte der Polizist und lächelte. »Ich habe Ihre Platten heiß und innig geliebt, Miss Carriere. Ich habe sie in meiner High-School-Zeit immer gespielt.« Chloe zuckte zusammen. High-School! Nach seinem vom Wetter gezeichneten Gesicht zu urteilen, war der Mann mindestens fünfundvierzig. Er war älter als ihre High-School!

»Wie komme ich zu Studio fünf?« fragte sie und unterbrach ihn auf diese Weise höflich, bevor er sich weiter auslassen konnte.

»Fahren Sie an der Kostümabteilung für Damen links ab ... Sehen Sie die Fußgängerampel? ... Am Studio sieben rechts rein, dann noch mal rechts ab hinter dem Verwaltungsgebäude, und dann stehen Sie praktisch davor. Viel Glück, Miss Carriere!« Er salutierte ihr zum Abschied, und Chloe fuhr langsam – fünf Meilen, genau nach der Geschwindigkeitsbegrenzung – zum Studio 5.

Chloe parkte auf einem der Besucherparkplätze, und schon kam ein junges Mädchen mit hüftlangem, blondem Haar auf sie zugerannt. »Hi, ich bin Debbie, die zweite Regieassistentin für *Saga*. Kommen Sie mit mir. Ich zeige Ihnen Ihre Garderobe. Sie sind beim Make-up noch nicht ganz fertig für Sie.«

Die Garderobe war ein kleiner Raum, etwa zwei mal zwei Meter. Chloe betrachtete das lilafarbene Negligé aus Satin, das unter einer Plastikhülle an einem der nachlässig im dünnen Lattenholz befestigten Metallhaken hing. Ein Paar farblich passende Satinschuhe standen auf einem der zwei Möbelstücke, einer braunen Couch. Neben den Schuhen lagen zwei Strumpfhosen von Caress, das eine Paar ein glänzendes Beige, das andere ein cremiges Braun, und drei unterschiedlich große Paare Bergkristallohrringe. Sie blitzten im Licht der nackten, von Fliegen beschmutzten Glühbirne, die diese Zelle erleuchtete. In dem gesprungenen Spiegel über dem kleinen Frisiertisch konnte sie sich nur sehen, wenn sie sich ganz klein machte, an der Wand stand ein wackeliger Stuhl, und der gelb-schwarze Linoleumboden war von einem schäbigen Teppich bedeckt, auf dem in blassen schwarzen Buchstaben »Eigentum des MCPC-Studios« stand.

Was für eine Bruchbude, dachte Chloe und hängte à la Bette Davis ihren Regenmantel auf den anderen Metallhaken hinter der Tür. Ach, du hast schon Schlimmeres gesehen, sagte sie sich. Viel Schlimmeres! Die englische Provinz . . . Nichts konnte schlimmer sein als jenes Dreckloch voller Kakerlaken, in dem sie sich umziehen mußte, als sie 1968 im Alhambra Theatre in Basingstoke aufgetreten war. Verglichen damit war das hier noch ein Palast.

Chloe schaute aus dem Fenster. Sie war zu unruhig, um still zu sitzen. Beinahe konnte sie in die Fenster des großen Wohnwagens sehen, auf dessen Tür in lippenstiftroten Buchstaben ›Make-up‹ stand. Sie hätte gerne gewußt, was da drinnen vor sich ging.

Dort war die Hölle los. Es war schon halb acht, und Sabrinas Gesicht war noch nicht fertig. Ben trug Pfirsichrouge auf ihre Lider und Wangen auf. Barry, der dritte Assistent, wartete voller Ungeduld an der Tür.

»Wie lang braucht ihr denn noch, Ben?« fragte er den Riesen mit den feingliedrigen Fingern.

»Bis wir fertig sind, Barry.«

»Und wie lange dauert das? Sag!« Barry kochte. Der erste Regieassistent würde ihn zusammenstauchen, wenn die Schauspieler nicht rechtzeitig draußen waren. Ein Tag wie der heutige, an dem diese Divas und Altstars aufgemotzt wurden, konnte für einen Regieassistenten leicht zum Alptraum werden. Es wurde ihm klar, daß die anderthalb Stunden für Make-up und Frisuren nie ausreichen würden – und in der Produktionskonferenz waren sie ihnen noch so großzügig bemessen erschienen. Wenn Barry Sabrina ansah, mit Abstand die Jüngste und Schönste von allen, mußte er jedesmal tief Luft holen. Und jetzt sprach sie ihn auch noch ganz freundlich an.

»Ich bin jetzt fertig, Barry.« Sie schenkte ihm das hinreißendste Lächeln der Welt. Barry wurde ganz schwach. Er war gerade von einem schweren Kummer genesen. Ein Jahr lang war er in Jackie Smith verliebt gewesen, und er wollte nicht schon wieder dank seines ungeduldigen Herzens schlaflose Nächte verbringen. Er beschloß, Sabrina weiterhin aus der Ferne anzubeten.

Robert Johnson, auf der Testliste unter »Sonstige« aufgeführt, trat heute mit allen sechs Darstellerinnen auf. In den fünfziger Jahren war er ein unbedeutender TV-Schauspieler in Steve McQueens Serie *Wanted: Dead or Alive* gewesen. Immer wieder sprach er von Steve und sich. »Als Steve und ich 1952 an dem Radrennen teilnahmen . . .«, »Als Steve und ich segeln waren . . .«, »Als Steve und ich in Acapulco diese Mädchen trafen . . .« Jetzt lehnte er sich an den Türrahmen und versuchte – ohne Erfolg –, mit Sabrina tiefe Blicke zu tauschen.

Sabrina wünschte sich, daß der alte Knabe endlich aufhören würde, sie mit den Augen auszuziehen, aber sie war zu höflich, diese Bitte auszusprechen. Sie lächelte freundlich, und er erzählte weiter Geschichten von Steve.

Auf dem nächsten Stuhl saß Rozalinde. Ihre Haare waren auf weichen, rosa Lockenwicklern aufgerollt. Über ihren Schultern lag ein schwarz-weißer Frisiermantel. Eine andere Maskenbildnerin, Nora, trug kräftig glitzernden Lidschatten auf. Ihr selbst gefiel diese Art Lidschatten überhaupt nicht. Sie fand, daß er billig aussah. Außerdem setzte er sich bei jeder Frau über fünfundzwanzig in die Falten. In den Reklameaufnahmen für Revlon sah er auf der makellosen Babyhaut der achtzehnjährigen Fotomodelle natürlich toll aus, aber hier bei Rozalinde wirkte er hart und machte sie alt.

Rozalinde hielt einen Handspiegel, während Nora mehrmals schwarze Wimperntusche auftrug. Sie summte leise zu der Sambamusik aus dem Radiogerät, das sie extra mitgebracht hatte. Außerdem hatte sie für die gesamte Make-up- und Friseurcrew Pralinen mitgebracht. Dem Chefkameramann hatte sie eine Magnumflasche Champagner überreicht, einen Kuß gegeben und listig gemeint: »Und jetzt kriege ich das Hauptlicht nur direkt über der Kamera, ja? Und vergiß bitte nicht das Augenlicht.«
Lazlo Dominik hatte seit Fay Wray jede Topschauspielerin in Hollywood ausgeleuchtet und kannte wirklich alle Tricks – er blinzelte ihr zu und nickte. Die Scheinwerfer hätte er sowieso so eingestellt, aber die Flasche Champagner war eine nette Geste – also würde er sich bei ihr etwas mehr Mühe geben als bei den anderen.
Als Sabrina in ihrem pfirsichfarbenen Negligé aus Satin den Raum betrat, pfiff er leise durch die Zähne. Die sieht vielleicht gut aus, dachte er, und mit ihm die ganze Crew. Alle Mann streckten sich und überlegten, wie sie sich in ihrer Gegenwart ausdrücken sollten. Sabrinas Unschuld, ihre Frische und Freundlichkeit veranlaßten die Männer immer, sich von ihrer besten Seite zu zeigen. Marvin Laskey, der Regisseur, war wie Frank ein erfahrener Hollywood-Veteran. Er ging die Szene mit ihr durch und versuchte sie zu beruhigen. Aber Sabrina war nicht unnötig aufgeregt. Ihr gutes Aussehen verlieh ihr ein sicheres Auftreten. Außerdem wußte sie, daß sie sich nicht für diese Rolle eignen und sie deshalb auch unter keinen Umständen bekommen würde. Sie schenkte Marvin gelassen ein bezauberndes Lächeln und ihre volle Aufmerksamkeit.

»Sie werden jetzt im Make-up-Wagen erwartet, Miss Carriere«, sagte Debbie strahlend. Chloe ging schnell die zehn Schritte von ihrer Zelle zu der Make-up-Abteilung. Es regnete nicht mehr, und am Horizont schimmerte ein Regenbogen. Ein gutes Zeichen, dachte sie und betrat den Trailer. Gleich an der Tür rannte sie mit Rozalinde zusammen.

»Chloe! Wie geht es dir, Mädchen?« Rozalinde war sofort aufgefallen, daß Chloe selbst ohne Make-up und mit streng zurückgekämmtem Haar nicht schlecht aussah. Sie sah ernst aus und irgendwie geschlechtslos. Kein Wunder, daß Josh fremdgegangen war, dachte Rozalinde.
Chloe bemühte sich, höflich zu sein. Dann setzte sie sich in den schwarzen Leatherette-Sessel, und Ben untersuchte ihr Gesicht. Sie stellte fest, daß Rozalinde trotz der vielen Schlammpfützen hochhackige Riemensandalen trug, die den Blick auf ihren abgesplitterten Nagellack freigaben. Sissys höhnische Bemerkung über das ›mexikanische Miststück‹ kam ihr in den Sinn, und sie lächelte leise in sich hinein.

»Jetzt geben Sie schon Gas, Mann. Wir sind zu spät dran«, schrie Sissy ihren Chauffeur an. Harry zuckte nur die Schultern. Es war ja nicht seine Schuld, daß sie nicht pünktlich waren. Er war um Punkt acht Uhr – wie vereinbart – bei den Sharps in Bel Air vorgefahren. Madame war dann fünfundzwanzig Minuten später fluchend aus der Villa gestürmt und erwartete jetzt von ihm, daß er sie in strömendem Regen in fünf Minuten ins Studio kutschierte. Nun, er hatte nicht die geringste Absicht, seinen Hals zu riskieren, nein, noch nicht einmal den Hals der alten Seekuh. Er hielt sich genau an die vorgeschriebenen fünfunddreißig Meilen und fuhr so vorsichtig wie sonst auch – trotz Sissys wütendem Geschrei auf dem Rücksitz.
Sie hatte letzte Nacht die Startliste mindestens ein dutzendmal gelesen und dann vor lauter Empörung kaum schlafen können. Sechs Schauspielerinnen für die Probeaufnahmen. Sechs! Das war doch lächerlich. Sie war voll des Zorns, daß sie sich unter diesen Voraussetzungen überhaupt zu Probeaufnahmen herabließ. Dabei hatte sie zuvor alle Hebel in Bewegung gesetzt, um überhaupt auf diese Liste zu kommen.
»Weißt du eigentlich, wie erniedrigend es für mich ist, diese Probeaufnahmen zu machen – besonders nachdem diese mexikanische Schlampe mit von der Partie ist?« hatte sie Sam ange-

faucht. Er hatte ruhig in seinem Sessel gesessen und versucht, sich auf ein Basketballspiel auf dem Bildschirm zu konzentrieren.
»Ja, meine Liebe, ich weiß, ich weiß«, hatte Sam beschwichtigend gemeint und heimlich auf den Lautstärkeknopf der Fernbedienung gedrückt. »Aber du wolltest doch testen, Sissy. Du hast Abby doch regelrecht bearbeitet, um auch Probeaufnahmen machen zu können. Du kannst jetzt keinen Rückzieher mehr machen, Liebes. Du würdest dich ja blamieren.«
Das wollte Sissy auf keinen Fall. Sie blitzte Sam an, aber er war schon wieder in das Spiel der Lakers vertieft. Sie beschloß, früh zu Bett zu gehen, um ausgeruht zu sein. Schlafen konnte sie jedoch nicht. Gegen drei Uhr hatte sie drei Valium und eine Mogadon genommen, und trotzdem wälzte sie sich nur unruhig in ihrem Bett. Sie mußte dauernd an die Probeaufnahmen und die Konkurrentinnen denken. Um halb sechs war sie schließlich eingenickt.
Pünktlich um sieben brachte ihr das Mädchen, Bonita, ihr spärliches Frühstück auf einem weißen Korbtablett. »Buenos dias, Señora«, flüsterte Bonita und zog die Vorhänge zurück. Auf dem zweihundertvierzig Hektar großen Grundstück tropfte der Regen von den Palmen.
Sissy murmelte etwas, drehte sich um und ignorierte das Glas mit heißem Zitronensaft und die Ananasschnitten. Sie schlief weiter.
Sam weckte sie auf dem Weg zu seinem zweimal wöchentlich stattfindenden Squashspiel zum zweiten Mal. Erst dann sprang Sissy aus dem Bett und warf dabei das Tablett um – die schönen Porthault-Laken! Sie hatte alle in ihrer Nähe angeschrien, sogar ihre beiden Pekinesen.
Jetzt saß sie aufgedonnert auf dem Rücksitz ihres Rolls-Royce und befahl dem Fahrer wütend, sich zu beeilen. Sie hatte sich für ihr neues Zobelcape entschieden, eine dazu passende Bluse aus Crêpe de Chine, eine Gabardinehose und blank geputzte Stiefel. Um den Kopf hatte sie einen Seidenschal von Hermes gewunden. Ihre geröteten Augen verbarg sie hinter einer riesigen Ray-Ban-Sonnenbrille.

»Ihr Name?« sagte der Polizist am Tor. Sissy warf ihm durch die getönte Scheibe des Rolls-Royce giftige Blicke zu.
Dieser Bauer! Ging der denn nie ins Kino? Wenn sie diese Rolle bekam, dann flog der hier auf der Stelle raus.
»Ms. Sissy Sharp, hier für die Probeaufnahmen zu *Saga*«, sagte Harry respektvoll zu dem Polizisten und zwinkerte ihm gleichzeitig zu. Sissy knirschte mit den Zähnen. Jetzt stand auch Harry auf der Abschußliste.
»O natürlich. Hi, Sissy«, sagte der Polizist auf einmal mit einem Lächeln und ließ sie passieren.
Sissy schaute sich sehr kritisch in ihrer Garderobe um. Da sie wußte, daß die meisten TV-Schauspieler oft nur Zellen, ja, regelrechte Verschläge als Garderoben zugewiesen bekamen, hatte sie darauf bestanden, das luxuriöse Wohnmobil ihres Mannes für die Probeaufnahmen zu erhalten. Es war vollständig eingerichtet: ein Doppelbett, ein Ofen, ein Fernsehapparat und ein Schminkspiegel mit einer sehr schmeichelhaften rosa Beleuchtung.
Sissy hatte zu einer Zeit Filme gemacht, als die Stars noch die Privilegien bekamen, die sie erwarteten. Sie waren wie empfindliche Treibhausorchideen behandelt worden. Das TV-Zeitalter hatte eine neue Generation junger und eifriger oder abgetakelter, aber dankbarer Stars hervorgebracht. Sie waren so froh, überhaupt arbeiten zu dürfen, daß sie sich gerne auch in einer Garage umzogen. Wenn ihre Shows aber zu Hits in der Hauptsendezeit wurden, dann wurden sie sehr schnell sehr anspruchsvoll. Sie verlangten alle möglichen Extras, vom Funktelefon bis zur privaten Sauna. Einige Schauspielerinnen gingen sogar so weit, während der Menstruation freie Tage oder während der Stillzeit freie Stunden zu verlangen. Die Kleinen brachten sie natürlich mit zur Arbeit.
In jeder Saison beobachteten die Leiter der Sendeanstalten skeptisch den Aufstieg unbekannter Schauspieler und Schauspielerinnen. Zunächst waren sie alle gewillt, für eine angemessene Gage zu arbeiten, aber sie wurden rasch unzufrieden, nörglerisch und herrschsüchtig. Sie glaubten an das Geschwätz ihrer eigenen

Publicity und wollten ihre neu gewonnene Macht über Studios, Regisseure und Sendeanstalten ausspielen. Die Sendeanstalten bauten sehr gerne Stars auf, aber keine Superstars. »Je größer die Stars, desto mehr liebt sie das Publikum, und desto größere Ungeheuer werden sie«, klagte Abby. Meistens kam das mehrmals pro Saison vor. Die Zuschauer waren von den neuen Gesichtern auf der Mattscheibe begeistert, und so garantierten jährliche Neuproduktionen immer neue TV-Stars.

»Wir müssen dafür sorgen, daß sie wissen, wie weit sie gehen können, verdammt noch mal!« Das hatte Gertrude herausgeschrien. »Ich bestehe darauf, daß bei *Saga* alle gleichrangig sind und keiner mehr verdient als der andere.«

»Das ist einfach unmöglich«, warf Abby ein. »Wir haben sowohl Grünschnäbel als auch etablierte Stars dabei. Du kannst sie nicht alle gleich bezahlen. Sei doch nicht verrückt!«

»Dann müssen wir eben versuchen, die Gleichwertigkeit in anderen Sparten zu betonen«, beharrte Gertrude. »Keine Luxusgarderoben, Abby. Keine Kostüme umsonst, keine uneingeschränkte Telefonbenutzung. Schlicht: kein Privileg außer dem einen, daß sie für uns bei *Saga* arbeiten.«

»Na, dann mach mal, Gertrude«, meinte Abby mit einem zynischen Lächeln. »Versuch's doch. Du weißt genau, daß das nicht gutgehen kann. Wir haben ja mit Sam Sharp schon einen Präzedenzfall geschaffen. Er kriegt eine verdammte Limousine, hat das riesige Wohnmobil, Doug Howard wird von London hergeflogen, um seine verdammten Anzüge zu schneidern. Es fehlt nur noch, daß wir ihm vertraglich einen Schwulen zusagen, um ihm seine Mittagspause besonders angenehm zu gestalten. Gott weiß was noch alles. Glaubst du wirklich, unsere anderen Stars wollen keine Extrawürste?«

»Sam Sharp ist ein hochangesehener Filmstar. Er hat sich seinen Platz an der Sonne verdient«, meinte Gertrude unnachgiebig. »Er hat eine Art ›Meistbegünstigungsklausel‹ in seinem Vertrag. Der nach ihm bestbezahlte Star muß immer noch fünfzehntausend Dollar weniger verdienen als er.«

»Ja, wir bezahlen ihn weiß Gott nicht mit Erdnüssen, dank deiner Hilfe, Gert«, sagte Abby und zündete wütend seine dritte Zigarre an diesem Tag an. »Fünfunddreißigtausend Dollar pro Folge in einer neuen Show, und das für einen Schauspieler, der seine beste Zeit bereits hinter sich hat – das ist ein ganz schöner Brocken, Baby, weiß Gott.«

»Abby, die Verkörperung Steve Hamiltons ist entscheidend für den Erfolg von *Saga*. Das weißt du sehr wohl«, sagte Gertrude steif. »Wenn er nicht als hundertprozentiger Patriarch ankommt, mit den ihm angeborenen Führungsqualitäten und mit dynamischer Tatkraft, dann haben wir keine Show! Aber Sam Sharp hat alle diese Eigenschaften. Jahrelang stellt er nun schon diese edlen Yankee-Gentlemen dar, und das hat auf ihn abgefärbt. Dazu kommt noch sein sagenhafter TV-Quotient. Nach Nielsen hatten seine letzten drei Filme eine Einschaltquote von jeweils mindestens vierzig Prozent – und das zu Hauptsendezeiten!«

»Ja, ja, und in den Kinos waren die Dinger totale Flops«, sagte Abby trocken.

»Er ist ein großer Star.« Gertrude wollte sich nicht beirren lassen.

»Er *war* einer«, seufzte Abby.

»Wir *brauchen* ihn«, entgegnete Gertrude.

»Okay, okay. Vielleicht hast du ja recht, Gert. Vielleicht ist er ja ein Star, aber er ist auch schwul. Und wie stellen wir es an, daß das nicht in die Regenbogenpresse kommt?«

»Ganz einfach«, antwortete Gertrude. »Er hat der Öffentlichkeit dreißig Jahre lang was vorgemacht. Es besteht kein Grund zu der Annahme, er könne das nicht auch weiterhin. Besonders dann, wenn Miranda von Sissy gespielt wird.«

»Was? Sissy? Dieses runzelige Weib? Also bitte! Für Miranda ist sie ja wohl unmöglich. Ich habe sie ja überhaupt nur zu den Probeaufnahmen zugelassen, weil Sam mich darum gebeten hat. Sie könnte nie die Miranda spielen. Miranda ist sexy, feminin, sinnlich. Sissy ist viel zu ... zu ...« Er fand die richtigen Worte nicht.

»Hart?« fragte Gertrude.

»Ja, hart. Hart ... Ihr fehlt ...«

»Sex-Appeal?«

»Ja. Miranda muß vor Sex-Appeal beinahe platzen.«

»Sissy ist eine begnadete Schauspielerin, Abby«, sagte Gertrude.

»Ja. In der richtigen Rolle ist sie eine Wucht. Das habe ich nie bestritten. Aber ich kenne nicht viele Männer, die ihretwegen einen Steifen bekommen würden.«

»Und was wäre mit ihr als Sirope?« schlug Gertrude vor.

»Sirope? Um Gottes willen, die Frau ist so was wie die Jungfrau Maria. Sie ist Ingrid Bergman vor Rossellini, mit 'nem Löffel Doris Day und 'ner Prise Rotkäppchen. Für Sirope brauchen wir eine Heilige. Und Heilige gibt es in dieser Stadt nicht viele. Und Vierzigjährige schon gleich gar nicht.«

»Laß es uns doch mit ihr versuchen.« Gertrude schenkte ihm ein einschmeichelndes Lächeln. »Ich glaube, sie ist genau die Richtige. Ein Miststück, das eine Heilige spielt – ich nenne das eine inspirierte Besetzung, Abby.«

»O Gott, Gertrude – sie ist absolut die Falsche!«

»Abby! Abby! Was haben wir denn zu verlieren? Sie ist wirklich eine gute Schauspielerin. Sie sieht immer noch gut aus – sie hat dieses müde, engelhafte Aussehen. Ich gebe ja zu, daß das nicht so ganz das Wahre ist.«

»Nicht so ganz das Wahre?« wiederholte Abby. »Ich kenne zehn Regisseure, die lieber mit dem Hai in *Der Weiße Hai* arbeiten würden als mit ihr. Aber – okay, okay. Wenn du meinst, es könnte die Sam-Sharp-Lage beeinflussen ... Sehen wir uns ihre Probeaufnahmen an. Sie spielt ja für beide Rollen vor.«

»Richtig.« Gertrude wußte, daß sie gewonnen hatte. »Und letztlich zählen doch die Probeaufnahmen, nicht wahr?«

Sissy war hin und her gerissen: Probeaufnahmen für Miranda *und* Sirope? War das als ein Kompliment der Sendeanstalt zu verstehen, oder wollten sie dort nur auf Nummer Sicher gehen? Sie saß in Sams Wohnmobil, auf der braunen Wildledercouch, und starrte auf die kalt gestellte Flasche Dom Perignon, die hundertsiebzig

Gramm Sevruga-Kaviar und die Laligne-Schüssel mit gebröseltem, eibraunem Brot und ganz fein geschnittenen Zwiebeln.
»Wir heißen unseren Star willkommen. Mit Liebe, Abby und Gertrude«, stand auf der Karte mit Goldrand. Eine Baccarat-Vase mit Callalilien und cremefarbenen Rosen schmückte den Couchtisch aus Mahagoni. In dem Strauß steckte eine Karte: »Ich drücke dir die Daumen, Liebling. Dein Sam«.
Sie verzog das Gesicht. Warum schickte er ihr immer Callalilien? Das waren doch Blumen für Beerdigungen. Sie hatte ihm schon so oft gesagt, daß sie sie nicht mochte, hatte es sogar in seiner Blumenhandlung gesagt, aber sie kamen immer und immer wieder – zu jeder Gelegenheit, bei der Blumen angebracht waren. Callalilien und cremefarbene Rosen! Wie langweilig!
Die Orchidee, eine Kahnlippe, in dem einfachen Steintopf war viel schöner. Auf der Karte stand nur: »Hau sie um!« Das war Robin Felix, ihr neuer Agent. Er wußte, wie er seine Klienten behandeln mußte, und er bewahrte immer die Ruhe. Nicht wie ihr letzter Agent, Doug. Sissy war schon eine verlockende Klientin, aber manchmal war sie zweifellos auch die schwierigste, mit der Robin je gearbeitet hatte. Er war ziemlich sicher, daß Sissys Chancen für Sirope gut standen und sie die Richtige für die Rolle war. Er würde jedenfalls zur Stelle sein, wenn das große TV-Geld hereingerollt kam.
Debbie klopfte respektvoll an die Tür des Wohnmobils. »Wir sind soweit, Miss Sharp.« Sissy war die einzige Schauspielerin, die heute ein Wohnmobil zur Verfügung stehen hatte. Alle anderen warteten in ihren klösterlichen Kabinen. »Darf ich Ihnen etwas zu trinken oder zu essen anbieten?«
»Nein danke, meine Gute«, sagte Sissy ganz anspruchslos. »Ich esse und trinke nie vor einer Vorstellung. Aber sorgen Sie doch bitte dafür, daß der Requisiteur eine Flasche Perrier und ein Päckchen Dunhill zu meinem Stuhl bringt – und daß mein Stuhl direkt neben dem des Beleuchters steht.«
»Wird sofort erledigt, Miss Sharp«, sagte Debbie, schon auf dem Sprung.

Als Sissy durch die eine Tür in den Make-up-Raum ging, verließ ihn Rozalinde gerade durch die andere. Ben war mit Chloes Gesicht fast fertig. Sie sah einfach blendend aus. Ganz anders als das blasse, müde Gesicht von heute morgen. Jetzt wirkte sie bezaubernd, verrucht, sexy, exotisch und doch sanft – Ben hatte ganze Arbeit geleistet. Chloe hatte aber auch die Schönheit, die sein Handwerk richtig zur Geltung kommen ließ.
Ordinär sah sie aus, fand Sissy. Sie hielt jede Frau, die über fünfzig Kilo wog und einen Brustumfang von mehr als vierundachtzig Zentimetern hatte, für ordinär. Ordinär und dick. Die Damen nickten sich kurz zu und ignorierten sich dann, während die Crew der Maskenbildner an ihnen weiterarbeitete.

Chloes Hände wurden allmählich feucht. Sabrina und Rozalinde hatten ihre Probeaufnahmen beendet und waren schon gegangen. Die Crew machte eine kleine Pause mit Kaffee und Krapfen. Robert Johnson kam herein und stellte sich lächelnd noch einmal vor.
»Das letzte Mal trafen wir uns auf einer Party bei Steve, als er noch mit Ali verheiratet war. Er und ich veranstalteten ein Fahrradrennen über die Trancas-Dünen. Wissen Sie noch? Sie feuerten uns wie verrückt an . . .«
Chloe erinnerte sich nicht, aber natürlich tat sie so, als ob, um ihm zu schmeicheln.
Der Regisseur trat zu ihnen, um die Szene durchzusprechen.
Chloe hörte nur mit halbem Ohr hin. Sie hatte eigene, ganz genaue Vorstellungen, was ihre Rolle betraf. Und so würde sie sie auch spielen.
Pandora King stürzte auf Chloe zu und umarmte sie kurz. »Hallo, Liebes!« Pandora war anständig, ein richtiger Kumpel, hatte keinerlei Allüren. Sie war ganz einfach wie die Frau von nebenan – nur ihr riesiger Make-up-Koffer, den sie überall mitnahm, verriet sie.
»Liebling, Liebling, wir müssen unbedingt miteinander essen gehen und diesen Wahnsinn hier bereden. Ich mache Probeauf-

nahmen für beide Rollen. Ist das nicht verrückt?« Sie lachte und zeigte ihre kräftigen weißen Zähne und etwas zu viel Zahnfleisch. Sie trug schon jetzt, obwohl sie noch gar nicht im Schminkraum gewesen war, ein leichtes Make-up, Lippenstift, Rouge, Eyeliner und eine zerzauste blonde Perücke. Sie war keine Schönheit, aber sie machte immer das Beste aus ihrem Typ und würde sich nie ohne Make-up auf der Straße sehen lassen. Debbie steckte den Kopf zur Tür herein. »Fertig, Miss Carriere? Sobald Sie angezogen sind, erwartet man Sie im Proberaum.«
Chloe stand zwischen den Bühnenaufbauten und war schon etwas entspannter. Miltons Aufbau entsprach ihren Erwartungen. Jetzt mußte sie ihr absolut Bestes geben. Robert stand hinter der Kamera, bereit, die Tafeln mit ihren Zeilen hochzuhalten. »Okay, fertig, meine Liebe?« fragte der Regisseur. »Ja, ich bin soweit.« Ben fuhr ihr mit einem großen Puderpinsel noch einmal schnell über die Wangen; Theo zupfte noch einmal an ihren großen dunklen Locken; Trixie rückte die Spitzen auf ihrer Schulter zurecht; Hank maß ihre Nase und rief eine Zahl; Lazlo hielt einen Belichtungsmesser an ihr Gesicht und gab einer nicht sichtbaren Person oben auf der Rampe Instruktionen; Big John und Reggie schließlich rückten die Lampen noch etwas hinter ihrem Kopf hin und her.
»Okay, Chuck, nimm's noch ein wenig runter«, rief Lazlo.
»In Ordnung«, antwortete Chuck. Jetzt waren alle weg – Chloe war alleine mit der Kamera. Durch sie würden Chloes Gefühle und Leidenschaften registriert. Chloe war allein, obwohl fünfundsiebzig Männer und Frauen sie beobachteten und ihre Leistung bewerteten. Allein. Jetzt war es an der Zeit, es ihnen zu zeigen.
»Uuuund – Action!« rief Milton.
»Ich habe dich nie geliebt, Steve«, sagte Chloe ganz gefaßt zu Robert. Sie fühlte, wie das Feuer Mirandas in ihr zu brennen begann – und sie dachte an ihr letztes Gespräch mit Josh. Das letzte Gespräch! Sie setzte die Emotion, die in ihr aufwallte, ein. »In meinen Augen warst du jemand, den ich benutzen mußte,

weil du mich immer nur benutzt hast. Jemand, der mir verschaffen konnte, was ich wollte – und brauchte.«
»Ich glaube dir nicht, Miranda«, sagte Robert ruhig und würdig.
»Es ist wahr, Steve. Gott ist mein Zeuge, es ist wahr. Wie hätte ich dich lieben können, wo ich wußte, daß du Nicholas umgebracht hast?« Tränen stiegen ihr in die Augen. Echte Tränen. Ihr Hals tat weh, und sie mußte ihre ganze Schauspielkunst aufbringen, um sich zu beherrschen und sich nicht von den Tränen überwältigen zu lassen.
»Das ist eine verdammte Lüge. Das weißt du genau.«
»O nein, Steve. Ich habe Beweise. Ich war nämlich in jener Nacht auch da. Du *dachtest* nur, du wärst mit Nicholas allein.« Chloe ging einen Schritt auf die Kamera zu und wurde bewußt heftiger – und sie spürte alle Nervenenden. Sie gab der Szene alles, gab ihr jede noch so geringe Nuance, gab ihr jede Gefühlsregung. Ihre eigene Lebenserfahrung schürte das Feuer noch. Sie fuhr Robert an, verhöhnte ihn. Sie erklärte ihre ungebrochene Liebe für ihren toten Liebhaber, für ihren Nicholas. Sie sagte Steve ins Gesicht, daß sie ihn haßte und bis ans Ende ihrer Tage hassen würde, daß sie alles tun würde, um ihn zu vernichten. Während der ganzen Szene dachte sie nur an Josh. *Ihm* schüttete sie hier ihr Herz aus – ihm, der etwas in ihr zerstört, der eine tiefe, trostlose Leere in ihr hinterlassen hatte. Sie dachte daran, wie leidenschaftlich sie ihn geliebt hatte, wie sie ihn wieder lieben könnte, wenn er nur . . . ja, wenn er nur . . .
Schweiß lief ihr den Rücken hinunter, Tränen strömten über ihr Gesicht, als die Szene beendet war. Milton sprang vor Freude auf, und mehrere Kameraleute applaudierten spontan. »And print! Das war sagenhaft, meine Liebe, einfach phantastisch! Klappe die erste. Wir sind fertig!«
»Ausblendstufe checken«, rief Hank.
»Ist okay«, sagte Bill, der Kameramann. »Danke, meine Liebe, vielen Dank«, sagte Milton begeistert. »Sie waren wunderbar. Sie haben mich zu Tränen gerührt.«
Erleichtert verließ Chloe die Szene. Der Kreis ihrer Helfer hatte

sich der nächsten Schauspielerin für die Probeaufnahmen zugewandt. Sie schlüpfte allein aus dem lilafarbenen Negligé, kämmte das klebrige Spray aus den Haaren und nahm die künstlichen Wimpern ab. Sie war gerade fertig, als Emerald und Co. ankamen.

Emerald reiste nie mit leichtem Gepäck, kam nie ohne Begleitung, und sie kam nie pünktlich – eine Reaktion auf ihre Jahre als Kinderstar, in denen sie gezwungen gewesen war, täglich um fünf Uhr aufzustehen und nach den Zeitplänen der Studios zu leben. Ihr Vertrag war an ihrem dreißigsten Geburtstag abgelaufen, nach siebenundzwanzig Jahren also, und Emerald hatte sich geschworen, daß sie nie wieder nach der Uhr leben würde.
Sie war nur fünfundvierzig Minuten zu spät – für ihre Verhältnisse also beinahe pünktlich. Ihr blondes Haar war frisch gebleicht und rahmte ihr feines, neu geliftetes Gesicht, und ihre Figur hatte noch Kurven wie in den fünfziger Jahren. Hinter ihr marschierte ihre Privatarmee: ihr persönlicher Assistent und Mädchen für alles, Rick Rock-Savage, ihr Manager und Agent, Eddie De Levigne, und ihr PR-Mann, Cristopher McCarthy. Eddie war groß und ekelhaft, Christopher klein und liebenswürdig. Zusammen waren sie zu ertragen. Christophers Hauptaufgabe bestand darin, unzählige Anrufe und Anfragen abzuwehren, die immer noch jede Woche in seinem Büro eingingen. Konnte Emerald ein Interview geben? Hatte sie einen Termin für eine Talkshow frei? Konnte sie zu der Eröffnung kommen? Auf der Wohltätigkeitsveranstaltung erscheinen? Die Premiere besuchen? Das Interesse der Öffentlichkeit an Emerald hatte nie nachgelassen, obwohl sie in den Vereinigten Staaten weder im Fernsehen noch im Kino eine gute Rolle bekam.
Emerald begrüßte alle Maskenbildner und Friseusinnen wie alte Bekannte. Sie hatte mit fast allen irgendwann einmal gearbeitet, und alle beteten sie an.
»Ich *will* diesen Job, Ben«, sagte sie ernst zu dem bärtigen Riesen. »Zeig deine Kunst. Ich muß besser als die anderen aussehen.«

»Ich werde es versuchen, meine Süße. Ich werde mein Bestes tun«, sagte Ben und sah sie mit professioneller Objektivität an.
»Wie lief der Test des englischen Mädchens?« fragte Emerald etwas zu beiläufig.
»O ... gut. Sie war sehr gut.« Ben hatte nicht den Mut, ihr zu sagen, daß Chloe großartig gewesen war. Er wollte Emeralds Leistung nicht beeinträchtigen. »Aber ich muß dir was anderes sagen, Liebling. Heute morgen hatten wir ein Mädchen hier drin, die noch besser aussieht als Lana zu ihren besten Zeiten. Sie können wir unmöglich schlagen. Sie ist noch ein Baby. Aber die anderen drei stecken wir in die Tasche, das garantiere ich dir.«
»Ich brauche diesen Job, Ben.« Emerald sah ihrem alten Freund in die Augen. »Du mußt Wunder tun, hörst du?« Sie schenkte ihm ihr bezauberndes Lächeln, das schon auf Tausenden von Titelseiten gestrahlt hatte, und ließ sich in den schwarzen Ledersessel fallen.

12

Die nächsten Tage waren für keine der sechs Frauen einfach. Nur Sabrina verdrängte alle Gedanken an die Rolle, hatte sie doch schon vor den Probeaufnahmen ein wunderbares Filmangebot bekommen: Sie sollte eine Jungfrau aus dem siebzehnten Jahrhundert spielen, die sich plötzlich auf einem College-Campus von heute wiederfindet. Die Gage belief sich auf zweihunderttausend Dollar. Diese Rolle interessierte Sabrina viel mehr als die der Miranda – der Weg zum großen Filmstar schien geebnet. Dann, so hoffte Sabrina, würde sie neben Al Pacino oder Richard Gere spielen. Sie ging weiterhin zum Schauspielunterricht. Nachts lebte sie nur für Luis und die Liebe.
»TV ist für alte Stars«, gestand sie Sue, ihrer Agentin. »Die Zukunft liegt beim Film, und da will ich hin.«
Jede der sechs Frauen hatte ihre eigene Methode, die furchtbare

Wartezeit durchzustehen. Drei Wochen konnten eine Ewigkeit sein, und so lange würde es dauern, bis die Chefs der Sendeanstalt ihre Entscheidung verkündeten.
Pandora flog nach Las Vegas und besuchte ihren derzeitigen Freund, einen jungen Komödianten aus Neuengland. Sie lag entweder mit ihm im Bett oder stand fasziniert an den Black-Jack-Tischen.
Chloe war in das Strandhaus übergesiedelt. Sie machte lange Spaziergänge am Meer und überlegte dabei, wie sie ihre Zukunft gestalten würde, falls sie die Rolle nicht bekam. Die Ehe mit Josh war gescheitert. Ihre Rechtsanwälte kümmerten sich bereits um die Scheidung. Wenn es sich nicht vermeiden ließ, telefonierten Chloe und Josh. Es hätten Gespräche zwischen flüchtigen Bekannten sein können: Er erzählte ihr von seiner neuen Platte und seiner ihn ausfüllenden Arbeit an dem neuen Szenario für sein Londoner Stück.
Nach dem Abendessen ging sie meist gleich zu Bett, sah sich nervös Auszüge verschiedener TV-Programme an und verglich sich mit Farrah, Jackie, Cheryl, Stefanie und Angie – was sie nur noch mehr deprimierte.
Eines Tages rief Johnny Swanson an und lud sie ein, mit ihm auszugehen. Was soll's, dachte Chloe, er schien ganz nett zu sein. Es war doch eigentlich egal, daß er zehn Jahre jünger war als sie. Ältere Frau – jüngerer Mann, das war ja ›in‹.
Johnny fuhr in einem schwarzen 911er Porsche Turbo am Strandhaus vor. Natürlich besaß er einen schwarzen Porsche, das Phallussymbol schlechthin. Chloe mußte einfach lächeln. Amüsiert stellte sie auch fest, daß Johnny den Wagen wie ein Minibüro ausgestattet hatte. Neben dem Fahrersitz befand sich das neueste Funktelefon mit einer Selbstwählautomatik für fünfundzwanzig Nummern. Über der Sonnenblende hatte Johnny ein Mikrofon angebracht, damit er selbst in Tunnels bequem telefonieren konnte. Die vier optimal plazierten Lautsprecher der High-Tech-Stereoanlage verstärkten Chloes sanfte Stimme in ihrem Lied »From this Moment On«.

Chloe lächelte, wider Willen. Er wußte, wie er eine Dame bezaubern konnte. Nach ihrem Song spielte er ihr Lieblingsalbum, eine alte Aufnahme von Cole-Porter- und Gershwin-Klassikern. Johnny hatte Stil und ging das Ganze sehr geschickt an. Sie betrachtete sein Profil, mit den blonden Locken über dem Kragen des schwarzen Polohemdes, und mußte sich gestehen, daß er auch noch attraktiv war.

Hinten im Wagen, an der Lehne des Vordersitzes, waren ein kleiner Fernsehapparat und eine wohlbestückte Bar sowie ein Minikühlschrank installiert.

»Ein Drink?« fragte Johnny. Er bog links auf den Pacific Coast Highway ab.

»Nein danke«, antwortete Chloe. »Keine gute Idee im Auto.« Ihr war Joshs Ärger mit der Polizei eingefallen. »Die Sheriffs bringen Ihnen nicht viel Verständnis entgegen, wenn sie Sie mit Alkohol am Steuer erwischen.«

»Keine Angst, meine Süße, mein Onkel ist hier unten Polizeichef«, lachte Johnny. »Hier, nehmen Sie.« Er bot ihr einen fachmännisch gerollten Joint an.

»Nein danke.« Chloe kam sich ziemlich altmodisch vor. Obwohl sie jahrelang mit Rockstars und Musikern zusammengearbeitet hatte, haßte sie Drogen noch immer.

Chloe war auch schon lange nicht mehr mit einem Mann ausgegangen – seit über zehn Jahren nicht mehr, vor Josh ... Sie kam sich merkwürdig vor – und uralt. Johnny schien es nicht zu stören, daß sie nicht rauchen wollte. Er redete freundlich weiter, bis sie an einem einladend aussehenden Restaurant in einer kleinen Straße hinter dem Topanga Canyon anhielten. Der Besitzer kannte Johnny gut und begrüßte ihn überschwenglich. Johnny war ganz relaxt und sprach die meisten Kellner mit Namen an. Während des Dinners fühlte sich Chloe mehr und mehr zu ihm hingezogen. Trotz seines Draufgängertums war er reizend: geistreich, charmant, lebhaft, gutaussehend – eine ganze Reihe erfreulicher Eigenschaften. Sein Humor erinnerte sie an Josh, an den Josh vergangener Zeiten. Er war sehr jung, aber was soll's? dachte

Chloe. Nachdem sie zwei Flaschen Champagner getrunken hatten, fühlte sie sich selbst verjüngt und beschwingt.

Arm in Arm gingen sie hinaus in die kühle kalifornische Nacht.

»Schau – Sterne. Vielleicht geht die Welt zugrunde«, sagte Johnny. »Ich habe schon Jahre keine Sterne mehr in Kalifornien gesehen.«

»Wo ist der Smog? Los Angeles ist nicht Los Angeles ohne Smog«, stimmte Chloe zu. Sie war aufgekratzt und unbeschwert, als wäre ihr eine Last abgenommen worden. Johnny gefiel ihr immer besser, trotz seines Rufes als Weiberheld. Nun, sie war eine reife, erwachsene Frau, nicht mehr jung und naiv wie damals bei Josh. Niemand konnte ihr weh tun, egal, was passierte.

Sie würden nach ihren, nach Chloes Regeln spielen.

Er hielt in ihrer Einfahrt, und sie bat ihn zu einer Tasse Kaffee herein.

»Ich trinke nie Kaffee«, sagte Johnny und hielt ihr galant die Tür auf. Er hatte den burschikosen Charme eines englischen Schuljungen. »Aber ich nehme einen Cognac oder einen Armagnac, wenn Sie erlauben.«

Sie saßen vor dem flackernden Kaminfeuer, tranken Armagnac und unterhielten sich. Sie hatte das Licht ausgeschaltet, und durch das große Fenster konnten sie den sternenübersäten Himmel sehen. Sie erzählten sich viele persönliche Dinge – würden sie sich vielleicht eines Tages an gemeinsame Erlebnisse erinnern? Irgendwann berührten seine Lippen die ihren, und sie erwiderte den Kuß. Sein Mund war süß, er bedrängte und verführte sie. Johnny berührte ihr Gesicht und dann ganz leicht die Knöpfe ihrer Seidenbluse. Es war unendlich lange her, daß Chloe so hingebungsvoll gestreichelt worden war. Es war so süß und zärtlich.

Als Josh ihr in den Sinn kam, wollte sie sich Johnny entziehen.

Es war nicht richtig. Nein, es war falsch, ganz falsch! Er war zu jung für sie. Die Sache mit Josh lag noch nicht lange genug zurück. Sie war noch nicht fertig damit. Er würde den Jungs im Ma Maison davon erzählen, er würde mit ihr angeben. *Josh*, schrie eine Stimme stumm in ihrem Inneren. Josh, Josh, ich will das hier doch gar nicht. Ich will dich. Sie wollte Johnny wegschieben, aber sie wußte auch, daß es lächerlich wäre. Sie verhielt sich mit ihren vierzig, als wäre sie ein Teenager. Sie knutschte, als wäre sie vielleicht sechzehn. »Nein, Johnny, nein, ich kann nicht.« Sie schob ihn weg, seinen zärtlichen Mund und seine geübten Hände, mit denen er gerade vorsichtig ihren Rock hochschieben wollte.

»Warum nicht?« Seine Stimme klang heiser. Er drängte sie stärker und küßte sie weiter, schien zu spüren, wo sie geküßt werden wollte. Seine Lippen entzündeten ein Feuer in ihr.

Sie war wehrlos. Sie begehrte Johnny. Sie war ganz schwach. Monate war sie schon nicht mehr mit Josh zusammengewesen. Diese dritte Trennung war scheinbar endgültig. Sie war zwar nicht in Johnny verliebt, aber er war attraktiv, und er erregte sie.

Warum nicht? Sie spürte, wie es sie nach ihm verlangte. Sie wollte, daß er sie jetzt sofort nahm. Ihr Verlangen verzehrte sie fast.

Es schien ihr töricht, ihn abzuweisen. Gib nach, dachte sie. Laß dich gehen. Denk nicht an morgen. Denk nicht an Josh. Denk nicht an das Gerede der anderen. Sie dachte an Josh, als sie sich von Johnny zum Bett tragen ließ.

Während der schier endlosen, sich über Wochen hinziehenden Wartezeit ging Emerald jeden Abend aus. Da sie noch immer sehr beliebt war, erhielt sie unzählige Einladungen, zu Partys, Lunchs und Premieren. Keine einzige Einladung schlug sie aus. Sie plünderte ihr ohnehin mageres Bankkonto und kaufte ständig neue Kleider. Ihr Businessmanager verzweifelte fast, aber sie lächelte nur begeistert und kaufte weiter ein.

Sissy kasteite sich rigoros. Mit einer neuen chinesischen Diät nahm sie noch einmal drei Pfund ab. Sie durfte nur Seetang, Reistörtchen und Kiwis essen. Zudem joggte sie morgens immer und machte Yoga- und Gymnastikübungen. Nachmittags hing sie am Telefon und unterhielt sich mit Daphne und Robin Felix, ihrem Agenten, über ihre Chancen hinsichtlich der Rolle.

Rozalinde Lamaze verbrachte viel Zeit in ihrer sonnigen, kleinen Küche und widmete sich dort zwei ihrer Lieblingsbeschäftigungen: dem Kochen und den Seifenopern der spanischen Sendeanstalt auf Kanal 8.

Es roch sehr gut – sie briet gerade Bohnen und Reis an. Rozalinde konnte es kaum erwarten, mit ihrer jungen Nichte Angelica zu essen und anschließend Angelica selbst zu vernaschen. Sie setzten sich in die kleine Eßecke und verfolgten über ihre Tellerränder hinweg fasziniert Lolita Lopez' Gefühlsausbrüche. Lolita war in den fünfziger Jahren ein großer mexikanischer Star gewesen. Jetzt spielte sie in *Mis Niños y Mis Hombres*, einer bei der mexikanischen Bevölkerung von Los Angeles sehr beliebten Seifenoper.

Rozalinde genügte es, in ihrem Haus herumzuhantieren. Sie war eigentlich eine ganz einfache Frau – ihre sexuellen Bedürfnisse ausgenommen. Aber die Umarmungen ihrer zahlreichen Liebhaber der letzten Jahre hatten sie allmählich gelangweilt. Das Gewicht der schweren Körper, der keuchende Atem, das schwitzende Fleisch und der Geruch von Alkohol und Tabak hatten sie zuletzt abgestoßen.

Seit einiger Zeit hatte sie jedesmal, wenn sie einen Mann an sich heranließ, gehofft, wieder jene gewisse Erregung zu spüren, aber sie hatte nichts empfunden. In der Situation hatte sie den Mann dann sofort ungeduldig weggeschickt und mehr Vergnügen durch ihre eigenen Finger gefunden. Aber auch das befriedigte sie nicht lange. Als Angelica, ihre süße, kleine, achtzehnjährige Nichte, bei ihr einzog, fand sie zu ihrer Begeisterung heraus, daß sie beide mehr teilten als eine Vorliebe für gebratene Bohnen und Seifenopern auf Kanal 8. Es war schon lange nichts mehr so schön gewesen wie in jenen leidenschaftlichen Nächten, in denen sie nun behutsam jeden Zentimeter ihrer Körper ertasteten.

Chloes Agent hatte sie angerufen und ihr mitgeteilt, daß Dionne Warwick plötzlich krank geworden sei und nicht im Empire Hotel in Las Vegas auftreten könne. Chloe war überglücklich, für Dionne einzuspringen. So konnte sie sich auch Johnny entziehen. Er bedrängte sie und nahm sie zu sehr in Anspruch. Sie konnte ihm nicht so viel geben. Außerdem stellte sie fest, daß er sehr schnell seine Anziehungskraft eingebüßt hatte, so schnell, daß es ihr fast den Atem raubte. Was für sie nicht mehr als ein kleines Zwischenspiel gewesen war, um über Josh hinwegzukommen, bedeutete Johnny weit mehr ... und nun wollte er sie viel öfter sehen als sie ihn.

»Wenn du wieder singst, wirst du Miranda und die Entscheidung der Sendeanstalt vergessen, meine Liebe«, beruhigte Jasper Chloe.

»Du hast recht, Jasper. Das Warten ist selbst für meine stählernen Nerven ein wenig zuviel«, sagte Chloe dankbar.

»Kannst du übermorgen reisen?« Er klang besorgt. »Du mußt für die Neun-Uhr-Vorstellung bereit sein.«

»Was?« stieß Chloe hervor. »Jasper, ich weiß, wir sind beide Engländer, und wir sind unschlagbar, aber, mein Freund: Ich habe seit meiner Tournee keine Note mehr gesungen.«

»Das ist doch erst einen Monat her«, meinte Jasper besänftigend. »Wenn du am Donnerstag um eins in Burbank in das Flugzeug der Gesellschaft steigst, kannst du schon ab drei im Copa Room proben. Du kannst dir vier Stunden lang das Herz aus dem Leib singen. Das reicht doch mit Sicherheit für meine Nachtigall mit den silbernen Stimmbändern?«

»Ach, Jasper, Blödsinn!« Aber gegen ihren Willen mußte Chloe lächeln. »Es könnte ja eigentlich sehr aufregend werden! Zumindest werde ich keinen einzigen Gedanken an die verdammten Probeaufnahmen verschwenden!«

»Gut, gut. Ein kluges Mädchen«, meinte Jasper zuversichtlich. »Außerdem kriegen wir eine hübsche Stange Geld vom Hotel, meine Liebe. Nicht ganz soviel, wie Dionne bekäme, klar, aber immerhin fünfundvierzigtausend pro Woche. Was sagst du dazu, hm?«

»Nun, damit kann ich mich über Wasser halten, und bei Valentinos wird's mir auch weiterhelfen.« Chloe ging in Gedanken

bereits ihre Garderobe durch. »Okay, Jasper, ich muß packen. Wir treffen uns am Flughafen.«
Chloe packte ihre Koffer schnell und ohne zu zögern. Zwanzig Jahre auf Tournee hatten sie gelehrt, blitzschnell das Nötigste zu packen. Kritisch überprüfte sie ihre perlenbesetzten Kleider. Sie ging die anderen Stangen durch und wählte mit erfahrenem Blick die passende Garderobe aus. Da war zunächst mal ein mit roten Schmelzperlen besetzter Rock von Bob Mackie, bis zum Oberschenkel geschlitzt, dazu passend ein rückenfreies Oberteil, gleichfalls mit roten Perlen bestickt. Dann ein fleischfarbenes Chiffonkleid von Nolan Miller, dessen wattierte Schultern von wunderbar applizierten Blumen noch betont wurden. Zusätzlich ein weich fließendes, schwarzes Seidenjersey von Chanel mit gekräuselten Ärmeln, abgesetzt mit schwarzem Fuchspelz. Von Valentino ein langes, weißes Spitzenkleid mit Bergkristallen und Perlen, dessen meisterhafter Schnitt die einfache Eleganz des Kleides noch unterstrich. Damit war ihre Bühnengarderobe vollständig. Chloe sah sie noch einmal durch, während sie auf ihr Mädchen wartete, das die schwarzen Schrankkoffer bringen sollte.
Dann ging sie systematisch die zwei Stangen voller kurzer, legerer Abendkleider durch. Es waren Kleider und Anzüge, in die sie nach der Show schlüpfen konnte, wenn sie zum Essen ausgehen oder sich in den Casinos von Las Vegas vergnügen wollte. Drei Anzüge von Saint Laurent und von Bruce Oldfield, zwei oder drei von Versace, einen von Donna Karan und ihr Lieblingskleid aus schwarzer Nadelspitze. Sie hatte es selbst entworfen und von Freddy Langlan schneidern lassen. Reichte das für zwei Wochen? Sie konnte sich auf keinen Fall zweimal im selben Kleid sehen lassen. Die Vorstellung, Sinatra träte im Caesar's Palace auf! Dann wäre auch Barbra dort. Las Vegas war nur eine kleine Stadt. Sie würden alle jeden Abend auf denselben Partys erscheinen. Aufgepaßt: Besser zuviel mitnehmen als zuwenig!
Sie nahm schnell noch zwei kurze Kleider aus dem Schrank, eines von Karl Lagerfeld und eines von Anthony Price, und wies Ma-

nuela an, die richtigen Accessoires zu packen, die ordentlich unter jedem Kleid in Schachteln verstaut waren. Chloe hatte einen Kleiderschrank mit System – sie hielt jedes Kleidungsstück für eine Investition und behandelte es dementsprechend.
Chloe lud sich den Arm voll mit Pullovern, Röcken und Blusen, warf sie auf das Bett und ging an ihre Schmuckschubladen. Eine kleine Kommode voller Minischubladen enthielt ihre umfangreiche Modeschmucksammlung. Chloe wollte sich nicht um echten Schmuck sorgen müssen. Sie trug immer Modeschmuck – mit zwei Ausnahmen: ihren Saphirdiamantring und eine mit Diamanten besetzte Armbanduhr von Boucheron. Ihre Kollektion war teuer und viel bewundert.
Manuela hatte die Ballkleider und Accessoires eingepackt und legte die übrigen Kleidungsstücke in die großen schwarzen Koffer.
Heute morgen hatte Johnny angerufen und irgend etwas von einer Verabredung mit Richard Hurrel in der Sporthalle und von einem Lunch danach mit den Jungs im Ma Maison erzählt.
Chloe rollte ihr Haar auf heiße Wickler und trug Make-up auf. Sie versuchte, Johnny in der Sporthalle anzurufen, aber dort war er nicht. Im Ma Maison war er auch nicht. Dort erwartete man ihn um halb zwei. Also hinterließ sie eine kurze Nachricht bei seiner Sekretärin.
»Wo gehst du hin?« Sally war hereingekommen, wie immer ohne anzuklopfen. Sie trug ihren neuen Punk-Haarschnitt und ihre ewige sarkastische Feindseligkeit zur Schau.
»Was machst du denn hier?« fragte Chloe so ruhig wie möglich.
»Ich hole mir noch ein paar Sachen. Daddy hat mir ein Apartment in den Wilshire Towers gekauft, und ich richte es selbst ein.« Sie berührte eine von Chloes Gallé-Vasen und schüttelte sich angewidert. »Natürlich modern. Nur das Neueste vom Neuesten.«
»Wie schön«, sagte Chloe gefällig und hoffte von ganzem Herzen, daß Sally bald gehen würde.
Sally hatte ihre Haare fünf Zentimeter über den Ohren wegrasiert. Die übrigen Haare waren rabenschwarz und silbern gefärbt

und so mit Spray bearbeitet, daß sie in fünfzehn Zentimeter langen Zacken gerade vom Kopf abstanden. Lidschatten und Lippenstift waren dunkellila. Ihre Aufmachung, fand Chloe, war schlichtweg unglaublich – ein dunkellilafarbener Rock aus synthetischem Material, kaum lang genug, ihre Scham zu bedecken, silberne Leggings über silbernen, gehäkelten Strumpfhosen und ein sehr großer, lavendelfarbener Mohairpulli, unter dem der Rock fast verschwand. Um ihren Hals hing ein über zehn Zentimeter großer gekreuzigter Christus an einer blinden Silberkette. Zwischen den Haarzacken schienen schwarze Fledermäuse zu sitzen. Am einen Ohr trug sie eine schwarze Gummischlange, wie man sie für fünf Cents im Spielzeugladen kaufen konnte, am anderen Ohr glitzerte einer von Chloes teuersten Bergkristallohrringen von Dior. Chloe hatte den Eindruck, daß Sally high war – und es war doch erst elf Uhr morgens!

»Also, wo gehst du denn hin?« Sally wühlte die Schubladen von Chloes Wäscheschrank durch und nahm, während sie redete, Chloes Unterwäsche in die Hand und warf sie auf den Boden.

»Vegas«, stieß Chloe zwischen den Zähnen hervor. Sallys Verhalten stieß sie ab, aber sie wollte sich nicht provozieren lassen.

»Ein Engagement?«

»Ja, zwei Wochen im Empire in Vegas.« Chloe kämmte kräftig ihre Haare aus, beobachtete aber dabei, wie Sally den Badezimmerschrank öffnete und dessen Inhalt inspizierte.

Sie konnte ja wohl kaum einen Teenager auf die Straße setzen.

»Nun, es wird auch besser sein, wenn du dich auf deine musikalische Karriere konzentrierst«, sagte Sally und machte eine Grimasse. »Es sieht ja nicht aus, als ob du die Rolle bekommen würdest.«

Chloe war ganz ruhig und beendete ihr Make-up. Sie war wild entschlossen, sich von dem gemeinen kleinen Mädchen nicht aus der Fassung bringen zu lassen. »Wie kommst du denn darauf, Sally?«

»Das steht doch heute in der Zeitung. Hast du sie noch nicht gelesen?«

»Nein. Sag du mir doch einfach, was drinsteht, meine Liebe. Ich muß schließlich mein Flugzeug noch bekommen.«
»Army erwähnt es in seiner Kolumne. Er sagt, daß Rozalinde Lamazes Chancen sehr – sehr! – gut stünden.« Sally holte die Zeitung. »Hier.«
Chloe überflog die Kolumne und ließ das Blatt traurig sinken, riß sich aber sofort zusammen. »Reine Spekulation«, sagte sie energisch und sah gleichzeitig nach, ob sie ihre Maskottchen in der Hermes-Handtasche aus Krokodilleder hatte.
»Sicher!« Sally grinste. Der Diamant in einem ihrer Vorderzähne blitzte. »Viel Glück in Vegas, Chloe. Bis demnächst.«
Chloe war nicht entgangen, daß Sally ein Röhrchen Valium, einen malvenfarbenen Schal und vier silberne Armreifen mitgenommen hatte.
»Die Limousine ist hier, Miss Carriere«, sagte Manuela. »Der Chauffeur kommt hoch und holt die Koffer.«
»Ja, bitte«, meinte Chloe. »Ich bin soweit.« Sie holte tief Luft und ging schnell die Treppe hinunter.

Rozalinde las die Kolumne und lächelte. Ihr neuer Presseagent hatte Wort gehalten.
Sie hatte zugesagt, mit seiner Firma einen Vertrag über monatlich dreitausend Dollar abzuschließen, wenn sie sie innerhalb einer Woche in Army Archerds wichtige Kolumne bringen würde. Nun, es war der Firma gelungen. Sie war die dreitausend Dollar also wert. Rozalinde rief ihren Manager an und bat ihn, den Scheck auszustellen.
Sie betrachtete ihr Bett. Eine Seite war leer. Angelica verbrachte das Wochenende bei ihrer kranken Mutter in Mexico City. Rozalinde hatte also drei Tage Zeit, sich zu bräunen. Sie räkelte sich in ihren zerwühlten, geblümten Laken. Vielleicht kriege ich ja tatsächlich die Rolle, dachte Rozalinde. Sie hatte weiß Gott genug Ave Marias gebetet und Sünden gebeichtet. An manche hatte sie sich kaum mehr erinnern können. Und letzten Sonntag in der Kirche hatte sie zusätzlich dreißig Kerzen für die Jungfrau Maria

und das Jesuskind angezündet. Wenn Religion und Aberglaube etwas ausrichten konnten, dann hatte sie die Rolle der Miranda schon in der Tasche.

Calvin las die Kolumne einmal, zweimal, dreimal. Er schüttelte sich vor Zorn. Was waren diese Hollywood-Fritzen nur für Trottel? Erkannten die denn keinen Star, wenn er vor ihnen stand? War es die Möglichkeit, daß sie diese schönste und talentierteste aller Schauspielerinnen der Welt einfach übersahen? Was zum Teufel brachte sie dazu, jemanden wie Rozalinde, diese aufgeblasene mexikanische Tante, überhaupt in Erwägung zu ziehen? Welch ein Frevel! Es war eine Schande und eine Beleidigung für Emerald.

Calvin war jetzt jede Nacht mit den Fotojournalisten unterwegs. Wenn sie von Partys, Premieren oder Eröffnungen erfuhren, lungerten sie wie Wölfe vor Spago, Mortons oder Chasens herum und warteten auf die Stars.

Calvin war die letzten zwei Wochen kaum enttäuscht worden – Emerald war ständig auf Achse. Sie war sehr unsicher, was die Bewertung ihrer Probeaufnahmen ergeben würde, und so nahm sie jede Gelegenheit wahr, sich in der Lametta-Stadt zu vergnügen und abzulenken.

Emerald hatte wieder zu trinken begonnen. Sie war sehr wütend auf sich selbst, weil sie nicht genug Willenskraft bewiesen hatte, aber sie konnte einfach nicht anders. Sie mußte diese verdammten Probeaufnahmen vergessen. Vergessen, wie sehr sie diese Rolle brauchte. Vergessen, daß sie trotz ihrer Villa und ihres tollen Schmucks fast pleite war. Vergessen, daß sie über vierzig war und nach den vielen Scheidungen nicht gerade als gute Partie galt. Sie stürzte sich mit Begeisterung ins Gesellschaftsleben und bemerkte den mageren, dunkelblonden Mann gar nicht, der sie ständig beobachtete – in jedem Restaurant, auf jeder Party und bei jeder Eröffnung. Calvin war immer da und betrachtete Emerald durch sein Objektiv. Er hielt jedesmal die Luft an, wenn er ihre blonde, liebenswürdige Schönheit fotografierte.

Sein Zimmer war zu einem regelrechten Emerald-Schrein geworden. Die Wände waren vollständig mit Filmplakaten von ihr bedeckt, und dazwischen hingen über zweihundert Einzelaufnahmen von Emerald. Viele davon hatte Calvin selbst gemacht. Dicke Bilderalben stapelten sich in den Regalen, neben den siebzehn Büchern, die bisher über Emeralds Filmkarriere und ihr noch interessanteres Privatleben verfaßt worden waren.
Er hatte sogar eine der Emerald-Puppen, die die amerikanischen Mädchen so geliebt hatten – damals, in den dreißiger Jahren, als Emerald der Kinderstar war, und auch noch 1942, als sie ein Kassenschlager war. Die Puppe war fast ein Meter groß. Sie hatte lange blonde Locken und große, runde grüne Augen mit dichten braunen Wimpern. Ihre Lippen waren wunderschön gemalt. Die kleinen Porzellanhände schmückten rosa lackierte Fingernägel. Zu der Puppe gehörte eine weiße Tragetasche und eine dreiteilige Garderobe, vom gelbweiß gestreiften Badeanzug mit dünner Gummibademütze und einem Frotteemantel bis zum grünen, gekräuselten Partykleid. Mit Hilfe eines grünen Kammes und einer grünen Bürste konnte man die Emerald-Puppe frisieren. Sogar ein Spiegel gehörte dazu.
Manchmal kämmte Calvin der Puppe die Haare. Er hielt dann die Locken in den rauhen Händen und sprach mit ihr. »Du bist Miranda, mein liebes Mädchen. Nur du, sonst niemand.« Liebevoll zog er dann die Puppe um, streichelte ihren glatten, geschlechtslosen Körper, stülpte die kleinen Baumwollsocken über ihre Füße und zog ihr die kleinen, schwarzen Mary-Jane-Schuhe an.
Er liebte diese Puppe. Aber Emerald liebte er noch viel mehr.

13

Rozalinde sah noch einmal in den Rückspiegel ihres BMW. Sie war nicht sicher, aber sie glaubte, daß ihr dieses Auto schon den ganzen Heimweg vom La Scala bis hoch in den Mulholland Drive gefolgt war. Dort überholte sie jetzt der Fahrer und verschwand mit rasender Geschwindigkeit um die Kurve. Was für eine dumme Einbildung. Weshalb sollte er sie verfolgen? Aber während sie den langen, kurvenreichen Canyon hochfuhr, war da doch eine innere Stimme, die ihr zuflüsterte: »Sei vorsichtig!«
Aus dem Kassettenrecorder drang John Lennons »Imagine«. Sie mußte an seinen Tod denken – vor so kurzer Zeit erst war das gewesen, und so plötzlich ... Das könnte auch mir passieren, dachte sie. Jedem von ihnen. Robert Redford zum Beispiel, weil er sich für Sonnenenergie und Energiesparen engagierte. Jane Fonda, weil sie mit ihren radikalen Ideen nicht überall auf Gegenliebe stieß ... Es konnte jedem passieren, auf den es ein Verrückter abgesehen hatte. Ihr auch, und zwar nur, weil sie ein Star war. Sie zitterte, obwohl es im Auto warm war. Rozalinde hielt vor ihrer Villa im Mulholland Drive.
Warum hatte sie dieses Riesending aber auch haben müssen? fragte sie sich. Sie blieb im Auto sitzen und betrachtete die unheimlich wirkenden Konturen ihres Hauses. Warum hatte sie eigentlich nie daran gedacht, einen Leibwächter einzustellen? Heutzutage hatte doch jeder einen.
An diesem windigen Abend sah die Villa aus wie ein Phantasiegebilde aus der Feder Edgar Allan Poes: eine graue Steinfassade, an der Sturmböen schwere, schwarze Wolken vorbeijagten. Santa-Ana-Wind. Die Palmen bogen sich ganz tief. Seltsames Zeug flog um das Haus – Vögel? Blätter? Fledermäuse? *Ihr* Haus, den Klauen eines drogenabhängigen Ex-Gatten und seines tobenden Beverly-Hills-Anwalts entrissen. Die elenden Kämpfe vor Gericht, die Bitterkeit und die ewigen Schlagzeilen in der Regenbogenpresse ... Dank irgendwelcher genialer juristischer Schachzüge gehörte die Villa jetzt ihr. War er es wert, dieser riesige

Haufen zinnfarbener Backsteine? Diese monströse Imitation einer einhundert Jahre alten Bauweise, in der sich die modernsten sanitären Einrichtungen des zwanzigsten Jahrhunderts befanden?
Sie stellte den Motor ab. Auf einmal war es ganz still. Der Wind wehte nicht mehr – typisch für Kalifornien. Es war eine stille Nacht, aber weiß Gott keine heilige – eher eine eine stille, schlimme Nacht. Sie hatte plötzlich Angst.

Durch ein kleines Fenster beobachtete Calvin vom Dachboden aus, wie Rozalinde zögerte, auszusteigen und ins Haus zu gehen. Dann hörte er sie die Autotür zuschlagen. Ihre Schritte klangen täuschend ruhig. Sie öffnete die Haustür und rief mit dünner Stimme: »Rosa, bist du zurück?« Sie hatte Rosa also freigegeben. Die Tür fiel ins Schloß. Sie war drinnen. Hier drinnen im Haus mit ihm, Calvin. Nur sie beide, dachte er, miteinander eingeschlossen . . .
Sie machte den Fernsehapparat in ihrem Schlafzimmer an. Er schlich sich die Treppe herunter und hörte die Toilettenspülung. Dann hörte er sie sprechen.
»Hi, Angelica.« Sie telefonierte. »Ich weiß, daß es verrückt ist, aber ich finde es irgendwie unheimlich heute abend.« Calvin lächelte in sich hinein. »Du fehlst mir, meine Liebe. Komm bald heim zu mir.«
Rozalinde lächelte, legte auf und aß eine Praline. Als Calvin die Tür zu ihrem Heiligtum aufstieß, sah sie erschreckt hoch.
»Was wollen Sie?« Ihre Stimme klang plötzlich wie ein Krächzen, ihre Pupillen wurden vor lauter Angst ganz groß, und sie zog ihre Decke hoch – als würde sie sich so schützen können.
Calvin stand an der Tür und spürte ihr Entsetzen. Er spürte, daß er sie in der Hand hatte. Seine bloße Gegenwart genügte.
»Nichts«, antwortete er langsam. »Ich will überhaupt nichts.« Er stand bewegungslos da und sah sich genau um. Es war alles rosa. Sie saß mit untergeschlagenen Beinen in ihre alte, rosafarbene Decke gehüllt. Ein dünnes Seidenhemd bedeckte kaum ihren

fülligen Körper. Hinter ihrem dunklen Lockenkopf stapelten sich Kissen mit aufgestickten Sprüchen: »Ein guter Mann ist schwer zu finden.« – »Glück bedeutet, einen Freund wie dich zu haben.« – »Ich erwache um fünf zum Leben.« Zwischen den Kissen lagen Steifftiere. Es war sogar ein alter Snoopy dabei.
Calvin machte einen Satz. Irgend etwas war an seinen Beinen vorbeigehuscht. Erst jetzt sah er die weiße Angorakatze. Sie war vom Bett gesprungen und hatte sich bis auf den Kopf unter dem Bettüberwurf verkrochen. Die Katze und Rozalinde starrten ihn voller Furcht an.
Rozalinde schluckte. Sie versuchte krampfhaft, sich ins Gedächtnis zu rufen, was sie einmal über Vergewaltigungen gelesen hatte. Wie man die Verbrecher von ihrem Vorhaben abbrachte, wie man entschlossen mit ihnen reden sollte. Man mußte ihnen zeigen, daß man stark war, stärker als sie, daß ihnen ihr Vorhaben nicht gelingen würde.
»Verzieh dich, verdammt noch mal! Mach, daß du rauskommst, Dreckskerl!« schrie sie mit einer Stimme, in die sie ihre ganze schauspielerische Fähigkeit packte. »Wie kannst du es wagen, hier hereinzukommen? Unbefugtes Betreten! Einbruch! Ich rufe die Polizei!«
Verzweifelt versuchte sie sich daran zu erinnern, wo der Sender für die Alarmanlage war. Die Polizei von Bel Air hatte ihr bei der Installation dieser neuesten Alarmanlage genaue Instruktionen gegeben: Das Warnsystem mußte beim Eintreten oder Verlassen des Hauses immer eingeschaltet werden! Aber sie hatte weder diesen Ratschlag befolgt noch den anderen: Im Haus war der kleine Sender mit dem roten Knopf immer am Leib zu tragen. Sobald er bedient wurde, löste er im Polizeihauptquartier Alarm aus. In etwa acht Minuten war dann Hilfe da. Sagte die Polizei. Doch es dauerte mindestens fünfzehn oder zwanzig Minuten, das wußte sie, denn sie hatte schon ein paarmal aus Versehen auf den Knopf gedrückt. Sie mußte weiter mit dem Irren reden! Wo, um Gottes willen, war dieser verdammte Knopf?
Mit der einen Hand hielt sie wie zum Schutz die Decke hoch, mit

der anderen tastete sie so unauffällig wie möglich unter den Laken, Heften und Kissen nach dem Alarmknopf.
Sie sah auf ihren Nachttisch. Die rosafarbene Marmorplatte war zugestellt mit den Sachen, mit denen sie sich meist im Bett vergnügte: ein halbvolles Weinglas, zwei Tassen mit abgestandenem Kaffee, ein Apfel, in den sie einmal hineingebissen hatte, Stapel von Briefen, Post von Fans, Fotos von ihr, Babyöl, volle Aschenbecher, der Rest eines Joints. Ach, jetzt einen Zug!
Es konnte gar nicht sein, daß *ihr* das hier passierte! Da entdeckte sie den Alarmknopf, fast ganz von einem Stapel Briefe verdeckt! Reden! Sie mußte reden, mit diesem Wahnsinnigen verhandeln. Er sah wirklich wahnsinnig aus – Schweiß lief über seine Stirn, seine Augen waren weit aufgerissen. Er hatte noch mehr Angst als sie, sagte sie sich. Aber das nützte ihr auch nichts.
Calvin fuhr mit der Zunge über die Lippen. Sie schmeckten vor Schweiß ganz salzig. Die Hure redete. Das Klopfen und Hämmern in seinem Kopf war so laut, daß er sie nicht hörte. Ihre Lippen bewegten sich, aber er konnte sie nicht verstehen. Während sie sprach, fiel das dünne Seidenhemd auf. Er konnte ihre Brüste, den Nabel und – das andere Ding sehen. Das, was ihn abstieß und doch auch erregte. Er wollte, ihre Hand würde ihn streicheln. Dann wieder ekelte ihn der Gedanke. Er verabscheute ihre Weiblichkeit, er haßte ihren feuchten, roten Mund, ihre hohen Brüste mit den braunen Brustwarzen. Sie redete immer noch, und jetzt langte sie auf ihren Nachttisch. Was machte diese Hure denn da? Sie hielt etwas in der Hand. Ein Radio? Einen Kassettenrecorder? Sie redete immer noch mit ihm. Sie lächelte und sah fast zufrieden aus. Hure. Dumme Kuh. Nutte. Sie sah ja beinahe aus, als wolle sie ihn verführen – so wie sie auf ihren Satinlaken saß, mit dem offenen Negligé. Sie streichelte ihren Teddybär und versuchte zu lächeln.
Plötzlich hörte er sie sprechen: »Du bist ein sehr gut aussehender Mann, weißt du das, Süßer? Wie heißt du eigentlich?«
Süßer! Sie nannte ihn ›Süßer‹! Diese abgebrühte Hure! Ein fremder Mann brach in ihr Haus ein, drang in ihr Schlafzimmer ein –

und sie lud ihn seelenruhig zu einem Schäferstündchen ein! Sie war eine Nutte, ein Luder. Daß die Produzenten sie überhaupt für dieselbe Rolle wie Emerald in Erwägung zogen, war eine abscheuliche Gemeinheit! *Sie* war abscheulich! Er ging ganz langsam auf sie zu. Das Klopfen in seinem Kopf setzte wieder ein. Er registrierte nur ihr Verhalten – ihr verführerisches Lächeln, ihre ruhige Stimme. Das Lächeln verschwand, je näher er ihr kam. Sie wimmerte.

»Bitte, tu meinem Gesicht nichts, bitte . . .« Ihre Stimme klang jetzt wie die eines kleinen, schwachen Mädchens.

»Deinem Gesicht?« Er hätte sie gerne ins Gesicht geschlagen, gerade weil sie sich so darum sorgte. »Was für ein Gesicht?« Er nahm eine große, bronzene Statue und schlug sie ihr mit aller Kraft in das zu ihm hochschauende, ihn anflehende Gesicht.

»Nein, bitte, nicht!« Blut lief über ihre Stirn. »Ich tue alles. Nimm mich, mach, was du willst, aber bitte, bitte, bring mich nicht um. Ich flehe dich an.«

»Du Hure!« schrie er und drückte ihr den Hals zu. Er fühlte, daß er vor lauter Blut ganz glitschig war. »Schlampe!«

Die Katze machte einen Satz zur Tür. Sie war geschlossen.

Als Calvin mit Rozalinde fertig war, starrte er den nackten, schönen Körper auf den Satinlaken an. Gegen seinen Willen war das Verlangen, sie zu nehmen, sehr stark. Er haßte sie nur noch mehr wegen dieses Gefühls, das sie in ihm erregte. Sie lag ausgestreckt da, merkwürdig erotisch mit ihrem leeren Blick und den schlaffen Gliedern – er konnte einfach nicht anders. Die Katze saß klein in der Ecke und miaute kläglich. Sie beobachtete Calvins Treiben mit der Toten. Als er sich von ihr wegriß, hörte er Polizeisirenen.

Bis die Beamten im Haus waren, war er verschwunden. Unter der Couch saß die Katze, die einzige Zeugin dessen, was sich hier abgespielt hatte.

Chloe starrte entsetzt auf die Schlagzeile: »ROZALINDE LAMAZE VERGEWALTIGT – ERMORDET!« Sie ließ die Zeitung sinken und

schüttelte ungläubig den Kopf. Rozalinde tot, grausam ermordet. Sie konnte es nicht fassen. Und was das Ganze noch schrecklicher machte, war die Drohung, die der Mörder mit Lippenstift auf die Leiche geschmiert hatte: »*Du bist nicht die letzte!*«
Chloe lief ein eiskalter Schauer den Rücken hinunter. Sie schob die pochierten Eier und den Grapefruitsaft weg. Der Hotelkellner hatte beides gerade gebracht, aber ihr war der Appetit vergangen. Im Fernsehen liefen Lokalnachrichten von Las Vegas. Sie ging mit der Fernbedienung die anderen Kanäle durch, um eventuell mehr in Erfahrung bringen zu können. Nach jeder Sendung wurden Nachrichten mit weiteren Einzelheiten über Rozalindes Tod eingeblendet. Verschiedene neue Anhaltspunkte und Informationen von guten Freunden und der Familie wurden ausgestrahlt. Fans mit tränenüberströmten Gesichtern beklagten vor den Kameras den tragischen Verlust.
Chloe war wirklich bestürzt. Sie hatte Rozalinde zwar nicht gut gekannt, aber vor wenigen Wochen erst war die Frau Gast in ihrem Haus gewesen. Sie wünschte, sie könnte mit Josh darüber reden. Er war immer ihr bester Freund gewesen. Sie hatten immer miteinander lachen, weinen und diskutieren können ... Aber Josh gehörte nun der Vergangenheit an. Sie sah auf die Boucheron-Uhr neben dem Bett mit den zerwühlten burgundroten Laken. Sie waren nicht in einer Nacht der Leidenschaft, sondern in einer schlaflosen Nacht in Las Vegas zerwühlt worden.
Es war jetzt ein Uhr mittags, also neun Uhr abends in London. Selbst wenn sie ihn anrief – was sie auch gar nicht durfte, denn ihr Anwalt hatte es ihr untersagt –, wäre Josh jetzt nicht zu erreichen. Er war bestimmt in einer seiner Kneipen in Chelsea oder Soho, zusammen mit den Jungs, seinen Kumpanen bei Trinkgelagen und anderen Orgien. Zweifellos hatte er mit allen wieder Verbindung aufgenommen und machte jetzt so weiter wie vor seiner Ehe mit Chloe. Er spendierte ihnen bestimmt Champagner, betrank sich und erzählte Witze, und die Jungs hingen förmlich an seinen Lippen. Denn er war ja ein Star. Er liebte eben die Kame-

radschaft unter Männern, die Witze über die Frauen, die Anekdoten über ihre Abenteuer, die sie erlebten, wenn sie betrunken waren.

Vergiß Josh, seufzte Chloe. Das Telefon läutete. Johnny Swanson mit dem neuesten Hollywood-Klatsch. Er wollte über den Mord an Rozalinde sprechen. »Sie fanden eine Streichholzschachtel aus irgendeiner Bar in Los Angeles. Aus irgendeiner Spelunke. Dort war Rozalinde mit Sicherheit nie. Also muß sie dem Killer gehört haben.«

»Woher weißt du das?«

»Von Onkel Van. Er ist mit dem Polizeichef von Los Angeles befreundet. Er ist überzeugt, daß sie den Verrückten bald finden.«

»Das hoffe ich auch.« *Du bist nicht die letzte.* Das klang so bedrohlich, daß Chloe unweigerlich erschauerte.

»Jedenfalls vermisse ich dich, meine Süße. Ich muß dauernd an dich denken«, sagte Johnny lieb. Er erwähnte natürlich mit keinem Wort den unterhaltsamen Abend, den er gerade mit einer heißen brasilianischen Schauspielerin verlebt hatte. Sie war nur eine Nacht in Los Angeles gewesen, um Werbung für ihren neuen Film zu machen. »Ich komme am nächsten Wochenende hoch und besuche dich, Liebling. Okay?«

»Okay, Johnny. Ich freu' mich drauf.« Sie saß in ihrem unordentlichen Bett und betrachtete ihr herzförmiges Gesicht in dem Spiegel über dem Bett. Würde sie das ewig an Josh erinnern? Könnte sie ihn doch nur zum Teufel schicken!

Sie nahm den Hörer von der Gabel und gab der Hoteltelefonistin eine Londoner Nummer. Sie würde mit Annabel reden, ihrer lieben Annabel, ihrem Baby. Danach ging es ihr immer viel besser ...

Rozalindes Schwester Maria hielt die Totenwache in ihrer Villa in Beverly Hills. Maria hatte einen erfolgreichen Filmproduzenten, Emanuel Siegal, geheiratet und sich vom ersten Augenblick an in Beverly Hills pudelwohl gefühlt. Die Totenwache dauerte fünf Tage. Chasens lieferte während der Zeit Speisen und Getränke –

für über zehntausend Dollar. Chuck Picks Parkdienst kümmerte sich von mittags zwölf bis Mitternacht um die Wagen und Limousinen. Drei Friseure von Beverly Hills pflegten rund um die Uhr die Trauergemeinde, das heißt besonders Maria, die junge, tiefbetrübte Angelica und die zahlreichen Kusinen und Tanten Rozalindes, die von überall aus Mexiko angereist waren.
Beinahe alle größeren Produzenten, Regisseure, Agenten und Stars Hollywoods erwiesen hier der Frau die letzte Ehre, auf die sie zu ihren Lebzeiten oft hochmütig herabgesehen hatten. Sie hatten Rozalinde nur alle wegen ihres Feuers und ihrer unbestreitbaren, für die Kinokassen immer sehr einträglichen Attraktivität einfach bewundern müssen. Viele von ihnen hatten Millionen mit Rozalinde verdient.
Rozalinde selbst wäre stolz gewesen, zu sehen, welche Leute ihr die letzte Ehre erwiesen – genau diejenigen nämlich, die sich in der Kantine kaum die Mühe gegeben hätten, sie zu begrüßen. Sie vergossen jetzt Krokodilstränen und gaben abgedroschene Phrasen der Trauer zum besten. Trotz ihrer Erfolge auf der Leinwand war Rozalinde nie richtig von der ›Gesellschaft‹ akzeptiert worden. Sie hatte immer etwas Verkommenes an sich. Fernfahrer, Arbeiter und Studenten hatten sie angebetet, aber die ›Gesellschaft‹ hatte sie nie in ihre Reihen aufgenommen. Rozalinde hatte das allerdings auch nie gebraucht. Ihr sehr abwechslungsreiches Sexualleben und ihre Karriere hatten sie völlig ausgelastet. Sie hatte immer nur mit der Achsel gezuckt, wenn ihre Schwester Maria bei ihr Interesse für die sogenannten besseren Kreise wekken wollte.
Die hier versammelten Gäste verrieten, daß Hollywood um seine Toten noch immer mit Stil und Pomp trauern wollte – als ob sich die Stadt für die lange zurückliegenden, wundervollen Partys der dreißiger, vierziger und fünfziger Jahre entschädigen müsse. Mit jedem Jahrzehnt hatte Hollywood weniger gefunkelt und geglitzert. Dennoch herrschte jetzt eine karnevalsähnliche Stimmung in dem gelben, mit Antiquitäten überladenen Wohnzimmer der Siegals. Erst letzten Monat war dieser Raum im *Architectural Digest*

erwähnt worden. Manny hatte sich pausenlos über die immensen Kosten beschwert. Aber jetzt stöhnte er nicht mehr, dachte Maria. Voller Stolz beobachtete sie Hollywoods Berühmtheiten an ihren reich gedeckten Büfetts.
Der Komiker Buddy Bridges, der zwischen zwei Vegas-Terminen eine Woche frei hatte, war jeden Tag da und unterhielt die Anwesenden mit solch gewagtem Geplapper, wie er das nicht einmal in der »Johnny-Carson-Show« oder in Las Vegas hätte wagen können. Es hatte sich herumgesprochen, daß die Siegal-Villa *der* Treffpunkt war – für diese Woche.
Sogar Sissy kam zur Totenwache, mit Krokodilstränen, Krokodillederschuhen und Krokohandtasche. Am Freitag abend, einen Tag vor der Beerdigung, hatte sie von Daphne, die bei den Siegals jeden Tag den interessantesten Klatsch des Jahres aufschnappte, gehört, daß sich ganz Hollywood dort die Tür in die Hand gab. Das stimmte tatsächlich. Sissy hatte sich auch gleich mit Menachem Golan in ein produktives Gespräch über einen möglichen Drei-Filme-Vertrag mit Cannon vertieft.
Bei der Beerdigung im Forest Lawn ging es chaotisch zu: Es wimmelte von hysterischen Fans, die Chips futterten und pausenlos mit ihren Instamatic-Kameras die Stars knipsten. Übereifrige Fotoreporter stapften für die verschiedenen Sensationsblätter rücksichtslos über gepflegte Gräber und Rabatten. Bei zweiunddreißig Grad bemühten sich schwitzende Polizisten, wenigstens ein gewisses Maß an Ordnung herzustellen. Und eine kleine Gruppe schwarz gekleideter Trauernder – Rozalindes Familie und gute Freunde von ihr – versuchte in diesem Tumult verzweifelt, Würde zu bewahren.
Vier TV-Crews preschten durch die Menge, und die Gaffer stolperten über die Kabel, weil sie vor lauter Staunen und Stieren nicht vor ihre Füße sahen. Ein paar hundert Meter weiter standen in der Allee vier Übertragungswagen vom Fernsehen. Dort hielten die Techniker geschickt die richtigen Szenen für den erbärmlichen Geschmack des nächtlichen Nachrichtenpublikums fest. Für sie zählte nur der Filmmeter. Aus diesem Grund wurden die

Menschen draußen herumgestoßen, der Rasen zertrampelt, auf die Gemüter keine Rücksicht genommen. Beerdigungen von Berühmtheiten bekamen mindestens fünfzehn bis zwanzig Sekunden in den ausführlichen Nachrichtensendungen. Es ließen sich gute Einschaltquoten mit ihnen ergattern, vor allem, wenn noch zusätzlich Kurzinterviews mit gefragten Persönlichkeiten zustande gekommen waren.

Chuck Waggoner, Moderator der CBS-Nachrichten und ein erfahrener TV-Mann, berichtete seit den letzten zweiundzwanzig Jahren bei großen Hollywood-Beerdigungen. Er trug einen dunkelgrauen Anzug und stand ernst am Rand der Menge. Die Trauergäste gingen langsam hinter dem Sarg her, hoch zu Rozalindes sonnigem, letztem Ruheplatz auf dem Hügel. Sie hatte nicht eingeäschert werden wollen. Vor zwanzig Jahren war sie entsetzt gewesen, als Marilyn Monroe in ein Krematorium gebracht worden war. Obwohl sie damals siebzehn war, hatte sie Maria erklärt, daß sie nach ihrem Tode einmal an einem schönen, sonnigen Platz begraben sein wollte. Maria hatte das nicht vergessen. Der schwere, bronzebeschlagene Eichensarg hatte neuntausend Dollar gekostet. Er wurde in das Grab hinabgelassen und mit dunkler Erde beworfen, und Maria weinte um ihre kleine Schwester, die die Sonne so geliebt hatte.

Calvin stand vor der Kirche bei den Fans und den Fotoreportern. Er trug ein T-Shirt mit dem Aufdruck »Universal City« und aß ein Eis. Er war sehr guter Dinge, ja, fast euphorisch. Er lächelte und redete mit den Fotografen, die sich alle ein wenig über die Gesprächigkeit des sonst eher schweigsamen kleinen Mannes wunderten.

Er fühlte sich wie Gott. Er hatte es geschafft! Er hatte seinem Idol den Weg geebnet. Jetzt würde die Sendeanstalt Emerald auswählen! Emerald, seine Göttin!

Er tat so, als fotografiere er auch die anderen Stars. Sie hatten sich alle in ihren Trauerkleidern für die Fotoreporter in Pose gestellt. Sabrina Jones war mit Luis Mendoza da. Sie sahen blendend aus zusammen, beide in Grau. Ihr blondes, natürlich fallendes Haar wehte in der warmen Pazifikbrise. Luis' dunkles Haar fiel ihm in die Stirn und betonte seine dunklen Augen noch. Die Fotografen umzingelten die beiden. Calvin drängte sich mit nach vorne. Er wartete auf *sie*. Er wußte, daß sie kommen würde. Und sie kam. Emerald sah sehr elegant aus in ihrem schwarzgrünen Seidenjersey, das sittsam zwei Zentimeter unter dem Knie endete. Sie trug schwarze Strümpfe mit Naht und einen großen schwarzen Strohhut auf dem platinblonden Kopf. Sie war in Begleitung von Sol gekommen, der eilends dafür aus New York hergeflogen war. Sol war froh, Emerald diesen Gefallen erweisen zu können, denn er verehrte sie noch immer sehr.

»Du kriegst diese Rolle, Emerald, meine Liebe!« flüsterte Calvin vor sich hin. »Du *bist* Miranda! Nur du kannst sie spielen!« Wenn sie nur wüßte, was er für sie getan hatte, dachte er. – Aber er war ja noch nicht fertig ...

Sissy sah sich die Nachrichtensendung um achtzehn Uhr an und mußte widerwillig zugeben, daß Emerald in ihrem phantastischen und doch dem Anlaß gemäßen Kleid umwerfend aussah. Bei Luis' Anblick verzog sie das Gesicht. Dieser aalglatte, mexikanische Angeber, dachte sie, trank einen Schluck Perrier und aß eine Zitronenscheibe.

Sie war gerade massiert worden. Ihre Haut fühlte sich straff an und kribbelte. Nach Svens Massagen war sie ganz entspannt. Vor ein paar Jahren hatte Sven sie nicht nur massiert. Es war ein sehr erotisches Erlebnis gewesen, vor allem, weil sie die Tür nur angelehnt hatte und wußte, daß Sam auf dem Heimweg war. Er hätte sie jeden Moment entdecken können: flach auf dem transportierbaren Massagetisch, ganz mit Babyöl eingecremt, die Beine in der Luft und dazwischen ein großer, blonder Schwede.

Das war das erste und das letzte Mal gewesen, daß Sven sie nicht nur mit seinen geschickten Fingern bearbeitet hatte. Nicht, daß er nicht gut war, aber Sissy zog Jungs vor, und Sven war mit seinen siebenunddreißig für ihren Geschmack einfach zu alt.

»Der beste Hengst der Stadt ist der schweigsame Schwede«, hatte Daphne Sissy einmal im Ma Maison gestanden. Anläßlich einer der vielen Geburtstage Daphnes hatten sie in Erinnerungen geschwelgt. »Vor etwa zehn Jahren. Es ist ja auch egal, wann genau. Du kennst ja mein Zahlengedächtnis. Da hatten wir mal 'ne kleinere – eigentlich war es ja eine größere Sache.« Sie kicherte. »Meine Liebe, er war einfach göttlich, muß ich schon sagen – gött-lich. Und was noch hinzukommt: Er redet nicht, weder über Geschäftliches noch über Politik, noch über Golf!« Daphne hatten Unterhaltungen mit Männern schon immer gelangweilt. Ihre Gesellschaft war wichtig, Männer waren wichtig, um gewisse Funktionen zu erfüllen. Das hieß für Daphne Geld und Sex. Aber sie bevorzugte zu jeder Zeit die Gesellschaft ihres eigenen Geschlechts, um die intimsten Gedanken auszutauschen – und wenn ihr eines noch mehr Spaß machte als Sex, dann war das Klatsch!

Die Tatsache, daß Daphne aus ihrem beträchtlichen Talent für Anspielungen, geflüsterte Geheimnisse und Gerüchte jetzt auch noch in einer lukrativen, in mehreren Zeitschriften erscheinenden Kolumne Kapital schlagen konnte, gab ihr sogar einen gewissen Einfluß in der Stadt – und sie begann, Geschmack daran zu finden ...

In ihren dicken, weißen Frotteemantel aus dem Ritz eingewickelt, las Sissy Daphnes neueste Kolumne. Sissy besaß eine ganze Sammlung von Bademänteln aus allen großen Hotels der Welt – eine Angewohnheit aus der Zeit, als das Studio noch die Rechnungen zahlte.

»Die lebenslustige, freiheitsliebende Rozalinde Lamaze wird ihren vielen treuen Freunden und Millionen Fans sehr fehlen. Unsere Stadt verabschiedete sich von dem sexy Vulkan in der sagenhaften Villa ihrer Schwester Maria und ihres Schwagers Emanuel Siegal. Emanuel zog mich ins Vertrauen und erzählte mir, daß Dustin Hoffman in seiner Neuverfilmung von *Moulin Rouge* die Rolle des Toulouse-Lautrec spielen werde. Diesen Film wird Manny nächstes Frühjahr in Paris drehen. Emanuels schöne, traurige

Frau, Maria, gestand mir, daß sie sich trotz der Umstände auf ihren Urlaub an der Côte d'Azur freuen. Sie werden dort in dem extravaganten Voile d'Or wohnen, ihren guten Freund Adnan Kashoggi auf seiner tollen Jacht, der ›Nabila‹, besuchen und an Lynn Wyatts alljährlicher, außergewöhnlicher Geburtstagsfeier teilnehmen.

Die hauchdünne, aber wie immer göttliche Sissy Sharp, sehr elegant in ihrem schwarzen Bill Blass, bedauerte den Verlust der Schönheit und des Talents einer Rozalinde. Sissy war gerade von der ersten inoffiziellen Vorführung ihres neuen Films *Lady Be Bad* gekommen. Der Film läuft nächste Woche im ganzen Land an, und es heißt, er sei sehr vielversprechend.

›Luis Mendoza wird mit diesem Film berühmt werden‹, meinte die stets generöse Sissy Sharp.

Leute wie Sissy gibt es nicht mehr viele. Ein wirklicher Star alten Hollywood-Formats. Schillernd, talentiert und rücksichtsvoll. Und eine der bevorzugten Kandidatinnen für die jetzt schon legendäre Rolle der Miranda in *Saga*.«

Sissy las den Artikel noch einmal und war sehr zufrieden, daß Daphne so nett über sie geschrieben hatte. Sie griff nach ihrem Sony-Recorder und teilte ihrer Sekretärin auf Band mit, daß sie Daphne einen Korb Orchideen senden solle.

Und dann waren es nur noch drei, dachte sie. Drei Schauspielerinnen, die für die Rolle der Miranda Hamilton geeignet waren. Arme, alte Rozalinde – sie würde Rozalinde auf jeden Fall nicht vermissen ...

Ihre verbleibende Konkurrenz waren jetzt nur noch diese britische Schnulzensängerin, diese blöde, und die untalentierte Emerald, Ex-Hollywood-Star und Ex-Kinderstar. Das konnte in den Augen der Bosse der Sendeanstalt ja wohl kaum als wirklich ernst zu nehmende Konkurrenz gelten – sie, Sissy Sharp, umjubelte Schauspielerin und Gewinnerin des Academy Award, war eindeutig die einzig Richtige für die Rolle der Miranda!

14

Am Tage nach Rozalindes Beerdigung war Emerald ganz traurig. Sie hatte Rozalinde gemocht. Zwar war die Mexikanerin jünger gewesen als sie, aber in den frühen siebziger Jahren waren sie gute Freundinnen gewesen.

Emerald fiel der unerträglich heiße Sommer ein, in dem sie beide zufällig im Byblos in Saint-Tropez gewohnt hatten. Emerald war gerade einmal nicht verheiratet und erholte sich von den Dreharbeiten in Spanien, wo sie nicht nur mit ihren beiden Filmpartnern, sondern auch mit dem Kameramann geschlafen hatte. Letzteres war ein guter Trick, um einem Mädchen viele großartige Nahaufnahmen zu garantieren. Rozalinde war auf Raubzug und konnte sich ihre Beute unter den Dutzenden von braungebrannten, gutaussehenden jungen Männern aussuchen, die selbst immer am Strand und in den Bistros und Discos nach Abwechslung Ausschau hielten.

Die zwei Frauen verstanden sich sehr gut. Emeralds sexueller Appetit war nicht so wahllos wie der Rozalindes – doch die lebhafte, immer ganz aktuelle Berichterstattung der Mexikanerin über ihre verschiedenen Abenteuer sorgte bei Emerald stets für Heiterkeit. Sie saßen dann auf Emeralds klitzekleinem Balkon – mit Blick auf das Mittelmeer – und genossen ihr Frühstück mit Croissants und Café au lait.

Emerald war Rozalindes Idol gewesen – und das zu einem Zeitpunkt, als Rozalinde in Mexiko noch zur Schule ging. So war denn die Jüngere auch begeistert, hier so nah neben ihr zu sitzen. Emerald genoß es, die ältere, erfahrenere Frau zu spielen, und teilte mit den Croissants auch Ratschläge aus und gab allerlei Weisheiten zum besten. »An einer Leidenschaft für Männer gibt's überhaupt nichts auszusetzen. Ich habe selbst ein paar geliebt, aber ich habe die meisten geheiratet oder mit ihnen zusammengelebt. Dein Fehler, mein Liebes, ist, daß du einfach viel zu offen bist.«

»Ich weiß, ich weiß«, sagte Rozalinde und verzog das Gesicht. »Ich

habe schon gehört, wie sie mich manchmal nennen. Das Tor von Mexiko! So eine Beleidigung! Haben sie denn jemals Errol Flynn oder Warren Beatty verhöhnt? Und die beiden liebten die Frauen wie ich die Männer. – Oooh! Sieh ihn dir an!« Rozalinde beugte sich plötzlich über die karmesinroten Bougainvilleas, um einen jungen Mann auf dem Sprungturm des Hotelschwimmbads zu begutachten. Er hatte kräftige Muskeln, war braungebrannt, und seine Männlichkeit zeichnete sich deutlich unter der Badehose ab. »Mhm, gar nicht übel! Was meinst du, Emerald?«
»Nein, nicht übel. Warum schnappst du ihn dir nicht, Tiger?« Emerald lachte. »Ich seh' dich dann nachher im Tahiti beim Lunch.« Als sie sich später trafen, hatte Rozalinde, wie immer, ihre Beute an Land gezogen. Sie, ein Filmstar, war damals sechsundzwanzig und sah blendend aus. Welcher normale junge Mann konnte ihr widerstehen?

Emerald seufzte. Das waren Zeiten gewesen! Sie war traurig, und wenn sie traurig war, halfen ihr nur zwei Dinge: einkaufen gehen oder Bekins einen Besuch abstatten.
Sie rief Sol an – und er kam und fuhr sie zu einem großen, häßlichen Gebäude auf der Western Avenue. Emerald hatte ihm zwar von dem Lagerhaus Bekins erzählt, aber er war noch nie mit ihr dort gewesen.
Die Angestellten kannten sie gut. »Guten Tag, Miss Barrymore«, sagte der Mann an der Eingangspforte höflich. »Es steht alles für Sie bereit.«
Mit einem uralten Frachtaufzug fuhren sie hoch in den dritten Stock und gingen durch mehrere Korridore, in denen sich auf beiden Seiten Pappkartons, Holz- und Metallkisten und Container in allen möglichen Größen stapelten.
Vor einer großen Tür mit Vorhängeschloß meinte der Wächter: »Nun, hier sind wir. Soll ich Sie jetzt alleine lassen, Miss Barrymore?«
»Ja, bitte.«
Der Mann verbeugte sich höflich und ging.

Sol wollte seinen Augen nicht trauen. In dem Raum standen Dutzende von Pappschachteln voller Kleider. Die Deckel waren abgenommen worden. In den Schachteln glitzerte und funkelte es im grellen kalifornischen Licht.

Emeralds Kleider, ihre Kostüme. Jedes einzelne, das sie jemals auf oder hinter der Bühne getragen hatte, wurde hier aufgehoben. Alle Schachteln waren sorgfältig beschriftet. »Ist das nicht großartig, Liebling?« Emeralds Augen leuchteten selig. »Sind sie nicht wunderschön?« flüsterte sie und strich liebevoll über Seide, Chiffon, Satin, Gingham – jedes nur denkbare Gewebe war hier vorhanden.

Sol nickte verwundert. Emerald hatte ihm gegenüber einmal erwähnt, sie bewahre »ein paar Dinge in einem Lager« auf, aber diese Sammlung hier war unglaublich umfangreich.

»Siehst du, von meinem ersten Film«, sagte sie leise. Auf der Schachtel stand »*Little Miss Marzipan 1940.* Columbia.«

Emerald nahm ein paar der kleinen, glitzernden Kleider wie in Trance heraus. »Ich war sechs«, hauchte sie. »Sechs Jahre alt.« Sie seufzte. »Schau, hier bin ich mit Mr. Douglas und Miss Goddard. War ich nicht süß?« Sie holte mehrere Fotos aus einer Mappe (im Deckel jeder Schachtel waren solche Fotomappen festgeklebt). Sie zeigte Sol das Bild. Sie war wirklich ein liebes, kleines Mädchen gewesen – ein blonder Lockenkopf, rundliche Backen mit Grübchen, ein perfekt geformter, kleiner Mund. Auf dem einen Foto trug sie das glitzernde Rüschenkleid, das sie gerade liebevoll in den Händen hielt. Der Anblick des lächelnden Melvyn Douglas und der strahlenden Paulette Goddard versetzte sie in Gedanken vierzig Jahre zurück. Damals hatten die beiden ihre Tante und ihren Onkel gespielt.

»Ich sollte in dem Film ein Musicalstar sein, und das war ich auch«, sagte sie leise. »Ich sang und tanzte, und keiner wollte glauben, daß ich erst sechs war. Sie hielten mich für eine fünfundzwanzigjährige Zwergin. Kannst du das glauben, Sol?« Sie lachte kurz, und Sol bildete sich ein, das süße, kleine Mädchen von damals in ihr zu erkennen.

»Miss Goddard war so gut zu mir«, flüsterte Emerald. »Sie zeigte mir, wie ich Lidschatten und Rouge auftragen mußte. Und sie hat mich immer ihr Parfum benutzen lassen. Es duftete ganz intensiv und sexy. *Je reviens* hieß es. Aus Paris hat sie es kommen lassen, fläschchenweise. Sie hat mir sogar ein Fläschchen geschenkt.«

»Hast du es noch?« fragte Sol. Seine direkte New Yorker Art wurde durch diese ihm merkwürdig fremde Emerald ganz gedämpft.

»Natürlich.« Emerald blitzte ihn mit ihren jadegrünen Augen an. »Komm mit.« Sie führte ihn in den nächsten Raum und öffnete eine der unzähligen dort gestapelten Schachteln. Alle waren sie etwas kleiner. In der ersten lagen Puppen, Teddybären und ganz kleine Steppschuhe.

»Schau nur!« Strahlend nahm sie ein leeres, dunkelblaues Fläschchen heraus, hielt es an die Nase und atmete tief ein. »Ich kann den Duft noch ahnen. *Je reviens.* Ich habe es zehn Jahre lang getragen. Paulette, ich meine, Miss Goddard, war wirklich lieb zu mir. Ich habe sie richtig geliebt.«

Emerald ging in den ersten Raum zurück zu einer Schachtel mit der Aufschrift »*Daisy Did It.* Fox. 1951.« Sie nahm Krinolinen heraus, wie sie damals von den Königinnen der High-School-Bälle getragen worden waren. »Janet Leigh und ich waren die Stars dieses Films.« Sie machte vorsichtig einen großen, braunen Umschlag auf. »Schau dir diese immense Berichterstattung an! Wir waren 1951 dreimal auf der Titelseite jeder Kinozeitschrift. Sieh doch, Sol! Jeder Teenager wollte aussehen wie wir.«

Sol betrachtete die beiden lächelnden blonden Mädchen, die in Turnschuhen und Blousons am Strand standen. Auf einem anderen Foto standen sie Seite an Seite in den gleichen, schulterfreien Abendkleidern neben einem jungen Robert Stack.

»Ich habe es sogar auf die Titelseite von *Life* geschafft.« Sie zeigte ihm eine Schwarzweißaufnahme einer lachenden, jungen Emerald, die in einem weißen Bikini am Strand kniete, den Kopf zurückgeworfen, das blonde Haar vom Wind zerzaust. Sie vermittelte ein Gefühl jugendlicher Sorglosigkeit.

»Da ist noch eins! Schau! Ins *Look* zu kommen war ein wahres Kunststück! Milton Greene machte dieses Foto.« Eine ernste, schmollende Emerald blickte gedankenvoll von der Titelseite jenes Magazins. Sie trug eine sittsam hochgeschlossene Bluse und einen breiten Ledergürtel, der ihre Wespentaille betonte.
»Warum, um Gottes willen, hebst du denn den ganzen Kram hier auf, Emerald?« Sol war verwirrt. Er war ein anspruchsloser Mann und gehörte der Wegwerfgeneration an: Was du nicht brauchst, wirf weg. Er fand es seltsam, daß Emerald so vieles hier aufhob. »Warum das Zeug lagern, meine Liebe?«
»Zeug? Zeug? Du dummer Hund! Das hier ist Hollywood-Geschichte! Niemand hat so was, niemand! Mary Pickford, Gloria Swanson, Greta Garbo, Joan Crawford, Liz Taylor, Lana Turner – keine von ihnen hat ihre Sachen aufbewahrt. Keine von ihnen war von unserem wunderbaren Showbusiness angetan genug, ihre Kostüme und Accessoires für die Nachwelt aufzuheben. Hast du eine Vorstellung, was das hier für Filmhistoriker in hundert Jahren bedeuten wird, Sol?«
Sol nickte, ihr zuliebe. Er konnte ihre Faszination nicht verstehen. Ein Haufen altmodischer Kostüme, alter Zeitschriften und Fotos. Wen würde dieser Kram je interessieren?
»1962. Da habe ich in Paris in *Les Amies de Montmartre* gespielt, in meinem ersten französischen Film. Mit Alain Delon. Er war damals noch relativ unbekannt, stand am Anfang seiner Karriere. Ich war der Star. In jenen Jahren sogar der größte Star in Frankreich. Sah ich nicht toll aus?«
»Das tust du noch, meine Süße«, sagte Sol und betrachtete voller Begeisterung ein Foto von ihr in einer Ausgabe von *Paris Match.* Vor dem Hintergrund der Balustrade des Pont-Neuf – Emerald: blondes, toupiertes Haar, hohe, weiße Stiefel, schwarzer Supermini, Netzstrümpfe. Neben ihr stand ein strahlender, dunkelhaariger junger Mann, den Sol beim genaueren Hinsehen als den jungen Alain Delon erkannte.
»Ich spielte einen britischen Rockstar«, lachte Emerald. »Sieh dir bloß mal die Klamotten an, die wir damals getragen haben. Ich

hatte alles in der Carnaby Street und der Kings Road gekauft. Ach, wir hatten so viel Spaß, Sol. Die Pariser hatten noch nie so eine Aufmachung wie meine gesehen. Ich trug den kürzesten Mini in Paris – ach was, den kürzesten in ganz Frankreich!« Sie hielt einen Bügel mit sechs, acht Miniröcken hoch. Sie waren aus Leder, Filz und Denim, und keiner war länger als achtundzwanzig Zentimeter oder bestand aus mehr als einem knappen halben Meter Material.

»Oh, die hast du getragen?« Sol schluckte schwer. »Da konnte ja die ganze Welt jedesmal, wenn du die Beine übereinander geschlagen hast, deine Muschi sehen.«

»Ach, Sol, aber wirklich ... Ich hatte doch die passende Unterwäsche dazu an! Unter jedem Rock die farblich passende Unterhose. Und dazu die flachen, weißen Stiefel von Courrèges. Ich sah aus wie ein Teenager, obwohl ich schon fast dreißig war. Sieh nur!« Sie gab ihm noch ein paar Fotos. »London und Paris in den swinging Sechzigern – das war eine tolle Zeit!«

Emerald mit Brigitte Bardot auf dem Kai in Saint-Tropez, beide in so knappen Ginghamshorts, daß ihre gebräunten Pobacken fast unbedeckt waren; Emerald mit Belmondo in Paris, ganz nachdenklich über einer Tasse Kaffee in einem Straßencafé auf der linken Seite der Seine. Emerald hatte damals einen langen Pony und trug eine französische Baskenmütze; Emerald mit Mick und Bianca in London, mit John Lennon in einem Bob-Dylan-Konzert, zu dem sie beide mit den gleichen flachen Ledermützen und Omabrillen gegangen waren; Emerald mit Michael Caine, Terence Stamp und Englands berühmtestem Mannequin, Jean Shrimpton, beim Dinner im Club del Aretusa. Sie sahen alle so jung und fröhlich aus auf den Fotos.

»Die sechziger Jahre«, seufzte Emerald wehmütig, »für mich die besten und die schlimmsten Jahre.« Sie nahm einen anderen Stapel Fotos in die Hand.

»Hier ein Lord und ich.« Sie lachte und reichte Sol ein schwarzweißes Hochzeitsfoto. »Lord Litchfield machte die Aufnahmen. Prinzessin Margaret kam. Und die Duchess of Argyll. Der Duke of

Westminster. Die gesamte englische Aristokratie hatte sich eingefunden. Die Crème de la crème Englands. Das ist die St. Mary's Church in Mayfair. Ich war Lady Haverstock für, oh, mindestens zwei oder drei Jahre.«

Sol lachte. Emerald machte sich stets über ihre vielen Ehen lustig. Aber sie war jedesmal wieder voller Freude und Erwartung, wenn sich ein Hochzeitstag näherte. Zunächst war sie auch immer eine ergebene, pflichtgetreue Ehefrau – bis ihre Erwartungen unerfüllt blieben und es sich herausstellte, daß auch dieser Ehemann eben doch nur ein Mensch war. Keine von Emeralds sechs Ehen, außer der mit O'Herlihy, hatte länger als drei Jahre gedauert, aber sie, als notorische Optimistin, ging immer wieder errötend zum Traualtar.

»Hast du in den siebziger Jahren nicht zweimal geheiratet?« fragte Sol.

»Ja, den englischen Lord und meinen italienischen Grafen – den Conte, ›Lutscher‹, wie meine Freunde ihn alle nannten.« Emerald lächelte und zog eine Schachtel mit der Aufschrift »1971« hervor. Sie war voller Spitzen, Blumenschmuck, weiten Ärmeln, Stickereien und Trachtenborten. »1971 war ich über sieben wundervolle Monate lang die Contessa Calimari. Die meiste Zeit lag ich in der Sonne in Frederics Marmorvilla auf Ibiza, während er nach Jungs Ausschau hielt. Und ich meine wirklich junge Jungs. Er hat mich als Cover-up geheiratet. Eine sexy Filmdiva aus Amerika ist ja wohl die beste Tarnung für einen aktiven homosexuellen Italiener. Die Ehe wurde annulliert. Vom Papst, natürlich.«

»Natürlich«, meinte Sol. »Von wem sonst?«

»Sol?«

»Ja, meine Liebe?«

»Ich weiß gar nicht, warum ich das hier tue. Ich habe noch nie jemanden mit hierhergenommen. Vielleicht findest du es merkwürdig, aber . . .«, ihre Stimme überschlug sich beinahe, doch sie bekam sie wieder unter Kontrolle, ». . . das ist alles, was ich habe. Wirklich.«

»Du hast doch mich, meine Liebe. Das heißt, wenn du mich

willst«, sagte Sol. Er hätte sie auf der Stelle wieder geheiratet, wenn sie es gewollt hätte.
»Nein, Sol. Du bist lieb. Aber dieser Ort hier, diese Schachteln mit meinen Besitztümern, die sind mein eigentliches Leben. Sie sind wirklicher, wahrer als alle Männer und als alle meine Ehen. Das hier ist die echte Emerald Barrymore. Hier in diesem Lagerhaus lebt sie.« Sie setzte sich auf eine der Kisten und weinte herzzerreißend. Sol war völlig hilflos. Sie hatte noch nie so offen mit ihm gesprochen. Emerald Barrymore, seit mehr als vierzig Jahren *die* Filmkönigin, hatte ein Herz wie jede andere Frau auch. Er wußte nicht, was er tun sollte.
Bislang war ihre Beziehung eher freundschaftlich gewesen. Sie beruhte auf gegenseitiger Sympathie und bequemer Verfügbarkeit bei gesellschaftlichen Anlässen. Emerald brauchte oft einen Begleiter. Sie ging gerne aus, war es aber leid, von homosexuellen Freunden ausgeführt zu werden. Für Sol war ein Traum Wirklichkeit geworden, als er endlich das phantastische Mädchen kennenlernte, dessen Bild in seinem Spind gehangen hatte, als er in Korea gewesen war. Aber jener Traum war kürzer gewesen als alle ihre anderen. Emerald hatte seinen mit Diamanten und Rubinen besetzten Ehering von Van Cleef and Arpels nur drei Monate getragen. Aber sie waren, zum Glück, noch heute gute Freunde, und jetzt konnte sie sich an seiner Schulter ausweinen.
Und wie sie weinte. »Wenn ich doch wenigstens Kinder hätte«, stieß sie hervor. Ihre Wimperntusche hinterließ blaue Streifen auf ihren Wangen. »Ach, Sol, als ich dreißig war, wollte ich mehr als alles in der Welt Kinder.«
»Und warum hast du keine?« fragte er und streichelte ihr beruhigend über ihr feines, platinblondes Haar. An den Wurzeln schimmerte es leicht graubraun.
»Abgetrieben. Das Studio bestand darauf, und dann die verdammte Pille! Ich habe die Pille viel zu lange genommen, über Jahre, Sol. Ich habe sie abgesetzt, als ich Seine Lordschaft ehelichte. Ich wollte ihm unbedingt einen Erben schenken.«
Sie tupfte die nassen Wimpern mit einem kleinen Spitzenta-

schentuch ab. Sol kannte niemanden sonst, der richtige Taschentücher besaß, geschweige denn Spitzentaschentücher.

»Erzähle. Was war dann?«

»In zwei Jahren wurde ich dreimal von Seiner Lordschaft schwanger. Ich lag flach auf dem Kreuz und hoffte, hoffte inständig, aber ich verlor das Kind jedesmal. Schließlich stellte ihm seine Mutter ein Ultimatum. Emerald kann keine Kinder gebären, jag sie zum Teufel. Du brauchst einen Erben für den Titel. Na ja, zu dem Zeitpunkt hatte ich eh die Nase voll von dieser Clique, von diesen britischen Yuppies. Aber ich war sehr traurig, Sol.« Sie putzte sich die Nase mit ihrem feinen Taschentuch.

»Was geschah dann?« fragte Sol. Er konnte es nicht fassen, daß sie ihm das alles erzählte. Während ihrer Ehe hatte sie sich ihm niemals anvertraut.

»Na«, sie lachte gekünstelt, »ich habe mit vielen Männern geschlafen, habe mich in viele verliebt, und ich habe oft geheiratet. Und ich wurde oft schwanger, aber ich konnte mein Kind nie austragen. Einen Tag vor meinem vierzigsten Geburtstag bestellte mich mein Frauenarzt in seine Praxis. Zu dem Zeitpunkt war ich in zehn Jahren *elfmal* schwanger gewesen. Er erklärte mir, daß ich *nie* ein Kind zur Welt bringen könne und daß ich aufhören solle, mir etwas vorzumachen. Mit vierzig sei ich sowieso zu alt.«

»Unsinn«, sagte Sol mitfühlend.

»Um Mutter zu werden«, meinte Emerald bitter. »Ich war eine alte Primipara, jedesmal, wenn ich schwanger wurde. Toll, hmh? Eine alte Primipara! Also bin ich die ganze Ausrüstung losgeworden.«

»Welche Ausrüstung?« fragte Sol verwirrt.

»Die Ausrüstung einer Frau, Liebling! Die Gebärmutter, alles, was dich zwölf-, dreizehnmal im Jahr launisch und unberechenbar macht. Was immer gerade dann kommt, wenn du einen neuen weißen Rock angezogen hast und bei einem offiziellen Dinner beim Botschafter von Gott weiß wo sitzt. Der Gastgeber ist in dem Fall garantiert ein Schwuler. Das heißt, in seinem Bad findest du mit Gewißheit keinen Tampon, nur Vaseline und Amylnitrit.« Sie lächelte traurig. »Und damit war auch meine Karriere zu Ende.

Mein Frauenarzt muß ganz Hollywood erzählt haben, daß ich keine ›richtige Frau‹ mehr war.« Wut schwang in ihrer Stimme mit. »Keine Angebote mehr für die arme, kleine Emerald. Und ich mußte ja immer noch meinen ›sagenhaften‹ Lebensstil finanzieren. Da habe ich dann die Pornos gemacht.«
»Das waren keine Pornos, zum Teufel noch mal, Emerald. Das waren Avantgardefilme. Das weißt du genau.«
»Für dich waren das Avantgardefilme. Für mich waren es Pornos.«
»Na ja, du hast deine Brüste gezeigt«, sagte er.
»Und meinen Hintern.«
»Einen sehr schönen, mein Kind«, sagte er liebevoll. Er zwickte sie und überlegte, ob sie etwas gegen einen Quicky zwischen den Krinolinen einzuwenden hätte.
»Aber es waren schon tolle Aufnahmen, oder nicht, Sol?«
»O ja, Baby, sie waren toll.« Er erinnerte sich noch – wie alle anderen Männer auch – an ihre beeindruckende Pose in dem sehr ernsten, aber auch erotischen italienischen Film *L'innamorata.*
»Da ist das Bild. Das ist jetzt auch schon fünf Jahre her, Sol. Findest du, daß ich heute anders aussehe?«
Sie hielt ihm ein vergrößertes Foto aus *L'innamorata* hin. Die Schirmmütze eines Gestapo-Offiziers saß keß auf der Seite ihres blonden Lockenkopfes, und dazu trug sie eine schwarze Naziuniform. Der aufgeknöpfte Uniformrock gab den Blick auf ihren mittelgroßen, aber perfekt geformten Busen frei.
Das Foto war eine Sensation gewesen, vor allem, wenn man bedachte, daß Emerald zu dem Zeitpunkt dreiundvierzig Jahre alt gewesen war. Damit hatte sie es auf die Titelseiten von *People* und *Newsweek* geschafft. Ihre Chancen auf dem Filmmarkt waren auch wieder gestiegen, besonders in Spanien, Deutschland und Frankreich.
»Jetzt weißt du, warum ich diese Rolle in *Saga* spielen muß. O Sol, ich habe geschworen, ich würde nie in einem TV-Film mitmachen. Ich habe es auf Mamas Grab geschworen, aber mir läuft die Zeit weg – und damit mein ganzes Vermögen: mein Gesicht, mein Körper und mein Ruhm.«

»Du bist immer noch schön, Liebling«, beruhigte Sol sie.
»Ich habe genau zweihundertfünfzigtausend Dollar auf der Bank, die mir, wenn ich sehr knausere und klug bin, etwa ein Jahr reichen. Ich habe das Haus in den Bergen ...«
»Das ist alleine ein paar Millionen wert«, sagte Sol, »wenn nicht mehr.«
»Allerhöchstens eine, allerhöchstens. Ich habe eine Menge Pelze und sehr viel schönen Schmuck. Wenn ich das alles verkaufen würde, käme ich ein weiteres Jahr hin. Aber was dann? *Was dann?* Was gibt Emerald Barrymore dann als Zugabe?«
»Heirate mich, meine Liebe. Heirate mich wieder.«
»Nein, das kann ich nicht. Es tut mir wirklich leid, Sol, aber ich liebe dich nicht. Du bist entzückend, lustig und lieb, aber da muß Leidenschaft sein. Das brauche ich einfach, und das kann ich nicht vorgaukeln. Das weißt du, Sol. Das kann ich nicht.«
Mitten in den Siebensachen von Emeralds vierzigjähriger Karriere sahen sie einander traurig an. »Jetzt weißt du, weshalb ich diese Rolle haben muß!« Sie drückte ganz fest seine Hand. »Sol, ich bin seit vierzig Jahren Schauspielerin. Ich kann sonst nichts. Ich will diese Rolle. Ich will von meinen Kollegen in dieser Stadt akzeptiert werden. Ich will das Geld und den Ruhm. Ich will wieder auf die Titelseiten, Sol. Wenn ich diese Rolle nicht bekomme, lande ich für immer auf dem Schrotthaufen. Ich bin zu müde, zu alt ...«
»Nein, meine Liebe, das bist du nicht ...«
Sie unterbrach ihn. »Wenn ich etwas kenne, dann ist es Hollywood. Ja, in den Augen der Öffentlichkeit bin ich noch ein Star. Aber für die im Business, für jeden verdammten Produzenten und Agenten in dieser stinkenden, verrotteten Stadt bin ich erledigt, eine Ex... Und, verdammt noch mal, Sol, so soll es nicht bleiben. Ich werde die Miranda spielen, und wenn es das letzte ist, was ich jemals tun werde. Ich würde alles dafür tun, und ich werde, verdammt noch mal, auch wieder ein richtiger Star sein! Ich gebe mich einfach nicht mit weniger zufrieden!«
Er nickte traurig. Sie hatte absolut recht. »Komm, laß uns gehen«, sagte er.

15

In Las Vegas hatte sich nichts verändert. Das stellte Chloe fest, als sie ihre Mitfahrer im Aufzug des Casinos musterte. Fette Schenkel in engen Shorts, verschrumpelte alte Damen, deren Haar von den vielen Dauerwellen wie graublaue Watte aussah, leichte Mädchen und smarte Geschäftsleute. Chloe wunderte sich immer wieder, wie dick die Las-Vegas-Touristen waren. Vielleicht aßen sie zu viele Hamburger mit Pommes frites, vielleicht zu viele Snacks, dazu noch Ketchup und Mayonnaise. Die Dicksten tranken bestimmt Diät-Pepsi dazu. Eine Frau leckte an einem Eis in einer Waffeltüte und ließ etwas davon auf Chloes Wildlederschuhe tropfen. Chloe zog eine Grimasse.

Ihre Suite im Las Vegas Empire war so großartig wie immer, auch wenn die Wandbespannungen und Vorhänge aus ›Seidendamast‹ zu hundert Prozent aus Polyester waren und sich wie glanzkaschierte Pappe anfühlten. Das ›Samtsofa‹ war hart wie Stein. Die schwarze Acrylbadewanne von Jacuzzi mit den goldfarbenen Wasserhähnen war breit genug für zwei. Chloe saß auf dem zwei Meter fünfzig breiten samtbezogenen Bett mit den zerwühlten burgunderfarbenen Laken und sah zu ihrem einsamen Spiegelbild an der abgeschrägten verspiegelten Decke hinauf. Sie dachte an das letzte Mal, als Josh und sie im Empire aufgetreten waren, wie sie diese Suite geteilt hatten, die blanke schwarze Wanne, dasselbe Bett, sich in demselben Spiegel betrachtet hatten ... Zu gern sah Josh ihre beiden ineinander verschlungenen Leiber auf den rotweinfarbenen Laken, wenn ihre elfenbeinweißen Beine seine gebräunten umschlangen. Nie war seine Sinnlichkeit größer als hier in Las Vegas, und manchmal liebte er sie drei- oder viermal am Tag, wobei der Anblick ihrer beiden Körper im Spiegel über ihnen seine leidenschaftliche Glut noch mehr anfachte. Sie seufzte, als sie ihre De-Fabrizio-Wildlederpumps auszog. Hör auf, an Josh zu denken, ermahnte sie sich. Hör auf, an Vergangenes zu denken, reiß dich zusammen, Mädchen – du mußt deine Show durchziehen.

In einem engen Motelzimmer in der Innenstadt von Las Vegas packte Calvin seine Leinentasche aus und betrachtete ihren Inhalt. Da war es. Das Messer. Sein flacher, bläulicher Stahl reflektierte seine ausdruckslosen, bläulichen Augen. Er legte den Dolch beiseite und starrte mit leerem Blick aus dem Fenster in den hohen blauen Himmel von Nevada. Seine Augen nahmen die kahle, sandige Weite nicht wahr, die sich in den Schatten der Ferne verlor, hier und da gesprenkelt mit einigen kränkelnden Palmen und schütteren Büschen. Sie sahen nur das die Aussicht beherrschende Schild. Eine riesige Reklamewand verkündete:

> CHLOE CARRIERE
> 16.-27. Juli
> Abendvorstellung 25 $ / Nachtvorstellung 20 $
> Reservierungen unter Tel. 732-8800
> Las Vegas Empire
> Amerikas Showbühne Nr. 1

Langsam nahm Calvin den Hörer auf und wählte die 732-8800. Unter dem Namen John Ryan ließ er eine Tischnische für den nächsten Abend reservieren. Es war Zeit, sie zu erledigen.

Später an diesem Abend, als Chloe in ihrer Garderobe saß und ihr Friseur weiße künstliche Blumen in ihrem Haar befestigte, während sie sich mit zitternden Händen schminkte, wurde sie von Gedanken an Josh gequält. Sie konnte hören, wie die Menge draußen über die Eröffnungsnummer von Shecky Greene lachte.
Sie dachte daran, wie sie vor vier Jahren, hier, in dieser Garderobe, Josh angefleht hatte, mit Drogen und Aufputschmitteln aufzuhören, weil sie seine Karriere und seine Ehe kaputtmachten. Das Sortiment an Medikamenten, die er zum Durchhalten brauchte, war ihr ein wahrer Alptraum geworden. Gewöhnlich wachte er um vier oder fünf Uhr nachmittags auf und bekam als erstes vom örtlichen Quacksalber eine Vitaminspritze für seine Stimme. Dann nahm er drei Aufputschpillen, eine große Prise

Koks und trank eine Coca-Cola. Wenn Chloe bei der Massage oder Maniküre war, verbrachte er zwei Stunden am Spieltisch. Wenn sie da war, wollte er Sex. Trotz seiner vielen Drogen war er noch unglaublich potent. Er war ihr Ehemann, und trotz allem liebte sie ihn sehr. Eine Stunde vor der Show bekam er eine weitere Spritze für seine Stimme, schluckte ein Abschwellmittel mit Kodein, zwei Aufputschpillen und nahm eine zweite gehörige Prise Koks. Unmittelbar vor dem Auftritt nahm er dann ein Dilaudid, eine legale Droge, doppelt so stark wie Heroin. Ein weißes, bis zur Taille offenes Seidenhemd und schwarze Hosen brachten den gewaltigen Sex-Appeal seines herrlich braunen, muskulösen Körpers voll zur Geltung.

Für das weibliche Las-Vegas-Publikum hatte er ›es‹ immer noch. Alt oder jung, sie fanden ihn wahnsinnig attraktiv. Am Ende der Show, in der er die ersten vierzig Minuten, sie die zweiten vierzig Minuten sang, traten sie dann noch eine Viertelstunde gemeinsam auf. Sie blickten sich tief in die Augen, während sie Balladen, Liebeslieder und Hitlisten-Titel mit einer Raffinesse und einer solchen Sinnlichkeit sangen, daß sie das Publikum zur Raserei brachten. Anschließend maß sein verläßlicher Arzt seinen Blutdruck, und wenn er über hundertvierzig war, gab er ihm eine Beruhigungspille, nach der er wieder eine Prise Kokain schnupfte. Gestärkt durch den Applaus, ihre wortlose Vertrautheit und den engen Kontakt zueinander auf der Bühne, empfingen sie dann Freunde, Bekannte und Geschäftspartner in ihrer Garderobe mit der Spiegelbar und dem Holzfeuer im Kamin.

Später gingen sie mit Freunden zum Essen in den Rib Room. Danach blieb Josh bis zum Morgengrauen an den Spieltischen hängen. Bevor er ins Bett ging, nahm er zwei Quaaludes, einen Blutdrucksenker und ein Demerol.

Das war zuviel. Viel zuviel. Oft genug hatte sie ihm deswegen wortreiche Vorhaltungen gemacht, aber er beharrte darauf, er sei nicht süchtig, er habe es immer in der Hand, er brauche das zum Arbeiten. »Hör auf mit dem Quatsch, Chloe«, sagte er immer. »Es schadet mir nicht.«

Das Unglaubliche war – es schien ihm damals wirklich nicht zu schaden. Aber nach und nach begannen seine Gewohnheiten erst seine Auftritte zu beeinträchtigen und dann sein Leben.
Bei den Casino-Besitzern von Las Vegas sprach sich das schnell herum. Er wurde unzuverlässig, unzurechnungsfähig. Langsam begannen die Vegas-Engagements, die Jahre des großen Geldes – fünfundsiebzig-, hunderttausend pro Woche –, zu entschwinden.
Und dann mußten sie mit den Tourneen anfangen. Oh, diese Tourneen! Tödlich. Seelenzerstörend. Milwaukee, New Haven, Idaho, Atlanta, Connecticut, Kansas. Wochen, Monate mit einem Auftritt pro Ort.
Das machte einen kaputt. Es hatte seine Karriere ruiniert – und ihre Ehe. Jetzt mußte Chloe nur noch für sich selbst sorgen. Sie betrachtete ihr fertig geschminktes Gesicht. Der matte Teint, die fuchsienrot glänzenden Lippen, die rauchgrau schattierten Augen. Schwarze Spitze über durchsichtigem Chiffon, ein Bob-Mackie-Original, schmiegte sich an jede Linie ihres gebräunten Körpers. Sie fühlte sich in Hochform.
Die Band spielte jetzt ihre Eröffnungsmusik. Sie hörte Applaus für die wohlbekannten Songs – ihre Songs.
Ihr Auftritt.

Obwohl Chloe seit vier Jahren nicht mehr in Las Vegas gesungen hatte, war ihre Eröffnungsvorstellung ein großer Erfolg – sie hatte noch immer viele Fans. Zu ihrer Überraschung und Freude waren Sammy und Altovise Davis, Milton und Ruth Berle, Steve Lawrence und Eydie Gormé am ersten Abend aufgetaucht, um ihr alles Gute zu wünschen. Auch Pandora war dagewesen. Die Romanze mit ihrem jungen Schauspieler ging schon wieder in die Brüche. Er verbrachte mehr Zeit an den Spieltischen als mit Pandora. Sie trug es mit Gleichmut.
»Honey, eine Affäre ist wie eine große Einkaufstüte: Je mehr du hineintust, desto schwerer wird sie.« Das sagte sie am nächsten Morgen.«

Sie lagen zusammen am Pool des Empire und beobachteten das Kommen und Gehen. Chloe lachte.
»Ein anderes Schiff wird am Horizont aufkreuzen, Honey«, philosophierte Pandora, während sie ihre schlanken Beine mit Bain de Soleil einrieb. »Männer sind wie Busse – wenn du lange genug wartest, kommt der nächste.«
»Und so wie du aussiehst, Darling, wird das auch nicht lange dauern«, sagte Chloe und blickte bewundernd auf die schlanke Figur ihrer Freundin, die in dem weißen Badeanzug herrlich zur Geltung kam.
»Telefon für Sie, Miss Carriere«, flötete ein kleiner Page, steckte ein Telefonkabel in eine unsichtbare Steckdose und reichte ihr den Apparat.
»Hallo, Darling, hier ist Jasper.« Jasper hatte eine makellose englische Aussprache. Chloe lächelte.
»Hallo, Jasper, was ist los?«
»Ich glaube, du bist die Nummer eins im Rennen um Miranda, mein Schatz. Ich habe heute morgen mit Abby und Gertrude gesprochen. Sie *und* das BCC-Network finden, daß du bei den Probeaufnahmen am besten warst. Sie sind der Ansicht, daß sie dich als Miranda nehmen sollten.«
»Aber ganz sicher sind sie noch nicht, stimmt's, Jasper?«
»Stimmt, mein Herzblatt. Du weißt, wie das ist. Also bleib ganz ruhig, meine Liebe, mach deine Show, und ich bin ganz sicher, am Ende der Woche haben wir eine feste Zusage.«
»Gut.« Anscheinend hatte er nichts weiter zu sagen.
»Ach ja, und Robert Osborne hat dich heute im *Reporter* als Hauptthema, schreibt, du seist die Favoritin für Miranda. Wollte ich dir nur sagen.«
»Danke, Jasper, ruf wieder an, mach's gut.« In gehobener Stimmung legte Chloe auf. Pandora war in einem Gespräch mit der einen Hälfte der Zaubernummer vertieft, die zur Zeit alle Rekorde im Hotel brach. »Du kennst doch den Großen Geraldo?« hauchte sie wie neu belebt mit glänzenden Augen.
Der Große Geraldo neigte den Kopf mit europäischer Galanterie

und ließ dabei schwarz gefärbte Haarwurzeln und drei Zentimeter Bauchüberhang über grünen Ralph-Lauren-Röhrenhosen sichtbar werden.
»Enchanté, Madame.«
»Entschuldigt mich einen Moment, ich hole mir eine Zeitung.«
Der Große Geraldo verbeugte sich galant, als Chloe zwischen geölten mahagonibraunen Körpern hindurch in die kühle Dunkelheit der Lobby entschwand.
Sie war wirklich das Klatschthema Nummer eins im *Hollywood Reporter:* »Abby Arafat und das BCC-Network scheinen darin übereinzustimmen, daß die ideale Wahl für Miranda Hamilton in Abbys neuer Serie *Saga* Chloe Carriere ist, die zur Zeit *ohne* Joshua Brown bis zum 27. Juli im Las Vegas Empire Schlagzeilen macht. Strengt euch an, daß ihr sie zu sehen kriegt, Leute: Das Mädchen ist brandaktuell!«
Chloe freute sich. Das war keine Public-Relations-Nummer – sie hatte keinen Presseagenten. Vielleicht stimmte die Nachricht wirklich ...

»It had to be you,
It had to be you,
I wandered around
and finally found
somebody who ...«

Chloe war gut bei Stimme, entspannt und selbstsicher. Der Druck der ersten Abende war verflogen, und sie war überrascht, wieviel Spaß sie an diesen Auftritten hatte.
Sie wirkte strahlend schön in einem silbernen Nolan-Miller-Spitzenkleid. Das Scheinwerferlicht brachte die vielen winzigen Straßsteinchen darauf zum Funkeln, und ihr Gesicht schien das Leuchten zu reflektieren. Der Saal war brechend voll. Das Publikum mochte sie, und freundlicher Applaus markierte das Ende jeder Nummer.
In einer der hinteren Tischnischen hockte Calvin allein vor einem

ungewohnten Whisky, um sich Mut anzutrinken, und beobachtete jede ihrer Bewegungen.
Gemeines Weibsbild. Woher nahm sie diese Selbstsicherheit? Wie konnte sie es wagen, sich in diesem Kleid zur Schau zu stellen, diesem Seidenkleid, das so durchsichtig war, daß das Publikum die Konturen ihrer Brust und ihrer Schenkel sehen konnte? Sie war eine englische Hure – und sie würde teuer dafür bezahlen. Er schluckte den Whisky hinunter und fühlte, wie der ungewohnte Geschmack in seiner Kehle brannte. Feindselig fixierte er sie, als sie mit ihrer Kennmelodie »*Everyone's Gotta Love Someone*« ins Publikum hinunterstieg und sich anmutig zwischen den dichtbesetzten Tischen hindurchschlängelte, wo polyestergekleidete Touristen die Hände ausstreckten, um ihre strahlende Gestalt zu berühren.
Chloe ergriff die Hände und blickte lächelnd in die Gesichter, ließ sie teilhaben an ihrer Freude.
»Nutte.« Seine Lippen wurden schmal, als er mit der Hand das Messer in seiner Hosentasche umklammerte. Seine Finger juckten, wollten auf das Gesicht dieser Hure einstechen. Calvin stöhnte. Er wurde steif. Warum mußte ihm das jetzt passieren? Wo er doch diese Frau so haßte? Warum verriet ihn sein Körper?
Er versuchte sich abzulenken, er beobachtete die Gesichter des Publikums, die Augen, die an ihrer glitzernden Raubtierfigur zu kleben schienen, als sie im wandernden Scheinwerferlicht zwischen den vollbesetzten Tischen hindurchglitt.
»Sieh dir mal den Kerl da drüben in der Nische an«, flüsterte Jack Walker seinem Partner Frank Gillis zu.
Jack, Wachmann in Zivil mit fünfzehnjähriger Erfahrung im Casinogeschäft, hatte zehn Jahre als Polizist auf dem Buckel. Er bildete sich auf seinen Instinkt etwas ein. Aber Frank hörte ihn gar nicht. Jack stieß ihn noch einmal an.
»Pst!« zischte Frank. Sein hypnotisierter Blick folgte Chloe, wie sie sich langsam durch das Publikum bewegte. Vielleicht würde sie die Hand ausstrecken und ihn berühren. O, Junge! »Halt's Maul, Jack, ich bin verliebt«, sagte er.

Chloe kam näher. Sie verhielt einen Moment bei einigen japanischen Touristen, die ganz in Verzückung geraten waren. »*Everyone's gotta love*«, hauchte sie und faßte die Hände einer jungen Japanerin, die vor Aufregung errötete.

Calvin stockte der Atem. Er hatte alles hervorragend geplant. Seine Nische lag direkt neben dem Ausgang. Eine schnelle Bewegung, und bevor noch das Blut aus ihrer Kehle spritzen, bevor überhaupt jemand begreifen würde, was passiert war, wäre er schon im Casino in der Menge untergetaucht. Es war fast Mitternacht an einem Sonnabend, und der Saal war gestopft voll. Es war eine Kleinigkeit, in der Menge zu verschwinden. Er hatte sich mit einer roten Perücke und einer Hornbrille verkleidet, die er später wegwerfen wollte.

Sie schob sich näher heran. Würde sie bis zu ihm kommen? Ja, natürlich, sie würde kommen. Gestern abend hatte er sich ihre beiden Shows angesehen. Sie kam immer singend bis in die letzte Reihe. Jetzt war es fast soweit. Das Messer brannte auf seinem Schoß. Seine Hände waren klatschnaß, er rieb sie an dem roten Leinentischtuch ab. Rot, wie die Farbe des Blutes, das sich gleich über das silberne Kleid da ergießen würde. Schon lange hatte er keine solche Erektion mehr gehabt. Calvin stöhnte. Er brauchte Erleichterung.

Chloe war jetzt sehr nahe – er konnte fast ihr Parfum riechen. Ein durchdringender Moschusduft – widerwillig roch er ihn gern.

Alle Augen hingen an ihr – außer dem einen Augenpaar, das auf Calvin gerichtet war. Jack beobachtete ihn mit seinem durch jahrelangen Dienst geschärften Blick, und er wußte, daß mit diesem Mann etwas faul war. »*You gotta love, love, love . . .*«, sang Chloe, tief bewegt durch die Sympathie und die beglückte Begeisterung, die ihre Zuhörer ihr entgegenbrachten und die sie zurückstrahlte.

»*Love, love, love*«, sang das Publikum begeistert zurück. Alle sangen – außer Calvin, der mit glasigem Blick und Schweißperlen auf dem Gesicht dahockte. Jack beobachtete seine Augen, dann seine Hände in Erwartung irgendeiner Bewegung – sein Verdacht schien

sich zu bestätigen. Als Chloe nur noch wenige Meter entfernt war, griff Calvins Hand nach dem Messer. Jack rückte an den Tisch neben ihm. Calvin erstarrte.
Jack ließ seine Ausweismarke blinken. »Aus, du Scheißkerl«, sagte er und entwand ihm mit gekonntem Griff das Messer. Es war ganz eindeutig eine tödliche Waffe, ein Jagdmesser mit einer über zwanzig Zentimeter langen Klinge, dreizehn Zentimeter länger als gesetzlich erlaubt. Scharf wie Gift.
»Dies ist eine versteckte Waffe. Wollten Sie auf die Jagd gehen?« zischte er den zitternden Calvin an, während die singende Chloe an der Nische vorbei ihren Rückweg zur Bühne nahm.
Entsetzliche Angst ergriff Calvin. Der Schweiß troff von seiner Stirn auf Jacks Hand, die sein Handgelenk wie ein Schraubstock umklammert hielt. Niemand achtete auf die beiden Männer. Alle Augen folgten Chloes wiegender Gestalt. Donnernder Applaus brach los, und Jacks Aufmerksamkeit wurde einen Augenblick lang abgelenkt.
Mit einem tierischen Schrei und der plötzlichen Kraft eines Irren schlug Calvin Jack seinen linken Arm ins Gesicht, sprang über den Tisch und sprintete zum Ausgang.
»Haltet ihn!« brüllte Jack den uniformierten Wachen an der Tür zu. »Haltet den Mann!«
Als die kräftigen Wachen ihn packten und zu Boden warfen, schrie Calvin vor Enttäuschung und Schmerz auf. Seine Perücke rutschte herunter, die Brille fiel auf den Boden.
Chloes Reprise war vergessen. Das Publikum wurde von Calvins Schreien abgelenkt und erhob sich, um zu sehen, was da los war.
Chloe erstarrte vor Angst, als die plappernde, aufgeregte Menge plötzlich an ihr vorbeiflutete und sie dabei herumstieß. Dieselben Menschen, die sie vor Sekunden noch in ihren Bann gezogen hatte, stießen sie jetzt grob zur Seite. Sie wollte die Treppe zur Bühne hinaufsteigen, verfehlte dabei eine Stufe und stolperte. Eine Hand griff nach ihr, stützte sie und half ihr auf die Bühne zurück. Das Orchester spielte jetzt eine andere Melodie – der

Bandleader hatte den Musikern signalisiert, sie sollten etwas Schwungvolles spielen.

»Alles in Ordnung, Madame?« Chloe sah dankbar in die Augen eines hochgewachsenen, dunkelhaarigen Mannes, der schützend seinen Arm um sie legte.

»Es geht mir gut ... nein, doch nicht. Ich ... mir ist nicht gut. Was ist passiert, wissen Sie das?«

»Kommen Sie mit«, sagte er und führte sie hinter die Bühne, vorbei an schwatzenden barbusigen Showgirls mit Straußenfedern, die von der ganzen Aufregung draußen nichts gemerkt hatten. Chloe empfand tiefe Dankbarkeit gegenüber dem Fremden, der offensichtlich ihre Verwirrung verstand und ihr helfen wollte.

In ihrer Garderobe ließ Chloe sich auf die Couch sinken, während er ihr ein Glas Wasser eingoß. Dann füllte er wortlos einen Cognac-Schwenker bis zur Hälfte und reichte ihn ihr.

»Wissen Sie, was passiert ist?« fragte sie wieder.

»Trinken Sie, sprechen Sie nicht. Trinken Sie den Brandy«, befahl er.

»O Gott«, stöhnte Chloe. »Was hat der Mann getan? Wer war er?«

»Ich weiß nicht.« Chloe bemerkte einen Akzent. Französisch? Italienisch? Sie konnte es nicht sagen.

»Danke für Ihre Hilfe. Bitte entschuldigen Sie. Ich bin ein bißchen durcheinander.«

»Sehr verständlich, Madame. Darf ich mich vorstellen? Mein Name ist Philippe Archambaud, zu Ihren Diensten.« Er machte eine leichte, förmliche Verbeugung und lächelte ihr zu, was ihn noch anziehender machte.

»Las Vegas ist ziemlich weit von Frankreich.« Chloe trank in kleinen Schlucken den Brandy und spürte, wie er sie wärmte. Sie fühlte sich besser. »Ich bin hier auf Arbeitsurlaub, um mir ›die amerikanische Szene‹ anzusehen und darüber zu schreiben. Ich schreibe eine Artikelserie für *Nouveau-Paris-Match.*«

Ein *Journalist!* stöhnte Chloe innerlich auf. Journalisten traute sie nicht über den Weg. Sie waren ihr Alptraum.

Ihr Mädchen kam herein und sagte, die Polizei wolle sie sprechen. Philippe erhob sich. »Ich werde jetzt gehen.« Er drückte kurz ihre Finger an seine Lippen. »Bis bald, Madame Carriere.«
»Au revoir, et merci«, sagte Chloe voller Bewunderung für seine Figur, seinen makellos geschnittenen dunklen Anzug, die elegant geknotete, feine Krawatte. Sie bemerkte, daß er etwas auf ein Streichholzbriefchen geschrieben hatte, das er ihr jetzt in die Hand drückte.
»Ich bin noch das ganze Wochenende hier. Wenn Sie möchten, könnten wir vielleicht einmal einen Kaffee zusammen trinken. Nur wenn Sie Zeit haben, natürlich.«
Er verbeugte sich nochmals, ganz kultivierter Franzose, und verließ die Garderobe in dem Moment, als zwei Polizisten eintraten.
Die Befragung war kurz. Obwohl die Beamten teilnahmsvoll schienen, hatte ihr Mitgefühl einen Unterton, der bei Chloe fast Schuldgefühle auslöste – gerade als ob sie für den Vorfall verantwortlich wäre. Sie war froh, als sie wieder gingen. Sie konnte ihnen nichts sagen, was ihnen weiterhalf. Sie hatte den Mann kaum gesehen. Nein, Feinde hatte sie nicht.
Ihr Mädchen sprang um sie herum. Ob Madame noch etwas zu trinken wollte, eine Zigarette? Nein, Madame wollte nicht. Madame wußte, was sie heute nacht brauchte. Sie fühlte sich verloren, einsam, kalt. Sie brauchte menschliche Wärme. Sie nahm das Streichholzbriefchen in die Hand, das Philippe dagelassen hatte, und sah es an. »Philippe Archambaud. Zimmer 1727.«
Was für ein attraktiver Name. Was für ein attraktiver Mann, dachte sie, öffnete ihre Handtasche und steckte das Briefchen entschlossen hinein.
Sie würde die Nacht verbringen, wie sie auch die letzten vierzig Nächte verbracht hatte: allein.

Vierter Teil

16

Chloe sah auf ihre Uhr. Heute war der Tag. Jasper Swanson hatte ihr versprochen, ihr die Nachricht durchzugeben, sobald Abby ihn angerufen hatte. Es war drei Uhr nachmittags. Er mußte eigentlich von seinem Freitags-Lunch im Ma Maison zurück sein. Sissy hat sie gekriegt, dachte Chloe, während sie auf das Meer hinausstarrte. Sie sollte das Angebot annehmen, drei Monate auf Europa-Tournee zu gehen. Das wäre immer noch besser als gelegentliche Gastrollen in *Charlie's Angels* und *Police Woman*. Beide hatte sie in den drei Wochen, seit sie aus Las Vegas zurück war, höflich abgelehnt.

Ob die jemals zu einer Entscheidung kommen würden? Der Sommer war fast zu Ende. Die Dreharbeiten für *Saga* sollten in zwei Wochen beginnen – worauf warteten die denn noch?

Sie zog einen einteiligen schwarzen Badeanzug und einen weißen Frotteebademantel an. Zum Teufel mit der Warterei. Ans Wasser, lange schwimmen, dann ein Glas Eistee, dann los zum Salon von Bill Palmer zur Maniküre bei Tami, dann zu Dino – eine neue Frisur wäre nicht schlecht. Vergiß Miranda!

Das Telefon klingelte. Zweimal. Dreimal. Beim vierten Mal nahm sie ab.

Chloe hörte Jaspers aufgeregte Stimme. »Du hast sie, mein Liebling, du hast sie!«

Die Aufregung in seiner Stimme steckte Chloe an. »O Jasper, ich kann es nicht glauben. Bist du sicher? Ganz sicher?«

»Ja, ja. Natürlich bin ich sicher, Liebling. Die Leute von der MCPC fanden dich phantastisch. Sie sagten, es gebe keine echte Konkurrenz für dich. Deine Probeaufnahmen waren mit Abstand die aufregendsten. Gertrude hat gesagt: ›Sie ist Miranda!‹«

»Oh!« sprudelte Chloe. »Jasper, Liebster, du bist ein Zauberer. Warum haben sie mich genommen und nicht so einen großen Star wie Emerald ... oder Sissy, so eine große Schauspielerin? Ich kann mein Glück einfach nicht fassen. Warum haben sie so lange gezögert?«

Er lachte. »Dieses Hinauszögern ihrer Entscheidung hat ihnen Publicity im Werte von einer Million Dollar gebracht. Mein liebes Mädchen, die Fernsehgesellschaften sind doch nicht dumm. Du hast das gewisse Etwas, Chloe. Du weißt vielleicht selbst gar nicht, was es ist. Wenn du erst merkst, was es ist, und wenn du anfängst, es zu analysieren, verlierst du es vielleicht. Also denk nicht darüber nach. Das ist mein Rat.«

»Was meinst du damit?« fragte Chloe. Die enorme Bedeutung dessen, was ihr da widerfuhr, begann bei ihr erst allmählich zu dämmern.

»Ich meine, du hast das Zeug zu einem Star, Schätzchen.« Seine britische Stimme wurde ernster. »Abby und Gertrude war das gleich nach deinen Probeaufnahmen klar. Sie mußten nur erst die bornierten Kerle von der Fernsehgesellschaft davon überzeugen, daß du die richtige Frau für die Rolle bist.«

»Und das ist ihnen gelungen. O Gott, Jasper, ich bin so aufgeregt, ich könnte schreien! Das müssen wir feiern.«

»Natürlich, heute abend gehen wir groß aus. Wirf dich in Schale. Aber nobel!« Jasper war nun schon dreißig Jahre im Geschäft, aber er hatte selten erlebt, daß ein Schauspieler so glücklich über eine Rolle war. »Spago, Chasen's, Ma Maison – was darf's denn sein, Milady?«

»Oh, alle!« Chloe lachte. »Spago für den Champagner, Chasen's für das Chili und Ma Maison zum Dessert.«

»Jetzt bist du drin, Schätzchen«, fuhr Jasper gewichtig fort. »Jetzt mußt du aufpassen. Hüte dich vor den falschen Freunden und Trittbrettfahrern – vor solchen, die dich früher nicht kannten und jetzt deine besten Freunde werden wollen. Du wirst überrollt werden von neuen ›besten Freunden‹, meine Liebe.«

»Ich werde aufpassen, Jasper, natürlich passe ich auf. Übrigens: Wieviel kriege ich eigentlich?«

Er schwieg einen Moment. »Also, Liebling ... da gibt es ein ganz kleines Problem. Ich meine, es ist uns doch beiden klar ... wir wissen, daß du ein Kabarettstar bist. Als Sängerin hast du einen ziemlichen Namen.«

»Sag das Minimum, Jasper, Darling.«
»Fünfzehn pro Folge.«
Sie war ernüchtert. »Fünfzehn? Aber Jasper, das ist ein Trinkgeld! Ich weiß doch, daß Sam Sharp fünfzig kriegt, warum ich nur fünfzehn?«
»Meine Liebe, du kennst doch die Branche. Sie wollen dich haben, aber was die Vereinigten Staaten betrifft, bist du noch völlig unbekannt.«
»Ich hatte gerade ein volles Haus in Vegas«, sagte Chloe.
»Chloe, ich bitte dich, sei vernünftig! Schließlich sind wir beide Briten. Wir wissen, daß du in Vegas Erfolg hattest, aber sie müssen noch zehn weitere Hauptdarsteller bezahlen. Noch bist du kein Star. Ach, übrigens haben sie Sissy als die jetzige Ehefrau Sirope genommen.«
»Sissy? Wie merkwürdig! Sie hat doch Probeaufnahmen für Miranda gemacht. Wieso?«
»Na ja, Abby braucht die Zugkraft eines Starnamens für diese Rolle. Und Sissy braucht einen ordentlichen Job. Deshalb können sie dir nicht das zahlen, was dir eigentlich zusteht, Chloe. Sissy ist noch immer ein Star, und sie wird wie ein Star bezahlt. Meine Liebe, ein Star ist ein Star in dieser Stadt.«
»Okay. Du weißt, wie gerne ich diese Rolle haben wollte. Und ich freue mich natürlich, daß ich sie gekriegt habe. Aber was ist, wenn ich auch ein großer Star werde, Jasper?«
»Dann, Liebling, wird's nach oben keine Grenzen geben, das garantiere ich dir. Wenn du hohe Einschaltquoten kriegst, werde ich dafür sorgen, daß sie deine Gage verdreifachen, das verspreche ich dir, meine Süße. Verdreifachen!«
»Wunderbar!« strahlte Chloe. »Dann nehme ich an. Nicht daß irgendwelche Zweifel daran bestanden hätten. Du wußtest ja, daß ich annehmen würde.«
»Braves Mädchen. Du warst immer in Ordnung, Chloe. Mein Fahrer holt dich um acht ab. Vergiß nicht: Nimm dich vor den Trittbrettfahrern in acht!«
»Ich werde es nicht vergessen, Jasper, ich versprech's dir.«

Sissy hing am Telefon. »Nein, nein, nein! Das akzeptiere ich nicht!« schrie sie ihren Agenten an. »Wie können sie es wagen, diese Rolle dieser talentlosen Barsängerin zu geben? Wie konnten sie nur!?«
Gegen ihren Willen rannen ihr dicke schwarze, mit Wimperntusche vermischte Tränen übers Gesicht. Sie raffte ein Frotteetuch vor ihrem nicht vorhandenen Busen zusammen und bedeutete dem schwedischen Masseur Sven, der sich weidlich um ihren steifen Nacken bemüht hatte, er solle ihr eine Zigarette bringen.
»Scheiße! Scheiße! Scheiße!« schrie sie frustriert und wütend. Sie saß auf dem tragbaren Massagetisch und zog tief den Rauch in die Lungen. Scheiß auf Krebs, dachte sie bitter. »Ich bin fertig, bin ruiniert durch diese ausländische Kuh.«
Sven zündete sich eine Camel an und vertiefte sich stoisch in die Lektüre der letzten Ausgabe von *Body Building*, die er aus der Tasche geholt hatte. Seine ruhigen skandinavischen Züge verrieten nichts von dem Mitleid, das er vielleicht für Sissy empfand – für diese klägliche Gestalt mit der zu stark von der Sonne gegerbten Haut, ihrem diätgeplagten Körper und ihrem zu oft gefärbten Haar, wie sie da voller Wut ins Telefon schluchzte.
»Wie kann ich je wieder mit erhobenem Kopf durch diese Stadt gehen?« kreischte sie Robin an. Ihr unseliger Agent schwieg anscheinend am anderen Ende der Leitung. »Wie? Können Sie mir das mal sagen?«
Offensichtlich versuchte Robin jetzt, sie zu beschwichtigen, denn sie schwieg einen kurzen Augenblick. »Na ja, ich werde es mir überlegen«, murmelte sie. »Dieses Weib kommt der Rolle von Miranda nicht mal nahe, aber wenn sie mich genommen hätten, hätten sie die Serie natürlich auf mich zuschneiden müssen, stimmt's?«
Sie hörte wieder zu, tief den Rauch inhalierend. Sven betrachtete die eingegrabenen Linien über ihren schmalen Lippen, die Spuren von dreißig Zigaretten täglich, die noch so viele Gesichtsoperationen nicht wegzaubern konnten.

»Vierzigtausend pro Folge? Hmmm ...« Sie wurde sichtbar ruhiger. Die scharfen Linien in ihrem Gesicht wurden etwas weicher. Sven sah von seiner Zeitschrift auf.
Sissy beendete das Telefongespräch. »Ich werde es mir überlegen. Ich verspreche es. Rufen Sie mich morgen wieder an.« Sie lächelte. Die tiefen Falten und die Bitterkeit in ihrem Gesicht schienen zu schwinden. Wenn sie lächelte, wirkte sie zehn Jahre jünger und konnte fast mädchenhaft aussehen. »Komm her, Sven«, befahl sie mit rauher, sinnlicher Stimme.
Das schöne an Sven war, daß er ungeheuer diskret und hundertprozentig heterosexuell war. Keine der Damen, die er bedient hatte, hatte je Anlaß zur Klage gefunden. Er wollte gefallen, und er gefiel, und er verschmähte keine Gelegenheit. Wenn die Dame es wollte, stand er bereit. Trotz seiner vollkommenen Gleichgültigkeit gegenüber Sissy als Person, ihrem Körper oder ihrer Sexualität öffnete Sven eine Flasche Babyöl, zog langsam das Handtuch von ihrem Körper und begann mit der Arbeit.

Sue teilte Sabrina mit, daß sie keine der Rollen bekommen habe, und Sabrina freute sich.

Aber Emerald, die Schwierige, war etwas anderes. Sie mußte besänftigt werden.
Emerald war fassungslos, daß sie die Rolle an Chloe verloren haben sollte – sie geriet völlig aus dem Gleichgewicht. Einen ganzen Vormittag hatte sie weinend allein in ihrem Schlafzimmer verbracht, und mit ihrer Hysterie wuchs ihre Verunsicherung. Dann rief sie Eddie zurück.
»Warum Chloe? Warum nicht ich?« fragte sie. »Wer ist sie denn überhaupt? Kann sie spielen? Ist sie ein Megastar? Ich bin immer noch einer!« schrie sie und beugte sich dicht über ihren superstarken Vergrößerungsspiegel, um zu sehen, ob die feinen Narben des letzten kosmetischen ›Eingriffs‹ noch zu sehen waren.
Fast seufzte Eddie. Je größer die Stars, desto tiefer fielen sie, und desto schwieriger war es für sie, das zu akzeptieren.

»Sie fanden deine Probeaufnahmen fabelhaft, Emerald. Abby und Gertrude fanden, du sähest phantastisch aus. Und wie du spielst – einfach zauberhaft.«

»Wunderbar«, zischte Emerald und entdeckte schon wieder ein neues Fältchen unter ihren großen grünen Augen. »Aber lieber Eddie, wenn das so verdammt zauberhaft war, warum hab' ich dann die verdammte Rolle nicht gekriegt?«

»Chloe paßt besser zu der Rolle, das ist alles, Kindchen. Sie wollten ein neues Gesicht haben, das wollen sie dauernd.« Eddie hatte recht. Sie wollten jemanden, der ihnen nicht schon jahrelang täglich zum Frühstück in jeder Klatschspalte und im Fernsehen mit einem interessanten Skandal, einer Heirat, Verlobung oder Scheidung präsentiert worden war. Es war doch klar, daß Emerald ständig überlebensgroß im Bewußtsein der amerikanischen Öffentlichkeit war. Sie wurde zwar allgemein bewundert, doch nie konnte man die Person des Superstars Emerald Barrymore von den Rollen trennen, die sie spielte. Das war Abbys und Gertrudes Meinung. Jedenfalls hätte Emerald ihnen die Serie, die als Ensembleleistung mit etwa gleichwertigen Rollen geplant war, aus dem Gleichgewicht gebracht. Die Gefahr hätte bestanden, daß Emerald dominiert hätte.

Eddie versuchte der enttäuschten Emerald das zu erklären, aber mitten im Gespräch legte Emerald auf. Das letzte, was er hörte, war: »Zum Teufel mit dir und deiner beschissenen Agentur! Eddie, du bist gefeuert!«

Emerald holte tief Luft und warf einen langen, scharfen Blick auf ihre Aktiva. Noch immer besaß sie Schönheit und Sex-Appeal, noch immer war sie berühmt. Sie engagierte den besten Agenten der Stadt, Jasper Swanson, der nie einen Star fallenließ und sofort einen Low-Budget-Film in Australien für sie fand. Regisseur war der aufstrebende, junge schwarze Filmemacher Horatio George Washington.

»Australien? Warum nicht?« sagte Emerald. »Ich will so weit wie möglich von Chloe Carriere weg sein, wenn sie ein Star wird.«

17

Perry brachte Josh das Frühstück und eine Ausgabe des *Hollywood Reporter,* in der er – aufmerksam, wie er war – etwas für seinen Herrn und Meister rot angestrichen hatte.

CHLOE CARRIERE SPIELT MIRANDA IN SAGA.

Josh war in L. A., um eine neue, erfolgversprechende Single aufzunehmen, als er die Nachricht mit einer Mischung aus freudiger Erregung und Traurigkeit las.
Sie hatte es geschafft. Seine kleine Chloe hatte die Rolle, die sie sich so gewünscht hatte. Er wollte ihr gratulieren, ihr ihre Lieblingsrosen und Lilien schicken, ein paar Worte mit ihr wechseln. Josh griff nach dem Hörer, um Perry zu rufen, doch aus alter Gewohnheit tippte er ihre Privatnummer ein.
Sie nahm beim dritten Läuten ab.
»Chloe, ich freue mich so für dich, Liebste. Ich hab's gerade erfahren. Herzliche Glückwünsche.«
»Danke, Josh.« Chloe konnte nicht verbergen, wie glücklich sie war. Ihre Stimme verriet sie. Er hatte angerufen – und obwohl sie es sich nicht eingestand, bedeutete er ihr doch noch etwas. »Es ist sehr lieb von dir, daß du anrufst.«
Sie hatte es an seiner Stimme gehört: Auch er war bewegt. Trotz der anderen Frauen, des Alkohols, der Drogen, der wiederentdeckten Junggesellenfreiheit ließ ihre Stimme sehr glückliche Erinnerungen in ihm aufsteigen. Er wollte sie sehen, sie wieder in den Armen halten.
»Eigentlich würde ich dir gerne eine Flasche Champagner ausgeben. Du hast wohl keine Zeit, heute abend mit mir zum Essen zu gehen?«
Sie zögerte nur einen Augenblick, dann sagte sie mit zärtlicher Stimme: »Doch, ich glaube, dazu hätte ich Lust, Josh. Wohin wollen wir gehen?«

Vielleicht lag es daran, daß sie die Rolle bekommen hatte – jedenfalls versöhnten Josh und Chloe sich wieder, zum vierten und, so hoffte Chloe, letzten Mal. Ihr Rechtsanwalt hatte verärgert aufgestöhnt und gesagt, in den dreißig Jahren seiner Praxis sei ihm noch nie eine Frau begegnet, die so oft ihre Meinung ändere wie sie.

Die letzten beiden Wochen hatte alles mehr oder weniger rosig ausgesehen, dachte Chloe, als sie sich sachlich in einem kleinen Spiegel betrachtete, der – nomen est omen – ›Starbegleiter‹ genannt wurde.

Ben hatte gute Arbeit geleistet. Guter alter Ben. Diskretes Make-up, exzellente Frisur, sehr schick, und sie sah eindeutig nicht nach Hollywood aus. Schlichtes schwarzes Chanel-Kleid von so teurer Eleganz, daß die anderen Schauspielerinnen daneben wie Provinzhausfrauen aussehen würden. Es war Chloes eigenes Kleid. Letzte Woche hatte sie voller Verachtung die vom Studio gestellten braven kleinen Tweedkostüme mit Nerzkragen und Glasknöpfen kategorisch abgelehnt. Sie hatte auf ihrem Mitspracherecht als Schauspielerin bestanden und einen hochmodischen Haute-Couture-Look für sich beansprucht. Alle Schauspielerinnen in den meisten großen TV-Serien trugen Seidenblusen und Gabardinehosen oder -röcke. Bei Abendszenen trugen sie tief ausgeschnittene Kleider aus Seidenjersey mit Spaghettiträgern von Holly's Harp oder Strip Thrills. Chloe war entschlossen, einen Stil zu kreieren, den seit den glanzvollen Tagen von Marlene Dietrich, Lana Turner und Joan Crawford niemand mehr gezeigt hatte.

Dieses Glamour-Image betonte sie in allen Interviews. »Ich bin nicht die Frau von nebenan«, darauf bestand sie immer wieder. »Miranda ist eine undurchschaubare Frau von Welt, und so werde ich aussehen. Sie trägt Haute-Couture-Kleider und lebt im Jet-set-Stil.«

Es hatte scharfe Kritik von Abbys und Gertrudes Seite gegeben, als sie hörten, wie Chloe Miranda darstellen wollte. Als sie jedoch

die Rohkopien des ersten Tages gesehen hatten, waren sie überzeugt.
»Hinreißend, sie sieht einfach hinreißend aus«, jubelte Gertrude und gratulierte sich im stillen, daß sie die Kraft zum Widerstand gehabt hatte, als Sissy erregt ihre jahrelange Freundschaft ins Feld geführt und sie an all das erinnert hatte, was sie für Gertrude getan hatte, als sie vor hundert Jahren zusammen in New York angefangen hatten.
»Fabelhaft, ich liebe sie. Sie wirkt gemein und raffiniert und böse, aber darunter hat sie etwas, das man einfach mögen muß«, sagte Abby.
»Du hast recht, und außerdem ist sie eine gute Schauspielerin«, sagte Bill Herbert, der Produktionsleiter von *Saga.* »Sie wird bestimmt groß, ganz groß rauskommen. Was zahlen wir ihr eigentlich, Abby?«
»Sie ist spottbillig, geschenkt!« Abby wurde munter. Ein gutes Geschäft freute ihn immer. »Nur fünfzehntausend pro Folge. Wenn man diese Streifen sieht, ist sie mindestens das Doppelte wert.«
»Paßt auf, daß sie nicht zu selbstbewußt wird«, warnte Gertrude, die eingefleischte Pragmatikerin. »Diese Serie lebt von der Gruppe. Vergeßt nicht: Alle sind gleich.«
»Blödsinn«, sagte Abby und brachte wie üblich die Sache auf den Punkt. »Sie und Sam werden die Stars von *Saga*, das sehe ich jetzt schon.«
»Jeder Schauspieler und jede Schauspielerin ist austauschbar«, fuhr Gertrude fort. »Laßt uns das nie vergessen, Freunde. Wenn wir das tun, sägen wir an dem Ast, auf dem wir sitzen. Ihr seht doch, was aus dem Filmgeschäft geworden ist.«
Alle dachten einen Augenblick lang daran, wie das Filmgeschäft von erfolgreichen Schauspielern und Schauspielerinnen auf den Kopf gestellt worden war, die ihre eigenen Produktionsgesellschaften gegründet und Zügel und Macht übernommen hatten. Redford, Beatty, Reynolds, sogar Goldie Hawn hatten sich selbständig gemacht und nannten sich jetzt Produzenten. Und einige

von ihnen waren durchaus erfolgreich, was alles noch schlimmer machte.
Abby brach das Schweigen. »Im Fernsehen wird das jedenfalls nie passieren.«
»Ach ja? Und was ist mit Lucy? Sie hatte nichts als ein lumpiges Studio! Und was ist mit Mary Tyler Moore?«
»Mary war nur ein Aushängeschild. Ihr Mann war die treibende Kraft. Das Fernsehen ist eine sichere Sache. Die Schauspieler spielen, die Produzenten produzieren, die Direktoren sagen, wo's langgeht, und so wird es auch in meiner Firma sein, und zwar auf jeder Ebene. In *Saga* ist keiner wichtiger als der Produzent und das Produkt.« Abby war hart wie ein Diamant. Sie nickten zustimmend.
»Laß diese Aufnahmen noch mal durchlaufen«, befahl er. Gebannt verfolgten sie, wie Chloe die winzige Leinwand füllte. »Sie hat's einfach«, hauchte Gertrude. »Ich hoffe nur, daß sie selbst nicht so bald darauf kommt. Wenn sie das erst merkt, können wir sie nicht mehr halten.«

Chloe erschien bei den Aufnahmen für *Saga* und strahlte eine Sicherheit aus, die sie gar nicht verspürte. Und sie war müde. Statt sich für ihren Auftritt vor der ›niemals lügenden Kamera‹ auszuruhen, hatte sie die halbe Nacht in lautstarken Auseinandersetzungen mit einem sie unflätig beschimpfenden, betrunkenen Josh zugebracht.
Joshs neue Single »Rainbow Girl« war nicht, wie er und seine Berater vorhergesagt hatten, langsam, aber sicher die Hitlisten hinaufgeklettert, sondern hatte es nicht einmal bis unter die Top hundred geschafft. Die Diskjockeys von der West- bis zur Ostküste hatten sie sehr kühl aufgenommen.
Seine Hoffnung, einen dreiminütigen Videoclip von dem Song zu machen, eine noch in den Kinderschuhen steckende Entwicklung, war zunichte gemacht worden. Der Präsident von Polygram hatte ihn rüde abgewiesen. »Ich muß das mal ganz brutal sagen: Der Rock-Video-Markt ist auf Jugendliche zugeschnitten – und

mit Jugendlichen meinen wir Elf- bis Zwanzigjährige.« Er hob die Schultern. »Josh, dies sind die Kinder deiner Fans, du verstehst, was ich sagen will?« fügte er mit einem Anflug von Bosheit hinzu.
Josh hatte seine Wut an Chloe ausgelassen, und jetzt saß er vor dem riesigen Fernseher in ihrem ›Spielzimmer‹ neben dem Schlafzimmer, trank Brandy aus einem Wasserglas und wechselte alle paar Sekunden den Kanal. Die Lautstärke war voll aufgedreht, und der ständige Wechsel der Programme machte Chloe verrückt.
Sie versuchte, sich nicht aus der Ruhe bringen zu lassen, während sie sich mit den tausend Details beschäftigte, an die sie vor ihrem ersten Arbeitstag denken mußte, war dies doch wahrscheinlich der größte Karrieresprung ihres Lebens.
Wütend zog sie an ihrer zwanzigsten Zigarette und bemühte sich, bereits auswendig gelernte Dialoge in ihr Gedächtnis zu rufen. Um ihr Haar hatte sie ein Handtuch gewickelt, und während sie die Packung einwirken ließ, versuchte sie mit zitternden Händen, sich die Nägel zu lackieren.
Einige Wochen lang hatte sie jetzt Diät gehalten und trainiert und hatte ein ›Kampfgewicht‹ von einhundertzehn Pfund erreicht. Eigentlich hätte sie gern ihr Haar gespült, ihre Nägel trocknen lassen und wäre dann mit einem Glas Wein, das jederzeit besser wirkte als Schlaftabletten, um neun ins Bett gegangen. Dann hätte sie ihre gut acht Stunden Schönheitsschlaf gehabt, bevor sie um fünf aufstehen würde, weil sie um sechs im Studio sein mußte.
Perfekt. Einfach perfekt. Um diesen Durchbruch für sich zu nutzen, mußte sie vorbereitet sein. Geistig, physisch und emotional. Das Fernsehen war eine schwierige Arena voller Konkurrenz. Da draußen warteten mehrere dieser Weibsbilder aus den Hauptprogrammen nur darauf, daß Chloe sich hervorwagte. Kampfbereit schärften sie schon ihre Krallen. »Ich werde sie mit den Zähnen zerreißen und in kleinen Stücken ausspucken!« hatte eine ihrer Rivalinnen hämisch zu Daphne Swanson gesagt. Daphne hatte nichts Eiligeres zu tun gehabt, als es in ihrer Spalte drucken zu

lassen. »Schließlich bin ich zehn Jahre jünger und zehn Zentimeter größer.« Chloe hatte über die Minderwertigkeitsgefühle dieser Schauspielerin gelächelt. Offensichtlich hatte sie Angst, in der Gunst des Publikums abzurutschen. Sie hatte jedenfalls vor, den Leuten etwas zu bieten für ihr Geld: Sie würde Miranda unvergeßlich machen. Sie hatte die letzten zwanzig Jahre ihres Lebens nicht damit verbracht, zu singen und den Jet-set in seiner natürlichen Umgebung zu beobachten, um jetzt nicht eine genaue Vorstellung von Mirandas Charakter zu haben. Geistreich, glitzernd, aufregend und ungezogen – Mirandas gab es überall in der großen Welt des internationalen Jet-set.

»Chloe, Chloe, wann gibt es Abendessen, verdammt noch mal?« brüllte Josh vom Fernsehraum aus und riß sie aus ihren Phantasien.

»Also, Liebling«, meinte sie besänftigend, »als Rosa ging, hattest du doch gemeint, wir würden keine fest angestellte Köchin mehr brauchen. Kannst du dir nicht etwas aus dem Kühlschrank holen?«

Der alte Streit, ob sie eine Haushälterin brauchten, die bei ihnen wohnte, drohte wieder aufzuflackern. Chloe kochte nicht gern und hatte bestimmt nicht vor, es nun am Vorabend ihres neuen Jobs zu lernen. Josh hatte immer versucht, ihr etwas von den alten präfeministischen Schuldgefühlen zu suggerieren, indem er darauf hinwies, daß eine ›richtige Frau‹ kochen könne. Seine Mutter kochte, seine Schwester kochte, sogar Sally konnte kochen. Warum nicht auch sie?

»Was bist du eigentlich für eine Ehefrau?« Josh umklammerte immer noch die Weinbrandflasche, als er ins Zimmer geschlurft kam. Er versuchte, ein gewinnendes Lächeln zustande zu bringen – eines von der Art, das sie immer erwärmte.

»Ja wirklich – und was bist du für ein Ehemann?« versuchte sie ihn aufzuziehen. »Fang nicht wieder an. Bitte nicht, Josh, Liebster«, sagte sie ruhig und versuchte ihn zu ignorieren, während sie das Handtuch von ihrem Kopf wickelte.

Er packte sie und drehte sie zu sich herum. Sein Atem roch stark nach Weinbrand, und seine Pupillen waren erweitert. Ihr sank der Mut. Brandy und Kokain. Eine schlechte Mischung. Er war nicht mehr er selbst. Sie hatte das früher schon erlebt, und es war kein schöner Anblick gewesen.

»Ich muß das abspülen. Wenn es zu lange auf dem Haar bleibt, kann der Friseur morgen nichts mehr damit anfangen.« Sie entwand sich ihm und entwischte unter die Dusche.

»Das ist mir egal. Ich will was zu essen, und dann will ich dich!« Er hing in der Türfüllung und überschrie das Rauschen des Wassers. »Los, Chloe, laß uns 'ne Dose Bohnen aufmachen und ein paar Eier in die Pfanne hauen, wie früher. Komm schon, Chloe, Süße!« Sein Ton war jetzt charmant-kokettierend, näherte sich dem alten Liebesgeplänkel, dem Ton, mit dem er sie früher gelockt hatte. Wider Willen fand sie ihn aufregend. Trotz eines Make-up-Termins um sechs Uhr früh und Lampenfieber regte sich noch immer ein Rest ihrer langjährigen Leidenschaft in ihr.

Chloe kam unter der Dusche hervor und zog einen Frotteebademantel an. Sie erwiderte seine Umarmung. Zwei verlorene Eier und eine Dose Bohnen brauchten nicht lange, beschloß sie. Wenn wir miteinander schlafen, schläft er sofort ein, und dann kann ich auch schlafen . . .

Hinterher kuschelte sie sich an ihn und versuchte, das alte Gefühl der Befriedigung und Behaglichkeit zu verspüren – sie sehnte sich nach Schlaf. Doch er fing wieder an zu klagen. Mit seiner Karriere gehe es abwärts, jammerte er, während sie auf dem aufsteigenden Ast sei.

Sie ließ ihn lamentieren über seine Frustrationen mit dem Showbusiness, über die Gemeinheiten der Plattenindustrie, die sein Talent nicht zu schätzen wußte, und über die Beschränktheit seiner launischen Fans.

»Bitte, Liebling, schlaf jetzt«, murmelte Chloe. Das Glas Weißwein zeigte schon Wirkung. »Ich *muß* schlafen, Josh.«

»Verdammt, Chloe, dir ist das scheißegal, oder?« sagte er vorwurfsvoll. Er setzte sich im Bett auf und knipste gleichzeitig das Licht und den Fernsehapparat an. »Dich interessiert nur deine

Person und deine verdammte Karriere, nicht meine. Du bist ein selbstsüchtiges, gemeines Luder.«
Er war nicht mehr aufzuhalten. Chloe schloß die Augen, um sich wenigstens auszuruhen, und richtete sich resignierend auf eine unruhige Nacht ein. Schließlich zog sie in das kalte, schmale Bett im Gästezimmer.

Die endgültige Trennung war leichter, als Chloe erwartet hatte. Unangemeldet war sie eines Tages aus dem Studio nach Hause gekommen und hatte ihn mit einem fünfzehnjährigen Mädchen angetroffen. Ausgerechnet in der Jacuzzi mußten sie liegen, benutzten *ihr* Schaumbad, massierten sich gegenseitig mit *ihrer* Body Lotion für hundertfünfzig Dollar die Unze, und auf dem Badewannenrand balancierten *ihre* Lieblings-Champagnergläser von Lalique.
Sie konnte nicht einmal mehr streiten. Taub vor Schmerz, Schock und Enttäuschung schloß sie sich ins Gästezimmer ein, schluckte zwei Valium und schlief trotz Joshs unermüdlichem Klopfen an der Tür die Nacht durch.
Geduld ist die einzige Tugend, die abnimmt, während man sie übt, und Chloe hatte nun endgültig genug von diesen Übungen. Am nächsten Tag rief sie ihren Rechtsanwalt an. Dies war das Ende – das wußte sie jetzt. Widerstrebend willigte er ein, den Fall noch einmal zu übernehmen.
Josh wehrte sich nicht. Er zog in seine Lieblingssuite im Wilshire um. Der taktvolle Perry kam, packte im Handumdrehen zwanzig Koffer mit Kleidung, Bändern und Elektronikausrüstung, und Josh war aus ihrem Leben verschwunden.
»Keine unguten Gefühle, Süße«, sagte Josh lächelnd, als er sie zum Abschied küßte – und damit den Schlußstrich unter elf Jahre ihres Lebens zog. »Wir bleiben Freunde, okay, Chloe? Wir werden immer Freunde sein, ja?«
Sie nickte benommen. Ihr Hals schmerzte von der Anstrengung, die Tränen herunterzuschlucken, die ihr über die Wangen laufen wollten. Verdammt, wie konnte er es wagen, so kühl, so sachlich,

so vertraulich zu sein? Würde sie jemals wirklich über ihn hinwegkommen?
Chloe schlug die schwere Holztür mit den aztekischen Schnitzereien zu und trat auf den Balkon hinaus. Es war ein traumhafter Tag für den Strand. Möwen schossen hin und her, Jogger rannten über den Strand, die kobaltblaue See spülte gegen die algenverkrustete Uferlinie. Ein perfekter Sonntag. Sie war allein. Am Ende ihrer Ehe, am Beginn einer TV-Karriere: Großes erwartete sie. Sie war jetzt vierzig – vor zehn oder fünfzehn Jahren hätte sie in diesem Alter schon zum alten Eisen gehört. Gelobt sei Jane Fonda, die die Einstellung so vieler Menschen gegenüber älter werdenden Frauen verändert hatte. Man sollte ihr zum Dank einen Altar errichten.
Aber heute spürte sie ihr Alter. Sie fühlte sich alt, fühlte sich ausgebrannt, traurig. Leer dehnte sich der Sonntag vor ihr aus. Ebenso der Montag, der Dienstag und der Rest der Woche. Monate und Jahre lagen vor ihr, und nichts außer *Saga* war da, um sie zu füllen. Hatte eine Fernsehkarriere solche Bedeutung für sie? So viele vergangene Jahre hatte sie nur dem Zusammenleben mit Josh gewidmet. Er hatte ihr Leben erfüllt, ihr die meiste Zeit auch Erfüllung gegeben. Und nun war wirklich alles vorbei. O nein, warum konnten sie nicht glücklich miteinander sein? Die wechselnden Betten und Rendezvous, die das Leben so vieler ihrer Bekannten ausmachten, waren nichts für sie. Das hatte für sie keinen Reiz. Für sie war es das schönste, mit einem Menschen zusammenzusein. Alles, was sie sich wünschte, war ein einziger Mann. Ein treuer Mann, mit dem sie zusammensein, ihr Leben teilen konnte. Warum war ihr das nicht vergönnt?
Also was jetzt? Sie hatte die Fernsehserie, aber sie hatte nicht – und würde es niemals haben – das, was sie sich am sehnlichsten wünschte: ein Kind. Ein Baby in den Arm nehmen, liebhaben, Mutter sein. Das kommt etwas spät, sagte ihre eigene Stimme hämisch. Deine biologische Uhr ist abgelaufen. Ihr Baby, Annabel, war jetzt eine langbeinige, selbständige Achtzehnjährige, die glücklich in London mit einem ebenso unabhängigen Freund

zusammenlebte und Gott sei Dank nichts davon ahnte, daß die berühmte Chloe Carriere ihre Mutter war. Chloe schrieb ihr jede Woche, telefonierte mit ihr, sooft sie konnte, und dachte täglich an sie. Sie spürte so viel Liebe zu dem ausgelassenen, schönen Mädchen, das so viel Ähnlichkeit mit der Chloe von achtzehn hatte. Selbständig, begeisterungsfähig, ehrgeizig. O Gott, sie betete darum, daß sie nicht an einem Mann wie Matt oder Josh hängenblieb.

»Schön, Tantchen, daß du da bist«, strahlte Annabel, wann immer sie sich sahen. Stets hatte sie es gerade sehr eilig. Mit fließendem kastanienbraunen Haar, die Gitarre über der Schulter, war sie auf dem Weg zu irgendeiner Verabredung, wo sie mit Freunden Musik machte. »Hab's eilig, Liebste, ich komm' bald wieder, bestimmt«, sagte sie dann zu Susan. Ja, Susan, Chloes Schwägerin, hatte Verständnis für sie.

In diesem Alter war Chloe dumm und unerfahren genug gewesen, sich von Matt schwängern zu lassen – in einer Zeit, als das ein Stigma war. Nun hatte sie die Folgen zu tragen. Außerdem war Annabel Susans gesetzlich adoptiertes, sehr geliebtes Kind. Niemand würde je die Wahrheit erfahren.

Fünfter Teil

18

Im Herbst 1982 kam *Saga* auf die Bildschirme. Sam Sharp spielte Steve Hamilton, den rauhen, männlichen Patriarchen des Hamilton-Clans. Chloe war Miranda Hamilton, seine seidig-erotische Ex-Gattin. Pandora King spielte die kühle, intellektuelle Judith Hamilton, Ex-Gattin Nummer zwei, und Sissy Sharp war Sirope, die einer Heiligen ähnliche derzeitige Mrs. Hamilton. Ein buntes Sortiment junger Schauspieler verkörperte eine Unzahl von Söhnen, Töchtern, Neffen und Nichten, Geliebten und Liebhabern, und innerhalb von sechs Wochen war diese Seifenoper zum größten Hit der Saison 1982/83 aufgestiegen. Und Chloe Carriere begann so prominent zu werden, wie es jeder vorhergesagt hatte.

»Es ist wirklich eine blöde Situation für mich«, sagte Larry Carter im Vertrauen zu Chloe, als sie an einem ruhigen Ecktisch in der Studiokantine saßen. Er aß ein Abby-Arafat-Sandwich, während sie Apfel- und Avocadoscheiben kaute, um ihre schlanke Linie zu halten.

»Ich meine, was glaubst du, wie ich mich fühle als Nachfolger von Alex? Für mich ist es ein Durchbruch, ich weiß, aber verdammt, schließlich ist er einer meiner besten Freunde.«

»Ja, aber er hat sich nicht an die Regeln gehalten, Darling«, sagte Chloe. »Er hat seine Sache nicht gut gemacht, Larry. Du weißt, daß er immer Interviews gegeben hat, die Show heruntergemacht hat, sich über Carson und Merv lustig gemacht hat. Das lassen sie nicht zu. Das weißt du.«

»Stimmt«, sagte er finster.

Saga war jetzt anderthalb Jahre im Programm, war ein ungeheurer Erfolg geworden und hatte alle anderen großen Unterhaltungsserien ausgestochen. Chloe war zu einer Berühmtheit gelangt, wie sie es sich nie hätte träumen lassen. Es gab jetzt Miranda-Hamilton-Puppen, Miranda-Hamilton-Kosmetika, Miranda-Hamilton-T-Shirts, Miranda-Hamilton-Glückwunschkarten und sogar Autoaufkleber mit »Laßt Miranda leben!«. Das bezog sich auf die Szene im Gerichtssaal, in der Miranda um ihr Leben flehte, nachdem sie fälschlich angeklagt worden war, einen ihrer zahlreichen Liebhaber umgebracht zu haben.

Die Zeitschriften rissen sich um Chloe. Angefangen hatte es mit Diät- und Schönheitsheften, Fanzeitschriften und den Modeteilen der Lokalblätter. Aber bald war Chloe zu Interviews in *People*, teureren amerikanischen und ausländischen Publikationen wie *Nouveau-Paris-Match* in Frankreich, *Holá* in Spanien, *Oggi* in Italien und dem *Sunday Times Magazine* in England aufgestiegen. Dann erschien sie auf den Titelbildern. Zehn Monate lang lächelte sie auf den Titelseiten von über zweihundert Zeitschriften in der ganzen Welt. *Saga* hatte Chloe und seinen anderen Stars wirklich viel gebracht – bis auf eine Ausnahme: Alex Andrews.

In den ersten dreizehn Folgen hatte er Steves und Judiths ungeratenen Sohn Cain gespielt, doch einige der klischeehaften Dialoge und Situationen in seiner Rolle hatten ihm erhebliche Schwierigkeiten bereitet. Er hatte angefangen, die Serie in jedem seiner Interviews herunterzumachen und sich bei den Aufnahmen und im Schminkstudio abfällig darüber zu äußern, wie dumm das Fernsehpublikum sei, wenn es sich für solch kindischen Blödsinn interessiere.

Es dauerte nicht lange, bis seine Schmähreden Abby und Gertrude zu Ohren kamen. Er wurde in ihre palastartige Bürosuite gebeten – Büros, in die die Wohnwagen aller Schauspieler von *Saga* zusammen leicht hineingepaßt hätten – und belehrt, er solle gefälligst damit aufhören, sonst würde er durch jemand anderen ersetzt.

»Wir tolerieren einfach kein illoyales Verhalten gegenüber unserer Serie.« Gertrudes schon immer gerötetes Gesicht war noch stärker angelaufen, und ihre normalerweise gelassene Stimme hatte schrill geklungen.

Abby sagte wenig. Sein massiger Körper schien genau für seinen massiven importierten Schreibtisch aus schwarzem Onyx proportioniert. Auf dem Tisch stand nichts außer einem Farbfoto von ihm und Maud mit Präsident Nixon, einem seiner engsten Freunde. Es war stillschweigend abgemacht, daß Gertrude die Sprecherin des Unternehmens war, wenn es um schwierige Schauspieler ging – die Frau Lehrerin, die ihre ungezogenen kleinen Jungen und Mädchen zur Ordnung rief. Versohlt ihnen das Hinterteil, scheltet sie streng und sagt ihnen dann, sie sollen an ihre Arbeit gehen und brav sein.

Alex war peinlich berührt. Mit dreiundzwanzig Jahren fühlte er sich diesen beiden brabbelnden Fossilien gegenüber, die von Kunst nicht die geringste Ahnung hatten, intellektuell überlegen. Ihre Vorstellung von einem kulturellen Höhepunkt war, bei Sue Menger einen Bertolucci-Film anzusehen. Doch er war auch ein Schauspieler, der leben mußte, und er war finanziell nicht genügend abgesichert, um die Cain-Rolle einfach hinschmeißen zu können.

Gertrudes Standpauke dauerte zwanzig Minuten, ungeachtet dreier Anrufe von dem inzwischen in Panik geratenen Ned, der Alex wieder zum Drehen brauchte.

»Also, daß mir das nicht wieder vorkommt«, zischte Gertrude. Ihr Gesicht war jetzt so flammenrot wie ihr gekräuseltes Haar. »Wir sind hier eine große Familie – eine glückliche, produktive Familie. Wir unterstützen uns gegenseitig – und wir schnappen nicht nach der Hand, die uns füttert.«

»Ja, Gertrude, natürlich. Es tut mir leid. Es wird nicht wieder vorkommen«, versprach er und haßte sich zugleich selbst wegen seiner Heuchelei.

»Gut gemacht, Gert«, sagte Abby, nachdem der Schauspieler mit eingezogenem Schwanz gegangen war. »Man darf ihnen so was nicht durchgehen lassen.«

»Und das werden wir auch nicht«, sagte sie entschieden.

Zwei Wochen danach war Alex zum Wochenende nach New York geflogen und saß mit einigen neuerworbenen Freunden aus dem Actors-Studio im Russian Tea Room. Sie tranken. Alle waren sie arbeitslos, alle heimlich eifersüchtig auf Alex' Prestige und das Geld, das er machte, aber sie hänselten ihn wegen *Saga* –

was für ein Mist das sei und wie entwürdigend für einen ernsthaften Schauspieler, in so einer Seifenoper aufzutreten.

»Das Schlimmste, was ich je gesehen habe. Es ist eine Beleidigung für jeden denkenden Menschen«, sagte eine kleine, drahthaarige Schauspielerin. Sie schielte leicht auf einem Auge. Ihr Mangel an Begabung und Schönheit würde dafür sorgen, daß sie in dem Beruf, den sie sich auserkoren hatte, ewig arbeitslos bleiben würde.

»Wird dir nicht richtig schlecht, wenn du diese lächerlichen Texte sprechen mußt?« sagte Tiger-Lily, eine schöne orientalische Schauspielerin, die es schwer hatte, anderswo als in Pornofilmen eine Rolle zu bekommen.

»Das Spielen da ist doch das Letzte, Mann. Das absolut Letzte!« stöhnte Mack, der nachts bei Sardi's als Tellerwäscher arbeitete und tagsüber erfolglos zum Vorsprechen lief. »Hör da auf! Werd ein richtiger Schauspieler, Mann. Schmeiß den Kram hin. Komm und leb in New York, wo was los ist, wo ein Schauspieler noch Selbstachtung haben kann ... wo echtes Talent geschätzt wird. Komm auf die Bretter zurück, Mann ... zum Theater. Das einzig Wahre ...«

Gertrude sah sich gerade *Saga* an, als der Anruf kam.

»Ich scheiß' auf euch – ich scheiß' auf eure beschissene Show – sie stinkt mir! Ihr stinkt! Laßt mich da raus!« schrie Alex. Er war eindeutig besoffen.

Sie verlor keine Zeit. Ohne den Blick vom Bildschirm und Chloes hübschem Gesicht zu wenden und während sie sich im Geiste einen Vermerk machte, daß sie dem Friseur sagen mußte, daß Chloes Stirnfransen zu lang wurden, wählte sie Abbys Privatnummer.

Am nächsten Nachmittag war die Nachricht schon in allen Zeitungen. Man hatte Alex fallengelassen wie ein gebrauchtes Kleenex. Seine Szenen waren gestrichen und durch neue Szenen mit anderen Schauspielern ersetzt worden. Eine Szene wurde neu geschrieben, in der sich alle über sein Verschwinden wunderten

und dann entdeckten, daß er auf der Suche nach seinem richtigen Vater nach Australien gegangen war.
Zwei Wochen später hatte Larry Carter seine Rolle übernommen. Für die Zuschauer gab es keine Erklärung, weshalb Cain plötzlich ein anderes Gesicht hatte, zehn Jahre älter war und mit britischem Akzent sprach.
Sein Haar wurde schwarz gefärbt, und das war auch die einzige Konzession der Produzenten an das Publikum. Die Beliebtheit von *Saga* war groß, und die Fernsehzuschauer nahmen ihnen das denn auch ohne Murren ab.

Der Weckdienst rief Chloe wie gewöhnlich um fünf Uhr morgens an. »Guten Morgen, Honey, es ist fünf Uhr. Sind Sie wach?« sagte die sympathische Stimme von Gloria.
»Mmm, jaa – ich bin wach«, seufzte Chloe und sah auf die Digitaluhr auf ihrem Nachttisch. Sie schlüpfte aus dem Bett, huschte in ihr geräumiges Bade- und Ankleidezimmer, schaltete die elektrische Kaffeemaschine ein, die auf dem kleinen Kühlschrank neben ihrem Becher mit der Aufschrift »Wer sagt, daß das Leben mit vierzig beginnt?« stand, machte zehn Minuten lang schnelle Bauchübungen und Liegestütze, während das Wasser heiß wurde und ihr Bad einlief, und sah die Nachrichten in CNN.
Zwanzig Minuten später, geschrubbt, geduscht, mit frisch gewaschenen Haaren, in ihrem bequemen Jogging-Anzug aus Velours, sprang sie in ihren Mercedes und fuhr zur ›Fabrik‹, wie Besetzung und Crew das Studio liebevoll nannten.
Die MCPC-Studios waren ein langweiliger grauer, fensterloser Gebäudekomplex am weniger attraktiven Ende des Pico Boulevards in Los Angeles. Mit der Vorstellung des Publikums von einem Film- oder TV-Studio hatte er etwa soviel gemein wie ein Gefängnis mit einem Nachtclub.
In ihrer winzigen Garderobe schaltete Chloe Kanal 5 ein, um die Lokalnachrichten anzusehen, hörte ihren Anrufbeantworter ab und trug dann vor einem mit Glühbirnen gerahmten Spiegel mit flinken, geübten Strichen ihr TV-Make-up auf. Sie schminkte

sich am liebsten selbst. Das bedeutete ein wenig Zeit, die sie ganz für sich hatte – die einzige während des langen Zwölf-Stunden-Tages.
Theo, ihr Friseur, rollte ihre dicken, dunklen Locken auf heiße Lockenwickler, während sie die Szenen für den Tag durchging. Debbie, die zweite Assistentin, brachte ihr das Frühstück auf einem Styroportablett, mit Plastikgabel, Papierserviette und Apfelsaft in der Dose, alles mit Alufolie zugedeckt. Um sieben Uhr ging sie nach unten zur Bühne 11 – die erste Probe des Tages stand an. Mit ihrer Sekretärin Gina, die ihr mit einem Stapel von 20 x 25 Zentimeter großen Fanfotos entgegenkam, sprach sie dann schnell noch ihre gesellschaftlichen Verpflichtungen und Interviewtermine für die nächsten zwei Tage durch.
Heute wurde eine Partyszene gedreht, in der die gesamte Besetzung auftrat. Sissy und Sam hockten wie üblich zusammen in einer Ecke und redeten selbstvergessen über Privatangelegenheiten. Für ein Ehepaar, das, wie jeder wußte, keinerlei sexuelle Beziehungen hatte, verbrachten sie wahrhaftig viel Zeit damit, sich verzückt in die Augen zu sehen und tiefschürfende Unterhaltungen zu führen. Beide trugen sie Designer-Jeans und karierte Hemden. In die Kragen waren dicke Packen Kleenex gestopft, damit das orangefarbene Make-up nicht abfärbte, jenes Make-up, das vor den Fernsehkameras ein Muß war.
Sissys Hinterteil war immer flacher geworden, es sah jetzt aus wie abgehobelt. Ihr dünnes blondes Haar war ungekämmt. Es hatte unter dem starken Scheinwerferlicht und dem ständigen Einrollen mit heißen Lockenwicklern in den letzten Jahren gelitten. Deshalb trug sie jetzt beim Drehen eine weiche, blonde Perücke.
Chelsea Deane, Chloes Lieblingsregisseur, leitete diese Folge. Die fünfunddreißigste. Es fehlten nur noch neun Folgen bis zum Ende des zweiten Jahres. Die Einschaltquoten hätten nicht besser sein können – und die Stimmung aller Beteiligten auch nicht.
Heute waren achtzig Statisten dabei, die im Stil der zwanziger Jahre gekleidet waren – ein Kostümball.

Drei Kameras wurden für die Eröffnungsszene auf dem herrschaftlichen Sitz der Hamiltons gebraucht, wo Sam als Steve Hamilton und Sissy als die dritte Mrs. Hamilton im Eingang standen und ihre Gäste begrüßten. Die Crew saß herum, schwatzte über dies und jenes, aß Sandwiches mit Schinken und Ei oder Pfannkuchen und Krapfen und trank Kaffee. Über allem lag das Summen der Unterhaltungen, während die Schauspieler die erste Szene des Tages durchspielten. Chloe, Sam und Pandora hielten sich beim Proben gewöhnlich an das Skript. Sie hatten den Text noch nicht gelernt. Sissy dagegen kannte immer jedes Wort, nicht nur den eigenen Text, sondern den aller anderen auch. Wehe dem Schauspieler, der steckenblieb – sie hatte keine Geduld und geriet sofort außer sich.

Nach der Probe ging Chloe zurück in ihre Garderobe. Im Schrank hing ein dicht mit Perlen besetztes goldenes Kleid im Stil der zwanziger Jahre, das *Sagas* Designer Rudolpho für sie entworfen hatte.

»Meine Güte, ist das schwer«, ächzte sie, als Trixie, ihre Ankleidefrau, ihr hineinhalf. »Es muß mindestens zwanzig Pfund wiegen.«

»Dreißig«, sagte Trixie lakonisch, während sie lange, hängende Ohrringe und mit falschen Diamanten besetzte Armbänder bereitlegte und goldene Schuhe heraussuchte. »Wir haben es gewogen. Es hat schon zwei Bügel durchgebrochen.«

»Großartig«, sagte Chloe. »Meine Schultern fühlen sich schon an, als hätte ich einen Pflug gezogen.«

»Wer schön sein will, muß leiden«, konterte Trixie ungerührt. Da hörten sie Sissy über den Flur schreien: »Trixiiie, wo zum Teufel bleibst du?«

»Ah, die liebliche Stimme unserer göttlichen Diva.« Trixie lächelte und zwinkerte Chloe zu. »Vielleicht erwische ich ihren dürren Hintern mit dem Reißverschluß. Dann hat sie wirklich Grund zum Schreien.« Sissy war bei Kollegen und Personal gleich unbeliebt, doch das schien sie nicht zu berühren.

Im Frisiersalon kämmte Theo Chloes Haar aus und befestigte vergoldete Straußenfedern an einem strammsitzenden, perlenbestickten Stirnband. Im nächsten Stuhl saß Larry, dem Monica, die zweite Friseuse, gerade eine Schicht festes Puder-Make-up auf die kahle Stelle applizierte, die sich seit kurzem auf seinem Schädel zeigte.

»Doll, was?« sagte Larry kleinlaut. »Mein einziger Trost ist, daß Prinz Charles auch eine Platte kriegt.«

»Und er ist jünger als du«, spottete Chloe.

Larry zog ein Gesicht. Mit fünfunddreißig spielte er einen Fünfundzwanzigjährigen, und das wurde allmählich immer schwieriger. Wie alle Schauspieler mußte er ständig auf sein Gewicht achten, um sich sein jugendliches Aussehen für die scharfäugige Kamera zu bewahren. Die meisten anderen Kollegen legten jede Saison mehrere Pfunde zu. Schuld daran waren die üppigen Snacks, die den ganzen Tag über auf dem großen Tisch bereitstanden und geradezu dafür prädestiniert waren, die langweiligen Wartezeiten nicht ganz so langweilig werden zu lassen. Da die Kamera jedoch jedem Schauspieler noch fünf bis zehn optische Pfunde zusätzlich aufbürdete, versuchten sie, sich von dem ganzen dickmachenden Zeug fernzuhalten, das da ständig aufgebaut war. Doch oft genug brach gegen Ende des Tages alle Willenskraft zusammen, und zu Pandoras und Chloes Entsetzen mußten ihre knappsitzenden Kostüme gelegentlich in der Taille oder an den Hüften ausgelassen werden. Sissy konnte das nie passieren. Hungern war ihr Credo.

»Fertig, Chloe?« zirpte die immer fröhliche Debbie. »Bühne elf, husch, husch!«

Auf der Spielfläche wurden achtzig Statisten vom zweiten Regieassistenten hin und her dirigiert, während Chelsea Deane sorgfältig eine Szene probte, in der Chloe und ihr jüngster Liebhaber, gespielt von Garth Frazer, gerade Sissy und Sam begrüßten.

Es war eine kurze Szene, aber schwierig zu drehen, weil sich die Statisten – ›die Atmosphäre‹, wie sie lieber genannt wurden – vor den Hauptdarstellern bewegen mußten, ohne die Kamera zu behindern, wenn die Schauspieler ihre Dialoge sprachen. Die Statisten sollten sich angeregt unterhalten und lachen, durften

das aber nur mimen, damit die Mikrophone nur die Dialoge der Hauptdarsteller aufnahmen.
Nach der fünften Klappe rief Chelsea: »Fertig und entwickeln!« Die Darsteller saßen inmitten eines Wirrwarrs von Kabeln und Scheinwerfern im Halbkreis in ihren grünen Klappstühlen und entspannten sich für acht bis fünfzehn Minuten. Das war die Zeit, die benötigt wurde, um die Szene für jede Nahaufnahme auszuleuchten. Theo und Ben machten sich an Chloes Haar und Gesicht zu schaffen, und Trixie sorgte sich wegen der röhrenförmigen Glasperlchen, die immer wieder von Chloes Mieder abfielen. Sie versuchte, sie wieder anzunähen, doch schließlich gab sie auf und seufzte: »Ich glaube, auf dem Film merkt man das gar nicht.«
Chloe bemühte sich, kühl, ruhig und gefaßt zu bleiben, obwohl um halb elf Uhr vormittags die Außentemperatur fast fünfunddreißig Grad Celsius erreicht hatte und das Studio kaum kühler war. Nach der Wettervorhersage von Dr. George in Kanal 7 sollten es heute noch fast achtunddreißig Grad werden.
Chloe fühlte, wie ihre Haut unter dem dicken Make-up brannte. Das starke Scheinwerferlicht ließ die Gesichter der Darsteller so flächig erscheinen, daß extrem starkes Schminken nötig war, um ihnen Kontur zu verleihen. Sissy saß da und wedelte sich mit einem alten Fächer Luft zu. Sie war überzeugt, er habe einmal Lily Langtry gehört. Garth, Chloes Filmliebhaber, saß neben ihr, und der Schweiß lief ihm über das orangefarbene Gesicht.
Garth Frazer hatte blondes, allmählich schütter werdendes Haar und war nur ein Meter fünfundsiebzig groß, also klein im Vergleich zu den anderen Schauspielern, die mindestens ein Meter dreiundachtzig maßen. Er mußte dicke Einlagen in seinen Schuhen tragen, wodurch er immer merkwürdig nach vorn zu kippen schien. Chloe rückte ihren Stuhl unauffällig ein Stück weiter, um seinem Atem auszuweichen. Garth hatte sich am Abend vorher offensichtlich ein gutes, reichlich mit Knoblauch gewürztes italienisches Essen geleistet, dabei wohl nicht an die ihm heute bevorstehenden leidenschaftlichen Umarmungen mit Chloe gedacht. Doch je weiter sie ihren Stuhl wegrückte, desto weiter lehnte er

sich zu ihr hinüber, um ihr – als wüßte sie das nicht – die feineren Details der Szene zu erläutern, die sie gleich spielen sollten.
Chloe amüsierte es, mit welcher Wichtigkeit er sie über *ihre* Handlungsmotive in der Szene aufklärte. Sicher war er der Star von zwei oder drei ganz ordentlichen ›Filmen der Woche‹ gewesen und war in einer durchaus respektablen Dauerserie im Hauptprogramm aufgetreten, aber damit war er noch nicht Sir Lawrence Olivier. Allmählich begann sie sich über seine herablassende Art ihr und den anderen Schauspielern und Kollegen gegenüber zu ärgern.
»Ich weiß, daß du erst seit drei Jahren spielst, Darling«, lächelte er und entblößte dabei die abscheulichsten überkronten Zähne, die sie je gesehen hatte. Wie lange konnte sie diesen Narren noch ertragen? Ihre ›Schönheits-Crew‹ – Trixie, Theo, De De und Ben – saß in der Nähe und beobachtete sie mit unterdrückter Heiterkeit.
Gina trat mit einem Stapel Post an sie heran, um ihr zur Flucht zu verhelfen.
»Also, du siehst, Darling, so sehe ich den eigentlichen Hintergrund von Mirandas und Charles' Beziehung in der Szene, meinst du nicht auch?« sagte der blonde Schauspieler eindringlich.
»Hmm, ja, natürlich«, murmelte Chloe. Sie kannte ihre Rolle besser als er seine, und vor allem kannte sie ihren Text. Er hatte in den letzten vier Folgen erhebliche Schwierigkeiten mit seinem Dialogpart gehabt. Das wurde allmählich zum Problem, da sie hinter dem Zeitplan zurückblieben. Das kostete Geld, und wenn es etwas gab, das ein Produzent haßte, dann waren es nicht eingeplante Kosten. Aber Garth schien das nichts auszumachen. Er war ein aufgeblasener Geck, ein eingebildeter Egoist, kurz, ein ziemlich typisches Exemplar eines mittelmäßigen Fernsehschauspielers, der Glück gehabt hatte und dem der Erfolg zu schnell zu stark zu Kopf gestiegen war.
Mit einem gemurmelten »Entschuldige mich bitte« folgte Chloe Gina.
Mehrere Stunden später war es Zeit für die Liebesszene. Chloe stöhnte innerlich auf.

»Sie sind dran, Chloe«, sagte Ned, während Ben Max-Factor-Puder auf ihr Gesicht packte, damit es nicht glänzte.
»Okay, Darling, dann proben wir erst mal, ja?« sagte Chelsea, noch immer gut gelaunt wie ein Matrose auf Landgang.
Der Kameramann sagte dem Beleuchter, er solle das Licht mehr nach links richten, der Toningenieur signalisierte seinem Assistenten am Pult, sein Mikro ganz genau auf die beiden Schauspieler einzustellen, weil er zu viel Echo vom Raum bekam. Der Kameraassistent hielt Chloe und Garth ein Maßband unter die Nasen, rechnete kurz etwas aus und notierte es sich. Trixie fummelte an Chloes Perlen herum, Theo machte sich an den Federn in ihrem Haar zu schaffen. Das Geflügel begann sich zu mausern und fiel auf ihre falschen Wimpern. Ben zog ihre Lippen zum fünfzehnten Mal an diesem Tag mit pfirsichfarbenem Lip gloss nach. Mit einem resignierten Seufzer tupfte Bobby, der zweite Maskenbildner, Garths Gesicht mit einem feuchten, hamamelisgetränkten Sämischleder ab, bevor er eine neue dicke Puderschicht auflegte.
Eine der Sekretärinnen von Bill Herberts Büro erschien mit ihrer ganzen Familie aus Arkansas am Drehort. Mit offenen Mündern standen sie direkt in Garths Blickrichtung. Einer von ihnen hantierte mit einer Instamatic-Kamera, und laut und aufgeregt flüsterten sie sich etwas zu.
Chloe machte Ned ein Zeichen, man solle sie wegschicken, aber bevor er das tun konnte, ging Garth hoch.
»Schafft mir diese Leute aus den Augen, bitte!« schrie er. »Was ist das hier eigentlich? Fütterung im Zoo vielleicht?«
»Reg dich ab . . .«, begann Chloe.
»Wir proben hier eine gottverdammte Szene und wollen nicht angestarrt werden wie Affen im Zoo, verdammt noch mal!«
Einmütig, doch schweigend hob das Personal die Augen zum Himmel. Alle hatten Garths hochnäsige Art und seine Wutanfälle nun wochenlang ohne ein Wort ertragen. Sissy tolerierten sie. Sie war ein großer Star, spielte eine der tragenden Rollen in dieser Serie, war ihre Brötchengeberin. Garth war keine so große Num-

mer. Dies war hauptsächlich Chloes, Sissys und Sams Show, auch wenn Abby und Gertrude ständig betonten, daß diese Serie von der Gruppe lebte.
Garths Maskenbildner befaßte sich noch einmal mit seinem verschwitzten Gesicht, und Chloe fragte sich im stillen, ob er wohl Koks schnupfte. Noch nie hatte sie jemanden so schwitzen sehen.
»Okay, Kinder, laßt uns das mal durchspielen, ja?« Chelsea Deane war äußerlich ruhig, aber innerlich kochte er. Dieses ignorante Großmaul begann ihn zu nerven. »Was für ein hirnloser Nichtskönner«, hatte er vor einer Woche im Vertrauen Chloe gegenüber bemerkt, nachdem er eine Szene aufgenommen hatte, in der Garth immerhin achtmal seinen Text nicht parat hatte.
»Ich weiß, ich weiß, Chelsea, er ist eine Nervensäge. Warum sie ihn nehmen statt Colin Bridges, werde ich nie verstehen.«
Sie und Chelsea sahen sich verständnisvoll an. »Okay, Kinder – Kamera ab!« Chelsea stand neben der Kamera und sah aufmerksam zu, wie Chloe und Garth die Szene spielten. Garth blieb schon in der ersten Zeile stecken.
»Okay, wir fangen noch mal an«, sagte Chelsea, als die Maskenbildner zum Auffrischen anrückten. Der Regieassistent rief nach dem roten Licht. Der dritte Kameraassistent brachte die Klappe.
»Dreiunddreißig Aufnahme zwei«, verkündete der Toningenieur.
»Ton läuft.«
»Kamera ab!« rief Chelsea.
»Ich liebe dich, Miranda«, hauchte Garth alias Charles und beugte sanft seinen blonden Kopf zu Chloes dunklen Locken hinunter. Sie saßen nebeneinander auf einer Chaiselongue im Hamilton-Landsitz. »Nie habe ich jemanden so geliebt wie dich.« Chloe bereitete sein Knoblauchatem wachsende Übelkeit.
»O Charles, warum sagst du so etwas und meinst doch etwas ganz anderes?« Sie bewegte ihren Kopf so weit von ihm weg, wie es die sorgfältig eingestellte Beleuchtung erlaubte. Eine bedeutungsschwangere Pause. Chloe versuchte, sie mit einem mädchenhaften Seufzer zu füllen. Garth hatte wieder den Faden verloren.

»Tut mir leid, Love«, sagte er ruhig. »Das macht die Hitze.«
Chloe knirschte mit den Zähnen. Trixie und Gina warfen ihr einen mitfühlenden Blick zu. Die Crew versuchte, gleichgültige Mienen zu dieser Leistung zu machen.
»Dreiunddreißig Aufnahme vierzehn« rief eine Stunde später der Kameraassistent überlaut und knallte die Klappe allzu heftig vor Garths Nase zu. Die Crew war jetzt innerlich auf dem Siedepunkt, und Chloe tat ihnen leid.
Chloe fühlte sich äußerst unbehaglich. Die Raumtemperatur betrug über achtunddreißig Grad Celsius. Das schwere Kleid mit den Perlen, die fusselnden Straußenfedern, dieser scheußliche Schauspieler mit seinem widerwärtigen Atem, dem der Schweiß von der Stirn in ihr zu ihm aufblickendes Gesicht troff, all das war ein Alptraum. Chloe hatte genug. Diesmal war das Maß voll.
Schließlich brachten sie die Szene doch noch in den Kasten. Chelsea schaffte es mit Aufnahmen aus mittlerer Distanz und Nahaufnahmen. Chloe ging in ihre Garderobe und rief Gertrudes Büro an. »Ich muß mit Ihnen sprechen, und zwar gleich«, sagte sie. »Es ist dringend.«

Nachdem Abby und Gertrude die katastrophalen Rohkopien gesehen hatten, war ihnen klar, daß sie einen neuen Liebhaber für Chloe finden mußten, und zwar schleunigst. Seit anderthalb Jahren hatte sie zum ersten Mal rebelliert. Sie erklärte ihnen, für ihre Rolle brauche sie einen starken, sicheren Typ als Gegenspieler, einen ›richtigen‹ Mann: kräftig, maskulin und mit Sex-Appeal. Sie wußten, daß sie recht hatte.
Eine Eilkonferenz wurde einberufen, an der Bill Herbert, Chloe und Jasper Swanson teilnahmen. In Abbys eichengetäfeltem Büro diskutierten sie die Möglichkeiten durch. Wer stand zur Verfügung, wer nicht? Wer würde für das Fernsehen arbeiten, wer hielt es für unter seiner Würde?
»Burt Reynolds«, schlug Chloe optimistisch vor. »Das ist ein richtiger Mann, und seine eigenen Filme waren in letzter Zeit nicht sehr erfolgreich.«

»Ha!« sagte Abby. »Er macht Filme, Honey, Filme. Er macht kein Fernsehen.«
»Timothy Dalton«, schlug Jasper vor, immer bereit, einem englischen Landsmann zu einem Job zu verhelfen.
»Timothy wer?« schnarrte Gertrude. »Nie gehört.«
»Er ist gut. Er ist ein ausgezeichneter Shakespeare-Darsteller. Ein heißer Tip«, beharrte Jasper.
»Nein, nicht für *Saga*«, sagte Abby. »Ich habe ihn vor Jahren mal in diesem Mae-West-Film geshen. Nein – der nächste?«
»Es wird euch noch leidtun«, sagte Jasper. »Timothy ist im Kommen, er wird noch ganz groß.«
»Laßt ihn woanders groß werden«, sagte Gertrude. »Wir brauchen einen richtigen Macho-Typ mit einem Namen.«
Zwei frustrierende Stunden lang diskutierten sie über die Besetzung. Dann spielte Jasper seinen Trumpf aus. Er hatte nur auf den richtigen Augenblick gewartet. Den Augenblick, wo Tom Selleck, George Hamilton, Robert Wagner, James Farentino, Alain Delon, Michael Landon, Peter Strauss, Martin Sheen, Jeff Bridges und Gregory Harrison alle in Erwägung gezogen und aus diesem oder jenem Grund verworfen worden waren.
»Wie wär's mit Luis Mendoza?« schlug er vor.

Luis saß Jasper im Ma Maison gegenüber und drehte Däumchen. Sein Film mit Sissy – ein totaler Reinfall – lag jetzt drei Jahre zurück. Die Produzenten konnten ihn nicht einmal dem Kabelfernsehen verscheuern. Seither waren Filmangebote für Luis dünn gesät gewesen. Wäre da nicht seine Leidenschaft für Sabrina gewesen, er wäre nach Mexiko zurückgegangen. Dort war er ein Superstar, und seine Schallplatten verkauften sich immer noch besser als die von Julio Iglesias. Trotz seines guten Aussehens und seiner Begabung, von der er fest überzeugt war, weigerte Hollywood sich, einen singenden Mexikaner ernst zu nehmen. Er hatte die beste PR-Firma der ganzen Stadt beauftragt, sein Image als ernsthafter, aber sinnlicher Schauspieler in der Öffentlichkeit zu verbreiten. Außerdem hatte er sich von Klinger getrennt und

Jasper Swanson als seinen Agenten engagiert. Er war für Filme mit Bo Derek, Kim Basinger und Kathleen Turner in die Auswahl gekommen – aber ein festes Angebot hatte man ihm nicht gemacht.

Jetzt war er zweiunddreißig und sah mit seinem schwarzgelockten, glänzenden Haar und seinen leicht schräggestellten braunen Augen mit den dichten Wimpern besser aus denn je. Er und Sabrina waren das schönste, fotogenste Paar von ganz Hollywood. Die Fotoreporter spielten verrückt, wann immer sie in der Öffentlichkeit erschienen, was nicht häufig war. Sie blieben lieber zu Hause und liebten sich, lagen in der Jacuzzi, die in die Dachterrasse ihres Hauses am Strand eingelassen war, tranken Wein und redeten über ihre Zukunft.

Doch in letzter Zeit begannen Sabrinas Reize Luis weniger zu beglücken. Die herrliche, hingebungsvolle Sabrina war ein kleines bißchen langweilig geworden. Gelegentlich mußte er zu seinem Entsetzen sogar feststellen, daß er nicht in der Lage war, auf ihre amourösen Avancen einzugehen. Er schützte Kopfschmerzen, Erschöpfung oder Arbeit an Drehbuchtexten vor und zog sich in sein Studio zurück. Dort saß er dann und grübelte, warum seine Potenz anscheinend nachließ, auf die er zu Recht immer so stolz gewesen war. Er erinnerte sich an die Machos in seiner Jugend, wie sie über jene ›Amigos‹ redeten, die »keinen hochkriegten«. Jetzt würde womöglich auch er bald zu diesen ›Amigos‹ gehören.

Obwohl er diese Schwäche im letzten Monat nur ein paarmal erlebt hatte, reichte das aus, daß Luis' heißes lateinamerikanisches Blut in seinen Adern erkaltete.

In den nahezu drei Jahren, die er und Sabrina nun zusammenlebten, war er ihr mehr oder weniger treu gewesen: für einen Lateinamerikaner etwas Ungewöhnliches. Sie hatten sich mindestens ein- oder zweimal täglich geliebt. Jetzt ließ seine Männlichkeit ihn im Stich, und das war schlimmer als der Tod.

Luis war so mit seinen Problemen beschäftigt, daß er Jasper kaum zuhörte.

»Ich meine, du solltest eine Serie machen«, sagte Jasper, schnippte gekonnt die Bauchbinde von einer Davidoff-Zigarre und zündete sie mit einem Streichholz an, das er aus einem viktorianischen Silberkästchen hervorgeholt hatte.
»Eine Serie? Ay, Mamá, letzten Monat hat man mir gerade eine Serie angeboten. Mit mir und einem sprechenden Auto als Hauptdarstellern. Nein danke!«
»Ich meine nicht irgendeine Serie.« Jasper wurde ungeduldig. »Ich spreche von *Saga*, der Serie schlechthin zur Zeit, der heißesten Show Hollywoods.«
»Und? Sie ist doch schon mit Sam und Sissy besetzt – nee!« Er machte eine Grimasse, als er an ihren glücklosen Film dachte und ihre noch unglücklichere kurze Affäre.
»Was hältst du von Chloe Carriere?« fragte Jasper und sog genüßlich an der dicken Zigarre. In seinem Alter bedeutete eine Zigarre mehr Befriedigung und Vergnügen als Sex.
»Chloe Carriere ... Das ist ein Mordsweib – und wie ich gehört habe, auch ein raffiniertes Biest«, lachte Luis. »Man sagt, sie schneidet ihren jeweiligen Liebhabern die Eier ab und brät sie zum Frühstück wie Huevos rancheros.«
»Stimmt nicht, Luis«, sagte Jasper ernst. »Stimmt überhaupt nicht. Chloe ist in Wirklichkeit ein sehr nettes Mädchen. Sie ist sozusagen ein Opfer ihrer eigenen Publicity geworden.«
»Aber sie ist doch ganz gut damit zurechtgekommen, oder?« beharrte Luis.
»Die liebe Chloe, sie ist ein Phänomen, ich geb's zu«, lachte Jasper. »Sie hat lange genug auf diesen Durchbruch gewartet, deshalb will sie jetzt unbedingt das Maximum herausholen. Um zur Sache zu kommen, Luis: Abby Arafat und Gertrude haben uns ein riesiges Angebot gemacht, das man nur schwer ablehnen kann.«
»Was denn?«
»Zwei Jahre in *Saga*, mit Option für ein drittes. Fünfundzwanzigtausend die Folge im ersten Jahr, vierzigtausend im zweiten, über das dritte können wir natürlich verhandeln.«

»Hmm, ich kann mehr als das in einem Monat mit einer Spanientournee verdienen«, sagte Luis.
»Luis, alter Junge!« Jasper wurde jetzt ernster. »*Saga* ist eine heiße Show in diesem Jahr und auch noch im nächsten. Wenn sie Glück haben, können sie sogar sechs oder sieben Jahre so weitermachen. Chloe Carriere ist zur Zeit eine Top-Schauspielerin. Sie wollen dich als ihren Liebhaber, Ehemann oder Freund haben. Das wird deinen Namen in ganz Amerika so bekannt machen, wie du es dir immer vergeblich gewünscht hast. Laß mich dir eins über die Filmszene sagen, Junge. Nicholson und Redford haben es schwer, heute die richtigen Rollen zu kriegen und auf ihrem hohen Film-Roß zu bleiben. Jetzt macht das Fernsehen die Stars. Nimm diese Rolle, Luis. Jede Frau in Amerika muß weiche Knie kriegen, wenn du auf dem Bildschirm erscheinst. Dann kannst du in zwei Jahren selbst bestimmen, was du machen willst. Sieh dir Selleck an – er hatte im Fernsehen Erfolg, und jetzt hat er mehr Filmangebote, als er annehmen kann.«
Luis erwog den Rat des Engländers. Es stimmte. Das Fernsehen ließ sich nicht mehr ignorieren. Mit wenigen Ausnahmen gab es keine großen Filmstars mehr. Fernsehstars waren jetzt die Crème des Showbusiness – sie wurden ins Weiße Haus eingeladen, machten Diener und Hofknickse vor der Queen und bevölkerten die Titelseiten der großen Zeitschriften.
»Vielleicht sollte ich es machen. Ich will es mir überlegen.«
»Tu das, alter Junge. Du hast vierundzwanzig Stunden Zeit, um dich zu entscheiden. Danach werden sie einen anderen suchen.«
Luis runzelte die Stirn. »Droh mir nicht.«
»Tue ich nicht, alter Junge, tu ich gar nicht. Ich glaube nur, daß dies für deine Karriere ein entscheidender Sprung wäre.«
»Ich hab' dir ja gesagt, ich werde es mir überlegen«, sagte Luis.

Luis Mendoza brauchte nicht lange, um das Angebot anzunehmen, und ein paar Wochen später kehrten in der leidenschaftlichen Umarmung mit seiner neuen Filmgeliebten Chloe auch schnell seine alten Macho-Eigenschaften wieder zurück. Er fühl-

te, wie sich seine Männlichkeit gegen den hauchdünnen Chiffon ihres Nachthemdes erhob. Sie lagen unter lilafarbenen Frottee-Laken auf der Studiobühne. Dutzende von Männern und Frauen bewegten sich geschäftig um das Bett, riefen Anweisungen und taten tausend notwendige Handgriffe, bevor die Kamera auf die Liebesszene zufahren konnte, die sich direkt vor aller Augen abspielte. Luis brach der Schweiß aus, was ihm normalerweise nicht passierte. Wie konnte Chloe ihn so erregen? Sie war viel zu alt für ihn, und ihre entschiedene englische Art konnte er nicht ausstehen. Dauernd schien sie sich insgeheim über ihn lustig zu machen, und obwohl sie freundlich und charmant war, haßte er ihre kühle Art und ihren Mangel an Ehrerbietung gegenüber Männern im allgemeinen.
Chloe sah ihn erschrocken an, als sie Luis' normalerweise indifferentes Glied gegen ihren Oberschenkel zucken fühlte. Sie blickte ihm in die Augen, während sie so zusammenlagen und ein Kameramann ihnen das Maßband unter die Nasen hielt, und zwinkerte ihm verschwörerisch zu. Luis brachte ein schwaches Lächeln zustande und zwang sein aufmüpfiges Glied zum Gehorsam.
Warum nur, um Gottes willen, warum ausgerechnet jetzt? Warum nicht mit der sanften, ihn vergötternden, wundervollen jungen Sabrina?
»Okay, Kinder«, strahlte Chelsea Deane mit seinem ganzen Cockney-Charme. »Ich gebe euch hier viel Spielraum, damit ihr euch voll ins Zeug legen könnt. Ich will, daß ihr wirklich die Bildschirme zum Schmelzen bringt. Wir haben viel Bewegungsmöglichkeit, also zeigt mal, ob all das, was sie über euch in den Zeitungen schreiben, wahr ist. He, Love?« Er lächelte Chloe an, und sie lächelte zurück. Chelsea hatte einen herrlichen Humor, etwas, was den meisten Produzenten und Aufnahmeleitern leider völlig fehlte. Während der Dreharbeiten beschimpften er und Chloe sich manchmal maßlos oder alberten so lange miteinander herum, bis die Crew nicht mehr konnte und Chloe in ihre Garderobe flüchten mußte, um sich vom Lachen zu erholen.
»Uuund Kamera ab!« rief Chelsea.

Nach der leidenschaftlichen Liebesszene stand die Crew ganz still. Trixie reichte der überwältigten Chloe einen Frotteebademantel. Luis war erstaunlich gut gewesen. Seine in plötzlicher, unerklärlicher Begierde für Chloe auflodernde Leidenschaft hatte sie in der Hitze des Augenblicks fast mitgerissen.
»Wirklich, Kinder, das war heiß!« sagte Chelsea bewundernd. »Laßt es entwickeln, das brauchen wir nicht mal zu wiederholen. He, Luis, du warst toll, Mann! Einfach großartig!« Stolz nahm Luis die Komplimente verschiedener Kollegen entgegen und zog sich in seinen Wohnwagen zurück, als der Lunch ausgerufen wurde. Debbie Drake, die hübsche junge zweite Regieassistentin, brachte ihm wie immer Chef-Salat, Eistee und Apfelkuchen mit Eiscreme.
»Wollen Sie sonst noch etwas, Luis?« sagte sie fröhlich von der Tür seines Wohnwagens aus, wo ihre Silhouette sich gegen die strahlende kalifornische Mittagssonne abhob. Ihre festen Brüste zeichneten sich unter dem einfachen weißen T-Shirt ab. Sie hatte einen süßen Hintern, der in verwaschenen Bluejeans steckte. Ihr ungeschminktes Gesicht mit dem langen blonden Pferdeschwanz war hübsch – ein nettes, typisch amerikanisches Mädchen.
»Ja, Querida, ich will dich«, sagte er mit einem tiefen Blick seiner berühmten dunklen Augen, die in ganz Lateinamerika die Mädchenherzen höher schlagen ließen.
»Oh«, schluckte Debbie und dachte an die Liebesszene, die sie gerade mit angesehen hatte. Na ja, hm, warum nicht? sagte sie sich im stillen. Wollen doch mal sehen, ob es stimmt, was man über die lateinamerikanischen Liebhaber sagt. Mit einem kurzen Tritt ihres Turnschuhs schlug sie die Tür zu, zog sich das T-Shirt über den Kopf und kam zu Luis auf seine Bettcouch.
In der Woche darauf nahm Luis sich Pandora vor. Obwohl er sich nie für ältere Frauen interessiert hatte, regte Pandoras frische Art, gepaart mit einem wirklich phantastischen Busen, seine Phantasie an. Seine Eroberungen schienen sein Feuer für Sabrina wiederzuerwecken. Er erlebte nicht nur einige höchst anregende Lunchpausen, sondern erreichte auch eine nie gekannte Intensität der Leidenschaft mit Sabrina. Es war klar, daß das nicht ewig so

weitergehen konnte. Plötzlich hatte Luis Mendoza alles auf einmal.
Sein plötzlicher Ruhm erstaunte sogar ihn selbst. Nach nur zwei TV-Auftritten in *Saga* hatte er Tonnen von Fanpost erhalten. Die Frauen waren von seinem etwas anmaßenden Macho-Look hingerissen. Er war der gefragteste Mann des Monats in allen fünfzig Bundesstaaten. Herausgeber belagerten Christopher McCarthy, den PR-Mann von *Saga*, mit Bitten um Titelbilder von Luis und um Fototermine und Interviews mit ihm.
Bevor er wußte, wie ihm geschah, war Luis auf der Titelseite von *US*, *People*, *USA Today* und vielen anderen Magazinen abgebildet, sogar in der oberen Ecke der Titelseite von *Newsweek*. Es war verrückt, berauschend. Luis war nie bescheiden gewesen, und sein ihm angeborener Stolz wuchs durch die plötzlichen Aufmerksamkeiten und die viele Bewunderung noch.
Sabrina mißfiel das alles ein wenig. Nicht, daß sie eifersüchtig gewesen wäre. Als die Verkörperung des amerikanischen Schönheitsideals war sie selbst sehr gefragt. Sie baute die Grundlage einer Filmkarriere auf, von der sie hoffte, sie würde Jahre währen. Aber es gefiel ihr nicht, daß Luis den ganzen Tag vor dem Spiegel stand, sein glänzend schwarzes Haar kämmte und seine Muskeln in dem dreigeteilten Spiegel in *ihrem* Ankleidezimmer bewunderte. Das heißt, davor fand er sich ein, wenn er sich nicht gerade draußen am Pool bräunte – wozu er sich sogar der Aluminiumfolie bediente, um jeden einzelnen Sonnenstrahl einzufangen. Ihr Liebesleben war immer noch schön, aber jetzt fehlte irgend etwas in ihrer Beziehung. Sie wußte nur nicht genau, was es war.

19

In einem verwitterten Haus in einer kleinen Sackgasse in Santa Monica wohnte Freddy, ein sehr enger Freund von Sam Sharp. Als Designer für Damenkleidung gehörte Frederick Langlan nicht in die Klasse der Bob Mackie oder Nolan Miller – seine Hollywood-Entwürfe kosteten eher um siebenhundert Dollar als siebentausend –, doch er hatte eine treue Klientel aus dem Showbusiness: reiche Frauen, die ihr Geld zusammenhielten, aber auch junge TV-Starlets auf dem Weg nach oben, die fabelhaft aussehen wollten, Bobs, Nolans oder Neiman Marcus' Preise aber nicht bezahlen konnten. Ehefrauen zweitrangiger Filmschauspieler mit schmaler Brieftasche und vielen gesellschaftlichen Verpflichtungen, Freundinnen von Aufnahmeleitern, ältere Schauspielerinnen, die gelegentlich Gastrollen in *Loveboat* oder *Magnum* übernahmen und so gut wie möglich aussehen wollten – sie alle waren Stammgäste in Freddys Rokokosalon am Meer.

Sorgfältig entwarf er für jede von ihnen ein ›Original‹-Frederick-Langlan-Modell, Originale, die mehr als zufällige Ähnlichkeiten mit den exquisiten Kreationen von Valentino oder Jacqueline de Ribes in den neuesten französischen oder italienischen Ausgaben von *Vogue* aufwiesen.

Die Damen störte dies nicht. Sie waren überzeugt, daß es auch nicht den Hauch einer Chance für eine solche Katastrophe gab, wie sie kürzlich auf einem Wohltätigkeitsball in Beverly Hills passiert war. Da waren die Gattinnen zweier Fernsehproduzenten, die jede neuntausend Dollar für eine traumhafte Galanos-Robe hingeblättert hatten, im selben Kleid auf dem Ball erschienen. Wenn Blicke töten könnten, wären Mr. Abby Arafat und Mr. William Herbert jetzt Witwer. Hollywood bebte vor unterdrücktem Lachen, als der *Beverly Hills Tatler* Titelfotos von beiden Damen nebeneinander im selben Kleid veröffentlichte.

Sabrina Jones und Daphne Swanson saßen in gemütlichen Sesseln in Freddys Empfangssalon, blätterten im *Beverly Hills Tatler* und lachten über die Bilder der beiden Frauen, während sie auf Freddy warteten.

Freddy zog die Silberlamé-Vorhänge zu seinem Salon auf und kam mit einer Wolke blaßgrauen Organzas und dem neuesten Klatsch hereingerauscht. Er redete wie ein Wasserfall.

»Meine Lieben, haben Sie eigentlich schon von Emeralds neuestem Liebhaber gehört?« sagte er kichernd, während er den Ausschnitt von Sabrinas Kleid aus cremefarbenem Seidenjersey vier Zentimeter tiefer setzte, damit ihr beeindruckender Busen besser zur Geltung kam: Ein Einblick, der ihr ein Bild, wenn nicht in der Gesellschaftsspalte von *Time Magazine*, so doch mindestens in ›Was die Stars tragen‹ im *Beverly Hills Tatler* garantierte.

»Ich dachte, sie hätte immer noch Beziehungen zu Soloman. Wer ist es denn?« Daphne unterbrach die kritische Betrachtung einer Schachtel Cadbury-Pralinen, die ein Freund von Freddy, Steward bei einer Fluggesellschaft, ihm aus England mitgebracht hatte. Sie rühmte sich, immer als erste zu wissen, wer mit wem schlief – Neuigkeiten, die oft schon veraltet waren, wenn das betreffende Paar es dann schließlich tat. Mit ihrem Spionagenetz, das in jedes Restaurant und jedes Studio, in jede Boutique und jedes Hotel zwischen Palm Springs und Los Angeles reichte, wußte sie gewöhnlich schon vor Eintritt des Ereignisses Bescheid: nämlich wenn sich die Blicke des potentiellen Liebespaares zum ersten Mal ineinandersenkten.

»Meine Liebe, es ist einfach völlig unmöglich«, sagte Freddy durch einen Mundvoll Stecknadeln, mit denen er Sabrinas Ausschnitt absteckte. »Sie wissen doch, daß sie diesen Film in Australien dreht.«

»Ja, ja.« Daphne, allem Britischen treu, zündete sich eine Dunhill an.

»Uns ist natürlich allen klar, daß das eine Pleite sondergleichen wird, und sie spielt neben diesem abgewrackten italienischen Schauspieler – wie hieß er doch gleich?«

»Fabiano Frapani«, flüsterte Sabrina andächtig. Was heißt hier abgewrackt! Der größte Schauspieler, den Italien je hervorgebracht hat. Und wenn er sechzig wurde, wen kümmerte das bei seinem Talent?

»Aaaalso«, sagte Freddy listig – er genoß es, diesen Klatsch auszuwalzen. »Sie wissen doch, wer der Regisseur ist, oder?«

»Huch!« Ungewollt hatte er Sabrinas köstliche rechte Brust mit einer Stecknadel gepiekt.

»Oh, Verzeihung, Liebste, Finger weg von der Kundschaft! Soll ich es wieder gesundküssen?« kicherte er. Aber beide Frauen bemerkten, daß er etwas weniger überschwenglich war als gewöhnlich.

»Ist schon gut. Reden Sie weiter.« Selbst Sabrina, die wie alle, die ein erfülltes Leben führen, Klatsch meistens langweilig fand, war fasziniert von Emeralds Eskapaden. Fast drei Generationen hatte sie jetzt damit unterhalten, und dennoch interessierte man sich noch immer für ihr Privatleben.

»Horatio führt Regie, nicht?« sagte Daphne aufs Geratewohl. Obwohl sie wußte, wer gerade mit wem ins Bett ging, entgingen ihr meist geringfügigere Details wie etwa das, wer wo Regie führte.

»Genau. Horatio George Washington.« Er unterbrach sich, während er sich mit der Länge des Schlitzes in Sabrinas Rock befaßte. »Bis zum Oberschenkel oder bis zum Slipansatz, meine Liebe? Was meinen Sie?«

»Bis zum Oberschenkel bitte. Ich heiße nicht Cher.«

»Also, was ist jetzt mit Horatio George Washington?« Daphne war ungeduldig. »Er ist mit Edna Ann Mason verheiratet, sie haben gerade ein Baby gekriegt. – Ach du liebe Zeit, ich muß ihr Blumen schicken.«

»Meine Lieben, er und Emerald haben es getrieben wie die Kaninchen, seit sie vor fast drei Jahren da unten angekommen ist.«

»Woher wissen Sie das, Freddy?« fragte Daphne unwirsch. Sie ärgerte sich, daß ihre Informationsquellen nicht bis nach Australien reichten.

»Es hat in den englischen Zeitungen gestanden. Genauer gesagt, in Dempsters Kolumne. Und Nigel Dempster werden Sie doch wohl glauben, nicht wahr, meine Liebe?«

»Nicht unbedingt«, fauchte Daphne. »Woher wissen Sie, daß das tatsächlich stimmt?«

»Tut mir leid, meine Liebe, meine Informanten kann ich nicht preisgeben.« Er lehnte sich auf den Absätzen zurück und betrachtete Sabrinas makellose Erscheinung in seiner Halston-Kopie. »Wir alle wissen doch, daß Emerald ein paar Tropfen dunkles Blut immer ganz gern hatte, und Horatio ist ja nun wirklich ein berühmter Farbiger, oder?«

»Ein Schwarzer«, korrigierte Daphne. »Man sagt jetzt ›schwarz‹, Freddy, nicht ›farbig‹.«

»Schwarz, Quatsch, er ist nicht schwärzer als Sie und ich, meine Liebe«, rümpfte Freddy die Nase. »Eher so braun wie die Schokolade da, würde ich meinen. Aber das hat überhaupt nichts zu sagen. Meiner Meinung nach macht die Tatsache, daß er verheiratet ist, es ein wenig, nun ja . . .«

»Vulgär – wollen Sie das sagen?« vollendete Daphne.

»Ja, das ist es wohl.«

»Also, wenn die amerikanischen Zeitungen davon Wind bekommen – vorausgesetzt natürlich, es stimmt«, sagte Daphne, während sie ihr Kleid auszog und sich in ihren Organza zwängte, »wird sie ziemlichen Ärger mit gewissen konservativen Kreisen im Mittleren Westen kriegen.«

»Ich verstehe das nicht«, sagte Sabrina und zog ein verblichenes Jeanshemd an. »Er ist mit Edna verheiratet. Sie ist eine Weiße, er ist ein Schwarzer, niemand regt sich darüber auf. Warum sollte es also so ein Skandal sein, wenn Emerald mit ihm schläft? Ich meine, GNFA: *Gilt nicht für Außenaufnahmen* – stimmt das nicht, Daphne? Hast du mir das nicht selbst mal gesagt?«

»Völlig richtig«, sagte Daphne und hielt die Luft an, als Freddy versuchte, den Reißverschluß des neuen Kleides zu schließen. »Was soll das denn, Freddy? Warum haben Sie das so eng gemacht?«

»Tragen Sie's mit Fassung, liebe Daphne, Sie haben zugenommen«, sagte Freddy und begann geduldig, die Naht wieder aufzutrennen.

Während Freddy arbeitete, erklärte Daphne, worum es ging: »Edna ist eine, na, sagen wir: ordentliche Schauspielerin. Ich meine, niemand interessiert sich wirklich dafür, was sie tut und mit wem. Sie könnte nackt auf dem Empire State Building stehen und sich von King Kong losreißen, und der Presse wäre es nicht einmal eine Erwähnung wert, von den Boulevardblättern ganz zu schweigen. Sie ist zu langweilig, zu gut, zu mütterlich. Deshalb interessiert die Tatsache, daß sie mit einem schwarzen Regisseur verheiratet ist, auch wenn er nur milchschokoladenbraun ist, die Öffentlichkeit überhaupt nicht. Edna ist Edna: solide, zuverlässig, uninteressant. Aber Emerald ist Emerald, und alles, was sie tut, selbst wenn sie bei Hamburger-Hamlet ein zu stark durchgebratenes Steak zurückgehen läßt, ist von größtem Interesse für die Öffentlichkeit wegen ihres Charismas, Darling. – Aaah . . . das ist besser, Freddy.« Daphne atmete erleichtert auf, als Freddy schließlich alles wieder zusammengesteckt hatte.

»Telefon, Mister Langlan.« Das Mädchen kam zaghaft herein, voller Ehrfurcht vor Sabrinas Schönheit und Daphnes selbstbewußtem Auftreten.

»Wer ist dran? Ich bin beschäftigt.« Freddy befaßte sich gerade mit den Rüschen an Daphnes immer noch attraktivem Dekolleté. Daphne war entschlossen, Lady Sarah nächste Woche auf der Gala zugunsten des Krebsforschungsfonds auf diesem Gebiet zu schlagen. Ihr Kleid war eine genaue Kopie eines neuen Zandra-Rhodes-Modells.

»Es ist Mister Smith«, sagte das Mädchen zögernd. Daphne sah Sabrina vielsagend an.

»'tschuldigt mich, meine Lieben, bin gleich wieder da.« Freddy verschwand in seinem winzigen Schuhkarton von Büro.

»Du weißt doch wohl, wer Mr. Smith ist, Darling?« sagte Daphne selbstgefällig.

»Nein«, sagte Sabrina. Sie dachte gerade darüber nach, ob sie eine ganzseitige Anzeige im *Reporter* und in *Variety* aufgeben sollte, wenn Teil 2 ihres Collegefilms in die Kinos kam. Ihr Presseagent wollte es, ihr Agent auch, aber ihr langweiliger Finanzberater sagte, sie könne es sich nicht leisten. Was für ein öder Typ. Sie verdiente fünfundsiebzigtausend Dollar pro Film, und er sagte, sie könne sich miese neunhundert für eine Anzeige nicht leisten, die ihre aufstrebende Karriere fördern würde. Was wurde eigentlich aus all ihrem Geld? fragte sie sich. Niemand in Hollywood schien je so viel Geld zu verdienen, daß er sich keine Gedanken mehr darüber machen mußte.

Das Haus am Strand, das sie möbliert gemietet hatte, kostete dreitausend monatlich. Sie teilte die Miete mit Luis. Ihr Auto war geleast. Sie hatte ein paar gute Kleider, alle von Freddy, der ihr immer mit dem Preis entgegenkam, weil sie die frischeste, hübscheste seiner Kundinnen war. Also, wohin ging das ganze Geld?

Ihre Phantasien wurden von Daphnes beharrlichem Flüstern unterbrochen: »Du weißt doch, wer Mr. Smith ist, oder?«

»Nein.« Sie wußte es nicht, und es interessierte sie auch nicht. Sabrinas Interessen beschränkten sich hauptsächlich auf ihre Karriere und Luis. Beides waren Ganztagsbeschäftigungen, insbesondere Luis, der in letzter Zeit abgelenkt schien. Sie liebten sich bestimmt nicht mehr so oft wie früher.

Daphne ließ nicht locker. »Es ist natürlich Sam Sharp. Sie haben schon seit Jahren ein Verhältnis.«

»Oh.« Sabrina sah Daphne an. Sie freute sich offensichtlich, dieses pikante Detail an eine der wenigen Personen weitergeben zu können, die es noch nicht wußten. »Wie interessant.« Meine Güte, wie sie solcher Klatsch anödete.

»Was ist los?« fragte Freddy Sam. Sam rief fast nie während Freddys Arbeitszeit an. Wenn möglich, trafen sie sich zweimal monatlich in Freddys Wohnung, die über seinem Geschäft lag. Freddy hatte eine Vorliebe für Art deco, und das sah man der Wohnung auch an.

»Mir ging es nicht gut, Freddy, und ich muß heute abend bis spät

arbeiten. Ich schaffe es heute nicht. Ich dachte, ich ruf' dich lieber jetzt an, weil wir bei Außenaufnahmen sind und dieses verdammte drahtlose Telefon nicht mehr funktioniert, wenn wir mehr als fünfundzwanzig Meilen von Los Angeles entfernt sind.«
»Mach dir keine Sorgen, mein Schatz«, sagte Freddy, ein wenig erleichtert, den heutigen Abend für sich zu haben. Jetzt konnte er sich an diesen hübschen jungen Matrosen ranmachen, der eine Woche Urlaub hatte und jeden Abend im King's Head in Santa Monica saß und trank. Ein paarmal hatten sich ihre Blicke getroffen, und Freddy hielt es für an der Zeit, Kontakt aufzunehmen, bevor andere es taten.
»Also, bis nächsten Dienstag, okay?« fragte Sam.
»Natürlich, Love.«
»Bis später dann.« Sam faßte sich kurz am Telefon. Die Angst davor, daß seine Veranlagung bekannt werden könnte, wurde von Jahr zu Jahr größer.

Nachdem Sam aufgehängt hatte, streckte er sich und betrachtete sich genau im Badezimmerspiegel seines luxuriösen Wohnmobils. Er fuhr gerade in flottem Tempo den Ventura-Freeway entlang.
Nicht schlecht, gar nicht schlecht. Er war jetzt dreiundfünfzig, ein kräftiger, athletischer, männlich wirkender Dreiundfünfzigjähriger. Wenn er sich nur nicht so schlapp fühlen würde... Vielleicht war es Zeit, sich einmal gründlich untersuchen zu lassen.

20

Was halten Sie davon?« fragte Emerald unsicher. Die goldenen Smaragdarmbänder schimmerten auf ihrem mattschwarzen Samtuntergrund.
»Wunderschön, einfach wunderschön«, hauchte Vanessa Vanderbilt. »Ich muß sie haben. Wieviel?«

»Na ja, eine gute Gelegenheit für dreizehntausend«, meinte Emerald zögernd. »Meinen Sie nicht auch?«
Dreizehntausend Dollar. Vanessa überschlug im stillen den Gewinn, den ihr Emeralds Armbänder bringen würden. »Zuviel, Love. Neuntausend, mein letztes Wort.«
Und Emerald mußte einwilligen. Es war jetzt fast drei Jahre her, seit sie sich vergeblich um die Rolle der Miranda bemüht hatte. Für sie war es eine Zeit stetigen Niedergangs gewesen. Jeder wußte, wer sie war, aber wie üblich wollte niemand sie engagieren. Immer noch gab sie Geld aus, als schriebe man 1957, und versuchte, ihren damaligen Lebensstil aufrechtzuhalten.
Aber das Jahr 1957 lag lange zurück. Sie war kein Twen mehr, nicht mehr Amerikas Liebling mit Dutzenden von Verehrern an jedem Finger, einem lukrativen Kontrakt und so viel Geld, daß sie sich genug Juwelen kaufen konnte, um sich somit sämtliche Mädchenträume zu erfüllen.
Jetzt schrieb man 1985, und trotz aller Schönheitsoperationen und Gewebsstraffungen, trotz aller Berühmtheit hatte sie große Sorgen.
Die sechs Filme, die sie in den letzten drei Jahren gedreht hatte, waren nicht einmal zweitklassige Unterhaltungsware gewesen. Sie waren schlicht Flops. Jetzt war Emerald bereit, jeden Film zu machen – an jedem Ort, wo sie wenigstens fünfundzwanzigtausend Dollar bekäme, wo man bereit wäre, ihr eine teure Suite im besten Hotel in der Nähe des Drehortes zu bezahlen, wo fünfhundert Dollar Spesen pro Woche abfallen würden und sie ihre Garderobe behalten könnte.
Es war ihr gleichgültig, ob der Film gut, schlecht oder uninteressant wäre. Sie *mußte* ihren Lebensstil halten – sie konnte ihren Lebensstandard einfach nicht senken.
Obwohl sie ihr Anwesen in Beverly Hills gegen ein bescheideneres Haus eingetauscht hatte, war auch dies noch ein kleines Juwel in den Hügeln von Beverly. Und die Unkosten waren hoch. Es verschlang jeden Pfennig, den sie verdiente. Da sie allein nicht zurechtkam, ohne einen Mann, der Beständigkeit in ihr Leben

brachte, suchte sie Trost im Wodka. Viel Wodka. Wodka mit Orangensaft am Morgen, Wodka mit Eis im Wasserglas während der Dreharbeiten, dann Dom Perignon, Flasche auf Flasche, den ganzen Nachmittag und Abend hindurch, ob sie arbeitete oder nicht. Und dann nach dem Abendessen vierzigprozentigen Armagnac. Ihre Trinkgewohnheiten hätten den stärksten Mann umgeworfen.

Als die Filme schlechter wurden, überdeckte sie die Kränkungen mit anderen Surrogaten: Anfangs rauchte sie ab und zu einen Joint. Dann begann sie zu schnupfen – das wunderbare weiße Pulver, das sie belebte, das bewirkte, daß sie sich wieder jung und erfolgreich fühlte, wieder voller Leben und Liebe. Das waren teure Angewohnheiten, und so verkaufte sie jetzt ihren Schmuck, um sich ›Schnee‹ zu beschaffen.

Vanessa Vanderbilt wirkte härter, als sie war. Hinter ihrem unerbittlichen Geschäftsgebaren verbarg sich ein großzügiger und mitfühlender Mensch. Doch der Mensch ist des Menschen Feind, hatte ihr Daddy ihr beigebracht. Nur die Schlauesten überlebten in dieser Welt. Beim Geschäft gab es keinen Raum für Mitgefühl. »Da draußen ist ein Schwarm Barrakudas, mein Liebling.« Dieses Bild, das ihr Vater ihr immer wieder vor Augen gehalten hatte, prägte sie, seit sie vier Jahre alt war. »Paß immer auf dein kleines Hinterteil auf, sonst fressen die Haie es dir zum Jux weg – denk an meine Worte.«

Als gehorsame Tochter tat Vanessa genau, was er sagte, und wurde bald raffinierter und geschickter im Geschäft, als ihr Vater es je gewesen war. Millionenschwere Ölscheichs, arabische Waffenhändler, Superstars aus dem Showgeschäft, einflußreiche Politiker – Vanessa kannte viele von ihnen und benutzte sie, bevor sie sie benutzen konnten.

»Jeder will den anderen ausnutzen. Vergiß das nie, mein kleiner Liebling«, hatte ihr Daddy gesagt. »Wer kein Ausbeuter ist, wird ausgebeutet, und ausbeuten darf dich keiner, Darling.« So sprach Luke Higgins, das Orakel von Petticoat Lane, während er fröh-

lich jeden Sonntag Herzmuscheln und Wellhornschnecken an seiner Bude verkaufte, montags bis freitags sein Secondhand-Möbelgeschäft betrieb und sonnabends seine lebhafte Kinderschar über die Dinge des Lebens aufklärte. Jeden Sonnabendmorgen ging Luke Higgins in seinem vollgestopften Laden in einer der Nebengassen der Petticoat Lane seinen Schiebereien nach, nur einen Steinwurf vom Elephant and Castle entfernt, wo Vanessa die Schule besuchte. So lernte schon die heranwachsende Vanessa nicht nur den Wert eines Pfunds, sondern auch den eines Dollars, eines Yen, eines Franc und eines Rubels kennen.
Vielleicht war ›Hehler‹ ein zu starkes Wort für Luke, da er sich nie weiter als um Haaresbreite vom Gesetz entfernte. Schließlich handelte er nur mit gestohlener Ware aus *anderen* Ländern. Interpol, oft auf heißer Spur, gelang es demnach nie, Luke etwas nachzuweisen, der nach seinen eigenen Worten »ein geriebener Kerl« war, der immer »auf der Hut war«. Er vertrat gewissermaßen eine Art Robin-Hood-Philosophie, war ein gutaussehender, fröhlicher Mensch mit welligem rötlichem Haar, ebensolchem Schnauzbart und einem muskulösen, drahtigen Körper. Er war immer bereit, seinen ärmeren Klienten eine Chance zu geben, wenn sie etwas auf legale Art verkaufen mußten. Aber mit denen aus Italien, Frankreich und Deutschland, die ihre gestohlene Ware an ihn verschoben, kannte er kein Pardon.
Der Schmuck, die Fotoapparate und anderen Gegenstände, die er erhielt, waren die Früchte kleinerer Diebstähle an der französischen Riviera oder in Skiorten wie Gstaad und St. Moritz – weniger wertvolle Klunker, die die Damen gar nicht erst mit in den Safe taten, wenn sie ihre Vierzig-Karat-Diamantringe und Fünfhunderttausend-Dollar-Smaragdkolliers wegschlossen. Dies war Schmuck für die Tagesgarderobe, Modeschmuck: goldene Ketten, Cartier- oder Piaget-Uhren, einkarätige Diamantohrringe, ein als Talisman getragener Armreif. So reich waren diese Frauen, daß sie diese Verluste normalerweise nicht einmal ihrer Versicherung meldeten, weil das nur die Prämien erhöht hätte. Eine Bulgari-Goldkette für fünftausend Dollar oder eine Uhr von

Cartier sind nicht nur leicht zu ersetzen, es macht auch noch Spaß, sich was Neues zu kaufen ...
Durch Lukes fähige Hände war einiges an besseren, wenn auch nicht allzu teuren Sachen gegangen, die er über Händler auf den Antiquitätenmärkten von Portobello Road, Bermondsey und Kensington los wurde.
Luke führte ein angenehmes Leben, hatte eine hübsche Jamaikanerin zur Frau, die ihn vergötterte und ihm nicht unverschämt kam wie manche dieser eingebildeten schwarzen Frauen aus Nigeria und Uganda. Er seinerseits sorgte anständig für seine Familie, war ein guter Vater und ausgezeichneter Lehrer, und seine vier Kinder lernten viel von ihm.
Mit achtzehn befreite sich Vanessa aus dem Schoß der Familie und wurde Model. Nachdem sie in einer amerikanischen Ausgabe von *Vogue* Fotos der umwerfend eleganten Gloria Vanderbilt gesehen hatte und fasziniert war von allem, was deren Familie darstellte, änderte sie ihren Namen Higgins in Vanderbilt und Vera in Vanessa. Higgins klang zu sehr nach East End, um zu dem Leben zu passen, das ihr vorschwebte.
In den sechziger Jahren war Vanessa, ein sprudelnder Cocktail aus den roten Locken und dem irischen Charme ihres Vaters und der warmen braunen jamaikanischen Haut, den schwarzen Augen und dem sanften Wesen ihrer Mutter, als Model zwar mäßig, doch in gewissen Londoner Gesellschaftskreisen äußerst erfolgreich.
Die Arbeit als Model ließ sie bald hinter sich und begleitete statt dessen Prinzen, Betrüger und Rockstars auf ihren Reisen. Ein Paar Diamantohrringe hier, ein Buccellati-Armband da, Nerzmäntel und Fuchsstolen zuhauf – Vanessa war im siebten Himmel. Sie lebte das Leben des Jet-sets.
Paß auf, Gloria Vanderbilt, dachte sie, Vanessa Vanderbilt ist dir direkt auf den Fersen.
Reiche und mächtige Männer hofierten und bewunderten sie und gingen mit ihr ins Bett, aber keiner davon verliebte sich wirklich in sie. Sie segelte auf ihren Booten und ging in extravaganten,

sechzig Meter langen Jachten auf Kreuzfahrt. Sie fuhr in ihren Ferraris, ihren Mercedes-Sportwagen, ihren edlen alten Bentleys. Sie steckte ihre knisternden Dollars, Pfunde oder Francs ein und kaufte ein, was ihr in die Augen stach. Vanessa war begehrenswert, ein anziehendes Spielzeug für reiche Männer. Jahr für Jahr zeigte sie ihren prachtvollen milchschokoladenbraunen Körper auf Luxusjachten in Portofino und Monte Carlo, sonnte sich an den Pools der Marmorvillen von Marbella und Sardinien, graste die Boulevards der Rive Gauche, Fifth Avenue und des Rodeo Drive auf der Suche nach immer verrückteren Kleidern für ihre umfangreiche Garderobe ab. Sie war eine glückliche Frau. So glücklich, daß sie dieses Glück ständig mit ihrer Lieblingsbeschäftigung feierte: mit Essen.

Vanessa ging lieber ins Restaurant als mit einem Mann ins Bett. Oft dachte sie während des Liebesaktes aufgeregt an den Imbiß, den sie bestellen würde, wenn dieses lästige Gerammel vorbei wäre. Die Reichen und Mächtigen der Welt, die von ihrem ekstatischen Stöhnen erregt ihre Köpfe und Glieder in ihren duftenden Nischen vergruben, kamen nie auf die Idee, daß ihre Lust nicht ihnen galt, sondern dem Essen.

Normalerweise hatte Vanessa immer etwas zum Naschen neben dem Bett stehen, in dem sie sich zufällig gerade aufhielt, etwa eine Keksdose mit einem Bild der Queen voller Marsriegel und Schweizer Milchschokolade, die sie anschließend gut gelaunt vernichtete, während ihr Liebhaber erschöpft neben ihr lag. Bald reifte sie wie eine Wassermelone in der Mittagssonne, und nach und nach begann sie ihre Liebhaber zu verlieren. Erst gingen die Amerikaner, danach die Engländer, dann die Franzosen. Bald verloren auch Italiener und Deutsche das Interesse, bis schließlich als einzige Männer, die sie begehrten, nur noch die Araber übrigblieben.

Vanessa machte das nichts aus, so glücklich war sie in ihrem Leben üppigen Überflusses und mit ihren Freunden, von denen sie immer noch übergenug hatte. Freunde beiderlei Geschlechts liebten sie sehr: Sie war ein vergnügtes Huhn und selbst die erste,

die sich über sich selbst und ihren hoffnungslosen Kampf gegen die Pfunde lustig machte.
Vergeblich versuchte Vanessa abzunehmen. Jane-Fonda-Videobänder lagen überall in den Zimmern herum, aber sie hatte keinerlei Willenskraft. Kaviar mit saurer Sahne, Kalbskoteletts mit Pommes frites, Mousse au chocolat, all diesen Köstlichkeiten konnte sie einfach nicht widerstehen – ganz zu schweigen von den köstlichen Weinen zu ihren Gelagen, den Likörpralinen und anderen Süßigkeiten zum Dessert.
Für ihren derzeitigen Beau, einen arabischen Scheich, war sie Manna von Allah. Eine westliche Frau, die gerne aß, war in London so schwer zu finden wie eine Stecknadel im Heuhaufen. Die meisten der ›Models‹ und Starlets, die er aushielt, aßen wie Vögelchen. Vanessa war mehr als nur ein gesunder Esser: Sie war ihm an Gefräßigkeit ebenbürtig.
»Noch ein Lämmchen!« dröhnte er voller Entzücken, wenn sie auf dem Boden seiner Suite im Hotel Dorchester hockten, während sein persönlicher Küchenchef aus Kuwait Köstlichkeiten der Wüste Sinai zubereitete, Desserts, wie man sie in keinem kosmopolitischen Restaurant der westlichen Welt finden konnte.
Vanessa lehnte ihre runde kleine Wange an Samirs schwere Schulter, schaufelte Pâté auf ein Stückchen Pita und schob es ihm zärtlich in den Mund. Es war einfach wundervoll, ein herrliches Leben. Samir war so großzügig mit Geld und Geschenken, so aufmerksam, wenn sie ihn brauchte – was nicht oft vorkam, da sie mit Essen und Einkaufen viel glücklicher war. Er hatte, für einen Araber ganz untypisch, Charme, Manieren und dank eines Harvard-Studiums den süßesten amerikanischen Akzent.
Sex langweilte sie, und die ›französische Art‹ war ihr eindeutig widerlich. Sie fand es nur erträglich, wenn sie sich vorstellte, sie äße eine Tüte Eiscreme. Als Samir nach Kuwait fliegen mußte, ließ er Vanessa mit einer großzügigen Geldsumme und zwei auf ihren Namen ausgestellten American-Express- und Visa-Firmenkreditkarten in seiner ständigen Suite im Dorchester zurück.

Die Nachricht von seiner Ermordung hörte sie eines Morgens in der Frühsendung, während sie im Bett ihr fünftes Croissant mit Himbeerkonfitüre und Devonshire-Sahne vertilgte.
Danach liefen die Dinge für Vanessa nicht mehr so gut. Da sie in Samirs Testament nicht erwähnt war, gingen sein Geld und sein Grundbesitz an seine drei Frauen und elf Kinder in Kuwait. Alles, was Vanessa außer Kleidern und Schmuck besaß, waren zwei Firmenkreditkarten. Da die Lehren ihres Vaters auf fruchtbaren Boden gefallen waren, ging sie schnurstracks in die Antiquitätenläden und Galerien in der Bond Street und kaufte so viele wertvolle Kunstgegenstände, wie sie konnte, bevor die Kreditkarten ungültig wurden. Obwohl sie noch immer ein hübsches Gesicht hatte, bewegte sich ihr Gewicht jetzt um die zweihundertzwanzig Pfund. Für die in Frage kommenden reichen oder mächtigen Männer in London und Europa war sie nicht mehr attraktiv. Die sahen ihre Frauen lieber schlank – wie ihre Boote, ihre Flugzeuge und Autos. Hübsche Marzipankugeln mit fröhlicher Wesensart interessierten mächtige, zahlungskräftige Männer nicht einmal als zeitweilige Armdekoration. Vielleicht gelegentlich für eine Nacht. Aber für die meisten Männer, die Vanessa kennenlernte, war sie im Hinblick auf Sex völlig uninteressant.
Vanessa mußte sich mit der unerfreulichen Tatsache abfinden, daß die Tage, wo sie ihren Lebensunterhalt mit ihrem Aussehen verdienen konnte, endgültig vorbei waren.
Zweiunddreißig war sie jetzt. Sie hatte das Dolce vita in vollen Zügen genossen, jetzt war es an der Zeit, eine ehrliche Arbeit anzufangen.
Vanessa begann, ihren Schmuck und die Gemälde und Kunstgegenstände zu veräußern, die sie nach Samirs Tod gekauft hatte. Sie besaß eine Unmenge Sachen aus vierzehn Jahren mit dankbaren Verehrern. Ihr Vater schenkte ihr einige Stücke, und sie fing an, Auktionen und Immobilienversteigerungen in England zu besuchen. Sie hatte einen scharfen Blick für ein gutes Geschäft und guten Schmuck, und innerhalb von drei Jahren hatte sie ihren reisenden Schmuckhandel zu einem lukrativen Unternehmen

ausgebaut. Oft verkaufte sie teure Stücke an Männer, mit denen sie früher ins Bett gegangen war, und da sie so eine nette und loyale Freundin war, blühte ihr Geschäft. Jetzt war sie auf dem Weg nach L. A.

»Möchten Sie das Kästchen auch?« fragte Emerald. Vanessa blickte auf das rote Lederetui von Cartier mit geprägtem Goldrand und nickte. »Ja, aber ich werde die Armbänder tragen«, sagte sie und schrieb einen Scheck aus. »Sie gefallen mir so sehr, ich behalte sie selbst – das heißt vorläufig.«
Wehmütig betrachtete Emerald zum letzten Mal ihre Armbänder. Sie liebte sie, war sie doch in all ihre Schmuckstücke vernarrt. Wenn nicht ein Mann sie ihr geschenkt hatte, hatte sie sie selbst gekauft. Nun waren sie alle weg. Und niemand, so schien es, würde ihr je wieder etwas kaufen. Nie mehr.

Nachdem Emerald ihre Armbänder an Vanessa verkauft hatte, fuhr sie direkt zu einer kleinen Bar, die sie in West-Hollywood kannte. Sie bestellte Wodka Stingers, fünf hintereinander.
Der Barmann sah neugierig zu ihr hinüber. Sie kam ihm vage bekannt vor, aber er dachte nicht daran, jemanden anzusprechen, der offensichtlich Probleme mit dem Leben hatte. Diese Frau sah aus, als wären ihre Probleme ungewöhnlich groß. Ohne Zweifel war sie zu ihrer Zeit einmal eine bemerkenswerte Schönheit gewesen. Jetzt hatte das blonde Haar graue Wurzeln und hing in ungekämmten Strähnen um ein ungeschminktes Gesicht, das noch die aristokratischen Wangenknochen, eine wohlgeformte Nase und üppige Lippen ahnen ließ. Ihre Augen waren hinter einer Sonnenbrille versteckt. Sie trug ein formloses Tweedjackett und eine Trainingshose, die ihre Figur verbargen, und an den Füßen hatte sie abgetragene hochhackige Pumps. Sie rauchte Luckies, zündete immer die nächste am Stummel der vorigen an und lehnte ab, wenn einer der Männer ihr Feuer anbot, Männer, die sie gelegentlich anstarrten, als hätten sie die animalische Witterung ihres früheren Ruhms aufgenommen.

Sie starrte unverwandt geradeaus und rührte sich nur, wenn sie das Glas zum blassen Mund führte.
Nachdem der fünfte Stinger ausgetrunken war, machte Emerald dem Barbesitzer ein zittriges Zeichen, er solle nachfüllen.
»Ich glaube, Sie haben genug gehabt, Lady, meinen Sie nicht auch?« Der Barkeeper bemühte sich, nett zu ihr zu sein. Er hatte sie beobachtet, wie sie aus der Damentoilette zurückgekommen war. Die Frau konnte kaum noch gehen.
»Ich bin in Ordnung. Geben Sie mir noch einen«, sagte sie grob.
»Kann ich nicht, meine Dame, tut mir leid.«
»Verdammter Spießer«, fauchte Emerald.
»Sehen Sie, Lady, wir haben hier ein Gesetz in der Stadt. Ich darf jemandem keine Drinks mehr ausschenken, der offensichtlich schon zu viele hatte. Ich will meine Lizenz nicht verlieren.«
»Du kannst dir deine verdammte Lizenz sonstwohin stecken . . .«, knurrte Emerald, stieg von ihrem Hocker und schlurfte zur Tür. »Deine verdammte Lizenz und deine schäbige Bar.« Sie blickte sich in der Bar um und sah das Dutzend Männer an, die sie anstarrten. Keiner von ihnen erkannte sie. »Ihr verdammten Bastarde, alle miteinander!« rief sie, knallte die Tür hinter sich zu und stolperte auf den Olympic Boulevard hinaus.

Als sie am nächsten Tag zu sich kam, riß sie sich zusammen und stattete Daphne einen Besuch ab.
»Um ehrlich zu sein, Daphne, ich brauche einen Job – irgendeinen. Stolz bin ich nicht. Ich habe nur noch meine letzten Klamotten. Gestern habe ich meine Lieblingsarmbänder verkauft, die Stanley mir zur Hochzeit geschenkt hatte. Du weißt, wieviel er mir bedeutet hat.«
»Ich weiß, Liebes, ich weiß. Ich erinnere mich noch gut, auch wenn es dreißig Jahre her ist.«
»Achtundzwanzig«, sagte Emerald verdrießlich. »Und ich war erst achtzehn.«
»Ja, natürlich«, stimmte Daphne innerlich lächelnd zu. Warum versuchten sie alle, die Jahre wegzuschummeln, wenn die ganze

Stadt doch bis auf den Monat genau wußte, wann sie geboren waren – und bis auf den Tausender genau, wie viele Dollars sie auf der Bank hatten?

»Du weißt doch immer, wo etwas im Busch ist, Daphne. Es muß doch irgendwo irgend etwas geplant sein, wo ich reinpassen würde. Ich meine, schließlich gehöre ich noch immer zu Hollywoods königlicher Familie.« Sie lachte müde.

»Ich weiß, Schätzchen, das tust du, das ist völlig klar«, tröstete sie Daphne. »Aber, meine Liebe, du mußt einsehen, daß Filmstars deiner Generation ein bißchen, nun, ein bißchen passé sind.« Sie biß in eine glasierte Marone, zog eine Grimasse, weil sie so süß war, und verfütterte sie an ihren Pekinesen, der neben ihr auf ihrer daunengesteppten rosa Tagesdecke lag.

Emerald zündete sich eine Lucky Strike an. Mein Gott, sie könnte einen Drink gebrauchen. Eine Prise Koks auch. Wie spät war es? Elf Uhr vormittags. Nun ja, das hieß, in London war es sieben Uhr abends – Cocktailzeit für zivilisierte Menschen. Ihre Freunde am Eton Square und in Chelsea tranken jetzt gerade Martinis oder Champagner.

»Möchtest du etwas trinken?« fragte Daphne, als könne sie Gedanken lesen.

»Ach nein, danke ... na ja, höchstens vielleicht eine Bloody Mary.«

»Ich trinke eine mit«, ließ Daphne sich gnädig herab. »Und dann gehen wir zum Lunch ins Ivy. Burt Hogarth ißt dort heute.«

»Was macht Burt denn zur Zeit so?« fragte Emerald.

»Darling, also wirklich! Ich weiß, daß du weg warst, aber hast du denn überhaupt keine Ahnung, was in dieser Stadt los ist?«

»Nein«, sagte Emerald. »Du weißt doch, ich war die letzten fünf Monate in Australien.«

»Du mußt auf dem neuesten Stand sein, mein Liebe, oder aus dem Karussell aussteigen«, sagte Daphne und nahm dem Mädchen die Bloody Marys ab. »Wir haben jetzt 1985, Emerald. Wenn du im Geschäft bleiben willst, gehst du so schnell wie möglich zum Fernsehen, denn da spielt sich heute alles ab. Sogar Burt

Hogarth weiß das – und deshalb macht er nach all seinen Filmhits jetzt auch Fernsehen.«
Emerald trank ihre Bloody Mary und spürte den kurzen Auftrieb, den Wodka ihr immer gab, dieses täuschende Gefühl von Hoffnung und Optimismus.
Daphne fuhr fort: »Burt Hogarth produziert eine anspruchsvolle und sehr ehrgeizige Serie, Darling. Nicht das übliche reißerische, billige Zeug. Sie heißt *Amerika: Die frühen Jahre.* Ich meine, der Titel sagt schon, worum es geht. Sie sind gerade bei der Besetzung. Die besten Namen, Darling, die besten. Sie haben eben erst die Verträge von Sir Geoffrey Fennel und Olivia Grosvenor vom National Theatre unterschrieben – du erinnerst dich an ihre Julia? Mein Gott, sie war hinreißend! Aber wenn Burt dich sehen könnte, wie gut du noch immer aussiehst . . .«
In Wirklichkeit fand Daphne keineswegs, daß Emerald gut aussah. Die vielen Gesichtsoperationen hatten nicht viel gebracht, auch wenn unter den geschwollenen Zügen, den Tränensäcken und grauen Haarwurzeln noch immer ihr glänzendes Aussehen von früher zu ahnen war.
Daphne hatte das Manuskript gelesen und begriff, daß Emerald vielleicht die ideale Besetzung für die Rolle der energischen, abenteuerlustigen Pioniersfrau Evelyn war, die in den achtziger Jahren des vorigen Jahrhunderts aus der Alten Welt in eine neu gegründete Stadt an der Siedlungsgrenze kommt. Allen Widrigkeiten zum Trotz entwickelt sie sich und die neue Stadt zu einer Bedeutung, mit der man fortan im ganzen Land rechnen muß. Dies versprach die wichtigste neue Unterhaltungsserie im Hauptprogramm der Saison 1985/86 zu werden – die am heftigsten diskutierte Serie seit *Saga.*
Die Tatsache, daß Burt Hogarth, das Wunderkind des Films, seine glänzende Karriere als Autor, Produzent und Regisseur von sieben weltweiten Kassenerfolgen vorübergehend zugunsten des Fernsehens an den Nagel hängte, war ein beispielloses Ereignis. Schon war die gesamte Fernsehkonkurrenz so in Unruhe wegen *Amerika: Die frühen Jahre,* daß überall Spitzentalente aus der Film-

und Theaterbranche für Projekte angeworben wurden, die man dagegensetzen wollte.
»Also, gehen wir zum Lunch oder nicht?« fragte Daphne. Emerald nickte. Daphne rief an und ließ einen Tisch reservieren.
»Jetzt fahr nach Hause und zieh etwas an, worin du strahlend und sexy aussiehst, Darling«, befahl Daphne. »Wir treffen uns um eins, und du wirst deinen ganzen Charme an Mister Hogarth versprühen. Er wird hingerissen sein, da bin ich ganz sicher.«
Es war allerdings etwas anders gekommen. Emerald war nach Hause gefahren und hatte mehrere Valium mit Wodka hinuntergespült, um sich zu beruhigen. In ihrem verwirrten Zustand hatte sie sich an Daphnes »Sei sexy, Darling« erinnert und ein höchst unpassendes, zu kurzes Cocktailkleid aus lindgrüner Spitze mit viel zuviel Dekolleté angezogen.
Wie üblich hatte sie Verspätung, als sie vor dem Ivy vorfuhr, und statt auf die Bremse trat sie aufs Gaspedal, so daß ihr Mercedes gegen die offene Tür von Abby Arafats nagelneuem, braunschwarzen Rolls-Royce Corniche krachte – und das vor den Augen der aufgeregten Lunchgäste und zweier Verkehrspolizisten.
Als Eddie, ihr Agent, sie schließlich auf Kaution herausholte, war das ein gefundenes Fressen für die Medien. Ihr geheimes Leben voller Drogen und Alkohol wurde in Zeitungen, im Fernsehen und in jedem Wohnzimmer und Büro in Los Angeles breitgetreten. Alle Welt zerriß sich das Maul über sie.
»Du hast einen Riesenmist gebaut, Kleine«, sagte Eddie ihr schonungslos. »Du hast deine Karriere ruiniert. Kein Studio, keine Fernsehgesellschaft, kein Produzent wird dich jetzt noch beschäftigen.«
Emerald brach in Tränen aus. Sie konnte sie nicht zurückhalten. Vierzig Jahre als Star! War das das Ende? »Ich bin keine Säuferin, Eddie, auch nicht drogensüchtig, du weißt es!« schluchzte sie in ein lindgrünes Taschentuch.
»So, weiß ich das?« Er wirkte zynisch, wie er sie durch seine riesigen dicken Brillengläser anstarrte. »Du hast aber genauso

ausgesehen, meine Kleine, als ich dich aus diesem miesen Gefängnis rausgeholt habe.« Ihn schauderte bei der Erinnerung daran, wie Emerald in ihrem lächerlichen kurzen Spitzenkleid in die grelle kalifornische Sonne hinaus- und der Horde von Journalisten und Fotoreportern entgegengetreten war.
Die Fotos waren nicht schön gewesen. Sie waren auf den Titelseiten jeder Boulevardzeitung zwischen Tokio und London erschienen – eine müde, desillusionierte, aufgedunsen und schlampig aussehende Frau, die älter wirkte, als sie war. Abgewrackt. Verbraucht. Ausgebrannt.

Calvin war jetzt fast drei Jahre im Gefängnis. Die meisten Gefangenen, die wegen unerlaubten Waffenbesitzes saßen, konnten früher mit bedingter Strafaussetzung rechnen, aber Calvin hatte diese Chance durch seine mangelnde Bereitschaft zur Zusammenarbeit verspielt. Er saß in seiner Zelle und las zum soundsovielten Mal den Artikel im *American Informer.*
»Während Chloe Carriere in der Hitserie *Saga* zum strahlenden Superstar aufsteigt, kämpft die traurige, einst weltberühmte legendäre Schauspielerin Emerald Barrymore einen verzweifelten Kampf gegen Depressionen und Drogen zugleich. Der ehemals so schöne Star, der vorigen Monat in Hollywood wegen Trunkenheit am Steuer festgenommen wurde, ist heute praktisch mittellos und kann keinen anständigen Job in der Filmstadt mehr bekommen. Wie anders wäre ihr Leben verlaufen, wenn *sie* die begehrte Rolle der Miranda erhalten hätte? Chloe Carriere ist jetzt die unbestrittene Königin Hollywoods, Emerald Barrymore hingegen eine gebrochene Frau.«
Seine Emerald. *Seine* wunderschöne, unbezwingliche Emerald wurde von dieser englischen Hure ruiniert! Wieder sah er auf den Kalender. Das Datum war in sein Gedächtnis eingegraben: 24. April 1987. Das war der Tag, an dem er endlich entlassen würde, der Tag, an dem die Hure sterben würde.

Burt Hogarth betrachtete die Zeitungsausschnitte, die sein Assistent ihm auf den Schreibtisch gelegt hatte.
Gewiß, die Frau sah furchtbar aus. In diesem kurzen, tief ausgeschnittenen Kleid wirkte sie lächerlich. Alkohol und Drogen hatten sie schließlich gezeichnet, wie sie jeden zeichnen, der sie mißbraucht. Am Hals spannte sich die Haut zu sehr, und ihre Wangen waren aufgedunsen, aber unter der Verletzlichkeit spürte man eine nicht zu leugnende Stärke. Eine Weichheit unter der verwahrlosten Oberfläche, die ihn ansprach. »Laß sie zu Probeaufnahmen kommen«, sagte er zu seinem Assistenten.
»Probeaufnahmen!« Der junge Mann sah Burt entgeistert an. »Man kann Emerald Barrymore nicht zu Probeaufnahmen holen. Sie ist ein Superstar – eine lebende Legende, selbst wenn sich diese Woche die ganze Stadt über sie mokiert.«
»Sie hat Probeaufnahmen für *Saga* gemacht, oder?« Burt kannte sein Hollywood wie ein professioneller Großwildjäger die afrikanischen Steppen. »*Saga* ist billiges Zeug, das wissen wir, aber sie hat sich darum bemüht. Sogar sehr, habe ich gehört. Das war vor drei Jahren, und seither hat sie nichts Anständiges mehr gemacht. Soweit ich weiß, braucht sie dringend einen Job.«
»Vielleicht sollten wir uns die Probeaufnahmen für *Saga* mal ansehen?«
»Nein. Ich will meine eigenen machen. Für mich ist Emerald Barrymore ein abgewrackter, alternder Ex-Star, der *eventuell* zu dieser Rolle paßt. Und *wenn* sie die Richtige ist, wird das für sie das Beste sein, was ihr widerfahren ist, seit Rin-Tin-Tin sie als Kind vor dem D-Zug von den Gleisen zerrte. Also rufst du jetzt ihren verdammten Agenten an und vereinbarst Probeaufnahmen. Die Fernsehleute versuchen um jeden Preis, mir Angie Dickinson aufs Auge zu drücken, aber so sehr ich Angie mag, sie ist nicht die Richtige. Also laß uns Miss Barrymore testen, und dann sehen wir weiter.«

»Noch mal Probeaufnahmen! Ach, Eddie, warum? Ich meine, ich habe zweiundfünfzig Filme gemacht, verflucht noch mal. Ich habe

Probeaufnahmen für *Saga* gemacht und bin abgelehnt worden. Können Sie sich die nicht ansehen?«

»Nein, Kindchen« sagte Eddie kühl und sah sie direkt an. Er war unerbittlich mit seinen Kunden, wenn sie aus der Reihe tanzten, und dafür respektierten sie ihn um so mehr. Eddie brüstete sich, daß nie ein Klient ihn verlassen, er aber verschiedene fallengelassen habe.

»Die Probeaufnahmen für *Saga* sind schon drei Jahre her, Emerald. Hollywood hat ein kurzes Gedächtnis. Für die Fernsehgesellschaft, die *Amerika* dreht, bist du jemand, den man wegen Drogen- und Alkoholmißbrauch festgenommen hat.«

»Nein, Eddie, das ist nicht wahr!« schrie Emerald.

»Das ist die schmerzliche Wahrheit, Puppe. Es nützt nichts, die Augen vor der Realität zu verschließen: Du warst der Familienliebling der vierziger Jahre, der Star der fünfziger, das Sexsymbol der sechziger und siebziger Jahre. Aber jetzt haben wir 1985. Du bist schon sehr lange auf der Bildfläche. Es ist Zeit, sich entweder zusammenzureißen oder ganz aus der Tretmühle auszusteigen.«

»Ich liebe diese Arbeit. Sie ist mein Leben!« rief Emerald.

»Gut. Dann mach Probeaufnahmen«, sagte Eddie barsch. »Mach sie, und du wirst die Rolle kriegen. Glaub mir.« Der kleine Mann zeigte plötzlich ein seltenes Lächeln. »Die Ironie an der Sache ist, mein Schatz, daß die Fernsehgesellschaft ihre schwersten Kaliber in *Amerika* auffährt. Sie wollen die Serie in der nächsten Saison gegen *Saga* antreten lassen, denn sie haben es endgültig satt, daß *Saga* Woche für Woche die unbestrittene Nummer eins der Hauptsendezeit ist. Das hier ist Krieg, meine Liebe, der totale Krieg.«

»Gekämpft habe ich immer gern«, lächelte Emerald. Sie spürte, wie ihr altes Ich allmählich wieder erwachte.

»Das weiß ich, mein Goldstück. Und was diesen Kampf noch interessanter macht: Bei Erfolg der Serie – woran kein Zweifel besteht – wirst du natürlich Chloe Carrieres Hauptrivalin im Fernsehen. Der Weiberkampf! Ich sehe schon die Schlagzeilen.« Seine ältlichen Augen zwinkerten boshaft hinter der Brille.

»Ich dachte, du seist ein Verehrer von Chloe, Eddie.«

»Natürlich, Kindchen. Natürlich bewundere ich sie. Chloe ist meine Freundin, wenn auch nicht meine Klientin. Sie hat großen Erfolg, und er hat sie nicht verändert. Ich wünschte höchstens, ihr Privatleben wäre glücklicher. Mir scheint, insgeheim hängt sie noch immer an ihrem Ex-Mann. Das ist das Problem bei euch allen.« Er sah Emerald tadelnd an. »Wenn ihr keinen Mann in eurem Leben habt, scheint ihr nicht komplett zu sein.« Emerald zuckte mit den Schultern. »Aber Wettbewerb ist eine gesunde Sache, Mädchen. Bringt Bewegung in alles. Emerald Barrymore gegen Chloe Carriere. Bei diesem Ereignis möchte ich ganz vorne in der ersten Reihe sitzen. Und das Publikum denkt genauso, dafür garantiere ich.«

21

Chloe erwachte um sechs Uhr früh. Draußen war es noch dunkel, war es kalt und feucht.

Sie wankte nach unten in die Küche, um sich eine starke Tasse Nescafé mit drei Teelöffeln Honig zu machen. Das gab Energie. Sie duschte, sprang in Jeans, T-Shirt, Bluse, Pullover, Jacke, Schal und Mütze. Trotz aller gegenteiligen Meinungen ist es in Kalifornien in den frühen Morgenstunden wirklich kalt. Da die Temperaturen im Laufe des Tages von fünf auf dreißig Grad Celsius ansteigen, zog Chloe immer mehrere Schichten übereinander an.

Der Fahrer mit dem Minibus wartete schon auf sie, um sie die siebzehn Minuten zum Studio zu fahren. Unterwegs versuchte sie, die Szenen des Tages durchzulesen, insgesamt elf Seiten Text – größtenteils ein bitterböser Monolog Mirandas.

Nach über drei Jahren begannen sich die Dialoge der wöchentlichen Folgen auffallend zu ähneln. Die Schauspieler wechselten selten, die Schauplätze waren immer dieselben, nur die Kostüme

änderten sich und boten den einzigen Beweis, daß es sich um eine andere Episode handelte.
In ihrer Schuhschachtel von Wohnwagen, die genau identisch war mit denen der anderen zehn Schauspieler, hatte der Maskenbildner schon sein Handwerkszeug bereitgelegt. Der junge, zukünftige Art-director brachte ihr eine weitere Tasse Kaffee. Sie stellte ihr Radio auf FFLG ein (Freundlichkeit, Freude, Liebe und Glück – der wahre Überlebenssender), und zu den Liedern von Al Jarreau und Lionel Richie begann sie sich zu schminken, während sie gleichzeitig ihren Text lernte, Kaffee trank und eine Apfelsine aß.
Um sieben rief Debbie, die zweite Regieassistentin, sie auf die Szene. Halb geschminkt, mit Lockenwicklern im Haar und dem Skript in der Hand, den Text erst bruchstückhaft im Kopf, probte sie mit Sissy und Sam die erste Szene des Tages durch.
Danach mußte man sich mit Frisur und Make-up beeilen und außerdem mit Ostie, dem Dialog-Tutor, den Text durchgehen.
Trixie, die Kostümassistentin, kam mit sechs Kostümen in Plastikhüllen und einer großen Neiman-Marcus-Einkaufstüte voller Schuhe und Taschen in Chloes Wagen.
»Rudolpho meint, Sie sollten das schwarze tragen, aber der Regisseur sagt, daß die Szene zu dunkel ist und Sie sich von dem Holz nicht genug abheben würden. Deshalb habe ich das rote für die erste Szene gebracht.«
»Okay.« Chloe schielte mit zusammengekniffenen Augen auf ihr Gesicht in dem dreiteiligen Spiegel. Es würde nicht schaden, ein oder zwei Pfund abzuspecken. Wenn sie zunahm, dann immer zunächst im Gesicht – als erstes verschwanden ihre Wangenknochen.
»Was möchten Sie zum Lunch?« Debbie steckte ihren Kopf durch die Tür. Chloe verzog das Gesicht. Lunch! Wie konnte sie um sieben Uhr morgens wissen, was ihren Gaumen um ein Uhr mittags reizen würde?
»Bring mir Thunfisch auf Roggenbrot und Apfelsaft, Debbie«, sagte sie und wandte sich Trixie zu, die in einer ein Meter zwanzig

hohen Kommode kramte – Mirandas Schmuckkasten. Perlen, Diamanten, Rubine, Smaragde und Goldketten glitten durch ihre Finger.

»Diese Chanel-Perlen würden scharf aussehen zu dem Kleid, glaube ich«, sagte Trixie und drapierte sie kritisch auf die elegante Robe. »Oder wollen Sie lieber die Goldkette von Ian Kenneth Lane tragen?« »Wie Sie meinen, Trixie«, sagte Chloe nur. Sie wußte, daß Trixie die Accessoires zu den neun oder zehn verschiedenen Kostümen jede Woche mit sicherem Geschmack zusammenstellte.

»Was meinen Sie zu den Givenchy-Ohrringen? Die sehen gut dazu aus.«

»Finden Sie die nicht zu groß?« fragte Chloe zerstreut, denn sie war gerade mit ihren Wimpern beschäftigt.

»Honey, nichts ist zu groß für *Saga*, das wissen Sie doch.«

Nachdem Chloe in das enge rote Kleid gestiegen war, trat Trixie einen Schritt zurück und betrachtete ihr Werk. Dann zupfte sie an Chloes Rock, der in der Taille unangenehm knapp saß.

»Da ist ein bißchen zuviel heute, hm?« Trixie war an die ständigen Gewichtsschwankungen der weiblichen Stars gewöhnt. Selbst zwei Pfund machten sich bemerkbar, wenn jedes Kostüm wie eine zweite Haut saß.

»Danke, Darling. Sie sehen heute auch nicht gerade wie Twiggy aus.« Sie grinsten sich an – solche Scherze halfen ihnen, morgens um sieben normal zu bleiben.

Auf dem kurzen Weg zur Bühne 2 stieß Chloe mit Pandora zusammen. Pandora trug ein graues Flanellkostüm von Thierry Mugler. Die Schultern waren so übertrieben gepolstert, daß sie aussah wie ein Footballspieler. Dazu trug sie eine rote Pagenkopf-Perücke im Stil der vierziger Jahre, fuchsienroten Lip gloss und goldenen Lidschatten. Sie sah exzellent und schick aus.

»Hallo! Wie fandest du die Folge gestern abend?«

Pandora war eine freundliche Seele und legte sich mit niemandem an. Als Schauspielerin war sie zwar nicht gerade umwerfend, aber sympathisch und professionell – und vor allem wußte

sie: Sie hatte Glück, daß sie fünfundzwanzigtausend pro Folge in einer der beliebtesten Fernsehserien verdiente.
»Ich fand deine Szene im Gerichtssaal hervorragend – wirklich prima.« Chloe lobte niemanden, wenn sie es nicht wirklich ehrlich meinte.
»Danke, Chloe, die Szene war gut geschrieben. Und wie fandest du *sie*?« Sie deutete auf Sissy, die bereits mit gefaltetem Kleenex im Kragen ihres türkisfarbenen Wildlederkostüms aufrecht in ihrem Regisseurstuhl saß, die erste ihrer unzähligen Zigaretten in einer Zigarettenspitze rauchte und alle, die an ihr vorbeikamen, mit einer Kaskade von Schimpfworten bedachte. »Paß auf, da ist jemand heute mit dem linken Fuß zuerst aufgestanden«, sagte Pandora.
»Was gibt es sonst Neues?« lachte Chloe.
Sam stand auf der Bühne, trank Kaffee aus einem Styroporbecher und schwatzte mit der Crew. Er war bei allen beliebt, denn er bemühte sich wirklich, mit den anderen zurechtzukommen, Späße zu machen und die Zickigkeit seiner Frau auszugleichen. Dem Team tat er leid. »Kein Wunder, daß er auf Jungs steht«, raunte Maxie, der Fahrer, Chloe eines Tages zu. »Wenn ich mit so einer Kuh verheiratet wäre, tät' ich das auch.«
Wie alle anderen verachtete Chloe Sissy und vergötterte Sam. Sie gab ihm ein Küßchen auf seine stark geschminkten Wangen, die ihr in letzter Zeit erschreckend mager zu werden schienen.
Er sah nicht gesund aus. Sein gewöhnlich üppiger brauner Schnurrbart wirkte ungepflegt und hing traurig herunter. Das dicke braune Toupet hatte merkwürdig Schlagseite, als wäre es ihm zu groß. Vielleicht wirkte er nur so angegriffen, weil er in Pyjama und Morgenmantel war und krank aussehen sollte. Sie drehten eine Szene, in der Sam alias Steve in einem Krankenhausbett im Koma lag, während seine drei Frauen, die jetzige und die zwei Ex-Gattinnen, um sein Bett herumstanden und ihn beschworen, sich nicht aufzugeben.
»Hier ist dein Kaffee, Darling.«
»Hallo, Vanessa!« Chloe lächelte ihrer neuen Privatassistentin zu.

Da man als Star schlecht mit einer einzigen Sekretärin auskam, hatte sie sich nach einer persönlichen Assistentin umgesehen, die ihr helfen sollte, mit den Hunderten von Bitten um Interviews und Auftritte fertig zu werden, Tausende von Fanbriefen durchzusehen und wenigstens einen Teil der Flut eingesandter Manuskripte durchzulesen.
Vanessa Vanderbilt hatte allmählich das Interesse am Juwelengeschäft verloren. Kostbarer Schmuck zu erschwinglichen Preisen war heutzutage nicht leicht zu finden, und so hatte Vanessa sich nach etwas Interessanterem umgesehen. Eines Tages saßen sie und Chloe auf dem Rückflug von London, wo Chloe Annabel besucht hatte, zufällig nebeneinander. Chloe machte Vanessa Komplimente wegen ihrer wunderschönen Smaragd- und Diamantarmbänder, und Vanessa gab zu verstehen, diese seien verkäuflich. Überrascht und entzückt schrieb Chloe ihrem Finanzberater zum Trotz einen Scheck über zwölftausend Dollar aus und schob sich den wunderbaren Schmuck über die Handgelenke. Die beiden Frauen begossen das Geschäft mit Champagner, und nach dem dritten Glas kamen sie sich näher. Sie entdeckten, daß es vieles gab, was sie verband. Sie lachten, erzählten sich intime Geschichten aus ihrem Leben und fanden, daß sie sich in ihren Anschauungen und Gefühlen eigentlich sehr ähnelten. Noch vor der Landung des Flugzeugs hatte Vanessa einer dreimonatigen Probezeit als Chloes persönliche Assistentin zugestimmt. Bis jetzt war es ein Erfolg gewesen. Die beiden Frauen verstanden sich hervorragend, was wiederum Sissys Neid erregte, die es nie ertragen konnte, gute Arbeitsbeziehungen um sich herum zu sehen, schon gar nicht zwischen Frauen. Sie war nicht imstande, irgendeine Assistentin länger als ein paar Monate zu halten, und das galt auch fast für ihr gesamtes Hauspersonal.
»Okay, laßt uns die Szene mal proben!« rief Ned, jetzt Art-director.
Die vier Schauspieler kamen auf die *Saga*-Bühne. Sam zog seinen Morgenmantel aus und legte sich ins Bett, froh, in dieser Szene nichts weiter zu tun als zu stöhnen. Das würde ihm bestimmt sehr

realistisch gelingen. Der letzte Abend war gräßlich gewesen. Sissy war in besonders scheußlicher Laune gewesen. Ihre Eifersucht auf Chloe fand täglich neue Nahrung in den verschiedenen Zeitschriften und Klatschspalten. Gestern abend wurde ihre Wut durch einen Artikel von Army Archerd ausgelöst: »Chloe Carrieres Karriere ist in stetigem Anstieg begriffen: Die derzeit berühmteste Frau im Fernsehen hat einen Vertrag unterzeichnet, nach dem sie zusammen mit Hammersmith Productions ihre eigene Kurzserie unter dem Titel *Ekstase* produzieren wird, in der sie auch die Hauptrolle übernimmt. Die Dreharbeiten werden in London und Madrid während Chloe Carrieres dritter *Saga*-Pause beginnen.«

»Dieses Biest!«

Sissy schleuderte die Zeitung mit solcher Wut durch das Zimmer, daß sie Sam um ein Haar getroffen hätte. Die trägen tropischen Fische in ihrem Fünftausend-Dollar-Aquarium, das so geschmackvoll in den polierten Granit über dem Kamin eingelassen war, verschwanden hastig hinter den bemalten Felsen.

»Verdammtes Biest! Warum, warum kriegt sie ihre eigene Serie? Was denkt sich mein Agent eigentlich?« tobte sie und goß sich einen großzügigen Schuß Smirnoff in ein schweres Lalique-Glas. Sam lag auf der braunen Wildledercouch und versuchte, sich in aller Ruhe einen John-Wayne-Film auf Video anzusehen. Er fühlte sich schwach und krank.

Jetzt lag Sam im Krankenhausbett auf Bühne 2 und fühlte sich noch immer entsetzlich elend. In der Drehpause konnten die drei Frauen sich gar nicht über Army Archerds Kommentar in seiner heutigen Kolumne über *Amerika: Die frühen Jahre* beruhigen. Der Schreiber äußerte sich enthusiastisch über die neue große Unterhaltungsserie. Die ganze Branche sei in heller Aufregung, weil Burt Hogarth die Leitung übernommen habe.

»Ich habe gehört, daß er sich für Emerald Barrymore als Evelyn interessiert«, sagte Pandora und ließ Theo geduldig zum x-ten Male ihre rote Perücke auskämmen.

»Ach ja?« grinste Sissy maliziös und zog an ihrer Zigarettenspitze. Ihre braunen Vogelklauen hatten scharlachrote Krallen, passend zur Farbe ihrer strichdünnen Lippen. »Werden sie sie überhaupt lange genug aus dem Bett und von ihrer Flasche wegholen können, um sie vor die Kameras zu lotsen?« Sie lachte boshaft.
Pandora und Chloe ignorierten die Bemerkung, doch Sam brachte ein schwaches Lächeln zustande. Sam fühlte sich nicht gut. Er mußte Zeit für eine gründliche Untersuchung finden.
»Na, na, Honey«, meinte er vorwurfsvoll. »Du weißt doch, daß Emerald in letzter Zeit Pech gehabt hat. Laß uns hoffen, daß sie die Rolle kriegt. Emerald ist ein nettes Mädchen. Sie braucht sie.«
Hmmm, überlegte Sissy im stillen: Wenn Emerald sie wirklich bekam, könnte das auch Vorteile haben. Emerald könnte diese hochnäsige britische Ziege von den Titelseiten und aus den Schlagzeilen verdrängen. Chloes Erfolg irritierte sie von Tag zu Tag mehr. Sie wurde für Sissy allmählich zur fixen Idee. Ein Haßobjekt. Es gab nur einen einzigen Menschen, der Chloe noch mehr haßte.

Calvin lag auf einer groben grauen Wolldecke in seiner Zelle und versuchte, nicht auf die widerlichen Gespräche seiner Zellengenossen zu hören. Wie üblich redeten sie über Sex. Das war ihr einziges Thema. Gelegentlich diskutierten sie auch über Baseball oder Football, ab und zu flackerte ein kurzes Interesse an einem neuen Zelleninsassen auf, aber im Grunde war jeder Mann in diesem Gefängnis nur von einem einzigen Thema besessen: Sex. Calvins Zellengenossen diskutierten detailliert die intimen Vorzüge des Pin-up-Girls aus dem neuesten *Penthouse.* Die Beine der Frau waren weit gespreizt und boten einen Anblick, wie ihn normalerweise nur ein Gynäkologe zu sehen bekam. Seine Zellengenossen geilten sich an dem Bild auf. Calvin wußte schon, was als nächstes passieren würde. Nach drei Jahren wußte er das nur zu gut. Sie würden so tun, als wäre einer von ihnen das *Penthouse*-Mädchen. Manchmal machten sie das auch mit ihm, auch wenn er sich wehrte. Er wußte das. Das war schon am ersten

Tag so gewesen, als er in dieses Gefängnis gebracht worden war. Und mit übelkeiterregender Regelmäßigkeit war es so weitergegangen. Calvin war nicht schön im klassischen Sinne, aber er war relativ jung, hatte eine reine Haut und einen straffen Körper. Das übrige übernahm die Phantasie der Männer.

Das Gefängnis war ein brodelnder Kessel voller unterdrückter sexueller Begierden von neunhundert potenten Männern, die hier in ihren besten Jahren eingepfercht waren und nichts anderes zu tun hatten, als ihren sexuellen Phantasien nachzuhängen.

Calvin tat so, als schliefe er, aber es nützte ihm nichts. Kolinsky, der große dreiundzwanzigjährige Pole mit dem dunklen Haar, den schlechten Zähnen und dem riesigen Ding, kam auf ihn zu.

»Los, Calvin, alter Kumpel. Sollst dich mal wieder mit deinem alten Freund hier amüsieren.«

Calvin wußte: Wenn er sich weigerte, würden sie ihn zusammenschlagen. Die Wachen taten, als merkten sie nichts. Manchmal nahmen sie sich selbst als erste eine der frischeren neuen ›Jungfrauen‹ vor. Er wappnete sich für Kolinskys Ansturm und versuchte, alles Denken auszuschalten, bis nur noch sein Haß auf Chloe Carriere übrig war und die Gewißheit, daß sie an alldem hier schuld war und daß er nur noch fünfzehn Monate mit diesem Horror leben mußte.

22

Seit ihrer endgültigen Trennung von Josh war Chloes Liebesleben ein Thema von höchstem Interesse für die Klatschkolumnen und Boulevardblätter.

Etwas mehr als eine belanglose Unterhaltung mit einem Mann auf einer Party, und sie hatte angeblich eine Affäre mit ihm. Mehr als zwei Verabredungen mit demselben Mann, und sie war verlobt. Mehr als sechs, und gemeinsame Flucht und Heirat standen unmittelbar bevor. Seit ihrer Trennung von Josh war sie keine ernsthafte Beziehung mehr eingegangen. Sie und Johnny verbrachten ab und zu eine Nacht zusammen und gingen gelegentlich miteinander aus, aber das war nichts Tiefgehendes. Er hatte reichlich Frauenbekanntschaften. Die AIDS-Drohung hing beängstigend über ihnen allen, und sie war nicht bereit, ihr Leben für eine gelegentliche Affäre zu riskieren, wie attraktiv der Mann auch sein mochte. Die drei Jahre als berühmter Star begannen ihren Tribut zu fordern: Sie wurde schnippisch, reizbar und hatte für nichts mehr Interesse außer für *Saga*.

»Du brauchst einen Mann, Kindchen«, bemerkte Daphne eines Tages beim Lunch. »Einen guten Mann.«

»Genau, und die sind rar in dieser Gegend«, meinte Vanessa.

Chloe saß mit verkniffenem Mund daneben, trank Perrier auf Eis und zupfte an ihren Nagelhäutchen.

Daphne beharrte: »Du siehst nicht glücklich aus.«

»Ich brauche keinen Mann, um glücklich zu sein«, fauchte Chloe, zündete sich eine Zigarette an und signierte verdrossen das nächste Foto.

Der Tisch, an dem sie mit Daphne und Vanessa saß, stand in einer Ecke der Studiokantine, aber er befand sich dennoch im Mittelpunkt des Interesses. Fans auf Studiotour kamen scharenweise. Der größte Schlager war ein Besuch bei den Dreharbeiten zu *Saga*. Es genierte niemanden, daß die Schauspieler bei Aufnahmen waren, die höchste Konzentration verlangten. Abby und Gertrude hatten mit *Saga* eine Goldmine entdeckt. Sie erlaubten Touristen, sich frei auf dem Studiogelände zu bewegen, und stellten sogar einen freundlichen Führer, der sie auf ihrer Tour begleitete.

»Weißt du, Vanessa, ich will ja nicht paranoid erscheinen, aber siehst du die Frau da drüben mit der Instamatic-Kamera?« sagte Chloe. Vanessa sah zu dem Tisch hinüber, wo die unauffällig wirkende Frau in dem eintönigen Gabardine-Hosenanzug saß und sich in der Kantine umsah. Allzuoft hefteten sich ihre Blicke auf Chloe.

»Was soll mit ihr sein?« fragte Vanessa in ihrem sachlichsten Ton.
»Sie ist mir unheimlich. Ich könnte schwören, daß sie von der Presse ist. Schon mehrmals habe ich sie hier gesehen. Sie schlich sogar bei den Aufnahmen herum und hat mich belauscht, als ich letzte Woche mit Annabel telefonierte.«
»Machst du Witze?« Vanessa war erschrocken. Sie stellte sich jederzeit schützend vor Chloe.
»Nein, sie hing bei den Kaffeeautomaten herum und unterhielt sich mit den Handwerkern und Lastwagenfahrern. Ich dachte erst, sie sei eine Friseuse von der Polizeiserie im nächsten Aufnahmestudio, aber dann sah ich, wie sie sich Notizen machte. Schmeiß sie raus, Van.«
»Okay, Boß«, sagte Vanessa. Sie sah die Frau an – und die blickte schnell weg. Chloe hatte recht: Sie war bestimmt von der Presse. Wohl von der britischen Presse, wahrscheinlich von einem der miesen Blätter.
Chloes Leben war bis ins kleinste Detail in unzähligen Zeitschriften und Sensationsblättern aufgerollt worden. Ihre alten Schulfreunde, ihre Lehrer und Mitarbeiter waren interviewt worden. Rick, ihr Liebhaber damals in den Tagen der Provinztourneen, hatte seine aufschlußreichen Erinnerungen an ihre ›stürmische Affäre‹ an die *Sun* verkauft. Unablässig riefen Reporter bei Richard, Susan *und* Annabel an, um auch die geringfügigsten Einzelheiten über die jetzt berühmteste britische Schauspielerin in Erfahrung zu bringen. Chloe fürchtete nichts mehr, als daß die Presse herausfinden könnte, daß Annabel in Wirklichkeit ihre Tochter war. Eines der Sensationsblätter war im Somerset House gewesen, dem britischen Standesamt, und hatte ihre Geburtsurkunde abgedruckt, so daß jetzt alle Leser genau wußten, wie alt sie war. Warum sollten sie nicht weiterstöbern und herausfinden, daß am 15. Januar 1964 in einem Pflegeheim in Plymouth ein Mädchen geboren worden war? Vater unbekannt, Mutter, Chloe Carriere, einundzwanzig Jahre alt, von Beruf Sängerin. Der Gedanke, wie es Annabel nach einer solchen Entdeckung ergehen würde, verursachte Chloe Alpträume.

Chloe war selbst unglücklich darüber, daß sie so zynisch wurde, aber der unaufhörliche Ansturm der Medien und der Fans auf ihr Privatleben hatte ihr normalerweise heiteres Wesen verändert. Die Arbeit war hart. Schon allein Haare, Make-up und Kleidung zwölf Stunden am Tag makellos zu halten, während das Team in T-Shirts und Turnschuhen schwitzte, war eine große physische Anstrengung.

Es war ermüdend, immer ein Lächeln für die fünfzig oder sechzig täglichen Besucher aufzubringen, die sich ein Herz faßten und das prominente Biest persönlich ansprachen. Verhüte Gott, daß sie einen abblitzen ließ!

Jeder verlorene Fan vervielfachte sich um ein Hundertfaches in den Zuschauerzahlen, schimpfte Gertrude immer. »Beleidige einen Fan, und er wird es zehn Freunden erzählen, die es zehn anderen weitersagen.«

»Sei nett zu ihnen auf dem Weg nach oben«, warnte Jasper. »In diesem Monat bist du vielleicht die Größte, aber auf dem Weg nach unten werden sie alle auf dich warten – und abwärts geht es auf jeden Fall wieder. Das ist mal sicher. Jeder Schauspieler wird irgendwann ausrangiert. Einige – die Cary Grants und Katharine Hepburns – schaffen es fünfzig Jahre und länger. Bei anderen, besonders bei Fernsehstars, reicht es vielleicht nur für fünfzig Monate oder Wochen – oder Tage. Das Publikum ist ...«

»Wankelmütig! Ich weiß, Jasper. Du hast es mir schon tausendmal gesagt. Ich weiß, daß die Leute so sind.«

»Braves Mädchen. Jetzt mußt du daran denken. Werd nicht hochmütig.«

»Werde ich auch nicht!« Sie schrie fast. »Ich versuche nur, ich selbst zu bleiben.«

In ihrem Leben gab es keine Zeit für Männer. Die seltenen freien Tage mußten für Interviews und Sitzungen beim Fotografen genutzt werden. Und Anproben mit Trixie und Rudolpho kosteten Stunden der Überlegung und Konzentration. Sie mußte ihre Texte lernen, an Drehbuchkonferenzen teilnehmen, brauchte eine wöchentliche Maniküre und Pediküre, mußte regelmäßig Gym-

nastik machen, Gesichtsmassage nehmen, mit den jeweiligen Modetrends Schritt halten. Alles in allem reichten die vierundzwanzig Stunden des Tages kaum zum Zeitunglesen oder für genügend Nachtschlaf, geschweige denn für eine Beziehung.
»Wenn das Publikum nur sehen würde, was für eine Mühle dieser sogenannte Glamour-Job ist«, seufzte Chloe und nickte Ned zu, der ihr das Ende ihrer fünfzig Minuten Lunchpause signalisierte. Der Lunch lag ihr wie ein Stein im Magen – alles mußte immer schnell, schnell, schnell gehen. Sie konnte gerade das Aufnahmestudio verlassen, ihre perlenbestickte ausgeschnittene Robe oder irgendein anderes hautenges Kostüm gegen einen Jogginganzug vertauschen, zur Kantine gehen, auf Thunfischsalat und Mineralwasser warten, ein paar Worte mit Vanessa und Daphne wechseln, die vorbeigekommen waren, und dann war es schon wieder Zeit, auf der Szene zu erscheinen. »He ho, he ho, auf, auf zur Arbeit! Wie bei den sieben Zwergen«, lachte Vanessa.
»Ich meine, Liebes, du brauchst einen Mann und sei es nur zu therapeutischen Zwecken. Zufällig kenne ich genau den Richtigen. Paßt ideal zu dir und sieht sehr gut aus, Darling.« Daphne gab nicht auf. Jedesmal wenn sie zusammen beim Lunch saßen, kam sie wieder auf das Thema zurück.
Vanessa kicherte. Liebesgeschichten und Intrigen faszinierten sie. »Wer ist er, kenne ich ihn? Ich finde auch, sie braucht jemanden fürs Bett, sie wird allmählich unausstehlich«, neckte sie Chloe. Sie mochte sie sehr, auch wenn es manchmal Reibungen zwischen ihnen gab. Und Vanessa war Chloe für ihre gesellschaftlichen Verpflichtungen, Arbeitsbesprechungen und Kleiderprobleme unentbehrlich geworden. Vanessa war Chloes Vertraute und rechte Hand – das war etwas anderes als ihr früheres Leben als Geliebte eines arabischen Potentaten, aber auf jeden Fall interessanter.
»Fürs Bett! Wie meinst du das? An so etwas kann ich mich nicht erinnern. War das nicht etwas, was nur richtige Menschen machen?« lachte Chloe.
»Nächsten Samstagabend, Darling, Dinner bei mir.« Cupido war

eine von Daphnes Lieblingsrollen. »Der Mann ist Franzose und wirklich sehr sexy.«
»Oh, Importware!« strahlte Vanessa.
Daphne sah Chloe streng an. »Jemand, der noch nicht all deine Freundinnen gehabt hat. Ist das keine gute Nachricht?«

Chloe erkannte ihn im selben Moment, als er Daphnes Wohnzimmer betrat. Obwohl sie über drei Jahre lang nicht mehr an ihn gedacht hatte, erinnerte sie sich an ihre aufgewühlten Gefühle in jener schrecklichen Nacht in Vegas. Sie schauderte. Noch heute hatte sie Alpträume deswegen.
Philippe Archambaud lächelte sein Alain-Delon-Lächeln und zeigte seine makellosen Zähne. In seinem dunkelblauen Anzug mit konservativer Krawatte wirkte er auf romantische Art europäisch, und er stand damit in auffallendem Kontrast zu Daphnes Beau Richard Hurrel, der in seinem pinkfarbigen Blazer mit passendem Halstuch eine modische Katastrophe war, und zu Luis Mendoza, der sich keine weitere Mühe gegeben hatte, denn wenn jede Frau in Amerika einen begehrt, braucht man nichts weiter als ein schwarzes Seidenhemd, enge weiße Hosen und braune Haut. Philippe war ein gutaussehender, großer Mann mit braunem welligen Haar und verwirrenden Augen. Und er war sehr ruhig. Nicht gerade ein Entertainer, dachte Chloe, nachdem sie während des Essens eine ziemlich pedantische Abhandlung über französische Politik hatte ertragen müssen.
Sie mußte an Joshs lebhaften englischen Charme denken – wie er sie mit seinem Witz und Humor bezaubert hatte. So viel Leidenschaft und Gemeinsamkeit hatte es in ihren ersten sieben oder acht Jahren gegeben. Wo war es falsch gelaufen? Warum? Vergiß es. Sie schob diese Gedanken weg und konzentrierte sich auf Philippe. Ja, er war außerordentlich schön. Ja, er war ungewöhnlich charmant. Ja, ohne Zweifel schenkte er ihr große Aufmerksamkeit und schmeichelte ihr sehr. Und warum auch nicht? Sie war zur Zeit der größte weibliche Fernsehstar. Wie lange, das konnte natürlich niemand vorhersagen ...

»Wann kann ich Sie wiedersehen, Chloe?« Philippes Hand zog eine kleine Linie über ihren Rücken. Sie erbebte, spürte, wie sich halb vergessene Leidenschaft regte, die sie nun viele Monate nicht mehr gekannt hatte. »Morgen?« Seine Augen – welche Farbe hatten sie eigentlich? Grau? Grün? Blau? Chamäleonaugen – sandten eine deutliche Botschaft: Begehr! Wider Willen war ihr Interesse erweckt.
»Morgen ist Sonntag. Ich muß endlose Dialoge lernen und ein neues Drehbuch durchlesen und . . .«
»Darling!« Vanessa unterbrach sie. Ihre roten Locken hüpften, ihr üppiger Busen wogte in einer cremefarbenen Bluse aus antiker Spitze, die tiefe Einblicke gewährte. »Keine Ausreden, ich finde, du solltest ihn ins Strandhaus einladen«, zischte sie mit geschlossenen Zähnen und gab Chloe mit ihrem kleinen Satinpumps einen leichten Tritt gegen das Schienbein.
»Und Richard und ich kommen auch. Mach dir keine Sorgen«, eilte ihr Daphne zu Hilfe, als sie sah, daß Chloe Einwände erheben wollte. »Ich weiß, daß du sonntags kein Personal hast und nicht gerne kochst. Richard fährt morgen bei Nate and Al's vorbei und besorgt schottischen Räucherlachs, Baguettes und Käse. Dann machen wir ein Picknick am Strand. Wird das nicht lustig? Ganz wie in England!«
Richard stöhnte. Mit seinen fünfundsechzig Jahren fühlte er sich ein bißchen zu alt für Picknicks am Strand, von Sonntagseinkäufen bei Nate and Al's zusammen mit dem Jet-set von Beverly Hills ganz zu schweigen. Aber in ihrer Beziehung war Daphne der Boß.
»Also gut«, sagte Chloe, weil Vanessa über das ganze Gesicht strahlte. »Also gut, dann machen wir eben alle zusammen ein Picknick.«
»Mit Champagner!« ergänzte Daphne.
»Naturellement«, sagte Philippe mit einem Lächeln, das Chloe entschieden zu beunruhigen begann. »Den bringe ich mit.«
»Dom Perignon«, warnte Vanessa ihn vorbeugend. »Bei Picknicks trinkt man nur D. P.«

»Natürlich, es wird mir ein Vergnügen sein.« Er verbeugte sich leicht, ohne die Augen von Chloe zu wenden.
Es geht wieder los, dachte sie.

Die Zeit der Werbung war kurz. Philippes physische Vorzüge eroberten Chloe so schnell, daß sie kaum wußte, wie ihr geschah. Für eine Frau, die immer auf Geist und Unterhaltung in ihren Männerbeziehungen Wert gelegt hatte, schien dies plötzlich keine Bedeutung mehr zu haben.
Anfangs trafen sie sich jedes Wochenende, dann jeden zweiten Abend, dann allabendlich. Bald hatte er schon viele seiner Sachen zu Chloe gebracht. Nach ein paar Monaten beschlossen sie, es sei pure Geldverschwendung, Miete für eine Wohnung zu zahlen, die er kaum benutzte, und er zog ganz zu ihr.
Philippe schrieb noch immer Reportagen für *Nouveau-Paris-Match, Jour de France* und gelegentliche Artikel für *Oggi* und *Tempo*. So war er tagsüber ziemlich beschäftigt. Da er ein guter Rechner war und sich auf dem Aktienmarkt auskannte, ließ Chloe ihn einen Teil ihres Geldes anlegen. Das tat er so geschickt und mit solch soliden Profiten, daß sie schließlich ihren Anlageberater entließ und ihre Finanzangelegenheiten ganz Philippe übertrug.
»Darling, er ist wirklich entzückend, aber er ist . . . nun ja . . .« Ein paar Wochen nachdem Chloes heftige Affäre mit Philippe begonnen hatte, versuchte Vanessa ihre Freundin zu warnen.
»Langweilig? Starrsinnig? Schulmeisterlich?« Chloe lachte. »Ich weiß, Vanessa. Ich bin nicht blind – mir ist klar, daß er kein Einstein ist. Ich weiß nicht, was es ist – aber er scheint genau meine Kragenweite zu haben.« Sie dachte an die vergangene Nacht und ihre leidenschaftlichen Umarmungen, bis sie morgens um fünf erschöpft aufgestanden war, um ins Studio zu fahren.
»Na gut – was immer er auch mit dir macht, auf jeden Fall scheint es dir gut zu tun«, sagte Vanessa. »Du hast lange nicht mehr so gut ausgesehen.«
Chloe errötete. Ihre Nächte, Vormittage und Nachmittage mit Philippe waren erstaunlich gewesen. Dieser Mann war eine wah-

re Energiequelle. Wenn sie sich nicht gerade liebten, wollte er sie in den Armen halten, ihr Haar streicheln und ihr sagen, wie wunderbar sie sei. Es war ungewöhnlich für einen neununddreißigjährigen Mann, so offen zärtlich zu sein. Und Chloe gefiel es – er gefiel ihr. Mehr und immer mehr.
Sie dachte immer noch an Josh. Gelegentlich rief er sie aus England an oder wo immer er sich gerade aufhielt. Das erste Stück, das er gemacht hatte, war ein Desaster gewesen. Dann war er für ein Jahr verschwunden, und sie hatte keine Ahnung, wo er war. Einmal hieß es, er sei nach Australien emigriert, ein anderes Mal, daß er mit einem siebzehnjährigen Zwillingspaar zusammenlebte, komponierte, in Pianobars und Männerclubs sang. Schließlich rief er sie aus heiterem Himmel an.
»Hallo, Chloe, meine kleine Liebste. Wie geht es dir?«
Sie konnte es kaum glauben, aber ihr Herz schlug noch immer schneller, wenn sie seine Stimme hörte. Du bist wie ein dummes Schulmädchen, hielt sie sich nach dem kurzen, aber freundlichen Gespräch vor.
Er hatte ihr erzählt, daß er in Australien gearbeitet hatte, daß er auch durch die australische Provinz getingelt war. Von Teenager-Zwillingen kein Wort. Sie fragte auch nicht. Jetzt arbeitete er auf Kreuzfahrtschiffen. Es mache Spaß, sagte er. Er hatte noch immer viele Fans. Matronen mittleren Alters und ihre beleibten Gatten, die sich an den jungen Joshua Brown der sechziger Jahre, an seine Lieder erinnerten. Nicht mit Applaus geizten, nach dem er sich so sehnte. In den nächsten Tagen wollte er mit einem anderen Schiff ein paar Monate lang auf Kreuzfahrt in die Karibik gehen.
»Macht es wirklich Spaß?« hatte Chloe gefragt. Sie verspürte wegen ihres eigenen immensen Erfolgs und seines Abstiegs eigenartige Schuldgefühle. »Macht es dir Freude, Josh?«
»Klar macht es Spaß«, hatte er gelogen. »Was man nur will an Vergnügungen, Darling. Massenhaft zu trinken, massenhaft zu lachen, massenhaft schöne Frauen.« Chloe zuckte unvermittelt zusammen. Der Gedanke an eine andere Frau in Joshs Armen versetzte ihr immer noch einen Stich.

»Hoffnungslos! Du bist hoffnungslos altmodisch und zurückgeblieben«, sagte Vanessa, als Chloe ihr das Gespräch mit Josh erzählte. »Ich glaube nicht, daß du die Männer wirklich kennst, oder, Chloe?«

Vanessa hatte die Männer achtzehn Jahre lang studiert und war eine Art Expertin. Sie staunte oft über Chloes romantische Naivität.

Chloe wechselte das Thema. Der Anruf von Josh hatte sie ganz durcheinandergebracht. Sie wollte wissen, wie es ihm ging. Ihre Scheidung war noch immer nicht rechtskräftig. Zwei Jahre lang zog sich die Sache jetzt hin. Ihr Anwalt wollte sie immer zur Unterschrift unter die Scheidungsvereinbarung überreden. Doch dann verschwand Josh, und selbst sein eigener Anwalt konnte ihn nicht finden.

Jetzt drängte Philippe sie, die Scheidung rechtsgültig zu machen. Er wollte sie heiraten, aber für Chloe war das nicht so einfach. Physisch war sie nach Philippe verrückt, es war fast, als habe er eine magische Gewalt über sie. Aber der Gedankenaustausch mit Josh war etwas, was ihr in dieser Beziehung fast völlig fehlte.

Vielleicht war sie zu anspruchsvoll, sagte sie sich, während sie den tristen Pico Boulevard zu den MCPC-Studios entlangfuhr. Nein, man kann eben nicht alles haben. Man kann. Man kann, flüsterte ihre innere Stimme zurück. Du *kannst* alles haben, Chloe, und du *solltest* es haben.

Der Erfolg von *Saga* war so überwältigend und außerordentlich, daß jede Fernsehgesellschaft versuchte, sich mit ähnlichen Sendungen anzuhängen. Ein Konkurrenzunternehmen hatte eine Imitation unter dem Titel *Abrahams Familie* herausgebracht, fast ein Abklatsch von *Saga*, ein anderes hatte es mit *Arizona Empire* versucht, doch beide hatten nur kurzes Aufsehen erregt und waren dann wieder verschwunden.

»Nachahmung ist immer noch die ehrlichste Form von Schmeichelei«, strahlte Gertrude bei einem Gespräch mit dem sorgenvollen Abby. »Wir haben nichts zu fürchten, Abby. Sieh dir doch nur unsere Einschaltquoten an.« Sie hatte recht. *Saga* war in den letzten beiden Halbjahren beständig unter den fünf Spitzensendungen gewesen. Überall sah man *Saga*-Kleider, *Saga*-Schmuck, *Saga*-Puppen, Miranda und Sirope in Miniaturausgaben von Rudolphos perlenbestickten weißen Roben. Die ganze Welt war von einem *Saga-Kult* erfaßt. Die Welt liebte Chloe und Sissy. Und Sam und Pandora. Sie liebte sie alle. *Saga*-Tagesdecken, -Teller, -Kerzen, -Schuhe, -Blusen und -Krawatten – die Kaufhäuser quollen über davon.

»So ziemlich das einzige, worauf noch nicht *Saga* steht, sind wohl Kondome«, sagte Pandora lachend zu Chloe, als der kleinwüchsige Christopher, der Public-Relations-Manager, mit den neuen Reklameentwürfen für die beiden *Saga*-Parfums kam. Chloe und Sissy sollten sie absegnen.
Das eine Parfüm sollte »Verrucht« heißen. Eine provozierend wirkende Chloe sollte die Verpackung zieren. Das andere sollte »Woman« heißen, mit einer so herzlich und aufrichtig blickenden Sissy darauf, ganz wie es ihrem Talent und Charakter entsprach.
In den vier Jahren, die die Serie jetzt lief, hatte Sissy zwei kleinere Gesichtsoperationen, eine Augenkorrektur und eine Brustimplantation machen lassen. Noch immer hielt sie unerbittlich Diät und sah in Wirklichkeit wie ein Raubvogel aus, doch sie war immerhin eine so gute Schauspielerin, daß es ihr gelang, die saccharinsüße Rolle der Sirope mit Leben zu erfüllen. Sie personifizierte die Mutter Erde: sanft, langmütig und ewig freundlich, plagte sie sich mit den Problemen ihrer Fernsehkinder und den Machenschaften ihres Ex-Fernsehgatten Steve herum. Chloe dagegen personifizierte das boshafte, intrigante, sexhungrige Biest. Das Publikum hatte die beiden Frauen ins Herz geschlossen und war nie ganz sicher, ob sie nicht auch in Wirklichkeit so waren, wie sie auf dem Bildschirm erschienen.
»Du sitzt auf meinem Stuhl«, ranzte Sissy Chloe an.
»Oh, Verzeihung«, sagte Chloe mit einem Blick auf die drei leeren

Klappstühle, auf die Sissy ihr knochiges Hinterteil hätte niederlassen können, wenn sie nur gewollt hätte.
Doch Sissy benutzte jede Gelegenheit, an Chloe und dem Rest der Besetzung herumzukritteln. Mit ihrem neuen Erfolg war sie unerträglich geworden. Selbst dem treuen Sam, der jahrelang zu ihr gehalten hatte, wurde es schwer, ihr arrogantes Wesen schweigend zu ertragen. Sie war patzig zu den Mitgliedern der Crew, die sie nicht ausstehen konnten. Den Kollegen gegenüber war sie neidisch und gehässig, wollte nicht proben, beschimpfte jeden Schauspieler, der aus dem Text kam, und war nicht einmal bei Sam bereit, während der Aufnahmen mit Stichwörtern zu helfen. Sie zankte sich mit dem Produzenten um bessere Texte für sich selbst, änderte ständig an ihren Dialogpartien herum, brachte damit die anderen Schauspieler durcheinander und wurde dann wütend, weil die nicht kapierten, was sie da machte.
Sie hatte begonnen, morgens als erstes eine Prise Koks zu nehmen, um über den mühseligen Tag zu kommen, eine weitere in der Lunchpause und eine dritte im Laufe des Nachmittags. Zu Hause beklagte sie sich allabendlich bitterlich bei Sam, daß der Beleuchter Chloe und Pandora bevorzugte, daß der Aufnahmeleiter ein untalentierter Grobian sei und daß ihr Wohnwagen nicht so groß sei wie der von Sam. Auf die kleinste Kränkung reagierte Sissy mit maßlosen Ausfällen. Das Kokain verwandelte sie allmählich in eine schizoide Persönlichkeit. Hätte das Publikum, das sie so bewunderte, die Wahrheit gekannt – sie hätte in der Schlange der Arbeitslosen am Sunset Boulevard gestanden.
»Na, und was hältst du von dem neuen Skript?«
Chloe war überrascht, daß Sissy geruhte, sie nach ihrer Meinung zu fragen. Das war bisher noch nie vorgekommen. »Es ist okay. Was meinst du?«
»Schwachsinn, totaler Schwachsinn. Wenn sie weiter solchen Mist schreiben, sind wir in der nächsten Saison vom Bildschirm verschwunden.« Sissy fuhr nervös mit den Fingern auf ihrem satinglänzenden Oberschenkel auf und ab. »Doris, bring mir eine Tasse Kaffee – nun mach schon, beeil dich!«

Chloe hatte Mitleid mit Sissy. Sie konnte keinen wirklichen Haß für eine Frau empfinden, die ganz offensichtlich zutiefst an sich selbst zweifelte, und oft verteidigte sie sie, während die übrigen Schauspielerkollegen kein gutes Haar an ihr ließen und sie nachäfften. Doch es half ihr nichts, denn Sissy haßte Chloe mehr als jeden anderen bei *Saga*.

Wenn Chloe auf der Titelseite von *USA Today* erschien, machte Sissy den PR-Leuten der Fernsehgesellschaft so lange die Hölle heiß, bis sie dasselbe für sie erreichten. In Wirklichkeit hatten die beiden Frauen die gleiche Anzahl an Titelfotos auf den amerikanischen Illustrierten. Bei einer so beliebten Serie wie *Saga* war den Herausgebern klar, daß es die beste Verkaufspolitik war, Sissy, Chloe oder Pandora auf die Titelseiten zu bringen.

»Ach, übrigens, hast du das hier gesehen?« Sissy hatte ein Glitzern in den Augen, als sie Chloe die neueste Ausgabe des *American Informer* reichte.

GEHEIMNIS UM CHLOE CARRIERES KIND DER LIEBE verkündete die Schlagzeile.

Chloe wurde fast ohnmächtig, als sie das las. Sie tat, als überflöge sie die Seite, während sie Sissys boshaften Blick spürte.

»Interessant, nicht?« Sissy lächelte ihr Kobralächeln. »Ist was Wahres dran, Chloe-Darling?« Sie bemühte sich um einen mädchenhaft-vertraulichen Ton, der Chloe noch beleidigender vorkam als ihre Sticheleien. »Mir kannst du es doch sagen.« Sie lehnte sich zu ihr hinüber, und Chloe sah die tiefen Krähenfüße unter ihren Augen und um die Lippen, die auch dreimaliges Liften nicht hatten wegzaubern können.

»Das übliche Lügengebräu, Sissy – du kennst das doch.« Sie konnte eine kleine Bosheit nicht unterdrücken: »Erinnerst du dich, wie sie vor ein paar Monaten schrieben, Sam sei schwul? Lächerlich, nicht?«

Sissy preßte die Lippen zusammen, und aus ihren ausdruckslosen grauen Augen schwand jeder Schein von Liebenswürdigkeit. »Doris, wo bleibt der verdammte Kaffee, zum Teufel! Beeil dich endlich!«

Chloe ging weg. Aus dem Augenwinkel beobachtete sie, wie Sissy mit giftiger Schadenfreude mehreren Leuten vom Team die Titelseite zeigte.
Zu Hause las Chloe den Artikel des Boulevardblattes genauer.
»Heimliches Kind der Liebe von Chloe 20 Jahre nicht gesehen«, trompetete der Untertitel. »Chloe Carriere, der Superstar der Seifenoper *Saga*, hat ein Geheimnis, das sie bis ans Grab verfolgen wird. Vor einundzwanzig Jahren brachte sie ein uneheliches Kind zur Welt. Der *Informer* kann exklusiv enthüllen, daß dieses junge Mädchen, Annabel, glücklich in England auf dem Lande bei Chloes Bruder Richard und dessen Frau Susan lebt und nicht weiß, daß ihre wahre Mutter das berühmte Fernseh-Biest ist.«
»Diese verdammten Drecksblätter!« Sie warf das Skandalblatt zu Boden und griff zum Telefonhörer.
»Hallo, Daphne – Daphne, Darling, ich habe dich doch nicht geweckt, oder?«
»Nein, nein, natürlich nicht, meine Liebe. Ich bin hellwach. Was ist los bei dir?« Daphne schubste Richard beiseite und zog das Tonbandgerät heran, das immer neben ihrem Bett stand.
Es passierte nicht oft, daß Chloe sie anrief. Chloe bekam nicht selten eine Publicity, die ihre Person angriff. Selten tat sie mehr dagegen, als unbedingt nötig war.
»Hast du den *Informer* schon gelesen?« fragte sie.
»Ja, meine Liebe, hab' ich.«
»Es sind lauter Lügen, Daphne, das weißt du doch.«
»Natürlich weiß ich das, Liebes. Jeder in Hollywood, der dieses widerliche Zeug liest, weiß das.« Aber sie genießen es alle, dachte Daphne. Jeder liest es an seinem Schreibtisch, beim Friseur, leiht es sich von seinem Dienstmädchen und verschlingt gierig die Lügen und Anzüglichkeiten über alle anderen. »Hör auf, Richard«, zischte sie. Ihre Zurückweisung hatte Richard mehr als üblich erregt, und er wanderte gerade mit seiner Zunge Daphnes üppigen Schenkel entlang.
»Es wird immer schwieriger für mich, Daphne. Die Leute glauben allmählich all das Gerede von dem Biest, das ich wirklich sein

soll. Eigentlich macht mir das ja nichts aus, aber diese Geschichte ist für meine Nichte einfach furchtbar.«

»Ich weiß, ich weiß, es ist alles gelogen. Achte nicht darauf. Du bist größer als sie alle. Vergiß das nicht!«

»Ich achte nie darauf – vielleicht ist das gerade der Fehler«, seufzte Chloe.

»Also, was kann eine alte Freundin für dich tun, Liebes?« fragte Daphne, nachdem sie Richard vertrieben und versucht hatte, ihn wie eine große schlaffe Puppe bequem in ihrer Armbeuge unterzubringen.

»Sag ihnen, daß es nicht wahr ist, bitte, Darling.«

»Ich werde für dich tun, was ich kann, das verspreche ich dir«, sagte Daphne, schon wieder von Richards halbherzigen Zärtlichkeiten abgelenkt, und hängte auf.

Chloe griff zur Wodkaflasche und goß einen kräftigen Schuß in ihren Orangensaft. Das Telefon klingelte. Sie ließ den Anrufbeantworter das Gespräch annehmen und hörte eine näselnde Stimme: »Hallo, hier ist Mike Russel von *News of the World.* Ich würde gern Miss Carriere sprechen wegen ...«

Entmutigt schaltete sie ab. Morgen würde diese amerikanische Klatschgeschichte in allen englischen Zeitungen stehen. Annabel würde es lesen. Wie würde sie reagieren? Das bedrängte Chloe mehr als alles andere. Ihre geliebte Annabel, die Chloe für ihre Tante hielt. Was würde sie nur denken? Was würde sie empfinden, wenn sie erfuhr, daß man sie ihr ganzes Leben belogen hatte?

Wie sie auch reagieren mochte, Chloe mußte sie von Angesicht zu Angesicht sehen. Und zwar gleich. Es ließ sich nicht aufschieben. Sie mußte sofort handeln.

Sie rief Gertrude an. »Hast du die Geschichte schon gelesen?«

»Ja, natürlich. Stimmt es?« schnarrte Gertrude.

»Es stimmt, Gertrude. Was mich betrifft: Mir ist es völlig egal, was die Presse schreibt. Aber für Annabel muß es ein entsetzlicher Schock sein. Sie hat keine Ahnung, daß ich ihre Mutter bin und Susan und Richard nicht ihre leiblichen Eltern sind. Gertrude, ich

muß nach England fliegen, sofort. Könnt Ihr beim Drehen ohne mich auskommen? Bitte. Es ist dringend!«
»Darling.« Gertrudes Stimme war kühl. »Du weißt selbst, daß das nicht geht. Wir nähern uns dem Saisonende, und du bist überall drin. Dies müssen unsere stärksten Schlußfolgen werden, denn in der nächsten Saison treten sie mit *Amerika* gegen uns an. Hat das denn keine Zeit?«
»Nein!« Chloe war verzweifelt. »Nein, es hat keine Zeit. Es geht um das Leben meiner Tochter, Gertrude. Um Himmels willen, ist das denn nicht wichtiger als so eine Serie?«
»Ehrlich gesagt: Nein, Honey. Ich habe wirklich vollstes Verständnis für dich, und ich verspreche dir, daß die Publicity-Leute ihr Bestes tun werden, um dir aus dem Schlamassel zu helfen, aber wir *können* und *wollen* den Launen einer Schauspielerin nicht einfach so nachgeben.«
»Launen!« Chloe weinte fast. »Gertrude, Annabel ist das Wichtigste in meinem Leben!« Sie wollte ihr erzählen, wie es damals wirklich gewesen war, aber Gertrude schnitt ihr einfach das Wort ab.
»Ich bin mitten in einer Dinner-Party, Honey. Nun mach dir nicht so viele Gedanken«, versuchte sie sie zu beruhigen. »Ich glaube nicht, daß schlechte Publicity dir etwas anhaben kann. Du bist doch wirklich ein Biest.«
»Das bin ich nicht!« schrie Chloe. »Ich bin eine Schauspielerin, und zwar eine gute, und deshalb denken alle, ich sei ein Biest. Bitte laß mich fahren, Gertrude, bitte, nur für ein Wochenende. Ich muß das klären. Annabel braucht mich – ich muß ihr alles selbst erklären. Das kann ich nicht am Telefon.«
»Ich muß das erst mit Abby besprechen«, sagte Gertrude kurz. »Ich werde sehen, was ich tun kann. Jetzt muß ich Schluß machen – meine Gäste warten.«
Sie legte auf.
»Verdammte Hexe!« schrie Chloe, und Tränen schossen ihr in die Augen. »Zum Teufel mit euch allen! Und ob ich fahren werde!« Sie rief Vanessa an. »Buch mir einen Flug für morgen abend mit

British Airways nach London, Van, und bitte Christopher zu einer Besprechung heute abend hierher. Ich muß mich stellen.«

»Ich fahre, Abby«, sagte sie ruhig am nächsten Morgen, als sie dem mächtigen Mann in seinem riesigen Büro gegenübersaß. Er hatte mehr Mitgefühl für sie gezeigt als Gertrude. »Wir lassen dich fahren, damit du diese unglückliche Geschichte bereinigen kannst«, sagte er. »Sie macht keinen guten Eindruck auf das Publikum. Wenn du sie einfach ignorierst, werden sie denken, du seist ein herzloses Biest. Auch wenn ein uneheliches Kind heute kein Stigma mehr bedeutet, meine ich, die Öffentlichkeit hat ein Recht darauf, die Wahrheit zu erfahren – wenn nicht dem Mädchen, schuldest du es zumindest den Leuten.« Er kaute an seiner Zigarre und blickte sie freundlich an. Wenn es hart auf hart ging, stellte sich Abby gewöhnlich hinter seine Stars. Er mochte Chloe und wußte, daß sie alles andere war als der hartherzige Drachen, den sie darstellte.

»Geh, Kleine. Gib in London eine Pressekonferenz, das ist wichtig, aber wichtiger ist das Kind – wie trägt sie es?«

»Ich weiß es nicht«, sagte Chloe, mit den Tränen kämpfend. »Ich komme nicht durch – sie haben den Hörer neben den Apparat gelegt, und im College kann ich sie nicht anrufen. Es ist wirklich schrecklich, Abby. Dieses Mädchen ist der wichtigste Mensch in meinem Leben.« Die Tränen flossen ihr jetzt über die Wangen. Abby, trotz seines harten Äußeren ein sentimentaler Mensch, fühlte einen Kloß im Hals und reichte ihr schleunigst sein Taschentuch, bevor er selbst zu heulen anfing.

»Aber, aber, meine Kleine«, brummte er. »Bitte keine Tränen, du hältst damit nur die Dreharbeiten auf, wenn du neu geschminkt werden mußt. Geh ins Studio zurück. Wir lassen dich um halb fünf ziehen, damit du den Flug nach London erwischst und alles in Ordnung bringen kannst.«

Bevor die Bombe platzte, war Annabel eine glückliche junge College-Studentin gewesen. Sie wollte Musikerin werden und war ein extrovertierter, fröhlicher Mensch, der sich auch zu Hause in einer sicheren Familienatmosphäre glücklich fühlte. Das konnte aber die Vipern der Fleet Street nicht beeindrucken. Sie stürzten sich wie die Aasgeier auf den Skandal. Alles, was Chloe betraf, war berichtenswert, und dies ganz bestimmt. Sie würden es bis zum letzten ausschlachten. Täglich kreischten die Schlagzeilen:

»Chloe läßt Kind der Liebe im Stich«, zeterte die *Sun.*

»Selbstsüchtige Fernsehkönigin gibt ihr Baby weg«, keifte der *Star.*

»O Chloe, Chloe, wie konntest du so herzlos sein? Wo sind dein Moralgefühl, deine Mutterinstinkte? Leichtfertige Frau. Können Diamanten, Pelze, Häuser und Swimmingpools in Hollywood das Leben eines Kindes ersetzen? Das Leben eines Babys, das du zur Welt gebracht und dann deinen Verwandten überlassen hast, während du nur an deine Karriere dachtest, leerem Ruhm und einem Wohlleben voller Vergnügungen nachjagtest und dein eigen Fleisch und Blut mit einer Lüge aufwachsen ließest . . .?« So salbaderte jedes Boulevardblatt. Es war eine heiße Story, und jeder machte daraus, was herauszuholen war. Es war zum Kotzen, dachte sie.

Chloe las die Artikel im Flugzeug nach London. Einer war schlimmer als der andere. Sie fragte sich, wie Annabel dies alles verkraftete. Vanessa war mitgekommen. Sie freute sich darauf, London wiederzusehen. Ein wenig von Chloes Glanz hatte auf sie abgefärbt, und in der Petticoat Lane, wo ihre Familie noch immer lebte, war sie zu einer Art Berühmtheit geworden. Auch Philippe war mitgekommen, saß schlafend neben Chloe und schnarchte. Er hatte ihr sehr beigestanden, als die Nachricht sich verbreitete, und hatte darauf bestanden, mitzufahren.

»Was macht es denn, was sie noch alles über dich schreiben, Liebling?« hatte er gesagt. »Sie denken sowieso alle, du seist das *Saga*-Biest.« Mit seiner nüchternen französischen Art hatte er sie zur Weißglut gebracht, und alles hatte in einem tränenreichen Streit geendet.

Die Presse war in voller Stärke in Heathrow versammelt – Dutzende von Reportern und Fernsehkameras. Sowie Chloe die Gangway herunterkam, stürzten sich alle auf sie, drängelten, schrien und überschütteten sie mit Fragen, während sie erhobenen Hauptes den zugigen Flughafenkorridor entlangschritt. Sie trug gegen die Londoner Kälte einen schlichten braunen Kaschmirmantel, um den ein Gürtel geknoteten war. Ein glattzüngiger BBC-Reporter hielt ihr sein Mikrofon vors Gesicht und verlangte eine Erklärung. Die Frau von ITV bestand ebenfalls auf einem Statement. Sowohl NBC und ABC als auch ihre eigene Fernsehgesellschaft MCPC waren da, außerdem Nachrichtenteams aus Europa und Australien.

»Einen Moment bitte! Einen Moment – hören Sie bitte!« Christopher, ihr kleiner Presseagent, war rot von der Anstrengung, die aufgeregte Menge und die Presseleute mit Gebrüll und Gefuchtel zur Ruhe zu bringen. »Miss Carriere wird jetzt kein Statement abgeben. Wie Sie alle wissen, haben wir für sechzehn Uhr eine Pressekonferenz im Hotel Ritz angesetzt. Miss Carriere wird Ihnen dann ausführlich über die . . . jüngsten Ereignisse Auskunft geben.«

Chloe lächelte mit zusammengebissenen Zähnen, während drei Polizisten, zwei Angestellte der Fluggesellschaft, Vanessa, Philippe und Christopher versuchten, ihr den Weg durch die Menge der Fotografen, Journalisten und Gaffer zu bahnen.

Es würde schwieriger werden, als sie erwartet hatte. Sie hatten am Abend vorher lange zusammengesessen, um ihre Strategie zu planen. Lieber Gott, mach, daß es funktioniert, betete Chloe. Mach, daß es funktioniert.

23

Annabels bislang beschütztes Privatleben war plötzlich zu einem Alptraum geworden. Ihr Gesicht prangte groß auf den Titelseiten der Boulevardpresse. Ihre Kommilitonen im College klatschten über sie. Warum hatte Tante Chloe – nein, es war ja jetzt Mummie Chloe, oder? – ihr nicht die Wahrheit gesagt? Die Skandalblätter begannen das gepflegte Haus mit Terrasse in Barnes mit Telefonanrufen zu bombardieren, und Annabels Familie erlitt einen regelrechten Schock. Es wurde unerträglich. Sie wurden von Dutzenden von Journalisten und Fotografen aus der ganzen Welt belagert. In ihrer Not verwandelten sie das Haus in eine Festung. Sie legten den Telefonhörer neben den Apparat, freundliche Nachbarn brachten ihnen etwas zu essen, und die Familie wartete und betete, daß alles bald vorübergehen und der Medienzirkus draußen verschwinden würde.

Aber es hörte nicht auf. Die Reporter bezogen feste Stellung und warteten auf ein unvermeidbares Ereignis – und es traf ein in Gestalt von Chloe. Als sie am Haus ankam, wurde sie mit tausend aufdringlichen, neugierigen Fragen überschüttet. Das Blitzlichtgewitter an dem trüben Nachmittag blendete sie fast. Christopher, dessen geringe Körpergröße nichts von der Energie vermuten ließ, mit der er sie durch die schnatternde Menge bugsierte, war ganz außer Atem, als sie endlich an der Tür angelangt waren. Eine blasse, verstörte Susan öffnete und zog sie schnell in die enge Diele.

Sie, Richard und Chloe begrüßten sich herzlich mit ermutigenden Worten. Dann nahm Susan Chloe beiseite und wies auf die geschlossene Tür des Wohnzimmers.

»Sie ist da drinnen«, flüsterte sie, während Richard Christopher mit in die Küche nahm.

»Sie nimmt es sich sehr zu Herzen, Chloe. Ich habe versucht, ihr zu erklären, daß du nicht daran schuld bist, daß die Welt damals noch anders war und daß du getan hast, was du konntest, aber mir scheint, je mehr ich sage, desto unglücklicher wird sie.«

»Danke, Susie.« Chloe lächelte ihrer Schwägerin zu und drückte dankbar ihren Arm. Sie dachte an die fernen Tage, als sie noch Schulmädchen waren, an das Flüstern und Kichern und ihre wunderbaren Geheimnisse, als sie noch zwölf waren und ›allerbeste Freundinnen‹ fürs ganze Leben. Und jetzt flüsterten sie wieder miteinander.

»Ich habe ihr gesagt, daß du heute kommst«, sagte Susan, »aber sie hat überhaupt nicht reagiert.«

»Ist schon gut, Susie. Ich muß selbst mit ihr sprechen, ich kann mir vorstellen, wie schwierig es für sie ist.« Chloe öffnete die Tür zum Wohnzimmer.

Annabel hockte zusammengekauert auf dem Sofa mit dem geblümten Chintzbezug. Mutter und Tochter sahen sich an. Dies war der Augenblick, vor dem Chloe sich gefürchtet hatte. Ihre Kehle war zugeschnürt, sie konnte kaum schlucken, und an einem Auge fühlte sie plötzlich ein nervöses Zucken – wahrscheinlich, weil sie in den knapp drei Tagen, seit die Geschichte mit Annabel herausgekommen war, keine Stunde Schlaf gehabt hatte. Liebevoll blickte sie ihre Tochter an, aber Annabels Augen waren kalt, ausdruckslos und gleichgültig.

Im Kamin knisterte ein Feuer. Es war ein kalter Märznachmittag, und um vier Uhr war es draußen schon fast dunkel. Die grünen Samtvorhänge waren zugezogen und die Fenster fest geschlossen, doch auch so drangen der Lärm und das Stimmengewirr der Presseleute noch von draußen herein.

Chloe war direkt aus Heathrow gekommen, und als sie in ihren braunen Wildlederstiefeln und dem dazu passenden Kaschmirmantel so dastand, kam sie sich in diesem schlichten Wohnzimmer plötzlich schrecklich aufgedonnert vor. Auf dem Klavier und dem Kaminsims waren Fotos von ihr und der Familie zu sehen. In einer Ecke stand ein Feigenbaum, den Chloe Richard zum Geburtstag geschickt hatte, in einer anderen Ecke ein Plastik-Teewagen mit Whisky-, Gin-, Wodka- und anderen Flaschen. Ach, könnte sie jetzt etwas trinken, dachte sie sehnsüchtig, aber dies war nicht der Moment dafür.

Ihre Tochter, ihre schöne, fröhliche Tochter hatte sich mit kaltem Blick von ihr abgewandt.
»Ich nehme an, du erwartest, daß ich dir in die Arme falle und alles verziehen ist«, sagte Annabel sarkastisch mit ihrer klaren jungen Stimme.
»Nein, natürlich nicht, Annabel, das würde ich nie von dir erwarten. Du hast ein Recht auf eine Erklärung, und ich werde mein Bestes tun, dir alles zu erläutern.«
Chloe zog ihren Mantel aus und warf ihn über einen Sessel gegenüber dem Sofa, auf dem ihre Tochter kauerte. Annabels sonst so heiteres Gesicht war zur Maske erstarrt. Ihr lockiges schwarzes Haar wurde von einem leuchtendgelben Plastikkamm zurückgehalten, der zu dem gelben Pullover paßte, den sie über abgewetzten, an den Knien durchgescheuerten Jeans und Cowboystiefeln trug. Sie war wirklich ein entzückendes junges Mädchen und sah der jungen Chloe so unheimlich ähnlich, daß ein Außenstehender, der sie zusammen sah, sofort gewußt hätte, daß sie Mutter und Tochter waren.
Susan hatte ein Tablett mit Tee und Kuchen auf dem Nußbaumtisch vor dem Kamin bereitgestellt. Daneben standen zwei Tassen und eine Keramikvase mit ein paar frühen Narzissen aus dem Garten. Das Schweigen schien endlos. Annabel sah Chloe an, dann blickte sie wieder weg, nahm einen tiefen Zug aus ihrer Zigarette und starrte ins Feuer.
Chloe versuchte zu schlucken. Sie wußte, daß sie nicht sprechen, keins der tausend Dinge sagen konnte, die sie sagen wollte und mußte, bevor sie nicht einen Schluck Tee bekommen hatte. Ihre Kehle war so trocken, daß es schmerzte. »Möchtest du eine Tasse Tee, Liebling?« Ihre Stimme klang zu munter, gekünstelt, ihr neuerworbener amerikanischer Akzent paßte einfach nicht in dieses ruhige, typisch englische Zimmer.
»Nein, möchte ich nicht.« Die Stimme des Mädchens war leise. »Was ich möchte, ist eine Erklärung, *Tante* Chloe. Und zwar jetzt.«
Sarkasmus stand ihr nicht. Sie war an Probleme nicht gewöhnt. Ihr Leben war glücklich gewesen, voller Lachen und Fröhlichkeit.

»Ich weiß, Liebling, ich weiß, und ich – ich will es auch erklären. Ich will es wirklich. Aber ich bin ein bißchen ausgetrocknet von dem Flug.« Chloe brachte ein mühsames Lächeln zustande, während sie mit zitternden Händen Tee einschenkte.
»Fang schon an«, sagte Annabel kühl und blickte wieder von Chloe weg ins Feuer.
Dankbar schluckte Chloe das heiße Getränk. »Annabel, du mußt dir darüber klar sein, daß dies für uns beide nicht einfach ist.«
»Das kannst du wohl sagen. Mein Gott, wie ich Lügner verachte.« Sie sah Chloe trotzig an. »Ich finde es abscheulich, daß ihr *alle* mich mein ganzes Leben lang belogen habt – jeder von euch hat gelogen. Mum hat gelogen, Dad hat gelogen, du hast gelogen. Warum in aller Welt habt ihr mir nicht die Wahrheit gesagt, mir nicht wenigstens gesagt, daß ich ein uneheliches Kind bin, als ich alt genug war, um das zu verstehen?« sagte sie bitter. Chloe bemerkte, daß ihre sonst so gepflegten Nägel bis auf die Fingerkuppen abgebissen waren und sie pausenlos ein feuchtes Taschentuch in den Händen knüllte.
»Ich will wissen: Warum habt ihr mir nichts gesagt? Warum?« fragte sie mit anklagender Stimme.
»Ich will aufrichtig mit dir sein«, sagte Chloe mit einer Ruhe, die innerlich gar nicht da war. »Aber die Ereignisse, von denen ich dir erzählen muß, gehören fast einer anderen Epoche an, einer völlig anderen Moralauffassung, einer Zeit, die für dich vielleicht schwer zu verstehen ist, aber bitte, Liebling, versuch es.«
Das Mädchen sah Chloe herausfordernd an. »Ich bin ganz Ohr.« Wieder dieser Sarkasmus. Ihre Feindseligkeit war wie eine Wand, sie bebte vor Wut. So schwierig hatte Chloe es sich nicht vorgestellt.
»Ich war damals einundzwanzig, etwa so alt, wie du jetzt bist. Deshalb kannst du dir vielleicht ein klein wenig vorstellen, wie das war«, begann Chloe langsam.
»Aber ja doch«, sagte Annabel mit spöttischem Grinsen.
»Ich verliebte mich zum ersten Mal im Leben«, fuhr Chloe fort. »Er war verheiratet, aber das war mir egal. Ich war geblendet von ihm

– völlig in ihn vernarrt. Ich konnte an nichts und niemand anderes mehr denken. Ich war wie besessen von ihm.« Chloe machte eine Pause und zündete sich mit zitternder Hand eine Zigarette an.
»Bitte rauch nicht. Mummy kann es nicht leiden, wenn Leute bei uns rauchen.« Annabels Stimme war eisig, und ihr Gesicht schien jetzt noch mehr Haß auf ihre Mutter auszudrücken. Chloe wollte protestieren, sie habe doch selbst gerade erst ihre Zigarette ausgedrückt, entschied aber, dieser Frage jetzt keine Beachtung zu schenken. Sie schluckte. Ihr Augenlid flatterte wie verrückt. Sie mußte ihr alles sagen. Annabel war ihr Kind. Selbst wenn es das Ende ihrer Beziehung bedeuten sollte – sie wollte ihr jede Einzelheit, alle Gründe erzählen. Gewissenhaft, zögernd beschrieb Chloe ihre bittersüße Affäre mit Matt. Wie verletzt sie war, als er eine Abtreibung vorschlug. Ihre Qualen, als er sie zurückwies.
»Ich konnte einfach das, was wir gemeinsam geschaffen hatten, nicht zerstören. Ich konnte nicht, es war zu kostbar. Wenn es je ein ›Kind der Liebe‹ gab, dann warst du eins, Liebling.«
Annabel antwortete nicht, doch wenigstens hatte sie ihre Aufmerksamkeit vom flackernden Feuer weg- und Chloe zugewandt.
»Es war eine andere Zeit damals. Die Welt hatte gerade die moralinsauren fünfziger Jahre hinter sich gelassen«, sagte Chloe. »Frauen waren immer noch Menschen zweiter Klasse. Das ist schwer zu glauben, ich weiß, aber das war Jahre vor der sexuellen Revolution, vor der sexuellen Gleichberechtigung, die wir heute haben. Es war eine Zeit, als anständige Mädchen keinen Sex kannten, mit niemandem schliefen. Ich war im Showbusiness, wo ein anderer Moralbegriff als allgemein üblich herrschte, deshalb traf diese Einstellung nie richtig auf uns zu. Aber als ich dann schwanger war, sagte Matt, er wolle nichts mehr mit mir zu tun haben, und da wußte ich einfach nicht mehr, was ich tun sollte. Ich war völlig ratlos. Meinen Lebensunterhalt konnte ich mir nur durch Singen verdienen, etwas anderes konnte ich nicht. Ich mußte mich selbst ernähren, denn mein Vater war tot, und meine Mutter verdiente sehr wenig in dem Laden, in dem sie arbeitete.«

»Aha.« Mit unverändert kühler Miene beugte Annabel sich vor und nahm zum ersten Mal einen Schluck von dem Tee, den Chloe ihr eingeschenkt hatte. »Red weiter.«

»Ich wollte dich haben, Annabel. Ich wollte mein Baby so schrecklich gern haben. Ich konnte das nicht machen, was manche meiner Freundinnen taten, wenn sie schwanger wurden – zu irgendeinem Metzger in einer Hintergasse gehen und es kaputtmachen lassen. Ich konnte einfach nicht. Ich wollte dich haben, Annabel. Kannst du das verstehen, Liebling?«

Annabel antwortete nicht, und Chloe fuhr fort. Sie bemühte sich, so sachlich wie möglich zu bleiben, sich nicht von Gefühlen übermannen zu lassen, ihre Tränen über die Erinnerungen und die Feindseligkeit des Mädchens zurückzudrängen, das sie so sehr liebte.

»Ich zweifelte keinen Moment, Annabel, daß ich dieses Leben nicht zerstören konnte. Dein Leben. Mein furchtbares Dilemma war, daß ich wußte: Ein uneheliches Kind hätte damals jede auch noch so kleine Chance einer Karriere für mich ruiniert – das Kind hätte mit dem Stigma der unehelichen Geburt aufwachsen müssen. Und das war damals ein gewaltiges Stigma – das kannst du mir glauben . . . Der bloße Versuch, dich in geordneten Verhältnissen aufzuziehen, wäre ein hoffnungsloses Unterfangen gewesen. Es war schon schwierig genug, als alleinstehendes junges Mädchen mit auf Tournee durch die Nachtclubs der englischen Provinz zu ziehen, einen Abend hier, den nächsten dort, mit Bussen und Lastwagen unterwegs, wo man nachts oft stundenlang auf den Bahnhöfen stand und auf die Milchzüge wartete, die einen mit nach Wigan oder Sunderland oder Skegness nahmen. Da noch ein Baby mitzunehmen, das versorgt werden mußte, wäre absolut unmöglich gewesen. Singen war das einzige, womit ich meinen Lebensunterhalt verdienen konnte, und wenn ich dich behalten hätte, hätte ich das nicht mehr weitermachen können. Kannst du das verstehen?«

Chloes Augen schwammen in Tränen, aber Annabels Gesichtsausdruck wurde nicht weicher.

»Wie auch immer deine billigen, selbstgerechten Ausreden sind, liebste Mutter: *Nichts* kann etwas an der Tatsache ändern, daß du mich nicht haben wolltest, daß für mich kein Platz in deinem Leben war. Du hast mich im Stich gelassen. Ich war dir einfach ganz egal, und du hast nicht einmal den Mut gehabt, es mir früher zu sagen, als das noch möglich war. Du mußtest warten, bis irgendso ein Mistblatt alles ausplauderte. Verschon mich mit all dem Gerede, wie du mich geliebt hast. Du hast mich nie geliebt – ich war dir völlig gleichgültig. Alles, was wichtig war, war deine Karriere. Das Rampenlicht, die Scheinwerfer!« Sie sah aus, als würde sie gleich losweinen. All die aufgestaute Feindseligkeit, all der Zorn der letzten drei Tage brach heraus, und sie ließ eine wütende Haßtirade auf ihre Mutter los.

»Was bist du eigentlich für eine Frau?« schrie sie. »Eigensüchtig, sexgierig – du hast doch nie einen Gedanken daran verschwendet, was passieren könnte, wenn du dich in fremden Betten herumgetrieben hast – in den Betten verheirateter Männer!« sagte sie voller Abscheu. »Während ihre Frauen nicht zu Hause waren. Das ist doch widerlich . . . Oh, ich weiß alles über die sexuelle Revolution der sechziger Jahre, wie die Frauen gedacht haben, sie könnten es wie die Männer treiben. Wir sind heute nicht so«, sagte sie vorwurfsvoll. »Junge Frauen denken heute etwas mehr nach, bevor sie mit einem Kerl ins Bett hüpfen. Wir versuchen, verantwortlich zu handeln, wir schützen uns, wir haben ein soziales Gewissen. Wir sind nicht wie läufige Hündinnen!« In ihrem biblischen Zorn wurde ihre Stimme immer lauter. Sie gehörte zur neuen Generation der aufgeklärten jungen Frauen – der AIDS-Generation. Paß auf, bevor du springst, und spring nicht, bevor du nicht genau weißt, daß es sicher ist.

»Annabel, ich habe mich nicht wahllos mit Männern herumgetrieben. Also hör auf, hör endlich auf damit!« Chloe war plötzlich sehr wütend. »Jetzt reicht's mir!«

Annabel sah auf, ganz erschrocken über den veränderten Ton ihrer Mutter.

»Urteile nicht so hochmütig. Es hat keinen Zweck, wenn du mir

Vorwürfe machst und mir erzählst, was für eine schreckliche, unmoralische Person ich war. Dafür ist es jetzt zu spät, Annabel. Wir müssen Verständnis füreinander aufbringen und die Vergangenheit akzeptieren, wie sie ist – das Beste daraus machen.«
Trotz Susans Abneigung gegen Rauch zündete sie sich eine Zigarette an und fuhr jetzt ruhiger fort.
»Ich will gar nicht rechtfertigen, warum ich dich ›verlassen‹ habe, wie du sagst, warum ich dich zu meinem Bruder und zu Susan gegeben habe. Das ist eine Tatsache, für die ich mich nicht mehr entschuldigen kann und will. Ich habe getan, was ich tun mußte. Und ich bin immer noch der Überzeugung: Das war auch für dich das beste, ob du das jetzt glaubst oder nicht. Du hast ein sehr glückliches Leben gehabt. Sie lieben dich wie ihr eigenes Kind. Für sie bist du einfach ihr Kind, begreifst du das nicht?«
Annabel sah Chloe ruhig mit ihren grünen, unergründlichen Augen an, aber Chloe meinte jetzt einen Funken Verständnis zu entdecken.
»Ich bin heute fast sechstausend Meilen geflogen, Annabel, um dir die Wahrheit zu sagen. Ja, sie tut weh. Ja, sie ist schrecklich. Ja, es ist ungerecht. Ich weiß, daß diese letzten Tage sehr schwer für dich waren – auch für mich waren sie kein Zuckerlecken. Aber stell dir auch« – sie legte beide Hände auf die Schultern ihrer Tochter und konnte unter dem gelben Pullover fühlen, wie sie zitterte – »dies mal vor: Ich hätte dich abtreiben können.«
Annabel erschauerte und rückte ärgerlich von ihrer Mutter weg.
»Vielen Dank dafür«, sagte sie ausdruckslos. »Wahrscheinlich sollte ich dankbar dafür sein, aber wie ich dich inzwischen kenne, warst du wohl viel zu feige dazu.«
»Verdammt noch mal, Annabel, hör auf damit!« explodierte Chloe. »Ich liebe dich. Ich habe dich immer geliebt und bin keine Nacht eingeschlafen, ohne an dich zu denken – aber ich mußte eine erfolgreiche Karriere machen. Ich *wollte* Sängerin werden. Das war mein Leben. Wenn ich mich öffentlich zu dir bekannt hätte, hätte ich mit der Schande leben müssen, ein uneheliches Kind zur Welt gebracht zu haben. Das hätte bedeutet: Keine Karriere – und

ich wäre am Ende gewesen. Ja, ich hätte dich gehabt, aber ich hätte meine Träume begraben müssen, mein Leben.«
»Träume verstehe ich«, sagte Annabel mit kleiner Stimme. Jetzt war keine Spur von Sarkasmus mehr darin. »Sie machen das Leben lebenswert . . .«
»Du sollst immer daran denken: Ich habe dich gewollt.« Chloe war jetzt ruhiger. »Susan und Richard waren wunderbare Eltern für ihre Kinder und haben dich als eines der ihren aufgenommen. Ich wußte, daß du in einem liebevollen Zuhause mit einer zärtlichen Familie, mit Bruder und Schwester aufwachsen würdest, daß du ein gesichertes, glückliches Leben haben würdest. Deshalb habe ich diesen Entschluß gefaßt – einen Entschluß, an den ich seither jeden Tag meines Lebens gedacht habe.«
Sie schwieg. Die Erinnerungen waren schmerzhaft: Wie Matt sie und ihr Kind zurückgewiesen hatte, die qualvollen schlaflosen Nächte, als sie feststellte, daß sie schwanger war, die erregten Gespräche mit Susan und Richard, die ständigen Tränen, wenn sie versuchte, Matt zu erreichen und er ihr am Telefon sagte, er wolle sie nicht wiedersehen, er wolle keine ›Probleme‹. Sie war ein erwachsenes Mädchen und hatte gewußt, was sie tat. Es war ihr Problem, ihres allein. Ja, das war es wirklich gewesen. Matt hatte keinen Finger krumm gemacht. Er war der Meinung, er habe nichts damit zu tun, und so mußte Chloe allein damit fertig werden.
Annabel lehnte ihren dunklen Lockenkopf zurück, biß in ein Stück Kuchen und sah Chloe an. Sie war noch immer böse, aber mit zunehmendem Verständnis ließen Wut und Erregung in ihr allmählich nach.
»Woran denkst du, Annabel?« fragte Chloe, wobei sie versuchte, ihre Stimme ruhig erscheinen zu lassen.
»Ach, nur an eine Redensart aus dem College.« Ein schwaches Lächeln huschte über ihr hübsches Gesicht. »Das Leben ist ein Jammertal – und an seinem Ende wartet der Tod.« Chloe lächelte schwach.
Wie sehr wünschte sie sich, Annabel würde das, was passiert war,

verstehen und annehmen. Chloe wollte sie gern trösten, die ungeweinten Tränen dieser trüben Augen trocknen. Sie dachte an das Krankenhaus, dachte daran, wie die Schwester sie ihr zum ersten Mal in die Arme gelegt hatte. Das lustige, faltige kleine Gesicht, die Wärme des kleinen Körpers ganz nahe an ihrem. Sie dachte daran, wie sie spontan, in einem Urinstinkt, dieses Kind für immer hatte bei sich behalten wollen, dachte daran, wie sie stundenlang in dem kahlen Krankenhauszimmer mit seinen giftgrünen abblätternden Wänden mit ihrer kleinen Tochter geschmust hatte. Annabel hatte selten geschrien. Manchmal, wenn sie aufwachte und Chloe mit klugen Kinderaugen ansah, hatte Chloe die reinste Liebe empfunden, die sie je einem menschlichen Wesen entgegengebracht hatte.

Und jetzt sah Chloe den tiefen Kummer in Annabels Augen und hätte sie so gern wieder in die Arme genommen, ihr Haar gestreichelt und ihr gesagt, wie sehr sie sie liebte. Aber dies war nicht der richtige Augenblick. Noch nicht. Vielleicht morgen, vielleicht nächste Woche, vielleicht, was Gott verhüten möge, auch niemals mehr. Vielleicht würde Annabel ihr nie verzeihen, nie Verständnis dafür aufbringen, was sie getan hatte.

Chloe hatte gesagt, was sie zu sagen hatte – getan, was sie tun mußte. Jetzt hing alles von ihrer Tochter ab.

»Meine Damen und Herren!« Chloe räusperte sich. Dies war wirklich zum Fürchten, wahrscheinlich das schwierigste Publikum, dem sie je gegenübergestanden hatte. Nein, dachte sie, das Gespräch mit Annabel war schlimmer gewesen. Eine Batterie von Mikrofonen und Kameras war vor dem Podium aufgefahren worden. Ihre Hände waren feucht, der Schweiß lief ihr über den Rücken und durchnäßte ihre schlichte beigefarbene Crêpe-de-Chine-Bluse. Vor ihr erstreckte sich ein Meer feindlicher Gesichter. Du meine Güte: Es mußten mindestens hundert sein! Sie geriet in Panik. Würde sie das durchstehen? Es hing sehr viel davon ab. Das wichtigste war das Lebensgefühl ihrer Tochter, aber auch die Meinung des Publikums über sie selbst war ihr

nicht gleichgültig. Sie hatte es satt, daß alle sie immer für das gottverdammte, unmenschliche Biest hielten.
Aus dem Augenwinkel sah sie, wie Annabel ihr ängstlich zulächelte und mit hochgestrecktem Daumen ein ermutigendes Zeichen machte. Sie begann.
»Vor einundzwanzig Jahren . . .« Sie unterbrach sich. O mein Gott! Wer war das da drüben? Inmitten der Journalisten erkannte sie ein Gesicht. Es konnte nicht wahr sein – es durfte nicht! Sie holte tief Luft und sah ihn an. Er starrte sie mit einer Spur jenes Lächelns an, das sie vor Jahren so unwiderstehlich sexy gefunden hatte.
Es war Matthew! Ihr egoistischer, sexy, selbstsüchtiger Liebhaber, Annabels Vater! Ihre erste echte Liebe. Chloe war schockiert, wie hypnotisiert. Seine immer noch bemerkenswert ausdrucksvollen schwarzen Augen blickten spöttisch zu ihr herauf, als existierten die Menschen um sie herum gar nicht. Noch immer strahlte er ein für einen Mann seines Alters erstaunliches erotisches Selbstbewußtsein aus – er mußte jetzt über sechzig sein, dachte sie. Sein Haar war schütter geworden, aber er hatte eine so lebendige Ausstrahlung, daß er immer noch attraktiv wirkte. Wie üblich hing eine Zigarette an seiner Unterlippe – und was hatte er da in der Hand? Ein Notizbuch! Wieso? Er machte sich Notizen – offensichtlich war er immer noch Reporter. Anscheinend hatte er nicht das Zeug zum Redakteur eines dieser Klatschblätter. In seinem Alter war er immer noch ein kleiner Schreiberling, der mit Fünfundzwanzigjährigen konkurrierte. Er tat ihr leid. Für welches Skandalblatt er jetzt wohl arbeitete? Chloe versuchte verzweifelt, ihre Gedanken zu sammeln und mit ihrer Ansprache fortzufahren. Er mußte es wissen, daß Annabel sein Kind war. Das Kind ihrer Liebe. Es war wirklich pervers. Das letzte Mal, als sie sich vor einundzwanzig Jahren sahen, hatte sie ihm erzählt, sie sei schwanger, und er hatte ihr gesagt, sie solle verschwinden. Wie konnte er jetzt hier auftauchen?
Sie schluckte, blickte in eine entgegengesetzte Richtung und konzentrierte sich auf die anderen Journalisten.

»Vor einundzwanzig Jahren war ich noch sehr naiv«, begann sie zögernd. »Ich stand am Anfang einer Karriere als Sängerin, und Singen war mein Leben. Zumindest dachte ich das.« Sie sah kurz zu Matt hinüber, der mit unergründlichem Gesicht Annabel betrachtete.

»Eines Tages verliebte ich mich zum ersten Mal.« Die Reporter schrieben eifrig mit – oh, was würde das morgen für Schlagzeilen geben!

»Er war verheiratet und viel älter als ich. Ich verliebte mich – bis über beide Ohren.« Die Wahrheit allein konnte sie retten. Es war hart, aber jetzt gab es kein Zurück. »Laß dich nicht kleinkriegen von den Bastarden, meine Liebe!« hatte Vanessa ihr eingeschärft, als sie vor die Mikrofone getreten war.

Chloe erzählte ihnen alles. Wie sie sich nicht zu einer Abtreibung überwinden, ein aus Liebe entstandenes Leben nicht zerstören konnte. Wie ihr Bruder und ihre Schwägerin sich bereit erklärt hatten, das Kind aufzunehmen und in ihrem gesicherten, liebevollen Zuhause mit ihren eigenen Kindern aufzuziehen. Wie wichtig ihr Beruf damals für sie war – und daß zu jener Zeit, 1964, die uneheliche Geburt eines Kindes das Ende jeder Karriere und größte seelische Schäden für das Kind selbst bedeutet hätte.

Chloe merkte, daß jetzt alle fasziniert an ihren Lippen hingen. Einige der besonders anfälligen Fleet-Street-Heulsusen hatten Tränen in den Augen, als sie mit ihrem Bericht zum Ende kam. Sie sah, wie Jean Rook ihr ermutigend zulächelte.

»Ich weiß, viele von Ihnen sind der Ansicht, daß ich gesündigt habe, aber mein Fehltritt geschah in Unschuld und aus Unwissenheit und aus Liebe zu meinem ungeborenen Kind. Später erst begriff ich, wie schrecklich eines Tages für meine Tochter die Entdeckung sein müßte, daß ihre Eltern nicht die waren, die sie dafür hielt. Ich wollte sie nicht in Kummer stürzen. Sie lebte in einer intakten Familie, ihre Eltern, ihr Bruder und ihre Schwester liebten sie. Ich habe das Geheimnis gehütet, damit meine Tochter glücklich würde, nicht meinetwegen, und ich hoffe aufrichtig, daß Sie alle mir das glauben.«

Das schienen sie zu tun. Aber erst mußten sie ihre aufdringlichen Fleet-Street-Fragen loswerden. Was empfand sie, als sie merkte, daß sie ein Kind erwartete? Hatte sie Schuldgefühle wegen ihrer Affäre mit einem verheirateten Mann? Und wer war er eigentlich? Wer war der Mann, den Chloe so leidenschaftlich geliebt hatte? Wie hieß er? Wo war er jetzt? Das hätten sie nur allzugern gewußt. Um jeden Preis wollten sie das erfahren. Und jetzt sagte sie die einzige Unwahrheit. Aber sie wußte: Wenn sie ihnen jetzt keine Lüge erzählte, würden die unermüdlichen Reporter anfangen zu wühlen. Es würde sicher nicht schwer sein, irgendeinen Barbesitzer, einen ihrer früheren Musikerkollegen, irgend jemanden aufzutreiben, der sie und Matt damals in Liverpool, Manchester oder Newcastle zusammen gesehen hatte. Also log sie. »Er ist tot«, sagte sie schlicht. »Er starb kurz vor der Geburt des Kindes bei einem Autounfall in Marbella.« Das schien alle zu befriedigen, nur Annabel schaute traurig. »Und jetzt, meine Damen und Herren«, sagte sie mit vor Aufregung gepreßter Stimme, »möchte ich Ihnen meine Tochter vorstellen.« Annabel kam zu ihrer Mutter auf das Podium.
Die Pressefotografen gerieten in Aufruhr. Annabels Ähnlichkeit mit Chloe war unverkennbar – derselbe Gang, dieselben Wangenknochen, dieselben Augen, dieselben dunklen Locken. Fünf Minuten lang posierten sie für die Kameras, bis Christopher bitten mußte, Schluß zu machen. Wenig später, Chloe war gerade dabei, einigen Mitarbeiterinnen der etwas konservativeren Frauenmagazine Fragen zu beantworten, fühlte sie, wie jemand ihr auf die Schulter klopfte. »Sehr anständig, Mädchen, ich bin stolz auf dich, Chloe.« Matt redete mit ihr, als hätten sie sich nicht vor einundzwanzig Jahren, sondern gestern zuletzt gesehen.
Sie blickte ihn lange und fest an. Seltsam – obwohl er jetzt fast ein alter Mann war, flackerten die Gefühle, die er einmal in ihr erweckt hatte, immer noch schwach auf. »Danke, Matt«, flüsterte sie. Erinnerungen stürzten auf sie ein.
»Sie ist eine Schönheit – ganz wie ihre Mutter.« Er zwinkerte ihr zu, zog sie dann zur Seite, küßte sie leicht auf die Wange und

flüsterte: »Ich habe dich geliebt, Chloe. Es war mir damals nicht klar. Ich war wohl zu jung, zu ehrgeizig – zu eigensüchtig.«
»Und zu oft betrunken«, sagte Chloe ohne Bosheit. »Ich glaube nicht, daß du mich geliebt hast, Matt. Du hast es mir nie gesagt. Bitte – behaupte es jetzt nicht. Ich weiß, daß es nicht stimmt.«
»Ich . . . na ja, du warst fast noch ein Kind, ich war verheiratet. Bin es immer noch.« Er wurde wehmütig. »Ich bin jetzt ein lausiger Großvater. Kannst du mir das glauben, Chloe? Großvater!«
Sie glaubte es. Er war alt genug dafür. Dennoch fragte sie sich in ihrem Innersten: Warum hat er mich verlassen, obwohl ich ihn so sehr liebte? Jahrelang hatte sie an ihn gedacht. Die Erinnerung an ihn war nie ganz erloschen, selbst nachdem sie Josh kennengelernt hatte.
»Ich möchte dich wiedersehen, Chloe.« Sein Flüstern wurde dringlich. »Ich möchte sie auch kennenlernen. Mit euch zusammensein.«
»Nein, Matt. Nein.« Diesmal war es an Chloe, ihn abzuweisen. Sie dachte an die zahllosen Anrufe in seinem Büro, wie irgendeine Sekretärin ihr gesagt hatte, er sei beim Essen, weg, unterwegs, nicht da, nicht zu sprechen – all die üblichen Ausreden.
Nicht, daß Rache süß gewesen wäre – das war niemals Chloes Art gewesen –, aber das Wiedersehen mit ihm hatte dieses Kapitel für sie endgültig abgeschlossen. »Leb wohl, Matt«, flüsterte sie und berührte seine Altmännerwange mit ihrer gepflegten Hand.
»Leb wohl, Liebling, und viel Glück. Du hast es geschafft, Chloe! Diesmal mußten die Kerle dir Recht widerfahren lassen!«
Sie sah ihm nach, als er wegging, und bemerkte zu ihrer Überraschung, daß er weinte.
Bis zum Ende des Monats war die ganze Sache vergessen. Schließlich hatte der Buckingham-Palast angekündigt, daß Lady Di ihr zweites Kind erwartete.

Emerald meinte, die Probeaufnahmen seien gut gelaufen. Sie war nicht wie üblich als Glamourstar, sondern einfach als arbeitende Schauspielerin aufgetreten und war gut damit gefahren. Am

Schluß applaudierte die Crew. Anschließend fuhr sie geradewegs nach Hause in ihr Penthouse in Century City, schminkte sich ab, befahl der Telefonzentrale, nur durchzustellen, wenn Eddy De Levigne anriefe, und fing an, sich systematisch zu betrinken.
Drei Tage lang lag sie auf ihrem Bett und trank Wodka pur. Sie war entschlossen, sich zu Tode zu trinken, wenn sie die Rolle nicht bekam. War es nicht völlig sinnlos, weiterzumachen? Es war schwer genug, in dieser Branche zu überleben. Sie konnte einfach nicht aufhören mit ihrem verschwenderischen Lebenswandel. Emerald hatte all ihren wertvollen Schmuck verkauft, mit Ausnahme einer Kette. Die trug sie zu einem abgerissenen weißen Frotteebademantel während der drei Tage, die sie im Bett lag, gedankenlos von einem Programm aufs andere umschaltete und direkt aus der Flasche trank.
Emerald redete nicht, weinte nicht, dachte an nichts. Sie war in der Vorhölle und wartete darauf, für immer ihrem Elend entrückt zu werden oder zu neuen Höhen aufzusteigen.
Der Anruf kam Mittwochmorgen. »Eddy De Levigne möchte Sie sprechen«, sagte Glorias Stimme.
»Hallo, Eddy. Was ist los?« Der Schauspielerin in ihr gelang es, jede Spur von Betrunkenheit aus ihrer Stimme zu verbannen. Sie sprach nicht einmal die Worte schleppend aus.
»Du hast sie, Mädchen«, sagte er aufgeregt. »Weiß Gott, Emerald, du bist ein Glückskind, so wie du dich aufgeführt hast, mit Gefängnis und allem. Aber Hogarth findet dich wundervoll. Er mußte der Fernsehgesellschaft praktisch in den Arsch kriechen, um dich zu kriegen.«
»Wieso?« fragte sie. »Ich bin immer noch ein großer Star.«
»Meine Güte, Emerald! Die Wahrheit ist doch, daß du einfach schon zu lange im Geschäft bist. Die Fernsehleute wissen das, das Studio weiß das, sogar die unbedarften Zuschauer wissen das.«
»In Europa bin ich groß – riesig«, sagte Emerald stolz. »Die Leute drängen sich um mich, wenn ich die Via Condotti entlanggehe.«
»Um Pia Zadora auch. Na und? Hör mal zu, Emerald, Europa spielt nur eine sehr kleine Rolle, und, offen gesagt, sehe ich nicht

gerade, daß Zeffirelli dir die Tür einrennt – selbst wenn du auf der Via Condotti Furore machst.«

»Kann er auch nicht«, kicherte sie, »er mag keine Mädchen.«

»Du bist kein Mädchen mehr. Mach dir nichts vor, Emerald: Wie viele Männer du auch mit ins Bett nimmst, du bist eine Frau mittleren Alters, die rapide ihre Zugkraft verliert – auf der Leinwand und auch sonst.«

»Das brauchst du mir nicht unter die Nase zu reiben, Eddy«, stöhnte sie. »Ich sehe immer noch sehr gut aus, und das weißt du auch.« Sie begriff, daß er so grob zu ihr war, um sie zu warnen. Dies war ihre letzte Chance.

»Sie brauchen dich nächsten Dienstag um elf zur Kostümprobe. Sei pünktlich, Schätzchen – wenigstens einmal. In einer Woche fangen sie an zu drehen. – Du hast Glück gehabt, Emerald«, fügte er versöhnlich hinzu. »Jetzt vermassel nicht wieder alles.«

Sie wußte, daß er recht hatte. In den nächsten fünf Tagen trank sie keinen Tropfen, nahm acht Pfund ab, machte täglich zwei Stunden Gymnastik, färbte ihre grauen Haare wieder zu ihrem berühmten Blond um und war am Dienstagmorgen pünktlich zur Stelle.

Niemand anders hätte das fertiggebracht, sagte sie sich.

Sechster Teil

24

Josh gähnte, dehnte sich und streckte die Arme aus.
»He, paß doch auf!« murmelte der kleine Rotschopf mit dem dünnen gekräuselten Haar schlaftrunken.
Nein, nicht schon wieder! Ekel über sich selbst überkam ihn bei dem Gedanken an die Darbietungen des gestrigen Abends, auf der Bühne und anderswo. Der Premierenabend. Die Party. Die Leute.
Das Hippodrom von Manchester war weit entfernt von Broadway und Las Vegas, wo er einst vor vollen Häusern gesungen hatte.
Das Showgeschäft war eine brutale Sache, das wußte jeder aus der Branche. Letzten Endes krähte kein Hahn nach einem. All die Klischees stimmten: ein erbarmungsloser Existenzkampf, blühende Eifersucht, Schmeicheleien auf dem Weg nach oben, Gleichgültigkeit, wenn es mit einem abwärts ging. Josh war auf dem Weg nach unten – das wußte er. Mit einem Schlag überkamen ihn Selbstmitleid und Übelkeit, und er tastete nach den Gerätschaften für den ersten Fix des Tages.
Josh zündete ein Streichholz an, hielt es unter den Löffel und beobachtete, wie sich das weiße Pulver in einen bräunlichen Sirup verwandelte. Er setzte den Schuß beinahe hastig. Dann drehte er sich um und sah sich das kleine Mädchen an seiner Seite an. Hilfe, das war wirklich noch ein junges Ding. Er hob die Decke hoch. So, wie sie aussah, war sie nicht älter als vierzehn oder fünfzehn. Selbst für ihn war das ungewöhnlich jung. Er mochte sie in voller Blüte, gerade nach der Pubertät, wenn sie sich zur Frau wandelten – sechzehn oder siebzehn war das Alter, das er gewöhnlich bevorzugte. Einmal hatte er das Glück gehabt, sechzehnjährige Zwillinge zu finden. Sie waren zu allem bereit gewesen, wie dieser kleine Tramp da, der klaglos stillgehalten hatte, während er versucht hatte, sie beide in Stimmung zu bringen. Er war kläglich gescheitert. Vielleicht wurde er zu alt. Aber ein Mann in den Vierzigern war doch heutzutage noch nicht alt. Tom

Jones war immer noch im Geschäft, Julio Iglesias auch, und auch Jagger – Mick, das Idol aller – kroch langsam die Vierzigerleiter hinauf. Ganz zu schweigen von McCartney, Rod Stewart und David Bowie. Vierzig war noch nicht das Ende, oder?
»Hallo«, sagte das junge Ding. Mein Gott, war sie winzig! Vielleicht war sie sogar noch unter vierzehn. Unschuldige graue Augen lächelten ihn zaghaft an. Eilig huschte sie aus dem Bett. Hoffentlich wollte er nicht wieder damit anfangen. Er hatte sie gestern nacht genug gelangweilt.
Warum habe ich das eigentlich gemacht? dachte sie. Er ist alt genug, um mein Vater zu sein. Nein, genau betrachtet war er sogar alt genug, um ihr Großvater zu sein. Ihr Vater war zweiunddreißig – Josh mußte mindestens fünfzig sein. Flink zog sie sich an und ließ sich Geschichten durch den Kopf gehen, mit denen sie ihre Schulfreundinnen amüsieren würde. Joshua Brown, der tolle Typ, der große Star. Mamis Lieblingssänger. Ihre Mutter war besessen von Josh. Konnte stundenlang über ihn reden. Langweiliger alter Schlappschwanz, dachte sie. Im Bett war er 'ne Null. Hatte schon Mühe, ihn bloß hochzukriegen. Onkel Fred war viel besser. Sie zwängte sich in ein schwarzes Spitzentrikot, in grüne Lurexsocken, murmelte etwas von zu spät zur Schule kommen und war schon hinausgeschlüpft.
Josh war erleichtert. Jetzt mußte er erst mal alles auf die Reihe kriegen: sich der Presse stellen, dann der Besetzung bei der Probe gegenübertreten, über die Kritiken diskutieren. O Gott, die Kritiken. Damit hatte er es überhaupt nicht eilig. Während seines letzten Liedes gestern abend hatte er gemerkt, wie sich die Zuhörer langsam, aber stetig zu den Ausgängen schoben. Der Applaus beim Schlußvorhang war dürftig gewesen. Der Inspizient mußte regelrecht gedrängt werden, zwei Vorhänge zuzugestehen.
Auf der Party nach der Vorstellung war ihm ein hochnäsiger, pockennarbiger Journalist von einer der billigen Illustrierten auf den Leib gerückt. Josh war sich der Macht der Presse bewußt und daher immer bereit, sich mit den Journalisten gutzustellen. Er brauchte sie jetzt, wenn diese Show ein Erfolg werden sollte, aber

im Grunde verabscheute er sie. Vielleicht konnte dieses Reptil zu etwas nütze sein. Volle vier Minuten lang klopfte Josh geistreiche Sprüche und entfaltete all seinen Charme, bevor das Reptil ihm die ach so vertraute Frage stellte, die er fürchtete: »Wie ist Chloe eigentlich in Wirklichkeit?« Josh stellte sich taub. Der Schmierfink ließ nicht locker. »Sie waren doch über zehn Jahre mit ihr verheiratet – ist sie wirklich wie Miranda?«
Chloe. Diese Frau ruinierte sein Leben mit ihrer verdammten Fernsehserie und ihrer Berühmtheit als die »Schöne über Vierzigjährige«. Eine Art Jeanne d'Arc der Alten-Damen-Riege. Sie hielt sich jetzt wohl für unwiderstehlich, stellte ihren Körper in den Illustrierten zur Schau, quasselte davon, daß Frauen über vierzig ebenso sexy seien wie zwanzigjährige. Quatsch. Woher wollte sie das wissen? Sie war kein Mann. Junges, festes Fleisch – das war es, worauf die meisten Männer scharf waren. Diese Feministinnen mit ihrem ewigen »Seht uns an, wir sind über vierzig, und sind wir nicht wundervoll?« – Blödsinn. Merkte Chloe denn nicht, verdammt noch mal, daß vierzig schon jenseits von Gut und Böse war?
Es war wirklich traurig. Daß er selbst die Vierzig überschritten hatte, war in Ordnung – er war ein Mann. Aber überall tauchten heutzutage diese nervtötenden Weiber mit ihren Schlankheits- und Trainingsbüchern, ihren Hitplatten und Kassenerfolgen auf. Die verdammte Tina Turner, die verdammte Jane Fonda. Und nun auch noch Chloe.
Um das Maß seines Ärgers vollzumachen, war sie gestern auch noch zusammen mit Luis Mendoza auf der Titelseite des *Daily Mirror* erschienen. HEISSESTES LIEBESPAAR DER SERIE – so trompetete die Schlagzeile, und der Artikel berichtete, wie Chloe und Luis jeden Fernsehapparat mit ihren leidenschaftlichen Liebesszenen und ihrer elektrisierenden Erotik zum Knistern brachten.
»Seit Petruchio die widerspenstige Katharina zähmte, hat kein Liebespaar die Zuschauer so gefesselt«, faselte der Zeitungsschmierer.
»So sexy und faszinierend wie Luis Mendoza ist seit Tom Selleck

kein Fernsehstar mehr gewesen. Schon stehen die Filmgesellschaften Schlange, um ihm ihre Verträge zu unterbreiten. Ganz Amerika liegt ihm zu Füßen – dank *Saga* und der inspirierenden Kraft von Luis und Chloe Carriere.«

Josh lächelte bitter und versuchte, seine Eifersucht vor dem Reptil zu verbergen. »Ach ja, Chloe ... ja ... Großartig ... sie ist ein großartiges Mädchen. Verdient ihren Erfolg. Ja, wirklich. Ich freue mich für sie.« Ach Scheiße. Die zum hundertsten Mal ausgesprochenen Worte blieben ihm im Hals stecken, und er mußte sich entschuldigen, um in der Herrentoilette eine Prise Schnee zu schnupfen.

Sally hatte ihn oft besorgt angesehen. Er war zu blaß. Die Vorstellung war nicht gut gewesen. Sie hatte die unbeteiligten Gesichter des Publikums gesehen, während die Feinheiten von *The Private Life of Napoleon and Josephine* über ihre Köpfe hinweggingen.

Armer alter Daddy. Sie hatte versucht, ihn aufzuheitern, wie er es gern hatte: Sie hatte sich umgesehen und den winzigen rothaarigen Teenager bemerkt, der bewundernd auf die leere Stelle starrte, wo eben noch ihr Vater gestanden hatte. Sie schlenderte zu dem Mädchen hinüber. »Möchtest du ihn mal kennenlernen?« bot sie ihm wie beiläufig an. »Oh, unheimlich gern!« quietschte das Mädchen. Es war nicht schwer für Sally, die Wünsche und Bedürfnisse ihres Vaters zu erahnen. ›Danke‹ war allerdings ein Wort, das er in letzter Zeit sehr selten gebrauchte. Aber bestimmt merkte Josh, daß Sally ihn sehr gern hatte.

Josh war erleichtert, daß das Mädchen gegangen war. Mit zunehmender Wirkung des Kokains besserte sich auch seine Verfassung. Er zog sich an und ging zu einem Presse-Lunch ins Hotel Metropole.

Eine Fleet-Street-Hexe mit giftspritzendem Kugelschreiber tat so, als lauschte sie Josh mit hingerissener Aufmerksamkeit. Auch sie stellte die unvermeidlichen Fragen über Chloe. Die Standardantwort kam Josh leicht über die Lippen, und es gelang ihm, seinen Verdruß zu verbergen. Würden sie denn nie aufhören?

»Telefon, Dad«, sagte Sally neben ihm und zog ihn weg. Die Hexe schien befriedigt. Sie hatte ihre Story. Den Rest würde sie erfinden. So machte sie es immer, deshalb hieß sie ja auch ›Der Barrakuda von Fleet Street‹.
Die Story hatte sie schon geschrieben, bevor sie heute mit Josh zusammengetroffen war, und der Titel lautete: »Der gefallene Star«.
»Einstmals war er ein Superstar in Amerika und in der ganzen Welt. Jetzt reicht es gerade zum Leben, was er in den englischen Vororttheatern zusammenspielt. Joshua Brown, einst das Idol von Millionen, ist heute ein gebrochener Mann – ein gebrochener Mann mit zerbrochenen Träumen. Seine schöne Ex-Gattin Chloe Carriere stieg in einer amerikanischen Fernseh-Seifenoper zum Mega-Star auf, während Josh sich auf Tournee mit mittelmäßigen Musicals kümmerlich durchschlägt.« Im selben Ton ging es weiter. Das war hervorragend, die Leute würden es verschlingen. Sie liebten Geschichten, wie Aschenbrödel reich wurde, aber wenn Aschenbrödel dann wieder seine Lumpen anziehen mußte, fanden sie es noch schöner. Und Josh mit seinem ausschweifenden Drogen- und Alkoholkonsum, seinen Gefängnisstrafen, seinen Schlägereien, seinen Affären mit jungen Mädchen, alles Storys, die groß in den Zeitungen gestanden hatten – dieser Josh eignete sich hervorragend für solch eine Geschichte. Die Leute warteten nur darauf, daß er auf die Nase fiel.
Der weibliche Barrakuda hatte auch schon die ideale Fotoauswahl dazu getroffen. Josh 1965, strahlendes Lächeln, dicke schwarze Locken und blanke Satinhosen, wie er das Mikrofon hält, als wäre es sein Schwanz, und wild und sexy in die Kamera blickt; daneben ein neues Foto von Josh, gebeugt, in Mantel und Schal, fahles Gesicht, angegrautes Haar, Brille, wie er mißtrauisch über die Schulter blickt, als ihn das Blitzlicht des Fotografen überraschte. An seinem Arm ein junges Mädchen, das ihn anhimmelt. Seine Tochter? Damals und heute. Wie tief die Mächtigen fallen! Euch zum Fraß, ihr Leser! Daneben zwei hübsche Bilder von Chloe. Chloe 1962 – großäugige Unschuld, schwarzes Haar mit

ordentlichen Stirnfransen, züchtiger Minirock und Kniestrümpfe; daneben Chloe heute. In weißer, glasperlenbestickter Rudolpho-Robe, weißer Fuchsstola und Brillanten liegt sie verführerisch auf einem Satinsofa, auf ihrem Gesicht ein wissender, erfolgsgewohnter Blick. Perfekt. – Die Hexe kicherte. Sie hatte Josh noch nie leiden können. Viel zu eingebildet. Jetzt erntete er, was er gesät hatte.

Chloe las den Artikel über Josh in der Woche darauf. Wider Willen verspürte sie Mitleid mit ihm. Warum hatte er sich so gehenlassen? Warum war er so tief gesunken? Er hatte alles gehabt. Wenn er sich einen ordentlichen Agenten suchte, sich das Haar schneiden, Drogen und kleine Mädchen sein ließe und sich wirklich auf seine Arbeit konzentrierte, auf seine Musik, könnte er alles wieder haben. Vielleicht. Vielleicht auch nicht. Nichts war leicht in diesem Geschäft.

Sie seufzte und sah zu Philippe hinüber, der neben ihr in ihrem riesigen Bett mit dem satingepolsterten Art-deco-Kopfende und den lila Seidenlaken lag. Er sah gerade MTV, sein Lieblingsprogramm.

Chloe fand es merkwürdig, daß ein vierzigjähriger Mann sich so in Madonnas und Michael Jacksons Verrenkungen vergaffen konnte. Aber wenn er nicht über ihren Konten saß oder einen Artikel für *Nouveau-Paris-Match* verfaßte, hing er den ganzen Tag vor dem TV-Musikprogramm.

Philippe war immer zu Hause. Nachdem er den Artikel in dem englischen Klatschblatt gesehen hatte, drängte er erneut auf Heirat.

»Wann unterschreibst du endlich die Scheidungsurkunde, Chérie?« fragte er, während er so wunderbar verführerisch ihre Schultern massierte. »Warum holst du sie nicht? Dann können wir heiraten. Schieb Josh endlich ab, Chérie, es ist höchste Zeit.«

O nein, jetzt fängt er wieder damit an, dachte Chloe. Nicht wieder dieses Ehethema. Sie lebten jetzt seit einem Jahr zusammen, aber er hörte nicht auf, vom Heiraten zu reden. Das war ungewöhnlich für einen Mann. So gern sie ihn auch hatte, sie wollte keine

lebenslange Bindung eingehen. In ihrem Innersten hatte sie Josh immer noch nicht verwunden.
So taktvoll wie möglich wiederholte Chloe wieder einmal ihre Argumente gegen die Ehe. Sie konnten ihn nicht überzeugen, und den Rest des Tages schmollte er zu den voll aufgedrehten Klängen von MTV.

Chloe fuhr zum Studio und versuchte, alle Gedanken an Joshs mißliche Lage und den grantigen Philippe zu verdrängen. Vom Autotelefon aus rief sie Jasper an. »Wie haben sie sich jetzt entschieden?« fragte sie. »Haben die Fernsehfritzen der Erhöhung für die nächste Saison zugestimmt? Wir sind bei der letzten Folge der Saison. Fünf Tage drehen wir nur noch.«
Jasper hatte sich zu Beginn der Saison mit Abby in dessen prunkvollem Büro darüber unterhalten. Abby hatte einen geradezu legendären Ruf als ein Produzent, der Aufmüpfigkeit bei Schauspielern und anderen, die für ihn arbeiteten, auf keinen Fall duldete. Nach außen spielte er Mr. Verständnisvoll, aber in Wirklichkeit war er absolut skrupellos, wenn jemand es wagte, aus der Reihe zu tanzen. Mehrere Mitarbeiter waren gefeuert worden, weil sie mehr Geld verlangt hatten.
Jasper hatte Chloes Unzufriedenheit darüber zur Sprache gebracht, daß sie nach vier Jahren bei *Saga,* zu dessen Erfolg sie maßgeblich beigetragen hatte, immer noch weit weniger verdiente als Sam und Sissy. Schließlich war sie inzwischen einer der meistkopierten, -bewunderten und -gehaßten weiblichen Fernsehstars. Abby wollte von einer Gehaltserhöhung für Chloe nichts hören. Mit zusammengebissenen Zähnen machte er deutlich: »Sagen Sie ihr, wenn sie weiter in dieser Stadt arbeiten will, sollte sie lieber keinen Aufruhr machen. Wenn sie sich nicht fügt, wenn sie uns Ärger macht, ist sie draußen. Wir schießen sie ab. Wir streichen sie einfach. Wir lassen uns nicht erpressen, Jasper, weder von ihr noch von irgend jemandem sonst. Sie kriegt vierzigtausend pro Woche – das sollte wohl genug sein für eine Ex-Nachtigall aus der britischen Provinz.«

Und mit einem Haifischlächeln hatte er noch hinzugefügt: »Sagen Sie Chloe, ich erwarte sie bei meinem Dinner zur Verleihung des ›Mann des Jahres‹ nächsten Dienstag im Beverly Hilton, Jasper. Sie sitzt an meinem Tisch. Sie täte gut daran, zu kommen.«

Ein Befehl vom Herrscher. Abby trug seine Macht mit Nonchalance. Sie bestätigte sein Selbstwertgefühl (seiner Frau war das völlig egal, solange es nicht um den Nettogewinn ging). Abby ließ nicht zu, daß irgendein Schauspieler, Produzent oder Regisseur seinen Willen gegen ihn durchsetzte, und er war sich nicht zu schade, jemanden bewußt zu demütigen. Nie würde Chloe vergessen, wie er vor einem halben Jahr Pandora Summers mitgespielt hatte.

Pandora war immer wieder zu spät zu den Dreharbeiten gekommen, hatte sich in Talk-Shows zu oft über *Saga* lustig gemacht und jammerte den Kollegen bei der Arbeit etwas vor, was für einfältige Texte sie habe und daß ihre Kostüme nicht so teuer seien wie die von Chloe und Sissy. Abby und Gertrude hatten das allmählich satt.

Zusammen mit der übrigen Besetzung und der Crew war Pandora zur Abschlußparty ins Beverly Hills Hotel gekommen, um das Saisonende der Dreharbeiten für *Saga* zu feiern. Jeder war guter Laune, und es hätte ein unbeschwerter Abend werden können. Neun Monate harter Arbeit waren überstanden. Eine dreimonatige Pause lag vor ihnen. Jeder konnte jetzt tun, wozu er Lust hatte. Für die Crew hieß das meist, sich so schnell wie möglich einen anderen Job zu suchen, da sich niemand leisten konnte, so lange ohne Arbeit zu sein. Für die drei bestbezahlten Schauspieler, Sam, Sissy und Chloe, bedeutete es, daß sie jetzt aus dem dicken Stapel Drehbücher auswählen konnten, der bei ihrem Agenten auf dem Schreibtisch wartete, oder ausgedehnten Urlaub machen konnten. Der Rest der Besetzung mußte darauf hoffen, daß irgendein anderer Produzent oder eine andere Fernsehgesellschaft ihnen vielleicht einen Job anbot.

Nach dem Essen und der ›Pannenparade‹, einem zwanzigminütigen Zusammenschnitt komischer Szenen – Schauspieler oder

Crew-Mitglieder schmeißen die Szene, stolpern, verschlucken sich, kichern oder tun sonst irgend etwas Verrücktes –, stiegen Gertrude und Abby auf das Podium und und riefen jedes einzelne Mitglied der Besetzung auf. Jeder wurde hinaufgebeten und sprach ein paar Worte.
Als erster hielt Sam als Senior der Serie seine übliche charmante kleine Ansprache. Er sprach gut, auch wenn er ohne sein dickes orangefarbenes Make-up allmählich alt aussah.
Vanessa flüsterte Chloe zu: «Er hat so viel abgenommen, daß es aussieht, als würden seine Zähne zu groß für den Mund.«
Dann folgte Sissy in ihrer hektischen Art, knochendürr und zerbrechlich wie Glas. Sie trug ein schulterfreies graues Taftkleid, über dem ihre Schulterblätter wie Hühnerflügel hervorstachen.
Dann kam Chloe. Sie sah abgespannt aus nach einem weiteren kleinlichen Streit mit Philippe. Er hatte sich geweigert, zu der Abschlußparty mitzukommen, und so hatte sie Ostie, ihren Dialog-Tutor, bitten müssen, sie zu begleiten.
Dann rief Abby Pandora auf.
»Und jetzt hören wir eine reizende Dame und begabte Schauspielerin, die bedauerlicherweise in der nächsten Saison nicht mehr bei uns sein wird. Ich bitte um einen schönen, dicken Applaus für Miss Pandora Summers.«
Pandora erstarrte das Blut in den Adern. *In der nächsten Saison nicht mehr dabei*? Das konnten sie nicht machen, würden sie nicht tun, nicht, nachdem sie gerade ein festes Angebot von Disney für eine halbstündige Situationskomödie ausgeschlagen hatte. Sie vermutete schon seit einigen Monaten, daß ihre Tage bei *Saga* gezählt seien. Das war der Stil im TV-Land. Ihre Fanpost war spärlicher geworden, und es schien, je weniger Briefe sie bekam, desto weniger Dialogtext mußte sie lernen. Sie sah das realistisch und hatte sich über die Disney-Serie gefreut, auch auf die Herausforderung eines neuen Projekts. Doch dann hatte ihr Agent mit Abby gesprochen und ihr gesagt, daß sie mit Sicherheit in der nächsten Saison mit einer kräftigen Honorarerhöhung wieder bei *Saga* dabeisein würde. Abby hatte ihm versichert, alle hätten sie

sehr gern. Sie hätte kein Wort davon glauben sollen. Jetzt spielte eine andere Schauspielerin in der Disney-Komödie, und dieser Bastard feuerte sie vor der versammelten Besetzung und Crew. Sie spürte, wie ihr Gesicht feuerrot wurde. Doch sie unterdrückte ihre Empörung und stieg aufs Podium hinauf, um die paar sorgfältig vorbereiteten Worte zu sagen, die jetzt so peinlich unpassend klangen.

Nach ihrer Ansprache drückte Chloe ihr mitfühlend den Arm. Sie standen nebeneinander auf dem Podium. Das hätte jedem von ihnen passieren können. Innerlich stieß jeder einen Seufzer der Erleichterung aus, daß für diesmal der Kelch an ihm vorübergegangen war. Während der Aufnahmen für die dreißig Folgen der dritten Saison hatte Chloe sich alle Mühe gegeben, ruhig zu bleiben und sich nicht zu ärgern, wenn hochbezahlte Gaststars für sieben oder acht Episoden engagiert wurden, um die Einschaltquoten, die sowieso schon sehr hoch waren, noch zu steigern. Weder die Fernsehgesellschaft noch Abby oder Gertrude hatten irgendwelche Hemmungen, diesen häufig schon verblassenden Stars das Doppelte wie Chloe zu bezahlen.

»Es ist meine eigene Schuld, weil ich so billig eingestiegen bin«, hatte Chloe einmal verbittert zu Vanessa gesagt, nachdem sie gerade eine Szene mit einem ›berühmten Namen‹ gespielt hatte, der fünfzehnmal hintereinander aus dem Text gekommen war und sechzigtausend Dollar pro Folge bekommen hatte.

Zwei Tage vor Ende der Dreharbeiten erhielt Chloe von Jasper die Nachricht, daß ihre Bitte um ein höheres Honorar erneut abgewiesen worden war. Von Philippe unterstützt, beschloß sie erzürnt, vor Beginn der nächsten Saison etwas zu unternehmen. Da man ihr die – ihrer Ansicht nach verdiente – Erhöhung von zwanzigtausend Dollar pro Woche verweigerte, teilte sie Jasper mit, daß sie aufhören werde.

»Mir ist es ernst, Jasper«, sagte sie. »Ich fahre nach Südfrankreich und komme nicht zurück, wenn du sie nicht dazu bringst, ihre Meinung zu ändern.«

Doch das taten sie nicht.
Obwohl die Fernsehgesellschaft Chloe behalten wollte, blieben Abby und Gertrude eisern. Keine Erhöhung. In ihren Augen hatte Chloe die Kardinalsünde begangen: Selbstgerecht verkündeten sie, Chloe habe versucht, sie zu erpressen. Leute, die imstande waren, einander für ein Projekt die Kehle durchzuschneiden, die logen, betrogen, intrigierten und manipulierten, waren in heller Empörung über das, was Chloe getan hatte. Während der Drehpause, die von drei Monaten auf sechs Wochen zusammengekürzt worden war, weil die Fernsehgesellschaft *Saga* schon Ende Oktober wieder im Programm haben wollte, versuchte Jasper, mit Abby, Gertrude und den Verantwortlichen der Fernsehgesellschaft einen Kompromiß auszuhandeln. Ohne Erfolg. Sie ließen sie fallen. Strichen sie aus der ersten Folge heraus, gaben ihren Text anderen Schauspielern und schickten ihr die Nachricht per Telegramm.
Als das Telegramm bei Chloe eintraf, packte sie die kalte Wut. »Hiermit informieren die Produzenten von *Saga,* MCPC, und BCC Network Chloe Carriere, daß ihre Mitarbeit an der Fernsehserie *Saga* mit sofortiger Wirkung nicht mehr erforderlich ist.« Unterzeichnet war es mit »Der Präsident der MCPC Abby Arafat.«
Sie hatte am Swimmingpool gelegen und die warme Mittelmeersonne genossen, als Philippe ihr das Telegramm brachte.
»Wie können sie das bloß *Saga* antun, auch wenn ich ihnen egal bin?« sagte Chloe verwundert darüber, wie leichtfertig die Gesellschaft bereit war, sich selbst zu schaden.
»Das ist selbstmörderisch«, fand auch Philippe. »Jeder weiß, wie beliebt ihr seid, Miranda und du. Du bist doch der einzige Grund, warum überhaupt noch jemand das alberne Zeug ansieht.« Es war vier Uhr an der Côte d'Azur. In Los Angeles war es jetzt sieben Uhr morgens. Chloe überlegte. Die Schauspieler rannten jetzt zum Schminken und Frisieren, um rechtzeitig zur Probe zu kommen. Sissy setzte jetzt gerade ihre Perücke auf und schluckte ihre Vitaminpillen und ein Proteingetränk, um sich für

den strapaziösen Tag zu rüsten. Sam ruhte sich aus, und die jüngeren Schauspieler klatschten in den Friseur- und Make-up-Räumen.
Chloe fühlte leise Melancholie. Der Blick auf das Mittelmeer vom Haus aus war schöner als jeder Blick in Beverly Hills oder Malibu, aber der Gedanke, daß sie vielleicht ihre hart erkämpfte Karriere ruiniert hatte, machte sie noch melancholischer.
»Was zu trinken?« fragte Philippe. Sie nickte. Er ging zur Bambusbar, goß Crème de Cassis und Dom Perignon über Eis in ein hohes Glas und brachte es ihr.
Dankbar trank sie. »Ich habe nur das verlangt, was mir zusteht, Philippe. Nicht mehr und nicht weniger.«
»Ich weiß, Chérie.«
»Alle denken, daß ich wirklich das Biest bin«, sagte sie mit einem Anflug von Selbstmitleid in der Stimme. Sie blickte auf die türkisfarbenen Wellen hinaus, ohne die halbnackten Menschen zu bemerken, die selbstvergessen am Strand auf und ab schlenderten. Junge und Alte, ob schön oder weniger schön, sogar ganz Häßliche – an der französischen Riviera achtete niemand darauf. Jeder zeigte sich, wie er war. »Nicht grübeln, Chérie«, sagte Philippe und ging zum Surfen.
Ihr Blick wanderte über die Bucht. Weiße Jachten schaukelten sanft an ihren Bojen. Die Besitzer saßen mit kalten Drinks an Deck und sahen zu, wie braungebrannte junge Männer und Mädchen mit bloßem Oberkörper in Rennboten zwischen ihnen hindurchschossen. Wie bunte Schmetterlinge glitten die fröhlich gestreiften Segel der Surfer über die Wellen. Chloe konnte sich nicht satt sehen an diesem Anblick. Sie lag in ihrem Liegestuhl und genoß das Gefühl, faul zuzuschauen, wie andere Leute sich anstrengten.
Das Telefon läutete.
»Chloe, meine Liebe, du *mußt* zur zweiten Folge wieder hier sein, oder du wirst nie wieder in irgendeinem Film oder Fernsehfilm auftreten«, sagte Jasper weit weg mit schwacher Stimme. »Sie meinen es ernst, Chloe. Du kannst nicht gegen sie kämpfen. Ich

habe wirklich alles getan, was ich konnte, buchstäblich alles, aber ich muß dir sagen, daß ich Abby noch nie so hartnäckig erlebt habe. Er ist sehr verärgert über dich.«

»Und ich dachte, er hätte mich gern«, seufzte Chloe. »Er hat es mir so oft gesagt.«

»Tut er auch, auf seine Weise tut er das sicher. Ich glaube, es ist mehr als Widerstand gegen dich und die Honorarerhöhung. Es ist Sissys Einfluß. Ich habe aber so ein Gefühl, daß du deine Erhöhung vielleicht doch bekommst, wenn du zurückkommst, mein Liebling.«

»Wie meinst du das?« Chloe war verwirrt.

»Ich habe herausgefunden, daß Sam an der Serie beteiligt ist. Es sollte eigentlich streng geheim gehalten werden, aber ich habe es entdeckt. Ursprünglich hatte er nur einen Zweijahresvertrag unterschrieben, und als der ablief, wollte er nur dabeibleiben, wenn er an der Show beteiligt würde.«

»Ah!« rief Chloe. »Dann ist mir alles klar. Dann steckt wirklich Sissy dahinter.«

»Genau, Darling, die Oberhyäne persönlich. Als Teilhaberin an der Serie wird sie einer Gehaltserhöhung für dich niemals zustimmen, und sie wird ihrem Sam das Leben zur Hölle machen, wenn er dir auch nur einen Cent mehr zubilligt.«

»Die Hexe. Warum haßt sie mich nur so?« sagte Chloe traurig.

»Eifersucht, meine Kleine. Du bekommst mehr Fanpost, mehr Aufmerksamkeit. Du bist beliebter, deine Rolle ist interessanter, und dazu siehst du natürlich auch noch besser aus. Kämpf nicht dagegen an, Schätzchen, Eifersucht gehört in dieser Stadt zum Leben. Und nimm es nicht persönlich. Wenn du nicht Miranda spielen würdest, würde Sissys Haß jemand anderen treffen. Sie ist eben so.«

Chloe seufzte. »Ich weiß, ich habe drei Jahre mit ihr zusammengearbeitet. Man hat nicht viel zu lachen mit ihr, glaub mir.«

Jasper fuhr fort: »Die Fernsehleute haben mir unter dem Siegel absoluter Verschwiegenheit zugesagt, daß sie dir die zwanzigtausend aus eigener Tasche zu zahlen bereit sind, wenn du zurückkommst. Aber Sissy und Sam dürfen das niemals erfahren ... Denk nicht mehr an das Telegramm, Chloe. Komm am Dienstag zurück. Ich verspreche dir, innerhalb von zwei Monaten hast du deine sechzigtausend.«

»Also gut, also gut, Jasper – ich komme zurück. Das war dir ja sowieso klar.«

Jasper freute sich. Er mochte Chloe gern. Die Tatsache, daß sie sich nicht mit dem üblichen Gefolge von Managern, Anlage- und Steuerberatern umgeben hatte, bedeutete wahrscheinlich, daß sie mehr von ihrem verdienten Geld gespart hatte als die meisten Schauspielerinnen in ihrer Position. Cleveres Mädchen. Und nicht nur das, sondern sie hielt auch Distanz zu Alkohol, Drogen und der ganzen Schickeria. Für Hollywood-Maßstäbe wirkte sie fast weltfremd.

Chloe legte auf. Sie war immer noch ganz aufgewühlt, fühlte sich schlecht behandelt. Der Ton des Telegramms, die Art, wie man sie so flink aus der Eröffnungsfolge gestrichen hatte, vermittelten ihr ein unbehagliches Gefühl von der Vergänglichkeit ihres Ruhms. Man kann mich wegwerfen wie ein Kleenex, dachte sie.

Sie beobachtete Philippe auf dem Surfbrett, wie er sein kleines Gefährt über die Wellen manövrierte. Schwarze Locken klebten an seinem Kopf. Sein Körper war gebräunt, schlank und athletisch, obwohl er wenig Sport trieb. Emotional war er wie ein Felsen gewesen – manchmal ein schwieriger Felsen, aber immerhin ein Felsen, an dem sie sich festhalten konnte. Außerdem kümmerte er sich um ihre Finanzen und geschäftlichen Angelegenheiten, und meistens war sie mit ihm zufrieden, auch wenn er halsstarrig sein konnte und unglaublichen Stimmungsschwankungen unterworfen war, die aus dem charmanten Prinzen manchmal ein Chauvinistenschwein machten. Und seine Gesprächsthemen waren doch sehr begrenzt. Sie seufzte. Je besser sie Philippe kennenlernte, desto geringer wurde anscheinend seine Substanz. Doch je schwächer ihre seelisch-geistige Beziehung wurde, desto stärker wurde die physische Seite.

Trotz der Mittelmeersonne fröstelte sie. Er drängte so oft auf Heirat. Warum? Sie war sehr auf der Hut. Was Josh ihr an Schmerzen zugefügt hatte, war immer noch nicht ganz verwunden.
Josh. Armer Josh. Brillanter, lustiger, sich selbst zerstörender, schwieriger Josh. Wo er jetzt wohl war? Und was er wohl machte?

25

Emerald war der erste große Name in der Besetzung der neuen Serie *Amerika*. Sie sollte die weibliche Hauptrolle, Evelyn Alexander McFadden, die zupackende, schöne Besitzerin eines Hotelsaloons in einer kleinen Grenzstadt im Mittleren Westen spielen. Doch Burt Hogarth hatte Schwierigkeiten mit der Besetzung der männlichen Hauptrolle. Er war schon an einige der bekanntesten Schauspieler Englands herangetreten, doch ohne Erfolg.
Die Fernsehleute wollten unbedingt Anfang Juli mit den Dreharbeiten beginnen. Sie waren entschlossen, die Serie im Oktober 1986 ins Programm zu bringen. Man hatte beschlossen, *Amerika* gegen die bis jetzt unbesiegbare Serie *Saga* antreten zu lassen, die in den letzten vier Jahren praktisch jede Woche die höchste Zuschauerbeteiligung gehabt hatte.
Die Produzenten von *Amerika* waren sich darüber einig, daß der Wettstreit zwischen Emerald Barrymore und Chloe Carriere auf größtes Publikumsinteresse stoßen würde. Und ein weiterer Schachzug würde für Furore sorgen: Sie hatten der kürzlich von *Saga* fallengelassenen Pandora King die zweite weibliche Hauptrolle gegeben.
Das einzige Problem war jetzt noch, einen hervorragenden englischen Schauspieler als Emeralds Partner zu finden, der nicht von ihrem Starglanz ganz in den Schatten gestellt würde. Sir Geoffrey Fennel hatte sich zugunsten der Rolle des Mercutio im National

Theatre entschieden. Man wandte sich daraufhin an Pierce Brosnan, Roger Moore und Michael Caine. Alle lehnten ab. Die Rolle des Malcolm McFadden verlangte einen vierzig- bis fünfzigjährigen Schauspieler als heroischen, zähen und zynischen Ehemann von Evelyn alias Emerald. Er mußte stark, attraktiv, maskulin sein, Humor haben, reiten und fechten können und physisch in Bestform sein.
Zehn Tage vor Beginn der Dreharbeiten hatten die Produzenten zwar Dutzende von Schauspielern interviewt und vorsprechen lassen und Hunderte Kilometer Videofilm angesehen, doch der Besetzung der männlichen Hauptrolle waren sie damit nicht nähergekommen. Der Beginn der Dreharbeiten war auf den Morgen nach dem Unabhängigkeitstag festgesetzt worden. Der 4. Juli war *Amerika*-Tag, aber einen passenden Hauptdarsteller hatte man noch immer nicht gefunden.

Josh lag schwitzend im Bett. Ein Puls, wie er ihn noch nie gehabt hatte, hämmerte in seinem Schädel, und seine Zunge war ein verfaulendes Stück Fleisch. Das Telefon hörte nicht auf zu klingeln. Immer wieder unterbrach es seinen Traum – oder war es ein Alptraum?
Er und Chloe, wieder jung. Wieder verliebt. Es war in den sechziger Jahren. Wie Kinder liefen sie die Kings Road entlang und lachten wie Teenager. Immer erschien sie ihm mit ihrem hellen Gelächter. Sie lachte viel – jetzt auch noch? Ob Philippe sie glücklich machte?
In seinem Traum hielt er sie so eng umarmt, daß er seine Härte gegen ihren Oberschenkel spüren konnte. Dann begannen irgendwelche Leute an ihm zu zerren, zogen ihn weg, und die Freude auf ihrem Gesicht verwandelte sich in Angst. »Chloe, Chloe!« Er versuchte, ihren Namen zu rufen, doch die Worte wollten sich nicht bilden. »Josh!« schrie sie, als Hände, gierige, erregte Hände nach ihrem Körper und Haar griffen und an ihren Kleidern rissen. Dann begannen hysterische Stimmen ihren Namen zu kreischen: »Chloe! Chloe! Miranda! Miranda! Wir lieben

dich! Wir lieben dich!« Gesichtslose Fans stießen Josh weg. Er stolperte und stürzte auf das Pflaster, während er sah, wie sie Chloe überwältigten, an ihren Kleidern zerrten, sie ihr wegrissen, nach ihren Haaren und ihrem Fleisch grabschten, mit Fingernägeln und Zähnen an ihr rissen und nun über sie herfielen, als sie blutend am Boden lag. Sie schrie um Hilfe, doch Josh konnte sich nicht rühren.

Der Traum ging weiter, und er sah sie rücklings auf dem Pflaster liegen. Fans krochen wie Ameisen über sie hinweg, küßten und bissen sie, rissen ganze Stücke aus ihrem Fleisch und saugten überall an ihr, während sie voller Entsetzen schrie. Er konnte sie nicht aufhalten. »Hau ab, Opa!« schrie ein Punker mit grünem Haar, bevor er sich gerade mit einem Messer auf Chloe stürzen wollte. »Hau ab, oder ich ramm dir das hier in den Arsch.« Er stieß Josh brutal zur Seite und schleuderte ihn gegen eine Mauer. Hilflos mußte Josh zusehen, wie die Fans seine Chloe verwüsteten.

Er wachte davon auf, daß er ihren Namen schrie. Schließlich hörte er – wie ein Echo jener Schreie – das Klingeln des Telefons.

»Was? Wer ist da?« rief er heiser. Er brauchte etwas zu trinken, irgend etwas, um seine Kehle zu befeuchten. Die Stimme am Telefon war freundlich.

»Josh. Hallo. Hier ist Jasper Swanson. Wie geht es dir, alter Junge?«

»Gut, gut, ganz prima, Jasper. Wie geht's selbst?« Er führte ein halbvolles Glas Wein an seine gesprungenen Lippen und fühlte, wie die saure Flüssigkeit seiner ausgetrockneten Zunge wohltat. »Worum geht's, Jasper?«

»Nun ja, ich bin nicht sicher, ob es dich überhaupt interessiert, weil ich weiß, daß die Tournee so gut läuft . . .«

Verdammter Lügner, dachte Josh. Die ganze verdammte Welt weiß doch, daß sie ein Flop ist. Was faselt der Alte da? »So gut nun auch wieder nicht, Jasper.« Er konnte ebensogut die Wahrheit sagen. »Ich meine, wenn sich was anderes bieten würde, könnte ich mich versucht fühlen.«

»Natürlich, Junge, natürlich, deshalb rufe ich dich ja auch zu dieser unmenschlichen Zeit an. Du hast doch sicher von dem Buch *Amerika: Die frühen Jahre* gehört?«
»Ja, sicher, wer nicht?« Voller Gier nach einer Zigarette richtete er sich auf. Der Aschenbecher war voller Kippen, die Packung leer.
»Auf jeden Fall wird das eine sehr wichtige Serie. Ich glaube, sie überzeugt zu haben, daß du die perfekte Besetzung für die Rolle von Malcolm McFadden wärest – die Hauptrolle neben Emerald Barrymore. Würde dich das vielleicht interessieren, mein Alter?«
Es war still, während Josh das Gehörte verdaute.
»Hallo, hallo, Josh? Bist du noch da?« Jaspers Zeit war Geld, und er war immer ungeduldig. Er war ein großer Agent und wußte das. Manche sagten, er sei so gut in seinem Beruf, er könne dem Papst den Vatikan verkaufen.
»Ja doch, ja, ich bin da.« Josh zündete eine der Kippen an. Der Rauch schien die Wirrnis im seinem Hirn zu entzerren. »Es ist eine Seifenoper, nicht?«
»Ja, man könnte es vielleicht so nennen, aber es ist eine sehr anspruchsvolle Serie. Produzent ist Burt Hogarth, und er ist schließlich einer der wichtigsten Männer in Hollywood. Und Emerald Barrymore ist natürlich immer noch einer der größten Stars.«
»Sie hat eine Zeitlang nicht gearbeitet, oder?«
»Du auch nicht, mein Lieber.« Jaspers Stimme wurde unmerklich frostiger. »Ich glaube, du solltest der Tatsache ins Auge sehen, mein junger Mann«, sagte er mit einem Anflug von Sarkasmus, »daß Hollywood sich nicht gerade um die Dienste fünfzigjähriger englischer Ex-Popsänger reißt.«
»Brems dich, alter Junge, ich bin noch lange nicht fünfzig«, sagte Josh. »Und ich bin *nie* ein Popsänger gewesen.«
»Diese Rolle könnte dich wieder zu einem richtigen Star machen, Josh. Jeder weiß, daß du Talent hat, aber wir alle kennen auch deine ... na, deine Probleme. Es war für mich wahrhaftig nicht einfach, die Fernsehleute davon zu überzeugen, daß du zur Zeit nicht trinkst und auf keinen Fall Drogen nimmst.« Geringschät-

zung lag in seiner Stimme. Jasper verachtete Drogenabhängige und Alkoholiker. »Sie haben mir die Idee von Joshua Brown als Malcolm abgekauft. Es ist eine Superrolle, Junge, und ein fabelhafter Durchbruch für dich. Sie wollen dir dieses Jahr zwölftausend pro Folge zahlen und im folgenden Halbjahr fünfundzwanzigtausend. Sie stellen dir zwei Erster-Klasse-Tickets von London nach Los Angeles, und du wirst an zweiter Stelle nach Emerald genannt. Und sie wollen, daß du übermorgen zu Kostümproben und Probeaufnahmen nach Hollywood kommst. Alles andere werden wir dann besprechen.«
Josh schwirrte der Kopf. »Mein Musical – und was ist damit? Wir haben noch eine Woche hier, dann Leeds und Manchester, die ganze Provinz.«
»Dein Stück ist ein Flop. Das weißt du so gut wie ich. Das weiß sogar das britische Publikum. Die Fernsehgesellschaft ist bereit, sich mit den Theaterbesitzern über eine Abfindungssumme zu einigen. Mit anderen Worten, sie kaufen dich da raus. Was sagst du dazu, Josh? Das könnte dein großes Comeback werden, das kannst du unmöglich ausschlagen.«
»Natürlich werde ich es machen«, sagte Josh aufgeregt. »Ich muß – das weißt du. Reservier mein altes Penthouse im Wilshire für mich. Kannst du mir drei Flugkarten erster Klasse besorgen?«
»Nein.« Jasper war kühl. Fing er schon an mit Forderungen? »Wenn du noch zwei Leute mitbringen willst, können wir die zwei Tickets erster Klasse in drei Clubtickets umtauschen. Denk dran, Josh: In Hollywood bist du kein Star. Du kannst keine Ansprüche stellen – noch nicht.«
»Ja, na gut, okay. Tausch die Tickets um. Ich muß doch Sally und Perry, meinen Diener, mitnehmen.«
»Schon geschehen, mein Lieber, schon geschehen. Also: Herzlichen Glückwunsch. Ich weiß, daß du es nicht bereuen wirst. Ich ruf' dich morgen wieder an.«
In euphorischer Stimmung ließ Josh sich wieder aufs Bett zurücksinken. Hollywood! Eine große Fernsehserie mit einem großen Star! Emerald Barrymore. Publicity. Die ganze Studiomaschine-

rie für ihn in Aktion. Ganz groß rauskommen – er könnte noch einmal ganz groß rauskommen. Er könnte – er würde!
Voll neuer Energie durch die Aufregung sprang er aus dem Bett. Er brauchte den Stoff nicht mehr, an den er im Unterbewußtsein bereits gedacht hatte.
»Paß auf, Chloe, Baby, jetzt komme ich!« schrie er.

Chloe kam zurück und nahm ihre Arbeit für *Saga* wieder auf. Abby und Gertrude hatten dem Druck der Fernsehgesellschaft schließlich nachgeben müssen. Sie hatten an Chloe ein Exempel statuieren und den Schauspielern in ihren anderen Projekten zeigen wollen, was einen Star erwartete, der mehr Geld verlangte. Bei all ihrem Gerede, auch ohne Chloes Beitrag zu *Saga* auskommen zu können, hatten sie nicht mit der Reaktion der Fernsehleute gerechnet.
»Holt sie zurück«, hatte Irving Schwarzman, der Präsident der Sendeanstalt, zu Abby gesagt. »Gebt ihr die verdammte Erhöhung ihrer Gage – sie verdient sie doch. Holt sie zurück!« Trotz ihrer Proteste, daß sie sich damit selbst das Wasser abgraben würden, wurden Abby und Gertrude überstimmt.
Um zwanzigtausend Dollar pro Woche reicher kam Chloe zurück.

Ihr Zusammenleben mit Philippe dagegen gestaltete sich allmählich verwirrend. Er war oft liebevoll und zärtlich, doch gleichzeitig stritt er ständig mit ihr wegen der Heirat. Seine eigenen bourgeoisen Vorstellungen und seine in dieser Hinsicht noch starrköpfigere Mutter ließen ihm keine Ruhe. Seine Mutter fand, er sei mit seinen vierzig zu jung, um mit einer dreiundvierzigjährigen Frau zusammenzuleben. Sie wollte Enkelkinder haben. Er war ihr einziges Kind, und sie war beinahe achtzig.
Philippe hoffte, Chloe erst zum Heiraten und dann zu einem Kind überreden zu können. Jetzt, da er sie mit Annabel zusammen gesehen hatte, erkannte er, wie mütterlich Chloe sein konnte, und war entschlossen, mit ihr zusammen ein Kind zu haben.
Das war seine Vorstellung, aber es war eindeutig nicht die Vor-

stellung Chloes. Eheleben mit Philippe und Babys in ihrem Alter – lächerlich.
»Ursula Andress hat es auch getan«, argumentierte er trotzig. »Sie hat mit vierundvierzig ein Kind gekriegt. Viele Frauen tun das, es ist möglich, Chérie, das weißt du, und du wärest eine wunderbare Mutter.«
»Warum, Philippe? Warum sollen wir heiraten und ein Kind haben? Wir sind so glücklich, wie wir jetzt leben – warum sollten wir uns das verderben?«
»Du benutzt mich als Sexobjekt«, erwiderte er vorwurfsvoll. »Du benutzt mich, wie früher die Männer Frauen benutzt haben – mein Wissen genauso wie meinen Schwanz. Du nutzt mich nur aus, Chloe.«
»Das ist nicht wahr, das weißt du genau!« sagte sie verärgert. »Sieh mal, wir sind zusammen, wir leben zusammen. Ich liebe dich. Bitte, Liebling, zwing mich nicht zum Heiraten. Ich habe es einmal versucht. Es funktioniert bei mir nicht.«
Annabel verbrachte den Sommer bei ihnen im Gästehaus. Sie und Chloe waren glücklich, zusammenzusein. Ihre Beziehung konnte nicht besser sein, und sie verbrachten Stunden mit tiefschürfenden Gesprächen. Philippe ärgerte sich darüber und fühlte sich ausgeschlossen. Er war mürrischer denn je. Annabel schwamm im Swimmingpool, versorgte die Rosenbeete und verstreute überall ihre wunderschön gestickten Kissen im Haus. Sticken und Gitarrespielen waren ihre Hobbys.
Es war schön, Annabel in der Nähe zu haben, und die Arbeit an der Serie ging gut voran, aber nachts wachte Chloe oft mit Alpträumen auf. Manchmal erschien ihr im Traum das Gesicht des Mannes mit dem Messer, der es damals, an dem Abend in Las Vegas, auf sie abgesehen hatte, wie die Polizei sagte. Sie wünschte, sie hätten ihr niemals sein Foto gezeigt, dieses leere, emotionslose Gesicht. Wenn sie mitten in der Nacht aufwachte, umfaßten sie Philippes starke Arme, und seine sanfte Stimme beruhigte sie. Sie brauchte Philippe, um die Dämonen abzuwehren, die sie verfolgten.

Es stand außer Frage, daß Sam gesundheitlich nicht auf der Höhe war. Sein Gewichtsverlust war alarmierend, und er konnte sich oft nicht überwinden, etwas zu essen. Während der Dreharbeiten mußte er sich oft vor Erschöpfung hinlegen und ausruhen. Die häßliche rote Stelle bemerkte er eines Tages, als er ein Jucken auf seiner Brust verspürte. Er zwang sich, in den Spiegel zu sehen, und erblickte mit wachsendem Schrecken, wovor er sich gefürchtet hatte und was er nicht hatte sehen wollen: einen roten Fleck, schorfig und geschwollen, so groß wie ein Vierteldollar.
Galle stieg in ihm auf. Das konnte nicht sein. Es konnte einfach nicht! Seit den wilden Tagen seiner Jugend hatte er sich nur sehr wenige homosexuelle Affären erlaubt. Er war Freddy mehr oder weniger treu gewesen. Der gute alte zuverlässige Freddy. Sie waren beinahe wie ein Ehepaar. Aber Paare, die nur selten miteinander schlafen, tendieren dazu, es mit anderen zu tun. Sam erinnerte sich an Nick. Er stöhnte auf. Was war mit Freddy? War er mit jemand anderem zusammengewesen?
Ist die Katze aus dem Haus, tanzen die Mäuse in der nächsten Schwulenbar. Ob Freddy das immer noch tat? Obwohl die Geißel AIDS über ihnen allen hing? Ein Klopfen an der Tür signalisierte, daß Sam in vier Minuten zur Aufnahme gebraucht wurde. Er ging ins Studio zurück und versuchte sich einzureden, alles sei nur Einbildung. Doch seiner Sekretärin trug er auf, ihm so schnell wie möglich einen Arzttermin zu besorgen.

Sam saß dem ernst blickenden Dr. John Willows gegenüber.
»Es tut mir leid, daß ich dir dies sagen muß, Sam.« Der Arzt hustete. Er war verlegen. Er kannte Sam nun seit fünfunddreißig Jahren, aber seine Homosexualität war ein Thema, das sie nie berührt hatten.
»Was? Was? Um Himmels willen, John, sag es mir. Ist es AIDS?« Der Arzt nickte. »Ich ... ich fürchte ja, Sam. Wir haben zwei Bluttests gemacht, um einen Fehler auszuschließen. Es tut mir sehr leid.« Der Arzt blickte auf seinen Mahagonischreibtisch, auf die gerahmte Fotografie seiner Frau, seiner erwachsenen Kinder

und Enkelkinder. Er dankte Gott, daß er ihr immer treu gewesen war – über dreißig Jahre waren es jetzt. Gott sei Dank war er den Versuchungen nicht erlegen, denen er gelegentlich ausgesetzt gewesen war. Doch was konnte er diesem alternden Fernseh-Superstar sagen, dessen hageres, zerfurchtes Gesicht plötzlich viel älter als fünfundfünfzig aussah? Wie sollte er ihm helfen?
»Leider gibt es bisher noch kein Mittel dagegen, wie du weißt.« Er spielte mit den Bleistiften auf seinem makellos aufgeräumten Schreibtisch.
»Wir können das Karzinom natürlich mit Salben und Antibiotika behandeln, aber allmählich werden die Flecken schlimmer werden.«
Sam fühlte, wie der Raum um ihn herum zu schwimmen begann. Seine Karriere war ruiniert. Er hatte die Pest – manche verglichen sie mit der Beulenpest, dem Schwarzen Tod. Und wie bei der Pest gab es kein Heilmittel für diese Geißel der achtziger Jahre.
»Wie lange ...« – er schnappte nach Luft – »... wie lange, meinst du, habe ich noch, bevor es nicht mehr zu verbergen ist?«
»Schwer zu sagen – Monate, vielleicht Jahre. Ich bin da kein Spezialist, Sam. Du weißt, wir kennen diese Krankheit überhaupt erst seit wenigen Jahren, aber sie breitet sich aus. Mein Gott, sie greift wirklich um sich.«
»Wird jemand es von dir erfahren? Mußt du es melden?«
»Natürlich nicht, natürlich nicht.« Die Stimme des Arztes klang munterer, als ihm zumute war. Gott, Sam war schon der siebte Patient mit dem Virus in diesem Monat. Es war erschreckend.
»Hör mal, Sam, wenn du Beratung brauchst, es gibt Spezialisten, die wissen, wie man mit dem Problem umgeht.«
»Himmel! Nein!« Sam war schockiert. »Ich kann allein damit fertig werden. Meine Karriere ist hin, wenn auch nur ein Wort davon an die Öffentlichkeit dringt. Du verstehst das doch, John?«
»Natürlich, natürlich verstehe ich. Mach dir keine Sorgen, Sam. Keiner wird es erfahren, aber ...« Der Arzt sah auf seine Uhr. Sein Wartezimmer war voller Patienten. »Du solltest lieber deine Kontakte überprüfen, zumindest die aus der letzten Zeit.«

»Verdammt, John, ich habe nur einen Kontakt gehabt.«
»Ja, ja, natürlich. Also hör zu, Sam! Komm nächsten Dienstag vorbei, dann versorgen wir dich mit allem Nötigen.« Er bemühte sich verzweifelt, das Gespräch zu beenden. Er konnte nichts tun. Er war nur ein Arzt, der von diesen unglücklichen Männern konsultiert wurde und versuchte, ihnen zu helfen.
Als er Sam zur Tür begleitete, gelang ihm ein teilnahmsvolles Lächeln.

Nur noch acht Monate. Acht Monate, bis er aus diesem verfluchten Loch herauskam. Er hatte sich mit niemandem angefreundet. Keiner im Gefängnis wollte sein Freund sein – außer wenn sie ihn sexuell mißbrauchten.
Jede Nacht holte Calvin in seiner Zelle seine Sammlung von Magazinen heraus: *Penthouse, Playboy.* Es waren alles alte Ausgaben, aber das machte ihm nichts aus.
Wie trunken vor Erregung sah er sie durch. In diesen Zeitschriften hatten die Mädchen mit ihrer schwarzen Spitzenunterwäsche, ihren vollen Busen und geöffneten Beinen alle nur ein Gesicht: das von Emerald Barrymore. Calvin hatte Bilder seines Idols aus anderen Heften ausgeschnitten und ihren Kopf sorgfältig auf die Körper der sinnlichen jungen Dinger in seinen Magazinen geklebt. Seine Emerald. Seine Königin.
Es hatte ihn sehr aufgeregt, als er die Fotos von ihrer Entlassung aus dem Gefängnis gesehen hatte. Doch noch wütender hatte ihn der Artikel im *American Informer* gemacht.
»Wäre die Rolle der Miranda Hamilton in der Hit-Serie *Saga* an Emerald Barrymore gegangen statt an die britische Sängerin Chloe Carriere, wäre Emerald dann so dramatisch geendet? Wäre sie dann so völlig heruntergekommen, ohne eine Spur ihrer früheren Schönheit zu behalten?«
Calvin hatte die Zeitung zu einem festen Ball zusammengeknüllt und sie in eine Ecke seiner Zelle geschleudert. An allem war *sie* schuld, diese schwarzhaarige Hexe, dieses untalentierte Nichts. Nur wegen Chloe Carriere war Emerald in diesem Zustand. Alles

ihretwegen. Sie würde dafür leiden. Wenn er hier rauskäme, würde sie wirklich für ihre Sünden büßen.

Sam betrat Freddys Arbeitszimmer und ging direkt zur Bar. Satin und Spitzen, halbfertige perlenbestickte Abendkleider für modebewußte Starlets waren über Sofa und Tisch geworfen. Auf dem Fußboden stapelten sich Modezeitschriften aus Italien, Frankreich und England. Eine orangefarbene Katze lag auf der Fensterbank in der warmen Sonne von Santa Monica. Draußen konnte Sam die sonnengebräunten Teenager sehen – sie ölten sich ein, surften, aßen Würstchen und lachten. Lachten! Ha! Würde er je wieder lachen? Lachen können?

»Wen hast du gef. . ., du widerliche alte Schlampe?« fragte er, kippte einen Whisky hinunter und goß sich gleich den nächsten ein.

»Niemanden, niemanden, ich schwöre es. Mein Liebster – ich bin treu gewesen.«

»Sag mir die Wahrheit«, schrie Sam. »Wen? Wen? Ich weiß, daß du es getan hast. Ich weiß es genau. Ich habe AIDS, verdammt noch mal, und du hast es mir verpaßt, du kleiner Schwanzlutscher.«

»O Gott, nein, nein, du kannst nicht – o nein, wie entsetzlich. Wie konnte das passieren?« Freddy warf sich über den Stoffhaufen auf der Couch und brach in Tränen aus.

»Verschon mich mit deinem Schmierentheater, du schamlose alte Tunte.« Sam konnte seine Wut nicht mehr beherrschen. Die Katze blickte auf, befand, daß sie hier fehl am Platz sei, und stelzte würdevoll in die Küche.

»Nur einmal«, schluchzte Freddy. »Nur ein einziges Mal, Liebling.«

»Nenn mich nicht Liebling.« Sams Stimme war heiser. »Wo, wann, mit wem?«

»O Gott, Sam, ich liebe dich, das weißt du doch. O mein Gott, ich weiß nicht warum, ich schwöre dir, daß ich nicht weiß warum, aber. . .«

»Ja, red weiter.« Sams Lippen waren nur noch ein schmaler, roter

Strich. Er war so zorngeladen, daß er dachte, er würde explodieren. Sein Gesicht war purpurrot, und sein Herz schlug so heftig, daß er fürchtete, einen Herzanfall zu bekommen.
»Es war vor zwei Jahren.« Freddy wischte sich die blutunterlaufenen blauen Augen mit einem Stück Fortuny-Seide zu hundertzehn Dollar pro Meter. »In der Sauna.«
»Die verfluchte Sauna. Scheiße. Mach weiter. Mit wem?«
»Ich weiß nicht mehr«, winselte Freddy.
»Erinnere dich!« Sam schnappte ihn bei seinem malvenfarbenen Kaschmirpullover und brachte sein Gesicht nahe an Freddys. »Jetzt wirst du dich erinnern, oder ich bringe dich um.«
»O Sam ... Sam. Es war schrecklich, schrecklich. Ich konnte nichts dafür, ich stand unter Drogen. Gott allein weiß, warum ich das getan habe. Ich liebe doch nur dich. Du weißt es doch selbst.«
»Hör auf mit dem Gefasel. Ich will Einzelheiten! Alles ganz genau.«
Freddy schluckte seine Tränen hinunter und versuchte zu erklären.
Sein Freund von der Airline war eines Abends aus Acapulco gekommen. Er hatte eine neue Art Stoff mitgebracht.
»Acapulco-Gold ist eine Marlboro im Vergleich zu dem hier«, hatte Hugh mit breitem Grinsen zu ihm gesagt.
Sie hatten zwei Joints geraucht und waren danach so high, daß sie nicht mehr wußten, welcher Wochentag war. Und da hatte Hugh vorgeschlagen, in die Sauna zu gehen. Seit Sam ein Verhältnis mit Freddy hatte, waren Saunen strikt tabu. Aber die Droge tat ihre Wirkung, und Freddy schlug alles in den Wind.
Dort herrschte die übliche brodelnde, verrückte Samstagnacht-Atmosphäre. Die beiden Männer hatten geduscht und waren in den Saunaraum gegangen. Freddy, ein gutaussehender, kleinwüchsiger blonder Mann von neununddreißig Jahren, war gewöhnlich sehr umlagert. Obwohl er in den letzten Jahren ausschließlich für Sam dagewesen war – von ein paar sehr seltenen und diskreten Ausnahmen einmal abgesehen –, fühlte er sich durch die Droge nicht nur high, sondern auch enorm sexy. Die

drei fabelhaft aussehenden Typen, die er am Morgen beim Einölen am Strand beobachtet hatte, sprachen ihn an. Er lehnte sich zurück, während die Boys sich seiner annahmen – echte Könner. Es war atemberaubend. Die totale Ekstase. Drei oder vier andere Männer standen um sie herum und sahen zu.
»Nicht aufhören«, bettelte Freddy. »Ich will noch mehr.« Inzwischen waren die anderen Männer auch erregt. Der erste wälzte sich von Freddy herunter, und ein anderer nahm seinen Platz ein. Dann der nächste, danach noch einer. Freddy konnte von diesem unglaublichen Gefühl einfach nicht genug bekommen. Er fühlte sich wie ein Satyr. Der Stoff hatte ihn unersättlich gemacht.
»Weiter«, bettelte er, und sie waren nur zu bereit, dem nachzukommen.
Freddys Vergnügen dauerte bis in die Morgenstunden. Doch seine Scham währte beträchtlich länger.
»So war es, Liebster. Das ist passiert. Ich konnte nichts dafür. Es tut mir leid. Es wird nie wieder vorkommen, das verspreche ich dir.«
»Zu spät!« Sam war jetzt erschöpft. Angewidert von Freddys Geschichte. »Ich habe AIDS. Und du wahrscheinlich auch. Wir werden beide sterben, Freddy, das ist dir doch klar, oder?«
»O Gott, was können wir tun?«
»Nichts.« Sam sank schwer auf das Sofa nieder. Sein Ärger war verraucht. »Jetzt können wir überhaupt nichts mehr tun, Freddy, nur noch warten.«

Von Woche zu Woche verlor Sam mehr Gewicht. Er hatte seinen Körper weitgehend von Giften gereinigt, verzichtete auf kurzgebratenes Fleisch, Zucker, Alkohol, Salz. Sam ernährte sich so gesund wie möglich, schlief nachts zehn Stunden, hielt sich fit, betete, dachte positiv – und hatte Angst.
Die scheußlichen roten Stellen breiteten sich allmählich über seinen ganzen Körper aus, bis er sich nicht mehr ansehen konnte. Er erlaubte dem Ankleider von *Saga* nicht mehr, ihm beim Umziehen zu helfen. Er lebte in ständiger Angst vor Entdeckung. Er

konnte das schreckliche Geheimnis nicht einmal Sissy anvertrauen. Sam traute ihr nicht – er traute niemandem.
Eines Tages klingelte sein Privattelefon in seinem Wohnwagen, als er gerade ruhelos versuchte, einen kleinen Mittagsschlaf zu halten.
»Sam, wie geht es dir. Hier ist John Willows.«
»Oh, hallo, John. Mir ... mir geht's gut.« Er bemühte sich, seine Stimme heiter klingen zu lassen.
»Also, Sam, ich habe eine gute Nachricht und eine schlechte«, sagte der Arzt und versuchte, munterer zu wirken, als er wirklich war. »Welche willst du zuerst hören?«
»Die gute«, sagte Sam.
»Also, alter Junge, es scheint, daß wir dein Virus dingfest gemacht haben. Ich würde noch nicht gerade sagen, daß die Krankheitssymptome nachlassen, aber die Tests, die wir letzte Woche bei dir gemacht haben, zeigten eine leichte, doch eindeutige Besserung. Ich glaube, dieses neue Medikament aus Frankreich, das zur Zeit erprobt wird, könnte bei dir anschlagen.«
»Großartig, fabelhaft, das ist eine wunderbare Nachricht, John. Wunderbar!« Er fühlte sich augenblicklich besser. Das Virus isoliert! Das bedeutete, daß er vielleicht noch Jahre, Jahrzehnte durchhalten konnte. Er lächelte – das erste wirklich glückliche Lächeln seit Monaten.
Es entstand eine Pause, während Dr. Willows sich räusperte. Ein verlegenes Schweigen.
»Was ist dann die schlechte Nachricht, John? Nach dem, was du mir gerade gesagt hast, kann doch nichts so furchtbar sein.«
»Nun ja, Sam, ich habe gerade einen Anruf aus der Klinik bekommen.«
»Welcher Klinik?« fragte Sam.
»Der Klinik, in die wir dein Blut zur Untersuchung geschickt haben«, sagte der Arzt vorsichtig.
»Na und – was ist daran so schlimm?« bellte Sam.
»Ich muß dir das sagen, Sam, es ist schrecklich für dich, ich weiß, aber als wir dein Blut zum Bluttest geschickt haben, sagte ich

meiner Assistentin, sie solle einen erfundenen Namen auf das Glas schreiben.«

»Ja! Ja!« Sam saß kerzengerade und schrie jetzt fast. »Und was ist passiert?«

Schweigen.

»Sie hat es doch getan, oder nicht?« Seine Stimme erhob sich zu solcher Lautstärke, daß Sissy, die nebenan in ihrem Wohnwagen versuchte, etwas auszuruhen, ihr Mädchen zu ihm schickte, um ihm zu bedeuten, er solle leise sein.

»Hau ab!« schrie Sam das Mädchen an, als es schüchtern an die Tür seines Wagens klopfte.

»Es tut mir leid, Sam«, fuhr der Arzt fort. »Sie hat es nicht getan. Sie hat geschlafen. Sie ist neu, frisch von der Schwesternschule. Es war ihre erste Woche bei mir. Dein Name stand auf der Blutprobe, die wir eingeschickt haben. Und jetzt gibt es ein Problem. Das Problem ist . . .«

»Waaas – jetzt sag endlich, was das verdammte Problem ist! Ich mache hier eine Serie, ich kann nicht den ganzen Tag mit dir am Telefon vertrödeln. Sag es mir endlich!«

»Okay, okay, bitte beruhige dich. Dies ist sehr unangenehm für mich.«

»Unangenehm?« kreischte Sam völlig außer Kontrolle.

»Ich muß dir leider sagen, Sam, daß die vertrauliche Aufstellung der Klinik mit den Namen aller Patienten, die das Virus haben, gestohlen worden ist.«

»Gestohlen. Gestohlen. Wer zum Teufel sollte das stehlen?« Plötzlich meinte Sam, er würde ohnmächtig. Er tastete nach einer der Zigarren, die er drei Monate lang nicht angerührt hatte, und setzte eine Plastikflasche mit Evian-Wasser an den Mund.

»Sie meinen, es sei von Erpressern gestohlen worden«, sagte der Arzt ruhig.

»Erpressern!« Jetzt war er sicher, daß er in Ohnmacht fallen würde.

»Die Polizei ist überzeugt davon.«

»O mein Gott, ich bin ruiniert. Ich bin völlig ruiniert!«

»Also, wenn dich das irgendwie trösten kann: Auf der Liste

stehen Hunderte von Leuten, die wahrscheinlich ebenfalls ruiniert sind. Prominente Rechtsanwälte, Politiker, Ärzte und Schauspieler. Du bist schließlich nicht der einzige Schauspieler mit AIDS in Hollywood. Es greift hier um sich. In San Francisco ist es wie ein Alptraum. Die ganze Stadt geht daran zugrunde.«

»Jesus Christus, heiliger Gott . . .«, wiederholte Sam immer wieder.

»Es tut mir leid, Sam. – Du hörst morgen wieder von mir, ich . . . ich muß noch mehrere Leute anrufen . . . du verstehst?«

»Natürlich, John, sicher, sicher.« Sam legte auf und saß wie versteinert mit dem Kopf in den Händen am Schminktisch, bis Sissy hereinkam.

»Was ist los, Darling? Du siehst einfach gräßlich aus. Und warum hast du mit dieser scheußlichen Angewohnheit wieder angefangen?«

Sam antwortete nicht. Sissy trug ein rehbraunes Kleid im Stil der dreißiger Jahre mit beigefarbener Fuchsstola und Muff und eine lächerliche Kosakenmütze. Ihr blondes, auf etwa zwei Zentimeter Länge gestutztes Haar stand ringsherum ab. An ihren Augen klebten Wimpern wie Markisen, und ihre Lippen waren ein schmaler, karminroter Schlitz.

»Sam, antworte mir, Sam!« ranzte sie ihn an. Sie war volle Aufmerksamkeit gewohnt, sowie sie nur den Mund aufmachte.

Er blickte sie an – ihren harten, eckigen Körper, ihr knochiges Spatzengesicht.

»Raus hier, Sissy, und zwar sofort!« knurrte er.

»Sam – ich . . .«

»Mach, daß du rauskommst, du Nutte«, schrie er. »Raus, raus, raus hier! Ich will dein verfluchtes Gesicht nicht mehr wiedersehen!« Der Lärm lockte zwei Regieassistenten und ein paar Statisten an. Sie kamen angelaufen und gafften den normalerweise so ausgeglichenen, charmanten Star an.

»Mr. Sharp, Mr. Sharp, beruhigen Sie sich doch, bitte!« Debbie Drake scheuchte die anderen einschließlich der wutentbrannten Sissy aus dem Wagen und schlug die Tür hinter sich zu.

»Entschuldigung, Sir. Kann ich irgend etwas für Sie tun?«
»Nichts, Debbie, gar nichts. Es tut mir leid. Gebt mir eine halbe Stunde, dann bin ich wieder bei den Aufnahmen. Sag Chelsea, er soll erst Sissys Nahaufnahmen machen. Ich muß mich einfach einen Augenblick beruhigen, Kindchen.«
»Natürlich, Sir, natürlich. Lassen Sie sich ruhig so viel Zeit, wie Sie brauchen«, sagte sie und ging taktvoll hinaus. Leise schloß sie die Tür des Wohnmobils hinter sich.

26

Horace Reid, der Herausgeber des *American Informer,* blätterte mit wachsender Erregung in einem dünnen Heft. Was für ein Coup! Diese Liste war Dynamit. Sie war atemberaubend. Und zu allem Überfluß war sie anonym in seine Hände gelangt. Keinen Cent hatte er für dieses unglaubliche belastende Dokument gezahlt. Es hätte ihn mindestens dreißigtausend Dollar gekostet, wenn er es hätte kaufen müssen.
»Sechs Schauspieler, davon drei sehr bekannte, vier Politiker, zwei Schriftsteller. Das ist Dynamit! Die heißeste Sache, die wir je hatten. Wenn wir diese Liste drucken, verkaufen wir die höchste Auflage aller Zeiten – man wird sie uns aus den Händen reißen. Wir machen Werbung in allen Fernsehprogrammen.« Der häßliche kleine Mann grinste seinem Assistenten voller Schadenfreude zu und überlegte flüchtig, wer es wohl gewesen war, der ihm die Liste zugespielt hatte. Es mußte Haß dabeisein. »Wir werden das nach und nach rauslassen, jedesmal ein bißchen, denke ich«, sagte Horace und stocherte mit einer Büroklammer in seinen Zähnen. An der Wand hinter seinem Schreibtisch hingen, schön gerahmt, einige seiner Titelstorys des letzten Jahrzehnts, Titelstorys, die sich am besten verkauft hatten ...

»Marilyn Monroe Lesbierin.« Davon hatten sie über acht Millionen Exemplare verkauft.
»Ich bin Elvis' uneheliches Kind.« Eine Auflage von fast achteinhalb Millionen.
»Der Mord an Präsident Kennedy: Drahtzieher in der eigenen Familie?« Auch ein Bestseller.
Horace Reid war vor zehn Jahren aus Australien gekommen und hatte den *Informer* übernommen. In dieser Zeit hatte er aus dem mäßig gehenden Boulevardblatt eine Goldmine gemacht. Er scheute keinen Aufwand, um an die intimsten, klebrigsten und entwürdigendsten Storys über Berühmtheiten, Stars, Politiker oder Mitglieder der britischen Königsfamilie heranzukommen.
Sein Assistent schüttelte den Kopf. »Es ist eindeutig ein Original. Selbst wenn ein anderer eine Kopie haben sollte, sind wir doch schneller mit dem Drucken, was?« Er lächelte und entblößte dabei unregelmäßige, gelbe Zähne.
»Sieh dir doch nur diese Namen an«, sagte Horace begeistert. »Sieh sie dir an. Ein Traum, der Wirklichkeit geworden ist! Ich weiß nicht einmal, welchem Namen wir den Löwenanteil an der Story geben sollen.«
»Das ist doch wohl klar, findest du nicht?« war die Antwort. »Sam Sharp natürlich. Ich meine ... *Saga*-Star hat AIDS – was für eine Story! Davon verkaufen wir zehn Millionen.«
»Darauf verwette ich meinen Kopf«, frohlockte Horace Reid in seinem starken australischen Akzent. »Der alte Bock wird endlich für seine Sünden bezahlen, und wir machen die höchste Auflage aller Zeiten. Jippie!«

Einige Tage danach suchte *Sagas* kleiner PR-Manager Christopher McCarthy Sam in seinem Wohnwagen auf
»Sam, ich bin etwas in Sorge.«
»Wieso, was ist nun schon wieder los?« entgegnete Sam gereizt. Er benahm sich in letzter Zeit wie eine Katze auf heißen Ziegeln, schnupfte sogar jeden Morgen eine kleine Dosis Kokain, um aus diesen schrecklichen Depressionen herauszukommen.

»Mir ist da ein Gerücht zu Ohren gekommen«, begann Christopher vorsichtig. »Ich weiß, es ist lächerlich, es kann einfach nicht wahr sein – und du kannst sie natürlich um eine horrende Summe verklagen, aber ich habe gehört, daß der *Informer* nächste Woche die widerwärtigste Titelgeschichte bringt, die er je hatte. Und leider geht es um dich.«

»Mich? Um mich?« Sams Worte waren nur ein Flüstern. Das konnte einfach nicht wahr sein. So schnell? Es war unmöglich. »Was denn über mich?« Er setzte sich. Ihm war übel.

»Also ...« Christopher war es peinlich, aber er war ein guter Presseagent, und so mußte er es aussprechen. Es war sein Job. »Sie sagen, du hättest AIDS. Es ist einfach lächerlich, Sam, ich weiß es.«

»Es ist lächerlich, schändlich, unverschämt!« Sam bot sein ganzes Schauspielertalent auf, um seine Empörung glaubhaft zu machen.

»Es ist widerwärtig«, seufzte Christopher. »Diese Kerle von der Regenbogenpresse sind skrupellose Bastarde, der letzte Abschaum. Trotzdem müssen wir uns auf einen langen Kampf einrichten, Sam. Ich finde, wir sollten sofort einige Interviews geben: mit Oprah Winfrey, Carson und den Morgennachrichten. Dann bringt *People* bestimmt eine Titelgeschichte. Ich rufe Suzy, Liz Smith und die Tagespresse an. Wir werden die ganze Sache abwürgen. Die Story von vornherein entschärfen. Zeig ihnen, wie großartig du dastehst. Das ist eine niederträchtige Verleumdungskampagne, und das können wir diesen miesen Kerlen nicht durchgehen lassen. Stimmt's, Sam?«

»Genau«, sagte Sam müde. Er war auf der Couch in sich zusammengesunken und versuchte nervös, Whisky in ein schweres Glas zu schütten, doch seine Hand zitterte so stark, daß er es fallen ließ.

»Bist du sicher, Christopher? Werden sie diese Geschichte wirklich bringen?«

»Ich fürchte ja. Genau gesagt, ich bin sicher«, sagte Christopher grimmig. »Es ist unfair, Sam. Das ist wirklich das allerletzte. Ich

halte dich auf dem laufenden. Mach dir bloß keine Sorgen. Ich organisiere die Interviews und bereite ein Statement für die Presse vor, das sofort an alle Presseagenturen geht.«
»Tu das, Chris«, sagte Sam milde. »Tu das. Ich wäre dir sehr dankbar.«

Chloe und Sissy hatten während der Dreharbeiten eine heftige Auseinandersetzung mit Luis Mendoza. Arrogant, mit gekreuzten Armen, stand er in seinem schwarzen Seidenhemd, weißen Baumwollhosen und seinen Goldkettchen am Hals da und forderte die beiden Divas der Seifenoper heraus. Es war selten, daß Sissy und Chloe über irgend etwas einer Meinung waren, aber in diesem Fall blieb ihnen keine andere Wahl. Luis entwickelte sich allmählich zu einem eingebildeten Flegel. Sein erstaunlicher Erfolg hatte seinen Eigensinn und seine Selbstgefälligkeit in solchem Maße anschwellen lassen, daß nur noch wenige Leute mit ihm zurechtkamen.
Der wütende Streit drehte sich um Luis' Handlungsmotiv in dieser Szene. Die Crew stand dabei und sah zu. Als der Schuß knallte, dachte jeder, er käme von der Polizisten-Serie, die auf der angrenzenden Aufnahmebühne abgedreht wurde. Erst als Debbie Drake in Sams Wohnmobil anrief, keine Antwort bekam und nachsehen ging, entdeckten sie, was passiert war. Der Held der Vereinigten Staaten, der brillante Darsteller Lincolns, Eisenhowers und Roosevelts, Amerikas »richtiger Mann«, hatte sich eine Kugel durch den Kopf gejagt.

Calvin klebte an der Mattscheibe. Das zweite Prominentenbegräbnis in vier Jahren – und bald, dachte er bei sich, würde es ein drittes geben, und dann wäre er dabei. Als er Chloe erblickte, stieß er ein tierisches Knurren aus. Chloe stieg in Philippes Begleitung aus ihrem Mercedes-Sportwagen. Sie war dunkelgrau gekleidet und wirkte traurig.
»Sie sind die nächste, Madame!« sagte er zu sich selbst. Falsches Biest. Sie verdiente den Tod.

»Das ist ein Alptraum, ein verdammter Alptraum!« wütete Abby und stampfte auf dem Aubusson-Teppich in seinem Büro auf und ab.
Gertrudes Nagelhäutchen waren völlig zerbissen. Ihr gewöhnlich wohlfrisiertes gekräuseltes Haar hatte vierundzwanzig Stunden keinen Kamm mehr gesehen, und die Fernsehgesellschaft tobte. Sams Selbstmord war tragisch genug – aber als der *American Informer* mit seiner Titelgeschichte über AIDS in Prominentenkreisen herauskam, brach Krisenstimmung aus.
Die Büros der Produzenten, besonders aber Sissy wurden mit einer Flut beleidigender Briefe an Sam überschwemmt.
Die schmerzgebeugte Witwe hatte sich zehn Tage lang in die Abgeschiedenheit ihrer Villa in Holmby Hills zurückgezogen und erschien erst wieder zur Beerdigung – eine zerbrechliche, fünfundneunzig Pfund schwere, ganz in Oscar-de-la-Renta-Schwarz gekleidete Gestalt mit einem dichten Schleier.
Zehn Nächte lang hatte sie sich in den Schlaf geweint. Sie vermißte Sam stärker, als sie es sich je vorgestellt hätte. Aber da war noch etwas anderes. Über AIDS war erst so wenig bekannt – hatte er sie, obwohl sie nie Verkehr miteinander gehabt hatten, vielleicht angesteckt?

Alle, die das Privileg hatten, die ersten Rohkopien von *Amerika: Die frühen Jahre* zu sehen, glaubten an einen Riesenhit. Die erotische Ausstrahlung von Emerald und Josh knisterte nur so. Beide waren voller Leben, dynamisch und attraktiv. In ihren gemeinsamen Szenen sprühten die Funken.
Emerald fühlte sich von Josh sehr angezogen. Sie war völlig vernarrt in seine Intelligenz, seine männliche Art, seine Sensibilität und seinen herrlichen Sinn für Humor. Stundenlang konnte sie seinen Witzen und Storys zuhören. Und Josh genoß ihre Aufmerksamkeit.
Doch unglücklicherweise verspürte er nicht das geringste Verlangen nach ihr. Sie gefiel ihm – sie war eine begabte Schauspielerin und sah immer noch sehr gut aus. Ja, sie war in Topform. Alle

Erinnerungen an die erst wenige Monate zuvor aus dem Gefängnis entlassene verkommene Fregatte waren getilgt durch eine streng geregelte Lebensweise: früh ins Bett, keine Drogen, keinen Alkohol und viel, viel Bewegung. Doch sie war nicht sein Typ, und außerdem hatte er gerade eine enthaltsame Phase.
Emerald war glücklich in ihrer Arbeit. *Amerika* machte ihr Spaß, sie genoß es, wieder Bienenkönigin zu sein, doch sie brauchte, wollte einen Mann, und ihre leuchtenden grünen Augen waren fest auf Josh Brown gerichtet. Sie waren während und auch außerhalb der Arbeit viel zusammen, doch obwohl Emerald all ihre weiblichen Tricks ausspielte, biß er nicht an. Er wollte sich nicht mit ihr einlassen. Sie verschliß einen Mann nach dem anderen und war in ihren Beziehungen zu Männern eine extrem anspruchsvolle Frau. Josh mochte sie, doch er hatte keine Lust, ihr nächster Mann zu werden. Er wollte und brauchte es nicht. Was er wirklich brauchte, war Konzentration auf seine Karriere: Er mußte sich fit halten, zu Alkohol, Weibern und Drogen auf Abstand bleiben und dieser Serie zum absoluten Spitzenerfolg im Hauptprogramm verhelfen. Jeder hatte den Wunsch im Hinterkopf, *Saga* in der Zuschauerbeteiligung zu schlagen. Fernsehgesellschaft, Schauspieler und Produzenten taten ihr Bestes, um die Serie zum Spitzenreiter zu machen. Und das gelang ihnen auch.
Lange bevor die erste Folge von *Amerika* ins Programm kam, schwärmten alle, die einige Rohabzüge gesehen hatten, von der Qualität der Produktion und den Leistungen der Schauspieler, besonders von Emerald und Josh. Man hörte sogar Emmy-Gerüchte. Schließlich war dies auch Chloe zu Ohren gekommen.
Auf Chloes Anweisung sah Vanessa sich bei den Dreharbeiten zu *Amerika* um. Sie sollte die Gerüchte überprüfen und feststellen, was dort lief. Also hatte Vanessa sich mit Pandora King zum Lunch verabredet. Als sie dann im Studio stand und beobachtete, wie Burt Hogarth Regie führte, wurde ihr klar, daß hier keine der üblichen, hastig zusammengebastelten TV-Produktionen entstand – das hier hatte Spielfilmkaliber.

Jede Folge von *Amerika* kostete das Doppelte von *Saga*. Die Finanzleute der Fernsehgesellschaft rauften sich die Haare, aber man hatte Hogarth sozusagen einen Blankoscheck für seine Produktion gegeben, und nur wenn die Einschaltquoten nicht den Erwartungen entsprächen, würde man daran etwas ändern. Vorerst war ihnen klar, daß sie ein Juwel in der Hand hatten, auch wenn es sie ein Vermögen kostete. Sie würden Hogarth nicht ins Handwerk pfuschen. *Amerika* hatte mehr Klasse als *Saga*.. Es war meisterhaft, künstlerisch, stilvoll und stellte dabei doch realistisch die rauhe Wirklichkeit der amerikanischen Pionierzeit dar. Sie spekulierten darauf, daß das wetterwendische Publikum nach und nach von *Saga* zu *Amerika* überwechseln würde.
Vanessa stand still in einer dunklen Ecke des Studios und beobachtete, wie Josh und Emerald probten. Offensichtlich stimmten die Gerüchte, daß sich zwischen ihnen etwas abspielte. Nicht nur, daß Josh attraktiver denn je wirkte, auch Emerald sah so rasant aus wie mit fünfunddreißig. Es war schon erstaunlich, daß sie fünfzehn Jahre älter war. Zugegeben, Gesichts- und andere Schönheitsoperationen und platinblondes Haar können viel für das Aussehen einer Frau tun, aber von Emerald ging ein nicht zu leugnendes Strahlen aus, vor allem, wenn sie bei Josh stand und ihn mit den Augen einer verliebten Frau ansah. Als Leinwandpaar sprühten sie Funken.
Vanessa wußte, daß sie Chloe davon berichten mußte. Chloe hing trotz zweijähriger Trennung noch immer an ihrem Ex-Ehemann. Das Gerede, daß Emerald und Josh eine leidenschaftliche Affäre hätten und verrückt aufeinander wären, brachte sie wider Willen aus dem Gleichgewicht. Weder Emerald noch Josh oder die PR-Leute der Fernsehgesellschaft leugneten die Sache. Für die Serie war das die beste Reklame. Wenn sie die beiden bei den Proben zusammen sah, konnte Vanessa die Gerüchte nur für wahr halten.
Arme Chloe. Vanessa seufzte. Ihr gefiel Philippe nicht. Sie wußte, daß er Chloe allmählich auf die Nerven ging, trotz aller Versicherungen, daß ihr Liebesleben so gut sei wie eh und je.

Warte nur, bis Chloe den neuen Josh sieht, dachte Vanessa. Er war ein anderer Mann: Er ruhte mehr in sich selbst, hatte mehr Selbstkontrolle, war männlicher und geistreicher, als sie ihn in Erinnerung hatte. Er war wirklich beeindruckend. Seine ganze Begabung konnte sich jetzt entfalten. Hmmm, dachte Vanessa – wenn ich mich noch für Männer interessierte, könnte ich direkt selbst schwach werden.
Es hatte keinen Sinn, Chloe vorzumachen, sie hätte noch eine Chance, ihn zurückzugewinnen. Er war offensichtlich genauso fasziniert von Emerald wie sie von ihm. Vanessa sah ihnen nach, wie sie, ins Gespräch vertieft, Arm in Arm zum Kaffeeautomaten wanderten.

Chloe hörte Vanessas Bericht an, und in ihr starb etwas. Ach natürlich, dachte sie bekümmert, wie konnte Josh denn nicht von Emerald bezaubert sein? Laut Jasper war sie so schön und begehrenswert wie in ihren besten Zeiten. Josh wußte, daß Chloe mit Philippe zusammenlebte. In den sechs Wochen, die er jetzt schon wieder in Kalifornien war, hatte sie ihn nicht einmal angerufen.
Hör auf, an Josh zu denken, ermahnte sie sich. Denk an Emerald. Wenn ihr Aussehen und ihre schauspielerische Leistung so überwältigend waren, wie Vanessa, Jasper und die halbe Stadt behaupteten, und die Serie so fabelhaft war, wie die Leute dachten, konnte *Saga* bald ernsthafte Probleme bekommen, und ihre Tage als Königin der Seifenoper waren gezählt.

Nach den ersten drei Folgen der neuen Saison begann *Saga* in der Zuschauergunst bedenklich abzurutschen. Es war, als habe mit Sams Tod die Liebesaffäre der Öffentlichkeit mit der Serie ein Ende gefunden. Während *Sagas* Einschaltquoten sanken, begann *Amerika,* das in der ersten Woche mit 20 Punkten auf dem Nielsen-Index eingestiegen war, unaufhaltsam aufzuholen. Und jede Woche gewann es einen oder zwei Wertungspunkte dazu, während *Saga* zwei verlor. *Amerika* war auf dem Weg nach oben, und *Saga* auf dem absteigenden Ast.

Im Bürogebäude von Gertrude und Abby waren die kreativen Köpfe von *Saga* zusammengekommen, um sich in einer Krisensitzung ein paar neue Perspektiven und clevere Handlungsstränge auszudenken.

»Wer hat im letzten Monat die meiste Fanpost bekommen?« bellte Abby Bill Herbert an.

»Chloe«, antwortete Bill mit einem Blick in seine Unterlagen. »Zwischen zehn- und zwölftausend pro Monat. Das ist mehr, als jeder andere Star der Serie bekommen hat, und sie hält diesen Schnitt jetzt schon seit über vier Jahren.«

»Wer ist auf Platz zwei?« Abby war ungeduldig. Er wußte ohnehin, daß Chloe die meisten Briefe bekam.

»Also, sonst war es immer Sissy, aber seit Sam ... äh ... uns verlassen hat, ist es beträchtlich weniger geworden. Aber Luis Mendozas Post hat enorm zugenommen, besonders nach seiner ersten Liebesszene mit Chloe.«

»Wir sollten ihn eindeutig mehr in den Vordergrund stellen«, murmelte Gertrude.

»Macht ihn wichtiger. Jetzt, nachdem wir Sam verloren haben, brauchen wir einen starken männlichen Darsteller. Ihr wißt, daß Sissy und Sam nicht wollten, daß Luis größeres Gewicht in der Story bekommen sollte. Also laßt ihn uns aufbauen, ihn zu unserem männlichen Hauptdarsteller machen.«

»Er ist auch so schon ganz schön stark«, grinste Bill. »Ich habe noch nie so viel erotische Fanpost von Frauen gesehen. Ihr könnt euch gar nicht vorstellen, was die gern alles mit ihm anstellen würden.«

»Gebt ihm viel mehr Zeit«, sagte Abby kurz angebunden. »Mehr Liebesszenen, stark emotionale Szenen mit Chloe.«

»Macht ihn doch zum männlichen Hauptdarsteller«, riet Bill.

»Genau«, antwortete Abby. »Baut ihn auf. Wir müssen unsere Einschaltquoten von *Amerika* zurückholen. Die sind drauf und dran, uns kaputtzumachen. Die Fernsehleute sind total sauer. Die wollen mehr Action sehen.« Er wandte sich an die drei Skriptschreiber der Serie. »Jetzt geht an die Arbeit, Jungs, schreibt ein paar saftige Szenen, verdammt noch mal. Sonst sind wir am Ende der Saison alle ohne Job.«

Josh warf einen Blick auf die Illustrierte, die Perry ihm mitgebracht hatte. »Aus der Vergessenheit zum TV-Star.« Der Aufmacher auf dem Titelblatt des Magazins *People* kündete den schmeichelhaften Artikel im Innern des Blattes an.
Als Titelbild sah man Joshs lächelndes Gesicht: das Gesicht eines gutaussehenden, attraktiven, in sich ruhenden Mannes in den Vierzigern. Sein schon etwas angegrautes Haar war lässig nach vorne geworfen, um seinen leicht zurückweichenden Haaransatz zu kaschieren. Sein gebräuntes Gesicht hatte um die Augen und hier und da ein paar Fältchen, doch sie standen ihm. Es waren Lachfältchen. Es war das Gesicht eines Mannes, der im Frieden mit sich selbst war, der sein Alter akzeptierte, sich wohl fühlte in seiner Haut.
Seit seinem letzten Comeback hatte Josh viele Veränderungen durchgemacht. Er hatte aus seinen früheren Fehlern gelernt. Nicht nur, daß er ganz mit Drogen aufgehört hatte, er hatte auch das Trinken auf ein Minimum reduziert und jagte nicht mehr kleinen Mädchen nach. Nun, da er in reifem Alter neue Erfolge feierte, gab es keine Notwendigkeit mehr, sich zwischen den Laken vor Frauen zu beweisen, die seine Töchter hätten sein können. Ein Psychiater hatte ihn dabei unterstützt.
Er hatte wohl ab und zu eine Freundin, gewöhnlich Frauen über dreißig, doch jetzt wollte er mit einer Frau nicht mehr nur ins Bett gehen. Jetzt suchte er Unterhaltung, Geist und Humor, gleiche Wertvorstellungen und Freundschaft. Er suchte danach bei den Frauen, mit denen er ausging, doch auch wenn sie die eine oder andere der von ihm bewunderten Qualitäten besaßen – keine hatte sie alle.
Ihm wurde klar, daß er dies alles nur bei Chloe gefunden hatte. Oft träumte er von ihr – von ihrem gemeinsamen Leben, bevor seine Karriere langsam in die Brüche ging, bevor die Teenies in seinem Leben zu beherrschend wurden.

In den Sitzungen mit Dr. Donaldson wurde ihm bewußt, wie gemein er sich ihr gegenüber benommen hatte, wie fabelhaft sie sich verhalten hatte.
»Warum, warum habe ich nur alles kaputtgemacht?« fragte er sich oft. »Die beste Frau, die ich je hatte, und ich habe alles ruiniert. Scheiße!«
Manchmal stellte er sich vor, er und Chloe hätten sich versöhnt und lebten wieder zusammen wie früher. Er war nie wieder einer Frau begegnet, mit der er das Leben so genossen hatte, deren Humor auf derselben Wellenlänge lag, die ihn so vollkommen verstand. Gott, was hatte sie seinetwegen alles durchmachen müssen. Wie oft hatten sie sich wieder versöhnt! Josh konnte sich nicht erinnern. Er war damals zu intensiv mit Kokain und Nymphchen beschäftigt, versuchte, seine absackende Karriere zu retten, ging mit jeder ins Bett, die wollte.
Und Chloe hatte das alles gewußt. Aber sie war für ihn dagewesen, bis er unerträglich geworden war.
Er hörte, daß sie mit Philippe glücklich war. Das freute ihn für sie, obwohl es ihm jedesmal einen kleinen Stich gab, wenn er die beiden auf Fotos zusammen sah. Gelegentlich liefen sie sich bei gesellschaftlichen oder geschäftlichen Anlässen über den Weg – bei der Verleihung der People's Choice Awards und Emmys oder in einem Filmvorführraum in Beverly Hills. Immer sah man sie an Philippes Arm, lächelnd und freundlich. Chloe war nicht neidisch – sie war wirklich glücklich über Joshs Erfolg.

Wenn als naturwissenschaftliches Prinzip galt, daß nicht zwei Objekte zugleich denselben Platz einnehmen können, dann war Chloe klar, daß es in ihrem Leben nicht genug Platz für Philippe gab. Im Unterbewußtsein dachte sie immer noch an ein Leben mit Josh, obwohl sie jeden bewußten Gedanken an ihn rigoros aus ihrem Kopf verbannt hatte. Doch in ihren Träumen tauchten immer wieder Bilder aus ihrem früheren Leben auf. Ihre Wochentage waren mit der Arbeit für *Saga* ausgefüllt: mit minutiösen Detailfragen, zeitraubenden Problemen mit Manuskriptänderun-

gen, Dialogänderungen, Kostümfragen, Problemen bei den Dreharbeiten. Die Zuschauer konnten sich nicht vorstellen, was für eine harte, nervige und zermürbende Knochenarbeit die Herstellung einer solchen großen Unterhaltungsserie war. Ihre Wochenenden verbrachte sie in gedankenloser Benommenheit, faulenzte und trödelte im Hausanzug durch die Räume. Und der aufmerksame Philippe war immer in der Nähe.
Philippes Vorstellung von einem unterhaltsamen Abend war, Rücken an Rücken drei Videos anzusehen, sich ein paarmal zu lieben und als Abendessen eine aus einem Restaurant geholte Pizza zu essen. Zu Beginn ihrer Beziehung hatte Chloe das genossen. Sie war von dem ständigen Arbeitsdruck völlig erschöpft. Doch bald merkte sie, daß Philippe, was Bildung und Unterhaltung betraf, schlicht langweilig war, obwohl er ihr derzeitiges Bedürfnis nach Geselligkeit ohne Anstrengung, nach Intimität ohne Verpflichtung, nach Nähe ohne wirkliche emotionale Bindung erfüllte – und sie hatte ihn wirklich gern.
Er verlangte wenig von ihr außer ihrer Anwesenheit, und da sie sich meistens nach der Arbeit wie ausgehöhlt fühlte, war ihr das angenehm.
Aber bei den seltenen Gelegenheiten, wenn sie ihren gesellschaftlichen Verpflichtungen in Bel Air nachkamen, brachte er sie häufig durch seine Seichtheit und sein offensichtliches Desinteresse an allen anderen außer ihm selbst und Chloe in Verlegenheit.
Trotzdem war es schmeichelhaft, so vergöttert zu werden, dachte Chloe. Sie betrachtete Philippe, wie er auf einer von Daphnes von Stars nur so wimmelnden Soireen schläfrig in den Seidenpolstern einer Regency-Couch hing. Rings um ihn drängten sich zwei Dutzend von Hollywoods berühmtesten und schillerndsten Persönlichkeiten. Die Damen strahlten in Designer-Roben und Designer-Schmuck, die Herren waren alle sehr distinguiert, ob sie nun ein Meter neunzig groß und zottelhaarig oder ein Meter fünfundfünfzig und kahlköpfig waren.
In den achtzehn Monaten, die Philippe und Chloe jetzt zusammenlebten, hatten Chloes Freunde sich alle Mühe gegeben, sich

auf zivilisierte Art mit ihm zu unterhalten. Alle waren schließlich zu dem Ergebnis gekommen, daß es Zeitverschwendung war. Er hatte wenig zu sagen, keine durchdachten eigenen Ansichten, und außer seiner Obsession für Chloe und seinem hinreißenden Äußeren konnte niemand begreifen, was sie so interessant an ihm fand. Chloe merkte, daß sie dasselbe dachte, als sie ihr Make-up in Daphnes Toilette auffrischte. Sie hatten sich oft wegen seines Mangels an Begeisterungsfähigkeit und seines Desinteresses an ihren Freunden gestritten, doch er verweigerte jeden Kompromiß, machte keinerlei Anstrengungen, sie für sich zu gewinnen, so daß er Chloe mit seiner Trägheit in peinliche Situationen brachte und ihre Freundinnen bei Einladungen zum Essen verzweifelt Platzkarten tauschten, um nicht neben ihm sitzen zu müssen.

Chloe seufzte und zupfte an ihrem elegant fallenden schwarzen Donna-Karan-Seidenkleid. Der Gedanke, mit Philippe auf dem Sofa zu sitzen und zu versuchen, sich mit ihm zu unterhalten, während er doch nur an einen frühen Aufbruch dachte, um noch einen weiteren Videofilm zu sehen und sich vielleicht noch ein drittes Mal an diesem Sonnabend über sie herzumachen, war nicht gerade erhebend. Der Mann war unersättlich, und seine ständigen sexuellen Forderungen und sein Mangel an Zuwendung und Einfühlungsvermögen ermüdeten sie.

»Du langweilst dich – gib's zu, meine Kleine, du langweilst dich zu Tode mit ihm, hab' ich recht?« Daphne kam mit ihrem üblichen Temperament hereingerauscht, lebhaft hüpfende rote Locken um ein rundes Cupido-Gesicht, und unterbrach Chloes Gedankengänge. »Ich meine, er ist ja auch wirklich so langweilig wie Abwaschwasser, meine Liebe. Sein fabelhaftes Aussehen – schön und gut. Aber ich weiß, daß du etwas viel Besseres haben kannst. Meinst du nicht, es ist an der Zeit, ihn abzustoßen? Ich kenne da diesen himmlischen italienischen Marchese, der nächste Woche herkommt. Er möchte dich rasend gern kennenlernen. Wenn nicht dich, dann ist Linda Gray seine erste Wahl. Was meinst du?« Daphne zupfte einige lose Perlen vom Mieder ihres alten, aber

immer noch ganz brauchbaren Norman-Hartnell-Kleides und schielte mit Befriedigung auf ihre üppigen Kurven. Fünfundsechzig hin oder her, sie war immer noch eine gut und sexy aussehende Frau. Sie wußte es, und es war in den vergangenen vier Jahrzehnten von der Schar der Stars, die mit ihr das Bett geteilt hatten, oft genug bestätigt worden.
Die Wände ihrer winzigen Gästetoilette waren vom Boden bis zur paisleybespannten Decke mit Fotos von Daphne in Begleitung der größten Berühmtheiten Hollywoods und Europas gepflastert. Es waren über hundert gerahmte Bilder. Sie reichten bis in die vierziger Jahre zurück, als Daphne und Jasper Swanson, frisch von ihren jeweiligen Erfolgen in England kommend, die Strände von Malibu und die Hügel von Beverly betreten hatten – er hatte in den Gainsborough-Studios in einem guten Dutzend säbelrasselnder Abenteuerfilme gespielt, sie hatte einen Kontrakt mit Sir Alexander Korda, der erfolglos versucht hatte, aus ihr einen Abklatsch von Vivien Leigh oder Merle Oberon zu machen. Als ihm dämmerte, daß helle Locken, ein schelmisches Lächeln und achtundneunzig Zentimeter Brustumfang nicht mit Alabasterhaut, schimmerndem schwarzen Haar und dem Körper einer Sylphe konkurrieren könnten, verkaufte er den Vertrag an die Ealing-Studios, wo sie in Schwarzweiß-Komödien mit Alec Guinness und Jack Warner mehr Erfolg hatte.
Chloe betrachtete das anziehend schwermütige Gesicht des sechsunddreißigjährigen Jasper und die lebensprühende dreißigjährige Daphne, wie sie an einem längst vergangenen Sommernachmittag lachend Arm in Arm mit den Oliviers und Sir Ralph Richardson auf dem Rasen von Highgrove standen. Auf einem anderen Foto blickte Daphne bei den Dreharbeiten zu *The Robe*, einem Cinemascope-Epos, in dem sie eine kleine Rolle gehabt hatte, zärtlich Richard Burton, in malerischer Toga, und Jean Simmons, in griechischem Gewand, in die Augen. Auf vielen anderen Fotos lächelte und lachte Daphne in Gesellschaft derer, die angeblich zu ihren vielen Liebhabern gezählt hatten. Errol Flynn, Gary Cooper, David Niven, William Powell – Daphne hatte den Ruf,

mit ihnen allen das Bett geteilt zu haben, doch ihren engsten Freundinnen gegenüber hatte sie es nie bestätigt, mit welchen dieser berühmten Männer sie sich im Bett amüsiert hatte.

»Ich will höchstens sagen, daß alle meiner Liebhaber gut ausgestattet waren«, antwortete sie lachend jedem, der neugierig genug war, danach zu fragen. »Sowohl über als unter der Gürtellinie – ich verlange das Äußerste an Stimulierung. Ein großer Schwanz ist nicht genug, ich brauche auch ein großes Hirn.«

»Sie ihn dir an, Kleine.« Daphne deutete mit ihrem zinnoberroten Fingernagel auf ein Foto, auf dem sie während Dreharbeiten 1950 mit einem jungen, sehr hübschen blonden Jungen zu sehen war. »Das ist der Männertyp, dem du begegnen solltest, liebes Kind.« Sie seufzte. »Dusty Lupino. Er war ein großer Star und einer der besten Liebhaber, die ich je hatte. Ich habe ihm auch eine Menge beigebracht, obwohl er achtzehn war und ich ... äh ... also ... über dreißig. Jetzt ist er ein Krösus – und erst sechsundfünfzig. Sein Finanzberater hat ihn aus dem Filmgeschäft ins Immobiliengeschäft geholt, als man noch den halben Rodeo Drive für weniger als eine Million kaufen konnte. Er hat nie zurückgeblickt, und er sieht immer noch phantastisch aus, auch wenn er etwas einsiedlerisch geworden ist.«

»Daphne, Liebste, hör auf! Ich weiß, was du sagen willst. Philippe ist nicht der Richtige für mich. Das ist mir klar. Ich bin nicht so einfältig, wie alle denken, Daphne. Ja, wir zanken uns. Ja, er ist nicht sehr anregend oder unterhaltsam. Aber im Moment, liebe Daphne, lebe ich mit ihm zusammen, und wenn wir uns trennen, was, wie du sagst und ich weiß, unvermeidlich ist, werde ich meine Augen weiter schweifen lassen – aber jetzt noch nicht, meine Liebe.« Sie beugte sich zu ihr und küßte Daphnes Coty-parfümierte Wange. »Noch nicht. Ich kann nicht zwei gleichzeitig gebrauchen.«

»Was für ein komisches altmodisches Mädchen du bist«, seufzte Daphne in gespielter Verzweiflung, als sie zu den anderen Partygästen zurückkehrten. »Aber vergiß nicht, wenn du wirklich bereit bist, ihn fallenzulassen, werden alle deine Freunde jubeln.«

»Okay, du kleine Ratte, Zeit, daß du hier abhaust.« Der Aufseher kratzte an einem Pickel an seinem Kinn. »Mach so was nicht noch mal ... Sonst kriegst du ziemliche Schwierigkeiten. Los jetzt!«

Calvin achtete gar nicht auf den Mann. Er war frei. Endlich konnte er gehen, wohin er wollte – tun, was er wollte. Jetzt mußte er sie finden, sie aufspüren, sie leiden lassen.

Obwohl er in den Illustrierten gelesen hatte, daß Emerald die Hauptrolle in der neuen Serie *Amerika: Die frühen Jahre* hatte, machte es ihn immer noch verrückt, daß Chloe Carriere so ein großer Star in der nach wie vor phänomenal erfolgreichen *Saga* war. Er konnte Chloe nicht ausstehen. Er haßte ihre Arroganz in dieser Rolle, haßte ihren hochnäsigen englischen Akzent. Er verabscheute alles an ihr. Vor allem aber konnte er ihr nicht verzeihen, daß sie der Grund gewesen war, daß seine geliebte Emerald so tief gesunken war. Sie mußte bestraft werden.

27

Und hier sind sie nun, meine Damen und Herren: Amerikas Favoriten!« Die Menge applaudierte ungestüm. Ein Pfeifkonzert und zustimmende Zurufe begleiteten die Ansage des Moderators, als er die Namen der Kandidaten für jede Kategorie verkündete.

Chloe und Philippe hatten sich verspätet. Sie lächelten für die Phalanx der Fans und Fotoreporter, die sich wie eine Schafherde vor dem Civic-Auditorium von Santa Monica drängten. Philippe, im Smoking, reichte ihr seinen Arm, sie blickte in sein lächelndes Gesicht, lächelte für die Kameras – Mr. und Mrs. Eintracht, ein Bild schönster Harmonie.

Dies war ein wichtiger Abend für das Showbusiness. Diese Januar-Auszeichnungen für Kino- und Fernsehfilme galten als die

Vorläufer der Emmys und Oscars, die einige Monate später verliehen wurden.
Chloe trug ein prachtvolles weißes Taftkleid von Christian Dior. Es umspannte ihre Taille knapp und hob ihren Busen. Ihr schwarzes Haar war mit glitzernden Kämmen hochgesteckt, und dazu hatte Vanessa ein wunderschönes georgianisches Collier aus Rosendiamanten für sie aufgetrieben.
Mit geflüsterten Entschuldigungen nahmen sie beide Platz am *Saga*-Tisch bei Sissy, Luis, Abby, Gertrude und Bill Herbert. Chloe sah sich im Publikum um. Josh lächelte zu ihr herüber. Sie lächelte zurück. Schließlich war sie einmal mit ihm verheiratet gewesen.
»Wir müssen höflich sein, meine Liebe«, bemerkte Sissy hinterhältig. Passend zu ihrer Haarfarbe war sie von Kopf bis Fuß in gelbe Röhrenperlchen gekleidet. Das Trauerhalbjahr war vorüber, und sie spielte die lustige Witwe mit einem gutaussehenden jungen Schauspieler am Arm.
»Schenk mir Wein nach, Liebling, ja?« murmelte Chloe Philippe zu. »Du trinkst zu viel«, flüsterte er zu laut. Unauffällig glitt ihr Blick wieder zu Josh hinüber. Er saß mit Emerald zusammen. Sie sah hinreißend aus in ihrem pfefferminzgrünen Empirekleid aus Seidenjersey – das Mieder war ganz mit vierblättrigem Klee bestickt.
»Wie süß!« mokierte sich Sissy. »Sie braucht auch soviel Glück wie möglich. Tyne Daly hat heute die größten Chancen.«
Die Konkurrenz war diesmal ungewöhnlich groß. *Saga* und *Amerika* stritten mit *Hill Street Blues, Dynasty* und *Cagney und Lacey* um den Preis für die beste Spielfilmserie.
Chloe, Sissy, Emerald, Tyne Daly und Sharon Gless waren die Kandidatinnen für die Auszeichnung als beste Schauspielerin in einer Spielfilmserie. Von den männlichen Darstellern waren Josh und Luis, Daniel Travant und Larry Hagman die Anwärter für den ›besten dramatischen Schauspieler‹.
Spürbare Spannung lag über dem Saal, als die strahlenden Film- und Fernsehstars einer nach dem anderen in glanzvoller Aufma-

chung auf die Bühne stiegen, um entweder einen Preis zu überreichen oder selbst entgegenzunehmen.
Chloe hatte den Preis in den vergangenen beiden Jahren gewonnen und konnte die begehrte Kristallstatuette etwas gleichmütiger betrachten als die anderen. Sie fand, daß Tyne oder Sharon Gless sie für ihre durchweg sehr gute Arbeit in *Cagney und Lacey* wirklich verdienten.
Emerald war ganz versessen auf den Preis. *Amerika: Die frühen Jahre* lief noch kein halbes Jahr, aber es war ein Riesenerfolg und lag jetzt Kopf an Kopf mit *Saga.* Diese Auszeichnung wäre für sie ein entscheidender Schritt und eine Bestätigung ihres Comebacks gewesen.
Für Josh war das alles nicht so wichtig. Er war schnell in die dünne Schicht der führenden, reiferen männlichen Fernsehstars aufgestiegen, und für seine Karriere war es ohne Bedeutung, ob er diesen Preis bekam oder nicht. Wer allerdings Bedeutung für ihn hatte, auch wenn er es sich nur zögernd eingestand, war die schöne schwarzhaarige Frau im weißen Kleid zwei Tische weiter.
Verdammt, Josh, sagte er sich zum hundertsten Mal, warum hast du diese Beziehung kaputtgemacht? Wie konntest du die Frau bloß gehen lassen? Du hast sie geliebt, sie hat dich vergöttert . . .
Emerald zupfte an seinem Ärmel und flüsterte ihm lebhaft etwas ins Ohr, aber er hörte kaum zu. In diesem Saal drängten sich einige der schönsten Frauen der Welt. Er aber beobachtete nur Chloe. Seine Chloe. Seine Geliebte für immer, jetzt für immer verloren. Er beobachtete, wie sie ihren schwarzen Kopf zu Philippes neigte, über ein paar Worte des Franzosen lächelte und mit einer liebevollen Geste, die er nur allzugut kannte, ihre blasse Hand auf seinen Arm legte. Dann griff sie in Philippes Haar und zauste es leicht. Das hat sie früher bei mir gemacht, dachte Josh wehmütig. Ja, sie wirkten glücklich, wie sie sich in die Augen blickten, während ihre Fingerspitzen sich berührten. Der hochgewachsene Franzose hatte für Josh etwas Unangenehmes an sich. Nicht nur, daß er ihn um seine Beziehung zu Chloe beneidete, nein, da war noch etwas anderes, Undefinierbares.

Josh tauchte aus seinen schweifenden Gedanken auf, als er hörte, wie die Nominierung der besten Schauspielerinnen angekündigt wurde.
Emeralds Hand auf seinem Knie krallte sich fester, je mehr Namen genannt wurden. Gleich würden sich ihre Nägel in sein Fleisch graben. Er sah, wie ihre feuchten, zyklamefarbenen Lippen sich vor Erwartung und Sehnsucht öffneten. Sie gierte nach dieser Auszeichnung, diesem Ritterschlag, der ihre Rückkehr an die Spitze bedeutete.
Er sah Chloe an. Sie wirkte kühl, ruhig und gefaßt. Auf Sissys Gesicht lag ein erstarrtes Lächeln. Auch sie hoffte inständig auf den Preis. Sie hatte ihn im selben Jahr gewonnen, in dem sie auch den Oscar erhalten hatte. Jetzt war es wieder an der Zeit. Sie verdiente ihn, bot sie doch eine echte darstellerische Leistung: Ihr Spiel war eine regelrechte Tour de force. Alle wußten, daß sie eine fabelhafte Schauspielerin war. Daß jemand wie sie mit ihrem boshaften Naturell eine dermaßen gefühlsgetränkte Rolle so glaubhaft verkörpern konnte, zeugte wahrhaftig von beträchtlichem Können.
Die Schauspielerinnen von *Cagney und Lacey* wirkten gelassen. Ihre Serie war ein Hit. Dieser Preis würde sich nicht weiter darauf – oder auf sie selbst – auswirken. Er hätte lediglich dekorativen Wert.
»Den Umschlag bitte.« Don Johnson überreichte diesen Preis. »Und die Siegerin ist ...« Er machte eine Pause und zögerte, spitzbübisch ins Publikum blickend, die Spannung noch etwas hinaus. »Noch einmal: Miss Chloe Carriere!«
Ein Freudenschrei ertönte von der Galerie hoch über dem Saal, wo die Fans saßen. Fast ebenso laut war Chloes Aufschrei: Sie umhalste Philippe, drückte ihn so fest, daß er fast erstickte, warf allen an ihrem Tisch Küsse zu und erklomm in einer Wolke aus weißem Taft die Bühne, um die Auszeichnung mit einer kleinen Dankrede entgegenzunehmen.

Oben auf der Galerie lief Calvins Gesicht vor Wut dunkelrot an. Emerald, der Göttin, stand diese Ehre zu. Sie verdiente sie wirklich, nicht diese zweitklassige britische Nutte. Wie konnte sie es wagen, Emerald ihren Preis wegzunehmen?

Sein Fernglas richtete sich auf Chloes schlanke Gestalt, als sie das Wort an das Publikum im Saal und an die Millionen Fernsehfans richtete. Sie sagte, wie glücklich sie sei, dankte den Schauspielerkollegen, der Crew, Jasper, warf allen eine Kußhand zu, weinte ein bißchen und ließ sich dann, die Statuette hoch über dem Kopf haltend, im Triumph von Don Johnson von der Bühne geleiten.

Calvin richtete sein Fernglas auf Emerald. Sie hatte aus ihrem mit bunten kleinen Steinen bestickten Judith-Leiber-Täschchen ein kleines Spitzentaschentuch gezogen und putzte sich die Nase. Sie weinte! Chloe Carriere hatte seinen Liebling zum Weinen gebracht! Das niederträchtige Biest!

Josh war gerade darum bemüht, Emerald zu trösten, als der Preis für den besten Schauspieler angekündigt wurde. »Und der Gewinner ist Joshua Brown für *Amerika: Die frühen Jahre,* verkündete Angie Dickinson mit breitem Lächeln. Calvin achtete nicht darauf, wie Josh hastig aufstand, um den Preis entgegenzunehmen – er richtete seine Aufmerksamkeit und sein Fernglas weiter auf seine wundervolle Emerald. Es brachte ihn in Rage, sie so verletzt zu sehen. Dafür würde Chloe bezahlen, aufgetakelt, wie sie war, in diesem jungfräulichen Weiß. Das Ende nahte für Miss Carriere, o ja, das Ende nahte.

In der achten Woche der Herbstsaison stand *Saga* auf Platz zwei und *Amerika* auf Platz eins. Eine Woche später lagen die Einschaltquoten umgekehrt: *Amerika* war Nummer zwei, *Saga* die Nummer eins. In der darauffolgenden Woche blieb *Amerika* in Führung, doch *Saga* verlor ein paar Punkte und fiel auf Nummer sechs zurück.

Bei MCPC herrschte Panikstimmung. Viele Firmen zogen ihre Werbespots aus *Saga* zurück, da man sie jetzt für überteuert hielt. Sie zogen es vor, ihre Produkte über die Konkurrenz zu vermarkten, die durch *Amerika* eine höhere Zuschauerbeteiligung hatte. Die Fernsehgesellschaft bedrängte Abby und Gertrude. Sie sollten die Folgen unbedingt aufregender, dramatischer, ideenreicher gestalten, um das verlorene Publikum zurückzugewinnen. Gertrude und Abby schrien den Produzenten Bill Herbert an, sie schrien die Drehbuchautoren an, sie schrien Schauspieler und Crew an. Eine dringliche Konferenz mit Sissy, Luis und Chloe wurde einberufen. Ein Brainstorming sollte neue Ideen für die Story zutage fördern. Alle schienen verzweifelt darum bemüht, ihren Platz an der Sonne zu behalten.

Chloe machte sich nicht allzu viele Sorgen. Ihr war immer klar gewesen, daß jeder Renner nach einer Weile durch etwas anderes abgelöst wird. Sie verhielt sich der Serie gegenüber immer noch loyal und arbeitete gern dort, doch gleichzeitig freute sie sich darauf, andere Angebote für Kurzserien und Kinofilme annehmen zu können, wieder zu singen oder ein Video für MTV zu machen.

Luis hoffte, daß *Saga* abgebrochen würde. Er war jetzt scharf auf Kinofilme. Für das kommende Frühjahr hatte Jasper drei heiße Angebote für ihn. In einem Film konnte er sogar mit Sabrina zusammen spielen. Er fand, er habe genug Fernsehen gemacht, auch wenn er noch keine sechs Monate bei *Saga* dabei war. Ihn lockte der Aufstieg, er wollte ein richtiger Filmstar werden.

Die ewig unzufriedene Sissy wollte bei *Saga* bleiben. Da ihr jetzt ihre eigenen und Sams Anteile an der Serie gehörten, verdiente sie ein Vermögen. Bei Bildung eines Syndikats würde sie sogar noch mehr verdienen.

Emerald hatte wieder angefangen zu trinken. Zunehmend frustriert und irritiert durch Joshs mangelndes Interesse an ihr als Frau, suchte sie Trost im Alkohol. Was sie sich auch ausdachte, er wollte ihren Tricks nicht erliegen. Offen hatte er ihr erklärt: »Sieh mal, Emerald, ich finde dich wirklich großartig. Du bist eine tolle Frau, du bist schön, jeder ist gern mit dir zusammen. Nur – in dieser Beziehung entsprichst du einfach nicht meinen Vorstellungen.«

Emerald hatte sich auf die Lippe gebissen, bis sie fast geblutet hatte. Zurückweisung von einem Mann konnte sie nur schwer ertragen – sie hatte so etwas selten erlebt. War das ein böses Omen für ihre Zukunft?
Sie waren gerade von einem Dinner mit Filmvorführung bei Corinna und Freddie Field zurückgekommen und saßen in Joshs Auto vor Emeralds Haus. Sie hatte ziemlich viel Champagner getrunken und versuchte ausgelassen, Josh zu umarmen, doch er entzog sich ihr.
»Bitte, Emerald. Ich möchte dein Freund sein, hab' dir das schon so oft gesagt. Es ist besser so.«
»Warum?« Emerald schrie fast. »Warum nur Freunde?« sagte sie heftig. »Uns verbindet so viel, Josh. Zur Zeit gibt es niemanden in meinem Leben. Und bei dir doch auch nicht, glaube ich . . . oder?«
Josh antwortete nicht. Er zündete sich eine Marlboro an und starrte zum sternlosen Himmel hinauf.
»Ist da jemand, Josh? Wenn ja, sag es mir, ich . . . verdammt, ich komm' drüber weg.« Eine Träne rollte über ihre matt gepuderte Wange und fiel auf ihren grünen Seidenanzug von Enrico Coveri.
Josh schwieg und rauchte. Klar zeichnete sich sein markantes Profil gegen das Seitenfenster seines Porsche ab.
»Bist du in jemanden verliebt?« fragte sie mit solcher Beharrlichkeit, daß er sich zu ihr wandte und ruhig sagte: »Ja, Emerald, ich glaube ja. Ich bin in jemand anderen ›verliebt‹, wie du es nennst.«
»Wer ist es?« Er antwortete nicht. Sie mußte es wissen! »Es ist Chloe, nicht?« Sie verspürte Bitterkeit. »Es ist deine Ex-Frau, ja?«
»Sie ist nicht meine Ex-Frau – noch nicht, und . . . na ja, du hast recht. Ich habe meine Gefühle für sie noch nicht ganz vergessen.«
»O verdammt, verflucht noch mal! Bist du mit ihr zusammengewesen?« Emerald griff nach Joshs Zigarette und nahm einen tiefen Zug.
»Nein, absolut nicht. Sie lebt mit Philippe Archambaud zusammen.«
»Verdammt noch mal!« Sie sprang aus seinem Auto und lief weinend ins Haus. Wie konnte er sie zurückweisen? Emerald

Barrymore. Die weltbekannte Schönheit, das Idol von Millionen. Die legendäre Sex-Göttin. Wie konnte er? Das ging über ihren Verstand. Gerade jetzt, wo sie so gut aussah und so erfolgreich war. Es war ihr klar, daß sie sich wie ein Teenager benahm, doch sie konnte nicht anders, sie liebte ihn. Warum konnte er sie nicht auch lieben?

Josh drehte den Zündschlüssel um und fuhr davon. Sie jetzt beruhigen zu wollen hatte gar keinen Sinn. Es war eine schwierige Situation. Er wünschte sich, daß ihre Arbeitsbeziehung weiterhin gut blieb. Das würde sich jetzt wohl alles etwas schwieriger gestalten. Ach verflucht, dachte er, morgen muß ich ihr ein paar Blumen schicken.

Daß er wegfuhr, machte Emerald noch wütender. »Verdammt sollst du sein«, murmelte sie, kletterte in ihren Mercedes und fuhr hinter ihm her, den Canyon hinunter, auf die hellen Lichter von Santa Monica zu.

Vier Stunden später griff die Polizei sie auf, wie sie hoffnungslos betrunken ohne Führerschein durch den dichten Verkehr des Sunset Boulevard kurvte. Vier Polizisten schafften es gerade, sie so weit zu bändigen, daß sie in das Polizeiauto stieg, und ein zufällig mit seiner Kamera dabeistehender japanischer Tourist verdiente nachher ein Vermögen mit den Fotos, die er von ihr machte und dem *American Informer* für eine Titelstory verkaufte.

Ihr zweiter Gefängnisaufenthalt erregte noch mehr Aufsehen als der erste. Völlig außer Rand und Band geratene, betrunkene Fernsehstars waren nicht gerade das, was das Publikum erwartete. Und betrunkene Schauspielerinnen wirkten noch abstoßender. Als die Flut unfreundlicher Artikel erschien, schalteten die Zuschauer buchstäblich ab.

Das erbarmungslose Titelfoto von Emerald, wie sie sich bei ihrer Festnahme gegen die Polizisten wehrte, schadete *Amerika* gewaltig in der Gunst der Zuschauer. Die Stimmung der Öffentlichkeit wandte sich plötzlich gegen die Serie, die Einschaltquoten begannen zu sinken, und bald erhob sich *Saga* wie der Phönix aus der Asche und nahm bald wieder den zweiten Platz ein.

Wieder und wieder las Calvin den Artikel im *Daily Variety.* »Erfolgsserie *Saga* gewinnt weitere fünf Punkte im Kampf um die Einschaltquoten«, las er mit wutverzerrtem Gesicht. Gerade war er wieder einmal von einem fruchtlosen Versuch zurückgekommen, Chloes neue Anschrift ausfindig zu machen – man hatte ihn nicht ins *Saga*-Studio hineingelassen, wo sie sich zu diesem Zeitpunkt bestimmt aufhielt. Von einem alten Weib, das unter einem verblichenen Schirm in der heißen Sonne am Sunset Boulevard saß, hatte er eine Karte gekauft, auf der die Häuser der Filmstars eingezeichnet waren. Zwei Wochen lang hatte er das von wildem Wein überwachsene Haus in der Blue Jay Road beobachtet, das angeblich ihr gehörte. Doch nie hatte er Chloe kommen oder gehen sehen. Dreimal hatte die Polizei ihn vertrieben. Dann war er ein paar Tage weggeblieben, um keinen Verdacht zu erregen. Schließlich brach er ein Gespräch mit der jungen Haushälterin vom Zaun, mit der er eines Morgens ›zufällig‹ in Hughes Supermarkt zusammengestoßen war. Sie war hübsch, hatte langes blondes Haar und einen süßen skandinavischen Akzent. Beiläufig hatte er sie gefragt, wie das denn so sei, für den berühmten Fernsehstar Chloe Carriere zu arbeiten.

Das Mädchen hatte ihn ausgelacht, während sie ein paar Päckchen tiefgefrorene Erbsen in ihren Einkaufskorb geworfen hatte. »Ich arbeite für Dr. Sidney, den berühmten Schönheitschirurgen«, kicherte sie. »Ich glaube nicht einmal, daß er Chloe Carriere kennt, außer wenn er ihr Gesicht geliftet hat. Er hat das Haus vor zwei Jahren von ihr gekauft, glaube ich.«

Calvin ging zu der Alten zurück, bei der er die Karte gekauft hatte, und schrie sie an, sie habe ihm falsche Informationen verkauft.

Sie zuckte mit den Schultern. »Hör mal zu, Junge, die Hälfte der Leute auf der Liste da ist tot. Die andere Hälfte ist umgezogen. Ich druck' das nicht, ich verkaufe es bloß. Also verpiß dich, Junge, sonst stech' ich dir das hier in den Wanst.«

Sie ließ ein Schnappmesser unter ihrem zerrissenen Kleid aufblitzen.

Calvin wich langsam vor der alten Hexe zurück. Er hatte Besseres zu tun – er mußte Chloes Adresse herausfinden.

Es war Hollywoods größter Abend, die Oscar-Nacht, und Mary und Irving Lazar gaben ihre berühmte jährliche Oscar-Party im Spago. Jeder große Name aus dem Film- und Fernsehgeschäft war vertreten. Die Frauen trugen ihre schönsten Abendroben, und die Männer waren ebenso elegant gekleidet.
Irving Lazar – von Freund und Feind ›Swifty‹ genannt – ging unter der festlich gekleideten Menge umher, wich den Fernsehkameras und den Fotoreportern aus, scherzte und redete mit jedem ein paar Worte.
Chloe saß mit Philippe und Annabel an einem Ecktisch. Sie war froh, daß Irving auch Annabel eingeladen hatte, denn dies war eine sehr exklusive Hollywood-Party – nur Superstars und große Namen. Annabel war wieder aus London herübergekommen. Zwischen ihr und Chloe hatte sich eine sehr enge Beziehung entwickelt.
Philippe sprach nicht viel. Chloe seufzte. Wenn man sich nichts mehr zu sagen hatte, war das ein untrügliches Anzeichen dafür, daß eine Beziehung ernsthaft gestört war. Sie wußte, daß ihr Verhältnis mehr als nur unglücklich war. Dennoch fürchtete sie sich davor, den Schlußstrich zu ziehen.
Am anderen Ende des Saals brach ein Blitzlichtgewitter los, als Emerald und Josh das Spago betraten. Emerald hatte sich wieder in eine strahlende Erscheinung in jadegrünem Samtkleid mit tiefem Dekolleté verwandelt. Keine Spur mehr von der betrunkenen alten Vettel. Sie kann sich wirklich in kürzester Zeit wieder aufraffen, dachte Chloe. Mit glänzenden Augen lächelte Emerald Josh an, und er erwiderte ihren Blick voller Zärtlichkeit.
Chloe wandte sich ab. Sie schienen so verliebt, so glücklich. Sie sah Philippe an. Er war gerade mit einem neuen, rothaarigen Vamp am Nachbartisch befaßt, den man zur Verbesserung von *Amerikas* Einschaltquoten engagiert hatte.
Emerald und Josh nahmen ihre Plätze an einem Tisch in der Mitte

des Raumes ein. O Himmel, dachte Chloe, muß Josh auch genau in meiner Blickrichtung sitzen. Tatsächlich saß er so, daß sie ihm direkt ins Gesicht sah, wenn sie ihren Kopf nach links wandte. Sowie er sie erblickte, kam er zu ihnen an den Tisch, schüttelte Philippe männlich die Hand, umarmte Annabel und gab Chloe einen Kuß auf die Wange. Sie erzitterte, als sie in seine grünen Augen sah. Josh war wirklich attraktiver als je zuvor. Er strahlte jetzt eine Art Zärtlichkeit und Anteilnahme aus, wie er sie vorher nie besessen hatte.

Bald war der Zeitpunkt gekommen, da jeder im Saal fasziniert auf die großen Fernsehschirme starrte, die an strategischen Punkten im ganzen Restaurant aufgestellt waren. Chloe konnte sich weder auf die Preisträger noch auf die köstlichen Pizzas mit Räucherlachs und Kaviar oder den Jahrgangs-Champagner konzentrieren. Immer wieder mußte sie zu Josh hinüberlinsen.

Das ist doch lächerlich, sagte sie sich selbst. Dumm. Eine erwachsene Frau, eine Frau mittleren Alters auch noch, und schmachtet wie ein Schulmädchen.

Während einer der eingestreuten Werbesendungen machten sie und Annabel sich in der Damentoilette frisch. Plötzlich kam Emerald hereingerauscht.

Die beiden Frauen beäugten einander. Obwohl sie verschiedentlich auf Hollywood-Partys zusammengetroffen waren, war es das erste Mal seit dem Beginn von *Amerika*, daß sie sich allein begegneten.

»Hallo, Emerald«, lächelte Chloe und streckte ihr die Hand entgegen.

Emerald ignorierte sie. Voll Wut und Eifersucht starrte Emerald wie betäubt auf Chloes wunderschönen Armschmuck aus Diamanten und Smaragden. Das war *ihr* Schmuck, ihre Lieblingsstücke, die letzten, die sie Vanessa verkauft hatte, um sich über Wasser zu halten. Drecksweib! Chloe hatte jetzt ihre Armbänder *und* ihren Mann. Es stimmte genau, was viele Leute von ihr hier in der Stadt behaupteten – Chloe war ein neureiches, intrigantes Miststück, und Emerald verabscheute sie zutiefst.

Plötzlich lehnte sich Emerald gegen die Tür und sah Chloe mit einem merkwürdigen Gesichtsausdruck an.
Chloe fühlte sich unbehaglich. Sie fischte einen Lippenstift aus ihrem Täschchen, wandte sich zum Spiegel und begann Lip gloss aufzutragen.
»Also, jetzt weiß ich Bescheid«, sagte Emerald mit schwerer Zunge. »Jetzt ist mir alles klar.«
»Was ist dir klar?« Chloe tupfte sich fieberhaft Obsession hinter die Ohren und wünschte, Annabel würde aus der Toilette kommen, damit sie gehen könnten.
»Was er an dir findet, natürlich«, zischte Emerald.
»Wer ist er?« sagte Chloe mit einer Stimme, die kaum ihre innere Erregung verriet.
»Josh natürlich.« Emerald lachte kurz auf. »Er liebt dich, weißt du das denn nicht? Er hat nie aufgehört, dich zu lieben. Bist du nicht ein glückliches Mädchen?« Sie schwankte zum Spiegel und tat so, als kämmte sie sich das Haar, doch Chloe sah, daß ihre Augen tränenblind waren.
»Woher weißt du das?« Sie mußte das einfach fragen. War es denn wahr? Konnte Josh immer noch dasselbe empfinden wie sie selbst?
Unsinn. Das war doch Unsinn.
»Er hat es mir gesagt.« Emerald sah Chloes Spiegelbild an. »Er hat mir gesagt, daß er dich liebt. Immer geliebt hat. Die große Liebe. Wen interessiert das schon? Mich jedenfalls nicht.« Sie wandte sich ab, um ihr bemaltes Gesicht prüfend zu betrachten, und entließ Chloe mit einem Zucken ihrer jadegrünen samtenen Giorgio-di-Sant'Angelo-Schulterpatten.
Annabel kam heraus, Chloe schnappte sie beim Arm, und schleunigst verließen sie die Damentoilette.
»Ich hab's gehört, Chloe. Ich habe alles gehört«, sagte ihre Tochter. »Glaubst du, daß es wahr ist? Glaubst du, daß Josh dich immer noch liebt?«
»Ich weiß es nicht, Darling. Ich weiß es wirklich nicht. Sie ist betrunken.«

»Also, ich hoffe, daß es stimmt«, sagte das Mädchen und drückte liebevoll ihren Arm. »Du weißt, was ich von Philippe halte.«
Die beiden kehrten in den Festsaal zurück. Den Rest des Abends bemühte Chloe sich, Joshs Blick zu meiden. Ein Preisträger nach dem anderen erschien auf dem Fernsehschirm und hielt seine kleine Ansprache, und sie vernahm nichts von alledem. Unablässig mußte sie an Emeralds Worte denken.

»Schmeißt diesen Blumenstrauß raus.« Chelsea Deane linste durch den Sucher auf das Bühnenbild von Chloes beziehungsweise Mirandas Schlafzimmer. Er lächelte sein gewinnendes Cockney-Grinsen. Chloe lächelte ihn mitfühlend aus ihrer Ecke an, wo sie mit Vanessa und einem Gefolge aus Maskenbildnerin, Kostümassistentin und Friseusen saß und versuchte, mit ihrem Dialog-Tutor ihren Text durchzugehen, während die Mädchen um sie herum sich unterhielten.
»Okay, erstes Team, jetzt seid ihr dran«, rief Ned.
»Das zweite Team hat Pause.«
Das Paar, das die letzte Viertelstunde mitten auf der Bühne gestanden hatte, während die Crew Kamera und Beleuchtung einrichtete, verschwand in Richtung Kaffeestand. Chloe und Luis nahmen ihre Plätze ein. Sie gingen die Szene zur Vorbereitung durch. Nach jeder Bewegung nahm der Kameraassistent sein Maßband, um den Abstand ihrer Gesichter zur Kamera festzuhalten.
Verhüte Gott, daß sie sich morgen bei den Aufnahmen auch nur einen Millimeter aus dem Schärfebereich der Kamera bewegten. Gertrude und Abby würden Zeter und Mordio schreien, und wenn das mehr als zweimal vorkäme, würden Köpfe rollen – allen voran der des Kameraassistenten. Also arbeitete er mit aller Sorgfalt.
Heute war es auf der Bühne eiskalt. Wie üblich war die Heizung ausgefallen. Das Studio war über fünfzig Jahre alt – im Winter erfror man fast, im Sommer wurde man gekocht.
»Damals haben sie schon diese verfluchte Heizung und das Air-

conditioning eingebaut«, sagte Chelsea bissig. »Vor fünfzig verfluchten Jahren.«
Die Crew hatte sich in Pullover, Parkas und Schals vermummt, nur Chloe mußte ein tief ausgeschnittenes schwarzes Chiffonkleid tragen. Das einzig Wärmende waren die vierhundert Dollar teuren Kenny-Lane-Steine an ihrem Hals.
Sie drehten die ganze Szene in einem Durchlauf. Doch sie mußten die Szene viermal wiederholen, denn einmal war ein Flugzeug auf dem Tonband zu hören, beim zweiten Mal hustete ein Zuschauer mitten in Luis' leidenschaftlichem »Ich liebe dich, Miranda«, und beim dritten Mal blieb Chloe mit einem Absatz im Teppich hängen.
Schließlich ließ Chelsea die vierte Aufnahme durchgehen. »Also gut. Das ist die Szene. Jetzt laßt uns noch die Details zum Reinschneiden machen. Zuerst Luis' Großaufnahmen. Chloe, du kannst dich ausruhen, Darling.«
Brad kam aus Abbys und Gertrudes Büro auf die Bühne und reichte ein Blatt Papier mit den Einschaltquoten des Vorabends herum.
Chloe freute sich, als sie sah, daß sie am vergangenen Abend weiter in der Zuschauergunst gestiegen waren und einunddreißig Prozentpunkte bekommen hatten. Damit war *Saga* in dieser Woche ein Platz unter den ersten zehn Unterhaltungsserien sicher.
»Und wie hat *Amerika* gestern abend abgeschnitten?« fragte sie.
»Sie haben eine ganz prima Beteiligung«, begeisterte sich Brad, obwohl es sich um das Konkurrenzprogramm handelte. »Wirklich ganz prima. Es ist ein echter Hit. Natürlich spielt es auch eine Rolle, daß Josh den Preis gekriegt hat. Das Publikum hat einen richtigen Narren an Ihrem Ex-Mann gefressen, was?«
Chloe freute sich für Josh. Sie hatte ihm eine Azalee mit einer Glückwunschkarte geschickt, um ihm zu der Ehre zu gratulieren. Wie es ihm wohl ging? Sie hoffte, daß er glücklich war, und wünschte gleichzeitig, selbst glücklicher zu sein – und daß sich das, was die betrunkene Emerald ausgeplauder hatte, bestätigte. Mit Philippe gab es ständig Ärger. Immer wieder der alberne

Streit wegen nichts. Warum war er so gehässig? In letzter Zeit hatte er begonnen, sie lächerlich zu machen – er nannte sie ›Diva‹ und ›Megastar‹. Was war nur mit ihm los?

»Darling, du rätst nie und nimmer, wen ich heute gesehen habe!« Daphne saß im Bill-Palmer-Salon neben Chloe unter der Haube, ihr rotes Haar durch rosa Lockenwickler gebändigt, und richtete sich auf einen gemütlichen Klatsch ein.
Chloe ließ die Zeitschrift sinken und lächelte ihre Freundin an. Daphne amüsierte sie immer sehr. Im Grunde war sie doch nett und hilfsbereit, dachte Chloe, auch wenn sie ganz schön geschwätzig war.
»Joshua Brown, Darling – ich muß schon sagen, er sah wirklich sehr, sehr attraktiv aus.«
Chloes Herz machte einen Hüpfer. Wilde Träume begannen zu wuchern, sobald sie nur seinen Namen hörte.
»Wo denn?« fragte sie beiläufig und zündete sich eine Zigarette an. »Wo bist du ihm begegnet?«
»In seinem neuen Haus am Strand, Darling. Ich habe ihn für *TV Faces* interviewt.«
»Wie war es denn? Ich meine, wie war er?« Chloe war interessiert, fasziniert. Verdammt, dachte sie, ich sollte lieber gleichgültig sein.
»Wundervoll«, schwärmte Daphne. »Darling, er ist göttlich, ganz der alte Sex-Appeal. Was für ein Mann! Die Knie zitterten mir so, daß ich kaum meinen Block halten konnte.«
»Benutzt du keinen Kassettenrecorder?«
»Doch natürlich, Liebchen. Der Block ist für den Hintergrund der Story, für alles, was man nicht aufnehmen kann: Farbe des Sofas, was er anhat und all das.«
»Und was hatte er an?« Chloe konnte ihre Neugier nicht bezähmen.
»Ein blaues Hemd«, sagte Daphne atemlos. »Offen, ganz schlicht. Sehr sexy. Er hat einen wunderbaren Körper, Chloe.«
»Ich weiß, Liebe. Ich war mal mit ihm verheiratet, erinnerst du dich?«

»Wie konnte ich das vergessen?« lachte Daphne. »Also, Darling, jedenfalls hatten wir diese wundervolle tiefgehende Unterhaltung. Er hat mir alles genau erzählt, wie er getrunken und Drogen genommen hat und wie ihn das kaputtgemacht hat.«

»Und über seine Schulmädchen hat er dir auch alles erzählt?« fragte Chloe sarkastisch.

»Darauf komme ich gleich noch«, sagte Daphne ungehalten. »Unterbrich mich nicht. Jedenfalls hat er mir gesagt, daß er derjenige war, der mit seiner Drogenabhängigkeit eure Ehe ruiniert hat. Er hat mir erzählt, was du für eine wunderbare Frau bist – die beste überhaupt.« Daphne lächelte, als sie Chloe sanft erröten sah.

»Auf jeden Fall verbreitete er sich gerade über dich, als sein Diener, oder wer immer das war, hereinkam und ihn ans Telefon holte – irgendein furchtbar wichtiges Gespräch aus Südamerika, hat irgendwas zu tun mit einem Film, den er nächstes Jahr da unten machen will. Also entschuldigte er sich und ging hinaus, um zu telefonieren.«

»Und?« Es war mehr als einfaches Interesse bei Chloe.

»Nun ja, Darling, er hatte die Tür zu seinem Allerheiligsten offengelassen. Ich konnte einfach nicht widerstehen – ich warf einen kleinen Blick hinein, und was glaubst du wohl, was ich da sah?«

»Was?« Chloe lächelte. Dies machte ihr Spaß.

»Eine ganze Wand, Darling, ist mit Fotos von dir bedeckt, buchstäblich tapeziert.«

»Aber Daphne – du nimmst mich auf den Arm!«

»Nein, Darling, im Ernst. Es müssen wohl zwanzig Bilder von dir sein. Du allein, du mit ihm zusammen, du mit Annabel – sogar euer Hochzeitsbild.« Sie beugte sich vor und gab Chloe einen verschwörerischen kleinen Stoß. »Ich glaube, er liebt dich immer noch, Liebes, doch, wirklich. Das ist offensichtlich sein ganz privates Zimmer. Oh, und dann lag auch noch eine deiner Schallplatten auf der Stereoanlage – deine letzte, die Liebesballade.« Triumphierend zog sie sich unter die Trockenhaube zurück und wartete Chloes Reaktion ab.

»Also, Daphne, du bist ja ein richtiger kleiner Sherlock Holmes. Das ist wirklich interessant, Darling, aber ich interessiere mich nicht mehr für ihn. Was vorbei ist, ist vorbei.«
»Unsinn«, sagte Daphne. »Du bist doch nie richtig von ihm losgekommen. Wenn das so wäre, hättest du die Scheidungspapiere unterschrieben und inzwischen längst Philippe geheiratet.«
»Ich bin allergisch gegen Heiraten«, sagte Chloe ehrlich. »Es liegt mir nicht.«
»Es lag dir *sehr* in all den Jahren, die du mit Josh verheiratet warst, mein Liebes. Du hast weggeschaut, als er untreu war. Du hast versucht, über seine Drogenprobleme hinwegzusehen. Du hast eine ganze Menge Ungezogenheiten von ihm eingesteckt. Du hast es ihm zu leicht gemacht und zu viel verziehen, meine liebe Chloe.«
»Ich weiß, ich weiß. Bitte, Daphne – red nicht weiter davon. Ich hab' dir doch gesagt, es ist vorbei, ich bin glücklich mit Philippe«, sagte sie und kreuzte die Finger. Sie log überaus ungern.
Der Summer an Daphnes Trockenhaube ertönte. »Jetzt muß ich schnell los, Darling. Ich mache eine Titelgeschichte für *US*.«
»Komm nächsten Sonnabend zum Abendessen. Philippe macht ein Barbecue.«
»Gerne, Kleines«, sagte Daphne. Sie hatte gemerkt, daß sie bei Chloe an gewisse verborgene Gefühle gerührt hatte.
Chloe war jetzt einen Augenblick allein und saß ganz still. Ein einziger Gedanke kreiste unaufhörlich in ihrem Kopf: Es stimmte, was Emerald ihr gesagt hatte.

Schließlich fand Calvin doch einen Weg, sich ins Studio einzuschleichen. Er hatte sich mit Debbie Drake, der zweiten Regieassistentin, angefreundet, hatte beobachtet, wie sie jeden Tag nach der Arbeit in die Bar gegenüber dem Studio ging. Dort saß sie gewöhnlich und trank noch ein Bier mit der Crew, bevor sie in ihren kleinen roten Mustang stieg und nach Hause nach Westlake fuhr. Mehrere Tage hatte er damit verbracht, an der Bar zu sitzen und sie zu beobachten. Sie war eine freundliche Seele, und es war nicht weiter schwierig, ihre Bekanntschaft zu machen. Er kultivierte ihr freundschaftliches Verhältnis über Wochen, auch wenn er deswegen Emerald gegenüber ein schlechtes Gewissen hatte. Sie hatte langes, schönes Haar, ein hübsches Lächeln und ein angenehmes Wesen, aber in Wirklichkeit machte sich Calvin überhaupt nichts aus dem Mädchen. Er wollte sich nur so weit ihr Vertrauen erschleichen, daß er Zugang zu den Studios und den Dreharbeiten von *Saga* bekam.

Eines Tages ließ er beiläufig fallen, er würde gern einmal bei den Dreharbeiten zusehen, da er ein großer Bewunderer von Sissy Sharp sei. Debbie tat gern jemandem einen Gefallen und besorgte ihm einen Passierschein für Besucher.

An einem schönen Frühlingsnachmittag, als das Thermometer um dreißig Grad anzeigte, betrat Calvin zum ersten Mal das *Saga*-Studio.

28

Philippe stand mit hochrotem Gesicht vor Chloe. Seine cremefarbenen Krokodillederschuhe kontrastierten mit den messerscharfen Bügelfalten seiner dunkelbraunen Hosen. Wie üblich war er makellos gekleidet, obwohl es sieben Uhr morgens und die Hitze schon erstickend war.

Chloe hatte einen leichten Kater von der letzten Nacht und versuchte gerade, sich in ihrem Ankleidezimmer fertig zu machen. Sie hatte bereits eine halbe Stunde Verspätung. Zuspätkommen galt als unprofessionell und stürzte den Regieassistenten in Aufregung.

»Chérie, wir müssen über dieses Video-Angebot reden. Ich dachte, du willst wieder singen.« Er wedelte hartnäckig mit dem Vertrag vor ihr herum, während sie durch das Zimmer sauste und versuchte, sich anzuziehen, die Zähne zu putzen und ihre verhedderten Locken durchzubürsten.

»Philippe, versteh doch, ich kann jetzt nicht darüber reden. Ich komme schon viel zu spät, siehst du das denn nicht?«
»Wir müssen uns hierüber absprechen, Chérie. Du bist in letzter Zeit ständig zu beschäftigt, zögerst die Dinge hinaus, schiebst alles vor dir her. Also, Liebling, jetzt reg dich nicht auf, setz dich einen Moment hin und laß uns den Vertrag zusammen durchlesen.«
»Philippe, verdammt noch mal, jetzt hör mir mal zu!« Ihre Wut, die sie sich eigentlich für Mirandas Szenen mit Sirope heute aufsparen sollte, hatte sich so angestaut, daß sie die Beherrschung verlor.
»Ich muß jetzt gehen! Ich habe einen Kater. Ich habe nur vier Stunden Schlaf gehabt. Bitte, Philippe, laß mich jetzt zur Arbeit fahren.« Ihr Gesicht loderte, vor Hitze und Ärger tat ihr Herz ein paar unregelmäßige Sprünge. Konnten Frauen um vierzig einen Herzinfarkt bekommen? dachte sie flüchtig. »Wir müssen das später besprechen, Philippe. Heute abend. Ich versprech's dir.«
»Okay, okay, du hörst ja nie auf mich, ich bin nur der Hund. Vergiß das Videogeschäft – vergessen wir es einfach, kann mir ja egal sein. Ich habe das für dich gemacht, aber du weißt meine Bemühungen ja nie zu schätzen, Miss Diva.«
Ihr wurde klar, daß sie sein beleidigtes Getue nicht noch einen Tag ertragen konnte. »Darling, sieh doch, ich weiß, daß das Videogeschäft wichtig ist. Ich will es nicht vergessen. Laß uns nach der Arbeit im Studio darüber sprechen, bevor wir zu Jaspers Dinner fahren. Einverstanden?« Sie gab ihm einen flüchtigen Kuß und lächelte, so gut sie konnte.
»Okay, okay, wir müssen uns immer in deine Pläne einfügen«, beklagte sich Philippe, halb besänftigt durch Chloes zärtliche Geste.
»Also, eigentlich bin ich doch hier die *Saga*-Sklavin, oder?« sagte sie, warf einen Schal um, setzte ihre Sonnenbrille auf und bemerkte in ihrem mannshohen Spiegel, daß sie mal wieder drei Pfund abnehmen mußte. »Komm um sieben ins Studio, Darling.

Dann ist es ganz ruhig, und wir können den Vertrag genau durchsprechen, ohne dauernd unterbrochen zu werden. Tschüß, Darling, ich muß fahren!«
Nur zäh kamen die Aufnahmen voran. Die plötzliche Hitzewelle machte Schauspielern und Crew zu schaffen, und die Klimaanlage funktionierte auch wieder nicht richtig. Es schien Chloe, daß es in Südkalifornien nie gemäßigte Temperaturen gab. Immer war es entweder zu heiß oder zu kalt, und Heizung und Klimaanlage in dem alten Studiogebäude funktionierten selten.
Alle waren reizbar. Chloe hatte sogar einen Wortwechsel mit Chelsea Deane gehabt, den sie doch so gern hatte. Sissy war boshafter und bissiger als gewöhnlich, und die Crew blickte mürrisch. Doch als Bill Herbert mit den Einschaltquoten vom letzten Abend kam, hob sich die Stimmung bei allen – in der letzten Woche waren sie drei Plätze aufgerückt und lagen jetzt einen Platz vor *Amerika.*
Müde saß Chloe vor dem transportablen Make-up-Tisch und puderte sich zum zwanzigsten Mal das Gesicht. Sie war erschöpft und sah auch so aus. Unter ihren Augen zeigten sich dunkle Ringe, die auch das dicke Fernseh-Make-up nicht verbergen konnte.

Calvin, eine schattenhafte Gestalt mit rötlicher Perücke, Baseballmütze und Sonnenbrille, hatte sich den ganzen Tag an der Peripherie der Studiobühne herumgetrieben. Seit Chloes Ankunft hatte er alle ihre Bewegungen aufmerksam verfolgt. Er sah, wie eklig sie war, als sie nach einem Streit mit dem netten kleinen englischen Aufnahmeleiter wegmarschierte und so tat, als liefen ihr die Tränen über die Wangen.
Er beobachtete, wie ihre Bande speichelleckender Weiber – Vanessa, Trixie und De De – zu ihrem Wohnwagen ging, um sie zu besänftigen, ihre Forderungen anzuhören, ihr Tee, Aspirin und Zigaretten zu bringen und um die Nutte herumzuscharwenzeln.
Er hörte, wie Sissy zu ihrer Assistentin Doris sagte, was Chloe für eine selbstsüchtige, arrogante Ziege sei. Daß sie nicht für fünf

Pfennig spielen könne und ihre Rolle nur bekommen habe, weil sie mit Abby geschlafen habe.
»Iiih, Abby ist so fett, kannst du dir vierhundert Pfund wogendes Fleisch auf dir vorstellen?« gackerten sie in gespieltem Entsetzen.
Calvin hob eine herumliegende Ausgabe des *American Informer* auf und las, daß Chloe von den Lesern der Zeitschrift gleichzeitig zu einer der meistbewunderten Frauen Amerikas und zu einer der meistgehaßten Frauen Amerikas gewählt worden war.
Es bestand kein Zweifel, wie Calvin abgestimmt hätte. Diejenigen, die wie er gewählt hatten, würden es ihm zu danken wissen, wenn er endlich mit ihr Schluß machte.
Damals in Las Vegas war es ihm nicht gelungen, aber diesmal, fast fünf Jahre später, würde er es bestimmt zu Ende bringen. Das spürte er bis ins Mark. Seine Hände umklammerten den Griff des fast achtzehn Zentimeter langen Klappmessers in seiner Tasche. Er hatte es an ein paar streunenden Hunden ausprobiert. Mit größter Leichtigkeit hatte er ihnen die Kehlen aufgeschlitzt.
Calvin hing jetzt schon den dritten Tag im Studio herum und wartete auf sie. Er hoffte, sie an diesem Abend auf dem Parkplatz zu erwischen. Seit sie sich den schicken roten Ferrari gekauft hatte, ließ sie sich nicht mehr vom Studiofahrer abholen. Er wollte sie auf dem Rücksitz ihres Wagens erwarten. Sie machte sich nie die Mühe, ihn abzuschließen. Blödes Weibsbild.
»Okay, wir sind fertig!« rief Ned. »Morgen alle wieder um dieselbe Zeit. Schönen Abend!« Dankbar begann die Crew aufzuräumen. Es war Viertel vor sieben, und draußen war es schon dunkel. Für Fernsehverhältnisse war es kein ungewöhnlich langer Aufnahmetag gewesen, doch der größte Teil der Crew mußte am nächsten Morgen um sechs Uhr wieder dasein.
Chloe warf sich auf die Chintz-Couch in ihrem winzigen Wohnwagen neben den Tonstudios. Mit müden Bewegungen nahm sie Ohrringe und Kette ab. »Ich bin zu müde zum Umziehen«, sagte sie zu Trixie und saß in ihrem langen seidenen Morgenmantel einfach da, während Trixie ihre Miranda-Kostüme weghängte und Vanessa ihr ein dringend benötigtes Glas Wein einschenkte.

»Soll ich bei dir bleiben, Chloe?« fragte Vanessa fürsorglich.
»Heute abend nicht, Darling. Philippe kommt mit einem Vertragsentwurf her, den wir durchgehen müssen. Wir sehen uns morgen wieder.« Sie brachte ein schwaches Lächeln zustande.
»Strahlend und pünktlich«, zwitscherte Vanessa. Sie schien nie müde zu sein. »Vergiß nicht, deine blaue Saint-Laurent-Bluse mitzubringen.«
Draußen wartete Calvin im dunklen Studio. Er hatte sich hinter einer Kulisse mit der Aufschrift ›Mirandas Schlafzimmer‹ versteckt, sah, wie die beiden Frauen den Wohnwagen verließen, sah, wie die letzten Mitglieder der Crew ihr Arbeitsgerät verstauten. Jetzt war es still auf der Bühne, und nur ein schwaches Donnergrollen hing in der drückenden Luft. Lautlos schlich er zum Fenster des Wohnwagens und sah hinein.
Sie saß in einem roten Morgenmantel am Frisiertisch und blätterte irgendwelche Papiere durch. Dabei trank sie Wein und rauchte. Diese alte Hure! Er schlich zur Tür, drückte dagegen – sie war unverschlossen. Leichtsinnige Schlampe.
Chloe schnappte erschreckt nach Luft und wandte sich zu dem Eindringling um. Wer war das? Er lächelte – ein gräßliches Grinsen. »Guten Abend, Miss Carriere.«
»Wer sind Sie? Machen Sie, daß Sie aus meiner Garderobe kommen, bevor ich die Wachleute rufe.« Sie spürte, wie sie vor Angst kalt wurde.
»Erinnern Sie sich nicht an mich, Miss Carriere?« fragte er spöttisch, nahm Sonnenbrille und Baseballmütze ab und zog sich dann langsam die rote Nylonperücke vom Kopf.
O Himmel. Chloe wurde fast ohnmächtig. Das war er, um Gottes willen. Der Mann, von dem die Polizei sagte, er habe sie in Las Vegas umbringen wollen. Sie hatten ihn wieder freigelassen. Warum?
»Was machen Sie hier in meiner Garderobe? Was wollen Sie?« Ihre Stimme täuschte eine Selbstsicherheit vor, die sie nicht verspürte. Chloe erstarrte vor Furcht. Sie streckte die Hand zum Telefon aus, doch er war schneller.

»Ich will mit Ihnen sprechen, Miss Carriere. Sie erinnern sich doch jetzt an mich, oder?«

Sie antwortete nicht.

Er kam dicht mit seinem Gesicht an ihres heran. »Erinnerst du dich nicht an mich, du Hure?«

»Ja«, flüsterte sie, »ich erinnere mich.«

Schließ die Augen, und er wird verschwinden. Dies ist ein Traum, ein Alptraum. Es passiert nicht wirklich. Wo ist Philippe? Er sollte doch um sieben herkommen. O Gott, wo bleibt er denn nur? Warum ist er nicht da?

»Jetzt werden wir miteinander reden. Ich will mit Ihnen reden, Miss Chloe Megastar-Hure, aber vorher habe ich ein kleines Geschenk für Sie.«

Er öffnete den Reißverschluß seiner Jeans, holte sein wütendrotes, scheußliches Ding heraus und hielt es in seinen schmutzigen, schwieligen Fingern. In seiner anderen Hand hielt er ein Messer. Die Klinge blitzte in der hellen Beleuchtung ihres Ankleidespiegels.

Er war nur Zentimeter von ihr entfernt, sein widerwärtiges Glied in einer Hand, das Messer in der anderen. Sie ergriff das Weinglas und warf es ihm mit verzweifelter Kraft ins Gesicht. Er stieß einen heiseren Schrei aus – einen Moment war er durch den Wein geblendet. Mit beiden Händen fuhr er sich ans Gesicht und ließ dabei das Messer fallen. In diesem Bruchteil einer Sekunde schoß Chloe zwischen ihm und der schmalen Koje des kleinen Wohnwagens hindurch und entkam auf die Aufnahmebühne.

Es war dunkel, einzig ein trübes Arbeitslicht schimmerte hoch oben an der Arbeitsgalerie. Doch sie kannte dieses Studio wie ihre Westentasche und wußte, wo die vier Ausgänge lagen. Einen davon mußte sie erreichen, einen Wachmann alarmieren. Sie begriff, daß Rufen sinnlos war. Niemand würde sie außerhalb des schalldichten Studios hören. Ihre hohen Absätze krachten auf dem unebenen, nackten Bühnenboden. Sie verfing sich in einem Kabel und stürzte zu Boden. Schluchzend wandte sie sich um und sah, wie die Silhouette des Mannes sich gegen das Licht ihres

Wohnwagens abhob. Tierische Laute entrangen sich seiner Kehle. Sie konnte das Messer und den schlaffen Penis sehen, der aus der verblichenen Jeans heraushing.
Chloe versuchte aufzustehen. Sie mußte die Zähne zusammenbeißen, als sie merkte,daß sie sich ein Fußgelenk verstaucht hatte. Atemlos vor Schmerz und Angst humpelte sie über das Kabelgewirr zur Bibliothekskulisse von *Saga* hinüber, wo das Ausgang-Zeichen leuchtete.
»Nutte. Hure. Ich krieg' dich gleich, du verdammtes Luder!« Sie hörte, wie er hinter ihr durch die Kabel stolperte, als sie unter ihren bloßen Füßen den weichen Perserteppich der Bibliothek spürte. Keine fünfzig Meter mehr. Das grüne Ausgang-Zeichen glomm wie ein Leuchtfeuer. Sie humpelte an den Bogenlampen vorbei, die wie Wachtposten neben dem Kaffeestand aufgereiht waren. Wo war nur der Wachmann? Wo blieb Philippe? Sie weinte vor Angst – doch sie konnte einfach nicht schneller laufen. Plötzlich fühlte sie, wie Calvins Hände sie von hinten packten. Sie versuchte ihn abzuschütteln, aber er hielt sie unerbittlich fest. Chloe roch seinen Schweiß, als er sie auf die braune Ledercouch der Bibliothek stieß und sich auf sie warf.
Das widerliche rote Ding war wieder hart. Ihr langer seidener Morgenmantel hatte sich geöffnet – darunter war sie nackt bis auf eine schwarze Strumpfhose. Er saß rittlings auf ihren Schenkeln, sein steifer Penis drückte gegen ihren Magen, und er hielt ihr das Messer an die Kehle.
»Das wär's, Miss Carriere. Jetzt ist Schluß mit Ihnen. Du Miststück!« Er spuckte sie an und schlitzte langsam mit dem Messer ihre Strumpfhose von der Taille bis zur Scham auf. Sie drehte und wand sich in Panik, doch sein Messer stach in ihr Kinn, und schon floß Blut.
»Nicht! Beweg dich nicht, du Luder! Wenn du das hier genießen willst – und du genießt es doch, oder? Wag es nicht, dich zu bewegen, du häßliche Schlampe. Ich habe gelesen, wie gern du das machst, egal mit wem – mit Männern . . . Hunden . . . Pferden . . . Stimmt das, du Hure? Ja? Ich hab' doch all die dreckigen

Geschichten über dich im Gefängnis gehört!« Er schlug ihr mehrmals ins Gesicht, während er versuchte, gewaltsam sie in einzudringen.
Dann war der Tod noch besser als dies, dachte Chloe. Gleich zu sterben wäre unendlich besser, als von diesem geistesgestörten Mörder vergewaltigt zu werden. Mit übermenschlicher Anstrengung schrie sie um Hilfe, warf Calvin von sich ab und trat ihm so fest sie konnte zwischen die Beine. Auf allen vieren begann sie zur Tür zu kriechen.
Draußen vor dem Gebäude meinte Philippe erstickte Schreie zu hören, als er die Wagentür zuschlug. Es war fast unmöglich, etwas aus dem schalldichten Studio zu hören, doch er witterte Gefahr. Philippe stieß die schweren Türflügel auf und blieb wie erstarrt stehen, als er das Schreckensbild vor sich erblickte. Eine nackte Chloe kauerte auf dem Teppich, ihr Gesicht war eine Maske stummer Todesangst. Wenige Zentimeter über ihr hockte ein Mann mit einem Messer in der erhobenen Hand und war im Begriff, zuzustechen.
Aufgeschreckt blickte Calvin zu Philippe hoch. Eine Sekunde lang erstarrte die Szene, dann sauste Calvins Hand durch die Luft. Reißend fuhr die Klinge durch Philippes Hemd.
Chloe hörte Schreie, höllische Schreie.
Ob es ihre eigenen oder Philippes waren, konnte sie nicht mehr unterscheiden.

Sie sahen gerade die Morgennachrichten auf dem kleinen tragbaren Fernsehgerät im Schminkraum.
Auf dem einen Stuhl saß Emerald. Gerade wurde eine zarte Schicht Max-Factor-Grundierung auf ihr exquisites neues Gesicht aufgetragen. Sie betrachtete sich im Spiegel. Ihre Augen, die im Laufe der Jahre etwas von ihrer Klarheit eingebüßt hatten, sahen wieder das Gesicht einer schönen Fünfunddreißigjährigen vor sich.
Josh lehnte sich mit geschlossenen Augen in dem Make-up-Stuhl aus Chrom und Leder zurück und dachte an die nächste Szene,

während sein Gesicht mit »Polyesterspachtel« behandelt wurde, wie er im Spaß zum Maskenbildner sagte.
Die Nachricht von dem versuchten Mord an Chloe und von Philippes Tod riß sie beide aus ihren Gedanken. »Um Gottes willen! Ich muß sie anrufen!« rief er, sprang aus dem Stuhl und lief in seine Garderobe. Daphne hatte ihm Chloes Telefonnummer gegeben, doch sie war belegt – ständig belegt. Frustriert wählte und wählte er immer wieder.
»Du wirst im Studio gebraucht.« Emerald trat ohne Anklopfen ein. »An deiner Stelle würde ich sie nicht anrufen«, sagte sie eifersüchtig. »Die Frau hat gerade den Mann verloren, den sie liebte. Der letzte, von dem sie etwas hören will, ist ihr liebeskranker Ex-Gatte.«
Josh legte den Hörer auf. Er bat Perry, Chloe einen ganzen Korb voll weißer Rosen und Tulpen zu schicken, und schrieb eine Kondolenzkarte. Am nächsten Tag fuhr er mit dem ganzen Aufnahmeteam für eine Woche zu Außenaufnahmen in die San-Gabriel-Berge.
Emerald fuhr mit ihm im Wagen. Kühl blickte sie ihn an, wie er mit gebeugten Schultern in seinem Wollpullover dasaß, tief in Gedanken versunken, und sie überhaupt nicht wahrnahm. Sie biß sich auf die Lippe und lehnte sich wieder in das Kunstlederpolster zurück.
Sie würde ihn sich aus dem Herzen reißen. Sie würde. Sie mußte. Sie hatte gerade einen neuen Mann kennengelernt. Einen Börsenmakler aus Houston. Er war reich, zweimal geschieden, hatte graues Haar, wirkte aber noch ganz attraktiv. Vielleicht war er schließlich der Richtige. Der Mann, nach dem sie ihr ganzes Leben lang gesucht und den sie doch nie gefunden hatte – nie finden würde. Sie öffnete ihre Puderdose und betrachtete wieder ihr Gesicht. Ja, es war immer noch großartig. Es hatte sich nicht verändert in der letzten halben Stunde, in der sie es nicht angesehen hatte. Sie hatte ›es‹ immer noch: Schönheit, Charisma, Ruhm, Macht. Sie war wieder ein Superstar. Sie hielt die ganze Welt in der Hand. Oder etwa nicht?

Im Radio spielten sie weiche, romantische Musik. »The greatest thing you'll ever learn / is just to love and to be loved in return«, gurrte Nat King Cole.
Josh lauschte den Worten. Es war eines der Lieder, die Chloe und er in den siebziger Jahren zusammen in Las Vegas gesungen hatten. Der Saal hatte kopfgestanden.
Er dachte an ihre türkisfarbenen Augen, wie sie geleuchtet hatten, wenn sie in seine blickten, während sie selbstvergessen in dem verrauchten Saal diese Worte miteinander sangen und nichts und niemanden wahrnahmen außer sich selbst.

29

Philippes Beerdigung machte Schlagzeilen in der ganzen Welt. Sie erreichte fast die Publizität von Rozalinde und Sam. *Saga* war beliebter denn je, auch wenn eine Tragödie der Grund dafür war. Abby und Gertrude waren hingerissen. In der Wertung lagen sie jetzt ständig vor *Amerika.*
Doch Chloe war melancholisch und bedrückt. Sie lebte, weil Philippe gestorben war, trauerte um ihn, trauerte um ihre Liebe. Seine Mißgelauntheit, seinen Starrsinn hatte sie vergessen. Sie hatte beschlossen, nur die glücklichen Stunden in ihrer Erinnerung zu bewahren.

Es war ein heißer Samstagnachmittag im Juni 1987. Chloe spazierte langsam am Strand von Malibu entlang, ihr kleiner Terrier hechelte neben ihr her. In zwei Wochen ging die fünfte *Saga*-Saison zu Ende. Und was dann? Was sollte sie in dem dreimonatigen Loch, das sich gähnend vor ihr auftat, mit ihrem Leben anfangen? Sollte sie eines der verschiedenen Filmangebote annehmen? Oder sollte sie mit Annabel eine Weltreise machen? Annnabel war nach Philippes Tod ein großer Trost für sie gewesen. Sowie sie die Nachricht erfahren hatte, war sie aus London herübergekommen, um ihrer Mutter beizustehen, und war ihr seither nicht von der Seite gewichen. Jetzt war sie im Haus am Strand und kochte Chloes Lieblingsessen.

Chloe schubste einen Stein durch die auslaufenden Wellen vor sich her und dachte über ihre Zukunft nach. Der kleine Terrier sprang fröhlich hinter ihr her.

»Schönen Nachmittag, Chloe. Was für ein Tag, was? Bist als Britin doch froh, in Kalifornien zu sein.« Die vertraute Stimme unterbrach ihre Gedankengänge.

»Josh – was machst du denn in dieser Gegend von Malibu? Ich dachte, du lebst in der Stadt.«

Die Sonne spiegelte sich glänzend in seinen Augen. Sein schwarzes, jetzt graumeliertes Haar war zerzaust, ein bißchen zu lang, ein bißchen unordentlich, wie sie es immer so gern gehabt hatte. Ihre Augen erwiderten das Leuchten, tranken ihn in sich hinein.

»Ich habe ein Haus hier unten gemietet.« Er deutete an spielenden Kindern und Teenagern vorbei, die jetzt Chloes Hund einen Ball zuwarfen, hinüber zu einem kleinen geschindelten Redwood-Haus. Das Haus hatte einen kleinen Kamin, aus dem Rauch aufstieg. Es sah gemütlich aus, irgendwie englisch.

»Was für ein süßes Haus«, sagte Chloe.

Was für ein süßes Gesicht, dachte er, als er in ihre türkisfarbenen Augen und auf die hellen Sommersprossen ihrer Stupsnase blickte. Sie trug Jeans und ein einfaches weißes T-Shirt. Ihr Haar war zu einem Pferdeschwanz zusammengebunden, und auf ihren blassen, vollen Lippen trug sie keinen Lippenstift. Er hätte sie so gern in die Arme genommen und den Schmerz weggeküßt, den er in der Tiefe dieser Augen wahrnahm.

»Ich habe deine Blumen und die Karte bekommen«, sagte sie ruhig. »Danke, Josh.«

Er drückte sanft ihren Arm. Weiterer Worte bedurfte es nicht. Die Sonne schien, und die Wellen leckten über ihre bloßen Füße – und sie war da.

»Wie wär's mit einer Tasse Tee?« fragte er sie.

»Englischen Tee? Furchtbar gern. Du hast doch hoffentlich Earl Grey?«
»Natürlich, Süße – du glaubst doch nicht etwa, daß ich amerikanischen Tee trinke oder auf Teebeutel umgestiegen bin. Grauenvoll. Ich habe sogar eine neue Teekanne von Harrods.«
»Und Kekse?« lächelte Chloe, als sie langsam über den Sand zu dem kleinen grauen Haus trödelten. »Hast du auch englische Kekse?«
»Ob ich Kekse habe? Natürlich habe ich Kekse.« Sie sah ihn mit hochgezogenen Brauen und spitzbübischem Lächeln an. »Nenn deine Marke, Süße, und ich hab' sie. McVities Schokoladen-Schrotkekse. Cadburys mit Vanillecreme. Schottisches Shortbread von Fortnums. Und braunes Brot mit Butter, mit abgeschnittener Rinde. All deine Lieblingssorten, Chloe, alles, was du immer so gern mochtest, Darling.«
»Und Zucker?« Dies gefiel ihr. Sie mochte ihn. Sie mochte ihn nicht nur – sie liebte ihn, hatte nie aufgehört, ihn zu lieben. Es war ihr klar. Die Flamme loderte stärker auf. »Ich hoffe doch, daß du richtigen Zucker hast.«
»Klar, hab' ich, Darling. Nicht dieses Saccharinzeug oder den braunen Rohrzucker, durch den der Tee so eine komische Farbe kriegt. Richtigen Kandiszucker. Weißen natürlich. Auch wenn das ungesund ist. Mir egal. Ich bin Engländer – ich mag meinen Tee so, wie er sein soll.« Sie sahen sich einen sehr langen Augenblick an und gingen dann durch den nassen Sand weiter.
Die Flut leckte über ihre bloßen Füße, und lachend krempelten sie ihre Jeans hoch. In einiger Entfernung schossen Möwen vorbei, ein ganze Schwarm in perfekter Formation. Der kleine Hund folgte ihnen, wedelte mit dem Schwanz und sprang ausgelassen vom Strand in die Wellen und wieder zurück. Der Ozean von Malibu war dunkelblau und glatt. Hell schien die gelbe Sonne. Josh legte seinen Arm um Chloes schlanke Taille. Ihr Kopf lehnte sich an seine breiten Schultern, und ihre Hand griff nach seiner starken braunen Hand und hielt sie ganz fest.